베오녹스
Beo Nox

BEO NOX
베오녹스

이 설 SF 장편 소설

좋은땅

❄ ❄ ❄

두 가지 세상, 두 종류의 사람들

2202년 10월 12일 화요일 저녁 8시, 대도시의 거리에는 수많은 사람들이 서로 분주하게 움직이고 있었고, 에어 모빌리티와 드론 택시들은 지상과 상공을 각각 푸른 네온 트랙길을 따라 달리고 있었다. 복잡한 도시 한가운데 위치한 연방 최고위원회 빌딩 안에서는 위원장 K가 회의실에 도착해 자리에 앉았다. 빌딩의 가장 높은 층에 있어 투명한 유리벽으로 거리의 모습을 모두 볼 수 있는 회의실에서 총 6명의 위원회 최고 고문인 루멘들이 원형 테이블 앞에 앉아 회의를 시작했다.

“복제 휴머노이드의 완제품이 2203년까지 총 1억 개의 생산이 가능하다고 합니다.” T가 말했다.

“T, 그렇다면 이제 큐비들의 노동력이 전혀 필요 없게 된다는 말입니까?”

“노동력뿐만이 아닙니다. 지금까지 큐비들의 인구 증가로 인해 고갈 위기에 처한 식량 자원 문제를 휴머노이드로 자원을 대체함으로서 파미드의 생산 문제도 바로 해결할 수 있습니다. 또한, 식량 자원 부족 때문에 그동안 포기해 왔던 토지개발도 드디어 가능해질 것으로 생각됩니다.” T의 대답이 끝나자 위원회 위원들은 감탄하며 웅성대기 시작했다.

“자자, 좀 조용히 해 주십시오.” 위원장 K가 말하자 위원들은 그를 바라보며 잠잠해졌다.

“1년 뒤에는 대량 생산된 휴머노이드들이 앞으로 모든 큐비들의 노동력을 대체할 수 있을 뿐 아니라 식량 부족 해결과 더불어 토지 개발까지 가능하게 한다는 말인데, 만일 그렇다면 큐비들이 세상에 존재해야 할 이유가 무엇입니까?”

“………” 질문을 받은 T는 한동안 말이 없었다. 그런 그를 바라보던 위원들은 서로 눈길을 마주치며 그의 대답을 기다렸다.

“T? 대답을 해 주세요.”

“제가 할 수 있는 대답은…, 큐비들은 이제 더 이상 존재의 이유가 없습니다.”

“뭐라고요?”, “아니, 대체 그게 무슨 말입니까?”, “하하….” T는 저마다의 반응을 보이는 위원들을 향해 다시 한번 그들을 바라보면서 말했다.

“1년 뒤에는 큐비들은 그저 해충과도 같은 존재일 뿐이라는 말입니다. 그동안은 그들의 값싼 노동력이 필요한 사회였지만 앞으로 그들의 자리를 모두 휴머노이드가 대체할 것이기 때문에 그들은 이제 세상에서 더 이상 필요 없는 존재가 될 것입니다.”

“그렇다면 앞으로 큐비들은 어떻게 되는 겁니까?”

“제거시켜야 합니다. 우리 사회에서… 영원히….”

“어떻게요?”

❄

알람 소리가 시끄럽게 울리는 HM 시티의 작고 허름한 아파트, 알람을 끄고 일어난 스칼렛은 여느 때처럼 자리에서 일어나 베이지색 러그가 깔린 거실을 지나 다른 방의 문을 열고 들어갔다. 침대 옆에 놓인 무언가를 향하여 허리를 숙인 후, 연결된 투명한 호스를 빼자 주르륵하고 액체가 흘러내리기 시작했지만 그녀는 익숙한 듯 무심하게 털어 내고 욕실로 향했다. 그리고 욕실 안에 있는 변기에 액체를 쏟아 내자 역겨운 냄새가 코를 찌르고 머리가 깨질 듯했다. 그녀는 깨끗하게 통을 세척한 후 다시 방으로 들어와 같은 자리에 놓고 호스를 연결시켰다. 침대 위에 누워 있는 거구의 한 중년 여성은 족히 200kg은 넘을 것 같은 체구에 팔과 다리가 마치 풍선처럼 부풀어 올라 매트 위에 늘어져 있었고 침대가 무너질 듯이 보였다.

"스칼렛, 배고파…."

거구인 여자의 팔이 닿는 선반 위에는 먹다 남은 피자 조각과 과자들, 다 먹고 버린 탄산음료의 빈 통들이 굴러 다니고 있었다.

"조금만 기다려. 어제 사 온 빵 가지고 올게. 쓰레기들 좀 먼저 치우고." 스칼렛은 허리를 숙여 여자가 바닥에 어질러 놓은 쓰레기들을 주워서 방 밖으로 나왔다. 그리고는 부엌으로 들어가 봉투에서 빵들을 꺼내 접시에 담고 냉장고 문을 열어 2리터짜리 콜라를 꺼내서 함께 방으로 가져갔다.

"여기 있어." 스칼렛이 접시를 그녀에게 건네주기도 전에 여자는 빵을 자신의 입으로 가져가 얼굴에 크림이 묻는 것도 모른 채 허겁지겁 집어먹기 바빴다.

"켁… 켁…."

빵 때문에 목이 막힌 그녀의 상체를 스칼렛이 힘겹게 세우고 콜라를 주자, 얼마 후 그녀는 무사히 음식을 다 삼킨 듯 진정이 되었다.

"엄마, 천천히 마실 거랑 같이 먹어야지."

"알았어, 미안해."

"맛있어?"

"응." 엄마는 스칼렛을 보며 환하게 웃었다.

"내가 빨리 BD가 되어서 엄마 다시 살도 빼고 일어날 수 있게 해 줄게. 그러니까 조금만 참자."

"아니야, 너 지금도 힘든데 내가 빨리 죽어야 하는데…"

"그런 말하지 마. 엄마 없으면 나 혼자 어떻게 살라고, 치료받으면 충분히 좋아질 수 있대."

"내가 널 진작에 아빠한테 보내 줬더라면 이렇게 살지 않아도 되었을 거야, 돈도 안 벌어도 되고 편하게 살 수 있었을 텐데… 엄마가 미안해."

엄마의 말을 듣자마자 스칼렛은 갑자기 차갑게 변한 눈빛으로 자리에서 일어나 뒤돌아선 채 엄마를 쳐다보지도 않고 말했다.

"내 앞에서 다시는 아빠 얘기하지 마. 언젠간 내 손으로 반드시 죽여 버릴 테니까…."

❄

루모 시티의 지상과 상공은 온갖 럭셔리 카들이 주행하고 있었고 그런 도로의 옆에는 수많은 고층의 최첨단 빌딩들이 자리하고 있었으며 HM 시티와는 완전히 상반되는 한 점의 쓰레기도 없는 깨끗하고 조용한 부자들만의 도시였다. 거리의 칸델라들은 모두 하얀색 유니폼을 입은 채 각자 분주하게 움직이고 있었다. 60여 년 전 유전자 변형으로 태어난 칸델라들은 거의 모두 연구소로 배정을 받아 그곳에서 일을 하는 것이 법칙이지만 그들은 돈을 벌기 위해서 일을 하는 게 아니라 실적에 따른 룩스를 받기 위해서 일했다. 레벨이 높은 칸델라들은 자기들만의 커뮤니티를 통하여 모든 정보를 공유하였으며 룩스에 따라 그들 사이에도 명백한 계층이 존재하였다.

칸델라들 중 최고 레벨의 룩스를 가진 이는 'LK-10'으로 칸델라의 레벨은 총 1~10등급까지 'LK'라는 표식과 함께 왼손 엄지손가락과 검지 사이의 손등 위에 마크되어 있었다. 그 레벨 인식칩은 모든 곳에서 신분증과 지불 수단을 대신하였다. 모든 칸델라들은 같은 위치에 삽입된 칩으로 레벨을 알 수가 있었으며 유전자 변형으로 인한 필수 요건으로 파미드라고 불리는 큐브 형태의 영양 공급원을 먹어야 했다. 하지만 주말에는 그들도 일반 음식의 식사를 할 수가 있었다.

도시의 최고급 레스토랑에는 클래식 음악을 연주하고 있는 BD들과 테이블에 앉아서 식사를 하는 칸델라들로 가득 차 있었다.

“제이크, 음식 맛이 어떠니? 맘에 들어?” 그의 어머니 안나가 그에게 물었다.

“이번 주는 지난주보단 나은 거 같아요.”

“연구소 생활은 어떠냐? Unitec에는 하이레벨 LK들이 꽤 많다고 들었는데…” 아버지 프랭크가 질문했다.

“대학교 때보다는 확실히 많아진 거 같긴 해요.” 그는 아버지에게 대답하며 스테이크를 써는데 고기가 질긴 듯 잘 잘리지 않자 힘을 주어 겨우 잘라 낸 후 입에 넣었다. 그런데 입안에 고기를 넣고 씹다가 갑자기 무언가가 씹힌 듯 급하게 냅킨을 집어 자신의 입으로 가져간 후 음식을 뱉어 내었다.

“무슨 일이니? 괜찮아?” 놀란 엄마가 그에게 물었다.

“뭔가 이물질이 들어간 거 같은데…” 제이크는 살짝 인상을 찌푸리며 대답했다.

이 상황을 지켜보고 있던 그의 아버지가 갑자기 손에 들고 있던 나이프와 포크를 내려놓은 후 손을 들어 웨이터에게 올 것을 요구했다. 그의 손짓을 보고 급하게 한 남자가 다가왔다.

"총리님, 뭐 필요하신 게 있으신가요?" 남자가 그에게 물었다.

"제 아들의 스테이크에 이물질이 들어간 것 같은데요."

"네? 정말입니까? 정말 죄송합니다. 죄송합니다." 레스토랑 매니저는 머리와 허리를 깊이 숙이면서 그에게 거의 울 것 같은 표정으로 계속해서 정신 나간 사람처럼 사과를 반복하고 있었다.

"아버지, 전 괜찮아요. 삼키지 않았어요."

"넌 가만히 있어라." 침착하고 냉정한 아버지의 목소리에 앞에 있던 그의 어머니는 제이크에게 고개를 가로저으며 가만히 있으라고 사인했다. 옆에서 식사하던 다른 칸델라들도 제이크의 테이블을 주목하며 서로 수군대기 시작하였고 아버지는 매니저에게 귓속말로 무언가 말했다. 잠시 후, 요리사로 보이는 한 남자가 급하게 테이블로 달려오더니 아버지에게 무릎을 꿇고 울면서 사과하기 시작했다.

"제발 한 번만 용서해 주십시오. 전 이 일을 그만두면 아이와 함께 먹고 살 수가 없습니다. 부탁드립니다. 총리님."

아버지는 무릎에 올려놓았던 냅킨을 집어서 입 주변을 살짝 닦은 후 자리에서 일어나 무릎을 꿇은 그에게 천천히 걸어갔다. 그의 앞에 선 아버지는 허리를 숙여 남자의 어깨를 자신의 양손으로 잡아 일으켜 주었고 레스토랑 안에 있던 모든 사람들은 일제히 총리의 행동을 숨죽여 주시하고 있었다.

"이러지 않으셔도 됩니다. 누구나 실수는 하는 법이니까요. 저런…, 이렇게나 땀을 많이 흘리시다니…." 총리는 자신의 손수건으로 직접 그의 땀을 닦아 주더니 매니저에게 어떠한 부당한 일도 그에게 생기지 않도록 해 달라고 부탁했다. 주변에 있던 모든 사람들은 수군거리며 제이크의 아버지를 칭찬하기 시작했다. 총리 가족들은 천천히 식사를 마친 후, 계산을 하고 식당을 나와서 주차장 근처로 걸어갔다. 프랭크는 자신의 양복 주머니에서 역겹다는 표정을 지으며 집게손가락 끝으로 손수건을 겨우 잡아 꺼낸 후 휴지통에 버리고 나서 어딘가로 전화를 걸었다.

"요리사의 연기가 아주 훌륭하더군. 약속했던 거 두 배로 입금시켜 줘."

놀라서 그를 쳐다보는 아내와 아들에게 한마디 설명도 없이 그가 자동차에게 명령을 하자 최고급 럭셔리 카가 AI 자율 주행으로 그들의 바로 앞으로 와서 멈추었다.

"안 타고 뭐해?"

"이젠 미리 말도 안 해 주는 건가요? 당신의 연기야말로 남우주연상 감이네요." 안나가 말했다.

"제이크, 빨리 타라."

"아버지, 제가 뱉은 게 뭔지는 아세요?"

"먹지 않았으면 된 거지, 그게 뭐가 중요하다는 거냐? 애처럼 굴지 말고 어서 타!" 그가 무서운 표정으로 말하자 제이크와 안나는 말없이 차에 올랐다. 그리고 곧 출발한 차 안에서 제이크는 창밖만 무심하게 내다보았다. 달빛이 해수면에 비추어 은빛으로 아름답게 빛나고 있었고 바다 내음이 머리를 스쳐 지나갔지만 그는 그저 이 시간이 빨리 지나가기만을 바랄 뿐이었다. 집에 도착하자 얼굴 인식으로 자동으로 문이 열렸고 제일 먼저 들어간 프랭크는 2층으로 올라가기 위해 계단으로 발걸음을 옮기고 있었다.

"대체 언제까지 이러고 살아야 하죠? 어째서 단 한 번도 밖에서 조용히 그냥 지낼 수가 없는 거냐구요!! 우린 당신이 연기하는 데 필요한 액세서리가 아니에요!!" 뒤에 있던 안나가 더 이상은 못 참겠다는 듯 그에게 소리를 질렀다.

"이번 선거가 얼마나 중요한지 몰라서 그래? 이게 나 혼자 잘살자고 하는 짓인 줄 알아?" 화가 난 아버지는 아내에게 큰소리로 호통을 쳤다.

부모님의 싸우는 모습이 익숙한 제이크는 무표정한 얼굴로 집 안의 엘리베이터를 타고 5층으로 올라갔다. 그리고 엘리베이터에서 내린 다음 도착한 방문 앞에서 노크를 했다. 그가 문을 열고 안으로 들어가자 그의 형 노아는 언제나 그렇듯이 컴퓨터 앞에서 게임을 하고 있었다. 그의 주변에는 먹다 남은 음식 쓰레기들이 쌓여서 발을 디딜 틈조차 없었으며 최소 몇 달은 씻지도 않은 것 같은 그의 지저분한 머리와 몸에서는 고약한 냄새가 났다. 제이크는 봉투를 펼쳐서 형이 먹다 버린 쓰레기들을 허리를 숙여 치우고 또 치웠지만 게임에 빠진 그의 형은 그에게 눈길 한 번 주지 않았다.

다시 엘리베이터를 타고 3층에서 내린 제이크는 거실을 지나 코너를 돌아서 화장실 안으로 들어갔다. 입었던 옷을 벗어서 세면대 옆의 바구니에 던져 놓고 거울을 보며 자신의 혀를 비추어 보았다. 무언가에 찢어진 듯 피가 흐르고 있었다. 그는 오른손 검지손가락으로 혓바닥의 피를 한 번 슬쩍 쓸어 엄지손가락으로 문질러서 비벼 보았다. 따듯하면서도 물보다는 진하지만 지문을 타고 퍼지는 선명한 붉은색의 빛깔을 보며 그는 잠시 무언가 생각에 빠진 듯했다.

"쾅! 쾅! 쾅!", "오빠! 오빠! 화장실에 있어?" 여동생 크리스틴의 목소리가 들려왔다. 그는 재빨리 세면대에 피 묻은 손을 닦은 후 새 옷으로 갈아입고 밖으로 나왔다. 크리스틴은 매우 격앙된 표정으로 혼자 씩씩대고 있었다.

"내가 대체 언제까지 저 미친놈 뒤치다꺼리를 해야 해? 흔해 빠진 간병인 좀 구해 주면 안 되냐고!"

"안 되는 거 알잖아. 크리스틴. 형이 저런 상태인 거 외부에 알려지면 아빠 선거하는 데 불리해서 그렇다는 거 너도 이미 알고 있는 사실이잖아.”

“저 루저는 맨날 집구석에서 저러고 쳐 놀고 있고 난 안 그래도 회사 일 때문에 머리가 터질 것 같은데 내가 집에 와서까지 저 꼬라지를 봐야겠어? 정말 지긋지긋해!” 그녀는 이미 지칠 대로 지친 것처럼 보였다.

“레벨 평가 때문에 너 힘든 거 알아. 당분간은 내가 주말에도 좀 더 시간을 내어 볼게. 그리고 간병인 문제는 내가 아버지한테 다시 잘 말씀드려 볼 테니까 좀만 더 참아 보자. 응? 크리스틴?”

제이크는 화가 많이 난 듯한 그녀를 겨우 다독이고는 욕실로 가서 샤워를 마친 후 다시 방으로 돌아왔다. 그는 책상에 앉아 음성 인식 시스템으로 컴퓨터의 전원을 켰다. 책상 앞에 위치한 모니터는 투명한 대형 디스플레이의 형태였고 홀로그램 방식으로 작동했다. 그는 화면을 보면서 친구 에디에게 화상전화를 걸었다.

“헤이~ 무슨 일이야? 브로.” 에디의 뒤로 보이는 장소에는 파티에 모인 사람들 여럿이 어두운 실내에서 시끄러운 음악과 함께 춤을 추고 있었다.

“어디야?” 제이크가 물었다.

“어디긴? 네가 제일 싫어하는 클럽이지.”

“넌 대체 거기가 뭐가 그렇게 재밌냐? 난 시끄럽기만 하던데.”

“네가 몰라서 그래, 여기야말로 천국 그 자체지. 여기 이 수많은 천사들을 좀 봐 봐.” 에디는 핸드폰 카메라로 춤추고 있는 여자들 모습을 보여주다 다시 자신의 얼굴로 가져왔다.

“어때? 진짜 죽이지?” 에디는 자랑스러운 듯 그를 보며 웃었다.

“미친놈, 그때 나한테 부탁했던 거 구해 놨으니까 월요일 날 찾으러 오라고 연락한 거야.”

“우와~ 진짜? 넌 정말 대단한 놈이야. 브로! 하긴 네 얼굴이면 못할 일이 없겠지. 내가 니 얼굴이었으면 난 정말 방탕하게 살았을 텐데. 넌 완전히 신부님 같다니까."

"헛소리 그만하고 나 끊는다. 다음 주에 봐."

"잠깐! 제이크. 기다려 봐." 에디는 급하게 그의 이름을 부르더니 잠시 화면에서 사라졌다.

"무슨 일인데?" 자리에서 일어나 전화 연결을 끊으려던 제이크는 다시 자리에 앉아 에디를 기다렸다.

"야! 이거 보여?" 클럽을 벗어나 뒷문으로 나간 그가 핸드폰 화면을 비추자 종이박스 안에 가만히 웅크리고 있는 검은 새끼 고양이 한 마리가 보였다.

"고양이야? 그거? 야! 빨리 경찰한테 신고해야지! 우린 살아 있는 동물 접촉 금지인 거 몰라?"

칸델라들에게는 그 어떤 살아 있는 동물과의 접촉은 불법이었고 적발 시에는 그에 상응하는 벌금과 처벌이 있었다. 이에 제이크는 깜짝 놀라며 에디에게 화를 내었던 것이다.

"진정해, 친구. 내가 만진 건 아니니까." 그런데 그때 갑자기 하늘에서 비가 내리기 시작했다.

"어? 어쩌지? 비가 오는데. 이러다 고양이 다 젖겠네." 에디는 당황하며 어쩔 줄 몰라 했다.

"야! 어떻게 좀 해 봐. 저러다 비 다 맞고 병이라도 걸리면 어떡하냐!" 제이크 역시 자리에서 일어나 소리를 지르며 당황하고 있었다. 에디는 뒷골목 구석에서 구해 온 상자를 찢어 뚜껑 삼아 위를 덮어 주었지만 세찬 빗줄기는 그것을 금세 적셔 버렸고 고양이가 들어 있는 상자 바닥 역시 빗물에 젖어 녹아내리기 시작했다.

“에라. 모르겠다.” 에디는 고양이를 손으로 들어 올려 가슴에 안고는 입고 있던 재킷을 벗어 고양이를 감싸 주었다.

“에디! 너 미쳤어? 그걸 만지면 어떡해?” 제이크는 놀라서 소리 질렀다.

“그럼 어떡하냐! 죽게 내버려 둬?”

“근데 이제 어쩌지?” 에디의 얼굴은 이내 근심이 가득한 듯 보였다. 하지만 그의 품에 안긴 고양이는 야옹 소리를 내며 따듯한 체온을 그에게 전해 주었다. 에디는 따듯한 고양이의 체온을 느끼며 낯선 느낌이지만 편안하다는 생각을 했다.

“기다려. 이 자식아. 내가 금방 갈 테니까.” 제이크는 급하게 겉옷을 챙긴 후 주차장으로 내려와 차에 시동을 걸고 친구에게 급히 달려갔다. 비는 여전히 계속해서 오고 있었고 빗줄기가 차 외부를 두드리는 소리가 스쳐 지나갔다. 잠시 후 제이크는 클럽에 도착해서 에디가 있는 뒷문으로 찾아가 문을 열었다.

“에디!” 그가 부르자 문이 열린 오른쪽 옆 공간에서 비를 피해 고양이를 안고 있던 에디가 그에게 다가왔다. 제이크가 에디와 눈을 마주치자 에디는 고양이를 내려다보았고 그 역시 에디의 시선을 따라 고양이를 내려다보았다. 실제로 보니 생각보다도 더 너무나 작고 어린 검은색 새끼 고양이였고, 에디의 품에서 잠이 든 상태였다.

“우와~ 진짜 작다. 근데 엄청 귀엽다.” 제이크는 자신도 모르게 손으로 고양이의 머리를 쓰다듬었다. 그리곤 자신의 행동에 놀라 손을 바로 떼어 냈다. 그 모습을 본 에디는 소리 내어 웃었다.

“제이크, 이제 너랑 나는 공범이야.”

“미친놈.” 둘은 마주 보며 웃었다. 바로 그때, 대처할 사이도 없이 갑자기 문이 벌컥 열리더니 스칼렛이 입에 담배를 물고 한 손에는 라이터를 켠 채 밖으로 나왔다.

“어?” 그녀는 당황하는 남자 둘을 바라보았다. 에디는 재빨리 재킷으로 아무 일 없다는 듯 고양이를 숨겼다. 하지만 야옹야옹하는 소리가 그의 재킷 사이를 뚫고 적막한 거리에 울려 퍼졌다.

“그러다 고양이 숨 막히겠어요.” 그녀는 태연하게 담배에 불을 붙이고는 비 오는 밤거리에 담배 연기를 내쉬었다. 제이크는 그녀가 자신들의 정체를 알아보지 못하는 게 다행인 건가라고 생각하고 있었고 에디는 재킷 사이를 열어 고양이가 정말 숨이 막힌 건지 확인해 보고 있었다. 스칼렛은 계속해서 담배를 피웠고 두 남자는 그녀를 뒤로한 채 안으로 들어가려고 문 손잡이를 잡으려 했다.

“칸델라가 고양이를 만지다니~.” 그녀의 말에 깜짝 놀란 둘은 놀라서 뒤를 돌아봤다.

“우린 칸델라가 아닙니다!” 에디가 어색한 표정과 말투로 말했다.

“그래요? 칸델라가 아닌데 LK라는 표식을 손에 하나요? 게다가 이 클럽은 BD들 한 달 월급이 술병 하나 값이고 나 같은 큐비들은 바텐더로밖에 일할 수 없는 곳인데두요? 최근에 들은 유머 중에서 제일 웃기네….” 그녀는 에디를 보며 냉소적으로 웃었다. 제이크는 그녀에게 몇 걸음 다가가서 말했다.

“우리한테 원하는 게 뭡니까?”

“그 고양이 나한테 줘요. 내가 대신 돌봐 줄 테니까. 당신들 고양이 키울 줄도 모르잖아!”

“그게 당신이 원하는 전부입니까?” 제이크가 다시 그녀에게 물었다.

“그럼 내가 룩스라도 달라고 할 줄 알았어?” 그의 눈을 똑바로 쳐다보며 스칼렛이 말하자 제이크는 그녀의 옷에 새겨진 스칼렛이라는 이름이 눈에 들어왔다. 그리고는 그녀의 눈을 잠시 들여다보던 제이크는 뒤로 돌아가서 에디한테 안겨 있던 고양이를 다시 안아 들고는 그녀에게 전해 주었다.

"여기, 받으세요. 스칼렛. 그리고 이건 뇌물입니다." 제이크는 그녀의 생체 칩에 1000룩스를 전송시켰다.

"이봐요! 내가 언제!" 제이크는 화를 내는 스칼렛을 뒤로한 채 잘 부탁한다며 손을 들어 인사하곤 에디와 함께 안으로 들어가 버렸다.

손목에 표시된 룩스의 숫자를 보고는 앞으로 적어도 몇 달간은 밤에 전기 걱정 없이 살 수 있겠다고 생각하는 그녀였다. 룩스는 에너지를 살 수 있는 단위였으며 전기가 없이는 그 어떤 기본 생활조차 불가능하였기에 전 세계에서 모든 통화 화폐는 룩스로 통일되었고, 칸델라들은 룩스가 거의 무한대였으며 큐비들은 주로 주급이나 월급으로 룩스를 받았다. 큐비들은 주말에 열심히 다른 일을 해야만 주중에 전기를 쓸 수가 있었다.

고양이를 안고 안으로 들어간 그녀는 직원 화장실로 들어가 마른 수건으로 고양이를 감싸서 젖은 털을 비벼 주었다. 그러자 점점 고양이의 검은색 털이 서서히 말라 갔다. 탁자 위에 있던 물병의 물을 모두 따라 버린 후 세면대에서 따듯한 물을 받아서 고양이에게 안긴 후 수건을 감싼 채로 주차장으로 급하게 나와서 음성으로 시동을 걸자 자동차가 그녀의 앞으로 시동이 걸린 채 다가왔다. 그녀는 차에 타서 히터를 켜도록 명령했고 내부 온도가 올라가기 시작하자 히터 앞의 검은 새끼 고양이는 서서히 기운을 차리는 것처럼 보였다.

"이제 다 괜찮아질 거야. 아가야." 그녀는 조심스럽게 고양이 머리를 쓰다듬었다.

Beo Nox의 시작

AI가 모든 생활의 기본이 된 현대 사회에서 UE에 본사를 둔 글로벌 기업 Silva는 모든 엘리트 칸델라들이 연구원으로 근무하고 싶어하는 최고의 AI 일류 기업이었다. Silva는 AI 기업형 기반 시스템은 물론이고 칸델라와 큐비들의 모든 생활형 가전과 자동차, 통신까지 거의 모든 영역에 걸쳐 사업을 확장시켜 왔다. 그리고 모든 장비들끼리 네트워크로 연결시켜 축적한 빅 데이터들을 비밀리에 최고위원회에 보고하는 일까지 담당하고 있었다.

Silva의 CEO 제프리 번디는 최고위원회의 전폭적인 신임을 받으며 그들이 원하는 모든 정보를 제공해 주었다. 제프리는 LK-10레벨로 칸델라 중에 최고 등급이었으며 이는 전체 칸델라 중 상위 0.01%를 의미했다. 그는 상위 0.01%라는 레벨에 걸맞는 큰 키에 금발 머리, 완벽한 외모를 가진 사람이었지만 주변에는 가족도 친구도 가까이하지 않아 그 누구도 그의 사생활에 관해서 아는 사람이 없었다. 루모 시티 본사 건물 제일 위층에 위치한 그의 방에 누군가 노크하는 소리가 들렸다.

"네, 들어오십시오." 그가 말하자 문을 열고 들어오는 최고위원회 루멘 중 일원인 T가 웃으면서 들어와 그에게 악수를 청했다. 제프리는 자리에서 일어나 반갑게 악수를 한 후, T를 자리에 앉으라고 권했다.

"지난주에 Beo Nox가 최종 테스트 단계에 들어갔습니다. 요청하신 대로 대부분의 큐비들이 모두 현혹될 수밖에 없는 최고의 장치입니다. 여기 1차 인체 테스트 결과입니다."

T는 그에게 건네받은 결과지를 천천히 훑어보았다.

"반신반의했는데 정말 대단하구만! 제프리!! 자넨 정말 천재야!"

"아닙니다. 아직 보완해야 할 사안이 많습니다. T."

"아니야, 아니야, 이 정도면 아주 훌륭해! 정말 만족스럽네. 슬로건도 아주 혁신적이구만. '꿈으로 인생을 리셋하라.'라니… 하하… 벌레 같은 큐비들이 아주 혹할 만해."

"하루하루 고통스러운 인생을 푼돈을 벌기 위해 발버둥 치는 큐비들에게 이보다 더 좋은 게 있을까요? 꿈으로 전 세계 제일 부자도 될 수 있고, 최고의 미녀가 될 수도 있으며 내가 원하는 모든 것을 다 가질 수 있게 되는 겁니다."

"근데 이게 어떻게 큐비들을 제거하는 데 가장 좋은 방식이라는 건가?" T가 그에게 물었다.

제프리는 그의 얼굴로 가까이 다가가서 조용하고 나직하게 말했다.

"세상에서 가장 절망적인 게 뭔지 아십니까?"

"그게 뭐지?"

"희망을 주었다가 가장 행복할 때 빼앗는 것입니다." 제프리는 싸늘한 표정으로 T에게 말했다.

"역시 제프리 자네는 천재가 맞아! 하하하." T는 박수를 치며 기뻐했다.

검은 고양이

아파트 문을 열고 안으로 들어오는 스칼렛의 손에는 검은 고양이 한 마리가 안겨 있었다. 그녀는 익숙한 듯 라이터를 꺼내 방을 밝힐 수 있는 초를 켰다. 밤에 필요한 빛 에너지를 포함한 모든 전기는 룩스로 구매해야 했기 때문에 해가 지고 난 이후에는 HM 시티 큐비들의 거주지에는 불빛이라고는 거의 찾아볼 수가 없었다. 거의 모든 이들이 초를 이용해서 방을 겨우 밝힐 정도의 빛을 사용했으며 겨울에는 난방을 할 수 있는 전기 히터를 켤 수가 없어 벽난로를 사용하였다.

반면, LUMO 시티의 칸델라들은 무한으로 에너지를 쓸 수가 있었고, 24시간 대낮처럼 밝은 실내와 컴퓨터를 비롯한 모든 첨단 기기들을 아무런 제한 없이 쓸 수 있었다. 그들이 가진 룩스는 큐비들에 비하면 거의 무한대급에 가까웠기 때문에 가능한 일이었다. 이는 최고위원회에서 결정한 것으로 지배하는 칸델라 계층과 지배당하는 큐비들에게는 그것이 가장 기본적인 첫 번째 사회 법칙이었다.

"스칼렛! 스칼렛 너 왔어?" 자신을 찾는 엄마 목소리에 그녀는 방문을 열고 엄마 방으로 들어갔다.

"엄마, 얘 좀 봐봐. 너무 귀엽지?" 그녀는 자신의 품에 안긴 작은 검은 새끼 고양이를 엄마에게 내밀었다.

"어머, 정말 귀엽구나. 어디서 난 고양이야?"

"응, 친구가 갑자기 키울 수가 없어졌다고 준 거야."

"그래? 근데 어떻게 키우려고? 넌 학교도 가야 하고 일도 해야 하는데 난 움직일 수가 없으니…." 시무룩한 표정으로 엄마가 말했다.

“괜찮아, 고양이는 처음부터 화장실도 잘 가리고 알아서 잘 큰대. 켈리가 여러 마리 키우고 있으니까 도움받으면 돼. 걱정 마.” 엄마는 죄책감 때문인지 미안한 마음에 씁쓸하게 웃으며 그녀에게 물었다.

“남자아이야? 여자아이야? 이름은 뭐라고 지을 건데?”

“썸머야, 여자아이니까. 어때? 잘 어울리지?” 엄마는 스칼렛에게 왜 썸머라는 이름을 지어 준 거냐고 물었고 그녀는 자신의 생일이 여름이기 때문이라고 대답했다. 그런 그녀를 보며 엄마는 잘 어울리는 이름이라면서 고양이의 머리를 쓰다듬어 주었다. 스칼렛은 잠시나마 고양이로 인해 엄마와 행복한 시간을 보낸 것 같아 기분이 좋으면서도 힘든 엄마를 위해 아무것도 해 줄 수 없다는 게 마음이 아팠다.

언제부터였을까… 이렇게 되어 버린 게… 생각해 보면 모든 불행은 엄마가 아빠에게 버림받은 후 시작되었다. 엄마의 신분은 큐비였지만 칸델라 아빠와 그녀를 낳았고 엄마는 자신의 딸이 칸델라가 되길 원했지만 아빠는 딸을 칸델라로 만들어 주겠다는 약속을 어기고 자신과 딸을 버리고 떠나 버렸다. 그 충격으로 엄마는 그를 원망하며 심한 우울증에 빠져 버렸다. 엄마는 음식이 주는 포만감으로부터 나오는 호르몬에 중독되어 점점 폭식증으로 변해 갔고 몇 개월만에 체중은 감당할 수 없을 만큼 늘어났지만 큐비들이 먹을 수 있는 음식은 거의 모두 지방이 가득한 가공식품뿐이라서 체중 조절을 한다는 것은 거의 불가능한 일이었다. 스칼렛은 엄마에게 음식을 주지 않으려 싸우기도 하고 방에 가두기도 하고 할 수 있는 모든 일을 다해 봤지만 생계를 책임져야 했기에 24시간 엄마 곁에서 항상 감시를 할 수도 없었다. 결국 그녀가 할 수 있는 건 BD가 되어 엄마를 병원에서 치료받게 하는 것뿐이라는 걸 깨닫고 난 후, 그때부터 스칼렛은 미친듯이 학업뿐만 아니라 BD가 되기 위해 열심히 노력해 왔다.

BD는 Boundary의 약자로서 칸델라와 큐비의 중간 계급으로 음악, 미술, 문학 각 3가지 분야에서 특출난 재능을 가진 사람만을 선출해서 큐비들의 교육을 담당함과 동시에 정부에서 주는 높은 룩스를 받을 수 있는 큐비들에게는 유일한 출세의 기회였다. 스칼렛은 아버지에게서 물려받은 칸델라의 출중한 외모와 월등한 유전자의 힘으로 학업 능력이 매우 뛰어났으며 더불어 미술에서도 특별히 뛰어난 재능을 보였다.

❄

다음 날, 스칼렛은 아침 햇살이 드리워지는 자신의 침대 위에 어느새 올라와서 동그랗게 웅크려 자고 있는 고양이를 발견하고는 어제 있었던 일들이 새삼 생각났다. 그녀는 일어나자마자 마트에 가서 고양이 화장실과 모래 그리고 먹을 것들을 사서 돌아왔다. 고양이에게 밥을 주고 난 후, 새로운 집에 적응할 수 있도록 자리를 마련해 주었다. 그리고 엄마 방에 들러 음식을 챙겨 준 후 학교로 향했다.

"스칼렛~ 오늘 좀 늦었네? 나랑 비슷하게 오다니?" 차에서 내리는 그녀에게 켈리가 반갑게 인사했다.

"켈리! 그렇지 않아도 너에게 연락하려고 했었어."

"응? 무슨 일인데?"

"나 갑자기 고양이가 생겼거든. 아침에 마트에서 화장실이랑 모래랑 사료 사서 줬는데 고양이는 처음이라 잘 몰라서 말이야."

"몇 개월인데? 성별은?"

"그건 잘 모르겠는데? 한 요만하던가?" 손으로 고양이 크기를 보여 주는 그녀였다.

"아, 그리고 여자아이야."라며 살짝 미소지었다.

"흠… 한 3~4개월 정도 되었겠구나. 확실하진 않지만…, 그렇다면 사료랑 고양이용 우유나 습식사료를 함께 주는 게 좋을 거야."

"아… 그렇구나." 스칼렛이 켈리에게 대답했다.

"품종은? 아님 혼혈인가?"

"잠시만…" 그녀는 팔목에 찬 디바이스를 연결해서 홀로그램으로 고양이 영상을 켈리에게 보여 주었다.

"아~ 봄베이로구나? 검은색 털에 황금색 눈동자를 가진 걸 보니까 말이야."

"봄베이?"

"응, 예쁘고 사교성 좋고 애교 많기로 유명한 아이지. 털도 엄청 부드러운데…."

"그렇구나. 넌 정말 고양이에 대해서 많이 아는구나. 앞으로도 모르는 게 있으면 물어볼게. 알려 줄 수 있어?"

호기심 어린 스칼렛은 자신의 질문에 웃으며 언제든지 필요할 때 연락하라는 켈리와 작별 인사를 하고 학교로 향했다. 스칼렛이 다니는 대학교는 UMHC로 칸델라 의사 연구원들을 보조할 수 있는 전문 인력을 양성하는 의학 전문 대학교였다. 칸델라 의사는 의학 전문 기술을 가진 LK-M 그룹으로서 주로 의학 이론 연구자들이었고 거의 대부분의 수술은 로봇 의술 시스템이 대체하였다. 큐비 의사는 의대를 졸업하고 자격을 취득한 프리닥터로서 노동권 계급이었지만 큐비들의 모든 수술과 처방 및 진단을 할 수 있는 의학 지식이 있는 전문 인력으로 큐비들 중 상위 5% 안의 지적 능력을 가진 최고의 인재들이었다.

스칼렛은 강의실에 도착해서 자리에 앉았다. 곧 브릿 교수의 강의가 시작되었다.

"조현병이란 인지기능과 활동에 장애를 경험하는 상태를 말한다. 환자는 주로 망상적 사고와 지나친 경계심 등을 보이며 주위 환경에 대한 정확하지 못한 해석을 비롯 의사 결정과 문제를 해결하는 데 있어서 장애를 가지게 된다. 때로는 사회 부적응적인 돌발적인 행동의 양상도 보인다." 브릿 교수는 강의를 하다가 갑자기 스칼렛에게 물었다.

"조현병의 원인은 무엇이지? 스칼렛?"

"극심한 스트레스와 유전적 요인, 불안, 공포 등입니다." 스칼렛이 대답했다.

"맞아, 그렇다면 만약 환자가 치료를 거부하면서 말을 하지 않는다면 어떻게 할 텐가?" 교수가 그녀에게 다시 물었다.

"환자에게 신뢰감을 주는 게 가장 우선시되어야 할 요소입니다. 시간을 들여 환자와 신뢰감을 쌓은 후 자신의 감정을 말로 표현할 수 있도록 도와주어야 함과 동시에 현실에 초점을 두어 환자의 잘못된 믿음과 불안을 조절하는 사고중지 기법 등을 사용해야 할 것입니다."

수업 종이 울리자 학생들은 책과 노트 등을 챙겨 배낭에 넣고 나가기 시작했고 스칼렛도 나갈 준비를 하고 있었다.

"잠깐 내 방으로 와서 좀 볼 수 있을까?" 브릿 교수가 물었고 스칼렛은 가방을 싼 다음 강의실을 나와 교수의 방에 도착했다. 교수가 앉으라고 권하자 그녀는 테이블 맞은편 의자에 앉았다.

"자격증 시험 결과는 어떻게 되었니?"

"아직이요. 내일 발표가 난다고 알고 있습니다."

"좋은 결과가 있을 거야. 넌 모든 과목에서 탑이니까. 스칼렛…, 지금 학업과 일을 병행하고 있는 걸로 알고 있는데 힘들지 않아?"

"아니요. 괜찮습니다."

"어머니 상태는 어떠신 거니?" 브릿 교수는 걱정스러운 표정으로 그녀에게 물었다. 잠시 망설이던 그녀는 걱정해 주셔서 감사하다는 인사와 함께 당연히 자신이 해야 할 일이라며 아무렇지 않게 대답했다.

"내가 지금부터 너한테 특별한 제안을 하려고 하는데, 만일 네가 이걸 받아들인다면 어머니 치료비는 물론 앞으로 너에게 필요한 모든 지원을 받을 수 있을 거야."

"네? 지금 무슨 말씀을 하시는 거죠?" 그녀는 매우 놀라서 눈을 크게 뜨고 흥분한 목소리로 교수님께 되물었다.

"스칼렛, 넌 정신분석학에서 아주 뛰어난 학생이야. 난 네가 어려운 형편을 이겨 내고 잘되길 진심으로 바랐고 드디어 너에게 기회가 온 거란다."

브릿 교수는 스칼렛에게 칸델라 지역인 루모 시티 AD-01으로 들어갈 수 있는 출입 패킷을 넘겨주었다. 그녀는 교수님과 인사를 한 후, 주차장으로 내려와 자신의 자동차 앞 유리에 부착된 패킷 인식기에 받은 패킷을 꽂았다. 그러자 앞 유리에 주소와 함께 운전 방향 그리고 [스칼렛 리브스의 예상 도착 시간 20분]이 카운트 다운되었다. 운전은 AI 시스템에 의해서 자동으로 움직였으며 차가 출발하자 그녀는 생각에 잠긴 듯한 표정이었다.

잠시 후, 큐비 지역(HM 시티)과 칸델라 지역(LUMO 시티)의 출입구를 구분 짓는 GAP 차단 구역에 들어서자 무장한 군인들과 자동 감시 시스템이 모든 차량을 통제하고 있었다. 그녀의 차량을 확인한 공무원은 그녀를 내리게 해서 클린룸으로 그녀를 안내했다. 입고 있던 모든 옷을 벗어서 락커에 넣은 다음 온 몸을 자동으로 소독하고 스캔실에 들어가자 자동 스캐너가 그녀의 몸을 스캔했다. 문을 열고 나오니 칸델라들이 입는 유니폼이 놓여 있었고 그녀는 옷을 갈아입은 후 밖으로 나와 다시 차에 탔다. 드디어 두꺼운 강철 차단막이 자동으로 천천히 좌우로 열리며 안으로 들어갈 수가 있었다.

그녀는 단 한 번도 살아서 AD-01 지역에 들어올 수 있을 거라는 생각을 해 본 적이 없었기에 창밖으로 보이는 모든 최첨단 기기와 최고급 맨션들로 이루어진 거리의 모습이 너무나 놀랍고 신기하기만 하였다. 어떻게 같은 세상에 이런 곳이 있었던 것인지 마치 시간을 100년은 앞서 미래 사회에 온 듯한 느낌마저 들었다. 무엇보다 저녁에도 대낮처럼 환한 루모시티 모든 거리의 풍경들은 밤마다 촛불로 버티는 나와는 너무나 다른 사람들이라는 걸 다시 한번 느끼게 해 주는 것 같았다.

저택들 중 가장 호화로워 보이는 집 입구의 문이 열리고 안으로 들어가 건물 입구에 도착하니 그녀의 차에서 도착하였다는 AI 보이스가 들렸다. 곧이어 차 문이 열리고 차에서 그녀가 내리자 어떤 여자가 그녀를 기다리고 있었다.

"당신이 스칼렛 리브스인가요?" 그녀를 쳐다보는 여성은 조각 같은 아름다운 얼굴에 새하얀 피부와 금발머리를 가진 전형적인 최고 레벨 칸델라였다. 머리카락 하나라도 빠져나오지 않게 뒤로 묶은 포니테일 스타일에 하얀 유니폼 차림의 여성은 그 어떤 결함도 용서하지 않을 것 같은 분위기를 풍겼다.

자신의 이름은 안나이며 이 집의 주인이라고 소개한 그녀는 간단한 인사를 한 후 스칼렛을 꼼꼼하게 탐색하는 시선과 함께 집 안으로 안내했다. 대저택 안은 그 어떤 불필요한 물건이 없었으며 화이트 벽에 그레이색 카펫, 그리고 같은 무채색의 가구들이 있었고 대형 유리창 밖으로는 최고급 럭셔리 슈퍼카 여러 대가 보였다. 스칼렛이 안나가 권하는 테이블에 앉으려고 하는데, 엘리베이터 도착 소리와 함께 젊은 여자가 테이블로 다가왔다.

"오 마이 갓~. 우리 구세주님께서 드디어 도착하셨군요! 너무 반가워요!" 그녀를 보며 기뻐서 어쩔 줄 모르는 젊은 여자가 어리둥절한 스칼렛은 어색한 웃음을 지어 보였다.

"내 이름은 크리스틴이에요. 당신이 오는 날을 얼마나 손꼽아서 기다렸는지 몰라요. 정말 너무 보고 싶었어요." 자리에서 폴짝거리며 기뻐하는 크리스틴이 이젠 약간 귀엽게 느껴질 정도였다.

"크리스틴! 나대지 말아라. 품위 없게." 그녀는 엄마에게 혼난 뒤 눈치를 보면서 반가웠다고 말했다. 그리고 자신은 방은 4층이라고 알려 주며 다시 엘리베이터를 타고 올라갔다.

"UMHC 대학교에서 성적이 최상위 등급이고 특히 정신분석학에 뛰어난 재능이 있다고 들은 거 같은데 맞나요?" 안나가 스칼렛에게 진지한 얼굴로 물었다.

"네, 최고 등급은 맞습니다. 재능이 있는지는 모르겠지만 정신분석학은 제가 많이 좋아하는 분야입니다."

"이런 얘기하기 창피하지만…. 음…." 안나는 테이블 위에 올려놓은 손으로 주먹을 쥐었다 폈다하며 한참을 망설였다.

"사실은…, 아들이 정신적으로 문제가 있어서 방 안에서만 생활하고 있어요."

"밖으로 전혀 나가지 않나요?"

"방 밖으로 안 나온 지 3년이 넘었어요." 안나는 심각한 표정으로 대답했다.

"죄송하지만 이해가 되질 않는군요. 칸델라시면 얼마든지 좋은 의사분께 치료를 받으실 수 있을 텐데 왜 저에게 부탁하시는 거죠?"

"유전자적 결함이라면 칸델라 의사 치료로 충분히 가능한 일이겠지만 후천적으로 발생한 병이라 그들이 할 수 있는 방법이 없어요. 우리는 선천적으로 그 어떤 정신적 결함이 없는 유전자를 가지고 있고 따라서 칸델라 의사는 후천적 질환에 대해서는 알 필요도 없고 알 수도 없습니다. 그리고 사정상 외부에 우리 가정의 문제가 노출되어서도 안 됩니다." 안나의 설명을 듣고 나서 스칼렛은 칸델라들이 정신적 결함이 애초에 없는 유전자라는 게 놀라웠다. 인간의 신체와 수명이 유전학의 발전으로 이미 불멸의 경지를 초월했음은 알고 있었지만 사람의 정신이라는 게 어떻게 유전자의 재조합으로 통제될 수가 있다는 것인지 이해가 잘되질 않았고 이에 혼란스러웠다.

"안나 씨 말씀에 따르면 칸델라들은 유전자 조작으로 인해 정신 질환이 있을 수가 없는 조건인 거 같은데 어떻게 후천적으로 발병이 가능한 거죠?"

"그 질문은 저한테 할 게 아니라 스스로 답을 찾아내셔야 하는 게 아닌가요?" 안나의 답을 듣고나서 스칼렛은 시선을 잠시 오른쪽 아래로 내리깔고는 작게 한숨을 쉬었다.

"환자는 지금 어디에 있습니까?" 그녀가 묻자 안나는 엘리베이터로 그녀를 안내해서 5층을 눌러주고는 다시 내렸다. 잠시 후, 스칼렛은 엘리베이터 문이 열려서 내리자마자 코끝을 찌르는 악취에 저절로 인상이 찌푸려졌다. 하지만 그녀는 바닥에 깔린 쓰레기들을 이리저리 피해 가며 사람의 형상을 찾아 앞으로 걸어 들어갔다. 마침내 컴퓨터 테이블 앞에서 쓰레기 더미에 파묻혀 있는 덥수룩한 머리에 지저분한 행색의 한 남자가 보였다.

"안녕하세요? 전 스칼렛 리브스라고 합니다." 그녀가 조심스럽게 말을 건네었으나 그는 모니터에 열중하느라 그녀의 말을 듣지 못하는 듯했다.

"저기요, 안녕하세요? 저와 잠시 말씀 좀 나눌 수 있을까요?" 하지만 그는 여전히 대답이 없었다. 그녀는 쓰레기 더미들 사이에서 의자 하나를 찾아서 근처로 가져가 그의 뒷모습을 바라보며 자리에 앉아 한참을 기다렸다. 키보드를 두드리던 그가 갑자기 기능 키를 누르자 모니터 화면이 바뀌었고 그는 모니터를 통해 글을 써내려 갔다.

[네가 올 줄 알고 있었어.]

스칼렛은 깜짝 놀라 일어나 그의 얼굴을 보기 위해 앞으로 가서 그의 의자를 돌렸다. 남자는 지저분한 머리에 얼굴을 덮은 수염과 씻지 않은 몸에서 고약한 냄새가 진동했다. 하지만 그 짧은 순간에도 그의 에메랄드빛 눈동자에서는 사람을 빨아들이는 신비한 기운이 느껴졌다.

"당신, 나를 아나요? 누구죠?" 그녀가 물었다.

"난 네가 올 거라는 걸 알고 있다고 했지, 네가 누군지 안다고 하진 않았어."

"그게 대체 무슨 말이죠?"

"난 PL이었으니까…." 그녀는 깜짝 놀라 할 말을 잃었다. PL은 프리스트 레벨로서 최상위 계급인 예언가 그룹으로 영적으로 선택받은 사람들이었고 앞으로 일어날 일들을 예언하는 신적인 존재들이기 때문이었다. 그들에 대한 어떠한 정보도 칸델라는 물론 큐비들에게도 노출된 적이 없으며 그들은 철저하게 외부로부터 보호되어 왔고 최고위원회조차도 그들의 의견은 절대로 무시할 수 없었다. 그들은 신과 인간들을 연결 지어 주는 유일한 존재로서 모든 이들에게 신비로운 존재로 여겨지는 사람들이었다.

"내가 당신 말을 믿을 거라고 생각하나요?"

"믿지 않아도 좋아. 난 앞으로 일어날 일들을 보는 것뿐. 신이 아니니까."

"만일 당신 말이 사실이라면 왜 3년 동안이나 방 밖으로 나가지 않은 거죠? 당신 말대로라면 당신은 정상이니까 방 안에만 있어야 할 이유가 없지 않나요?"

"네가 올 때까지 기다린 거야. 난… 그 시간이 3년이 걸린 거고…" 그녀는 도무지 이 상황이 이해가 되질 않았다. 어쩌면 그의 모든 말들은 조현병 증상의 일종인 망상의 발현일지도 모른다고 생각했다.

"알겠어요, 제 이름은 스칼렛 리브스입니다. 당신의 이름은 뭐죠?" 그녀가 물으니 남자는 어이가 없다는 듯 한참을 웃었다.

"내 이름은 노아 클리프리드입니다. 스칼렛 양… 축하합니다." 그는 미소인지 아닌지 모를 묘한 표정으로 그녀에게 말했다.

"축하라니, 뭘 축하한다는 거죠?"

그의 말이 끝나자마자 친구 켈리에게 온 전화벨이 시끄럽게 울려 댔다.

"켈리, 나야. 나 지금 인터뷰 중이라서 통화하기 곤란한데 이따가…"

📞 "스칼렛!!! 합격이야 합격이라고!!!" 켈리가 미친 듯이 소리를 질렀다.

"무슨 소리야? 자격증 발표는 내일이잖아."

📞 "원래는 그런데 아까 학장님 방에 논문 제출 사인받으러 갔다가 명단을 봤다니까! 확실해, 너랑 나랑 합격이라고!!" 그녀의 흥분된 목소리가 조용한 방 안에 시끄럽게 울려 퍼졌다.

"알았어. 일단 끊어." 전화를 끊고 나서 스칼렛은 무덤덤한 표정으로 노아를 바라보았다. 그녀는 이런 정보를 미리 알아내는 게 뭐 대단한 일이냐는 듯 당신의 말을 믿지 않는다고 대답했다. 그리고 자리에서 일어나서 나가려 했다. 그런 그녀에게 노아는 내 말을 믿어 달라고 말한 적은 없다면서 이걸 가져가라며 갑자기 수건을 던져 주었다. 그녀가 얼떨결에 수건을 받아서 문을 열고 나가는데, 동시에 노크하면서 들어오는 크리스틴과 부딪치며 크리스틴이 가져온 음료수가 그녀의 옷에 엎질러졌다.

"어머! 죄송해요. 어쩌죠?" 스칼렛의 젖은 옷을 보며 미안해하는 크리스틴에게 그녀는 괜찮다고 말하고는 노아가 준 수건으로 음료수를 닦아냈다. 스칼렛은 뒤를 돌아 노아를 보았고 그는 한쪽 팔로 팔짱을 낀 채 오른손으로 그의 입술을 만지며 그녀를 향해 살짝 미소 지었다.

"정말 괜찮아요? 새 옷으로 갈아입어요. 제 방으로 가요." 크리스틴이 스칼렛의 손을 잡고 4층으로 그녀를 데려갔다. 그녀의 방은 천장이 매우 높았으며 하얀색의 가구들로 장식되어 있었고, 족히 사람 몇십 명은 지내도 될 만큼 아주 넓었다. 그녀의 드레스 룸에는 유니폼 섹션과 명품 드레스와 가방, 구두들로 가득한 주말용 섹션이 따로 구분되어 있었는데 모든 옷들은 색깔별로 잘 정돈되어 있었다. 스칼렛은 크리스틴이 준 옷으로 갈아입고 밖으로 나오자 소파에 안나와 크리스틴이 함께 앉아 있었다.

"저희 아이가 실수를 했다고 들었습니다. 죄송합니다. 스칼렛." 안나가 말했다.

"아닙니다. 제가 부주의했습니다."

"브릿 교수님께 약속드린 대로 미리 한 달 치 임금을 전송시켰습니다."

"네? 아니, 그러실 필요는 없는데요."라며 손목을 확인하자 5000룩스가 이미 찍혀 있었다. 엄마와 두 달도 넘게 전기를 펑펑 쓴다 해도 남는 양의 룩스였다. 이건 너무 많은 금액이라 부담스럽다고 안나에게 말했지만 그녀는 다음 주에도 꼭 와 달라는 인사말로 대신한 채 현관문까지 크리스틴과 함께 배웅을 해 주었다.

스칼렛이 혼자 주차장으로 나와 자신의 차에 타려고 걸어가는데 슈퍼카 한 대가 주차장으로 들어오고 있었다. 다가오는 차의 전조등 빛 때문에 눈이 부신 그녀는 잠시 멈추어 서서 손으로 자신의 눈을 가린 채 제자리에 서 있었다. 잠시 후, 차가 멈춘 뒤 문이 열렸고 한 남자가 내리는 모습이 보이는 듯했다. 키가 상당히 큰 것 같은 그 남자는 그녀 쪽으로 다가왔다.

"이럴 수가! 그쪽이 노아 형을 치료하러 온 의사라구요?" 그녀는 어이없다는 듯 웃고 있는 그 남자의 얼굴을 올려다보았다. 그는 바로 클럽에서 만나 그녀에게 고양이를 건네주었던 제이크였다.

"당신이 노아 씨의 동생인가요?"

"네, 제 이름은 제이크 클리프리드입니다. 스칼렛."

"내 이름은 어떻게 아는 거죠?"

그는 클럽에서 네임테그에 있는 이름을 보았다고 대답했고 그때를 떠올리자 지금 유니폼을 입은 그녀의 모습이 칸델라와 너무 흡사하다고 생각하는 제이크였다. 그리고 대체 이 여자의 정체가 뭘까 점점 더 궁금해지기 시작했다.

"고양이는 잘 지내나요? 이름은 지었어요?"

"네, 썸머라고 지었어요."

"썸머라…, 여자아이였던가요?" 그의 질문에 그녀는 맞다고 대답했다. 스칼렛은 클럽에서 봤던 모습과는 다른 단정한 유니폼 차림의 그가 왠지 낯설게만 느껴졌다.

"형이랑은 말은 좀 해 봤어요? 저희 가족이랑은 거의 말을 안 하고 살아서요."

"형의 직업은 뭐였나요?" 스칼렛이 그에게 물었다.

"원래는 성직자가 되고 싶어 했는데 수련 과정 중에 문제가 생겨서 포기하고 나온 걸로 알고 있습니다."

"이유가 뭐였는데요?"

"글쎄요, 본인이 말을 하지 않으니 저도 모르죠." 제이크는 남의 일처럼 무표정하게 대답했다.

그녀는 형이 3년간 집 밖에 나가지도 않은 채 방 안에만 있었다면서 정작 형에 대해서 별로 아는 것이 없는 것 같은 제이크가 이상하다고 생각했다.

"학창 시절에는 특이한 점 같은 건 없었나요?" 스칼렛은 다시 그에게 물었다.

"아마 중학교 때인가 학교에서 어떤 문제가 생겨서…"

"문제라면 어떤 문제를 말하는 거죠?" 그녀의 질문에 그는 곰곰이 예전 일을 떠올리는 듯 한쪽 고개를 살짝 들고 두 눈을 약간 위로 응시하면서 대답하기 시작했다.

"형이 중학교 2학년 때인가 같은 반 친구가 있었는데 그 친구 아버지가 비행기 사고로 돌아가실 거라고 비행기를 타지 못하게 해야 한다고 형이 친구한테 말했거든요. 그런데 그 일이 실제로 일어나 버려서 중학교 내내 학교에서 왕따를 당한 걸로 알아요."

제이크의 말에 따르면 노아는 실제로 미래를 보는 능력이 있었고 이를 두려워한 학교 동기들로부터 형이 학창 시절 따돌림을 당한 사실을 말해주었다. 어느 날, 사제 복장을 한 남자들이 찾아와 형에게 기숙사가 딸린 특수 사제대학교로 입학할 것을 제안했고 부모님이 이를 허락하여 그 대학교에 입학한 후 소식이 없다가 2년 뒤에 집으로 돌아와서는 아무 말도 없이 3년간 방 안에만 틀어박혀서 지내게 되었다고 말했다.

"프리스트는 하고 싶다고 아무나 될 수 있는 게 아닌 걸로 아는데 맞나요?" 그녀가 물었다.

"그건 저도 잘은 모릅니다만, 아마 시립 도서관에 가면 프리스트에 관한 책이 있을지도 몰라요."

시립 도서관에는 온갖 종류의 책이 모두 갖추어져 있었지만, 칸델라가 볼 수 있는 책들과 큐비가 볼 수 있는 책들은 엄격하게 구별되어 있었고 특히 큐비가 칸델라 영역의 책을 볼 수는 없었다.

"알다시피 제가 신분이 칸델라가 아니라서 도서관에서 책을 볼 수가 없을 것 같네요."

"흠…, 그렇다면 제가 한 번 방법을 마련해 보겠습니다. 이번 주말에 도서관에서 만나요." 갑작스러운 그의 제안에 스칼렛은 잠시 망설였다. 하지만 이미 룩스를 받은 만큼 노아와 관련된 증상에 대해서 더 알아야 처방을 할 수 있었기에 별다른 대안이 없다고 생각한 그녀는 그의 제안을 받아들였다.

그와 헤어져 집으로 다시 돌아오면서 차단 구역 근처에 다다르자 환했던 낮에서 어두컴컴한 밤의 영역으로 순식간에 변하는 것처럼 느껴졌다. 다시 원래의 옷으로 갈아입고 집으로 돌아온 그녀는 전송받은 룩스로 거의 1년여 만에 밤에 환하게 집 안의 모든 전등을 켰다. 썸머가 야옹거리면서 그녀에게 다가와 그녀의 다리에 제 몸을 비비면서 반겼다.

"스칼렛? 스칼렛? 네가 불 켠 거야? 우와! 이게 대체 얼마 만이니!" 엄마의 흥분된 목소리가 거실까지 들렸다. 그녀는 썸머를 안고 엄마에게 급하게 뛰어갔다.

"엄마! 나 새로운 일을 구했는데 보수가 진짜 좋아. 선입금으로 5000

룩스나 받았지 뭐야?" 그녀가 자랑스럽게 엄마에게 말했다.

"정말이야? 아이구 우리 딸, 정말 장하구나." 엄마는 기뻐서 몸을 돌려 딸에게 손을 뻗었다. 그때 엄마의 몸에 눌린 배변 호스가 빠져서 침대 밑으로 오물이 흩어졌다. 엄마는 당황해서 어쩔 줄 몰라 했고 스칼렛은 재빨리 수건을 물에 적셔 와서 닦아 냈다. 그리고는 엄마에게 묻은 오물도 천천히 꼼꼼하게 닦았다.

"미안해… 이런 기쁜 날 엄마가…" 엄마의 눈에는 눈물이 가득했고 자신이 살아 있는 게 딸에게 죄를 짓는 것만 같다고 생각했다.

"뭐가 미안해. 그런 말하지 마. 난 엄마가 이렇게 내 곁에 살아 있어 줘서 그것만으로도 너무 감사한 걸…" 그녀는 엄마의 손을 두 손으로 꼭 잡았고, 엄마도 그녀의 손을 함께 잡아 주는 것을 느낄 수 있었다. 그때 TV에서는 시끄러운 광고 소리가 흘러나왔다.

📺 "매일 밤 내가 원하는 대로 꿈을 꿀 수 있다면?"
"꿈으로 당신의 인생을 리셋하십시오! 당신이 원하는 무엇이든 될 수 있습니다!"

📺 "세계 최고의 부자가 되어 써도 써도 줄지 않는 돈을 마음껏 써 보세요!"
"세계 최고의 미남, 미녀가 되어서 수많은 미남 미녀와 연애를 할 수 있습니다!"

📺 "몸이 아프신가요? 건강하고 에너지 넘치는 젊은 몸으로 그동안 하고 싶었던 모든 일을 할 수 있습니다!"
"사랑하는 사람이 세상을 떠나서 이제 다시는 볼 수가 없습니까? 오늘 밤 꿈에서 그리운 이를 바로 만날 수 있습니다!"

“당신의 꿈 Beo Nox가 이루어 드립니다. 당신은 우리의 꿈 이니까요.”

“지금 신청하세요. 출시 기념 3개월의 무료 체험 서비스를 제공합니다.”

– Silva –

엄마는 TV 광고를 보고 난 후 스칼렛에게 신청하고 싶다고 말했고 가만히 누워서 아무것도 할 수 없는 엄마가 안타까웠던 스칼렛은 게임이라도 하면 엄마가 덜 지루할 것 같아 그러라고 허락했다.

❄

TV 광고가 송출된 이후 무료 체험 서비스를 가입하는 큐비 신청자들이 폭발적으로 증가했고 Silva사의 Beo Nox 신청자 수를 나타내는 그래프 수치가 급격하게 상승했다.

연방 최고위원회에서 제프리와 함께 그래프를 보고 있던 최고위원회 루멘들은 감탄하기 시작했다. 큐비들에게 광고를 시작한 시간을 기점으로 10여 분도 되지 않아 그래프의 곡선이 거의 수직으로 증가했기 때문이었다.

“제프리, 정말 대단하네요. 일단 제품 출시는 대성공입니다.” 위원장 K가 박수를 치면서 말했다. 나머지 5명의 위원들도 매우 흡족해하며 기대에 찬 표정으로 제프리를 바라보았다.

“당연한 결과입니다. 왜 태어났는지도 모르는 하찮은 큐비들에게는 살아가는 것 자체가 고통스러울 테니까요. 불과 100여 년 전만 해도 현실을 잊기 위해 술이나 마약에 기대 살았던 한심한 종족 아닙니까? 하하.” 그가 호탕하게 웃기 시작하자 루멘들도 동의하며 따라 웃기 시작했다. 제프리는 다음 단계가 무엇인지 묻는 T에게 일단 최대한 많은 큐비들을 모두 Beo Nox에 빠지게 만들면 저절로 그 다음 단계를 알게 될 것이라는 묘한 답변을 했다. 루멘들이 앞으로 시간이 얼마나 걸릴지 되묻자 그는 다음 단계의 시기는 생각보다 빨리 오게 될 것이라고 말했다. 그리고 구체적인 시기는 다음 달 중순에 열리는 총리선거 날 즘 2단계 결과를 보여 드리겠다고 약속했다.

녹색 옷의 천사

총리는 칸델라들의 투표로 선출되었으며 제이크의 아버지인 프랭크 클리프리드는 10년 주기인 총리직을 3번 연임 중이었고 최장 5번까지 가능한 연임의 4번째 총리직을 걸고 출마한 상황이었다. 선거 유세는 모두 방송 연설만으로 이루어졌는데 이미 모든 것이 충족스러운 칸델라들은 그동안 사실 선거에 별다른 관심조차 없었다. 하지만 그의 오랜 재임 기간 동안 지원을 제대로 받지 못해 연구 실적을 내지 못해 왔던 칸델라 의사 집단은 불만이 쌓여 왔고 그를 대적할 상대로 크리스 월포드를 추대했다. 크리스는 최고의 칸델라 의사로 완벽한 외모는 물론 명석한 두뇌로 모든 칸델라 의사들에게 절대적 지지를 받는 인물이었다.

“크리스 월포드 원장님, 지난주 미시간주의 지지율이 2% 앞선 것으로 집계되었습니다! 축하드립니다.” 정책비서관 제이콥이 말하자 자리에 있던 선거 캠프 사람들은 박수를 치며 그를 축하해 주었다. 크리스는 그들에게 웃어 주며 격려를 한 후 개인 사무실로 들어갔고 제이콥은 그를 따라 들어와 문을 살짝 닫았다.

“다른 주 집계 상황은 바뀌지 않은 거지?” 크리스가 심각한 얼굴로 물었다.

“네, 부동층의 참여도에 따라 달라질 수도 있겠지만 그 가능성은 희박하다고 봐야 합니다.”

“프랭크 쪽 움직임은 좀 어떤가?” 제이콥은 사람을 붙여서 감시하고 있는데 최근에 뭔가 수상한 차량이 프랭크 집 안에 드나드는 것 같다면서 좀 더 시간이 필요하다고 대답했다. 크리스는 최대한 빨리 사실을 알아보라고 그에게 지시했다.

❄

화창한 가을날 오후, Unitec 건물 앞 공원에서 에디는 시계를 보면서 전화를 걸었다.

"여보세요? 제이크, 나 지금 왔어. 어디야?" 그는 주위를 두리번거리며 제이크를 찾기 시작했다. 제이크는 CCTV가 없는 건물 뒤편으로 에디를 불렀다. 그는 제이크를 보자 반갑게 인사하면서 다가왔고 제이크는 주위를 살피며 은밀하게 서류 봉투 하나를 그에게 건네주었다. 에디는 받은 봉투를 열어 살짝 안을 들여다보더니 깜짝 놀란 표정으로 말했다.

"야! 진짜 이걸 구한 거야? 너 진짜 죽인다. 이 자식!"

"형님의 실력이 이 정도다! 임마!" 제이크는 기쁜 표정으로 그를 보며 양팔의 팔짱을 끼고 입을 야무지게 닫으며 건방지게 웃었다. 봉투 안에 있는 건 르네상스 화가 레오나르도 다빈치의 〈비엘을 연주하는 녹색 옷의 천사〉 그림이었다.

칸델라들에게는 과학만이 유일하게 허락된 학문이었고 그들의 종사하는 직업도 모두 과학에 관련된 일이었다. 그들에게 문학과 미술은 완벽하게 배제된 문화였고 음악은 오로지 클래식 음악만이 허락되었다. 유전자 편집 기술의 발전으로 텔로미어[1]의 길이를 늘려 무한에 가까운 수명을 얻고 유전자 재조합 기술로 질병에서 완벽하게 해방되었지만 DNA 세포 분열에서 발생하는 돌연변이로 인한 문학과 예술적 기능의 퇴화라는 부작용을 감수해야만 했다. 이를 충족하기 위해서 그 분야에 뛰어난 큐비들을 선발해 BD라는 중간 계급으로 승급시켜 주는 제도를 만들어 그들을 통해 일부 미술, 문학, 음악을 감상할 수가 있었다. 하지만 동시에 자신들에게는 없는 그들의 예술적 재능을 동경하는 칸델라들이 젊은 층 사이에서 생기고 있었던 것이다.

"와…, 정말 이 색감 그리고 옷 주름 표현 좀 봐, 마치 바람이 부는 순간에 사진을 찍어 놓은 듯 섬세해. 대체 화가들은 어떻게 이런 걸 붓으로 그리는 거야?" 에디는 그림을 보며 감탄을 연발했다.

"그만 좀 봐. 누가 지나다가 보기라도 하면 어쩌냐? 여기서 꺼내면 어떡해! 빨리 넣어. 미친놈아!" 제이크는 주위를 두리번거리며 에디를 재촉했다. 어떻게 구한 거냐는 그의 질문에 제이크는 자신이 개발한 해킹 툴로 access 권한[2]을 얻어 서버관리자에게 추적당하기 직전에 겨우 구한 것이라고 대답했다. 이 정도 작품이면 칸델라 여자들이 서로 보여 달라고 줄을 서겠다며 흥분하는 에디에게 그는 절대로 그림의 노출은 있어서는 안 된다고 단속시켰다.

칸델라 계급에서는 금지된 미술과 문학, 음악에 대한 소지 또는 접촉 적발 시에는 100년의 수명 삭감과 함께 중형의 감금이 선고될 만큼 금기

1) 진핵생물 염색체의 말단에 존재하는 반복적인 염기서열을 가지는 DNA 조각.
2) 접근 권한.

시되는 중범죄였다. 이는 최고위원회 루멘들이 만든 법으로 칸델라들이 미술과 문학과 같은 철학 또는 예술을 가까이하게 되면 과학적 이성이 약화될 뿐 아니라 큐비들과 같은 나약한 존재로 퇴화하게 될 것이라는 칸델라의 1대 창시자 크래비티의 지시에 따른 것이었다. 1대 크래비티는 칸델라의 유전자 조합을 만든 최초의 인물로 칸델라들에게는 신적인 존재였고, 현재 2대 크래비티는 루멘 위원장 K이외에는 직접 얼굴을 본 사람도 목소리를 들은 사람도 없는 미스터리한 존재였다.

"에디! 내가 너 구해 달라는 거 구해 줬으니까 너도 내 부탁 하나만 들어주라." 그의 갑작스러운 요청에 어리둥절해하는 에디에게 제이크는 주말까지 공공기관에서 필요한 가짜 칸델라 출입카드를 부탁했다.

"뭐? 너 미쳤냐? 그걸 주말까지 어떻게 만들어?" 에디는 당황한 표정으로 그에게 말했다.

"내가 지금 너한테 준 게 훨씬 더 어려운 미션이었거든? 이건 애초에 불가능한 미션이었다고!" 제이크가 그에게로 가까이 다가가서 외쳤다. 에디도 그의 말이 맞다는 듯 한발 물러서서는 잠시 망설이더니 어딘가로 전화를 해서 제이크가 부탁한 카드를 급하게 요청했다. 내가 이겼다는 표정으로 그를 바라보는 제이크에게 전화를 뮤트로 한 다음 에디가 말했다.

"야, 근데 나이랑 성별, 인상착의는 뭘로 하냐?"

"20대 초반, 초록 눈, 금발…, 여자." 제이크가 대답했다.

"여자!! 여자라고!!!" 에디가 하도 소리를 크게 질러서 지나가던 칸델라들이 둘이 있는 곳을 쳐다보자 제이크가 재빨리 에디의 옆구리를 팔꿈치로 쿡 쳤다. 에디는 갑자기 찔린 옆구리를 아파하면서도 제이크를 보면서 킥킥거리며 계속해서 웃고 있었다. 그러고 나서는 전화 통화를 마치고 제이크에게 대체 누구냐면서 계속해서 물었다. 당황한 제이크는 아무도 아니라면서 그를 피해서 도망치듯 회사 안으로 들어가 버렸다. 잠시 뒤 제이크에게 에디로부터 문자 메시지가 도착했다.

✉ [오, 하느님 감사합니다. 제 친구의 무성욕을 치료해 주심을…]

제이크는 에디의 문자를 받고 어이가 없어서 고개를 좌우로 흔들면서 답장을 보냈다.

✉ [오, 하느님 부탁드립니다. 제 친구의 과성욕을 치료해 주실 것을…]

❄

시립 도서관 건물은 도심 중앙에 있는 고대 건축물로서 그 규모와 명성은 전 세계적으로 유명하였다. 칸델라와 큐비들은 주말에 한하여 자유롭게 그곳을 드나들 수 있었다. 1층에서 5층까지는 큐비에게 허용된 일반 서적들이었고 6층부터는 칸델라만이 출입 가능한 과학 분야의 서적이 소장되어 있었다. 스칼렛은 5층 휴게실에 앉아서 제이크를 기다리며 BD 테스트 고대 미술 분야 중 바로크 시대의 작품을 스케치하고 있었다.

"어? 이건 카라바조[3] 작품 아닌가요?" 제이크가 집중하고 그림을 그리던 그녀에게 말을 걸자 그녀는 고개를 들어 그를 쳐다보았다. 호기심 가득한 그의 눈동자가 마치 썸머가 배고플 때 사료를 달라고 조르던 눈동자와 비슷하다고 생각하는 그녀였다.

"맞아요, 근데 칸델라가 카라바조를 어떻게 알아요? 미술 분야는 금지되는 걸로 알고 있는데…."

"그래요. 하지만 못하게 한다고 해서 그대로 따르기만 한다면 사는 게

3) 이탈리아 초기 바로크의 대표적 화가. 17세기 유럽 회화의 선구자.

너무 재미가 없죠. 사람은 가끔은 일탈이 필요한 거 아닌가요? 지금 스칼렛이 하게 될 일처럼?"

"그게 무슨 말이죠? 저는 오늘 그쪽이 오라고 해서 온 것뿐이에요." 스칼렛은 어이가 없다는 듯 스케치하던 연필을 내려놓고 다소 퉁명스럽게 말했다. 제이크는 그녀의 기분을 상하게 할 의도는 아니었다면서 사과를 했고 자신은 고대 미술을 진짜 사랑하며 그녀의 재능이 정말 부럽다고 민망할 정도로 그녀를 칭찬했다.

"큐비들은 어떻게 수명이 유한한데도 이런 예술을 추구할 수가 있는 거죠? 동시대에 인정을 받지도 못한다면 죽고 난 뒤의 명성이 무슨 의미가 있습니까?" 제이크는 도무지 이해가 되지 않았다.

"인간은 불완전하기 때문에 예술을 하는 거라고 생각해요. 그 불완전함 속에 결핍된 완전함을 추구하기 위해 계속해서 노력이란 것을 하는 거죠. 만약 우리한테 결핍이란 게 없다면 무언가를 꿈꿀 이유도 없을 뿐더러 계속해서 목표를 위해 끊임없이 노력한다는 것도 무의미한 일일 테니까요."

스칼렛의 답변에 제이크는 칸델라는 완벽하기 때문에 예술을 할 수가 없다고 생각하는 거냐고 물었고 그녀는 단지 수명의 연장으로 모든 결핍이 해소될 수는 없다고 생각한다고 대답했다.

"과학이야말로 인간이 추구해야 할 가장 중요한 분야가 아닌가요? 과학의 발전 없이 지금 우리가 할 수 있는 게 뭐가 있습니까? 현대인은 전기 없이는 단 하루도 살 수 없습니다. 지금 우리가 쓰고 있는 화폐의 단위가 에너지라는 것이야말로 과학이 가장 중요한 수단임을 반증하는 거죠."

"당신은 가장 중요한 걸 모르고 있는 것 같네요."

"그게 뭔데요?"

“과학은 발전의 역사입니다. 과학 분야에 있어서 기존 연구의 기록 없이 갑자기 뭔가를 발견한다는 건 있을 수 없는 일이에요. 당신 칸델라들이 하는 연구라는 건 기존의 연구를 바탕으로 지식을 축적해 가는 일종의 건설 작업일 뿐이에요. 하지만 예술은 창조의 작업입니다. 아무것도 없는 무에서 유를 창조해 내는 고통의 결과물이라는 말이에요.” 제이크는 과학이 발전의 역사라는 그녀의 말에는 동의하면서도 고통의 결과물이라는 말이 무슨 말인지는 이해할 수 없었다.

“자신의 분야에 열정을 갖고 있다는 건 좋은 일이죠. 고통의 결과물이 정확히 무슨 말인지 이해할 순 없지만 당신의 의견을 존중합니다. 내가 하고 싶었던 말은 그저 당신의 재능이 부럽다는 말을 하고 싶었을 뿐이에요.”

“칸델라가 큐비를 부럽다고 하다니 이해하기 힘들군요.”

“당신은…” 무언가 말하려고 하던 제이크는 잠시 망설이다가 그녀에게 에디가 구해다 준 가짜 칸델라 출입카드를 건넸다.

“자, 일단 이거 먼저 받으세요.” 스칼렛은 그가 준 가짜 아이디를 보고는 놀란 눈으로 그를 쳐다보며 지금 자신에게 칸델라인 척 위장을 하라고 하는 것인지 물었다. 그는 프리스트 섹션은 칸델라만이 출입할 수 있을 뿐 아니라 정보에 대한 어떠한 기록도 전송도 할 수 없는 외부와의 네트워크가 완전히 차단된 보안 지역이기 때문에 그녀가 필요한 정보를 직접 알기 위해선 이 방법 말고는 다른 방법이 없다고 했다.

“7층에 올라가면 출입카드로 인증하고 안으로 들어가면 됩니다. 제가 먼저 앞서서 시범을 보일 테니 제가 하는 그대로 따라 하세요.” 둘은 엘리베이터를 타고 7층에 도착했다. 입구에는 출입카드를 대면 자동으로 투명한 차단문이 열리는 구조였다. 제이크가 먼저 출입카드를 대자 모니터 화면에 이름과 사진이 뜨고 문이 열렸다. 그가 먼저 들어간 후, 스칼렛이 카드를 대자 [이브 러브]라고 이름이 뜨면서 문이 열렸다.

“이브? 이브 러브?” 그녀가 어이가 없다는 듯 그를 흘겨보자 제이크는 당황해서 눈을 이리저리 굴리며 손을 휘적거리면서 대답했다.

“아니에요, 정말로 제가 이름 만든 게 아니라구요. 이 자식을 진짜…”

“네? 뭐라구요?”

“아…, 아닙니다….” 그는 무언가를 발견한 듯 코너를 돌아 왼쪽으로 그녀를 안내하였고 둘은 1인 자료 검색실 부스에 도착했다. 문을 열고 그가 들어가서 프리스트에 관한 자료를 검색하기 시작하자 화면에는 알아볼 수 없는 이상한 고대 문자들이 나타났고 당황한 제이크는 문 밖으로 나왔다.

“검색하니까 무슨 이상하게 생긴 문자들이 나오는데 당최 무슨 소린지 모르겠는데요?” 그녀가 안으로 급하게 들어가서 모니터를 확인했다.

“음…, 이건 고대 교회 슬라브어예요. 9세기 콘스탄틴과 메포지 형제 수도사가 슬라브인에게 비잔틴 정교를 포교하기 위해 번역한 고대 러시아 문자죠.”

“우와~. 이런 것도 읽을 줄 아는 거에요? 진짜 대단해요. 스칼렛!” 그는 열린 문 밖에서 그녀를 지켜보며 감탄했다. 7층 검색실은 1인 검색실로 단 한 명만이 사용할 수 있는 좁은 공간인데다 문 밖에는 계속해서 돌아다니는 로봇에 의해 신원이 실시간으로 모니터링되고 있었다. 제이크는 자신의 뒤 복도 끝에서 감시 로봇이 체크를 위해 점점 그를 향해서 다가오는 것을 전혀 모르고 있었다. 검색실은 그의 이름으로 로그인되어 자료 검색 중이었으므로 그가 문 밖에 있는 건 있을 수 없는 일이었다. 점점 로봇이 거의 제이크 근처로 다가오고 있었다. 그런데 그때, 간발의 차이로 그는 누군가에게 밀쳐져 1인실 안으로 넘어졌다.

"어?" 그가 뒤를 돌아보자 아무도 없었고 자동 잠김문이 닫혀 버렸다. 넘어진 제이크는 모니터를 보면서 앉아 있던 스칼렛의 허벅지 위에 갑작스럽게 옆으로 안겨 버린 모양새였다. 눈이 마주친 두 사람은 당황해서 잠시 말이 없었다.

"언제까지 나한테 안겨 있을 거죠? 공주님?"

"아! 죄송합니다." 얼굴부터 귀까지 새빨개진 그는 그녀에게 사과하며 황급히 일어나 나가기 위해서 문을 열려고 시도했지만 1인실이라 자리가 너무 비좁은 데다 이미 문 위의 상태 화면에는 [사용중]과 [잠김]이라는 상태 표시가 나타났다. 검색실은 방해 방지를 목적으로 문이 닫히면 30분간 문이 열리지 않는 자동 시스템이었기 때문이다. 그가 시스템에 대해 설명하자 그녀는 일단 자료는 찾아야 하지 않겠냐며 그를 먼저 하나뿐인 의자에 앉혔다. 의자의 높이를 최대한 낮추자 큰 키의 제이크의 상체가 점점 아래로 내려가기 시작했고, 그녀는 의자 뒤에서 상체를 숙여 앉아 있는 그의 머리를 양 팔로 감싸 안는 자세로 계속해서 검색하기 시작했다.

"미안해요, 지금으로선 이 방법이 가장 최선이라서요." 스칼렛은 모니터에 여러 개의 창을 띄워 고대의 교회 문서들을 보고 관련 검색어를 찾아 또 다른 자료를 찾느라 바빴다. 제이크는 같이 모니터를 보려고 했지만 고대 문자를 알아볼 수도 없었기에 난감해하고 있었다. 그때, 자신의 얼굴 바로 옆에 있는 그녀에게서 풍기는 보랏빛 바이올렛 향이 이성적이고 차가운 그녀의 이미지와 다른 향기라서 꽤나 신기했다. 제이크는 시간이 조금씩 지날수록 이 상황이 점점 더 신경이 쓰여 이리저리 눈을 굴리다 화면을 바라보고 있는 그녀의 옆모습을 보며 완벽하게 집중한 모습에 순간 내가 옆에 있다는 걸 잊어버린 건가 하는 생각이 들었다.

"뭐 좀 찾은 게 있어요?" 제이크는 불편한 듯 자리를 고쳐 앉으며 그녀에게 물었다.

"음…, 프리스트는 예지력이 있는 아이들을 UPL 사제학교에서 직접 선택해서 교육시키는 것 같네요."

"그런데요?"

"그 교육 과정은 구약과 신학, 히브리어와 헬라어, 목회철학 그리고…"

"그리고? 그 다음엔 뭔데요?" 제이크가 자신의 얼굴 왼쪽 옆에 있는 그녀의 눈동자를 보며 물었다.

"예언분할?이라고 되어 있는데요?" 스칼렛이 모니터를 보며 그의 질문에 대답했다.

"예언분할이요? 대체 그게 무슨 말이죠?" 모니터에 있는 고대 문자어를 해석하고 있는 그녀는 잠시 뒤에 예언분할은 아마도 예언자에게 무언가를 할당하는 것 같다고 말했고 더 이상의 정보는 여기선 알 수 없다고 했다. 그리고 사제 탈락자들은 학칙에 위배하는 경우인데 일반적으로 예상할 수 있는 평범한 학칙들이라고만 대답했다. 시간이 되어 문이 열리고 둘은 도서관 밖으로 함께 걸어 나왔다. 스칼렛은 건물 밖 흡연 공간에서 담배에 불을 붙였다.

"그런데 학칙 중에 한 가지 특이한 게 있긴 했어요."

"그게 뭔데요?"

"어떠한 경우에라도 사제들끼리의 신제척 접촉을 금지한다라고 되어 있었어요." 그녀는 담배 연기와 함께 대답했다. 제이크는 일반인 관점에서는 이상하다고 생각했지만 특별한 사람들이 모인 학교이니 무언가 이유가 있을 것 같았다.

"오늘 찾은 게 형 치료에 도움이 될까요?"

"최대한 노력해 볼게요. 그리고 오늘 고마웠어요. 덕분에 잠시 동안 칸델라로 살 수 있었네요."

"천만에요. 언제든지 도움이 필요하시면 말씀해 주세요. 이브 러브 양." 제이크는 손으로 입을 가리면서 웃었다.

"그쪽이 아담은 아닌 거 같은데요? 프린세스, 왕자님한테 안기고 싶으면 언제든지 말해요. 그럼 이만." 그녀는 담배를 끄고는 주차장 쪽으로 걸어가면서 손으로 인사했다. 제이크는 뒤에서 그녀의 뒷모습을 바라보며 미소를 지었다. 그는 그녀의 모습이 사라질 때까지 제자리에 서 있었다.

❄

집 주차장에 도착한 스칼렛은 창문 밖으로 비치는 환하게 켜져 있는 불빛을 보자 기분이 좋았다. 그녀가 들어갈 집 안에는 내가 사랑하는 엄마와 따듯하고 까맣고 귀여운 썸머가 다가와서 반겨 줄 것 같았기 때문이었다. 그녀가 AI 출입 시스템을 통해 문을 열고 들어가자 거실 캣타워 해먹에서 동그랗게 몸을 웅크리고 자고 있던 썸머가 깨어나서는 카펫으로 내려와서 기지개를 펴고 있었다.

"잘 있었어? 썸머?" 그녀는 바닥에서 몸을 뒹굴며 애교를 피우는 썸머를 쓰다듬어 주었다. 잠시 후, 화장실에 들어가서 손을 씻은 후에 냉장고에서 큰마음 먹고 산 유기농 다이어트 박스를 꺼냈다. 그리고 다이어트 큐브를 쟁반에 가지런히 놓은 후 엄마 방으로 가서 노크를 했다.

"엄마? 나 왔어요." 안으로 들어가자 엄마는 Beo Nox 칩을 머리에 붙인 채 여전히 자고 있었다.

칩과 연결된 디바이스 표시창에는 사용 시간이 [8시간 45분]을 넘어가고 있었다. 그녀는 엄마가 걱정되기 시작했고 디바이스 전원을 끄고 엄마를 깨웠다.

"엄마! 왜 이렇게 오래 자는 거야? 응?" 그녀는 엄마를 흔들어 깨웠고 엄마는 천천히 눈을 떴다.

"네가 끈 거야? 네가 껐냐고!!!" 엄마는 그녀를 향해 갑자기 소리를 지르면서 화를 냈다. 그녀는 화내는 엄마의 모습이 당황스러웠고 자신이 무슨 큰 잘못을 한 것처럼 구는 엄마가 이해되지 않았다. 너무 오랜 시간 사용하는 것 같아 걱정이 되어 그랬다고 하는 딸에게 엄마는 상관하지 말라면서 당장 내 방에서 나가라고 소리쳤다. 스칼렛은 일단 엄마를 진정시키기 위해서 미안하다고 사과를 해야 했다.

"엄마, 난 나갈 테니까 다시 자더라도 음식은 먹고 자. 알았지?" 스칼렛이 문을 닫고 나간 후 그녀가 다시 디바이스 장치와 연결된 리모컨을 누르자 [계속 하시겠습니까?]라는 창이 나타나 [Yes]를 선택했다. 눈을 감으니 오렌지빛 노을이 찬란한 대지에서 향기로운 꽃내음이 나고 바람에 흩날리는 꽃잎들의 그림자가 발목을 간지럽히는 것만 같은 몽환적인 곳이었다. 그곳에서 금발의 칸델라 남성이 20대의 엄마에게 무릎을 꿇고 프로포즈를 하고 있었다. 여자는 행복해하며 프로포즈를 허락했고 둘은 키스를 하며 행복해했다. 침대에 누워 있는 현실 엄마의 입가에도 미소가 번졌다.

방으로 돌아온 스칼렛은 엄마가 걱정되었지만, 현실을 잊고 싶은 엄마의 마음을 이해 못 하는 것도 아니었기에 빨리 룩스를 모아 엄마 치료비를 마련하는 게 급선무라고 생각했다. 시계를 보니 어느덧 클럽 출근 시간이 가까워져서 그녀는 옷을 갈아입고 거실에 나와 썸머의 밥그릇에 사료를 부어 준 후 차를 타고 클럽으로 출발했다.

❄

제이크의 집에서는 엄마와 제이크 남매가 함께 거실에 앉아 아버지의 선거 토론회를 시청하고 있었다. 크리스틴은 핸드폰 벨 소리에 전화를 받으며 자신의 방으로 올라가기 위해 엘리베이터를 타서 버튼을 눌렀다. 그런데 엘리베이터 문이 닫히는 듯하더니 다시 열리고 닫힘 버튼을 눌렀는데도 또다시 열려 버렸다. 엘리베이터는 결국 올라가지 못하고 문이 열리고 닫힘을 반복했다.

"아! 뭐야! 짜증 나!" 엘리베이터에서 내린 그녀는 전화를 건 친구에게 엘리베이터가 고장이 난 것 같다고 말을 하곤 계단으로 올라갔다. 2층에서 3층으로 올라가려고 하는데 아빠 프랭크의 목소리가 들려왔다.

"뉴욕 시청률이 55%라고? 이따위 시청률 가지고 무슨 전 지역 완승이야?" 프랭크는 화를 내며 서재 안을 왔다 갔다 서성이면서 통화를 하고 있었다. 그녀는 계단에서 몸을 숙인 채 아빠의 통화 소리를 계속해서 엿들었다.

"제이크 이 녀석은 대체 도서관에서 스칼렛이랑 뭘 한 거야?"

"뭐? 걸릴까 봐 검색실에 가둬 버렸다고? 어쩌면 생각보다 빨리 끝낼 수도 있겠군." 아빠의 말에 놀란 크리스틴은 놀라서 자신의 입을 손으로 막고 계단을 다시 올라갔다. 그녀는 자신의 방에 도착해서 친구에게는 잠시 후에 다시 연락하겠다고 말한 후 전화를 끊었다. 그러고 나서 오빠 제이크에게 바로 전화를 걸었다.

📞 "여보세요?"

"제이크, 나야. 엄마한테 아무 말도 하지 말고 지금 내 방으로 올라와. 빨리!" 잠시 후 제이크는 노크를 하고 크리스틴 방으로 들어왔다.

“대체 뭔데 전화까지 해서 올라오라고 난리야? 또 벌레라도 나온 거냐?” 제이크는 방바닥을 두리번거렸다. 크리스틴은 그의 손을 덥석 잡더니 끌어당겨 자리에 앉히고 나서 그녀도 옆자리에 앉았다.

“오늘 스칼렛 만났어?”

“그걸 네가 어떻게 알아?” 그녀는 방에 올라오다 우연히 아빠의 전화 통화를 엿듣게 되었는데 그가 제이크와 스칼렛이 오늘 만난 것을 알고 있으며 아빠 측 사람이 방에 가두었다는 사실까지 전해 주었다. 그는 자신의 뒤를 밀었던 사람이 아버지가 보낸 사람이란 사실에 놀랐지만 선거가 가까운 만큼 보호 차원에서 그렇지 않았겠냐고 크리스틴에게 말했다. 하지만 제이크는 아버지가 말했다던 생각보다 빨리 끝나겠다는 말의 뜻을 주말 내내 생각해 봤지만 무슨 의미인지 알아낼 수는 없었다.

특별한 사람

일주일이 지나 다시 월요일 저녁이 되었다. 스칼렛은 두 번째 상담을 하기 위해 제이크 집 현관문 앞에 서서 ID 인식을 했다. 지난주와 달리 이번에는 크리스틴이 문을 열고 그녀를 반겨 주었다. 크리스틴은 엄마가 모임이 있어 외출하셨다면서 앞장서서 안으로 들어가더니 갑자기 휙 하고 그녀를 뒤돌아보았다.

"근데 지난 주말에 제이크 오빠랑 도서관에 갔었다면서요?"

"아…, 맞아요. 제이크가 말해 줬어요?"

"아뇨. 음…, 네. 어쩌다 들었어요. 근데 오빠랑 검색실에서 같이 뭐 한 거예요?" 그녀는 호기심 가득한 눈으로 스칼렛의 대답을 기다리고 있었다. 스칼렛은 이 집 사람들은 정말 궁금해할 때는 고양이 눈을 하는 게 습관인 건가라고 생각했고 이 아가씨가 나에게 기대하는 게 뭔지 알 것 같았다.

"안겼죠."

"네? 뭐라고요? 어머! 정말이에요?" 그녀는 깡총깡총 뛰면서 흥분하기 시작했다.

"그리고는 뒤에서 또…" 스칼렛이 말하기 시작하자 크리스틴은 놀란 눈으로 입을 벌린 채 아무 말도 하지 못했다.

"미성년자한테 의사 선생님이 음담패설을 해도 되는 건가요?" 계단에서 내려오던 제이크가 스칼렛을 향해 말했다. 스칼렛은 그를 보고 당황하기는커녕 살짝 미소 지었다.

"거짓말은 아니잖아요? 제이크가 넘어져서 나한테 안겼고 자리가 좁아서 내가 뒤에서 구부린 자세로 검색했으니까?" 크리스틴은 자신이 놀림당한 것을 알아채고는 입을 삐죽거리며 엘리베이터를 타고 올라갔다.

스칼렛은 크리스틴이 토라져서 가 버리는 모습을 보고는 아이처럼 귀엽다고 생각했다.

"순진한 아이니까 심한 농담은 자제해 주세요, 선생님?"

"애초에 당신이 나에 대해서 얘기하지 않았다면 생기지도 않았을 일 아닌가요?" 그녀의 목소리에서 불쾌한 감정을 느낄 수가 있었다. 자신이 얘기한 게 아니라고 스칼렛에게 말하고 싶었지만 그는 일단 먼저 사과했다. 그리고 나선 이 여자는 정말 나를 싫어하는 게 확실하다는 생각이 들었다. 어떻게 이렇게 매번 나를 사과하게 만드는 건지 다소 화가 났지만 겉으로 내색하지는 않았다. 자신이 화를 내는 건 칸델라로서 큐비한테 지는 거고 그런 일은 도저히 있을 수 없다고 생각했기 때문이었다. 제이크는 그녀를 위해 엘리베이터의 5층 버튼을 눌러 준 후 다시 거실로 돌아갔다. 스칼렛이 탄 엘리베이터가 5층에 도착해 노아가 있는 층의 문이 열리자 지난주와는 다르게 깨끗이 정리가 되어 있는 방의 모습에 그녀는 의아했다.

"오셨군요, 스칼렛!" 노아는 수염을 완벽하게 면도한 모습으로 금발의 긴 머리는 뒤로 묶은 채 책상에서 일어나 그녀를 반겼다.

"이게 대체 어떻게 된 일이죠?" 그녀는 주변을 둘러보며 놀라서 그에게 물었다.

"당신이 받은 월급의 가치를 위해서 이 정도 변화는 있어야 부모님께서 납득하실 테니까." 그는 오른손을 펴서 자신의 방을 손으로 가리키며 장난스러운 표정으로 눈썹을 살짝 올리며 아무렇지 않게 대답했다. 그녀는 노아가 진심으로 자신의 상태를 인지하고 변화하기를 원해서 이런 행동을 한 것인지 아니면 다른 의도가 있는 것인지 궁금해졌다.

"나를 만나기 위해서 가족들을 속이고 3년 동안 은둔 생활을 한 것이라구요? 도저히 이해가 되질 않는군요. 당신 말에 의하면 당신은 이미 나를 알고 있었으니 그저 나한테 전화해서 만나자고 했으면 훨씬 더 간단하고 시간도 절약할 수 있었는데?" 그는 그녀의 말을 듣더니 폭소하면서 웃기 시작했다. 잠시 후 그의 웃음소리에 미간이 찌푸려진 그녀의 표정을 본 노아는 미안하다고 사과했다. 그리고 스칼렛에 대한 것은 어떤 시기 즈음에 만나게 된다는 것만 미리 아는 것뿐 예지라는 건 컴퓨터 시뮬레이션 결과처럼 어떤 정확한 값을 보여 주는 건 아니라고 말했다.

"당신은 자신이 프리스트이기 때문에 매우 특별한 존재라고 스스로 생각하고 있는 건가요?"

"스칼렛, 당신은 어떤데요? 스스로 특별하다고 생각하나요?" 그가 스칼렛에게 되물었다.

"아니요, 전 특별하지 않아요. 하지만 남들과 다른 면은 있겠죠."

"그래요, 인간은 모두 다 다르죠. 인간의 다양성이야말로 이 세상을 이루는 근본입니다. 칸델라와 큐비 그리고 BD 전부 다르죠. 수명도 지위도 돈도…. 하지만 결국 근본적인 인간의 감정은 다르지 않습니다."

"그게 뭔데요?"

"당신이 당신 아버지에게 느끼는 분노, 복수심, 피해 의식 그게 나와 같다는 말입니다."

그가 말을 끝내자마자 스칼렛은 얼굴빛이 차갑게 변했고 한동안 말없이 그를 바라봤다.

"노아 클리프리드 씨는 과대망상과 더불어 자기애적 인격 장애가 의심됩니다만 공감 능력의 결핍이 있지는 않으니 싸이코패스는 아니군요." 그녀는 노트에 무언가를 적으면서 그에게 말했다.

"여전히 나를 믿지 않는군요. 스칼렛."

"전 여기 의사로서 당신을 치료하러 온 겁니다. 내 인적 사항에 대해서 어디까지 조사한 건지는 모르겠지만 아직 예언자로서 당신을 일방적으로 추종하기엔 부족하네요." 그는 내가 어떻게 하면 나를 믿겠냐고 그녀에게 물었다. 그러자 스칼렛은 가방에서 무언가를 꺼냈다. 그것은 칼이었고 그녀가 손잡이를 잡고 칼집에서 칼을 꺼내자 날카로운 칼날이 번쩍이며 모습을 드러냈다.

"자! 예언자여. 제가 이 칼로 내 손을 찌를까요, 아니면 안 찌를까요?" 그녀는 손에 쥔 칼을 자신의 손바닥을 펴서 그 위에 올린 후, 매우 가깝게 날카로운 칼끝을 들이댔다.

"지금 뭐하는 겁니까? 스칼렛!!" 그의 눈동자에서는 분노가 느껴졌고 목소리는 평소와 달리 냉정하고 단호했다.

"얘기해 봐요. 당신은 미래를 볼 수 있으니 알 거 아니에요!" 그녀는 칼끝을 자신의 손에 더욱 가까이 갖다 대면서 소리쳤다.

"이건 애초에 답이 없는 문제입니다."

"어째서죠?"

"당신의 자유의지에 따라 결과는 달라질 테니까요. 내가 말한 내용의 반대로 행동하면 내가 틀린 게 될 테니까."

"그래요? 그럼 내가 앞으로 어떻게 하는지 지켜봐요." 스칼렛은 말을 끝내자마자 자신의 손을 찌르기 시작했고 피가 새어 나오자 노아는 재빨리 그녀에게 다가가 칼을 빼앗았다. 그녀의 양손을 움켜쥔 그의 손은 분노를 참을 수 없다는 듯 힘을 세게 주어 쥐고 있었다. 그녀는 손이 너무 아프면서도 남자의 힘을 이길 수 없었고 자신을 내려다보는 그의 눈동자를 바라보았다. 그의 에메랄드빛 눈동자는 우주의 행성의 모습을 보는 듯 신비하고 아름다웠는데 점점 더 물기로 투명해지는 듯했다.

"아…" 아픔을 참지 못한 스칼렛이 아파하자 노아는 그녀의 손을 놓아 주었다.

"다시는 이런 짓 하지 말아요. 부탁이니까…" 그는 고개를 숙인 채 그녀에게 자신의 얼굴을 보여 주지 않았다. 그녀는 미안하다고 사과했고 그는 방 한구석에서 구급함을 가져와서 그녀의 손을 펴게 한 다음 약을 발라 주려고 했다.

"정말 당신이 예언자라면 왜 내 행동을 예측하지 못한 거죠?"라고 물었지만 그는 대답하지 않았다. 그녀는 일어나서 그에게 다가가려 했는데 바닥에 있던 상자에 발을 부딪혔다. 택배 상자에 적힌 표시를 보니 오늘 도착 날짜에 품목은 [구급함]이었다. 그녀는 너무 놀라 그를 다시 쳐다보았지만 그는 그저 묵묵히 그녀의 상처에 약을 모두 바른 후 밴드를 붙여 주었다. 그녀가 다시 생각해 보니 칸델라들은 집에 개인 AI 치료 시스템을 갖추고 있었기 때문에 구급함 같은 건 애초에 칸델라에게는 필요하지도 않는 제품이라는 걸 깨달았다. 그녀는 노아가 정말 미래를 보는 것을 믿어야 하는 건지 순간 갑자기 너무 혼란스러워졌다.

"스칼렛, 당신은 평범하지 않아요. 그 누구보다 특별한 사람입니다. 다만 특별하기 때문에 자신 스스로 감당하고 버텨 내야 할 고통이 함께 수반된다는 건 어쩔 수 없는 일입니다."

"당신이 내 고통에 대해서 뭘 안다고 함부로 말하는 거죠?" 그녀가 그에게 따져 물었다.

"고통은 불가피하지만 괴로움은 선택이죠. 자신의 가치를 증명하기 위해서 너무 애쓰지 말아요. 스칼렛. 있는 그대로 자신의 존재를 받아들이는 것이야말로 괴로움에서 벗어나 참된 자유를 얻는 길입니다."

"칸델라가 마치 우리를 이해하는 것처럼 위선 떨지 말아요. 살기 위해서 발버둥 치는 큐비가 당신들 눈에 어떤 가치로 비추어지는지 이미 잘 아니까." 그녀의 대답에 그의 입술은 약간의 미소를 짓는 듯했으나 그의 눈은 여전히 슬퍼 보였다. 어째서 이 사람은 내 마음을 꿰뚫어 보고 있는 것만 같은 건지 의사와 환자의 역할이 완전히 뒤바뀐 것 같았다. 자리를 떠나는 그녀에게 노아는 미래를 본다는 건 적어도 축복은 아니라고 말했다.

"알겠어요. 이제 나도 인정할게요. 당신이 미래를 볼 수 있다는 사실을… 그럼, 내가 앞으로 BD도 되나요?"

"스칼렛, 당신은 자신이 원하는 그 무엇이든 될 수 있는 사람입니다. 이미 자신 스스로도 잘 알고 있지 않나요? 보통 사람과는 다르다는 것을…"

"네. 이 정도의 고통을 느끼고 참고 견디면서 노력한다는 건 나이기에 가능한 일이죠. 이게 저주인지 축복인지는 나도 모르겠네요." 그녀의 냉소적인 답변에 노아는 그녀도 자신처럼 그저 선택받은 것일 뿐이라고 대답했다. 밖으로 나온 그녀는 병든 엄마를 돌보며 학업과 생계를 책임져야 했던 힘들고 피곤한 삶, 외모와 성과에 대한 주변의 시기와 질투, 그녀의 재능을 이용하려던 사람들에 대한 배신감과 회의심 그리고 무엇보다 자신을 태어나게 만든 부모를 원망해 왔던 자신이 선택받은 삶이라니 무슨 이런 말도 안 되는 궤변을 하는 건지 신에게 직접 물어보고 싶은 심정이었다.

엘리베이터 1층에 도착해서 문이 열리자 거실 테이블에 마주 앉아 있던 제이크와 크리스틴이 그녀에게 다가왔다.

"어? 선생님 손 다치셨어요? 설마, 노아 오빠가 그랬어요?" 크리스틴은 놀라서 그녀에게 물었다.

"아니에요, 제 실수로 다친 거예요. 괜찮습니다."

"어디 봐 봐요." 제이크는 갑자기 그녀의 손을 덥석 잡더니 상처 부위를 살펴보았다. 그녀는 그가 잡은 자신의 손을 당기면서 계속해서 괜찮다고 말했지만 그는 그녀의 반대편 손을 잡고 치료실로 그녀를 데려갔다. 뒤이어 크리스틴이 그들의 뒤를 따라왔다. 치료실은 깨끗한 화이트 벽에 가운데에 침대처럼 생긴 캡슐형 기기가 있었고 외부에는 AI 자동 치료 시스템 장비가 있었다. 제이크는 크리스틴에게 와서 로그인하라고 시켰고 크리스틴이 장비에 손을 가져다 대자 전원이 켜지면서 개인 정보가 화면에 나타났다. 그는 스칼렛의 손에서 혈액을 채취한 후 분석 장치에 넣어서 기본 정보를 읽은 뒤 잠시만 기다려 달라고 말했다. 그런 다음 컴퓨터에 접속해서 크리스틴의 개인 정보인 혈액형과 유전자 타입을 스칼렛의 정보와 바꾸었다.

"오빠! 또 해킹하는 거야? 아빠한테 걸리면 어쩌려고!"

"괜찮아. 안 걸리면 되지~." 제이크는 여유로운 목소리로 동생에게 대답했다.

그가 장비를 실행시키자 AI 치료 시스템이 작동하면서 그녀의 다친 손은 다시 말끔하게 원상태로 회복되었다.

"어? 어떻게 이런 게 가능한 거죠? 말로만 들었는데 정말 신기해요." 그녀는 깜짝 놀라서 자신의 손을 이리저리 살펴보며 말했다.

"잠시만요. 크리스틴의 원본 데이터로 바꿔 놔야 해서…" 그는 다시 컴퓨터로 코딩 명령어를 입력해 원래의 정보로 복귀시켰다. 지켜보고 있던 크리스틴은 고개를 가로저으며 밖으로 나갔다.

"곧 BD 테스트인데 다친 손으로 무슨 그림을 그려요? 아무리 오른손이여도…" 그의 말에 그녀는 자신이 그림을 그릴 때만 왼손으로 그림을 그린다는 걸 제이크가 이미 알고 있다는 사실에 내심 놀랐다. 그리고 우리 집에도 이 기계만 있었다면 어릴 때 넘어져서 다쳤을 때에도 친구들과 싸워서 발목을 삐었을 때에도 순식간에 치료가 되었을 것이라고 생각하니 병원비를 아끼려고 웬만한 상처쯤은 약을 바르고 참아야 했던 지금까지 살아온 자신의 인생이 갑자기 덧없게 느껴졌다. 제이크에게 다시 한번 고맙다고 인사한 후, 돌아오는 차 안에서 그녀는 텅 빈 눈으로 창밖을 내다보았다.

비밀

다음 날, 프랭크 클리프리드 선거 사무소 집무실에는 5명의 칸델라들이 모여 비상 대책 회의를 하고 있었다. 그리고 TV에서는 긴급 뉴스가 방송 중이었다.

"프랭크 클리프리드 총리가 불법적으로 큐비를 총리 사저에 매주 출입시켜 왔다는 사실이 알려져 파문이 일고 있습니다. 헌법 B조 5항에 따르면 공적 업무를 제외한 공공시설 이외의 칸델라와 큐비의 생활 공간은 반드시 분리되어야 하며 상호 간의 접촉을 금지함과 동시에 이를 어길 시에는 징역 2년에 집행 유예 3년 그리고 수명 50년 삭감형에 처한다라고 명시하고 있습니다."

"위법 행위가 명백함에도 불구하고 클리프리드 총리는 현직 총리로서 면책 특권을 가지고 있기 때문에 사실상 어떠한 처벌도 받지 않게 될 것으로 예상됩니다. 하지만 대중으로부터의 도덕적 비난은 피할 수 없을 것으로 보입니다. 선거를 앞두고 있는 지금 시점에서 무결점 후보로서 강력한 지지를 받아 왔었던 프랭크 클리프리드 총리 후보는 앞으로 상당한 지지율 하락을 피할 수 없을 것이라는 것이 다수 전문가들의 의견입니다."

앵커의 보도가 나가자 일행들과 함께 뉴스를 보고 있던 프랭크의 표정은 점점 심각해졌고 그는 정책 비서관인 사무엘에게 향후 대책을 물었다.

“이미 보도가 나간 이상 지지율 하락은 정해진 수순입니다. 문제는 크리스 윌포드의 지지율이 우리 측에서 빠져나간 수만큼 반사 이익을 얻을지인데 사실상 의료계와 연관된 칸델라가 아닌 이상 그를 지지할 이유가 없다는 것 또한 팩트입니다.” 그의 말이 끝나자 선거 언론 대책 보좌관 빌은 UBC 뉴스 제작진에게 고발한 익명의 제보자가 크리스 윌포드 측근이라고 말했다. 그러자 프랭크는 당연히 그럴 줄 알았다고 욕을 하면서 짜증을 냈다.

반면, 크리스 윌포드 원장은 루모 병원 원장 사무실에서 전화를 받고 있었다.

“뉴스? 봤지, 그럼. 내가 말해 왔었던 그대로인 걸… 놀라울 게 전혀 없어. 집권 내내 온갖 부정부패는 다 저질러 왔는데 언제까지 가식적인 연극으로 대중을 속일 수 있겠나.” 그의 통화 상대인 캘리포니아 주립병원 션 원장은 오늘 크리스의 지지율이 반등하기 시작한 사실에 대해 축하를 전했고 그는 아직 멀었다면서 전화해 줘서 고맙다고 말하고는 전화를 끊었다. 그는 모니터로 프로젝트 [ISO-K] 보고서를 보기 시작했고 모니터에 비친 그의 얼굴에는 미소가 번졌다.

졸업을 앞둔 스칼렛은 학교에 들러 도서관 사물함에서 책 가지 등을 챙겨 배낭에 넣고 있었다.

“스칼렛, 졸업 축하해. 자격증도 한 번에 따고 진짜 부럽다.” 보통 4년

과정인 의학대학 과정을 특별통합과정으로 1년 반 만에 마친 스칼렛은 동기들 사이에서 부러움의 대상이었다.

"고마워, 실비아. 너도 곧 졸업하게 되면 내가 켈리랑 축하 파티해 줄게."

"켈리도 3년 만에 졸업하게 되었으니 너희들한테 비결 좀 들어야겠는걸? 혹시 Beo Nox로 시험문제 미리 풀어 본 건 아니겠지?" 실비아의 농담에 스칼렛은 너도 Beo Nox를 사용하고 있냐고 물었다. 그녀는 요즘 안 쓰는 사람이 누가 있냐면서 나라가 우리에게 준 최고의 합법적 마약인 셈이라며 침이 마르게 칭찬을 했다. 스칼렛이 대체 어떤 부분이 그렇게 좋은 것인지 묻자 실비아는 현존 섹시 미남 1위 데이빗 오션이 자신에게 매일 만나 달라고 프로포즈를 하고 온갖 명품들을 다 선물하는데 데이트를 할까 말까 약을 올리고 있는 중이라며 매일 밤 자는 시간이 가장 행복하다고 밝은 미소와 함께 말했다. 잠시 동안 스칼렛은 실비아와 대화를 나누고 난 후, 건물 밖으로 걸어 나오고 있었다. 그런데 앞에서 친구가 나타나 브릿 교수님이 너를 찾는다면서 왜 연락이 안 되었는지 물었다. 그녀는 도서관이어서 휴대폰 알람 소리를 꺼둔 상태였다고 대답했다. 곧 스칼렛은 급히 서둘러 브릿 교수의 연구실 문 앞에 도착한 다음 노크를 했다.

"교수님, 찾으셨다고 들었습니다."

"스칼렛, 아침 뉴스는 본 거니?"

"아니요. 오늘 BD 테스트 때문에 도서관에 찾아볼 자료가 있어서 집에서 일찍 나오느라 못 봤어요."

브릿 교수는 모니터의 화면을 띄워서 프랭크 클리프리드 총리가 스칼렛의 자택 출입으로 인한 문제로 긴급 뉴스에 보도된 영상을 보여 주었다. 스칼렛은 화면을 보고 놀라서 브릿 교수를 바라보았고 둘은 눈이 마주쳤다.

“아까 전화가 왔었는데 클리프리드 총리님께서 이번 일 때문에 너를 좀 개인적으로 만나고 싶어 하셔.”

“저를요?”

학교 건물 밖에는 검은 차 한 대가 대기하고 있었고 스칼렛이 나오자 검은 양복을 입은 남자가 차 뒷문을 열어 주었다. 그녀가 뒷자리에 올라타자 남자는 앞자리 좌석에 앉았고 곧 차가 출발했다.

“총리님께서는 32구역에서 기다리고 계십니다.” 남자가 말한 32구역은 아무 건물도 없고 광활한 대지만으로 이루어진 미개발 지역으로 어떠한 전자 장비도 사용할 수 없는 곳이었다. 30여 분 후 AI 보이스는 차가 도착했음을 알렸고 남자는 그녀가 내릴 수 있도록 안에서 문을 자동으로 열어 주었다. 그녀가 내리자 남자는 차 창문을 내리면서 자신은 차 안에서 대기하고 있겠다고 말했다. 상대편의 고급 럭셔리 카에서도 남자가 내려 그녀에게 다가와서는 차의 뒷문으로 그녀를 안내했다. 차 안에는 TV에서만 보던 프랭크 클리프리드 총리가 안쪽 자리에 앉아 있었다.

“안녕하십니까? 총리님. 절 보고 싶어 하셨다고 들었습니다.”

“반갑습니다. 닥터 리브스. 이런 일로 만나게 되어서 유감입니다.” 스칼렛은 자신 때문에 총리가 곤경에 처한 것에 대해서 죄송하다고 말했고 프랭크 총리는 그녀가 사과할 일은 아니라고 대답했다. 그는 매우 공손했고 말투는 침착했으며 최고 권력자다운 카리스마와 먼지 한 톨도 용납할 것 같지 않은 완벽한 옷차림이었다.

“노아의 상태는 어떤가요? 닥터 리브스가 다녀간 후로 상태가 많이 호전된 걸로 보여서 안나가 정말 감사해하고 있습니다.”

“아닙니다. 저는 별로 한 게 없습니다.” 스칼렛의 대답에 프랭크는 그녀의 겸손함을 칭찬했지만 그녀는 진심으로 노아의 증상 호전에 대해서 칭찬까지 받을 이유는 없다고 생각했다. 그리고 노아는 자신의 아버지에 대한 분노가 스칼렛의 그것과 같다고 말했기에 그녀는 프랭크에게 노아에 대해 자세하게 말하고 싶지 않았다.

"지금 이 사태를 해결하는 방안은 한 가지뿐입니다. 스칼렛, 당신이 나를 도와주어야 합니다." 그녀는 자신이 어떻게 해야 하는 것인지를 그에게 물었다. 그녀의 질문에 프랭크 총리는 그녀가 언론에 완전히 노출되어야 해결된다고 말했고 스칼렛은 그건 곤란하다고 대답하자 프랭크의 눈빛이 금세 싸늘하게 변했다.

"내가 애초에 왜 당신을 우리 집으로 들인 것인지 궁금하지 않나요? 아들이 정신 질환을 가지고 있다는 사실이 밖으로 새어 나가는 게 얼마나 위험한 일인지를 감수하고 말입니다."

"어째서죠? 저 말고도 찾으시려면 얼마든지 능력 있는 큐비 닥터들이 많이 있었을 텐데요."

"어디가서도 우리 집의 비밀을 말하지 않을 사람, 나 역시 그 사람의 비밀을 알고 있는 사람." 총리의 대답에 스칼렛은 깜짝 놀라 그를 쳐다보았다. 그는 그녀가 칸델라의 자식인 것을 이미 알고 있었으며 그렇기 때문에 그녀를 선택한 거라고 말했다. 만일 지금 그 사실이 알려질 경우 스칼렛은 물론 어머니까지도 나라에서 추방이 되는 중대한 범죄 행위였다. 그녀는 노아가 왜 그토록 자신의 아버지를 싫어하는지 조금은 알 것 같았으며 경멸하는 눈빛으로 그를 쏘아보았다.

"기분 나쁘다는 거 인정합니다. 하지만 난 당신의 적이 아닙니다. 오히려 동지에 가깝지요."

"그게 무슨 말입니까?"

"당신 아버지 크리스 윌포드, 그는 우리 공동의 적이니까요."

스칼렛은 아무도 모르게 숨겨 온 자신의 아버지가 크리스라는 사실까지도 총리가 알고 있다는 것이 너무 놀라웠다. 하지만 놀란 그녀와는 달리 프랭크 총리는 평온한 표정으로 만약 노아가 아프지 않았다면 애초에 우리가 만날 일조차 없었을 것이며 큐비 닥터 중에 실력을 겸비함과 동시에 비밀을 절대적으로 지킬 수밖에 없는 사람을 찾은 것뿐이라고 말했다. 그는 또한 자신의 말대로만 따른다면 어머니와 스칼렛의 안전은 보장해 주겠다고 약속했다.

"그래서 제가 어떻게 하면 되는 겁니까?"

"자세한 건 비서관 사무엘이 알려 줄 겁니다." 총리가 차에서 내리자 한 발짝 떨어져 밖에 서 있던 사무엘은 총리에게 가볍게 목례를 한 뒤 차 안으로 들어왔다.

"안녕하십니까? 저는 총리님 정책비서관 사무엘 윌링턴입니다. 일단, 이거 먼저 받으십시오." 그는 가방에서 혈액 샘플 하나를 꺼내어 그녀에게 건네주었다. 그녀는 이게 무슨 샘플인지 그에게 물었다.

"DS-HL 세포입니다."

"그게 뭐죠?"

"중금속 중성화 증식 세포입니다. 유전자 재조합 기술은 텔로미어의 길이를 늘려 수명을 늘리는 데 성공했지만 반면에 체내에 쌓이는 중금속으로 인해 여러가지 질병을 발생시켜 왔습니다. 중금속 중 세포 안의 미토콘드리아를 손상시키는 알루미늄이 가장 치명적이라고 할 수 있습니다. 칸델라들은 중금속으로 인해 고통받아 왔고 3년마다 고통스러운 'SV 디톡스 치료'를 필수적으로 받아야 했습니다."

"이 세포가 체내 중금속 중성화를 만들어 주는 세포란 말씀인 거군요."

"네, 맞습니다. 닥터 리브스는 언론에 지금까지 총리님의 후원을 받아서 이 세포를 연구해 온 거고 집에 사적으로 갔었던 이유는 극비로 추진하던 연구였기 때문에 그랬다고 말씀하시면 됩니다.” 그리고 앞으로는 루모 시티에 아무 때나 출입이 가능한 ‘CS 카드’ 발급이 나올 것이라고 말했다. 또한, 모든 관련 자료들은 이미 그녀의 계정으로 보냈다고 했다. 그녀는 이것이 사실이라면 그동안 누가 무슨 목적으로 연구한 건지 물었지만 더 이상의 대답은 들을 수 없었다.

❄

다음 날, 스칼렛은 언론과의 인터뷰에서 사무엘이 시킨 대로 말했다. 그러자 모든 언론에서는 하루 종일 DS-HL 세포 개발에 대해서 대서특필하며 시끄럽게 떠들어댔다. 칸델라들로부터 대체 언제 상용화되는 것인지 언론사로 문의가 빗발쳤고 스칼렛의 전화와 메일 그리고 개인 계정으로 지인들과 언론사의 문의가 폭주하여 도저히 응답할 수 없는 지경이었다. 심지어 문밖에도 기자들이 기다리고 있어서 집 밖으로 나갈 수도 없었다. 스칼렛은 썸머를 안고 창문 블라인드로 밖을 내다보고는 한숨이 저절로 나왔다. 썸머는 동그란 눈동자로 그녀를 쳐다보았고 그녀는 말없이 고양이의 머리를 쓰다듬어 주었다. 잠시 후, 차가 도착하는 소리가 들려 밖을 다시 내다보니 검은 양복을 입은 보디가드 8명이 차에서 내려 그녀의 집을 둘러싸고 기자들을 멀리 쫓아냈다. 그리고 곧이어 초인종 소리가 들렸다.

“안녕하십니까? 오늘부터 닥터 리브스의 경호를 맡게 된 존 킴입니다.” 문을 열고 들어오는 건장하고 단단한 체격의 남자가 그녀를 내려다보면서 말했다. 그녀는 경호는 필요 없다고 그에게 말했지만 그는 총리님의 명령이기 때문에 자신들은 무조건 따라야 한다고 대답했다. 그리고 나서는 그녀에게 인사를 하고 밖으로 나가서 문 앞을 2인 1조로 각자 위치에서 그녀의 집 주변과 함께 철저하게 보호하기 시작했다. 스칼렛은 총리에게 전화를 걸어 당장 치워 달라고 말하고 싶었지만 총리의 연락처를 모른다는 게 생각이 났고, 그녀는 대신 제이크에게 전화를 걸었다.

"제이크, 스칼렛이에요."

📞 "스칼렛! 이런 대단한 분한테 연락을 다 받고 영광입니다~." 그의 표정은 장난기가 가득해 보였고 스칼렛은 그런 그가 탐탁지 않았다. 총리님께 경호원들의 파견을 취소해 줄 것을 청한다고 말하자 그는 아버지가 한 번 결정한 일을 번복하는 일은 평생 본 적이 없다고 대답했다. 그는 그녀에게 언론이 잠잠해질 때까지만이라도 좀 참아 보라고 타이르고는 전화를 끊었다. 아버지에게 공격적이었던 언론들은 스칼렛의 언론 발표 이후로는 그를 마치 칸델라의 구원자처럼 떠받들기 바빴고 유명인사들도 서로 프랭크 총리 칭찬 인터뷰를 연달아 하느라 바쁜 모양새였다. 그런 뉴스를 보면서 제이크는 이번에는 아버지가 또 무슨 일을 꾸미고 있는건지 착잡해질 뿐이었다. 언론에서는 혈액 샘플의 주인공이 과연 스칼렛일지가 초미의 관심사였고 큐비의 혈액에서 얻은 샘플로 칸델라의 치료가 가능한 일인지 연이어 토론이 이어졌다.

TV를 끈 제이크는 AI 치료실에서 스칼렛이 치료를 받았을 때 입력했던 그녀의 혈액 정보가 컴퓨터에 저장되어 있다는 사실이 문득 기억이 났다. 그는 치료실로 가서 그녀의 혈액 샘플 자료를 복사한 다음 다시 자신의 방으로 돌아왔다. 컴퓨터로 본 그녀의 유전자 정보는 일반적인 큐비들과는 확실히 다른 배열이 있었으며 제이크는 큐비에게도 돌연변이 같은 게 발생할 수 있는 건가라고 생각했다. 홀로그램 3차원으로 이루어진 그녀의 유전자 배열을 한참 보다가 그는 에디에게 전화를 연결했다.

📞 "왓 썹, 브로~." 에디는 방에서 그의 전화를 받았다.

"에디, 이 유전자 배열 보여? 이거 좀 이상하지 않아?" 제이크는 에디에게 유전자 정보를 보냈다. 아동 질병 치료제 개발자이자 유전자 공학 전문 연구원인 에디는 받은 정보를 자신의 컴퓨터에서 분석하기 시작했다. 그리고 그는 오른쪽 손으로 턱을 쓸어내리며 잠시 고민하는 듯했다.

📞 "제이크, 이 유전자 샘플 누구 거야? 혹시, 지금 한참 난리인 스칼렛 리브스, 그 여자 거냐?"

"………"

📞 "이 새끼, 내가 너 클럽에서 룩스 퍼 줄 때부터 알아봤어야 했는데… 서로 이미 알고 있던 사이였던 거야?"

"아…, 그런 거 아니라고 진짜…"

에디는 제이크를 놀리는 게 재미있는 듯 계속해서 놀려 댔고 도서관에서는 같이 무슨 공부를 은밀하게 한 것이냐고 물었다. 제이크는 손사래를 치며 절대 가까운 사이는 아니라고 변명했다. 둘이 실랑이를 하는 사이 유전자 분석 결과가 끝이 났다.

📞 "지금 분석 끝났는데 큐비한테서 나올 수 있는 유전자 배열이 아닌데?" 에디가 그에게 말했다.

"그렇지? 내가 대충 봤는데도 유전공학개론에서 봤던 배열이랑은 다른 거 같아서 말이야."

📞 "유전자 관계 지도상에서 찾아볼 수 있는 일반적 큐비 배열과는 완전히 달라. 그런데 이상한 게 칸델라 배열도 아니고 시퀀싱[4]도 그렇고 마커[5]를 보면 모계 쪽이 큐비인 건 확실한데… 음…, 돌연변이라고 하기에

4) DNA를 구성하는 염기서열 분석법.

5) 종이나 개별 개체를 구별할 수 있는 염색체상의 특정 유전자나 DNA sequence.

도 DNA probe[6]에서 특이성이 있는 단백질도 없는데? 그렇다면 혹시, 이 여자 헤테로 아니야?"

헤테로는 칸델라와 큐비의 특성을 모두 가진 혼종을 지칭하는 단어로 두 인종 간의 신체적인 성관계 없이는 태어날 수 없는 존재였다. 칸델라 사회에서는 신체적 성관계는 비위생적이고 더러운 행위로 인식되어 완전히 소멸되었으며 모든 칸델라 후대 자손들은 최상의 유전자 조합을 이루게 되는 결합으로 루멘 회의에 의해 결정되어 인공수정과 인공자궁 시스템으로 태어난 세대였다.

"뭐라고? 스칼렛이 헤테로라고?" 제이크는 너무 놀라 자리에서 벌떡 일어나서 소리를 질렀다. 에디는 모든 결과가 스칼렛이 헤테로라고 말해주고 있다면서 자신이 알기로는 헤테로를 나라에서 금지하는 이유는 칸델라에게 치명적인 질병을 옮길 수 있다고 배웠다고 했다. 하지만 제이크는 그 말은 믿지 않는다면서 만일 그게 사실이었다면 자신의 아버지가 스칼렛을 집으로 들였을 리가 없다고 말했다. 에디 역시 그의 말에 동의했다. 둘은 동시에 그렇다면 대체 헤테로를 금지시킨 이유는 무엇일지 궁금해졌다.

"에디, 이 샘플로 스칼렛의 칸델라 아버지가 누군지 추적 가능하지 않을까?"

📞 "야! 감방 가고 싶어서 환장했냐? 그거 알아내려면 정부 데이터 베이스에 액세스해야 하는 일이잖아!" 에디가 그에게 소리쳤다.

"형님이 이 분야 탑인 거 몰라? 나만 믿어." 제이크는 입가에 미소를 띠며 호언장담했다.

6) 특정 염기배열을 갖는 DNA 단편이나 유전자를 찾는 데 사용되는, 방사선 동위원소, 색소 혹은 효소와 결합된 짧은 길이의 DNA.

❄

날이 어두워지기 시작하자 몇몇 기자들의 차량만 남은 채 대부분의 보도진들은 떠났고 스칼렛의 집 문 앞에는 여전히 경호원들이 보초를 서고 있었다. 스칼렛은 저녁때가 되자 냉장고에서 다이어트 박스의 큐브를 꺼내 엄마 방으로 들어갔다.

"엄마, 저녁 가져왔어." 침대에 누워 있는 엄마의 표정은 예전에 비하면 확실하게 밝아진 표정이었고 몸무게도 다이어트 큐브 덕분인지 8kg 넘게 줄었다.

"아까 누가 찾아온 거 같던데 무슨 일이야?"

"응. 내가 일하는 집 사람인데 뭐 부탁할 게 있어서 찾아온 거야."

"무슨 부탁?" 궁금해하는 엄마에게 그녀는 환자 처방에 관련된 일이라고 말했다. 그리고 엄마의 체중이 많이 줄은 것 같다면서 다이어트 큐브의 효과가 확실히 있는 것 같으니 계속 먹자고 말하자 엄마는 아무리 좋아도 비싼데 어떻게 계속 먹겠냐고 걱정했다. 스칼렛은 비싼 가격보다 엄마의 Beo Nox 사용 시간이 너무 길어지는 것이 문제라며 또 참견을 하기 시작했고 엄마의 표정은 급격히 어두워졌다.

"엄마, 내가 쓰지 말라는 게 아니라 어쩔 땐 끼니도 거르고 쓰니까 염려가 돼서 하는 말이야."

"무슨 말인지 알아. 근데 나 지금 살 빠진 것도 다 Beo Nox 덕분이야. 예전에 내 살찌기 전 모습을 직접 경험하니까 다시 예전으로 돌아가고 싶어졌어. 정말이야, 스칼렛!" 엄마의 진심으로 호소하는 눈빛을 보니 무작정 말리기만 한다고 될 문제는 아닌 것 같았다. 그녀는 학교 친구도 Beo Nox에 대해 칭찬하는 걸 들었다면서 대체 뭐가 그렇게 좋은 것인지 엄마에게 물었다.

"꿈을 꿀 때 정말 행복해. 그곳에는 인생의 고통도 절망도 없어. 모든 것이 너무 아름답고 평화롭고 그 어떤 걱정도 없어. 어떨 때는 꿈이 현실이었으면 좋겠고 현실이 꿈이었으면 좋겠다고 생각해."

"엄마 꿈에 내가 없어도 꿈이 더 좋은 거야? 만약 그런 거라면 배신인데?" 그녀는 장난스럽게 웃었다.

"아니, 그건 아니야. 스칼렛 너는 내 목숨과도 바꿀 수 없는 사랑하는 내 딸이니까…. 하지만 내가 널 태어나게 한 게 어쩔 때는 너무 죄스럽단다. 난 네가 행복해질 것이라고 믿고 너를 낳은 건데 넌 나로 인해서 힘들기만 했으니까…. 다른 부모에게서 태어났더라면 이렇게 고생할 필요도 없었을 텐데…. 다 내 잘못인 것만 같아…." 엄마의 목소리는 조금씩 떨리기 시작했고 눈에는 금세 눈물이 차올랐다. 그때, 썸머가 방으로 들어와서는 침대로 뛰어올라 엄마가 남긴 다이어트 큐브를 먹으려 했고 스칼렛이 깜짝 놀라 순식간에 썸머를 잡아 올렸다. 그러자 고양이는 그녀의 손에 잡힌 채 입에는 음식을 물고 버둥대더니 야옹야옹 울기 시작했고 순간 두 모녀는 그 모습이 너무나 귀엽고 우스워서 갑자기 웃음을 터트렸다.

"엄마, 광고 보니까 한 달에 50룩스만 더 내면 감각 기능도 제공된다던데? 그거 해 줄까?"

"진짜? 나 그거 해도 돼? 너무 하고 싶었어."

"그럼~. 나 이제 돈 잘 벌어. 엄마 하고 싶은 건 뭐든 내가 다 해줄 게. 이제 아무 걱정하지 마." 그녀는 엄마를 보며 웃었고 엄마도 그녀를 보며 웃었다.

최고의 BD

드디어 BD 미술 분야 최종 테스트를 보는 운명의 날이 밝았다. 스칼렛은 시험을 보러 가기 위해서 집에서 물감과 도구들을 챙겨 차 트렁크에 넣고 난 후 엄마 방에 들러 먹을 것을 챙겨 주었다. 그녀가 엄마 방에서 나오자 썸머가 배를 보이고 눕더니 좌우로 몸을 굴리며 애교를 피웠고, 허리를 숙여 고양이를 들어올린 다음 품에 안아 턱 밑을 손으로 문질러 주자 갸르릉거리면서 좋아했다. 스칼렛은 썸머가 내는 소리가 너무 귀엽고 좋아서 자신의 귀를 포근하고 보드라운 썸머의 머리에 대고 얼굴을 비비며 꼭 안아 주었다.

"오늘 잘하고 올게. 엄마랑 집 잘 지키고 있어. 썸머~." 스칼렛은 썸머의 머리에 입 맞추고 캣타워에 조심히 내려놓았다. 그녀를 바라보는 썸머의 눈빛이 오늘따라 무언가 말하고 싶어 하는 것처럼 느껴졌다. 주차장에 있는 차로 걸어가는데 앞에 갑자기 경호원 존이 나타났다.

"이러시면 곤란합니다." 키가 크고 단단한 체구의 존이 그녀의 앞을 가로막았다.

"무슨 짓이에요? 저 지금 중요한 시험 보러 가야 해요. 당장 비켜 주세요!" 그녀는 자신을 막아서는 그가 불쾌했다.

"저희가 모시겠습니다. 이런 개인 행동은 지금 위험하십니다." 그가 고갯짓으로 사인을 하자 다른 경호원 두 명이 와서 트렁크에서 그녀의 짐을 뺀 후 자신들의 차에 실었다. 그녀는 짐을 돌려 달라고 그들을 따라갔지만 결국 그들의 차를 타고 시험장으로 향했다. 시험장에 도착하자 모든 주에서 시험을 보러 온 수험생들로 건물 입구부터 매우 복잡했으나 스칼렛은 경호원들의 보호 아래 무사히 대기 장소에 도착할 수가 있었다.

"이제 그만 가 보셔도 됩니다. 어쨌든 무사히 데려다 주셔서 감사합니다." 스칼렛이 말했다.

"아닙니다. 이게 저희 일입니다. 밖에서 대기하고 있겠습니다. 필요하시면 언제든 불러주십시오." 존은 고개를 숙이며 인사하고 밖으로 나갔다. 스칼렛의 번호는 1012번이였고 감독관이 번호를 불러 아이디를 검사받고 배정된 곳으로 들어갔다. 수십 명의 수험생들이 각자 이젤 앞 의자에 앉아 도구들을 편한 위치에 놓고 앞치마와 팔 토시를 하며 준비를 하고 있었다. 스칼렛도 '1012'라고 써져 있는 의자로 가서 앉은 후, 가방에서 도구들을 꺼내서 준비하기 시작했다. 막상 시험 날이 되니 그녀도 다소 긴장이 되는지 손에서 약간 땀이 나는 것 같았다. 마침내 시험이 시작되었고 그녀는 캔버스에 그림을 그려 나가기 시작했다.

점심시간 겸 휴식 시간이 되자 모든 수험생들은 밖으로 나와서 각자 점심을 먹기 시작했는데 그녀가 앉은 의자의 맞은편 남자 두 명이 그녀를 보며 수군대기 시작했다. 이어 카메라를 꺼내서 그녀를 몰래 찍고 있었는데 뒤에서 나타난 존이 그들의 카메라를 낚아채서는 파일을 모두 삭제시켰다. 남자 둘이 화를 내며 존에게 달려들자 그는 한 손으로 순식간에 그들을 제압해 버리고는 귀에 대고 말했다.

"손가락이 성해야 그리던 그림을 마저 그릴 수 있을 텐데? 참고로 난 맨손으로 벽돌 깨는 것이 취미거든."이라고 말하며 옆에 있던 돌 장식물을 한 손으로 손쉽게 부숴 버리자 남자 둘은 겁을 먹고 카메라를 겨우 돌려받고는 안으로 쏜살같이 도망쳤다.

스칼렛은 존이 옆에서 자신을 보호해 준 사실도 모른 채 점심으로 싸 온 샌드위치를 먹고 다시 시험장으로 들어갔다. 시험은 저녁 늦게까지 계속되었고 작품을 완성한 사람은 먼저 시험관에게 제출하고 나가면 되었다. 그녀는 제일 일찍 작업을 끝냈고 작품을 시험관에게 제출하고 밖으로 나갔다.

그녀의 완성작을 받은 시험관은 그녀의 작품을 보고 깜짝 놀랐다. 카라바조의 〈의심하는 도마〉를 거의 완벽하게 그려 내었을 뿐 아니라 시험의 주제 단어는 'Faith(믿음)'이기 때문이었다. 대부분의 수험생들은 기도하는 사람, 천사, 화목한 가족의 모습 또는 성경책이 들어간 일반적인 믿음의 상징들로 작품을 그렸는데 이 작품은 요한복음 20장 25절 '내가 그의 손의 못 자국을 보며 내 손을 그 옆구리에 넣어 보지 않고는 믿지 아니하겠노라.'라는 성경 구절을 표현한 그림으로 예수님의 부활을 믿지 않았던 도마가 예수님의 찢겨진 옆구리에 직접 손가락을 넣어 보는 장면 자체가 주는 파격적 잔혹감과 함께 믿음 자체를 부정하는, '보이지 않는 사실은 믿지 않겠다.'는 암묵적 표현이었기 때문이다.

❄

프랭크 총리는 다음 날 사무실에서 스칼렛이 그린 그림을 받아 보고는 알 수 없는 미소를 짓고 있었다. 그가 계속 그림을 감상하고 있는데 최고 위원회의 루멘 S에게서 연락이 왔다.

📞 “프랭크 총리, 어제 BD 시험 당선 예정 작품 봤습니까?”

“네, 안 그래도 지금 보고 있었습니다.”

📞 “카라바조 작품 그린 사람이 지난번 뉴스에 나왔던 그 스칼렛 리브스가 맞나요? 같은 사람입니까?”

“네, 맞습니다.” 프랭크가 대답하자 S는 어이가 없다는 듯 허탈하게 웃었다.

“지금까지 이렇게까지 도전적인 큐비는 역사상 단 한 명도 없었죠. 이건 뭐 대놓고 우리 칸델라를 믿지 않겠다고 선언하고 있는 거 아닙니까? 범상치 않다는 걸 알고는 있었지만 용기가 정말 대단해요, 게다가 작품 퀄리티는 역대 가장 최고라니… 허허…” 프랭크는 고개를 저으며 다시 한 번 감탄했다.

📞 “웃을 일이 아닙니다. 좀 전에 이 그림 때문에 K 위원장이 크래비티 님께 직접 보고하러 가셨습니다.”

위원장 K는 거의 한 달 반 만에 연방 최고위원회 LUMINESCENCE[7] 층에 올라왔다. 모든 벽들은 투명한 ITO[8] 판 위에 반도체 회로 설계도로 이루어진 복잡하고도 기하학적인 구조로 이루어져 있었고 형형색색의 전기회로 신호

7) 발광(發光): 물질이 빛이나 전기, 방사선 등의 에너지를 흡수하여 여기(勵起) 상태가 되고, 이윽고 그것이 바닥상태로 돌아갈 때, 흡수한 에너지를 빛으로서 방출(열방사는 제외)하는 현상.

8) Indium Tin Oxide의 약어, 인듐과 산화 주석의 화합물, 전기 전도성을 가진 투명도전막.

들이 역동적으로 자유롭게 움직이고 있었다. 안으로 들어갈수록 거대한 현미경 관찰대에 놓여진 실험체가 된 것 같은 기분이었다. 마지막으로 블랙 룸의 문을 열고 안으로 들어가면 천장과 바닥을 포함한 사방의 모든 공간이 칠흑같이 검고, 전혀 차원을 인지할 수 없는, 마치 우주 한가운데의 블랙홀에 있는 느낌이었다. 방 안에 있는 전면 대형 모니터에는 웨이브 파형만이 간간히 움직이고 있었다.

"크래비티 님, K입니다."

"K, 오랜만입니다." 목소리가 나올 때마다 음성 파형에 맞추어 모니터의 웨이브 모양이 함께 움직였다.

"22년 전에 저에게 하셨던 말씀 사실은 믿지 않았습니다. 제 눈으로 직접 보기 전까지는요."

"직접 보니까 어떤 느낌이었습니까?" 크래비티가 K에게 물었다.

"위협적이었습니다. 우리 칸델라에게 감히 도전하는 느낌을 받았습니다. 하지만 아름다웠습니다. 작품은 가히 압도적으로 아름다웠습니다."

"스칼렛의 작품을 선택해야 할 이유는 무엇입니까?"

"누가 봐도 그녀의 작품이 최고이기 때문입니다." K가 대답했다.

"그렇다면 스칼렛의 작품을 선택하지 말아야 하는 이유는 무엇입니까?"

"칸델라에게 복종하지 않을 BD는 존재의 이유가 없기 때문입니다." 위원장 K의 대답에 크래비티는 복종하지 않는다는 것은 자신이 하등하다는 것을 인정하지 않는 것이며 이는 동시에 우월하다는 것도 인정하지 않는 것이라고 말했다.

"그렇다면 어떻게 해야 하는 건가요? 크래비티 님? 결정을 해 주십시오." 다시 K가 부탁했다.

"BD는 Boundary[9]입니다. 어디에도 속하지 않는 사람이죠. 드디어 최고의 BD가 나타난 겁니다."

크래비티의 말이 끝나자 위원장 K는 모니터를 향해 인사한 뒤 밖으로 나갔다.

❄

식탁에 앉아 점심을 먹던 스칼렛은 카펫 위에서 방울 공을 앞발로 이리저리 굴리면서 뛰어다니는 귀엽고 사랑스러운 썸머를 보면서 웃고 있었다. 그때 현관문에서 나는 초인종 소리에 일어나 문 앞으로 가 보니 경호원 존이었다.

"무슨 일이죠?"

"프랭크 총리님 전화입니다. 여기." 그는 자신의 휴대폰을 스칼렛에게 전해 주었다. 그녀는 방 안으로 들어가 문을 닫고 전화를 받았다.

"총리님, 저도 연락드리고 싶었었는데 먼저 전화해 주셔서 감사합니다. 아무래도 경호원 존 씨는…"

📞 "스칼렛 리브스 양, 축하드립니다."

"네? 무슨 말씀이신지…"

📞 "BD 미술 자격 시험 최종 통과되었습니다. 그것도 1위입니다."

"아, 네… 그랬군요. 감사합니다." 스칼렛은 마치 알고 있었다는 듯 덤덤한 표정이었다. 프랭크 총리는 기쁘지 않냐고 물었고 그녀는 당연히 기쁘다고 대답했다. 스칼렛은 총리가 자신에게 보내 준 경호원들이 부담스럽다고 말했지만 그는 당분간은 불편하더라도 어쩔 수 없다고 단언했다.

9) 경계선.

선거 때문에 언론이 잠잠해질 때까지는 경호원의 보호가 필요할 것이라고 말하는 총리의 완강한 태도에 그녀는 더 이상 어쩔 수 없는 일이라고 체념했다. 총리의 전화를 끊고 나니 갑자기 그녀의 핸드폰이 울렸다.

"켈리, 무슨 일이야?"

📞 "시험 잘 봤어?"

"응, 그런 거 같아. 물어봐 줘서 고마워."

📞 "미안한데, 스칼렛? 나 룩스 좀 전송시켜 줄 수 있을까?"

켈리는 학자금 대출에 집 월세를 내고 나니 생활비가 없어서 밥도 못 사 먹을 지경이라며 하소연을 했고 스칼렛은 통화 중에 바로 송금을 해 주었다.

📞 "어머! 벌써 전송시킨 거야? 고마워. 스칼렛!"

켈리가 TV를 틀어 놓은 거실에는 Beo Nox 광고가 나오고 있었다.

📞 "실비아가 Beo Nox 엄청 팬이던데, 너는 어때? 관심 있어?"

"아, Beo Nox! 그거 우리 엄마도 사용하고 계셔. 엄마도 20대 때로 돌아갈 수 있다고 많이 좋아하시더라."

📞 "그래? 그럼 나도 한 번 사용해 볼까? 돌아가신 우리 엄마, 꿈에서라도 보고 싶은데…"

켈리의 말에 스칼렛은 무료 체험을 먼저 해 보라고 권하고 난 뒤 전화를 끊었다. 그런데 거실에 소리 없이 들어와 있는 존을 보고 깜짝 놀랐다.

"죄송합니다. 놀라게 해 드리려는 건 아니었는데…. 아까 전해 드린 제 휴대폰을 찾으러 들어왔다가 통화 중이셔서 기다리고 있었습니다." 그녀는 그에게 괜찮다면서 탁자 위에 있던 존의 핸드폰을 집어 주었다.

"혹시 어머니께서도 Beo Nox를 사용하고 계신가요?" 존이 스칼렛에게 물었다.

"아… 네, 맞아요."

"제 아내도 사용 중인데 정말 좋아하더라구요." 그는 쑥스러운 듯 미소 지으면서 말했다.

"아, 정말요? 이렇게 멋진 남편분이 있으셔서 전혀 필요 없으실 것 같은데요?" 그녀는 그를 칭찬하며 웃었다. 존은 그녀의 농담을 듣고 살짝 미소를 지었지만 무언가 슬픈 표정으로 말했다.

"사실은 딸아이가 사고로 걷지를 못하는데, 꿈에서는 항상 웃으며 엄마와 뛰어다니고 무엇이든 함께 행복하게 할 수 있다고 아내가 많이 위안받아요."

"죄송합니다." 스칼렛은 그의 말을 듣자마자 바로 진지한 표정으로 그에게 정중하게 사과했다. 존은 그런 그녀의 모습에 손사래를 치며 그녀가 미안하라고 한 말은 아니었다고 말했다. 그는 Beo Nox로 인해서 아내가 웃음을 찾은 걸로 자신은 충분히 만족스럽다고 대답했다. 그러고 나서 둘은 서로를 마주 보면서 어색하게 웃었지만 각자의 이유로 무거워진 마음에 더 이상 말하지 않았다. 그들은 서로 말하지 않아도 그 이유를 이미 알고 있었기 때문이다. 그 모든 것이 꿈이 아니라 내 사랑하는 이의 현실이라면 얼마나 좋았을까라고…

Silva 본사 CEO 사무실에서 제프리 번디는 간부들과 회의를 하고 있었다. 간부들은 며칠 전부터 감각 기능을 추가로 내세워 서비스를 유료로 전환한 뒤, 각 주별로 매출이 크게 뛰어올라 매우 고무적인 분위기였다.

"앞으로는 감각 기능 사용 시간에 제한을 두는 걸로 하죠." 제프리가 말하자 간부들은 수군거리기 시작했다.

"이제 유료화를 시작한 지 얼마 안 된 시점에서 감각 기능 사용 시간까지 제한하게 된다면 큐비들의 반발이 심하지 않겠습니까?" 데이터 기록 팀장이 그에게 반론했다.

"쓰고 싶어도 쓰지 못하게 만드는 것, 즉 나의 욕구만큼 채워지지 않게 만드는 것 그것이 바로 핵심입니다. 이미 감각의 경험을 체험해 본 사람은 이 전의 무감각의 세계로는 절대로 회귀할 수 없기 때문이죠. 마치 지금 우리 칸델라가 큐비로 돌아갈 수 없는 것처럼 말입니다."

"어떤 방식으로 요금 책정을 변환하는 겁니까?" 하드웨어부 팀장이 질문하자 그가 대답했다.

"감각 기능 시간을 쓰는 만큼 30분당 10룩스로 합니다. 3시간을 초과하면 30분당 20룩스입니다." 간부들은 놀라면서 너무 비싼 게 아니냐고 반문했다.

"사용자가 다른 사용자를 추천해서 새로운 사용자가 Beo Nox에 접속하게 되면 기존 사용자에게 다시 2주간 무료 서비스를 제공하면 됩니다." 회의 참석자들은 그의 대답을 듣고 고개를 끄덕이면서 그의 의견에 동의했다. 이런 방식으로 전환시키면 매출액이 늘어남과 동시에 새로운 사용자 수도 급격히 늘어나게 될 것은 너무나 명백한 사실이기 때문이었다. 회의가 끝난 후, 제프리는 자리에 서서 양손으로 팔짱을 끼고 한쪽 눈썹을 추켜올린 채 입가에 미소를 지으며 벽면 모니터의 Beo Nox 매출 그래프를 자랑스럽게 바라보았다.

연일 프랭크 총리의 영웅 만들기에 신난 언론 보도들을 보고 심기가 불편해진 크리스 원장은 제이콥을 사무실로 불렀다. 그에게 지난번에 지시했던 사항이 진척이 있냐고 묻자 그는 저녁 뉴스에 헤드라인으로 나가게 방송사에 이미 제보를 끝냈다고 보고했다. 그에 크리스는 기뻐하면서 제이콥에게 수고했다고 말했다.

저녁 뉴스 시간이 되자 스칼렛 리브스의 모친 학대에 관한 내용으로 전 채널이 모두 그녀 헐뜯기에 나서기 시작했다. 의대생으로서 어머니가 초고도 비만이 될 때까지 아무런 조치도 취하지 않았으며 돈을 아끼려고 병원 치료도 받지 못하게 하고 집에서 모친을 학대 및 방치해 왔다는 비난이 난무했다. 측근의 인터뷰에서 얼굴을 가린 지인은 스칼렛은 아버지가 집을 나간 후로 어머니와의 사이가 좋지 못했고 돈을 모아서 자신만 값비싼 다이어트 큐브를 먹기 때문에 큐비들 중에서도 큰 키에 유난히 마른 체격인 것이라고 말했다. 보도가 나가자 시민들은 분노하기 시작했고 커뮤니티에는 비난 글들이 쇄도했다.

스칼렛이 체육관에서 운동을 마치고 주차장으로 돌아가는 중에 제이크로부터 전화가 왔다. 그녀는 20미터 앞 즈음에 존이 차의 문을 열고 자신을 기다리는 모습을 보면서 전화를 받았다.

📞 “스칼렛, 지금 어딥니까?” 제이크는 다급한 목소리였다.

“지금 운동 끝나고 집에 가려는 중이에요, 무슨 일이죠?”

📞 “저녁 뉴스 못 봤어요?” 그가 질문하자 그녀는 운동하느라 뉴스는 보지 못했다고 대답했다. 제이크는 절대 집으로 가지 말고 지금 바로 미술관으로 오라고 말했다.

전화를 끊고 대체 무슨 일인지 어리둥절한 스칼렛은 차에 타서 모니터로 뉴스를 보고 나서야 거짓 보도로 자신을 매장시키려는 언론의 행태에 부아가 치밀었다. 앞자리에 있던 존은 걱정스러운 눈으로 고개를 돌려 제이크 님께 연락을 받았다며 약속 장소로 모시겠다고 말했다. 그녀는 말없이 혼란스러운 듯 오른쪽 팔꿈치를 창가에 기댄 채 눈을 감고 손으로 이마를 만지면서 인상을 쓰고 있을 뿐이었다.

루모 시티 시립 미술관은 칸델라 지역에 있었으므로 존이 운전하는 차량은 곧 GAP 차단 구역에 도착했고 그녀는 클린룸에서 소독을 마친 후 유니폼으로 환복을 했다. 그리고 밖으로 나오자 존과 경호원들도 모두 유니폼으로 환복하고 그녀를 기다리고 있었다. 그녀가 차에 타자 이어서 차에 탄 존은 AD-03 지역으로 가도록 명령했고 자동차는 자율 주행으로 도착 지점으로 향했다.

칸델라들의 공동 구역인 AD-03은 시청 및 공공 기관 그리고 박물관, 미술관, 음악관들이 모여 있었고 특히 박물관과 미술관, 음악관은 외관이 고대부터 잘 보존되어 있어 초현대 사회에서 고대 로마시대로 돌아간 듯한 환영을 보는 것 같은 느낌이었다.

미술관에 도착하여 거대하고 화려한 바로크 건축 양식의 문을 열고 안으로 들어가자 안에서 기다리고 있던 제이크가 그녀에게 다가왔다.

"스칼렛, 괜찮아요?"

"여기로 부른 이유가 뭐죠? 지금 이런 데 올 상황 아닌 거 알잖아요." 그녀의 목소리는 차분했지만 애써 분노를 억누르고 있었다.

"미안합니다. 스칼렛 덕분에 아버지 지지율은 취임 이래 가장 최고가 되었지만 스칼렛은 아버지 때문에 겪지 않아도 될 일로 고통을 겪고 있는 거 알고 있어요. 정말 죄송합니다."

"제이크가 나한테 사과할 일은 아니에요." 그는 말이 없었고 그녀에게 다가와 아버지의 메시지를 넘겨주었다.

닥터 스칼렛 리브스에게

지금 집으로 가는 것은 너무 위험한 일이기 때문에 사전에 미리 말씀 못 드려서 실례인 줄 압니다만 잠시 제이크와 함께 피해 계시는 게 좋을 것 같습니다. 허위 뉴스의 제보자가 누구인지 이미 알고 있고 곧 조치를 취할 예정이니 너무 심려하지 마시길 바랍니다.

– 프랭크 클리프리드 –

그녀는 메시지를 읽고 나서 왜 피해 있어야 할 장소로 미술관을 고른 것인지 제이크에게 물었다. 그는 그녀에게 보여 주고 싶었다면서 투명한 안경을 건네주었는데 그 안경은 미술관 XR[10] 시스템을 위한 HMD[11]였다. 안경을 쓰니 갑자기 주변에 엄청난 고대 기둥들이 나타나 주변을 둘러쌌고 그 엄청난 크기와 위압감에 압도당할 수밖에 없었다.

"카르나크 신전입니다."

"정말 크기가 엄청나군요." 스칼렛은 기둥을 둘러보면서 신기해했다. 그리고 고개를 돌리자 앙코르 와트 사원이 나타났다.

"밀림 안에 이런 유적이 있었다는 게 믿어지지 않죠. 뉴욕 시티보다도 면적이 크고 100만이 넘는 인구가 살았지만 숲이 파괴되면서 기근이 이어져 지금처럼 폐허가 되고 말았죠." 제이크가 그녀에게 말했다.

"이 위대한 건물을 짓는데 8만 명의 노역자가 동원되었다는데 그들은 이름 하나 남기지도 못했네요." 스칼렛은 HMD를 벗고 밖으로 나갔다.

10) eXtended Reality: 확장 현실.
11) Head Mounting Device: 안경처럼 머리에 쓰고 대형 영상을 즐길 수 있는 영상표시장치.

갑작스러운 그녀의 행동에 제이크도 그녀를 따라 나갔다.

스칼렛이 담배에 불을 붙이려고 하자 옆에 있던 존이 말리려고 했고 이를 본 제이크는 존을 향해 손짓으로 그를 저지했다.

“이 지역에서 담배를 피우는 건 스칼렛이 아마 최초일 겁니다.”

“그럼, 여기 내 이름이라도 남는 건가요?” 스칼렛은 담배를 입에 물고 대답했다.

“글쎄요, 그건 스칼렛이 앞으로 어떻게 하는지에 따라 달라지겠죠.”

“당신도 노아처럼 말을 하는군요…” 그는 그녀를 향해 웃었고 그녀도 희미한 미소를 보였다.

“근데 의사면서 왜 담배를 피우는 거죠? 병에 걸려 죽게 될까 봐 두렵지 않나요?” 그의 질문에 그녀는 고통이라는 감정을 아느냐고 되물었고 그는 잘은 모르지만 많이 슬픈 느낌일 것 같다고 대답했다.

“당신 말처럼 나 같은 큐비는 한정된 삶을 살죠. 그리고 생존을 위해서 필사적으로 노력이란 걸 해야 해요. 그러다 문득 내가 왜 이렇게 힘들게 살아야 할까… 칸델라는 태어날 때부터 모든 걸 다 가지고 태어났는데… 그런 생각을 하면서 자신의 존재를 부정하고 세상을 원망하게 되죠. 우울증이란 건 삶이 고통스럽기 때문에 생기는 부산물입니다. 여기서 더 증세가 악화되면 자살을 시도하죠. 해마다 많은 큐비들이 자살을 시도하고 또한 성공합니다. 당신 같은 칸델라들은 그들의 감정을 절대로 이해할 수 없을 거예요…” 그녀는 그의 하늘색 눈동자를 보며 다음 말을 이어갔다.

“제이크…, 난… 죽지 않으려고 담배를 피워요.”

“죽지 않으려고 담배를 피운다구요? 그게 무슨 말이죠?”

“내일의 담배 맛은 오늘과는 다를 테니까…” 그녀는 담배를 끈 뒤, 존과 함께 주차장으로 멀어져 갔다.

스칼렛이 탄 차량은 다시 GAP 차단 구역을 지나 HM 시티로 돌아가고 있었다. 존이 스칼렛을 향해 뒤를 돌아보면서 말했다.

"닥터 리브스, 프랭크 총리님 명령으로 현재 거주지를 보안이 안전한 다른 지역으로 이미 옮겨 놓았습니다. 미리 말씀 못 드린 점 죄송합니다."

"뭐라구요? 엄마는요? 엄마는 어디로 옮긴 거예요? 대체!!" 그녀는 몸을 앞으로 숙여 존에게 가까이 다가가 큰소리로 다급히 물었다.

"어머니는 UMHC 대학교 VIP 병실로 옮기신 것으로 알고 있습니다." 그의 대답을 듣고 스칼렛은 차 시트에 등을 털썩하고 기대며 한숨을 쉬었다. 그리고는 창밖을 바라보면서 침착해지기 위해 애썼다.

"애초에 내 의견 같은 게 필요하긴 했었나요…? 썸머는요?"

"친구분이신 켈리 님이 맡아 주고 계십니다." 스칼렛은 대체 켈리는 어떻게 아는거냐고 존에게 물었고 그는 경호를 맡기 전 피경호인에 대한 사전 조사를 통해 스칼렛에 대한 거의 모든 정보는 이미 다 알고 있다고 대답했다.

"지금 당장 병원으로 가요. 엄마가 잘 계신지 직접 확인해야겠어요."

"네, 알겠습니다." 존은 차의 방향을 병원으로 바꾸었다.

선택받은 자

UMHC 대학교 VIP 병실은 BD 및 그들의 가족 중 치료가 필요한 소수의 환자만을 위해 마련된 호화 병실로 모든 병실은 1인 1실이었다. 하나의 입원실 면적이 일반 병실의 10배가 넘는 곳이었으며 24시간 VIP 환자만을 위한 의료 시스템과 간호 인력이 준비되어 있었다. 스칼렛의 엄마가 입원한 병실에는 [헬렌 리브스]라는 환자의 이름이 문밖에 적혀 있었다. 그런데 한 남자가 문을 열고 병실 안으로 들어갔다.

"안녕하십니까? 제 이름은 노아 클리프리드입니다. 따님의 환자이고 스칼렛과 어머니께서 이 모든 일을 겪으시게 만든 원인 제공자입니다." 헬렌은 누워 있는 자신을 내려다보는 그의 눈빛을 바라보며 사람의 눈에서 어떻게 저렇게 빛이 날 수가 있을까라는 생각을 했다. 그녀는 원인 제공자라는 게 대체 무슨 뜻인지를 물었다. 그러자 그는 자신은 칸델라이며 자신의 치료 때문에 스칼렛이 큐비는 법적으로 접근이 금지된 AD 지역으로 출입한 것이 문제가 되어서 지금의 사태가 발생하게 된 것이라고 대답했다. 또한, 이 모든 일들이 생기게 된 건 모두 총리인 자신의 아버지의 계획 때문이라고 말했다. 그런데 노아의 아버지가 총리라는 말에 헬렌은 약간 놀라는 것 같은 미묘한 표정을 지었다.

"당신의 말이 사실이라면 왜 큐비인 나한테 와서 이런 설명을 하는 거죠?"

"헬렌 님께 진심으로 사과를 드리고 싶었습니다. 아버지를 대신해서 그리고…"

"엄마!" 노아가 다음 말을 하려는 도중에 갑자기 스칼렛이 방문을 열고 들어오면서 엄마를 불렀다.

"스칼렛!"

"엄마, 엄마 괜찮아? 놀란 거 아니야?" 스칼렛은 엄마 몸 곳곳을 살펴보다가 옆에 서 있던 노아를 보고는 깜짝 놀랐다. 그는 짧게 자른 머리에 단정한 차림이었고 최고급 수트를 입은 모습이 전형적인 최고위층의 칸델라 그 자체였다.

"노아! 지금 대체 여기서 뭐하는 거예요?"

"아버지를 대신해서 사과드리러 왔습니다. 어머니께, 그리고 스칼렛한테도요…"

"당장 밖으로 나와요! 당장!" 그녀는 그의 손을 잡고 병실 밖으로 그를 데리고 나왔다. 뒤에서는 엄마가 그녀를 말리는 소리가 들렸지만 그녀는 아랑곳하지 않았다. 복도를 지나 야외 테라스로 나온 스칼렛은 자신이 꽤 오랫동안 그의 손을 잡고 있었다는 사실을 깨닫고 그제서야 그의 손을 놓았다. 밖에 나와서 보는 노아의 금발머리는 달빛에 반사되어 반짝거렸고 그의 눈동자는 신비한 푸른빛으로 더욱 빛나고 있었다. 대체 이 사람은 왜 이렇게 몸에서 빛이 나는 건지 프리스트는 다 이런 모습인 건지 문득 궁금해질 정도였다.

"여기까지 나온 이유가 사과하기 위해서라구요?"

"네, 지금은 그렇습니다."

"내가 누명을 쓰게 된 것 또 엄마와 나의 거주지를 마음대로 바꾸게 된 것에 대해 사과하고 싶다구요? 당신 때문에 벌어진 일이 아닌데 왜 당신이 나와 엄마한테 사과를 해야 하는 건데요?"

"………" 스칼렛은 말이 없는 그를 보며 또 무언가 예언을 하려고 하는 것인지 아니면 다른 할 말이 있는 것인지 알고 싶었다. 그녀는 다시 한번 그에게 여기에 온 진짜 이유를 물었다.

"당신 어머니를 보고 싶었어요…"

"우리 엄마를요? 왜요?"

"………"

그는 다시 말이 없어졌다. 그런 그를 보면서 스칼렛은 너무 답답해서 미칠 것만 같았다. 왜 이 사람은 3년 동안 나를 기다렸다고 하는 것이며 도대체 왜 그런 슬픈 눈빛으로 내가 다친 것을 자신이 다친 것보다 더 아파하고 지금은 또 왜 여기 와서 엄마를 보고 싶었다고 하는 것인지 도무지 아무것도 알 수가 없었다.

"스칼렛, 당신이 지금까지 살아온 이유 그리고 지금 겪고 있는 모든 일들은… 당신에게는 잔인하게 들릴 수 있겠지만…, 어쩔 수 없는 일입니다."

"뭐라구요? 지금 대체 무슨 말을 하고 있는 거예요? 사과하러 왔다면서요!"

"당신도 나처럼… 선택받은 사람이니까요…" 그녀를 바라보는 그의 눈빛에서 깊이를 알 수 없는 고통과 슬픔이 느껴졌다.

"내가 선택받았다구요? 그래서 지금까지 이렇게 힘들게 산거고 지금 이렇게 된 이유도 단지 선택받아서라구요? 그건 누가 정하는데요? 난 선택해 달라고 그 누구에게도 부탁한 적이 없어요!" 그녀는 항상 어머니에 대한 죄책감으로 괴로웠으며 주어진 환경에서 미친 듯이 노력해서야 겨우 얻어진 약간의 신분 상승도 너무나 억울했다. 그리고 죽고 싶을 만큼 힘들 때마다 지금까지 버텨 온 이유는 아버지에 대한 증오심 단 한 가지였으므로 선택받았다는 노아의 말은 그녀를 폭발시켰다.

"노아 당신은 칸델라한테는 대단한 프리스트일진 모르지만 여기선

Numinosum[12]을 이용한 나르시시즘, 편집증, 반사회적 특징을 가진 심각한 인격장애 그리고 망상 장애 환자일 뿐이에요!"

"היום ההוא יהי חשך אל ידרשהו אלוה ממעל ואל תופע עליו נהדה: למה י
תן לעמל אור וחיים למרי נפש: לא שלותי ולא שקטתי ולא נחתי ויבא רגז:" (그 날이 캄캄하였더라면, 하나님이 위에서 돌아보지 않으셨더라면 빛도 그 날을 비추지 않았더라면 어찌하여 고난당하는 자에게 빛을 주셨으며 마음이 아픈 자에게 생명을 주었는고… 나에게는 평온도 없고 안일도 없고 휴식도 없고 다만 불안함만 있구나.) 노아는 그녀에게 히브리어로 말했다.

"ארץ נתנה ביד רשע פני שפטיה יכסה אם לא אפוא מי הוא:" (세상이 악인의 손에 넘어갔고 재판관의 얼굴도 가려졌나니 그렇게 되게 한 이가 그가 아니면 누구냐.) 그녀도 노아에게 히브리어로 대답했다.

그는 자신의 두 손으로 그녀의 오른손을 감싸 쥐면서 가만히 그녀의 눈을 내려다보았다. 그녀를 내려다보는 노아의 눈빛 그리고 따듯한 그의 두 손의 온기가 느껴지면서 말로는 설명할 수 없는 따듯한 무언가가 둘을 감싸는 느낌이 들었다. 그녀는 매우 놀라 손을 빼고 싶었지만 움직일 수가 없었다.

"החקר אלוה תמצא אם עד תכלית שדי תמצא: גבהי שמים מה תפעל עמקה
משאול מה תדע: ובטחת כי יש תקוה וחפרת לבטח תשכב: ורבצת ואין מחריד
וחלו פניך רבים:" (네가 하나님의 오묘함을 어찌 능히 측량하며 전능자를 어찌 능히 완전히 알겠느냐 하늘보다 높으시니 네가 무엇을 하겠으며 스올보다 깊으시니 네가 어찌 알겠느냐 네가 희망이 있으므로 안전할 것이며 두루 살펴보고 평안히 쉬리라 네가 누워도 두렵게 할 자가 없겠고 많

12) 누미노즘: 신성성, 신의 의지에 의한 것, 신적인 것, 종교학자 루돌프 오토의 저서에서 발췌한 용어.

은 사람이 네게 은혜를 구하리라.) 그는 끝까지 그녀의 눈을 보고 말했고 노아는 이내 그녀의 손을 놓아주었다.

"더 이상 부정하지 말아요, 스칼렛. 세상이 악인의 손에 넘어갔다고 생각하면서도 내면에서는 그게 잘못된 것이라는 걸 이미 알고 있는 사람입니다. 당신은…"

"당신 지금 나한테 뭘 하고 있는 거죠? 대체 나한테 원하는 게 뭐예요!"

"언젠가 당신이 자신을 온전히 알게 된다면 그땐 내가 말하지 않아도 저절로 알게 될 거예요. 난 그저 과정의 일부일 뿐입니다. 모든 건 다 스칼렛 당신 스스로 알게 될 겁니다." 그는 안주머니에서 Beo Nox 왓쳐 글래스와 권총 한 자루를 꺼내서 그녀의 손에 쥐어 주었다. 그녀는 총을 보고 깜짝 놀랐다.

"오늘 당신에게 총이 없다면 당신의 소중한 존재를 잃게 될 겁니다."

"뭐라구요? 그게 누군데요?" 그는 대답하지 않고 뒤돌아서 걸어갔다. 그녀는 그에게 계속해서 무슨 말이냐고 물었지만 그는 끝까지 대답하지 않았다.

노아는 어젯밤에 루모 대성당에서 에드리안 베드로 대주교님을 만났다. 그는 대주교님께 이제 곧 제1관문이 열릴 것이라고 말씀드렸고 대주교님은 그에게 Beo Nox 왓쳐 글래스와 권총을 건네주었다. 그는 그것들을 받아서 오늘 스칼렛에게 건네준 것이었다.

스칼렛은 일단 가방에 글래스와 권총을 넣었다. 도대체 누가 다친다는 것인지 이 권총을 대체 어떻게 써야 하는 것인지 아무것도 알 수가 없었다. 다시 엄마가 있는 병실로 돌아간 그녀는 엄마에게 찾아온 남자가 무슨 말을 했었는지 물었고 엄마는 총리의 선거 때문에 모든 일이 벌어진 것이며 불미스러운 일에 휘말리게 만들어서 죄송하다고 자신에게 사과했다고 말했다. 그때 TV에서는 스칼렛에 대한 스캔들은 모두 거짓이며 스칼렛은 어머니를 훌륭하게 돌봐 왔다고 말하는 브릿 교수님의 인터뷰와 친구 켈리, 실비아 등 그녀의 대학 친구들이 모두 나서서 그녀가 그동안 얼마나 모범적인 학교 생활을 해 왔는지에 대해 인터뷰하는 장면이 나오고 있었다. 그런데 엄마가 갑자기 TV를 빨리 끄라고 했고 그녀는 TV를 끄려고 하다가 갑자기 익숙한 목소리가 들려 다시 화면을 보았다. 엄마였다.

📺 "스칼렛은 저를 방치하거나 학대한 적이 없습니다. 제 몸이 이렇게 된 것은 온전히 제 스스로 만든 것입니다. 저는 오랜 기간 우울증과 폭식증을 앓아 왔기 때문입니다."

📺 "어려운 형편에도 항상 제 치료를 위해서 애써 준 딸에게 거짓 보도로 인한 더 이상의 오해와 비난을 하지 말아 주시기 바랍니다. 제 딸은 이미 저 때문에 충분히 고통받아 왔고 저는 딸이 아니었다면 진작에 죽었을 것입니다. 부탁드립니다. 이제부터라도 제 딸에 대한 비난을 멈추어 주세요…"

인터뷰 속의 엄마는 마지막 부탁을 하며 목이 메인 채 떨고 있었다. 그녀는 다시 방 안의 엄마를 쳐다보았고 엄마는 미안하다고 계속해서 말할 뿐이었다. 스칼렛은 더 이상 아무 말을 하지 않은 채 잠시 나갔다 오겠다고 말하고는 병실의 문을 닫고 나왔다. 그런데, 문 앞을 지키고 있던 존이 그녀에게 다가와 켈리에게 가 봐야 할 것 같다고 전했다. 썸머가 갑자기 지내는 곳이 바뀌어서 밥도 안 먹고 아픈 것 같으니 되도록 빨리 와 달라고 부탁했다고 하자 그녀는 빨리 켈리에게 가 보자고 존에게 말했다.

❄

켈리의 집은 학교 근처의 작은 정원이 있는 주택이었고 여름엔 친구들과 모여 바비큐 파티를 종종 하곤 했어서 스칼렛도 한두 달에 한 번씩은 켈리 집에 놀러가서 밤늦게까지 있기도 했었다. 켈리 집 앞에 차가 도착하자 그녀는 존에게 차 안에서 기다리라면서 혼자 다녀오겠다고 말했다.

스칼렛은 대문 밖에서 초인종을 여러 번 눌렀다. 하지만 안에서는 인기척이 전혀 없었다. 아무도 없는 것이 이상하다고 생각했지만 일단 이전에 인식해 둔 본인의 ID를 사용해서 문을 열고 안으로 들어갔다. 문이 열리자 켈리가 키우는 고양이들이 일제히 야옹야옹 소리를 내면서 현관문 앞에 모여들었다. 켈리가 키우는 고양이는 총 5마리로 모두 사람들이 버린 유기묘였다. 고양이들은 사람들에게 버림받았지만 오히려 집에 찾아오는 사람들을 누구보다 반기고 따를 정도로 순하고 착했다. 그녀가 거실로 들어갔으나 어디에도 썸머는 보이지 않았다. 그녀는 켈리의 이름을 부르면서 계속해서 켈리와 썸머를 찾아서 집안을 돌아다니기 시작했다. 그때 갑자기 뒤에서 누군가 그녀에게 총구를 겨누었다. 너무 놀란 스칼렛은 그 자리에 얼음처럼 굳어 버렸다.

“오랜만이야. 스칼렛?” 그는 켈리의 전 남자친구인 제임스였다. 도서관에서 켈리와 우연히 만나서 제임스의 열렬한 구애로 그녀와 사귀게 되었지만 직업도 속이고 여자관계도 복잡했던 그는 결국 사실을 들켜 헤어지게 되었다. 그러나 헤어진 뒤에도 켈리에게 계속 연락해서 다시 만나자고 하곤 했었다. 이 모든 사실을 옆에서 봐 왔던 스칼렛은 켈리에게 경찰에 신고하라고 했지만 제임스의 집안 형편이 좋지 않은 것을 알고 있던 켈리는 차마 신고는 하지 못하고 있었다.

“제임스! 켈리는 어딨어? 일단 진정해. 여기 지금 나 혼자 왔어. 봐. 정말이야. 총 좀 내려놔.” 그녀는 차분한 목소리로 제임스를 설득하고자 했다.

“켈리? 켈리는 잘 있어. 난 널 기다리고 있었어. 스칼렛… 내가 그동안 TV에서 너 나오는 거 많이 봤는데 말이야…” 스칼렛은 그의 눈에서 이미 극도의 흥분과 초조함을 읽을 수 있었다. 총을 겨누고는 있었지만 흐느적거리면서 말하는 특유의 그의 말투 때문에 총을 이리저리 휘저으며 말하는 모습이 다소 우습게 느껴질 정도였다.

“제임스, 우리 앉아서 얘기할까?” 그녀가 침착하게 그에게 제안하자 소파에 따라서 앉으려고 하는 그였다. 그러다 갑자기 일어나서는 다시 그녀의 머리에 총구를 겨누면서 미친 듯이 소리를 질러댔다.

“이 미친년이 죽고 싶어서 감히 날 환자 취급을 해? 당장 죽여 줄까? 응?”

그때 소파 테이블에 앉아 있던 고양이가 소리에 놀라 뛰어내리면서 옆에 켜져 있던 향초가 바닥으로 굴러떨어졌고 불이 카펫과 순식간에 커튼까지 옮겨붙었다.

“뭐야? 제기랄!” 제임스는 총을 주머니에 넣은 후 불을 끄기 위해서 부엌에서 물을 받아서 끄기 시작했고 불길이 겨우 잡힐 때쯤 뒤에서 총을 장전하는 소리가 들렸다. 몸을 일으켜서 보니 스칼렛이 그를 향해 총구를 겨누고 있었다. 그는 처음엔 당황한 듯하더니 자신만만하게 웃기 시작했다.

“오우~. 공부만 하시던 의사 선생님께서 사람을 쏘시겠다고? 그래 어디 한번 쏴 봐. 여기 정확히 심장 가운데 총알을 한번 박아 보라고! 여기야 여기!! 하하.” 그는 자신의 심장 위치를 그녀에게 가리키며 비웃기 시작했다. 그때 계단에서 썸머가 그녀를 향해서 내려오고 있었고 그녀도 썸머를 보았다. 그런 그녀의 눈동자를 본 제임스는 잠시 멈칫하고 있는 썸머를 향해 잽싸게 손을 뻗어서 썸머의 뒷덜미를 잡아 들었다.

“어? 이건 분명 썸머겠구나? 켈리 고양이는 이런 검은 색깔이 없거든.” 그는 의미심장하게 웃었고 손에 잡혀 있는 썸머는 괴로운 듯 계속해서 울어 댔다. 그런데 썸머가 갑자기 몸을 들어올려 발톱으로 그의 손을 할퀴었고 그는 그대로 썸머를 놓쳐 버렸다. 화가 난 제임스는 총을 꺼내 고양이를 향해 총을 쏘았다.

“탕!”

총을 쏜 후 제임스는 고양이를 보았는데 고양이는 멀쩡했고 오히려 자신의 손에서 피가 철철 흘러내리고 있었다.

스칼렛이 먼저 제임스의 손을 정확하게 쏜 것이었다. 제임스는 깜짝 놀라 다른 손으로 자신의 손을 부여잡고 비명을 질렀고 총 소리를 듣고 들어온 존에게 제압당해서 바닥으로 엎어져 짓이겨졌다.

“괜찮으십니까?”

“전, 괜찮아요….” 스칼렛이 괜찮다고 말하자 존의 무릎 아래 엎드려 깔려 있던 제임스는 킬킬대면서 웃기 시작했다. 존이 더욱 세게 그를 제압하자 그는 짧은 신음 소리를 내며 바닥에 머리를 처박힌 채 그녀를 향해 말했다.

“나한테 널 죽여 달라고 부탁한 사람이 누군 줄 알아? 흐… 흐…”

“이 새끼가 어디서 수작을 부려! 닥쳐!!” 존이 제임스에게 소리친 후 그의 양손을 뒤로 묶고 일으켜 세우려고 하자 그는 무릎이 꿇린 채 그녀를 쳐다보면서 다시 말하기 시작했다.

“스칼렛… 네 친아버지…” 존은 그가 더 이상 말하지 못하게 팔꿈치로 얼굴을 쳐 정신을 잃게 만들었다. 축 처진 그의 몸을 끌고 나가던 존은 그녀에게 범죄자 말 따위 신경 쓸 것 없다고 말했다. 스칼렛은 아버지가 사람을 시켜 자신을 죽이려고 했다는 사실에 놀랐지만 지금은 켈리가 살아 있는지 확인하는 게 먼저였다.

그녀는 존에게 제임스의 처리를 부탁했고 썸머를 팔에 안은 채 켈리를 찾아서 2층 계단으로 올라갔다. 2층 복도에 올라와 침실 문을 열자 켈리는 침대에 반듯이 누워 있었고 스칼렛은 재빨리 그녀에게 다가가 정상 호흡 상태인지 먼저 확인했다. 급하게 1층으로 내려와 가방을 가지고 다시 올라온 그녀는 휴대하고 있던 장비로 그녀의 상태를 확인하려다가 켈리의 머리맡에 있던 수면제 병과 Beo Nox 칩을 붙이고 있는 것을 보고는 추측할 수가 있었다. 미리 집에 잠입해 있던 제임스가 협박으로 켈리를 시켜 존에게 전화를 해서 스칼렛이 집에 오도록 유인을 한 다음, 켈리에게는 수면제를 강제로 먹이고 Beo Nox를 사용하게 한 것 같았다.

그제서야 스칼렛은 노아가 자신에게 주었던 Beo Nox 왓쳐 글래스의 쓰임새를 비로소 알 것 같았다. 그녀가 가방에서 글래스를 꺼내서 전원 버튼을 누르자 눈 앞에 [플레이어의 꿈에 왓쳐모드로 접속하시겠습니까? Yes/No]라는 창이 나타났고 그녀는 [Yes]를 눈으로 3초 쳐다보자 플레이어인 켈리의 꿈 안으로 들어갔다.

+-+

도시 외곽의 작은 편의점 안에서 손님들 몇몇이 진열된 많은 상품들 중에서 물건을 고르고 있었다. 그리고 카운터에는 중년 여성이 앉아 있었다. 스칼렛은 켈리를 찾아봤지만 켈리는 보이지 않았다. 그때, 갑자기 복면을 쓴 강도가 들어와서 소리를 지르며 총으로 위협을 했다. 깜짝 놀란 손님들과 여주인은 두 손을 들고 살려 달라고 말했다.

스칼렛은 강도를 붙잡기 위해 몸을 움직였지만 꿈 안에 있는 어떤 캐릭터에게도 그녀의 존재는 보이지 않는 것 같았다. 심지어 어떤 물건도 사람도 손에 닿지 않았다. 그녀는 플레이어가 아니라 왓쳐였기 때문에 플레이어의 꿈에는 어떤 영향도 미칠 수가 없었기 때문이었다.

강도는 금고를 털어 돈을 모두 챙긴 후 신고 버튼을 누르려고 하던 여주인에게 총을 쏘았다. 그리고 밖의 상황을 살펴보더니 잽싸게 뛰어나갔다. 여주인은 피를 흘리면서 쓰러져 있었고 잠시 뒤에 문을 열고 들어온 건 어린 소녀 모습의 켈리였다. 켈리는 여주인에게 달려가 "엄마! 엄마!"라고 외치면서 미친 듯이 소리를 지르면서 울고 있었다. 손님들이 구급대와 경찰에게 연락하는 소리가 들리는 것 같았다.

스칼렛은 가상의 꿈이 어째서 이렇게도 자극적이고 플레이어에게 고통스러운 장면을 보여 주고 있는 것인지 이해가 되지 않았다. 그때 뒤에서 누군가 그녀의 어깨를 두드렸고 뒤를 돌아보자 그곳엔 크리스틴이 있었다.

"크리스틴? 크리스틴이 여기서 뭐 하고 있는 거죠? 이건 켈리의 꿈인데?"

"저희 회사가 이번에 Silva와 합병되어서 전략 개발팀에서 일하게 되었거든요. 켈리가 그러니까 저 소녀가 선생님 친구인 거예요?"

"맞아요. 제 친구인데 이건 행복한 꿈이 아니잖아요. 이건 악몽이에요!"

"잠시만요…, 기다려 보세요…" 크리스틴은 울고 있는 소녀에게 다가가 이건 꿈이라고 말해 주면서 소녀의 엄마에게 다가가 가슴에 손을 갖다 대자 총을 맞고 피 흘리던 상처 부위가 감쪽같이 사라져 버리더니 소녀의 엄마는 곧 정신을 차리고 일어났다. 소녀는 엄마를 끌어안고 엄마가 죽은 줄 알았다면서 더 크게 울어 댔다.

스칼렛에게 다시 돌아온 크리스틴은 자신은 관리자 모드라 Beo Nox 사용자의 모든 꿈을 직접 컨트롤할 수 있다고 알려 주었다. 그녀가 크리스틴에게 대체 여기엔 어떻게 알고 오게 된 것이냐고 묻자 그녀는 오빠 제이크가 부탁한 것이라고 대답했다. 크리스틴은 자신이 직접 켈리의 꿈을 종료시킬 것이라고 말했다. 그리고 지금 이 모드는 시크릿 모드로 사용자의 가장 아픈 기억을 재생시키는 꿈인데 자신도 초기 개발자는 아니기 때문에 무슨 용도로 만들어진 것인지는 알지 못한다고 설명했다.

+-+

크리스틴이 사라지고 난 뒤, 함께 현실로 돌아온 스칼렛은 글래스를 벗어 버리고 누워 있는 켈리를 흔들어 깨우기 시작했다.

"켈리!! 켈리!! 정신 차려 봐! 나 스칼렛이야!" 켈리는 조금씩 정신이 드는 듯 감고 있던 눈을 살짝 뜨기 시작했다. 그녀의 눈은 꿈을 꾸면서 이미 많이 울어서 퉁퉁 부어 있는 상태였기 때문에 눈 뜨기가 쉽지 않은 것처럼 보였다.

"스…칼…렛…, 여기는……"

"네 방이야. 켈리. 제임스는 잡혀 갔어! 그 사람한테 협박을 받았던 거야?" 그러자 켈리는 생각이 난 듯 스칼렛의 손목을 움켜잡으며 괜찮으냐고 물었고 그녀는 자신과 썸머 모두 무사하다고 전했다. 그제서야 안심이 된 켈리는 미안하다고 사과했다.

"내가 널 죽일 뻔했다니… 정말 너무 미안해…… 스칼렛……, 나 같은 건 친구도 아니야…"

"그런 말하지 마. 잘못한 건 제임스지 네 탓이 아니야. 협박을 받았던 거잖아. 이해해. 너만 괜찮으면 됐어… 하지만, 이렇게 만든 장본인은 반드시 책임을 져야 할 거야…"

"그게 무슨 말이야? 스칼렛?"

"아니야, 내가 해결해야 할 일이 있어서 그래. 그런데 나 좀 전에 네 꿈 안에 들어갔었어. 원래 Beo Nox가 이런 식이었어? 너 어릴 적 사고 때문에 편의점 근처에도 못 가잖아."

"내 꿈? 네가 그걸 어떻게 알았어?" 스칼렛은 왓쳐 글래스가 있어서 가능했다고 그녀에게 설명해 주면서 꿈에서 켈리를 도와준 여자는 칸델라이며 자신이 아는 사람이라고 말했다. 켈리는 평소에 Beo Nox를 사용할 때는 꿈에서 살아 계신 엄마와 현재의 자신이 함께 여행을 다니거나 맛있는 음식을 먹고 쇼핑을 하는 평범하고 행복한 일상을 보내는 방식이었다고 말했다. 이런 꿈을 꾼 건 이번이 처음이라면서 도와주었던 여자가 없었다면 꿈에서 죽고 싶었을 것이라고 말했다.

"잠시만…" 스칼렛이 휴대용 의료장비로 켈리의 심박수와 스트레스 지수 등을 체크하니 심박수와 혈압 산소 수치가 위험 단계로 판정되었다. 그녀는 켈리에게 심박수를 낮추기 위한 베타 차단제[13]를 주고 침대 옆에 있던 물병에서 물을 따라 주었다. 그리고 약을 먹은 켈리를 다시 침대에 눕히고는 내려와서 썸머를 케이지에 넣고 썸머의 짐들을 챙겨 밖으로 나왔다. 그때 존이 와서는 그녀의 짐을 대신 들었다.

"제임스는요?"

"경찰에게 넘기려고 기다리는 중입니다." 제임스는 다른 경호원의 차 안에 수갑으로 팔이 묶인 채 뒷좌석에 타고 있었다.

13) 교감신경의 베타수용체를 차단하여 심근 수축력과 심장 박동수를 감소시키는 약물.

“죄송합니다. 제가 먼저 체크를 했었어야 했는데… 제 잘못입니다. 총리님께 말씀드려서 다른 경호원으로 교체해 드리겠습니다.” 그는 고개를 숙이며 정중하게 사과했다.

“아니요. 전 다른 경호원 오는 거 싫어요. 그리고 제가 자청해서 혼자 들어가겠다고 고집부린 거니까 존의 잘못이 아닙니다. 다만 한 가지 부탁이 있는데…” 존은 그녀의 부탁이 무언지 물었고 스칼렛은 제임스를 경찰에 넘기기 전에 잠시 둘이 할 이야기가 있다고 말했다. 존은 위험하다고 말렸지만 그녀는 그에게 꼭 물어봐야 할 것이 있다고 간청했다. 망설이던 존은 그녀의 간곡한 부탁에 경호원 차량에서 제임스를 꺼내 일으켜 스칼렛에게 데려왔다. 그리고는 다른 경호원들과 함께 그녀로부터 일정한 거리를 두고 떨어져서 만약의 경우에 제임스를 바로 저격할 수 있도록 총으로 조준하고 있었다.

“총 쏘는 건 언제 배운 거야? 내 손 좀 봐. 아주 걸레가 되었어. 굿 샷! 스칼렛!” 그는 붕대로 대충 감아서 피가 가득 베어 나온 자신의 손을 그녀에게 보여 주며 건들대면서 말했다. 그녀는 그의 도발에도 전혀 동요하지 않는 차가운 눈빛으로 그를 바라보며 낮은 목소리로 말했다.

“아까 나한테 하려던 말 뭐야. 똑바로 말해!”

“아~ 그거?” 그는 입을 씰룩대며 고개를 오른쪽으로 치켜들고 웃음을 지었다. 그리고 세상엔 공짜가 없으니 비용을 지불하라고 말했다. 그녀는 얼마면 되겠냐고 물었고 3000룩스를 부르자 그에게 곧바로 전송시켰다.

“야. 너 진짜 성공했구나. 스칼렛! 고맙다… 후……, 나도 의뢰를 받고 나서 애들 통해서 시킨 사람에 대한 조사를 좀 해 봤는데… 그게 말이지…”

“누군데? 대체 누구냐고!”

"크리스 월포드. 그 아들 벤자민 월포드야." 스칼렛은 그의 대답을 듣고 가슴 안에서 뭔가가 불에 타들어 가는 걸 느꼈다. 그녀는 아직도 자신에게 분노라는 감정이란 게 남아 있다는 사실이 놀라울 지경이었다.

지금까지 살면서 아무리 고통스럽고 힘든 일이 생기더라도 한 번도 흔들리지 않고 버틸 수 있었던 이유, 남들은 장래에 대한 희망 또는 가족을 위한 사랑 때문이라면 그녀는 그들과는 달랐다. 스칼렛 자신을 버티게 만들었던 이유 아니 단 한 가지 감정은 분노 그리고 그 대상에 대한 복수심 그것이 전부였기 때문이다. 화목한 가정의 모습은 가상의 세계에나 존재하는 허상일 뿐 그것을 갖고 싶다거나 혹은 가질 수 없다는 결핍으로 인해서 채워지지 않는 무언가를 애써 생각하려 하지 않았다. 오로지 앞으로의 목표 그 한 가지만 바라보고 살아온 게 전부인 인생이었다. 스칼렛은 이젠 알 것 같았다. 더 명확하게… 앞으로 해야 할 일이 무엇인지를…

그녀는 제임스와의 대화를 끝내고 차에 올라 존에게 무언가 지시했고, 차는 이내 어딘가를 향해 출발했다.

❄

제이크는 Unitec의 클라우드 서버 부서 연구원으로 몇 달 전 Silva사에서 요청한 서버 분할을 담당하고 있었다. Beo Nox의 출시 이후, 서버 사용량이 예상치를 훨씬 넘어 폭발적으로 증가했기 때문에 필요한 추가 서버 증설로 팀원들과 바쁘게 일을 해야 했다. 칸델라들은 일주일에 두 번만 회사로 출근했고 주중 삼 일은 집에서 일했기 때문에 주로 화상회의를 하며 업무를 하는 일이 잦았다.

일주일 전, 서버 최고 관리자로부터 Silva사의 서버 임대 계약이 두 달이라는 말을 듣고 이상하다고 생각해서 그에게 이유를 물었지만 제대로 된 답변은 들을 수는 없었다. Beo Nox의 서버 사용량은 갈수록 증가하고 있고 사업적으로도 최고의 호황기인데 어째서 장기가 아닌 단기 계약인지 상식적으로 말이 되지가 않았기 때문이었다. 그렇다고 Tenazetta 용량의 서버 용량을 감당할 수 있는 대안 회사가 따로 존재하는 것도 아니었다. 그는 이 해답을 얻을 수 있는 가장 빠른 지름길을 이미 알고 있었다.

"똑똑…"

"누구시죠?"

"아버지, 저 제이크예요." 그가 대답하자 아버지의 들어오라는 소리에 문이 자동으로 열렸고 총리 집무실로 들어갔다. 아버지는 테이블 앞에서 자료를 보다가 그를 보고 자리에서 일어났다. 프랭크는 언제나처럼 깔끔하게 빗어 넘긴 머리에 먼지 한 톨도 묻어 있지 않은 하얀색의 총리 제복 차림이었다. 아버지가 자리에 앉으라고 권하자 제이크는 접견실로 가서 의자에 앉았다.

"네가 어쩐 일로 직접 여기까지 찾아온 거니?" 그는 의아한 표정으로 제이크에게 물었다.

"제가 몇 달 전부터 Silva사 서버 증설 작업을 담당해 왔었는데요, 최근에 이상한 소식을 들은 게 있어서 말씀드려야 할 것 같아서요…"

"이상한 소식이라니? 그게 뭔데?"

"Beo Nox 말입니다. 지금 큐비들한테 가장 잘 팔리는 제품인데 서버가 겨우 두 달 단기 계약이에요. 앞으로 몇 년은 넘게 지금 서버 용량 이상으로 필요할 게 뻔한데, 우리 회사 말고는 현실적으로 다른 대안도 없단 말입니다."

제이크의 말을 듣고 난 프랭크 총리의 표정은 묘하게 일그러졌다. 화를 내는 것인지 기분이 좋은 것인지 판단할 수가 없는, 눈과 입술의 표정이 완전히 다른 것만 같았다.

"넌 대체 어째서 큐비들 일에 그렇게 관심이 많은 거지?"

"네? 전 지금 큐비를 말하는 게 아니라…"

"당장 집으로 돌아가거라! 어째서 집구석에 제대로 된 자식이 단 한 명도 없는 거야!"

아버지의 화내는 모습에 그는 어쩔 수 없이 돌아올 수밖에 없었고 되돌아가는 차 안에서 친구 에디에게 전화를 걸었다.

📞 "흠… 그런 일이 있었구나. 제이크… 얼마나 고민이 되었으면 네가 제일 싫어하는 아버지를 다 찾아가고… 크…큭…" 에디는 그를 보며 웃으면서 놀리고 있었다.

"이 자식아! 이게 지금 장난칠 일이냐?"

📞 "알았어. 미안 미안… 근데 스칼렛은 어떻게 된 거야?"

"언론에 너무 노출이 심하게 되어서 경호원만으로는 대처가 불가능하다는 판단하에 아버지 지시로 거처를 옮겼어. 어머니는 병원으로 고양이는 친구 집으로 스칼렛은 BD 맨션으로 가게 될 거야."

📞 "근데 너 크리스틴한테는 대체 무슨 부탁을 한 거냐? 아까 너랑 통화 안 된다고 나한테 전화 와서는 같이 있는 거 아니냐고 물어보던데?"

"아… 총리실 들어가느라고. 거기 전화 불통인 거 알잖아. 크리스틴 일은 어떻게 되었데?"

📞 "부탁한 대로 했다고 하던데, 스칼렛이 엄청 놀란 거 같다고 하더라. 대체 무슨 일이야?" 에디가 그에게 물었다. 제이크는 경호원 존에게서 고양이가 친구 켈리에게 보내졌다는 걸 듣고 켈리에 대한 정보를 찾아보던 중, 스토커 남자친구가 있었다는 사실과 그 남자친구가 최근 크리스 측과

접촉했다는 정보를 사회 정보 감시 시스템으로 알아냈으며 무언가 스칼렛에게 나쁜 짓을 할 계획을 가지고 있을 것이라고 생각했다고 말했다.

“혹시나 해서 Beo Nox 구매 내역을 찾아봤는데 말이야. 내가 서버 담당자라서 접근이 가능했거든…”

📞 “그랬는데?” 에디는 눈을 반짝이며 화면 가까이 더 다가와 그의 말을 기다렸다.

“스칼렛 어머니랑 켈리가 구매를 했더라구, 그래서 크리스틴한테 스칼렛 어머니랑 켈리 Beo Nox에 관리자 모드로 들어가서 감시 좀 해 달라고 했거든.”

📞 “그 Beo Nox라는 게 무슨 세뇌해서 사람 죽이고 그런 것도 가능한 거냐?”

“그런 게 있겠냐. 임마! 멍청하긴!” 제이크는 에디에게 어이없다는 표정으로 대답했다.

그는 스칼렛의 DNA 정보로 그녀의 칸델라 아버지 데이터를 찾아보기 위해 정부 보안 시스템에 접근해 봤지만 그 어떤 정보도 찾을 수 없었다고 에디에게 말했다. 에디는 데이터가 삭제되거나 변조된 것이 아니겠냐고 대답했고 제이크는 자신의 아버지 프랭크는 그녀의 아버지가 누군지 이미 알고 있을 것 같다고 말했다.

제이크의 부탁

스칼렛이 탄 차량은 루모 시티 안으로 들어와서 AD-05 지역으로 진입하고 있었다. AD-05는 루모 시티 내 구역 중에서 중위권 지역으로 병원들과 그에 따른 부대 시설들이 위치한 곳이었다. 주차장에 도착해서 차문이 열리자 스칼렛이 내렸고 존과 경호원 몇 명이 그 뒤를 따랐다. 건물 안에 들어서니 인포메이션 AI 시스템이 방문 목적과 ID를 요구했다. 그녀는 크리스 윌포드 병원장을 만나러 왔다고 말하면서 CS 카드를 꺼내 인식시켰다. 그녀의 이름과 사진이 실물과 일치하는지 스캔이 시작되었고 곧 그녀의 방문이 원장에게 자동으로 전해졌다. 크리스 원장으로부터 시스템을 통해 출입을 허가받은 후, 스칼렛은 존을 병원 입구에 남겨 둔 채 엘리베이터를 타고 원장실로 향했다.

"제가 죽지 않아서 많이 실망하셨나요?" 그녀는 문을 열고 걸어 들어가면서 크리스에게 말했다.

"그건 네 오해야. 난 네가 죽기를 바란 적 없다."

"아…, 그러셨어요? 어쩌면 이렇게 똑같을까… 예전이나 지금이나…" 그녀는 아버지 얼굴 가까이 다가가 그의 얼굴을 뚫어져라 쳐다보며 말했다.

"칸델라는 늙지 않아."

"아니, 당신 거짓말 말이야. 입만 떼면 거짓말하는 거. 15년 전이나 지금이나 똑같잖아!"

"난 거짓말한 적 없다." 크리스는 당당하게 그녀에게 대답했다. 그의 대답을 듣고 그녀는 어이가 없다는 듯 고개를 약간 숙인 채 한숨을 쉬듯 웃었다.

“내가 왜 정신과 의사가 된 줄 알아? 당신 그 머릿속, 대체 뭐가 들었는지 알고 싶었거든. 근데 아무리 연구를 해 봐도 도저히 알 수가 없었지. 왜냐면 그건 질병이 아니었거든.”

“대체 무슨 말이 하고 싶은 거냐? 스칼렛.”

“당신은 내가 아는 인간들 중에 가장 비열하고 치사하고 이 세상 그 어떤 언어로도 표현할 수 없을 만큼 최악이야. 내 안에 모든 피를 꺼내서 물려받은 유전자를 당장 바꿔 버리고 싶어!! 당신 때문에 태어난 게 너무 역겹고 더러워서 참을 수가 없다고!!” 그녀는 그동안의 모든 분노를 모두 한꺼번에 쏟아 내고 싶었지만, 그 어떤 말로도 표현하기가 부족한 것 같아 답답해서 미칠 지경이었다.

“………” 크리스는 잠시 말이 없었다.

“넌 참 네 엄마를 그대로 닮았구나. 내가 거짓말한 것이 아니야. 네가 믿던 안 믿던…, 난 아버지로서 네가 잘되길 바란다.”

“닥쳐!!! 미친 개소리!! 두고 봐! 내가 당신 반드시 망하게 할 테니까!” 그녀는 문을 세차게 쾅 닫아 버리고 밖으로 나왔다. 복도로 힘들게 걸어가는데 자신의 몸 안에서 폭발해 버릴 것 같은 분노를 감당하기 힘든 나머지 온몸이 끝이 떨려 오기 시작했다.

크리스는 어릴 때부터 봐 왔던 그 모습 그대로였다. 그녀가 어릴 때 기억하는 부모님의 모습은 엄마는 항상 화가 나서 소리치고 아빠는 차분한 목소리로 거짓말을 늘어놨었다. 그는 엄마를 주변 사람들로부터 멀어지도록 가스라이팅해서 사회적으로 고립시켰고 자신의 지위를 이용하여 모든 상황을 통제했으며 오로지 모든 관심은 자기 자신의 출세뿐인 그런 사람이었다. 심지어 그에게 칸델라 부인이 있는 것을 들켜서 엄마와 스칼렛을 버리고 떠날 때조차도 모든 것은 다 큐비인 엄마의 탓이라고 말했다. 스칼렛은 단지 태어났다는 이유만으로 모든 것을 참고 살아야 했고 모든 것이 망가져 버린 엄마를 위해 자신이 반드시 성공해서 아버지에게 복수한다는 목표 그 하나만을 위해서 살아왔다.

쓰러질 것만 같은 정신을 간신히 붙들고 겨우 입구로 내려온 스칼렛은 그녀를 기다리고 있던 존, 경호원들과 함께 다시 차에 올라 BD 맨션으로 출발했다. 크리스는 그녀가 떠나는 모습을 병원 제일 위층에서 창문으로 내려다보고 있었다. 스칼렛이 탄 차가 떠나는 것을 가만히 지켜본 후, 그는 어딘가로 전화를 걸었다.

📞 “크리스…”

“이제 우리 직접 만날 때가 된 것 같습니다. 총리님.” 크리스는 프랭크 총리에게 웃으면서 말했다.

❄

BD 맨션은 GAP 차단 구역 바로 옆에 위치해 있었다. 그리고 각각의 지역은 문학과 미술, 음악 세 가지 영역의 BD들이 블록 단위로 가족들과 함께 생활할 수 있는 주거 지역으로 나뉘어져 있었다. 스칼렛의 맨션은 미술 블록 지역 내의 가장 크고 깨끗한 현대식 건물로 수영장과 주차장이 딸린 하우스였다. 집안 내부로 들어가면 따듯한 햇빛이 투명한 유리벽을 통해 거실을 환하게 비추어 주었고, 안에서 보이는 뷰가 아주 아름다운 집이었다. 그리고 사람이 당장 들어와서 살 수 있도록 가구와 침대 그리고 냉장고에 음식물까지 모두 이미 세팅이 끝난 상태였다. 존은 스칼렛에게 내부 구조를 설명해 준 뒤 편히 쉬라고 말하고 밖으로 나갔다.

그녀는 그토록 노력해서 자신의 힘으로 얻은 집이 생각보다 더 크고 화려한데다 깨끗해서 놀라웠다. 하지만 칸델라의 집에 비하면 꽤나 소박하다는 생각이 들었다. 썸머를 케이지에서 꺼내 주자 이리저리 걸어다니며 냄새를 맡고 탐색하느라 바쁜 모습이었다. 그녀는 냉장고의 문을 열어 안에 있던 물을 꺼내 마시고는 주변을 둘러보았다. 마치 남의 집 안에 몰래 들어와서 주인 몰래 음식을 훔쳐 먹는 기분까지 들 지경이었다. 그러다 문득 제이크가 왜 크리스틴에게 부탁해서 켈리의 꿈에 접속하게 한 것인지 의문이 들었다. 그때 밖에 방문자가 있다는 메시지가 들렸다.

"스칼렛!! 스칼렛!! 괜찮은 거예요?" 제이크는 화면에 대고 다급하게 소리쳤다. 그녀가 문을 열어 주자 급하게 뛰어 들어온 그는 그녀를 살피기에 바빴다. 정말 괜찮은 거냐고 계속해서 물어보았고 그녀는 아무렇지 않다고 대답했다.

"존한테 듣고 온 건가요?"

"아니요. 크리스틴한테 들었어요. 켈리의 꿈 안에서 만났다면서요?"

"그랬어요, 그런데 당신이 크리스틴한테 부탁한 거라구요? 대체 어떻게 알고 부탁한 거죠?"

"말하자면 긴데… 제가 Beo Nox 클라우드 서버 담당이라서 존에게 받은 스칼렛 주변인 정보를 넣어서 알아낸 겁니다. 미리 말하지 못해서 혹시 당신의 기분을 나쁘게 만들었다면 사과할게요."

그녀는 제이크 덕분에 친구 켈리를 잃지 않을 수 있었다며 오히려 내가 감사할 일이라고 말했다. 그는 그녀에게 총과 왓쳐 글래스가 어디서 난 것이냐고 물었고 그녀는 노아가 준 것이라고 대답했다.

"정말 다행이에요. 형이 미리 다 예지한 거군요. 진짜 다행이에요…"

"나한테 무슨 일이 생긴다고 해도 그게 뭐 중요한 일인가요? 하찮은

나 같은 큐비 따위…" 그녀는 소파에 앉아 가방에서 담배를 꺼내서 불을 붙이고 있었다. 그는 갑자기 그녀의 담배를 빼앗아서 그것을 피우고 연기를 마셨다.

"켁…켁…, 콜록…콜록…" 그는 담배 연기를 마시자마자 반사적으로 기침을 해댔다.

"지금 이게 뭐하는 짓이에요?" 그녀는 놀란 눈으로 그를 보면서 소리쳤다.

"당신은 하찮은 사람이 아닙니다! 그러니 이제 스스로 학대하는 짓 좀 그만해요!"

그녀는 자리에서 일어나 제이크에게 다가가서 내가 무엇을 하든 상관하지 말라고 말하자 그는 앞으로 무엇을 하더라도 자신과 함께하자고 말했다. 그녀는 웃으며 당신은 어차피 죽지도 않는 칸델라니까 무엇이든지 하고 싶은 대로 할 수 있는 거 아니냐며 그를 비웃었다.

"역겨워… 칸델라… 죽지도 않는 지긋지긋한 것들…"

"왜? 당신 아버지가 칸델라라서? 그래서 그래?" 제이크가 던진 질문에 갑자기 그녀의 숨소리가 잠시 멎은 듯했고 둘 사이에는 정적으로 가득 찬 긴장감이 흘렀다. 스칼렛은 고개를 왼쪽 아래로 살짝 내린 후, 잠시 눈을 감았다 힘주어 뜨면서 분노에 가득 찬 눈빛으로 그를 노려보면서 말했다.

"너 어떻게 알았어? 내 아버지가 칸델라라는 거."

그녀는 그에게 점점 다가가기 시작했다. 그러자 그는 슬슬 뒷걸음치기 시작했다.

"………" 그는 말없이 그녀를 내려다보며 계속해서 뒷걸음치다 결국 벽에 부딪혔다. 그녀는 왼쪽으로 고개를 약간 튼 후 고개를 완전히 들어 올려 입술이 그에게 닿을 듯 다가가서는 그를 쳐다보았다. 제이크는 완전히 밀려서 꼼짝할 수 없었다. 그는 이런 상황에 처해 본 일도 없을 뿐더러 여자 큐비와 이렇게 가까이 있어 본 적이 없었기에 심장 박동은 빨라지고 호흡이 가빠지기 시작했다. 그녀는 그의 눈동자를 쳐다보면서 점점 더 가까이 다가가기 시작했고 제이크는 심장이 너무 뛰어서 터져 버릴 것만 같았다.

"칸델라는 세로토닌 억제제가 포함된 물을 먹고 있어서 성욕이 있을 리가 없을 텐데?"

"뭐라고? 대체 무슨 말이야?"

"너희 칸델라는 신체 성관계로 종족 번식을 하지 않기 때문에 인위적으로 HSDD[14]를 발생시켜 성욕 본능을 통제받아 온 거야."

그는 칸델라는 신체적인 성행위를 하지 않지만 얼마든지 가상현실로 대체 가능하며 충분히 만족할 수 있다고 주장했다. 또한, 그렇게 만든 건 설계자 크래비티 님께서 인간이 sex로 인해 발생할 수 있는 여러 가지 질병으로부터 보호하기 위한 안전장치로 알고 있다고 말했다.

"글쎄, 취지가 어떻든 간에 난 누군가로부터 내 몸과 정신이 지배당하는 건 옳지 않다고 생각해. 게다가 인간의 본능적 욕구가 좌절되면 불안한 감정이 생기고 외부적 요인으로도 그 불안을 해소하지 못할 시에는 반드시 내적인 방어기제가 나타나게 되거든. 결국 무의식적으로 다양한 정신과적 질환이 발생할 수 있다는 말이지. 너희 칸델라들은 유전적으로 정신 질환이 생기지 않는다고 하지만 모든 인간은 정신적으로 완벽할 수 없어. 유전적으로 수명을 연장할 수 있다고 해도 너희들이 신이 될 수 있는 건 아니니까…"

"난 신이 되길 바란 적 없어. 그냥… 당신이 괜찮은 건지 걱정되어서

14) Hypoactive Sexual Desire Disorder: 성욕감소병.

온 것뿐이야."

"정말 그게 다야? 내가 걱정되어서 내 뒷조사를 하고 내 아버지가 칸델라라는 걸 알아내고 켈리의 꿈에 크리스틴까지 보낸 게 단지 걱정이 되서라고 말하는 거야? 대체 왜?"

"나도 모르겠어… 스칼렛 당신이 어떤 사람인지 점점 더 알고 싶고… 당신한테 무슨 일이 생겼다고 하면 걱정이 되어서 아무것도 할 수가 없어… 난… 아버지처럼 권력으로 널 위기에서 구해 줄 수도 없고, 프리스트인 형처럼 위험을 미리 알려 줄 수도 없고, 존처럼 항상 곁에서 당신을 지켜 줄 수도 없고… 난…" 제이크가 말을 하고 있는데 스칼렛이 갑자기 그의 입술에 입을 맞추어 주었다. 제이크는 너무 놀라 갑자기 말을 멈추고 자리에 얼음처럼 굳어서 커다랗고 푸른 눈을 껌뻑거리면서 그녀를 바라볼 뿐이었다.

"네가 너무 귀여워서… 미안해…"

그녀가 뒤돌아서 가려고 하자 제이크가 그녀의 손목을 잡아 자신의 쪽으로 힘주어 끌어당겼고 그녀는 커다란 그의 품에 안겼다. 둘은 잠시 말없이 서로를 바라보았고 스칼렛은 따듯한 그의 가슴에서 쿵쾅거리면서 뛰는 그의 심장 소리를 느낄 수가 있었다. 제이크는 왼팔로 가냘픈 그녀의 허리를 안고 오른손으로 그녀의 머리를 감싸 쥐며 고개를 숙여 천천히 그녀에게 다가갔다. 스칼렛은 제이크의 눈동자를 바라보며 오직 자신만을 위해 걱정이 가득한 그가 고맙고 또 이 따듯한 마음이 좋았다. 태어나서 처음으로 누군가에게 의지하고 싶어지고 기대고 싶어지는 마음이 생기는 것 같았다. 머릿속으로는 이러면 안 된다고 생각하면서도 동시에 그녀의 마음은 이미 그에게 이끌리고 있었던 것일까… 거부할 수 없는 이 힘이 무엇인지 그녀도 알 수 없었다. 마침내 닿은 그의 입술은 부드럽고 따듯했다. 그녀는 더 이상 애쓰지 않아도 될 것 같았고 남자에게 진심으로 사랑받고 있다는 게 이런 느낌일까라고 생각했다.

키스를 나눈 후 태어나서 처음으로 키스해 본 제이크는 그녀와 평생 함께할 수 있다면 칸델라를 버리고 큐비가 되고 싶다는 생각을 하고 있는 자신에게 스스로 놀랐다. 제이크에게 그녀는 강하지만 여리고, 지적이지만 너무나 사랑스럽고 아름다운 여자였다.

"스칼렛…, 널 사랑하는 것 같아…"

"제이크…, 난… 미안해…"

"미안하다니?"

"우린 어차피 안 돼. 너도 이미 알고 있잖아. 그리고 난 누군가를 사랑할 수 있는 사람이 아니야. 미안해…" 그녀는 앞으로 해야 할 일들이 우선이었고 사랑 같은 감정은 지금 자신에겐 사치에 불과하다고 생각했다. 제이크가 그녀에게 다가가서 무언가 말하려 하는 순간 썸머가 스칼렛에게 다가와 앞발을 다리에 올리며 야옹하면서 안아 달라고 보채고 있었다. 제이크는 그런 썸머를 번쩍 안아서 자신의 품에 안고 쓰다듬었다.

"정말 따듯하고 부드러워. 썸머는…"

"그러다 신고당하면 어쩌려고… 이리 줘." 그녀는 그에게 팔을 뻗어서 고양이를 건네 달라고 했다.

"스칼렛, 만약 썸머가 아니었으면 우리는 만나지 못했을까?"

"글쎄… 그건 하나님만이 아실 테지." 그녀는 그에게서 썸머를 받아 들고는 다시 소파에 풀어 주었다. 그는 멀어지려는 그녀의 손을 잡고 자신의 쪽으로 끌어당겨 안아서는 움직일 수 없게 만들었다.

"하나만 약속해 줘. 날 사랑해 달라고 하지 않을 테니까… 제발 다치지만 마. 부탁이야." 스칼렛은 그의 품에서 자신을 내려다보는 눈빛을 보며 제이크의 마음이 진심이라는 것을 느낄 수 있었다. 그녀는 그런 그에게 작게 고개를 끄덕여 주었다. 그녀의 대답을 들은 그는 그녀를 따듯한 가슴과 단단한 두 팔로 안아 줄 뿐이었다. 그녀는 이렇게 계속 있다가는 제이크에게 나도 이제는 그만 네 품에서 쉬고 싶다고 말할 것만 같아 그를 밀어내려 했다.

"그리고 우리 아버지 믿지 마. 절대로… 선거를 위해서 널 이용하는 것 뿐이니까." 그는 그녀를 놓아주면서 당부했다. 스칼렛은 알겠다고 말했고 제이크는 그녀의 이마에 입을 맞추는 인사를 한 후 그녀의 집을 나섰다.

❄

Silva사와 합병한 Convergeta사는 AI 딥러닝[15]회사로 데이터 분석 알고리즘과 모델링 개발을 했다. 크리스틴은 딥러닝 엔지니어였고 Beo Nox 베타 버전 테스트에 참여하고 있었기 때문에 제이크의 부탁을 들어줄 수가 있었던 것이었다. 그녀는 오늘 자신이 시크릿 모드에 대해 발견한 사실을 상관에게 보고해야 하는 건지 고민하고 있었다.

"BN702 라이브러리[16]에 DNN[17]의 hidden layer[18]모델링은 담당이 누구죠?" 크리스틴은 팀 동료 빈센트에게 물었다. 그는 그쪽은 Silva사에서 전담하고 있고 특별히 접근 제한이 있는 건 아닌 것 같다고 대답했다. 크

15) Deep learning: 다층구조 형태의 신경망을 기반으로 하는 머신 러닝의 한 분야, 컴퓨터가 사람처럼 생각하고 배울 수 있도록 하는 기술.
16) Library: 다른 프로그램들과 링크되기 위하여 존재하는 하나 이상의 서브루틴이나 function들이 저장된 파일들의 모음.
17) Deep Neural Network: 심층신경망.
18) 은닉층: 다층 구조 신경망에서 입력층(input layer)과 출력층(output layer) 사이에 존재하는 층.

리스틴이 오전 회의 때 사장에게 들은 바로는 앞으로 있을 총리선거 일주일 전쯤에 Beo Nox의 전체 업데이트가 예정되어 있었다. 전체 업데이트를 하기 전 베타 버전 테스트로 내내 바빴던 그녀는 집으로 돌아가는 차 안에서 제이크에게 전화했지만 받지 않았다.

"아… 진짜, 뭐야… 맨날 스칼렛만 찾고…, 하루 종일 대체…" 잠시 후 집에 도착한 크리스틴은 차에서 내려 현관문을 열고 집 안으로 들어갔다. 그런데 거실에서 말끔한 모습의 노아를 발견하고는 너무 놀라 한동안 할 말을 잃었다.

"노아? 대체 어떻게 된 일이야? 이게?"

"그동안 힘들게 해서 미안하다, 크리스틴. 오늘 있었던 일은 아무한테도 말하지 않는 것이 좋을 거야."

"뭐? 도대체 그게 무슨 소리야?"

"제이크와 스칼렛에 관련된 일은 아무한테도 말해선 안 돼. 특히 아버지한테… 알겠어?" 크리스틴은 갑자기 난데없이 무슨 일인 거냐며 투덜거렸고 노아는 그녀에게 레인 프로텍터를 건네주었다. 비도 안 오는데 당최 이건 또 뭐냐고 묻자 그는 대답 없이 방으로 올라갔다. 곧이어 그녀에게 전화가 걸려 왔다. 빈센트였다.

"빈센트, 무슨 일이죠?"

📞 "NC 6302 overfitting[19]날 것 같아요. Iteration[20] 넘버가 잘못된 거 같은데, 지금 오셔서 직접 수정하셔야 할 것 같아요. 이러다 내일 오전까지 epoch[21] 안 끝날 것 같은데요?"

19) 오버피팅: 기계 학습에서 데이터에 대한 학습이 너무 많이 수행되는 현상.
20) 반복: 프로그램에서 어떤 조건이 만족될 때까지 몇몇 명령(instruction) 또는 명령문(statement)을 반복 실행하는 것.
21) 에포크: 딥러닝에서 전체 트레이닝 셋이 신경망을 통과한 횟수.

"네? 알았어요. 지금 바로 갈게요." 그녀는 급하게 집 밖으로 나섰다. 그런데 방금 전까지 맑았던 하늘에서 갑자기 비가 내리기 시작했고, 크리스틴은 집에서 노아가 그녀의 손에 건네준 레인 프로텍터를 보며 웃기 시작했다. 장비의 전원을 켜자 그녀가 서 있는 직사각형 공간에만 비가 내리지 않았다.

"드디어 돌아왔구나. 노아!"

❄

노아는 자신의 방으로 들어가 컴퓨터로 기사를 검색하기 시작했다. 포털 사이트에는 Beo Nox 사용료 인상으로 인해 각종 범죄가 증가했다는 기사들이 올라와 있었다. 그의 눈에는 큐비들은 Beo Nox에 서서히 중독되어 가고 있는 것이 틀림없어 보였다. 지금 그들의 범죄 행위는 마치 150년 전 마약 중독자들이 마약을 사기 위해 범죄를 저지르는 모양새와 다름이 없었기 때문이었다. 그는 존에게 전화를 걸었다.

"존? 지금 스칼렛 상태는 어떻습니까?"

📞 "제이크 님께서 오셔서 함께 계시다가 좀 전에 가셨습니다."

"진행 상황은요?"

📞 "제이크 님께서 스칼렛 님께 고백한 것 같습니다."

"그렇군요, 알겠습니다. 플러스는 잘 지내나요?"

📞 "오늘 비가 와서 그런지 추워하는 거 같아서 실내 온도를 올려 두었습니다."

"불쌍한 플러스… 결국 비를 무서워하게 되었군요."

제이크와 스칼렛이 처음 만난 날, 클럽 골목에 검은 새끼 고양이를 가져다 둔 사람은 바로 존이였다. 그는 에디가 밖으로 나올 때까지 기다렸다가 에디에게 제이크가 찾아오는 모습, 그리고 마지막에 스칼렛까지 만나게 되는 것까지 골목에서 지켜보고 있다가 노아에게 전화로 임무를 완수했다고 보고했었다.

"계속 수고해 주세요, 존. 앞으로도 스칼렛을 잘 지켜 주시기 바랍니다."

📞 "네, 알겠습니다. 노아 님."

P(+) vs N(−)

크리스는 원장실에 혼자 앉아 있었다. 잠시 후, 비서 제이콥이 들어와 그에게 가볍게 목례를 하면서 준비가 다 되었다고 말하자 그는 자리에서 일어나 나갈 준비를 했다. 엘리베이터가 지하 주차장에 도착한 후 문이 열렸고, 제이콥은 재빨리 앞서 나가서 그가 차에 타는 것을 에스코트한 후 자신도 차의 앞자리에 앉았다.

"제프리한테 연락해."

"네, 알겠습니다. 원장님." 제이콥은 즉시 제프리에게 화상전화 연결을 했고 뒷자리에 앉아 있던 크리스의 모니터에 제프리 모습이 보였다.

"크리스 윌포드 원장님! 벌써 연락을 주시고 많이 급하신가 봅니다." 그는 원장을 보고 슬쩍 웃으며 말했다.

"내가 지금 프랭크 총리를 만나러 가는 중인데, 그쪽 진행 상황을 미리 알아 두어야 할 것 같아서 말이야." 크리스는 두 팔로 팔짱을 낀 채 무표정한 얼굴로 대답했다.

"스케쥴상으로 총리선거 일주일 전 즘에 Beo Nox 공식 업데이트를 할 예정입니다. 만약 시크릿 모드가 활성화되면 큐비들 중 70% 정도는 반드시 영향을 받을 것입니다. 그리고, ISO-K는 시뮬레이션 결과가 아직 확실하진 않지만…"

"뭐? 아직도 확실하지가 않다니? 이미 우리는 준비가 거의 끝나가고 있는데!!" 크리스는 모니터에 얼굴을 가까이 대고 짜증을 냈다. 앞자리에 있던 제이콥은 그의 반응을 보고 놀라 안절부절못하고 있었다.

"허허… 이거… 벌써 이리 조바심을 내셔서야… 앞으로 큰일 하시겠습니까."

"내가 지금 너랑 장난하는 걸로 보여? 그동안 빌어먹을 ISO-K 프로젝트에 쏟아부은 돈이 얼만데!" 크리스는 선거일이 다가올수록 점점 더 초조해져 갔고 게다가 오늘 스칼렛이 찾아와서 협박한 일로 신경이 예민해져 있었다. 제이콥은 그런 크리스가 위태로워 보여 앞자리에서 거의 몸을 다 뒤틀어 그를 진정시키려고 애쓰고 있었다.

"어디 보자… 우리 원장님께서 좋아하실 만한 결과가……" 제프리는 핸드폰 화면을 돌려 자신의 컴퓨터 모니터를 보여 주었다. 그러자 화면에 비친 모니터에 ISO-K 프로젝트 결과 그래프가 보였다. 시뮬레이션 결과는 의학계 칸델라를 제외한 전체 칸델라의 80% 이상이 Beo Nox 제품 사용 시에는 현 정권에 반대할 확률이 98%로 거의 완벽에 가까운 결과였다.

"이 사람!! 날 놀린 게로구만!!! 하하하!!!" 크리스는 갑자기 큰 소리로 웃으면서 좋아했고 제이콥은 그가 기뻐하는 모습을 보고 나서야 한숨을 돌리며 다시 정면으로 몸을 돌렸다. 제프리는 이제 거의 완성 단계라면서 원장님 측에서 프로젝트를 빨리 추진할수록 결과값은 더 좋아질 것이라고 말했다. 그의 말을 듣고 크리스가 박수를 치면서 크게 기뻐하고 있는데, 반대 차선에서 정차해 있던 차량 안의 칸델라가 창문으로 그를 훑어보며 별 미친 사람을 다 본다는 눈빛으로 크리스를 쳐다봤다. 앞자리에서 룸미러로 그를 보고 있던 제이콥은 다른 칸델라들이 그를 알아볼까 걱정이 되었다.

차량은 잠시 후, 32구역에 도착했고 크리스와 제이콥 그리고 경호원 세 명은 차에서 내려서 미개발 지역 안에 있는 빈 건물 안으로 들어갔다. 건물 안에는 미리 도착해서 그를 기다리고 있는 프랭크 총리와 사무엘이 있었다. 의자에 먼저 앉아 있던 프랭크는 그가 도착하자 사무엘과 경호원들에게 건물 밖으로 나가 있으라고 지시했고, 크리스도 둘만을 남겨 두고 자신이 데려온 일행들에게 나가라고 사인했다.

"자리에 앉게." 프랭크 총리가 크리스에게 말하자 그가 의자에 앉았다.

"오늘 프랭크 자네가 보내 준 선물 아주 잘 받았네." 크리스가 말했다.

"그게 무슨 말인가?"

프랭크는 스칼렛이 크리스에게 찾아간 사실을 존의 보고로 이미 알고 있었지만 일부러 모른 척했다. 그런 그의 말을 듣고 크리스는 가소롭다는 듯 고개를 숙이고 웃었다. 크리스는 프랭크가 큐비인 스칼렛이 자신의 숨겨진 딸인 것을 알아내 그녀를 선거에 이용하고 있는 건 참으로 비겁한 일이라고 말했다.

"비겁하다라…, 네 입에서 나올 말은 아닌 것 같군…. 한 여자의 인생을 망치고 자신의 딸까지 함께 방치한 비열한 놈."

그의 말이 끝나자마자 크리스는 자리에서 벌떡 일어나 프랭크의 멱살을 잡았다. 둘은 서로 죽일 것 같은 눈빛으로 쏘아보고 있었고, 창문 밖에서 지켜보고 있던 경호원들이 다급하게 들어오려고 하자 프랭크는 잡혔던 옷깃을 떼면서 경호원에게 괜찮다고 고개를 끄덕여 보였다.

"총리 장기 집권을 위해서 내 연구소에서 DS-HL 혈액 세포를 훔쳐간 게 너라는 걸 내가 모르고 있었다고 생각해?"

"크리스 네가 먼저 내 연구를 도둑질하지만 않았어도 내가 그렇게까진 안 했을 거야. 자업자득이지! 멍청한 놈!"

20여 년 전 크리스와 프랭크는 의사로서 함께 칸델라의 중금속 해독을 위한 공동 연구를 하고 있었다. 당시에도 프랭크는 현직 총리였으나 업무 시간 이외의 연구는 자유롭게 할 수 있었기 때문에 가능한 일이었다. 프랭크는 연구에 있어서 핵심 이론인 세포 간의 물질 전달 방정식을 만들어서 완성시켰고 다만 임상실험을 위한 인간의 혈액 세포가 필요한 시점이었다. 프랭크의 이론이 마침내 완성이 되자 공동 연구를 하던 크리스는 자신의 연구 업적을 위해 프랭크가 총리 업무로 바쁜 시기에 그의 논문을 몰래 훔쳤다. 그리고 학계에 본인의 이름으로 논문을 먼저 발표해 버린 것이다. 10년 넘게 매달려 온 자신의 연구 결과가 남의 이름으로 발표된 것에 프랭크는 격렬하게 분노했고 이를 정정하고자 필사적으로 노력했지만, 그의 행동을 미리 예상하고 모든 기록과 데이터 역시 본인의 결과로 조작해 버린 크리스를 이길 방법은 없었다. 결국, 프랭크는 분노와 충격을 견디지 못하고 의학계를 완전히 떠나버렸고 그때부터 총리로서 의학계에 가할 수 있는 모든 제재와 차별을 가하기 시작했다.

"아직도 그 연구가 네 것이라고 생각해? 지난 20년간 내 이름을 딴 크리스 방정식이라고 불리고 있는데도? 그렇게 중요한 것이면 진작 네가 미리 발표를 했었어야지~ 순진하고 어리석은 놈아." 그는 미안해하기는 커녕 오히려 프랭크 총리를 도발하려고 했다.

"내가 왜 아직도 널 죽이지 않은 줄 알아?" 프랭크는 싸늘한 표정으로 그를 보며 말했다.

"칸델라는 살인을 할 수 없으니까? 아니면, 현직 총리가 살인 청부라도 하려는 건가?" 크리스는 그가 가소롭다는 듯 되물었다.

"살인 청부? 그런 단순한 걸로는 안 되지. 쉽게 죽이는 건 진정한 복수가 아니거든."

"그럼 뭐?" 크리스는 눈썹을 추켜세우며 그에게 물었다.

"글쎄…, 너한테 미리 알려 주는 건 한 번이면 충분해. 파렴치한 도둑새끼야!!" 프랭크는 자리에서 일어나 밖으로 나가려고 걸어갔다.

"세포 훔쳐 간 건 도둑이 아니고? 넌 결국 나랑 같은 놈이야. 프랭크."

그의 말이 끝나자마자 프랭크는 가던 발걸음을 멈추고 돌아섰다.

"아니. 너와 난 완전히 다르지. 넌 일개 병원 원장일 뿐이고, 난 이 나라의 총리인 걸. 주제 파악도 못 하는 기생충 같은 새끼!" 프랭크가 문을 열고 나가자 크리스는 의자에 앉은 채 웃으며 혼자 말했다.

"넌 날 죽이지 않은 걸 곧 후회하게 될 거야…" 프랭크가 탄 차가 떠나는 소리가 창문 밖에서 들려왔다.

❄

제이크는 차를 타고 집으로 돌아가던 중 갑자기 마음을 바꾸어서 에디의 집으로 방향을 돌렸다. 존으로부터 오늘 스칼렛이 루모 병원의 크리스 원장을 만나러 갔었다는 말을 전해 듣고 그녀의 칸델라 아버지가 크리스 월포드일지도 모른다는 생각이 들어 이에 대해서 에디와 상의하고 싶었기 때문이었다. 잠시 후, 에디의 집에 도착한 그는 슈퍼카에서 내려 현관문 앞에서 AI 출입 인증 시스템의 허가를 받고 집 안으로 들어갔다.

"제이크, 갑자기 무슨 일이야?" 에디는 어리둥절한 표정으로 그를 맞이하였다.

"에디, 스칼렛의 아버지가 누군지 이제 알 것 같아."

"그게 누군데?"

"루모 병원 원장, 크리스 월포드."

"뭐? 너희 아버지 라이벌, 총리 출마한 그 크리스 월포드? 오 마이 갓!" 에디는 놀라서 거실을 왔다 갔다 하면서 어쩔 줄 몰라했다. 그런 그에게 제이크는 중요한 할 말이 있다고 진지한 얼굴로 말했다. 그러자 에디는 앉으라고 권했고 제이크는 소파에 앉았다.

"나 말이야. 에디… 내가… 스칼렛을 사랑하는 거 같아…."

"뭐? 뭐라고? 사랑?? 야! 너 미쳤냐? 총리 아들이 헤테로랑 무슨 사랑이야? 너 돌았냐?" 그는 연이은 친구의 폭탄 선언에 놀란 나머지 소파에서 앉아야 할지 일어나야 할지 몰라서 제자리에서 앉았다 일어나기를 반복하고 있었다. 제이크는 신분의 차이가 사랑보다 중요하다고 생각하지 않는다고 말했고 에디는 흥분을 가라앉히기 위하여 깊이 심호흡을 한 뒤 침착해지기 위해서 애쓰고 있었다.

"스칼렛은? 스칼렛도 너 사랑한대?"

"모르겠어. 눈빛은 날 사랑하는 거 같은데 말로는 내 마음을 받아 줄 수가 없대. 하지만 우린… 이미…"

"이미? 이미 뭐?? 너…… 설마……" 에디는 갑자기 장난스러운 표정으로 돌변해서 입가에는 금세라도 웃음이 터질 것 같은 입술을 간신히 다물고 있었다.

"너 이 자식! 감히 형님도 아직 못 해 본 키스를 먼저 해 본 건 아니지?" 그가 제이크에게 묻자 제이크는 그의 눈길을 피하기 시작했다. 에디는 그런 그의 반응이 재미있는지 옆으로 바짝 다가가서는 느낌이 어땠냐고 물으면서 장난을 쳤다. 그런 그의 장난에 쑥스러워하던 제이크는 대답하지 않고 버티다 에디에게 말했다.

"에디, 나 장난 아니고 진심이야. 정말 그녀를 사랑해."

"미친놈, 대체 뭐가 그렇게 좋은 건데?" 에디가 그에게 물었다.

"스칼렛은 정말 멋진 사람이야. 어려운 환경에서 스스로 모든 걸 이겨내고 아픈 어머니까지 돌봐 왔어. 미술적으로도 천재이고 언어학적으로도. 아니 모든 방면에서 그녀는 완벽해…. 칸델라인 나보다 훨씬 더…"

"뭐야. 그건 사랑이 아니라 존경심이잖아."

"그래, 난 그녀를 존경해. 하지만 위태로운 그녀를 보면 미칠 것만 같아. 내가 무슨 짓을 해서든 그녀를 지켜 주고 싶어. 그리고 스칼렛이 웃는 얼굴을 보면 너무 행복해… 그녀를 평생 웃게만 해 주고 싶어져…."

에디는 그의 말을 듣고 나서 고개를 끄덕이기 시작했다. 제이크는 에디에게 왜 고개를 끄덕이는 거냐고 물었다.

"넌 확실히 스칼렛을 사랑하는 거야. 사랑은 상대방을 행복하게 해 주고 싶은 거라고 하더라."

"그래? 누가 그렇다고 알려 줬는데?"

"예전에 병원에서 같이 일하던 동료 마이크가 그렇게 말했었어. 그 애도 너처럼 파견 나왔었던 큐비와 사랑에 빠져서 큐비의 수명으로 삭감당하고 전 재산 몰수된 뒤에 결국 HM으로 쫓겨났거든."

"그래서 어떻게 되었는데?"

"둘 다 사라졌어." 에디는 씁쓸한 표정으로 대답했다.

제이크는 그에게 이유를 물었고 에디는 아마도 정부에서 선례를 남기지 않기 위해 죽인 것이 아니겠냐고 추정했다. 에디의 말을 듣고 제이크는 생각에 잠긴 듯 표정이 약간 어두워졌다. 그때, 누군가로부터 제이크에게 온 메시지 알람 소리가 들렸고, 확인해 보니 빨리 집으로 오라는 엄마의 메시지였다. 제이크는 에디에게 그만 가 봐야겠다고 인사한 후 그의 집을 나섰다.

❄

Through the rain

총리의 집, 거실 테이블 앞에는 노아가 앉아 있었고 맞은 편에는 프랭크와 안나가 함께 앉아 있었다. 이제는 완벽하게 정돈된 외모로 검은색의 사제복을 입은 노아는 부모님에게 그동안 힘들게 해서 죄송하다고 사과를 하고 있었다. 안나는 스칼렛의 치료로 이렇게 좋아진 것인지 물었고 노아는 사실이라고 대답했다.

"아버지, 저는 이제 집을 떠나야 할 것 같습니다."

"그게 무슨 말이냐? 집을 떠나다니?" 프랭크가 노아에게 물었다.

"저는 이제 제가 있어야 할 곳인 루모 대성당으로 돌아가겠습니다." 노아의 선언에 안나와 프랭크는 서로를 마주 보았고 그의 말을 믿을 수가 없었다. UPL 사제학교를 다 마치지 못한 것으로 알고 있었는데, 게다가 3년을 방 밖으로 나오지도 않던 아이가 갑자기 사제복을 입고 성당으로 가겠다고 하는 건 도저히 상식적으로 이해가 되지 않는 행동이기 때문이었다.

"노아, 너 혹시 아직도 나를 원망하고 있는 거냐?" 프랭크는 노아에게 질문했다.

"아버지는 총리로서 의무를 다하신 것뿐입니다. 다만…, 저는 제 스스로 총리의 아들로 태어나기를 원한 적이 없다는 사실은 알아 주셨으면 합니다."

"내가 널 위해서 그동안 내가 할 수 있는 모든 것을 다해 줬는데 뭐? 내 아들로 태어나길 원한 적이 없다고? 배은망덕한 자식! 나도 너 같은 나약해 빠진 놈을 아들로 원한 적 없어!! 당장 나가라!!" 프랭크는 자리에서 일어나 노아에게 화를 내면서 소리를 질렀고 안나는 그런 남편을 말렸다.

노아는 자리를 피해 문밖으로 나왔다. 잠시 후 안나도 그를 뒤따라 나왔다. 안나는 어릴 때부터 남들과는 달랐던 노아 때문에 평생 힘들었지만 그 누구에게도 큰아들의 예지력으로 인한 가정의 갈등을 한 번도 내색한 적이 없는 강인한 사람이었다. 언제나 항상 완벽한 총리의 아내로 삼 남매의 완벽한 어머니로 평생 연기를 하면서 살아온 그녀였다.

"노아, 정말 성당으로 가겠다는 건 진심인 거니? 아버지가 저렇게 노여워하는데도?"

"어머니께 자세하게 설명드릴 수는 없지만 이건 제가 선택할 수 있는 일이 아닙니다."

"그럼 대주교님께서 시키신 거란 말이야?" 그녀의 물음에 노아는 고개를 가로저으면서 걱정하고 있는 어머니의 손을 잡고 말했다.

"어머니, 제가 떠나고 난 뒤에는 절대 집이 아닌 곳에서 물을 마시면 안 됩니다. 가족들 모두에게도 그렇게 시키셔야 합니다. 반드시 꼭 명심하셔야 합니다." 안나는 노아의 말이 무슨 말인지 이해가 되질 않았지만 아들의 단호한 모습에 알겠다고 대답했다.

"이제 집으로 스칼렛을 부를 일은 없겠구나… 네가 병이 나은 건 너무 좋지만 이렇게 금방 집을 떠나게 될 줄 알았다면 치료를 부탁하지 말 걸… 그럼, 존은 성당으로 같이 보내 줄까? 원래 네 전담 경호원이었잖니."

"아니요. 저에겐 더 이상 경호원이 필요치 않습니다. 어머니, 그리고 앞으로 스칼렛에겐 존이 반드시 필요할 겁니다."

"그래, 알았다."

안나의 대답을 듣고 노아는 자신의 주머니에서 십자가 모양의 소형 외장 드라이브를 그녀에게 건넸다.

"총리선거가 끝나면 이걸 제이크에게 주세요."

"이게 뭔데?" 그녀는 의아한 표정으로 노아에게 물었다.

"절 믿고 그렇게 해 주겠다고 약속해 주세요." 노아가 투명하게 빛나는 푸른색 눈동자로 그녀에게 호소하자 안나는 알겠다고 고개를 끄덕였다.

"앞으로 어떤 일이 생긴다고 해도 그건 모두 이 세상에 필요한 과정일 뿐입니다. 더 이상은 숨어서 울지 마세요. 하나님께서는 어머니의 아픔을 이미 알고 계십니다. 항상 건강하세요, 어머니." 노아는 그녀를 안았고 안나도 그를 안아 주었다. 조그맣고 작던 어린아이가 어느새 자라서 이렇게 크고 넓은 품을 가지게 된 건지 그녀는 모든 것을 이겨 낸 노아가 너무나 대견했다.

"노아, 엄마는 누가 뭐라고 해도 네가 너무 자랑스럽다. 내가 내 몸으로 너를 낳은 건 아니지만 넌 나와 참 많이 닮았거든. 그래서 네가 나처럼 가면을 쓰고 살기를 바라지 않는다. 하나님의 아들로서 당당히 나아가서 네가 해야 할 일들을 하렴…" 그녀의 눈에는 아들을 떠나 보내는 엄마의 아픔의 눈물이 고이고 있었다. 노아는 그녀의 눈물을 손으로 닦아 주며 자신도 어머니가 내 어머니여서 감사했다고 말했다. 안나는 노아를 다시 한번 안아 주고는 뒤로 돌아서 아들에게 자신의 얼굴을 보여 주지 않고 눈물을 닦으며 문을 열고 집 안으로 들어갔다.

노아는 비가 오고 있는 가을 밤하늘 아래, 지금 이 집을 떠나는 것이 슬프면서도 내가 울어도 빗물과 함께 눈물이 섞일 테니 다행이라 생각했다. 그때, 제이크의 슈퍼카가 도착하는 소리가 들렸다. 차에서 내린 그는 비를 피하기 위해 손으로 얼굴을 가린 채 오다가 멈칫하며 잠시 멀리 있던 노아 쪽을 바라보더니 레인 프로텍터도 잊은 채 비를 흠뻑 다 맞으며 그대로 뛰어서 노아에게 달려왔다.

"노아? 정말 노아야? 몰라볼 뻔했어. 형!" 제이크는 숨이 차서 거친 호흡으로 환하게 웃으며 노아를 와락 껴안았다.

"반갑다. 제이크. 그동안 나 때문에 고생 많이 했지?"

"아니야. 내가 뭐한 게 있다고. 난 한 거 없어. 형이 혼자 많이 힘들었겠지. 돌아와 줘서 기뻐. 진심이야." 제이크는 환하게 웃으면서 그의 어깨를 가볍게 양손으로 쳤다. 노아는 그 사이 다 젖어 버린 제이크가 안쓰러운 듯 그의 머리카락과 얼굴을 자신의 사제복 소맷자락으로 살짝 닦아 주었다. 그러자 제이크는 젖은 자신의 머리카락을 손으로 쓸어 올리면서 형에게 웃으며 고맙다고 말했다.

"근데 어디 가는 길이야? 왜 밖에 나와 있어? 추운데."

"난 이제 집을 떠나서 성당으로 돌아가야 해." 노아가 그에게 대답했다.

"응? 지금? 언제 올 건데?" 제이크가 그에게 묻자 노아는 지금 가면 다시는 집으로 돌아오지 못할 것이라고 말했다. 제이크는 이제야 형과 마주보고 이야기할 수 있게 되었는데 그가 집을 떠난다고 하니 갑작스러운 이별에 당황스러웠다. 노아에게 그동안 스칼렛과 있었던 모든 일들과 집에 있었던 많은 일들을 밤새도록 그와 맥주를 마시면서 즐겁게 이야기할 수 있을 것이라 생각했건만 둘에게 주어진 시간이 단 하루도 없다니 믿어지지가 않았다.

"형, 하루만 더 집에 있다가 가면 안 돼? 나 하고 싶은 이야기가 너무 많은데…"

"제이크, 네가 나한테 이야기하지 않아도 너에게 일어난 일들 대부분 이미 알고 있어. 특히 스칼렛에 대한 너의 마음…, 진심이라는 걸 절대 아버지에게 들키지 마라." 노아는 제이크의 어깨에 손을 얹으며 말했다.

"그걸, 어떻게… 정말 미리 보였던 거야? 스칼렛한테 종이랑 왓쳐 글래스 준 것도 형이라며?"

"제이크, 지금 너에게 그리고 스칼렛에게 일어나는 모든 일들은 절대 우연이 아니야. 모든 일에는 반드시 이유가 있어."

"이유? 이유라니 그게 무슨 말이야?" 제이크는 노아가 무슨 말을 하는지 도통 알 수가 없었다.

"나한테 한 가지만 약속해. 앞으로 무슨 일이 생긴다고 할지라도 무조건 스칼렛의 선택을 믿고 존중해 줘. 그리고 그녀가 힘들 때 항상 곁에서 그녀를 지켜라. 너희로 말미암아 온 세상이 구원을 받으리니…"

"노아! 그게 대체 무슨 소리야!" 제이크는 그를 향해 소리쳤지만 노아는 사제복에 달린 후드를 깊게 써서 자신의 얼굴을 모두 가린 후 빗속으로 걸어 들어갔다. 그의 앞에는 골드 대형 십자가가 새겨진 검은색의 성당 차량이 그를 기다리고 있었다. 비가 내리는 어둠 속으로 서서히 사라져 가는 노아의 뒷모습을 지켜보던 제이크는 그 자리에서 그가 완전히 보이지 않을 때까지 가만히 서 있을 뿐이었다.

첫 번째 환자

아침 일찍부터 UMHC 대학교 브릿 교수의 연구실을 찾아간 스칼렛이 노크를 하자 들어오라는 목소리가 들렸다. 그녀는 문을 열고 안으로 들어갔다.

"스칼렛! 무슨 일이야? BD 맨션으로 이사했다고 들었는데 HM으로 다시 돌아오다니?" 브릿 교수는 다소 놀라는 표정으로 그녀를 반갑게 맞이하였다.

"교수님께서 저희 어머니 의료 기록과 특허받으신 비만 치료에 관한 모든 연구 자료를 VIP 병동 의료진에게 전해 주셨다고 들었습니다." 교수는 별일 아니라는 듯 그렇다고 대답했다. 스칼렛은 교수님께 너무 감사해서 스스로 UMHC 대학교 정신과 병동의 외래 진료의로서 지원했다고 말했다. BD는 주말에만 일하고 평일에는 아무 일도 하지 않아도 되었지만 그녀는 어머니에 대한 교수님의 따듯한 배려에 어떻게든 보답하고 싶었기 때문이었다.

"내가 대단한 일을 한 건 아닌데 우리 학교에서 네가 봉사를 하겠다니 정말 너무 고맙구나. 스칼렛." 브릿 교수는 하지 않아도 되는 일을 BD의 소득에 비하면 턱없이 낮은 임금에도 불구하고 개의치 않고 해 주는 제자가 너무 기특하고 자랑스러웠다. 그녀가 스칼렛에게 언제부터 출근하는 거냐고 묻자 오늘 출근하는 길에 잠깐 교수님께 들렀다고 답했다. 교수는 다시 한번 고맙다고 말한 뒤 어서 가 보라고 인사했고 스칼렛은 방을 나와서 존의 에스코트를 받으며 병원으로 향했다.

UMHC 대학 병원은 실력 있는 의료진들과 첨단장비가 잘 갖추어져 있는 HM에서 가장 평판이 좋은 병원이었고 환자들이 많기로 소문난 병원이었다. 스칼렛은 정신과 병동이 있는 P동의 7층으로 향했다. 705호 방문 앞에는 [Dr. 스칼렛 리브스]라고 이름이 새겨져 있었다. 그녀는 잠시 문에 쓰인 자신의 이름을 가만히 바라보았다. 존은 그런 그녀를 옆에서 보면서 하지 않아도 되는 일을 나서서 하는 그녀가 이상하다고 생각하면서도 한편으로는 그녀가 BD가 된 것이 출세나 돈이 아닐지도 모른다는 생각을 했다. 스칼렛이 얼굴 인식 ID로 안으로 들어가자 하얀색의 벽들과 화이트 계열의 테이블과 의자, 책장 그리고 휴식용 베드가 보였다. 그녀는 자신의 자리로 가서 컴퓨터에 로그인했다. 오늘 보게 될 환자들의 명단을 확인하고 있는데 노크소리가 들려왔다.

"스칼렛! 대체 어떻게 된 거야!" 켈리가 한껏 상기된 얼굴로 하얀 의사 유니폼을 입은 채 그녀에게 웃으면서 인사했다. 스칼렛은 자리에서 일어나 반갑게 인사한 후 켈리에게 그동안의 안부를 물었다. 켈리는 제임스가 감옥에 가고 나서도 계속 편지로 연락이 오는데 무시하고 있다고 말하면서 다시 한번 그녀에게 미안하다고 사과했다. 스칼렛은 네가 잘못한 일이 아닌데 나에게 죄책감 가질 필요는 없다면서 지난 일은 이제 다 잊자고 말했다.

"썸머는? 썸머는 잘 지내?"

"응, 환경이 좋아져서 그런지 예전보다 더 활발해졌어. 아직도 비는 무서워하지만…"

"그랬구나… 불쌍한 썸머…, 오늘 봐야 될 환자는 몇 명인데?" 켈리가 스칼렛에게 물었다.

"12명?"

"음? 생각보다 적은데? HM에서 스칼렛 네 이름 모르는 사람이 없는데 말이야."

"오전에만…" 스칼렛은 무표정한 얼굴로 대답했다.

"뭐? 오전에 12명? 세상에…, 너무 많잖아. 스칼렛. 괜찮겠어?" 켈리는 놀란 눈으로 물었다.

"괜찮아. 오히려 도전 의식이 생기는 걸? 내가 그들을 모두 완치시켜서 새로운 기록을 만들어야겠어. 후훗." 그녀가 웃으면서 말했다. 켈리는 유난히 밝아 보이는 그녀가 의아하면서도 힘든 일을 겪고도 의연한 태도인 것 역시 그녀다운 일이라고 생각했다. 스칼렛은 자신 스스로 이루어낸 지금까지의 모든 결과가 너무나 소중했고 자신이 힘들게 살아온 만큼 나의 도움이 필요한 누구라도 돕는 게 당연하다고 생각했다.

스칼렛은 켈리가 돌아간 후, 예약된 환자의 차트를 살펴보다 파일에 순간 살짝 손이 베었다.

"다치지 말라고 그랬는데…" 그녀는 피가 얼핏 보이는 자신의 손가락을 보면서 제이크가 자신에게 해 주었던 말을 떠올리며 슬픈 눈으로 옅은 미소를 지었다.

스칼렛은 오전 9시 정각이 되기 전에 예약 환자의 차트를 모두 살펴본 후 엘리베이터를 타고 진료실이 있는 3층 304호로 갔다. 대기실 의자에는 이미 예약 환자 몇몇이 앉아 있었다. 잠시 후, 노크 소리가 들렸고 간호사 페드로가 문을 열고 들어와서 첫 번째 환자를 그녀 앞의 상담 의자에 앉도록 안내했다.

스칼렛은 긴 머리에 다소 바짝 마른 체형의 소녀가 자신의 신발만 쳐다본 채 의자에 앉는 걸 가만히 지켜본 후 그녀에게 인사했다.

"안녕하세요? 오늘 처음 환자시네요. 이름이 뭐죠?"

"로렌, 로렌 밀러요."

"그렇군요, 로렌. 여긴 무슨 일로 온 거죠?" 스칼렛은 이미 오전에 본 차트에서 그녀가 거식증을 앓고 있음을 알고 있었지만 그녀에게 다시 질문했다.

"음식을 먹을 수가 없어서요…" 스칼렛이 로렌에게 왜 음식을 먹을 수 없는지 묻자 그녀는 처음엔 살을 빼기 위해 굶다가 지금은 거의 먹을 수 없게 되었다고 말했다.

"처음에 살은 왜 빼야 한다고 생각한 거예요?"

"TV에 나오는 스타처럼 마르고 싶어서요. 마르면 어떤 옷을 입어도 예쁘고 남자애들한테 인기도 많아요. Beo Nox에서는 전 완벽하게 말랐고 인기가 정말 많아요. 심지어 배도 고프지 않아요."

"제가 보기엔 지금도 충분히 마른 거 같은데… 아직도 본인이 더 말라야 한다고 생각하는 거예요?"

"네…, 전 아직도 너무 뚱뚱해요. 여기 아랫배가 툭 튀어나와서 청바지를 입으면 라인이 이쁘지가 않다구요. 창피해요…" 로렌은 자신의 배를 가리키며 잔뜩 찡그린 얼굴로 역겹다는 듯 말했다.

"로렌, 음… TV에 나오는 스타들은 자신들의 외모가 곧 그 가치이고 그것을 이용해서 돈을 벌어요. 그리고 그건 대부분 보정으로 꾸며진 것일 뿐더러 보여지지 않는 이면엔 안 좋은 것들도 많죠. 지금 10대인 로렌은 다시는 돌아오지 못할 10대를 보내고 있어요. 단지 예뻐지기 위해서 본인의 모든 소중한 시간과 에너지를 거기에 쏟아서는 안 돼요. 보여지는 아름다움이라는 건 나이가 들면 변하기 마련이고 외모는 절대 나 자신을 나타내는 유일한 방법이 아니거든요… 좋아하는 건 뭐죠? 로렌?"

"저는 동물을 좋아해요. 강아지요." 로렌은 강아지 얘기를 하면서 고개를 들고 웃으며 처음으로 스칼렛의 눈을 보면서 말했다. 그녀가 어떤 강아지를 좋아하느냐고 물으니 세상 모든 개들은 다 귀엽고 이쁘다고 대답했다.

"강아지가 왜 이쁘고 귀엽죠?" 스칼렛은 로렌에게 물었다.

"보들보들한 털, 말랑거리는 귀, 촉촉한 코, 아! 특히 꼬리 치면서 저를 반가워할 때 너무 귀여워요. 저절로 막 무릎 꿇고 만져 주게 돼요."

"로렌은 강아지가 날씬하고 예뻐서 좋아하는 거예요?"

"네? 아니… 아니요."

"그럼 왜죠?"

"그냥… 그 자체로 귀엽고 예뻐요… 강아지니까…" 로렌은 다시 고개를 숙이고 처음의 자세로 돌아갔다.

"모든 동물 그리고 나아가서 인간들은 그 자체로 아름다워요. 마르지 않아도 큰 눈과 오뚝한 코를 가지지 못했다고 해서 그 사람의 가치가 없어지는 건 아니에요. 지금부터 나랑 사람들의 외모가 아닌 내면의 아름다움을 보는 훈련을 해 보지 않겠어요?" 스칼렛이 묻자 로렌은 고개를 숙인 채 잠시 그녀를 흘깃 보더니 살짝 고개를 끄덕였다.

"다음 주까지 Beo Nox 사용 시간을 매일 한 시간씩 줄이고 대신 로렌이 가장 사랑하는 사람의 그림을 그려 오세요."

"네?"

"물론, 그 전에 내가 처방한 식욕 촉진제를 하루 2번 먹고 3시간마다 무엇을 먹었는지 일지를 적어서 저한테 보내는 거 잊지 말구요." 로렌은 의자에서 일어나서 문밖으로 나갔고 스칼렛은 컴퓨터에 환자에 관한 진료 결과를 입력했다.

로렌이 나간 후, 곧 노크 소리가 들리고 한 남자가 걸어 들어왔다. 큰 키에 마른 몸을 가진 그는 후드를 깊게 눌러써서 얼굴의 반을 거의 가린 채 들어와서는 자리에 앉더니 선글라스를 벗었다. 그는 유명 인기 배우 에이든 터너였다. 에이든은 잘생기고 섹시한 외모로 여성팬들에게 인기가 많았지만 연기로 상을 받거나 흥행한 작품은 별로 없는 배우였다. 스칼렛은 오전에 본 차트에 있는 이름을 보고 당연히 동명이인일 것이라고 생각했는데 유명인이 자신에게 찾아온 것이 다소 신기했다.

"어? 안녕하세요? 에이든 터너 씨?" 그녀는 웃으면서 그에게 인사했다.

"네, 네… 오전에 오면 사람이 없을 줄 알았는데 왜 이렇게 많죠?" 그는 주변을 두리번거리면서 사람들의 시선을 의식하는 듯했다.

"여긴 어떤 증상으로 오게 되신 겁니까?"

"………" 그는 쉽게 말을 꺼내지 못하고 의자에 다리를 꼬고 앉아서 자신의 손가락을 만지작거리고 있을 뿐이었다. 스칼렛은 여기서 한 말은 절대 비밀 보장이 되고 환자에 관한 모든 정보는 의료법으로 보호된다고 알려주며 그를 안심시켰다. 그러자 그는 손가락으로 자신의 오른쪽 뺨을 긁적이며 말을 하기 시작했다.

"관객이 들지 않아도 예술성이 있는 작품을 찍으면 인정받을 줄 알았는데 제가 거절했던 작품의 주연을 맡은 다른 배우들이 잘되는 걸 보면… 너무 힘들어요…" 그의 표정은 급속히 어두워졌다.

"힘들다면 질투가 난다는 말씀인 건가요? 정확한 이유를 말씀해 주시겠어요?"

"저보다 못한 배우들이 좋은 작품을 만나서 잘되는 게 화가 난다구요! 제길!"

"흠…, 어떤 작품이 좋은 작품인데요?" 스칼렛은 그에게 질문했다.

"그야 주변인들에게 물어봤을 때 좋다고 추천해 준다거나 유명한 여배우가 상대역을 맡기로 했다거나 작가나 감독의 전작이 유명하다거나…"

"당신의 생각은요?" 스칼렛은 그의 말을 자르고는 에이든에게 차분하게 물었다. 그는 어리둥절한 표정으로 그녀를 쳐다보더니 당신이 물어봐서 질문에 맞는 대답을 한 것이라고 말했다.

"에이든 터너 씨, 제가 무슨 말을 하는지 모르겠어요? 작품 선택에 대한 당신의 기준 말입니다. 어째서 당신의 의지는 단 1%도 없는 거죠? 지금까지 그게 단 한 번도 이상하다고 생각해 본 적이 없다구요?"

"전…, 혼자 결정할 수 있는 위치에 있지 않아요. 소속사 의견도 존중해야 하고, 중요한 결정인데 주변에 물어보는 건 당연한 것 아닌가요?" 그는 다소 화난 말투로 그녀에게 물었다.

"틀린 말은 아닙니다. 하지만 대부분의 사람들은 자신의 판단 주체 하에 주변의 의견들을 참고로 해서 종합적으로 최종적인 결론을 내리는 게 일반적이죠. 그럼, 터너 씨는 여가 시간에 주로 뭘 하시죠?"

"거의 집에 있어요… 아니면 해외여행을 가기도 하죠. 요즘엔 밤에 Beo Nox를 사용하고 있어요."

"깨어 있을 때 집에서는 주로 뭘 하시는데요?" 그녀가 묻자 그는 그냥 보통 사람들이 하는 집안일을 하고 반려 동물을 돌보고 스포츠 경기를 본다고 대답했다.

"다른 배우들이 잘되는 걸 보면 힘들다고 말씀하셨는데 어째서 그냥 시간을 흘려보내고만 있는 거죠? 연기 과외를 받아 본다거나 캐스팅 오디션에 참가해 본다거나 아니면 다른 영화나 드라마를 보고 모니터링을 한다거나 왜 본인의 직업과 관련된 일은 전혀 하지 않나요?" 그녀의 질문에 그는 대답이 없었다.

"본인의 욕구가 실현되지 못한 것을 의식적으로 무관한 일상을 보내면서 스스로를 분리시키고 타인의 추천이나 평판으로 출연한 작품이 흥행하지 못했을 때는 자신이 판단하지 않았기 때문이라는 핑계로 자기합리화라는 행동 특성으로써 방어기제를 만든 것 같습니다. 에이든 터너 씨는 작품과 연기력으로 인정받고 싶다는 욕구가 매우 크지만 그것을 스스로 인정하지 않고 있습니다. 지금까지 출연한 전작들의 흥행이 저조했어도 예술성이 있는 작품이었다고 위안하면서 자신은 인기를 추구하지 않는 진정한 예술가라고 스스로를 속이고 있던 건 아닌가요? 미리 제출하신 설문조사 및 상담 결과로는 타인 의존증과 현실 도피로 인한 무기력증이 의심된다고 말씀드릴 수 있겠습니다." 스칼렛의 말이 끝나자 그는 잠시 말이 없었다.

"그럼, 약을 처방해 주시는 건가요?"

"아니요. 이러한 증상은 약으로 처방하지 않습니다." 그럼 어떻게 해야 하는 것인지 그가 다시 그녀에게 물었다.

"Beo Nox로는 어떤 꿈을 꾸시는 거죠?"

"시상식에서 상을 받기도 하고 제가 출연한 영화가 흥행을 해서 해외 프로모션을 다니기도 해요." 그는 약간 쑥스러운 듯 머리를 만지작거리며 대답했다.

"지금은 그런 꿈들이 전혀 에이든 터너 씨에게 도움이 되지 않습니다. 처음 배우 생활 시작할 때로 설정을 바꾸어 보세요."

"네? 제가 왜 그걸 다시 해야 하죠? 꿈은 꿈이어야 하잖아요."

"치료를 위해서는 제 말을 따라 주셔야 합니다. 오늘의 처방은 일단 그게 다입니다." 에이든은 그녀의 처방을 듣고 이해가 되지 않는다는 듯 한숨을 쉬면서 일어나더니 문을 열고 나갔다.

스칼렛은 치료결과지에 '인정을 갈망, 질투, 무력감, 타인 평가절하, 우월감등 자기애적 성격으로 판단됨, containing[22]과정 시작, 추후 mirroring[23]요망'이라고 메모하였다. 그녀는 오전 진료 시간이 끝나면 점심시간에 엄마에게 잠깐 들러 봐야겠다고 생각했다.

❄

크리스는 집에서 아들 벤자민을 불러 마주 앉아 식사를 하고 있었다. 벤자민은 아버지의 강요로 원하지 않는 유전공학 전공을 하고 있었고 어릴 때부터 아버지에 대한 불만이 많았다. 아버지에게 어머니와의 결혼 이전에 자식이 따로 있었다는 사실을 알게 된 건 불과 몇 년 전 비서관 제이콥과 아버지의 대화를 우연히 엿듣게 되었기 때문이었다. 그때도 아버지는 사실이 알려지면 자신의 위신상에 문제가 생길 것을 두려워했지만 어떠한 조치도 취하지 않았다. 오히려 자신의 혼외 자식 딸이 뛰어난 인재라는 걸 듣고는 역시 자신을 닮았다며 좋아했고 벤자민이 그 아이처럼 뛰어났으면 얼마나 좋았겠냐고 푸념까지 하는 것을 듣고 나서는 아버지에게 엄청난 배신감을 느꼈다. 뿐만 아니라 질투심에 그 여자아이를 세상에서 없애고 싶다는 생각을 처음 했었다.

그리고 몇 년 후, 총리선거에 출마한 아버지의 라이벌인 프랭크 총리 집에 드나들어 문제를 일으킨 큐비가 바로 자신의 이복 남매인 스칼렛이라는 것을 알았을 때 아버지를 위해서 그리고 자신의 미래를 위해서 이 세상에 존재해서는 안 될 그녀를 없애야겠다고 결심했다. 그는 병원 물품 운송 담당 스텝 중 전과 경력이 있다고 소문이 났었던 빌리에게 익명으로

22) 담아 주기: 조용하게 경청하는 것, 조절되고 관심을 보여 주는 반응 등의 심리 치료법.
23) 비춰 주기: 내담자의 감정에 대한 공감적 이해를 얻기 위한 적극적 경청 후 내담자의 감정을 되돌려주어 스스로 자신의 진실된 감정을 이해하게 만들어 주는 치료법.

은밀하게 접근해서 살인 의뢰를 했다. 어찌하였든 결국 청부 살인은 미수로 끝이 났고 자신이 꾸민 일임을 아버지에게 들켜 버린 후에는 집안에서 아버지와의 관계가 더욱 껄끄러워졌다.

"요즘 연구는 어떠냐? 논문 작업 말이야." 크리스가 벤자민에게 차가운 어투로 말했다.

"세포 치료제는 손상된 모든 세포를 재생할 수 있는 기적의 치료법이지만 배아줄기 세포나 유도만능줄기세포에서 줄기세포를 얻기 위해서 아직 해결해야 할 문제들이 많습니다."

"그래서?" 크리스는 음식을 입에 넣고 씹으면서 그에게 다시 물었다.

"네?" 벤자민이 반문하자 크리스는 식기를 차가운 대리석 식탁 위에 탁하고 내려놓았다. 그러고 나서는 고개를 들어 그를 보며 한숨을 길게 내쉬었다.

"프랭크는 원래부터 나보다 뛰어났던 놈이야. 난 아무리 노력해도 그 놈을 이길 수가 없었어. 난 그걸 도저히 참을 수가 없었다. 그래서 난 수단과 방법을 막론하고 그 자식을 이기기로 결심했지. 심지어 난 그 자식의 논문까지 훔쳐서 먼저 발표했고 결국 내가 의학계에서는 탑이 되고야 말았다. 근데 넌 대체 부족한 게 뭐냐? 내가 너한테 안 해 준 게 뭐냐고! 스칼렛이 죽일 듯이 미우면 수단과 방법을 가리지 말고 이겨야 될 것 아니야! 걔가 연구한 걸 훔쳐서라도 말이야! 한심한 놈!"

"제가 단순히 걔를 질투해서 그랬다고 생각하시는 겁니까?" 벤자민이 크리스에게 물었다.

"그게 아니면 뭔데!"

"그 아이가 아버지 자식이라는 것이 밝혀질 경우 우리 집은 어떻게 되는 건데요?" 그의 질문에 크리스는 그건 네가 걱정할 바가 아니라고 무시

할 뿐이었다. 그의 대답에 벤자민은 어이가 없어 웃음이 새어 나왔다. 그는 더 이상 아버지와의 대화가 의미가 없다고 생각했고 화난 몸짓으로 일어나 자신의 방으로 올라갔다.

노아의 선물

스칼렛은 점심시간이 되자 엄마가 입원해 있는 VIP 병동으로 가기 위해 22층으로 엘리베이터를 타고 올라갔다. 엘리베이터 문이 열리자 엄마 병실 앞 의자에 검은 옷을 입은 남자가 앉아 있는 모습이 보였다. 그녀는 복도를 걸어 가까이 가서 그 남자의 얼굴을 보았는데 그는 바로 사제복을 입은 노아였다.

"노아! 여기서 뭐 하는 거예요?" 스칼렛이 놀라며 그에게 물었다.

"스칼렛! 무사한 모습을 보니 정말 다행이군요." 노아는 환하게 웃으면서 그녀를 반겼다.

"덕분이에요… 미리 알려 준 것이나 마찬가지잖아요. 근데 사제복은 왜…?" 그녀의 질문에 노아는 자신의 옷을 고개를 숙여 내려다보며 이젠 집을 나와 성당에서 지내게 되었다고 답변했다. 스칼렛은 대체 어떻게 된 일인지 그에게 물었고 그는 모든 건 다 하나님의 뜻이라고 대답했다.

"사제들은 참 편하겠어요."

"네? 그게 무슨 말이죠?" 노아는 투명한 하늘색 눈을 반짝이며 그녀에게 물었다.

"어떤 질문이든지 하나님의 뜻이라고 대답하면 그게 답이 될 수 있으니까요."

"당신은 하나님을 믿지 않나요?" 노아가 그녀에게 묻자 그녀는 모르겠다고 답변했다. 자신이 이렇게까지 힘들게 살아온 이유를 아직 그녀는 그 어디에서도 답을 찾을 수가 없었기 때문이었다. 노아는 자신이 앉았던 의자 옆에 놓아 둔 종이 가방을 그녀에게 건넸다. 스칼렛은 이게 무엇인지 물었고 그는 그녀의 생일 선물이라고 대답했다.

"생일 선물이라니, 당신 정말 정체가 뭐죠? 내 주변에 내 생일을 제대로 알고 있는 사람은 아무도 없어요! 우리 엄마 빼고는!" 그녀는 주변 친척은 물론 친한 친구들에게도 진짜 생일과는 다른 가짜 생일을 알려 주었고 이는 엄마와 어릴 때부터 했던 약속이었다. 왜인지 이유는 몰랐지만 자신의 진짜 생일이 알려지면 엄마는 큰일이 날 것처럼 겁을 주었고 그것이 처음엔 이상했지만 크면서 삶에 지쳐 갈 무렵 자신이 태어난 날이 없었더라면 얼마나 좋았을까라는 생각을 했다. 그날은 그저 스칼렛에게는 일 년 중에 그녀의 마음이 가장 무거운 날일 뿐이었다. 엄마가 자신을 낳지 않았더라면 그렇게 힘들게 살지 않았어도 되었을 것이고 자신도 모든 노력을 다해 애쓰며 복수를 위해 살지 않아도 될 것 같았기 때문이었다.

노아는 그녀의 앞에 무릎을 꿇고 그녀의 손에 자신의 손을 얹고는 그녀를 가만히 바라보았다. 스칼렛은 왜 이 사람 앞에서는 이렇게 자신의 모든 것이 낱낱이 다 보여지는 건지 알 수가 없었다.

"진정해요. 스칼렛. 당신이 태어난 건 이 세상에 가장 큰 축복이니까…" 그녀는 노아의 말을 듣자마자 갑자기 눈에서 멈출 수 없는 눈물이 흐르기 시작했다. 그러자 노아는 자리에서 일어나 그녀의 눈물을 닦아 주었다.

"하나님에 대한 믿음에 확신이 없다고 해도 괜찮습니다. 결국 당신은 모든 것을 알게 될 테니까… 자신을 믿어요. 스칼렛. 당신이 드디어 이 세상을 바꾸게 될 겁니다." 그는 그녀의 머리에 손을 얹고 기도를 한 후 인사를 하고는 발걸음을 옮겼다.

❄

다음 날 아침, 크리스틴은 회사에 출근하는 날이라 식탁에 앉아 주중 배식인 파미드를 먹고 있었다. 파미드는 칸델라들이 주중에 먹는 다양한 맛을 가진 큐브 형태의 음식으로 모든 영양소가 완벽하게 조합되어 있으면서 칸델라들의 유전자에 가장 적합하게 만들어진 필수 영양 공급원이었다. 하지만, 파미드 1회분을 만들기 위해서는 큐비들이 먹는 1인 일반식에 비해 약 50배가 더 많은 엄청난 양의 식재료들이 필요하였다.

큐비들의 늘어난 인구로 인해서 칸델라들에게 필요한 파미드의 생산량이 칸델라 인구 대비 약 3년 후에는 부족해질 것이라는 연구 결과를 루멘 회의 위원들과 총리 및 정부 고위 관료들만이 알고 있었다. 이러한 치명적인 사실이 외부에 알려질 경우 문제가 심각해질 수 있기 때문에 그들은 철저하게 비밀로 숨기고 있었다. 크리스틴이 식탁 빈 의자에 놔둔 가방을 챙겨서 나가려고 일어나는데 안나가 그녀의 이름을 급하게 불렀다.

"크리스틴! 집에서 물 챙겼니?"

"엄마? 아, 맞다! 깜빡했어요." 크리스틴은 웃으면서 냉장고에서 물병을 꺼냈다.

"근데 이건 대체 왜 챙겨야 하는 거예요? 물이 다 똑같지 뭐…"

"노아가 떠나면서 간곡하게 부탁한 거야. 가족이라면 오빠가 부탁한 건 들어줘야지, 크리스틴?" 크리스틴은 엄마에게 노아가 얼마나 특별한 아들인지 어릴 때부터 알고 있었지만 이젠 물까지 허락받고 마셔야 하는 건지 도무지 이해가 되지 않았다. 하지만 노아라면 분명히 어떤 이유가 있기 때문일 것이라고 생각했다. 그녀는 엄마에게 마지못해 알겠다고 대답하고는 물을 가방에 챙겨 나와서 차에 시동을 걸고 회사로 출발했다.

Beo Nox와 제1관문

늦은 오후, 크리스는 원장실에서 제프리를 기다리고 있었다. 약속 시간이 벌써 20분이 지나도록 늦는 그가 마땅치 않아 짜증이 났지만 중요한 프로젝트를 앞두고 심기를 건드려서 좋을 게 없다는 생각에 억지로 참고 기다리고 있는 중이었다. 30분이 지나고 37분쯤 되었을 때 그가 병원 로비에 도착했다는 메시지를 받았다. 크리스는 혼잣말로 욕을 하면서 출입 허가를 해 주었다. 잠시 후 제프리가 도착했다.

“아이쿠, 원장님. 제가 좀 늦었습니다.” 그는 입으로 사과를 하고 있었지만, 전혀 상반되는 건방진 몸짓으로 거들먹거리며 방으로 들어왔다.

“아니네. 나도 마침 급하게 처리할 일이 있어서 지금 막 방에 들어왔거든.” 크리스는 웃으며 그와 악수하고 자리에 앉을 것을 권했다. 제프리에게 차를 마실 것인지 물었지만 그는 괜찮다면서 거절했다.

“드디어 오늘부터네요. 우리의 프로젝트 시작일 말입니다.” 제프리가 크리스 원장에게 말하자 크리스는 고개를 끄덕거리면서 그를 쳐다보았다.

“준비는 철저하게 한 거겠지? 자네 실력이야 의심할 사람이 있겠나.”

“원장님은 이제 총리가 될 마음의 준비만 하시면 되는 거죠. 하하. 안 그렇습니까? 크리스 윌포드 총리님?”

“허허, 이 사람 벌써 총리라니… 듣기 민망하구만.” 크리스는 그가 부르는 총리님 소리를 듣고 기분이 좋아져서 입이 저절로 실룩거렸지만 티를 내지 않기 위해서 얼굴에 힘을 잔뜩 주며 말했다.

“그런데 LMDW[24] 약품 담당 직원은 어떻게 매수하신 겁니까? 역시 룩

24) LUMO Department Water: 루모 시티 수도관리부.

스?" 제프리가 호기심 섞인 눈빛으로 크리스에게 물었다.

"이 사람, 세상이 그렇게 단순한 건 줄 아나? 제이콥이 이번에 고생 많이 했지. 그런데 그 직원은 아직도 우리가 준 게 세로토닌 억제제인 줄 알고 있다네. 어차피 고용된 큐비라 직접 먹어 볼 일도 없지 않나. 멍청한 프랭크 총리의 큐비 고용 정책이 이럴 때 이렇게 요긴하게 쓰일 줄이야. 하하"

"세로토닌 억제제라니…. 대체 크래비티 님은 무슨 생각으로 그렇게 설계하신 거랍니까? 성범죄 예방? 아니면 성관계로 인한 질병 억제? 전 당최 이해가 되질 않습니다. 건강한 남자가 성욕이 있는 건 당연한 거 아닙니까! 아니면 예쁜 여자가 세상에 존재해야 할 이유가 대체 뭐냐구요!" 제프리는 잔뜩 상기된 얼굴로 짜증을 내고 있었다.

"아니지, 크래비티 님의 성욕 억제 정책으로 대다수의 칸델라들이 VR 섹스 따위에 만족하고 있기 때문에 우리 같은 소수의 사람들만이 그 진짜 재미를 느낄 수 있는 게 아닌가?" 크리스는 음흉하게 웃으며 그를 쳐다봤고 제프리도 그를 보며 같이 웃었다.

"그럼 오늘부터 AD-05 지역을 제외한 모든 칸델라 지역에 암페타민이 섞인 물이 공급되면 증상은 언제부터 발현되는 겁니까? 시기에 따라 저희 측에서도 슬슬 광고를 해야 하지 않겠습니까?" 제프리의 질문에 그는 음용량에 따라서 다를 수 있겠지만 서서히 몸에 축적이 되기 때문에 2~3일 안에는 분명 증상이 나타날 것이라고 대답했다. 암페타민은 대뇌피질을 자극하는 각성제로서 불면증을 유발하는 약물이었다. 도파민의 활동을 증가시켜 집중력과 사고력을 고조시키는 장점도 있지만 남용 시에는 심혈관계 이상이나 편집성 조현증까지 발병할 수 있는 위험한 약물로 필로폰의 원료이기도 했다. 제프리는 크리스의 대답을 듣고는 즉시 회사에 전화를 연결해서 준비한 광고를 즉시 송출할 것을 명령했다. 그리고 크리스가 원장실에 있던 TV 모니터를 즉시 켰다. 오후 5시 뉴스 전 프라임 타임 광고가 나오기 시작했다.

"업무와 반복되는 일상에 지쳐서 불면증에 시달리고 계십니까? Beo Nox δ(델타)2가 여러분의 숙면을 도와드리겠습니다. 이미 수많은 사용자들이 안정성을 입증해 주셨을 뿐 아니라 루모 병원 공식 인증 기관 선정 기념으로 특별 서비스를 제공합니다."

"이제 더 이상 불편하기만 하고 식상한 VR 글래스는 필요치 않습니다. 완벽하게 오감을 만족시키는 생생한 섹스 라이프를 직접 체험해 보세요."

"온라인 연결 시에 1인 혹은 다수와의 다양한 interactive[25] 경험이 가능합니다."

"행복한 꿈과 함께 확실한 숙면 효과를 약속합니다."

"루모 병원 연구소 임상 시험 통과, 공식 추천함."

– 원장 Dr. 크리스 월포드 (친필 사인)

광고가 끝나자 두 사람은 환하게 웃으며 일어나 서로 악수를 하면서 기뻐했다. 제이콥은 문밖에서 그들의 웃음소리를 들으면서 자신이 수도관리부 직원을 매수하기 위해서 했던 고생이 보람 있다고 생각했다.

제이콥은 먼저 도박 중독이었던 수도관리부 기계실 직원에게 접근했다. 그리고 그를 이용하여 그의 동료인 약품 담당 직원을 도박판으로 함

25) 상호작용의, 쌍방향의.

께 끌어들여 엄청난 빚을 지도록 작전을 설계했다. 게다가 요양원에 있던 약품 담당 직원의 어머니에게 약물을 주입해서 병증을 더욱 악화시켰다. 만일 큰 액수의 룩스를 당장 구하지 못할 경우에는 그의 어머니를 죽게 놔둘 수밖에 없는 상황으로 만들어 그를 벼랑 끝까지 몰아붙였다. 제약사 직원을 연기한 또다른 큐비가 새로운 약품을 납품시키는 대가로 수도관리부 약품 담당 직원의 어머니를 살릴 수 있는 룩스를 주게 만들어 제이콥은 마침내 이번 미션을 성공시켰다. 그는 크리스 윌포드 원장님을 총리로 당선시키는 데 이 정도 노력은 별거 아니라고 생각했고, 앞으로의 일이 더 중요하다고 생각했다. 왜냐하면 자신이 드디어 정부 관료의 한자리를 차지할 수 있는 절호의 기회를 절대로 놓치고 싶지 않았기 때문이었다.

잠시 후, 원장실에서 제프리가 나오자 제이콥이 목례를 했고 제프리는 그에게 다가와서 수고가 많았다며 어깨를 두드려 주었다. 그리고 이번 주말 미술관에서 파티가 있는데 오지 않겠냐고 그를 초대했다. 제이콥이 원장님과 함께 가겠다고 말하자 제프리는 크리스 원장님은 주말에 다른 일로 바쁘신 걸로 안다며 대신 그에게 꼭 오라고 장소와 시간을 계정으로 전송했다. 제이콥은 원장님이 같이 가지 않는 것이 약간 마음에 걸렸지만 더 이상 거절하는 것은 예의가 아닌 것 같아 참석을 약속했다.

❄

연방 최고 위원회 LUMINESCENCE 층의 블랙 룸 안으로 루멘 회의 위원장 K가 들어왔다. 그가 들어오자 언제나처럼 크래비티가 웨이브 파형의 모습으로 먼저 그에게 인사를 했다.

“K, 반갑습니다. 무슨 일로 오신 거죠?” 목소리에 따라 웨이브 파형과 함께 움직이는 다양한 컬러의 현란한 패턴 조합 때문에 K는 그걸 보는 것만으로도 환각에 빠지는 것 같은 착각이 들 정도였다.

"크래비티 님, 에드리안 베드로 대주교님께서 찾아오셨는데 노아 사제가 대성당으로 복귀했다고 합니다." K가 크래비티에게 말했다.

"제1관문이 열렸군요."

"그런 것 같습니다." 위원장 K의 대답에 크래비티는 제2관문은 총리선거일이 될 것이라고 말했다. 그러자 K는 총리선거는 어차피 형식적인 절차일 뿐 지금까지 그래 왔던 것처럼 프랭크가 당선되는 것이 당연하지 않겠냐고 물었다.

"인간에 대한 인간들의 믿음과 지지는 견고한 것처럼 보이지만 결국 그 믿음이라는 것은 자신에게 이익이 되는 쪽으로 선택하는 것일 뿐입니다. 이번에 그 믿음에 대한 진실을 모두가 알게 될 것입니다."

"그럼 크리스가 당선된다는 말씀입니까?" K가 놀란 눈으로 다시 물었다.

"제가 위원장님께 질문하겠습니다. 크리스가 총리가 되면 어떤 일이 생길 것이라고 예상합니까?"

"글쎄요…, 크리스 윌포드 원장 성향은 오랜 기간 야권이었기 때문에 아마도 공격적인 정치를 펼치지 않을까요? 예를 들면 프랭크 총리가 그동안 금지해 왔던 모든 정책들을 손보려고 하지 않겠습니까?"

"그래서 그게 좋은 건가요? 아니면 나쁜 건가요?"

"………" 크래비티의 질문에 K는 대답하지 못하고 잠시 망설였다. 프랭크 총리는 루멘 회의의 결정을 기본으로 모든 정책을 만들었고 회의의 최종 결정은 항상 크래비티가 했기 때문이었다. 그의 입장에서는 자신이 결정한 것과 아닌 것이 공존했기에 좋다고 할 수도, 나쁘다고 할 수도 없었다.

“시대의 변화는 아무도 막을 수가 없습니다. 곧 제2관문이 열린다는 것은 시대가 변하고 있다는 뜻입니다. 총리선거의 결과가 중요한 것이 아닙니다. 흐름과 파동을 읽으세요. K.”

“프랭크와 크리스를 잘 관찰하라는 말씀인 겁니까? 아니면 민중의 반응을 보라고 하시는 겁니까?”

“모든 움직임이 중요합니다. 작은 하나도 놓치면 안 됩니다.”

“알겠습니다. 크레비티 님.” 위원장 K는 크레비티에게 정중하게 인사한 뒤 방을 나왔다.

스칼렛의 생일

노아가 병원을 떠난 후, 스칼렛은 생일날 엄마가 보고 싶어 찾아간 병실 앞에서 만난 그 때문에 심란해졌다. 그녀는 그가 자신에게 건넨 가방을 일단 밖에 놔둔 채 병실 안으로 들어갔다. 엄마는 브릿 교수님의 처방이 잘 맞은 건지 아니면 VIP 병실에서 제공되는 제한된 식사와 규칙적인 운동으로 바뀐 생체 시계 때문인 건지 날이 갈수록 점점 더 살이 빠지고 있는 모습이었다.

"엄마, 나 왔어."

"스칼렛. 생일 축하해." 엄마는 환하게 웃으면서 그녀를 안아 주었다. 그녀는 엄마의 품이 여전히 따뜻했지만 예전보다는 확실히 작아졌다고 생각했다.

"엄마가 고생한 날인데 왜 내가 축하를 받는 건지 모르겠어."

"너도 세상 밖으로 나오려고 엄마 배 안에서 고생 많이 했으니까 당연히 축하받아야지." 스칼렛은 병실에서 지내는 생활이 지루하지 않은지 엄마에게 물었다. 엄마는 여기서는 수시로 필요한 걸 해 주고 식사도 제 시간에 정해진 양만 먹을 수 있고 웬일인지 예전만큼 배가 고프지 않다고 했다. 그리고 매일 체중이 줄어 가는 것을 보는 게 행복하다고 대답했다. 이 모든 것이 다 스칼렛이 고생해서 만들어 준 것임을 알고 있다면서 엄마는 그녀에게 내 딸로 태어나 줘서 고맙다고 말했다. 스칼렛은 엄마의 손을 잡은 채 나도 엄마가 내 엄마여서 좋다고 말하고는 또 오겠다고 약속하며 작별 인사를 하고 밖으로 나왔다.

병실 밖에는 존이 와서 대기하고 있었고 그는 노아가 그녀에게 주었던 종이 가방을 들고 그녀와 함께 다시 P동으로 향했다. 오후 진료를 앞두고 있던 스칼렛은 방에 도착해서야 노아가 준 선물 상자를 열어 보았다. 그 안에는 고급 유화 물감과 그림붓들이 있었고 그것들은 모두 최고급 명품 브랜드 제품이었다. 게다가 붓대마다 스칼렛의 이름을 각인해 커스텀 제작으로 만들어진 특별 수제 상품이었다. 그녀는 오늘 아침에 갑작스럽게 다른 BD에게 급한 개인 사정이 생겨서 그 사람 대신 주말 미술 관련 행사 일을 맡게 되었는데, 이를 미리 알고 준비하다니 참으로 노아다운 선물이라고 생각하면서 미소를 지었다.

잠시 후, 노크 소리와 함께 존이 들어왔다. 그는 안나가 급하게 자신을 찾는다면서 자리를 비워야 할 것 같다고 스칼렛에게 허락을 구했다. 그녀는 오후에는 진찰실에서 진료를 보는 게 다니까 걱정할 것 없다면서 존에게 다녀오라고 말했고 존은 최대한 빨리 다녀오겠다는 인사를 하고 나갔다.

그가 떠난 후, 오후 진료까지 시간이 잠시 남았던 스칼렛은 담배를 피우기 위해서 가방에서 담배와 라이터를 찾아서 주머니에 넣은 후 문을 열고 나왔다. 그런데 방밖으로 나오자 병동 복도 끝에서 간호사들과 사람들이 모여서 뒤섞인 채 웅성대고 있었고 소란이 일어난 듯 시끄러웠다. 그녀는 사람들이 모여 있는 곳으로 걸어갔다. 정신병동 입원 환자처럼 보이는 병원 환자복을 입은 남자가 여자 간호사의 목을 뒤에서 팔로 감은 채 흉기로 목을 겨누고 위협하고 있었다. 간호사의 목에서는 흉기에 찔려 피가 약간 나고 있었고 경호원 한 명이 이미 바닥에 누워 쓰러져 있었다. 스칼렛은 간호사의 목숨이 매우 위급한 상황이었기 때문에 다른 도와줄 경호원이 올 때까지 기다릴 수만은 없었다.

"환자분! 진정하세요. 저는 정신과 전문의 스칼렛 리브스입니다." 남자는 양손을 들고 자신을 향해 다가오는 스칼렛을 본 후 유니폼에 적힌 그녀의 이름을 보았다.

“다 비켜! 제기랄, 무슨 구경 났냐고!!! 다들 꺼져!!!” 남자는 인질로 잡힌 간호사와 함께 이리저리 움직이면서 주변 사람들 사이를 뚫고 밖으로 나가려고 하는 듯했다. 그녀는 환자복에 있던 네임 테그에서 그의 이름을 확인한 뒤 다시 한번 침착하게 말했다.

“앤드류 파커 씨, 그분은 일단 놔주시고 저와 얘기해요. 원하는 것이 무엇인지 말씀해 주시면 저희가 들어 드릴 수 있는 것은 최대한 협조하겠습니다.”

“그래? 여기 모인 사람들 다 꺼지라고 해! 당장!!!” 그가 소리를 지르자 스칼렛이 옆에 있던 간호사들에게 피하라는 신호를 주었고 간호사들은 재빠르게 모인 사람들에게 아래층으로 내려가 달라고 말하며 모두 계단 쪽으로 인도했다. 잠시 후 파커와 간호사, 스칼렛 3명을 제외한 모든 사람들이 복도에서 사라졌다.

“원하시는 대로 사람들을 모두 보냈습니다. 파커 씨. 이제 원하시는 것을 말씀해 주세요.”

“난 널 원해. 스칼렛!” 파커는 간호사의 목에 칼을 더 가까이 대고 금방이라도 찌를 것처럼 그녀에게 말했다. 그녀는 또다시 크리스 측에서 보낸 살해 위협인 것인지 그에게 물었고 그는 말없이 웃었다. 자신 때문에 다른 무고한 사람을 희생시킬 수는 없었기에 그녀는 양손을 들고 천천히 그에게 점점 다가갔고 파커는 그녀가 가까이 다가오자 간호사를 바로 밀쳐내고는 스칼렛의 목에 다시 칼을 겨누었다. 간호사는 힘이 풀려서 바닥에 주저앉았다가 스칼렛이 빨리 가라고 말하자 목을 감싸 쥐고는 아래층으로 도망갔다.

“자, 이제 너와 나 둘밖에 없잖아? 어서 시킨 대로 해. 대체 뭘 기다리고 있는 거야?"

"닥쳐! 죽고 싶지 않으면 입 다물어!" 그때, 그들의 뒤쪽에 있던 비상구의 문이 벌컥 열리더니 제이크가 나타나 그의 팔목을 잡아채서 뒤로 꺾었다. 파커는 필사적으로 버티다 스칼렛의 옷을 잡아 끌었고 주머니에 있던 담배와 라이터가 바닥에 떨어져서 뒹굴었다. 두 남자의 몸싸움에 복도에 있던 정수기가 기울어져 앞으로 넘어지면서 그녀의 라이터가 산산조각이 났다. 파커는 제이크와 잠시 몸이 떨어진 틈을 타서 잽싸게 칼을 챙겨 스칼렛에게 덤벼들었다. 스칼렛은 피할 겨를이 없었고 반사적으로 눈을 감았다. 잠시 후, 눈을 떠 보니 제이크가 몸을 날려서 그녀 대신 팔에 칼이 찔린 채 그녀를 안고 벽으로 부딪혔고 파커는 뒤에서 경호원이 쏜 전기총을 맞고 바닥에 엎어진 채 쓰러져 있었다.

"스칼렛! 괜찮아? 다친 데 없어?" 제이크는 그녀의 몸을 계속해서 살피면서 당장이라도 울 것 같은 눈으로 말했다.

"제이크, 너 팔! 너 팔 다쳤잖아!" 그녀가 피가 흥건한 그의 팔을 보며 놀라서 소리 질렀다.

"아니, 나 말고 너 진짜 괜찮냐고!" 그는 자신이 다치거나 말거나 오직 스칼렛의 안위만이 중요했다.

"멍청아! 난 멀쩡해. 네가 다쳤다니까!" 그는 그제서야 자신의 고개를 숙여 팔을 내려다보더니 괜찮다고 말했다. 스칼렛이 그의 팔을 보니 깊게 찔린 건 아니었지만 당장 치료가 필요한 상처였다. 잠시 후 뒤에서 켈리가 군중을 헤치고 그녀에게 다가왔다.

"스칼렛! 이게 무슨 일이야? 괜찮아?"

"난 괜찮아. 나보다 제이크가 다쳤어." 그녀는 켈리에게 그의 상처를 보여 줬고 외과의사인 켈리는 그를 진료실로 데려가서 응급 처치를 해 주었다. 옆에서 같이 그의 치료를 지켜보고 있던 스칼렛은 두 사람이 처음 만난 것 같지가 않은 분위기에 켈리에게 제이크를 만난 적이 있냐고 물었고 켈리는 존을 통해서 전화 통화를 몇 번 한 적이 있다고 대답했다. 잠시 후, 치료를 마치고 켈리에게 고맙다는 인사를 하고 나온 두 사람은 정원이 있는 병원 옥상으로 올라갔다.

"제이크, 구해줘서 정말 고마워. 그런데 아까 무슨 일로 온 거였어?" 스칼렛은 제이크에게 물었다.

"오늘 생일이라고 들었어. 생일 축하해. 스칼렛…" 제이크는 환하게 웃으면서 그녀를 가볍게 안아 주었다. 그녀는 노아가 알려 준 것이냐고 물었지만 그는 아버지에게 들었다고 대답했다. 그리고는 주머니에서 작은 선물 상자를 꺼내더니 그녀에게 주었다. 그녀는 잠시 반지 상자 같은 케이스의 겉모습을 보고 약간 놀랐지만 받아서 열어 보니 하얀색의 스노우 플레이크 모양이 각인된 골드빛의 라이터였다. 그녀는 아까 박살이 나 버려서 라이터가 없을 때 그가 라이터 선물을 가져온 것도 놀라웠지만 자신이 가장 좋아하는 스노우 플레이크 각인이 되어 있는 것이 더 놀라웠다.

"이건…"

"왜? 마음에 들지 않아?" 제이크는 걱정 어린 눈빛으로 그녀를 보며 말했다.

"아니… 너무 마음에 들어… 근데 이건 어떻게 알고 고른 거지? 역시 노아가 알려 준 건가?"

"그게, 사실은…" 그는 갑자기 그녀의 눈치를 보면서 망설였다.

"대체 어떻게 된 거야?" 그녀가 묻자 그는 사실 아버지에게 생일 얘기를 듣고 선물을 무엇을 해야 할지 고민을 하다가 켈리에게 연락해 스칼렛이 좋아하는 것이 무엇인지를 물었고, 켈리가 스노우 플레이크라고 알려

줬다고 대답했다. 라이터를 고른 건 그녀가 하루에도 몇 번씩 이걸 쓸 때마다 자신을 생각했으면 좋겠다는 마음에서 고른 것이라고 말하면서 그렇다고 너무 자주 써서 자신을 지나치게 많이 생각하면 건강에 해롭다고 농담을 하다가 이내 쑥스러워져서는 얼굴이 상기된 채 웃고 있었다.

"근데 넌 왜 스노우 플레이크를 제일 좋아해?" 그가 스칼렛에게 물었다.

"우리 엄마가 태어난 날 눈이 정말 많이 왔었대. 스노우 플레이크는…, 나에게는…, 우리 엄마야…" 스칼렛이 그에게 말하면서 눈시울이 발갛게 되자 제이크는 한 발 다가가 손으로 그녀의 머리를 감싸고 양팔로 소중히 그녀를 자신의 품에 안아 주었다.

"괜찮아. 이제 더 이상 힘들게 살지 않아도 돼. 내가 항상 당신이 다치지 않도록 곁에 있을게. 스칼렛…"

"근데, 라이터는 있는데 담배가 없네? 후훗…" 그녀가 그의 품에 안긴 채 농담을 하며 웃었다.

"아까 챙겨 왔지. 여기~." 제이크는 주머니에서 그녀의 담배를 꺼내 건네주었다.

"사랑해."

그녀가 사랑한다고 말하자 제이크는 순간 너무 놀라서 동그래진 눈으로 그녀를 바라보았다.

"사랑해, 내 담배…" 스칼렛은 제이크의 눈을 바라보며 그를 놀리듯 담배에게 사랑한다고 말했고, 그는 당돌한 그녀의 장난에 고개를 가로저으며 웃었다. 오렌지빛 노을이 아름답게 물든 저녁 하늘 아래, 둘은 서로를 마주 보며 생일날의 행복한 순간을 함께했다.

불면증

총리의 집에 도착한 존은 안나와 테이블에 앉아서 제이크와 스칼렛의 관계를 묻는 질문에 그들은 별다른 관계가 아니라고 대답했다. 스칼렛에게 일어난 병원에서의 소동 때문에 연락을 받은 존이 자리에서 일어나 급한 일이 생겨 가 봐야 한다고 말하자 그녀는 알겠다고 대답했다. 안나는 존이 집 밖으로 나가서 차에 타고 이동하는 모습을 지켜본 후, 남편 프랭크에게 전화를 걸었다.

"방금 존이 급한 일이 있다고 갔어요. 대체 무슨 일인 거죠?"

📞 "당신은 그냥 내가 시키는 대로만 하면 돼. 그런데 제이크와 스칼렛은 무슨 사이라고 대답했어? 존이?"

"아무 사이도 아니라고 했어요." 안나의 대답을 들은 총리는 한쪽 입꼬리를 올리며 아주 잠깐 웃는 것처럼 보였다. 그녀는 왜 자신에게 존을 급하게 집으로 부르라고 한 건지 제이크와 스칼렛의 관계가 갑자기 왜 관심사인 건지 그에게 물었지만 프랭크 총리는 다 우리 모두를 위한 일이라는 모호한 대답을 할 뿐이었다. 화가 난 그녀는 당신은 언제나 항상 그런 식이라며 짜증을 내고 전화를 끊어 버렸다.

안나와의 전화 통화를 마치고 총리실에 앉아 있던 프랭크가 버튼을 눌러 호출을 하자 즉시 정책비서관 사무엘과 수석보좌관 메건이 들어왔다.

"병원 일은 어떻게 되었나? 사무엘?"

"파커가 저희 측 지시대로 스칼렛을 유인해 제이크 님이 도착하실 때쯤 움직이긴 했는데…" 사무엘이 총리의 눈치를 보며 다음 말을 이어 가는 것을 주저하고 있었다.

"그랬는데? 뭐?" 프랭크는 답답하다는 듯 그를 재촉했다.

"일단 CCTV 화면 먼저 보시는 게 나을 것 같습니다." 사무엘이 방에 있던 모니터로 플레이하자 병원 복도 화면이 재생되었다. 스칼렛의 목을 흉기로 위협하고 있던 파커는 비상문으로 올라온 제이크가 자신을 덮치자 정수기를 엎어트리며 서로 몸싸움을 하다가 경비원이 쏜 전기총에 파커는 쓰러지고 제이크는 그가 휘두른 칼에 찔려 팔에서 피가 나고 있었다.

"뭐야! 저게!!!" 프랭크가 소리를 지르자 사무엘은 놀라서 화면을 멈추고는 파커가 순간적으로 실수를 한 것 같다면서 제이크 님의 상처가 심각하지 않은 경상임을 확인했다고 말하며 총리의 화를 가라앉히기 위해 필사적으로 변명을 하고 있었다.

"감히 범죄자 큐비 따위가 내 자식한테 상처를 입혔다고!!! 저 새끼 당장 없애 버려!"

옆에서 가만히 두 사람의 대화를 듣고 있던 메건은 차분한 말투로 총리에게 말했다.

"총리님, 제가 보기엔 오히려 잘된 것 같습니다."

"잘되다니! 무슨 소리야? 메건!"

"저 정도의 상처를 입히지 않았다면 스칼렛이 제이크에게 생명을 구해준 자신의 운명이라고 느끼지 못했을 수도 있습니다." 그녀의 말을 듣고 난 뒤 총리는 잠시 생각해 보더니 그녀의 말에 일리가 있다고 느꼈다.

"크리스 아들 벤자민 쪽 움직임은 어떤가?" 총리가 메건에게 물었다.

"빌리에게 물어봤는데 구체적인 움직임은 아직 없다고 합니다." 총리는 수석보좌관 메건에게 지시해서 크리스의 아들 벤자민 근처에 자신 쪽 사람을 심어 그가 스칼렛의 살인 청부를 하도록 미리 판을 만들어 놓고 기다리고 있었던 것이었다. 상황을 조작하여 스칼렛에게는 그녀의 아버지 크리스에 대한 극한의 증오심을 심어 주고 자신의 아들 제이크에게 완벽하게 의지하도록 부하들에게 지시해서 이 모든 일을 설계하고 지휘한 사람은 바로 프랭크 총리였다.

"사무엘."

"네, 총리님."

"다음 계획대로 진행해." 그가 말하자 사무엘은 알겠다고 대답한 후 메건과 함께 집무실 밖으로 나갔다.

❄

며칠 뒤, 크리스틴은 회사에서 동료들과 함께 점심 식사를 하기 위해 직원 식당에 모여서 이야기를 하고 있었다.

"요즘 통 잠이 안 와서 perceptron[26] 논문을 좀 읽어 봤는데 말이야. 150년 전에는 퍼셉트론을 길게 이어 붙였을 때 문제점이 있었대." 빈센트가 크리스틴과 벤 그리고 유진에게 말했다.

"당연히 overfitting[27] 문제가 생겨서 다른 문제에 대한 학습이 불가능했겠지." 유진이 빈센트에게 말했다.

"맞아, 또한 gradient decent optimizer[28]가 parameter training[29]의 최적화 모델이라는 걸 입증할 수 없었을 뿐 아니라 데이터 전송에 있어서 vanishing gradient[30]가 발생했거든. 그래서 어떻게 해결했을까?"

26) 퍼셉트론: 두뇌의 인지 능력을 모방하도록 만든 인위적인 네트워크.
27) 오버피팅: 기계 학습에서 데이터에 대한 학습이 너무 많이 수행되는 현상.
28) 경사 하강법 최적화.
29) 머신 러닝의 과정.
30) 그래디언트 소실.

빈센트가 동료들에게 질문했다.

"Unsupervised learning[31] 그리고 reinforcement learning[32]." 크리스틴이 파미드를 먹다가 집에서 가져온 물을 마시면서 대답했다. 빈센트는 고개를 끄덕이면서 역시 크리스틴은 대단하다고 칭찬을 했다.

"DQN(Deep Q-Network)을 이용한 Q-learning하고 인공신경망을 합친 게 예전 딥러닝 구조잖아." 벤이 빈센트에게 말했다. 그러자 크리스틴은 예전에는 ReLU함수나 GPU의 발전으로 초기 AI의 신경망의 구조를 만들 수 있는 환경을 만들 수 있었다면 지금은 딥러닝을 발전시켜 타임러닝으로 발전할 수 있게 된 것이라고 대답했다. 동료들은 다들 크리스틴의 말에 동의를 하는 듯 고개를 끄덕였다. 그러다 유진이 눈을 깜빡이면서 잠깐 졸음에 빠졌고 그런 그녀의 모습을 보고 크리스틴은 살짝 미소를 띠었다. 유진이 졸다가 잠에서 깨니 모두가 그녀를 보고 있는 모습에 깜짝 놀라면서 말했다.

"어? 아! 미안, 미안…, 크리스틴. 내가 며칠 동안 잠을 거의 못 자서… 얘기 중이었는데 미안해."

"아니야. 괜찮아. 근데 너희들 요즘 나 몰래 무슨 다른 일하는 거야? 밤에 무슨 일을 하길래 잠들을 못 자?" 크리스틴은 어리둥절한 얼굴로 동료들에게 물었다.

"아니, 그런 건 아닌데 침대에 아무리 누워 있어도 정신이 완전히 깨어 있어서 도저히 잠을 못 자겠어."

유진이 대답을 하니 벤과 빈센트도 그렇다면서 서로 놀라 대책을 논의하기 바빴다. 크리스틴에게도 밤에 잘 자는지 빈센트가 묻자 크리스틴은

31) 비지도 학습.
32) 강화 학습.

자신은 별다른 점이 없다고 대답했다. 벤은 자신은 도저히 이대로는 못 살 것 같아서 Beo Nox δ2를 주문해서 사용해 볼 예정이라고 말하자 다른 동료들도 관심을 보였다. 그의 주변 칸델라들도 최근 불면증에 고생을 하다가 Beo Nox δ2를 사용하고는 불면증이 없어졌다는 말을 듣고 주문을 결정했다고 하니 나머지 두 명도 즉시 주문을 위해 검색을 하기 시작했다.

“어?” 빈센트가 먼저 결과를 찾은 듯 화면을 공유하자 Box Nox δ2가 주문 폭주로 인해 배달이 지연되고 있다는 Silva사의 안내 사항이 보였다.

“진짜 인기는 인기인가 보네…” 크리스틴이 화면을 보면서 말했다. 빈센트가 화면에 넋을 놓고 있던 중 옆에 있던 벤이 갑자기 주먹을 쥐고 환호성을 질렀다. 다들 벤이 환호한 이유가 궁금해서 그를 쳐다보자 그가 말했다.

“야호! 동생이 어제 마지막으로 내 것까지 주문한 거 오늘 배달 온다고 연락 왔대. 나도 오늘부터 쓸 수 있겠다!”

“부럽다. 벤. 오늘 써 보고 효과 좋으면 나 하루만 딱 하루만 빌려줘라. 응? 제발…” 빈센트가 벤에게 매달려 애처롭게 부탁하고 있었다. 그가 고민하다가 알겠다고 고개를 끄덕이자 빈센트는 그를 껴안고 뛸 듯이 기뻐했다. 크리스틴은 Beo Nox의 인기가 칸델라들 사이에서도 대단하다는 생각을 하면서 남은 물을 마시고는 자리에서 일어났다.

카라바조의 바쿠스

주말 저녁 루모 시티 AD-03 지역 미술관 앞에는 수많은 럭셔리 슈퍼카들이 줄지어 주차되어 있었다. 그리고 명품 수트와 드레스로 갖춰 입은 칸델라들이 각자 차에서 내려 미술관으로 들어가고 있었다. 오늘은 바로 BD 미술가들의 작품 전시와 시연회가 열리는 날이었다.

세계 제3차 대전으로 인해서 전 세계적으로 많은 명화들이 소실된 데다가 루멘 회의로부터 만들어진 금지법률로 칸델라들은 실제 명화를 볼 수 없었다. 다만, 부유한 칸델라들의 소유 욕구를 위해 BD들이 실제와 똑같이 그린 명화를 구매하거나 보는 것은 극소수의 특권층 칸델라들에게만 허락된 일이었다.

미술관의 1층에는 BD들의 작품들이 전시되어 있었고 작품이 마음에 들면 구매도 가능하였다. 스칼렛은 BD가 된 후 처음으로 참여하는 행사로 1층에 작품 전시만 하면 되었지만 옆집에 사는 이웃 줄리아의 급작스러운 부탁으로 2층에서 시연회까지 하게 되었다. 집에서 작품의 스케치를 끝내고 채색도 약간은 해 놓은 상태의 작품을 가져와서 중반 이후의 작품 완성 과정을 시연해서 보여 주는 식이었다. 스칼렛은 줄리아가 말해준 대로 25번 자리에 앉아서 이젤 위에 자신이 준비해 온 캔버스를 올려놓고 노아가 준 물감과 그림붓들을 꺼내고 있었다.

“어? 오늘은 수채화 시연인데 유화 물감을 가져오시면 어떻해요?” 미술관 큐레이터 페니가 그녀에게 짜증이 난 어투로 말했다. 스칼렛은 줄리아가 급한 일이 생겨서 대신 온 것이라 준비해 놓은 작품이 유화 그림뿐이라고 그녀에게 사정했다. 큐레이터는 모든 책임은 스칼렛이 져야 할 것이라며 언짢아하더니 그녀를 부르는 다른 사람의 목소리를 듣고 그쪽으로 급하게 가 버렸다. 그제야 다른 BD들의 그림을 보니 수채화 물감으로 그린 풍경화들이 대부분이었다. 그녀는 자신이 준비해 온 작품에 채색할 준비를 모두 끝낸 후, 노아가 준 붓을 손으로 들고 천천히 색칠을 시작했다.

제프리는 여자 여럿과 함께 미술관 1층에서 작품들을 보고 있었다. 잠시 후, 제이콥이 들어와서 반갑게 인사를 했다. 제프리는 그에게 미술관 작품 시연을 본 적이 있는지 물었고 그가 본 적이 없다고 말하자 일행들과 함께 2층으로 올라갔다. 여러 BD들의 작품 시연을 보고 여자들은 신기해하면서 구경하기 바빴고 웨이터들은 한 손에 와인잔이 담긴 쟁반을 들고 서빙을 하고 있었다. 제프리의 일행 중 여자 한 명이 와인잔을 들고 이리저리 다니다 스칼렛 작품 앞에서 걸음을 멈추었다.

"어? 이건 풍경화가 아니네?" 여자가 그림을 내려다보고 말하자 제프리와 일행들이 모두 스칼렛에게 다가왔다.

스칼렛의 그림은 카라바조의 〈바쿠스〉였다. 그리스 신화에서 술의 신으로 알려진 디오니소스의 초상화로 왼손에는 와인잔을 들고 있고 그 앞에는 과일들이 놓여진 그림이었다. 제이콥은 스칼렛의 얼굴을 알아보고는 깜짝 놀랐지만 제프리가 그녀에 대해서 어디까지 알고 있는 건지 알 수 없었기에 일단은 모르는 척하고 지켜보고 있었다. 스칼렛은 주변이 시끄러워지자 잠시 올려다봤지만 다시 계속해서 작품을 채색하는 데 집중했다.

"우와~ 와인잔의 와인 좀 봐. 제프리. 진짜 와인잔 같아. 와인도 진짜 같은 걸?" 제프리 옆으로 바짝 다가간 여자가 계속해서 말했다.

"이 작품의 이름은 뭐죠?" 제프리가 스칼렛에게 물었다.

“카라바조의 바쿠스입니다.”

“바쿠스라면 디오니소스말입니까?” 제프리의 질문에 스칼렛이 고개를 끄덕였다.

“그런데 과일들이 좀 상한 것처럼 보이는데 아직 채색을 끝내지 않아서인가요?”

“아닙니다. 이건 오리지널 작품에서도 똑같습니다. 시간이 지나면 과일들의 신선함이 사라지듯 세상에 존재하는 모든 것은 언젠가는 결국 사라진다는 걸 은유한 표현입니다.” 스칼렛이 대답했다.

“사라져? 그건 너희 큐비들한테나 해당되는 이야기겠지? 웃겨.” 여자 일행 중 한 명이 제프리가 스칼렛에게 관심을 보이는 것이 맘에 들지 않아 스칼렛의 대답에 불쾌해진 듯 쏘아붙였다.

"디오니소스는 제우스와 세멜레 사이에서 태어난 인물입니다. 이미 제우스에게는 질투의 신 헤라가 있었고 헤라가 이 사실을 모를 리가 없었죠." 스칼렛은 자리에서 일어나 여자의 눈을 바라보면서 말했다. 마치 제프리에게 이미 본처가 있고 지금 옆에 있는 여자는 내연 관계라는 걸 암시하는 듯한 태도에 여자는 분해했다. 하지만 스칼렛은 아랑곳하지 않았다. 제프리는 당당한 스칼렛의 태도에 호기심이 생겼다.

"그래서 어떻게 되었나요?" 그가 질문했다.

"그녀는 세멜레를 없애기로 마음먹었죠. 그것도 자신의 손에 피 한 방울 안 묻히고 말입니다. 헤라는 세멜레에게 당신이 만나는 신이 진짜 제우스가 맞을까라고 물었죠. 세멜레는 그 말을 듣고 나서 의심하기 시작했고 제우스에게 본 모습을 보여 달라고 했습니다."

"그런데요?" 다른 여자가 스칼렛에게 물었다.

"제우스는 결국 자신의 본 모습을 보여 줬고 그 섬광 때문에 세멜레는 결국 불타 죽었습니다. 그때 세멜레의 배 안에 있던 아이가 바로 디오니소스입니다. 이후 제우스가 자신의 허벅지에 넣어서 키우고 태어난 후에도 헤라를 피해 숨어서 살게 되죠. 흥미로운 건 나중에 디오니소스가 헤라를 위험으로부터 구해 주었다는 사실이죠."

"왜죠?" 제프리가 스칼렛에게 물었고, 그녀가 대답을 하려고 할 때 갑자기 여자가 붉은색 와인을 스칼렛의 그림에 쏟았다. 주변에서 지켜보던 모든 이들은 깜짝 놀라서 순간 정적이 흘렀다.

"어쩌나? 와인잔 그림에 진짜 와인이 쏟아졌네. 깔깔." 여자는 미안해하기는커녕 일부러 그런 것처럼 비웃을 뿐이었다. 옆에 있던 제이콥은 놀라서 여자를 제지시키고는 연신 스칼렛에게 죄송하다고 말했다. 스칼렛은 화가 났지만 노아가 준 유화 물감은 이상하게도 와인에 전혀 변색이 되지 않았기에 가지고 있던 수건으로 닦아 내면서 생각했다.

'노아는 이것까지 정말 미리 다 본 걸까… 그렇다면 이 사람들은 대체 누구지?'

스칼렛이 쏟아진 와인 때문에 주변을 정리하고 있을 때 이를 멀리서 지켜보고 있던 존이 급히 달려와서 그녀의 수건을 손으로 잡았다.

"괜찮으십니까? 제가 하겠습니다. 스칼렛 님." 그의 말을 듣더니 제프리가 웃으며 말했다.

"아…, 당신이 바로 그 유명한 스칼렛 리브스군요?" 그녀는 말없이 그의 얼굴을 바라보았다. 칸델라들은 스칼렛이 자신들을 구해 주기 위해 갑자기 나타난 구원자인 것처럼 대하곤 했는데 그녀로선 그런 그들이 그저 우스울 뿐이었다.

"전 Silva의 CEO 제프리 번디라고 합니다. 오늘 저희가 큰 실수를 했군요, 스칼렛. 대신 이 그림은 제가 사겠습니다."

"완성되지 않은 그림은 원칙적으로 팔지 않습니다." 그녀는 그를 보며 말했다. 주변 사람들은 현재 가장 잘나가는 회사 Silva의 회장인 제프리에게 그림을 팔지 않겠다는 그녀의 패기에 놀라서 웅성대기 시작했다. 제프리와 같이 왔던 여자는 자신을 공개적으로 내연녀 취급을 하는데다가 건방지기까지 한 그녀가 더욱 마음에 들지 않았다.

"BD 주제에 경호원까지 데리고 다니는 거야? 이해가 안 되는데? 대체 왜? 총리 집에서 연구를 한 게 아니라 총리랑 그렇고 그런 사이라서… 헤라의 계략으로 세멜레처럼 불타 죽을까 봐 제우스 프랭크 클리프리드 총리님께서 경호원을 붙여 준 거 아닐까?" 여자는 웃으면서 스칼렛을 비꼬았다.

"실수를 했으면 사과를 하는 게 사람에 대한 기본 예의인데 전혀 인지를 못 하고 계시네요? 흠…, 당신은 타인에 대한 공감 능력이 현저히 낮을 뿐 아니라 옷차림을 보니 현재 본인의 위치에 대한 불만으로 인한 과시욕 또한 반대로 인정받고 싶은 욕구를 부정하는 방어 기제… 전형적인 자기애성 인격장애라고 진단이 가능할 것 같습니다만… 언제 한번 진료받으러 오시겠어요? 미스 세멜레 씨?" 스칼렛이 냉정한 말투로 이야기를 끝내자 주변 사람들은 여자의 옷차림과 예의 없는 행동에 그녀의 진단이 맞는 것 같다면서 수군대기 시작했고 여자는 분해서 얼굴이 빨갛게 달아오르기 시작했다.

"이게 어디서 사람을 정신병자 취급이야! 천한 큐비 출신 주제에! 건방진 년!!" 여자가 손을 올려서 스칼렛을 때리려고 하자 누군가가 그녀의 팔목을 잡았다. 존이었다. 그는 자신은 총리님의 명령으로 스칼렛을 위협하는 건 누구든지 즉시 죽일 수 있는 특수 권한이 있다고 차가운 목소리로 말했다. 여자는 놀라서 팔을 뺀 후 제프리 등 뒤에 가서 숨었다.

소동이 종료되자 사람들은 하나둘 흩어지기 시작했다. 곁에서 모든 상황을 지켜보던 제이콥은 만일 스칼렛이 크리스 원장의 칸델라 자식이었더라면 그의 완벽한 딸이 될 수 있었을 텐데 그렇지 않아서 다행이라는 생각이 들었다. 왜냐면 지금 크리스의 아들 벤자민 월포드가 다루기는 훨씬 수월했기 때문이었다.

"반가웠습니다. 스칼렛. 저희는 이만… 나중에 다시 볼 수 있길 바랍니다." 제프리는 인사를 하고 자리를 떠나려고 했다.

"잠시만요…" 그때 스칼렛이 제프리를 불렀다. 제프리는 뒤돌아서 가려고 하다가 다시 돌아보았다.

"완성되지 않은 그림은 원래 팔지 않습니다만, 원하신다면 그림을 완성시켜서 드리겠습니다." 그녀의 제안에 제프리는 이 소동에도 연연하지 않고 그림을 팔겠다고 말하는 그녀의 호기로운 자세가 놀라웠고 정체가 점점 궁금해지기 시작했다.

"가격은 얼마죠?"

"…… 와인 한 잔이요."

그녀가 대답하자 제프리는 놀라서 잠시 말이 없다가 미술관이 떠나가도록 큰 소리로 웃었다. 스칼렛은 작품이 완성되면 직접 회사로 찾아가서 전해 줄 것을 약속하자 제프리는 알겠다고 대답했다. 그는 악수를 청했고 둘은 악수를 하면서 서로를 바라보았다. 이를 옆에서 지켜보던 제이콥은 스칼렛이 크리스 윌포드 원장의 딸이라는 걸 제프리가 알고 저러는 건지 모르고 저러는 건지 알 수가 없어서 답답하고 불안해졌다.

"오늘 초대해 주셔서 감사드립니다. 덕분에 좋은 작품 많이 보고 갑니다. 제프리 번디 회장님." 제이콥은 어서 크리스 원장에게 가서 오늘의 일을 보고하려는 마음에 급하게 자리를 뜨려고 했다.

"벌써 가려는 건가? 아직 본 게임은 시작도 안 했는데?"

"제가 급한 일이 생겨서 죄송스럽습니다만… 그럼…" 제이콥은 그의 만류에도 아랑곳하지 않고 속히 자리를 벗어나기 위해 서둘렀다.

"왜? 빨리 크리스 원장에게 가서 내가 스칼렛에게 추파를 던졌다고 고자질하려고?" 제프리는 태연한 얼굴로 여유롭게 한 손으로 와인을 한 모금 들이키며 그에게 말했다. 제이콥이 깜짝 놀라서 뒤를 돌아보자 그는 웃으며 농담이라면서 어서 가 보라고 손짓했다. 그가 떠난 뒤 제프리는 혼자 밖으로 나와 크리스에게 전화를 걸었다.

"좋은 비서를 두셨군요. 크리스 원장님. 그는 당신의 충실한 하인이 맞는 것 같습니다. 거짓말을 능숙하게 못 하는 건 단점 같습니다만? 하하…"

📞 "거짓말이라니 무슨 말인지…?" 크리스가 그에게 물었다. 그는 오늘 미술관 시연회에서 프랭크 총리의 집에 드나들어 이슈가 되었던 스칼렛을 우연히 만났고 그녀의 그림을 사기로 했는데 제이콥이 갑자기 자신에게 급한 일이 생겼다고 거짓말을 했다고 말했다. 크리스는 그의 입에서 스칼렛이라는 이름을 듣자마자 표정이 굳었지만 속내를 들키지 않기 위해서 입으로는 허허 소리를 내면서 장단을 맞추어 주고 있었다.

📞 "그림이 마음에 들었나 보구만. 어떤 그림이었길래 직접 사기로 마음을 정한 건가?" 그가 제프리에게 질문했다.

"카라바조의 바쿠스라는 작품입니다."

📞 "그렇군, 가격은 얼마나 달라고 하던가?"

"내가 지금까지 산 그림 중에 제일 비싼 값을 부르던데요? 아주 대단한 여자더라구요."

제프리는 크리스 원장의 비서 제이콥이 믿을 만한 사람인지 테스트를 하고 싶었다. 적어도 아직은 크리스 원장에게는 충신인 걸로 결론을 내리고 그에게 인사를 하고 난 후 전화를 끊었다. 반면, 크리스는 그와 전화를 끊고 난 후 스칼렛에게 호감을 가진 것 같은 제프리의 태도가 마음에 들지 않았고 무언가 점점 불안해지기 시작했다.

총리선거와 제2관문

시연회가 끝이 난 후, 스칼렛은 그림과 도구들을 챙겨 존에게 건네주고 함께 밖으로 나와서 주차장으로 향했다. 차를 타고 얼마 후 집에 도착한 스칼렛이 안으로 들어가자 썸머가 야옹거리며 다가왔다. 그녀가 썸머를 들어 올려서 안아 주니까 고양이는 그녀의 얼굴을 핥아 주면서 반가워했다. 존은 그녀가 집 안까지 무사히 들어가는 것을 확인하고 나서야 노아에게 전화를 걸어 오늘 있었던 일을 상세히 보고하였다. 노아는 그와의 전화 통화를 마치고 난 다음, 대주교실로 향했다.

루모 대성당은 로마 중세시대 바티칸의 대성당 모습을 그대로 재현한 건물로 어떠한 첨단 장비나 디지털 기술을 철저하게 배제한 고대식 건물이었다. 천장의 높이가 매우 높았으며 복도를 걷고 있으면 아름다운 그림 벽화들과 함께, 나무 장식 특유의 냄새와 걸을 때마다 들리는 바닥 소리가 인상적이었다. 그는 대주교실 앞에서 노크를 하고 인기척을 듣고난 후 문을 열었다.

“노아. 어서 들어오십시오.” 베드로 대주교가 그를 보며 반겼다.

“드릴 말씀이 있어서 왔습니다. 대주교님.” 그가 말하자 베드로 대주교는 자리에 앉으라고 권했다.

“하고 싶은 말이 뭔가요?”

“오늘 스칼렛과 제프리가 만났다고 합니다. 제2관문이 곧 열릴 것 같습니다. 대주교님.” 노아는 심각한 얼굴과 낮은 목소리로 대주교에게 말했다.

“אם־ תוכל השיבני ערכה לפני התיצבה: (그대가 할 수 있거든 일어서서

내게 대답하고 내 앞에 진술하라 하셨거늘…)" 대주교가 말했다.

"בַּחֲלוֹם ׀ חֶזְיוֹן לַיְלָה בִּנְפֹל תַּרְדֵּמָה עַל־ אֲנָשִׁים בִּתְנוּמוֹת עֲלֵי מִשְׁכָּב׃ אָז יִגְלֶה אֹזֶן אֲנָשִׁים וּבְמֹסָרָם יַחְתֹּם׃ לְהָסִיר אָדָם מַעֲשֶׂה וְגֵוָה מִגֶּבֶר יְכַסֶּה׃ (사람이 침상에서 졸며 깊이 잠들 때에나 꿈에나 밤에 환상을 볼 때에 그가 사람의 귀를 여시고 경고로써 두렵게 하시니 이는 사람에게 그의 행실을 버리게 하려 하심이며 사람의 교만을 막으려 하심이라.)" 노아는 Beo Nox는 하나님의 계획하에 생겨난 물건이자 재앙의 시작이며 관문의 열쇠이기도 하다고 베드로 대주교에게 말했다. 베드로 대주교는 이 모든 관문의 이유를 그에게 물었다.

"실로 하나님이 사람에게 이 모든 일을 재삼 행하심은 그들의 영혼을 구덩이에서 이끌어 생명의 빛을 그들에게 비추려 하심이니라. 아멘."

"아멘…" 베드로 대주교는 노아의 말을 듣고 그와 함께 기도하기 시작했다. 이 모든 일이 결국 모든 영혼에게 생명의 빛을 비추는 일이 될 것임을 믿는 두 사람의 기도는 간절했고 주위에는 따듯한 빛이 동그랗게 그들을 감싸 안고 있었다. 노아는 눈을 감고 기도하면서 동시에 그 기운을 느낄 수 있었다.

❄

청명한 가을날, 투명하고 파란 하늘 아래 새들이 나무에 앉아서 저마다의 소리로 지저귀고 있었다. 총리선거일은 칸델라와 큐비들에게 모두 휴일이었다. 선거권은 칸델라에게는 1인당 1표였지만 큐비들은 100명당 1표로 투표율에 별다른 영향을 미치지는 못했다. 큐비들은 또한 생계 유지가 우선이었기에 정치에는 별다른 관심조차 없었고 이러한 이유로 오랜 기간 총리의 장기 집권이 가능했다. 칸델라 1인 1선거권과 큐비 100인당 1선거권 반영은 2142년부터 유전자 조작으로 수명 연장이 가능해진 이후 제정된 입법으로 이후 한 번도 바뀐 적이 없었다.

선거일에는 각자 집에서 개인 기기로 투표를 했고 자동으로 연방 최고 위원회의 투표 시스템에 실시간으로 반영되어 집계되고 있었다. 선거가 시작된 지 3시간이 지나자 앞서가고 있던 프랭크 총리의 선거 결과 막대 그래프에 크리스의 선거 결과 막대 그래프가 3천 5백 표 차이로 가까이 따라붙고 있었다.

"생각보다 크리스 원장이 선전했군요." 위원장 K가 위원들에게 말했다.

"그러게 말입니다. 프랭크는 이번 차기에는 확실히 뭔가를 보여 줘야 다음에 무리 없이 정권 유지가 가능하겠어요." 위원 Q가 말하자 자리에 함께 앉아 있던 T는 테이블 위에 팔꿈치를 올려 양손의 깍지를 끼고 자신의 턱을 올려놓은 채 선거결과 모니터를 바라보고 있었다.

"만약 크리스가 총리에 당선되면 어떻게 되는 겁니까?" T가 K에게 물었다.

"내가 크래비티 님께 같은 질문을 했었다네… T…" K가 대답하자 위원들은 모두 놀라서 그를 쳐다보았다. 위원들은 그래서 크래비티 님이 뭐라고 대답했는지 알려 달라고 요청했다.

"이번 선거의 결과로 제2의 관문이 열릴 것이라고 하셨네…" K는 심각한 얼굴로 루멘 위원들에게 대답했다.

"제2관문이라면? 20년 전에 예언하신 그 제2관문 말씀입니까!!" 위원들은 모두 흥분해서 자리에서 일어나 어쩔 줄 몰라하거나 자리에 앉아 머리를 감싸 쥐고는 혼란스러워했다. 위원장은 고개를 끄덕이면서 크래비티 님이 시대의 흐름을 받아들여야 한다고 말씀하셨다고 전했다. 20년 전 크래비티는 제2관문이 열리면 지금까지와는 완전히 다른 대혼란의 세상이 될 것이라고 예언했었다. 하지만 이를 막을 방법은 어디에도 존재하지 않는다고 말했었다.

"어떻게 하면 좋습니까? K? 이게 다 크리스 때문이라는 겁니까?" 위원 I가 K에게 물었다.

"글쎄…, 이것이 혁명이 될지 한때의 혼란으로 끝날지는 아직 아무도 알 수 없다네. 우린 아직 선거 결과도 모르지 않나? 누가 될 거라는 말씀은 없으셨으니…" 위원장 K는 일단 선거 결과를 차분히 지켜보자고 위원들을 설득했고 그제서야 위원들은 자리에 앉기 시작했다. 처음부터 동요하지 않던 T는 계속해서 증가하고 있는 크리스의 막대 그래프를 보며 알 수 없는 미소를 지었다.

❄

선거일 오후, 프랭크 총리의 집에서는 별다른 인기척이 느껴지지 않았다. 휴일이었지만 일찍 일어난 프랭크는 투표를 마치고 집무실로 나갔고 안나는 정원에 앉아서 차를 마시고 있었다. 크리스틴은 방에서 투표를 하고 거실로 내려와서 엄마를 찾았지만 보이지 않자 찾다가 다시 엘리베이터를 탔다. 4층으로 올라가는 버튼을 누르고는 갑자기 마음이 변한 듯 3층을 눌렀다. 제이크는 자신의 방에서 컴퓨터 앞에 앉아 정신없이 밀린 일을 하고 있었다.

"제이크! 뭐해? 1층에 아무도 없던데?" 크리스틴이 그에게 말을 걸었다.

"아버지는 항상 선거일에 말없이 일찍 나가시니까. 아마도…, 엄마는… 잘 모르겠네…"

"투표는 했어?"

"아니, 아직… 이따가 해야지." 그는 모니터에 시선을 고정한 채 대답했다. 크리스틴은 빨리 투표하라고 그를 재촉하고는 방으로 올라갔다. 잠시 후, 제이크가 일을 하고 있던 모니터에 에디로부터 화상전화가 걸려왔다.

"에디, 무슨 일이야?"

📞 "왓썹! 브로. 당연히 투표는 했겠지? 바로 너희 아버지한테? 훗…" 에디는 특유의 장난스러운 표정으로 제이크를 놀리고 있었다. 그는 밀린 업무가 너무 많아서 아직 투표도 못 했다고 대답했다. 에디는 놀라면서 Unitec에 요즘 무슨 일이 있길래 갑자기 일이 많아진 것이냐고 그에게 물었다.

"아니, 뭐 특별한 일이 있는 건 아닌데 직원들이 일을 안 해. 어쩌다 회사에서 얼굴이라도 마주치면 뭐랄까… 좀 넋이 나간 사람들 같아."

📞 "넋이 나가다니? 그게 무슨 말이야? 제이크?" 에디는 이해가 되지 않는 듯 그에게 반문했다.

"처음에는 다들 잠을 며칠 못 잤다고 난리를 치다가 불면증에 좋다고 소문난 Beo Nox δ2를 산다고 경쟁을 하더라. 그러고 나서는 무언가에 홀린 듯 일들은 안 하고 회사에서도 멍하게 있다가 퇴근들을 해. 결국 팀원들의 일까지 내가 다 떠맡게 되는 바람에 선거 날에도 집에서 지금 내가 이러고 있다니까! 제기랄!!" 제이크는 밀린 업무 처리 때문에 짜증이 많이 난 상태였다.

📞 "그래? 별일이 다 있네? 불면증도 전염이 되나? 금시초문인데… 나도 의학 연구원이지만 그런 케이스는 어디서도 본 적이 없는 걸?" 에디는 고개를 갸우뚱거리며 도저히 이해가 안 된다는 표정을 짓고 있었다.

📞 “그나저나 이번에도 너희 아버지께서 무난하게 당선되시겠지? 항상 그랬던 것처럼.”

“뭐… 그렇겠지…” 제이크는 다른 모니터로 코딩 작업을 한 시뮬레이션 체크를 하느라 바빠서 대충 얼버무렸다.

📞 “야! 임마! 지금 선거가 중요하지. 일이 중요하냐? 너희 아버지랑 스칼렛 아버지 둘 중에 한 명이 우리나라 총리가 되는 거라고!” 에디가 소리를 지르자 그제서야 제이크는 다시 에디의 얼굴이 나오는 모니터 쪽을 쳐다보았다.

에디의 말이 맞았다. 크리스 월포드는 스칼렛의 아버지이자 내 아버지의 라이벌이었다. 이번 선거에서 아버지가 당선될 것이라고 모두가 너무 기정사실처럼 여겨 와서 정작 선거일이 언제인지도 별 생각이 없었던 제이크였다. 일을 빨리 끝내고 스칼렛을 보러 갈 생각만 하고 있었지 정작 그녀가 이번 선거 때문에 얼마나 신경을 쓰고 있을까 생각하니 자신이 그녀에게 너무 소홀했던 것이 아닌가라는 생각이 들었다.

“지금 몇 시냐?” 제이크가 에디에게 물었다.

📞 “2202년도에 시간이 몇 시냐고 묻는 건 너밖에 없을 거다. 멍청아. AI는 뒀다 어디다 쓰는 거야? 대체? 참나…” 에디는 AI 시스템에 물어도 되고 모든 전자기기에 다 표시되어 있는 시간을 묻고 있는 제이크가 답답했다.

“이 새끼야! 지금 몇 시냐고!”

📞 “3시 35분!” 에디가 대답을 하자마자 그는 모니터 앞에서 사라져 버렸다. 에디는 그가 말도 없이 사라지자 황당함에 혼잣말로 천장을 보면서 손을 위로 올려 어깨를 으쓱거리며 말했다.

📞 “사랑은 시간조차 볼 수 없게 만드는 것이군요. 사랑에 눈이 먼 제

친구 제이크를 불쌍히 여기소서… 하나님…”

제이크는 집을 나와서 주차장에 있던 자신의 차에 타서는 스칼렛의 집으로 도착지를 지시했다. 그의 슈퍼카는 전면 유리창에 운전 경로와 예상 도착 시간을 보여 주며 그의 지시대로 최대한 빠르게 그녀의 집으로 향했다. 그동안 스칼렛의 친아버지가 크리스 윌포드일 것이라는 추측성 결론은 자신의 아버지가 그녀를 개인적으로 집으로 불러들인 것과 연관이 분명히 있을 것이고 경호원 존에게 그녀가 직접 크리스 원장을 찾아갔었다는 보고를 받고 나서 내린 것이었다. 하지만 단 한 번도 스칼렛이 크리스가 자신의 아버지라고 말한 적은 없었기에 제이크는 사실을 직접 확인하고 싶었다.

마침내 그의 차가 스칼렛의 집에 도착하자 제이크는 급히 차에서 내려 그녀의 현관문 앞에 서서 얼굴을 AI 출입 시스템에 인식시켰다. 문이 열리고 집 안으로 들어가자 스칼렛은 물감으로 얼룩진 앞치마를 하고 한 손에 붓을 든 채 일어나 그를 맞이했다.

“갑자기 무슨 일이야? 제이크?” 그녀는 긴 머리를 대충 묶어 올려 옆으로 흐트러진 금색 머리칼이 가녀린 그녀의 목선을 따라 흘러내리고 있었고 창가로부터 번지는 오렌지색 노을빛과 어우러져 아름다운 모습이었다.

“어? 총리선거일인데 네가 괜찮은지 걱정이 되어서 왔어. 근데 그림 그리던 중이었어?” 그가 그녀에게 물었다. 스칼렛은 미술 시연회에서 그리던 그림인데 오늘 빨리 완성해서 가져다 달라고 갑자기 요청이 들어와 급하게 완성시키고 있던 중이라고 대답했다.

제이크는 휴일인데 그런 무리한 요구를 하는 건방진 인간이 누구냐고 물었지만 그녀는 웃음만 지을 뿐 대답하지 않았다. 곧이어 그는 그녀가 작업하던 이젤 앞으로 가서 그녀가 그리던 그림을 보았다. 그리고 뛰어난 그녀의 그림 실력에 감탄하면서 말했다.

"카라바조의 바쿠스잖아? 와!! 스칼렛…, 정말 대단해… 당신이라는 사람은…, 정말…" 그는 한쪽 무릎을 꿇고는 그녀의 손등에 자신의 입을 맞추며 존경의 인사를 했다. 스칼렛은 웃으며 부담스럽다고 장난하지 말라고 하자 제이크는 더 깊은 존경의 인사를 원하는 것이냐고 물었고 그녀는 웃으면서 그를 피해서 도망가기 시작했다.

쫓아다니며 장난을 치던 두 사람은 거실 바닥에서 꼬리를 흔들면서 그들을 따라다니던 썸머를 뒤늦게 발견한 제이크가 급하게 피하다가 스텝이 꼬이면서 앞서가던 스칼렛과 함께 소파로 넘어졌다. 스칼렛이 일어나려고 하자 제이크는 그녀를 한쪽 손으로 다시 바닥에 눕히고는 그녀의 눈을 가만히 내려다보았고 천천히 그녀에게 다가가 입을 맞추었다. 그녀의 머리카락에서는 코코넛 향기가 은은하게 풍겨 나와 눈을 감고 키스하는 동안 마치 해변에서 막 수영을 마치고 모래사장에 누워 사랑을 나누는 영화 속 달콤한 연인이 된 것 같은 기분이었다.

"그냥 일어나는 건 썸머에 대한 예의가 아니니까…" 그는 그녀에게 윙크하면서 웃었다. 그리고는 그녀를 안아 일으켜서 소파에 나란히 함께 앉았다.

"정말 괜찮은 거야? 아니면 괜찮은 척을 하는 거야? 스칼렛?" 그가 물었지만 그녀는 대답이 없었다.

"오늘 저녁이면 결과가 나올 텐데, 너에겐 좋은 날 아니야?" 스칼렛이 그에게 묻자 그는 나에게 좋은 날이 아니라 아버지한테 좋은 날이 될 것이라고 대답했다. 그리고 아직은 결과를 알 수 없는 것인데 만약에 크리스가 당선된다면 기분이 어떨 것 같은지 그녀에게 물었다.

"……… 글쎄… 그런 건 생각해 본 적이 없어…… 하지만 만약 그런 일이 생긴다면……”

“생긴다면?”

“날 더 죽이고 싶어 하겠지. 지금보다 훨씬 더…” 그녀는 씁쓸하게 웃고 있었다. 대답을 들은 제이크는 자신이 한 질문 때문에 그녀가 그런 대답을 하게 만들어 버린 것 같아 죄책감에 마음이 무거워졌다.

“미안해. 내가 쓸데없는 질문을 했어. 스칼렛.”

“괜찮아. 난… 그런데 미안하지만 나 이제 나가 봐야 할 것 같아. 구매자에게 직접 그림을 갖다 주기로 했거든.” 제이크는 그렇다면 자신의 차로 직접 데려다주겠다고 말했다. 하지만 스칼렛은 존이 함께 갈 것이니 더 이상 걱정하지 말라고 그를 안심시켰다.

제이크는 스칼렛에게 인사한 후 썸머를 안아 들고 고양이의 머리를 쓰다듬으면서 말했다.

“썸머, 네가 우리에게 오지 않았다면 스칼렛을 만나지 못했을 거야. 정말 고마워. 그리고 아까 넘어지게 해 준 것도… 맛있는 간식 사 올 테니까 다음에 또 부탁해~.” 그가 장난스럽게 말하자 스칼렛은 그의 옆구리를 팔꿈치로 가볍게 쳤고 그는 자신의 옆구리를 잡으면서 아픈 척을 하며 썸머를 내려놓았다. 그녀는 그런 그의 모습이 귀여워서 웃음을 지었다.

❄

스칼렛은 제이크를 보내고 난 뒤, 완성된 그림을 종이로 포장하려고 하는데 존이 일찍 찾아왔다. 그녀는 그에게 문을 열어 주고 계속해서 그림의 포장을 하려고 했다. 그런데 그때, 갑자기 노아에게서 전화가 왔다. 그녀는 통화를 위해 거실에 존을 남겨 둔 채 방으로 들어갔다.

"노아?"

📞 "그림은 다 완성이 되었나요? 스칼렛?" 그가 묻자 그녀는 웃으면서 포장을 하려던 중이라고 대답했다. 그리고 노아가 준 물감 덕분에 시연회에서 그림을 망치지 않을 수 있었다며 고맙다고 인사하자 노아는 오늘 그녀가 그림값을 아주 많이 받게 될 것이라고 말했다.

"그게 무슨 말이에요? 전 와인 한 잔을 제 그림값이라고 말했는데…" 스칼렛이 노아에게 물었다.

📞 "오늘 일어나는 모든 일들은 단지 시작에 불과합니다. 그러니 잊지 말아요… 당신이 어떤 사람인지를…"

그녀는 그가 무슨 말을 하는지 이해할 수 없었다. 하지만 알람은 벌써 울리고 시간이 없었기에 그와 통화를 끝내고 밖으로 나왔다. 존이 이미 그녀의 그림을 잘 포장해서 열십자 모양으로 사방에 끈을 묶어 준비를 다 해 놓고 기다리고 있었다. 그녀는 그에게 고맙다고 인사를 하고 함께 밖으로 나갔다. 차에 탄 후, 그림을 차 왼쪽 좌석에 놓고 제프리가 알려 준 주소를 목적지로 명령하자 모니터에는 방향과 오후 6시 30분경 도착 예정 시간이 표시되었다.

저녁 6시에 발표되는 총리선거 결과를 보기 위해 전방 유리 모니터에 TV 화면을 켜 놓은 채 두 사람이 탄 차는 목적지를 향해서 달리고 있었다.

📺 "안녕하십니까? UBC 6시 뉴스입니다."

📺 "오늘 실시된 제 6대 총리선거에서 크리스 윌포드 후보가 74.8% 라는 높은 지지율로 당선되었음을 알려 드립니다."

📺 "반복해서 알려 드립니다. 제 6대 총리선거 당선자는 크리스 윌포드입니다. 이번 당선은 정권 수립 후 최초의 여야 정권

교체로 전문가들조차 감히 예상하지 못했던 결과입니다."

"당선자 크리스 월포드 님의 당선 소감을 들어 보도록 하겠습니다."

"정말 감사합니다. 우선 저를 지지해 주신 모든 국민분들과 선거 캠프 당원 여러분께 진심으로 깊은 감사를 드립니다. 새로운 시대의 총리로서 앞으로 저는 기존 정권에서 해 왔던 억압과 통제를 벗어나 인간의 기본 자유권을 다시 국민 여러분들께 반드시 되돌려 드리겠습니다. 지켜봐 주시기 바랍니다."

스칼렛과 존은 뉴스를 보고 예상과는 완전히 정반대의 선거 결과에 너무나 깜짝 놀라 서로를 마주 보았다.

"대체 이게 어떻게 된 일이죠? 어떻게 이런 일이…" 그녀는 놀라서 벌어진 입을 한 손으로 가리고서 차창에 기대어 있었다.

"어떻게 할까요? 닥터 리브스?" 존이 그녀에게 물었다.

"일단 제프리에게 가요." 차는 그대로 목적지까지 움직였고 두 사람은 각자 복잡한 생각에 마음이 무거워져서 말이 없었다. 스칼렛은 제이크와 노아 그리고 프랭크 총리님, 크리스틴, 안나가 모두 걱정이 되었고 앞으로 크리스가 자신에게 어떤 짓을 벌일지도 근심이었다. 존은 크리스가 앞으로 프랭크 총리에게 무슨 일을 할지 염려가 되었고 어서 빨리 총리님께 연락을 해 봐야겠다는 생각뿐이었다.

30분 정도가 지난 후 차는 제프리 집 앞 게이트에 도착하였다. 스칼렛의 차를 인식한 게이트가 자동으로 열리고 안으로 들어가자, 끝없는 최첨단 건물들과 감시 시스템 장비들이 차창 옆을 빠르게 지나쳐 갔다. 전 세계 최고 AI 회사인 Silva 회장의 저택답게 광대한 면적이 압도적일 뿐만 아니라 해변 절벽 위에 지어진 자연 속 또 하나의 도시 같은 느낌이 들 정도였다.

존은 주차 AI 시스템의 안내를 따라 건물 앞 주차장에 차를 세웠다. 스칼렛이 차에서 내리는 사이에 먼저 내린 존은 그녀의 그림을 챙겨 들고 그녀에게 먼저 앞서가라고 손짓을 했다. 건물 입구에는 투명한 터널이 있었는데 방문자의 몸 전체 수색을 하는 스캐닝 터널이었다. 스칼렛은 무사히 통과했으나 존은 가지고 있던 총 때문에 수색에 감지가 되어 붉은색의 등이 깜빡거리면서 시끄러운 경고 알람 소리가 나기 시작했다. 존이 터널 밖으로 나가서 가지고 있던 총을 경비 로봇이 들고 있던 보관함에 넣고 다시 시도하자 무사히 통과가 되었다. 안면 인식 시스템으로 신분 확인을 받은 두 사람은 안내 로봇을 따라 엘리베이터로 이동했고 제프리의 접견실이 위치한 20층으로 올라갔다.

"존, 이제 그림은 나에게 주고 여기서 대기하세요." 그녀가 말하자 존은 그녀에게 그림을 넘겨주며 알겠다고 가볍게 목례했다. 그녀가 접견실 문 앞에 서자 출입 시스템이 손등에 내장된 ID를 인식한 후 자동으로 문이 열렸다.

"어서 오세요! 스칼렛 리브스 씨." 제프리가 오른쪽 창가 자리에서 일어나서 인사를 했다. 그런데 그녀의 시선에서 등을 지고 있는 의자 위로 앉아 있는 사람의 뒤통수가 보이는 듯했다. 그녀가 점점 앞으로 가서 얼굴을 확인하자 그 사람은 바로 그녀의 아버지 크리스 월포드였다. 방금 총리에 당선되었다는 사람이 여기서 대체 무얼 하고 있는 건지 스칼렛은 이 상황을 믿을 수가 없어 깜짝 놀랐다.

"반갑습니다. 스칼렛 리브스. 저는 크리스 월포드라고 합니다." 크리스는 그녀를 처음 보는 것처럼 대했고 스칼렛도 일단은 인사를 하면서 찬찬히 그를 살펴보았다. 하지만 그는 전혀 당황한 기색 없이 차분한 모습이었다.

"깜짝 놀라셨죠? 죄송합니다. 크리스 월포드 총리님께 당선 축하 선물로 리브스 씨의 작품을 꼭 드리고 싶어서 말입니다. 제가 너무 재촉해서 힘드셨을 텐데 약속을 지켜 주셔서 감사드립니다." 제프리가 그녀에게 말하자 스칼렛은 당선 축하 선물인 줄을 몰랐다면서 천천히 그림을 그에게 넘겨주었다.

"좀 전에 인터뷰를 본 것 같은데 어떻게 여기 계시는 것이 가능한 거죠?" 그녀가 크리스에게 물었다. 크리스는 모든 인터뷰는 사전에 미리 녹화해서 방송되는 것이라고 대답했다. 그녀는 당선 결과가 발표되는 가장 중요한 순간에 왜 가족이나 선거 캠프 사람들이 아닌 제프리와 그의 아버지가 함께 있는 것인지 알 수가 없었지만 그렇다고 대놓고 물어볼 수도 없는 노릇이었다.

제프리는 그림의 포장을 뜯어서 완성도를 보고는 탄성을 자아냈고 그림을 크리스 방향으로 돌려서 그에게 건네주었다.

"당선을 축하드립니다! 크리스 월포드 총리님."

"고맙네. 미술 작품을 선물로 받게 될 줄은 몰랐는데… 직접 작가님께서 가져오시기까지 하다니… 그리고 이건…, 디오니소스로군요! 제우스의 아들이자 술의 신이라." 크리스는 그림을 보며 묘한 웃음을 지었다. 스칼렛은 자신이 힘들게 그린 그림을 크리스의 총리 당선 선물로 주게 될 것이라고는 상상도 못 한 일이었기에 당장 그림을 빼앗아 버리고 싶었지만 자신과 크리스의 관계를 제프리에게 드러낼 수는 없었기에 기를 쓰고 냉정해지려고 애쓰고 있었다.

"이런, 이런… 이 그림에는 티르소스[33]가 없군요. 권위와 힘의 상징인데… 총리가 되셨으니 그림에도 제가 추가를 했었어야 했는데… 제 불찰입니다. 총리님. 용서하십시오." 제프리가 크리스에게 느끼한 웃음과 함께 농담을 던졌다.

"티르소스는 무기이기도 합니다." 그녀가 제프리에게 말하자 크리스와 제프리 모두 그녀를 쳐다보았다. 티르소스는 회향 줄기에 담쟁이 덩굴이 감겨 있는 막대기 모양의 성물이지만 그 작대기의 끝에는 다산의 상징인 솔방울 장식이 있고 담쟁이덩굴 안에는 쇠꼬챙이가 들어 있어 실제 무기로도 사용할 수가 있었을 뿐 아니라 그에 찔린 사람은 광기를 일으키게 된다고 그들에게 설명해 주었다. 그녀의 설명에 제프리는 박수를 치며 좋아했다. 그리고는 크리스에게 다가가 귓속말로 속삭였다.

"당신의 티르소스는 바로 Beo Nox로군요." 그의 말을 듣고 크리스는 깜짝 놀라서 눈동자를 돌려 그를 보았지만 제프리는 아랑곳하지 않고 다시 스칼렛에게 걸어갔다. 그리고 테이블에 있던 빈 와인잔을 들더니 와인을 가득 따라서 그녀에게 건넸다.

"자 여기 약속했던 그림 값입니다."

제프리가 건넨 와인잔을 받으려 하는 순간, 갑자기 그의 손에서 미끄러진 잔이 바닥에 엎어졌다. 스칼렛은 놀라서 재빨리 피했지만 다리와 구두에 와인이 튀어 버렸다. 제프리는 미안하다고 사과를 하면서 수건을 가져오겠다고 하고는 밖으로 급하게 나갔다. 방에 크리스와 단둘이 남게 된 스칼렛은 말없이 자리에 앉아서 방을 둘러보고 있었다. 그때, 크리스가 주머니에서 손수건을 꺼내서 그녀에게 와인을 닦으라고 건넸다.

"필요 없어요." 그녀는 냉정한 말투로 말했다.

33) Thyrsos: 그리스신화 디오니소스의 상징물인 (담쟁이와 포도 잎을 감은)지팡이.

"오늘 같은 날 나한테 꼭 그런 식으로 말해야 하니?"

"그럼 뭐라고 해야 할까요? 총리가 되셨으니 저와 어머니를 불쌍히 여기셔서 제발 죽이지만 말아 달라고 무릎 꿇고 빌기라도 해야 하나요?" 스칼렛의 목소리는 분노로 떨리고 있었다.

"몇 번을 말해야 믿어 줄 거냐. 난 너를 죽이라고 그 누구에게도 지시한 적이 없어!" 그가 대답하자 스칼렛은 그를 비웃으며 짧은 한숨을 내쉬었다.

밖으로 나간 제프리는 반대편 방에서 모니터로 둘의 대화를 모두 엿듣고 있었다. 그는 책상에 앉아 모니터를 보면서 한 손에는 시가를 들고 여유 있게 시가에 불을 붙이고는 둘의 대화를 들으면서 묘한 웃음을 지었다.

"난 너희 엄마에게 거짓말을 한 게 아니야. 이렇게 된 건 다 프랭크 그 새끼 때문이라고!" 그는 스칼렛이 태어나기 전에는 칸델라와 큐비 사이에서 태어난 자식이 LK-05 계급 이상의 보증을 받으면 신분을 상승시킬 수 있는 제도가 존재했었다고 말했다. 그런데 갑자기 2179년도에 태어난 모든 아이부터는 그러한 제도가 모두 폐지되었고 심지어 스칼렛의 진짜 생일날 태어난 아이들은 모두 실종되었다고 말했다. 그제서야 스칼렛은 엄마가 왜 자신의 진짜 생일을 말하지 못하게 했던 것인지 알 것 같았다. 그때, 제프리가 다시 방으로 수건과 휴대용 세제를 들고 들어왔다.

"기다리게 해 드려서 죄송합니다. 스칼렛. 자 여기 받으세요."

그녀는 세제와 수건으로 대충 와인이 묻은 얼룩을 지워 냈고 자신은 이만 가 보겠다면서 자리에서 일어났다. 그러자 제프리가 자리에 앉아서 그녀를 바라보며 그림 값이라면서 100만 룩스를 바로 전송했다. 100만 룩스는 HM에서 거의 작은 빌딩 하나는 살 수 있는 큰 금액이었다. 스칼렛은 전송된 액수에 놀라면서 그림 값이 너무 많다고 그에게 말했다.

"난 장사꾼에요, 스칼렛. 절대 물건의 가치보다 높게 지불한 적은 내 평생에 단 한 번도 없습니다. 대신 약속한 와인 한 잔은 다음에 나와 함께 마십시다." 그는 와인잔에 와인을 따른 후 건배하는 제스처를 하며 그녀에게 인사했다.

"알겠습니다. 그럼 그렇게 하시죠. 번디 회장님. 그리고 크리스 윌포드 총리님, 당선을 다시 한번 축하드립니다. 그럼 저는 이만 가 보겠습니다." 그녀는 그들에게 웃으면서 가볍게 인사한 후 뒤돌아서 복잡한 마음을 억누르려는 듯 두 눈을 한 번 질끈 감았다 뜨며 문을 열고 걸어 나왔다.

실종

프랭크는 총리선거일 때마다 항상 가족들이 모두 자고 있는 아침 일찍 일어나 혼자 차를 몰고 나와서 본인만의 아지트로 향했다. 그곳은 국립자연공원 근처의 깊은 숲속에 위치한 별장으로 자연과 어우러진 오직 그만의 휴식 공간이었다. 그는 발표가 있을 때까지는 누구와의 연락도 피한 채 그곳에서 지내곤 했었다.

따듯한 커피 한 잔을 타서 당선 발표를 지켜보던 그는 뉴스를 보고 나서 너무나 충격적인 결과에 현실이 믿어지지가 않았다. 모든 언론 및 사람들은 당연히 그가 될 것이라고 기정사실화했으며, 일주일 전 여론 조사 결과에서도 분명 그가 당선될 것이라는 예측 결과가 나왔었기 때문이었다. 머리를 한 대 맞은 거 같으면서도 현실을 인정하기 싫어서인지 시간이 멈춘 것 같은 느낌마저 들었다. 선거 캠프의 수많은 당원들과 보좌관들, 가족들이 생각이 났지만 특히나 크리스 같은 놈에게 패배했다는 게 너무 분하고 억울해서 앞으로 어떻게 살아야 하는 건지 아무런 생각이 나지 않았다. 그는 가장 걱정하고 있을 아내에게 전화를 걸었다.

📞 "프랭크!!! 대체 어디에요? 전화를 얼마나 많이 했는지 알아요? 거기 어디냐구요!!" 전화를 받자마자 안나는 미친 사람처럼 소리를 질러 댔다. 그는 그런 안나의 얼굴을 보자 미안한 듯 손가락으로 눈썹을 긁적거리면서 웃었다.

📞 "지금 웃음이 나오냐구요!"

"안나, 걱정하지 마. 난 괜찮아. 애들은?" 그가 안나에게 물었다.

📞 "다들 당신 걱정하고 있어요. 여기 함께 있어요." 안나가 옆을 비추

어 주자 제이크와 크리스틴이 화면을 보면서 괜찮으냐고 묻는 듯한 걱정스러운 눈으로 입으로만 웃는 표정을 지으며 어색하게 손을 흔들고 있었다.

📞 "아빠! 우린 아빠가 총리가 아니어도 괜찮으니까 빨리 집으로 돌아오세요." 크리스틴이 웃으며 말했다. 프랭크는 웃으면서 고맙다고 말하고는 곧 돌아가겠다고 대답했다. 전화를 끊고 나서 집 안을 정리한 후에 겉옷을 챙겨서 밖으로 나온 그는 차에 올랐다.

어느새 해가 지고 밖이 어두워져서 라이트를 켜야 형체가 식별이 될 만큼 주변이 깜깜해졌다. 목적지를 집으로 명령하고는 자리에 앉아 눈을 감으려다 갑자기 몇십 년만에 직접 운전을 해 보고 싶어졌다. AI 시스템에게 수동 운전으로 전환을 명령하자 앞 데크가 열리면서 운전 핸들이 나타났다.

손으로 직접 핸들을 만져 본 지가 30년도 더 훨씬 전 일이었다. 노아와 제이크가 어릴 때 함께 차를 타고 가다가 예전에는 동그랗게 생긴 핸들로 직접 사람이 운전을 했다고 얘기해 주니 그럼 운전하는 사람은 가만히 앉아 아무것도 못하니 불쌍하다고 하는 노아와 직접 운전하면 내 마음대로 속도를 낼 수 있으니 얼마나 좋냐고 신나 하던 제이크였다. 프랭크는 옛날 생각을 하면서 아무도 없는 깜깜한 도로를 혼자 질주하고 있었다. 그런데 그때 그의 도로 앞 반대편 차선에서 강렬한 라이트 빛이 작게 보이는 듯하더니 점점 그 빛이 커지고 이내 그의 전부를 삼킬 듯 가까워졌다.

"끼이익!!!!!" 황급히 급브레이크를 밟아서 겨우 충돌을 피한 프랭크는 놀라서 순간 여기가 어딘가 주변을 두리번거리기까지 했다. 그는 상대방 차는 괜찮은 건지 확인하기 위해서 차에서 내렸다.

프랭크는 앞 차의 여전히 눈부신 전조등 빛 때문에 운전자를 확인할 수가 없어서 손으로 눈을 가린 채 천천히 앞으로 걸음을 옮겼다. 그리고 잠시 후 빛 속으로 들어가서 운전자의 얼굴을 확인한 프랭크는 눈을 내리깔고 다시 한번 그를 보더니 알 수 없는 웃음을 지었다.

❄

안나는 집으로 오겠다고 한 프랭크가 세 시간이 넘도록 돌아오지 않자 걱정이 되어 차량 위치 추적을 했다. 다행히 집에서 한 시간 거리에 차가 있었지만 운전자가 확인이 되지 않아 경찰에게 도움을 요청했다. 얼마 지나지 않아서 집 앞에 경찰차 여러 대가 도착했다. 시끄러운 사이렌 소리와 번쩍이는 경고등 불빛이 어두운 밤을 요란하게 깨우고 있었다. 출입허가 후 현관문이 열리자 경찰 유니폼을 입은 다섯 명의 경찰들이 무장을 한 채 집 안으로 주변을 살펴보면서 걸어 들어왔다. 거실 테이블에는 안나가 두 손을 잡고 눈을 감은 채 기도하는 것처럼 보였으며 크리스틴은 그런 엄마가 걱정스러운 듯 엄마의 어깨에 손을 올리고 아빠는 무사하실 거라면서 그녀를 안심시키려고 노력하고 있었다. 제이크는 집 안으로 들어온 경찰들을 보고 자리에서 일어났다.

"어서 오십시오. 프랭크 클리프리드의 아들 제이크라고 합니다."

"반갑습니다. 루모 시티 실종 수색 팀장 한스 링컨이라고 합니다. 신고자분 성함은요?" 한스가 물었다.

"저희 어머니 안나 패리스입니다." 제이크가 대답하자 한스는 프랭크의 차량을 찾긴 했지만 운전자는 찾을 수가 없었고 현재 가능한 모든 AI 정찰기 및 경찰 인력 그리고 수색견들이 주변을 수색 중이라고 말했다. 그리고는 테이블에 앉아 있던 안나에게 다가가서는 반대편 자리에 앉았다.

"몇 가지 질문 먼저 해도 되겠습니까? 패리스 씨?" 그의 질문에 안나는 그를 보면서 고개를 끄덕였다.

“혹시라도 총리선거에 패배하신 후 총리님께 어떠한 심경의 변화가 있는 느낌을 받으셨습니까?”

“링컨 씨! 질문에 저의가 대체 뭐죠?” 안나 옆에 있던 크리스틴이 불쾌한 표정을 지으며 따져 물었다.

“죄송합니다. 이것은 통상적인 절차입니다. 통화 시에 이상한 느낌을 받으신 것이 있으십니까?” 한스는 이런 일이 일상인 듯 크리스틴이 화를 내는 것에 신경도 쓰지 않고 다시 안나에게 물었다.

“그런 건 없었습니다. 총리가 되지 못했다고 해서 가족을 두고 극단적 선택을 할 사람은 아닙니다.” 안나는 테이블에 올린 두 손을 꼭 쥐면서 말했다. 그런 어머니의 모습이 보기 안타까웠던 제이크는 지금부터 질문은 내가 받을 테니 나에게 질문을 하라고 말하곤 한스의 옆에 다가섰다.

“총리님 방을 좀 살펴봐도 될까요?” 한스가 요청하자 제이크는 알겠으니 따라오라고 말하고는 경찰들을 모두 아버지의 서재로 데리고 갔다. 거실에 켜 놓은 TV에서는 긴급 속보로 프랭크 전 총리 실종을 보도하고 있었다. 모든 방송사의 기자들이 프랭크 집 앞으로 찾아와서 환하게 조명들을 켜 놓은 채 마이크를 들고 특종을 보도하기 위해서 경쟁들이 치열했다. 크리스틴이 다른 방송을 연달아 바꾸어 틀었는데도 거의 모두 아버지 실종을 속보로 내보내고 있었고 한 방송사 타이틀을 보고는 갑자기 일어나서 욕을 했다.

📺 [특보! 프랭크 클리프리드 전 총리 국립공원 별장 근처에서 실종! 자살로 추정!]

그녀는 마치 온 미디어가 아버지의 실종을 기다리기라도 한 듯 신나게 떠드는 모습에 환멸을 느꼈다. 안나는 두 손으로 머리를 감싸고는 크리스틴에게 제발 TV를 끄라고 말했고 그녀는 TV를 바로 끄고는 엄마에게 가서 옆에 앉았다. 잠시 후, 경찰들과 제이크가 다시 거실로 내려왔고 경찰은 최선을 다해서 찾겠다는 말을 남기고는 집을 떠났다.

"엄마, 침대에 가서 좀 누우세요. 이러다 쓰러지실 것 같아요." 제이크가 안나에게 권했다. 크리스틴도 안나에게 그렇게 하자며 함께 일어나서 침실로 가려고 하는데 안나가 갑자기 무언가 생각이 난 듯 제이크에게 말했다.

"제이크, 내 드레스 룸 서랍 첫 번째 칸에 노아가 선거가 끝나면 너에게 주라고 한 게 있어."

"네? 그게 무슨 말씀이세요?" 제이크는 어리둥절한 표정으로 엄마에게 물었다.

"나도 모르겠어. 그냥 너에게 전해 주라고 했다. 가서 찾아보거라…" 안나는 크리스틴의 부축을 받으며 침실로 향했고 제이크는 안나의 드레스 룸이 위치한 2층으로 올라갔다. 드레스 룸 벽에 설치된 의류 관리 AI 시스템 옷장에는 색깔별로 가지런히 정리된 수십 벌의 명품 디자이너 작품 컬렉션이 있었고 방 가운데에는 전신 거울과 액세서리 서랍이 있었다.

처음에 옷장 서랍을 뒤져봤지만 아무것도 없었고 뚜껑이 유리로 이루어진 액세서리 수납장의 첫 번째 서랍을 열자 십자가 모양의 장신구처럼 보이는 외장 하드가 있었다. 제이크는 그것을 손으로 쥐고는 곧장 자신의 방으로 향했다. 방에 도착한 그는 컴퓨터에 외장 하드를 연결하고 모니터에 터치 스크린을 조작해 내부에 접근했다.

💻 [QDM: Qubi Discretization Method(큐비 이산화 방법론)]

화면에 뜬 QDM이란 폴더 이름을 보고 터치해서 들어가자 보고서들과 영상들이 날짜별로 분류되어 있었다. 보고서에는 UMHC 대학 정신병원 입원 환자들의 이름과 나이 성별들이 기재되어 있었고 개별 증상들이 적혀 있었다. QDM이란 2183년 체결된 투자협약서 중, 루모 병원이 투자를 빌미 삼아 요구한 조건으로서, UMHC 병원의 정신질환자 큐비들을 칸델라 의사들의 임상 시험 피실험자로 제공하는 프로젝트였다.

영상에는 온갖 화학제품들과 전기장치들로 실험이라는 명목하에 고통받는 큐비 환자들의 모습들이 적나라하게 녹화되어 있었다. 한쪽 팔에 심한 화상을 입은 듯한 환자에게 의료진들이 기계에 조작 버튼을 누르자 붉은색 광선이 환부에 쏘아졌고 남자는 비명을 지르며 묶인 병상에서 몸부림치고 있었다. 또 다른 환자는 수조에 물을 가득 채운 채 팔다리를 묶어 강제로 입수시킨 뒤에 폐에 물이 가득 차게 만든 후 꺼내서 해부한 다음 폐조직을 떼어내 분석하는 영상이었다. 영상들은 대부분 정신질환자 큐비들을 마치 실험실의 쥐들처럼 살아 있는 채로 고문하고 신체를 훼손하거나 주사를 주입하거나 혹은 죽인 다음 해부해서 분석하는 내용들이었다.

제이크는 구역질이 나서 더 이상은 영상을 볼 수가 없어 화면을 꺼 버렸다. 보고서의 최종 심의자는 루모 병원의 크리스 윌포드 원장이었고 칸델라들의 의학 연구에 가족이 없거나 신원이 불분명한 큐비 정신질환자들을 실험 쥐로 쓰고 있는 것이 틀림없었다.

'이것이 진짜 사실이라면 크리스가 총리가 되는 것은 반드시 막아야 하는 일이 아닌가… 그리고 노아는 대체 이 파일을 어디서 어떻게 구한 것일까…' 제이크는 머리가 복잡해지기 시작했다.

파일을 일단 빨리 언론사에 제보해야겠다고 생각한 제이크는 파일을 인터넷으로 전송하려 했지만 아무리 시도해도 전송이 되지 않았다. 파일을 복사하려면 특정 키 값을 입력해야 했다. 외부로 직접 들고 나갈 수도 없었다. 경찰은 총리가 실종되자 경계태세 1호를 발동해 집 주위로 경찰 인력들과 군병력들이 에워싸고 있었기 때문이었다. 제이크는 어떻게 해야 하는 건지 물어보려고 노아에게 전화를 걸었는데 갑자기 전화가 연결되지 않았다. 방 밖으로 나와서 시그널을 잡아 봤지만 역시나 되지 않았다. 거실로 내려오자 크리스틴이 핸드폰을 들고 이리저리 헤매고 있는 그를 보며 말했다.

"소용없어. 경찰이 전자파 폭탄 위험 때문에 우리 집 모든 전파 신호를 차단했대."

"뭐라고? 대체 이게 무슨 개 같은 소리야!"

"조용히 해! 엄마 깨시겠다." 크리스틴은 아버지를 찾을 때까지는 아마도 계속 이런 상태가 지속되지 않겠냐고 했고 제이크는 이렇게 갑자기 집에 갇히게 된 현실을 믿을 수가 없었다.

❄

Drift & Diffusion

스칼렛은 제이크 집으로 가는 차 안에서 뉴스를 보고 깜짝 놀랐다. 프랭크 총리가 실종된 것도 놀라운 일이었으나 뉴스에서 보이는 그의 집 주위를 둘러싼 경찰들과 군 병력들이 거의 백여 명은 되는 것처럼 보였기 때문이었다. 계속해서 제이크에게 전화를 걸어도 연결이 되지 않았고 크리스틴과 안나도 마찬가지였다. 이 상태로는 총리 자택에 접근이 불가능할 것 같았다.

"존, 대성당으로 가요." 그녀는 존에게 말했다. 존은 도착지를 루모 대성당으로 명령했고 차는 유턴하며 방향을 바꾸었다.

30분 정도 지나서 도착한 늦은 밤의 대성당 예배당 건물은 불이 모두 꺼져 있었다. 그들은 예배당을 지나 그 뒤에 있는 콘스탄틴 기숙사 건물 앞에 주차를 했다. 차에서 내려 입구에 도착하니 고대 건축 양식의 거대한 돔 형태 철제 출입문이 있었다. 그녀가 문에 달린 쇠고리를 두드리자 안에서 확인 창을 여는 둔탁한 나무 소리가 들렸다.

"누구십니까?" 확인 창 너머로 눈만 보이는 어떤 남자의 목소리가 들려왔다.

"안녕하십니까? 혹시 노아 신부님을 만나 뵐 수 있을까요? 저는…" 스칼렛이 자신의 이름을 말하려고 하는데 철컹거리는 철제 문의 잠금장치를 해제하는 소리와 함께 거대하고 무거운 문이 서서히 열리기 시작했다. 옆에 있던 존을 쳐다보자 그도 스칼렛을 바라보며 의아해하는 표정을 지었다.

"어서 오십시오. 저는 다니엘 존스 신부입니다. 노아 신부님께서 스칼렛 님을 기다리고 계십니다." 문이 열리고 안으로 들어가자 옆에는 비잔틴 양식의 천장이 높은 여러 개의 문들이 있었고 바닥에는 붉은색의 카펫이 깔려 있었다. 그리고 복도 끝의 센터홀에는 십자가에 못 박힌 예수님 조각상이 세워져 있었다. 그들이 안으로 걸어 들어가자 왼쪽에 있는 기도실의 문이 살짝 열려 있었다. 열린 틈 사이로는 불빛이 새어 나오고 있었고 옆의 다른 짙은 색 문들은 모두 닫혀 있었다. 다니엘 신부는 존에게 잠시 여기서 기다려 달라고 말한 후, 그녀를 기도실 안으로 안내했다. 기도실 안에 들어가자 양쪽 두 줄로 놓인 길다란 목조 의자들 중 왼쪽 줄 두 번째 의자에 앉아서 기도를 하고 있는 사제복을 입은 한 남자의 뒷모습이 보였다. 스칼렛은 그에게 점점 다가가 모습이 가까워질수록 그가 노아임을 알아볼 수 있었다.

"저… 노아?" 그녀는 조심스럽게 노아에게 말을 걸었다. 그러자 그는 감았던 눈을 뜨며 오른쪽에 서 있는 그녀를 보고 반갑게 일어나 그녀에게 다가왔다.

"스칼렛, 왔군요. 앉으세요." 스칼렛은 노아의 아버지 프랭크가 실종된 사실을 아는지 그에게 묻자 그는 어떠한 표정도 짓지 않고 눈을 한 번 천천히 감았다 뜰 뿐이었다.

"알고 있었던 거죠? 그렇죠? 그럼 총리님은 지금 어디 있는 건데요? 노아! 대답해 봐요!"

"아버지께서 우리를 어둠의 권세에서 구출하시어, 그분께서 사랑하시는 아들의 왕국 안으로 옮기셨습니다." 그의 대답에 스칼렛은 총리가 살아 있는 건지 혹시 납치를 당한 것이라면 대체 누가 그런 짓을 한 것인지 물었지만 노아는 고개를 가로저으며 대답했다.

"지금 이 상황을 가장 싫어할 사람이 누구라고 생각하죠? 스칼렛?"

“그야 당연히 총리님의 가족들이죠. 노아 당신은 그렇지 않은 건가요?” 그녀는 대체 이런 질문을 왜 자신에게 하는 것인지 이해할 수 없다는 표정으로 그에게 대답했다.

“인간의 감정으로는 그렇게 생각할 수 있을 겁니다. 하지만 스칼렛… 당신은 다르게 봐야 합니다. 이 전부는 결국 모두 선한 일을 위해 완비되도록 하는 것입니다.”

“행함이 없는 믿음은 죽은 믿음이라면… 누군가가… 아니, 크리스가 총리님을 납치했다는 거예요?”

“아니요… 그 반대입니다. 아버지가 사라짐으로써 가장 화가 난 건 바로 크리스니까요.” 스칼렛은 노아가 대체 무슨 소리를 하는 건지 이해가 되지 않았다. 크리스는 프랭크와 라이벌 관계였고 그가 사라지면 가장 좋아할 사람이 크리스라고 생각했기 때문이었다.

같은 시간 크리스는 노아의 말대로 온 세상의 포커스가 자신이 아닌 사라진 전 총리 프랭크에게 쏟아진 것이 화가 나서 참을 수가 없을 지경이었다. 오늘의 주인공은 분명 크리스 자신임에도 불구하고, 프랭크라는 인간은 마지막 순간에도 대중의 관심을 잡아끄는 재주를 지닌 사람이라고 생각하니 질투를 넘어 그 천부적 재능을 빼앗아 오고 싶은 마음이 들 정도였다.

“이걸 가지고 가면 제이크를 만날 수 있을 겁니다.” 노아는 스칼렛에게 루모 시티의 가장 최고 레벨 출입카드인 LS 카드를 건넸다. 그녀는 그것을 보고는 깜짝 놀랐다. 왜냐하면 그 카드는 정부 고위 관료들만 가질 수 있는 출입카드기 때문이었다.

“노아 당신이 이 카드를 어떻게 가지고 있는 거죠? 혹시 총리님의 실종에 정부가 연관되어 있는 건가요?”

"모든 이들과 연관되어 있는 사람은 바로 당신입니다. 스칼렛, 당신은 Drift[34] and Diffusion[35] 즉 이 큰 빛을 만들기 위해서 가장 중요한 Boundary Condition[36]입니다. 시뮬레이션에서는 Boundary Condition에 따라서 결과 값이 완전히 바뀌게 됩니다. 또한 Boundary라는 건 그 어디에도 속하지 않는 유일한 값이죠. 저는 전류를 흐르게 만드는 초기 인가 전압일 뿐입니다." 반도체 공학에서 전체 전류의 측정은 표류전류 Drift와 확산전류 Diffusion을 합친 값을 의미했다. 그녀는 노아가 하는 말의 의미를 정확하게 이해할 순 없었지만 앞으로 자신이 해야 할 일이 칸델라와 큐비 인간 사회에 큰 변화를 가져올 것이라는 건 짐작할 수 있었다.

"그럼, 이만 가 볼게요. 노아."

"선한 사람은 마음에 쌓은 선에서 선을 내고 악한 자는 그 쌓은 악에서 악을 내나니 이는 마음에 가득한 것을 입으로 말함이니라." 노아가 그녀에게 말했다.

"무슨 뜻이죠?"

"진실을 알게 된다는 것은 즐겁거나 기쁜 일일 수도 있지만 때론 숨을 쉴 수 없을 만큼 고통스럽습니다. 하지만 어떠한 진실이든 알고 나면 더 이상 이전으로는 영원히 돌아갈 수 없습니다. 스칼렛…, 선택을 받은 자에겐 하나님께서 진실을 알 수 있는 특권을 주시지만 그에 따르는 영혼의 고통은 가슴에서 용암이 불타고 절벽에서 끝없이 떨어져 산산이 조각나 피를 흘리게 될 겁니다…" 노아는 주머니에 손을 넣어 무언가를 꺼내 스칼렛에게 건넸다. 그것은 손안에 들어오는 작은 상자였다. 그녀가 왼쪽 손을 상자 위에 올려 뚜껑을 열어 보니 소형 수신기였다. 마지막으로 그

34) 표류: 전기장에서 운반체들이 표류할 때에 흐르는 전류.
35) 확산: 반도체에서 전기를 띤 입자들의 확산에 따라 생기는 전류.
36) 경계 조건.

는 히브리어로 그녀에게 말했다.

“: **איכה זכור** (애가를 기억하라.)”

노아와 인사를 한 후 밖으로 나오자 더욱 어두워진 밤에 비가 내리고 있었다. 스칼렛은 비를 피할 수 있는 가림막 아래에서 담배를 태우려 하는 존을 보았다.

존은 빗소리 때문에 스칼렛이 그에게 다가오는 것을 눈치챌 수가 없었다. 그는 그녀가 거의 근처에 다가갔을 때 인기척을 느끼고는 돌아보았다.

“어? 스칼렛. 죄송합니다…” 그가 담배를 바닥에 던지려고 하며 몸을 기울이자 몸에서 무언가 툭 하고 떨어져서 비가 고인 웅덩이에 빠졌다. 그것은 라이터와 리시버였다. 존은 웅덩이에 빠진 리시버를 꺼내서 물기를 털고 다시 끼워 봤지만 작동하지 않는지 계속해서 만지작대면서 당황해하고 있었다.

“여기…” 그녀는 노아가 준 리시버가 든 상자를 그에게 건넸다. 존은 그녀가 건네준 것을 보며 깜짝 놀랐다.

“노아 님이 주신 겁니까?” 스칼렛은 노아가 준 걸 어떻게 아는 건지 존에게 묻자 존은 상자 하단에 적힌 이니셜 [N]을 그녀에게 보여 주었다. 그녀는 주머니에서 담배와 라이터를 꺼내 그에게 건넸고 존은 그녀의 라이터로 담배에 불을 붙인 후 라이터에 각인된 스노우 플레이크 모양을 유심히 보았다.

“라이터가 특이하네요? 닥터 리브스.”

“선물받은 거예요.” 그녀는 라이터를 보니 제이크가 생각이 났다. ‘그는 지금 잘 있을까…’

존은 그녀에게 휴대용 모니터와 노아가 준 리시버를 건네주었다.

“이게 뭐죠?”

“노아 님께서 닥터 리브스에게 이걸 주신 건 직접 확인하시라는 의미인 것 같습니다.” 그녀는 의아해하며 그것을 받아서 화면을 켜 보자 누군가의 방의 모습이 보였다. 책상에 앉아서 통화하고 있는 사람은 바로 크리스 윌포드였다. 오후에 제프리에게 그림을 배달하기 위해 포장을 할 때 존이 몰래 감시 카메라를 그림에 설치하고 그 모니터를 그녀에게 건네준 것이었다.

“이건… 대체 어떻게…”

“죄송합니다. 제가 리브스 님의 그림에 감시 카메라를 설치했습니다.”

“뭐라구요? 대체 누가 시킨 건데요? 노아인가요?” 그녀는 자신의 허락 없이 카메라를 설치한 것에 화가 났다.

“아니요, 프랭크 총리님입니다.” 스칼렛이 이유를 묻자 존은 자신도 처음에는 제프리가 그림을 샀기 때문에 총리가 제프리를 감시하기 위해 설치를 지시한 줄 알았다고 대답했다. 총리님이 사라진 이후에 모니터를 확인해 봤을 때 제프리가 아닌 크리스의 방이라서 놀라긴 했지만, 혹시라도 총리의 실종과 크리스와의 연관이 있는지 알아내기 위해 스칼렛이 노아를 만나러 간 사이 모니터를 보면서 확인해 봤지만 그와의 연결고리는 아직 찾지 못했다고 설명했다.

“노아 님께서는 총리님이 어디 계신지 알고 계십니까?” 그녀는 고개를 가로저었다. 그런 그녀의 모습을 본 존은 이제 어디로 갈 것인지 그녀에게 물었다.

“총리님 집으로 가요.”

“거긴 현재 경찰들과 군 병력이 에워싸고 있는데 어떻게…” 존이 걱정을 하자 그녀는 노아가 준 LS 출입카드를 꺼내 그에게 보여 주었다. 곧이어 두 사람은 차를 타고 프랭크의 집으로 출발했다.

❄

비가 오는 도로 위, 스칼렛은 차에 부딪혀 부서지는 빗소리를 듣다가 창문을 약간 열었다. 차가운 비가 창틈에 부딪히며 툭툭 소리를 내면서 그녀의 얼굴에 튀었다. 그녀는 담배를 꺼내 시거잭으로 불을 붙인 후 창밖으로 숨을 내쉬었고 어둠과 함께 빗속으로 사라지는 연기를 보고 있었다. 스칼렛은 모니터로 크리스가 있는 화면을 본다는 게 별로 내키지 않았지만 혹시 모를 프랭크 총리의 실종과 그와의 연관성 여부를 알아내야 했다.

'어째서 내가 진실을 알아야 한다는 것일까… 내가 대체 뭘 할 수 있다는 거지?'

그녀는 모니터의 커버를 열고 리시버를 귀에 꽂은 후 화면을 보았다. 크리스의 방은 고풍스러운 명화들이 벽에 전시되어 있었고 가운데 테이블 앞에 앉아 있는 크리스의 모습이 보였다. 아마도 스칼렛의 그림의 위치는 테이블의 왼쪽 벽에 걸린 것 같았다. 그는 선거 캠프 사람들과 회의를 하는 것처럼 보였고 자신의 당선보다 전 총리의 실종이 모두의 관심사가 된 현실이 마음에 들지 않는지 굉장히 화를 내고 있었다. 항상 자신만 생각하는 그의 모습은 몇십 년 전이나 지금이나 달라진 것이 없었다. 더 이상 보는 것이 의미가 없다고 생각한 그녀는 모니터를 닫으려고 했다.

📞 "여보세요? 네, 위원장님! 공식 취임식 없이 내일부터 바로 업무를 시작하라는 말씀이십니까? 아…, 네… 네… 알겠습니다."

루멘 회의 위원장의 전화를 받은 크리스는 총리의 실종으로 내일부터 즉시 총리 업무를 시작하라는 지시를 받고는 손뼉을 치며 좋아하고 있었다. 잠시 후, 그는 어딘가로 전화를 거는 것처럼 보였다.

📞 "제프리. 방금 루멘 회의에서 연락이 왔는데, 내일부터 당장 총리실로 출근해 달라고 하도 사정을 해서 말이야… 계획을 좀 앞당겨야 될 것 같아서 말이네…"

그가 제프리에게 말하자 제프리는 강도를 올리려면 투여량도 늘려야 할 것이라고 대답했다. 둘의 대화를 듣고 있던 스칼렛은 투여량이라니 무슨 말을 하는 것인지 알 수가 없었다. 제프리는 칸델라들이 곧 크리스에게 모두 복종하게 될 것이고 말하면서 그를 추켜세웠다. 모니터를 보던 중, 스칼렛의 차가 프랭크 총리의 집 근처에 도착한 듯 주변에 번쩍거리는 붉은색의 경고등 불빛이 차 안으로 비쳐 들어왔다. 스칼렛은 모니터를 닫고 주변 상황을 살폈다. 총리의 집을 둘러싼 무장한 군인들 중 한 명이 존에게 지금은 출입이 불가하다고 말하고 있었다. 스칼렛이 LS 출입카드를 꺼내서 그에게 보여 주자 군인은 고개를 숙여서 카드를 확인한 후 갑자기 차렷 자세로 거수경례를 했다.

"죄송합니다! 지금 바로 들어가실 수 있도록 조치해 드리겠습니다! 충성!" 군인은 옆에 있던 군인들에게 뭐라고 귓속말을 했고 무전으로 허가 사실을 출입문을 지키고 있던 다른 병력에게 전달했다. 차 앞에 있던 바리케이드를 옮긴 후, 양쪽에 서 있던 군인들은 모두 스칼렛의 차가 지나갈 때까지 거수경례와 받들어 총 자세를 유지하였다.

스칼렛은 생애 단 한 번도 받아 본 적이 없는 의전을 받고는 그동안 권력이란 것이 대체 무엇이길래 사람들이 그렇게 수단과 방법을 가리지 않고 추구하는 것인지 알 수 없었지만 아마도 이런 대접을 받고자 그런 일들을 벌이는 것일 수도 있겠다는 생각을 했다. 일반인들과 다른 최고의 권력을 가진 자만이 가질 수 있는 힘, 나로 인해서 세상을 움직일 수 있게 만드는 주도권에 대한 욕망, 피지배층이 아닌 지배층만이 가지는 권력이라는 게 바로 사람을 변하게 만드는 이유이며 그를 위해서 행하는 모든 악행마저 합리화시킬 수 있게 되는 악마의 유혹일 것이다.

프랭크 총리의 집을 이중으로 둘러싼 병력의 차단 게이트를 지나 안으로 들어가자 카메라와 기자들의 모습이 보이기 시작했다. 존은 재빨리 차단막을 내려 스칼렛의 얼굴을 가려 주었다. 수많은 방송 카메라들과 계속해서 쉴 새 없이 찍어 대는 셔터 소리에 앞이 보이지 않는 차 안에서도 외부의 상황을 짐작할 수가 있을 정도였다. 그들을 겨우 지나가서야 총리의 집 바로 근처에 서 있는 경찰차들이 보였다.

경찰관은 두 사람을 내리게 한 후 가지고 있던 모든 소지품들을 검사하여 기록하였으며 마지막으로는 전신 스캐너를 사용하여 위험물 탐지를 한 후 두 사람에게 경례를 하고 통과시켰다. 길고 긴 방문 절차를 마친 후 스칼렛의 차량은 드디어 총리 집에 도착했다.

“도착했습니다. 닥터 리브스.” 존이 스칼렛에게 말하자 그녀는 차에서 내려 프랭크의 집으로 함께 걸어 들어갔다.

“스칼렛!” 크리스틴이 현관문 밖까지 나와서 반가워하며 포옹을 했다. 그 뒤에는 제이크가 알 수 없는 복잡한 표정으로 그녀를 보고 있었다.

“크리스틴, 괜찮아요? 안나는요?”

“엄마는 침실에서 쉬고 계세요… 선생님, 근데 어떻게 들어오신 거예요?” 크리스틴이 스칼렛에게 묻자 LS 출입카드를 그녀에게 보여 주었다.

“카드는 어떻게 구한 거야?” 제이크가 그녀에게 물었다.

“노아가 주었어.”

“노아 형이? … 혹시 형은 아버지가 어디 있는지 알고 있어?” 제이크가 스칼렛에게 묻자 그녀는 고개를 가로저었다. 제이크는 크리스틴한테 존에게 마실 것을 챙겨 주라고 한 후, 스칼렛에게 할 말이 있다면서 3층으로 같이 올라가자고 말했다. 제이크의 방에 도착하자 스칼렛은 앞서가던 제이크의 팔을 잡았다.

"괜찮아?" 그녀는 진심으로 걱정되는 눈빛으로 그를 바라보며 말했다.

"너는?"

"나? 나도 물론 총리님이 걱정되지. 분명 어딘가에 무사히 잘 계실 거야. 그러니까…" 그녀가 계속해서 대답을 하고 있는데 제이크는 그녀의 말을 도중에 끊었다.

"그 말을 하는 게 아니잖아. 스칼렛. 너희 아버지가 새 총리가 된 게 괜찮은 건지 너에게 물은 거야." 제이크의 말을 듣고 나서 스칼렛은 할 말을 잃은 채 그를 바라보았다.

'지금 자신의 아버지가 실종된 심각한 상황인데도 어째서 이 사람은 내 걱정을 하고 있는 걸까…'

"사실은 프랭크 총리님의 지시로 존이 내 그림에 감시 카메라를 설치했었대. 난 그 그림을 Silva 회장 제프리 번디에게 가져다줬는데 그가 내 그림을 크리스에게 선물했거든. 그래서 오던 길에 감시 모니터로 봤는데…"

"뭘 봤는데? 우리 아버지와 연관된 걸 듣기라도 한 거야?" 제이크의 질문에 그녀는 크리스와 제프리가 함께 무언가 음모를 꾸미고 있으며 프랭크 총리의 실종으로 내일부터 총리 업무를 바로 위임받게 될 것이라고 들은 사실을 그에게 말했다. 스칼렛의 말을 듣고 제이크는 오른쪽 손가락으로 자신의 입술을 만지작거리면서 무언가 고민하는 듯했다.

"아버지가 실종되신 후 어머니한테서 이걸 받았어." 제이크는 그녀에게 노아가 준 외장 하드를 보여 주었다.

"이게 뭔데?"

"노아형이 선거가 끝나면 나한테 주라고 했대… 그런데…" 제이크는 자신이 본 걸 어떻게 설명을 해야 할지 몰라 머뭇거렸다. 그는 스칼렛에게 직접 보여 주겠다면서 그녀를 자신의 컴퓨터 앞으로 데려갔다. 곧 제이크의 컴퓨터 모니터로 펼쳐진 온갖 실험 영상과 보고서를 본 스칼렛은 경악을 금치 못했다.

"미친 새끼들! 어떻게 사람이 같은 사람한테 이런 짓을!!" 흔한 마취제 투약도 없이 실험실의 쥐처럼 온몸이 실험 도구로 쓰여지고 있는 큐비들을 보면서 그녀는 알 수 없는 깊은 곳에서부터 터져 나오는 분노를 느꼈다. 피실험자 중에는 나이 어린 소년, 소녀와 노인들도 있었기에 그녀는 더 이상 영상을 보는 것이 괴로워서 참을 수가 없을 지경이었다. 그녀는 마침내 영상을 끄고 손으로 이마를 감싸며 눈을 감고 깊은 한숨을 쉬었다.

"괜찮아? 스칼렛?" 제이크는 몸을 숙여 그녀의 어깨에 손을 살며시 얹고는 걱정스러운 표정으로 그녀를 바라보았다.

"이걸로 크리스를 쳐낼 수 있을까?" 스칼렛이 제이크를 보며 말했다.

"글쎄…, 내일이면 총리의 권한이 모두 넘어간다는데 크리스가 가만히 두고 볼 리가 없어."

"지금 당장 인터넷으로 모두 전송시키면 되잖아!" 그녀는 답답한 듯 소리를 질렀다.

"지금 모든 통신이 차단되었어. 심지어 이 외장 하드는 복사도 할 수 없는 상태야. 스칼렛."

그때 존이 열려 있던 문으로 들어왔다.

"죄송합니다. 스칼렛 님께 라이터를 돌려 드리려고 왔다가 두 분이 하시는 대화를 들었습니다." 존은 두 사람에게 고개를 숙이면서 사과를 했다. 제이크와 스칼렛은 괜찮다고 말했고 그는 라이터를 스칼렛에게 돌려

주었다. 밖으로 나가려던 존은 잠시 발걸음을 멈춘 뒤 돌아서서 말했다.

"총리님 아이디로는 권한이 넘어가는 익일 전까지 마지막 24시간 동안 전 세계 모든 서버에 접근이 가능합니다." 그가 두 사람에게 말하자 제이크는 놀라면서 존이 어떻게 그런 사실을 알고 있는 것인지 물었다. 존은 노아를 경호하기 전 총리 근접 경호를 하던 시절, 루멘 회의에 총리님을 모시고 갔었을 때 직접 들었다고 대답했다. 총리의 임기를 마치고 난 후 생길 수 있는 테러에 대한 보호 차원으로 업체의 일급 비밀을 알 수 있는 선택적 권한은 총리의 마지막 특권이자 가장 비싼 연금 보험과도 같은 것이었다. 존이 알려 준 정보대로라면 서재에 있는 아버지의 컴퓨터로 크리스 윌포드의 병원 서버에 저장되어 있는 일급 비밀 데이터에도 충분히 접근이 가능한 일이었다.

제이크는 내일 날이 밝기 전에 모든 일을 끝내야 했기에 현재 집에 있는 인원을 최대한 활용해서 단시간 안에 작전을 끝내야 한다고 생각했다. 그때 크리스틴이 물잔 두 개를 들고 세 사람이 있는 방으로 들어왔다.

"여기 물 좀 드세요. 스칼렛 선생님."

"내가 부탁하지도 않았는데 물을 다 가져오고 고마워. 크리스틴." 제이크는 동생이 가지고 온 컵의 물을 다 들이켠 후 빈 컵을 쟁반에 내려놓았다.

"스칼렛 선생님한테는 좋은 물 드려야지. 노아 오빠가 다른 물은 먹지 말라고 그랬으니까." 크리스틴의 말을 듣고 스칼렛은 의아해하며 그녀에게 이유를 물었다. 크리스틴은 노아가 집을 떠날 때 엄마에게 자신이 집을 떠난 이후에는 절대로 밖에서 물을 마시지 말라고 가족 모두에게 부탁했다는 사실을 말했다. 스칼렛은 무언가 생각에 잠긴 듯한 눈으로 문 쪽을 바라보다가 크리스틴에게 질문했다.

"혹시…, 노아가 집을 나간 후에 주변에 다른 칸델라들에게 이상 징후가 발견되었나요? 예를 들자면 하지 않던 행동을 갑자기 했다거나 평소와는 달랐던 점 같은 거요. 혹시 그런 게 있었나요?"

"음…, 맞아요! 동료들이 불면증에 시달렸었어요. 그래서 Beo Nox δ2를 서로 구매하겠다고 한동안 난리였었거든요." 크리스틴이 스칼렛에게 대답했다.

"맞아! Unitec에서도 내 주변 거의 모든 직원들이 불면증 때문에 잠을 못 잔다고 그랬었어. 그래서 업무량이 모두 나한테 주어져서 거의 매일 밤새고 집에서도 일을 했었거든. 크리스틴! 너네 회사에서도 그랬었구나! 대체 이게 다 뭐지?" 제이크는 두 사람의 대화를 듣다가 자신의 경험을 스칼렛에게 말했다.

"분명히 식수에 어떤 약품을 탄 게 틀림없어. 그걸 노아는 미리 예지하고 있었기 때문에 말해 준 것일 테니까… 불면증 유발이라면 메스암페타민 계열일 텐데…" 스칼렛이 말을 하는 도중에 제이크가 그녀에게 물었다.

"메스암페타민? 그게 뭔데?"

"이건 쉽게 말해 필로폰이야. 마약이라고! 이걸 만약 장기간 복용하게 된다면 정신장애 및 심각한 중독 현상에 노출될 수도 있어."

크리스틴은 자기도 모르게 입으로 "오 마이 갓…"이라고 말했고 스칼렛의 말을 듣고 난 세 사람은 모두 놀라서 한동안 할 말을 잃었다.

"대체 누가 이런 짓을 한 걸까요?" 존이 스칼렛에게 물었다.

"글쎄요…" 그녀도 알 수가 없었기에 존의 질문에 대답을 할 수가 없었다.

"그럼 우리 집 사람들을 제외한 모든 칸델라가 지금 마약에 중독되었다는 말이에요?" 크리스틴이 스칼렛에게 질문을 하자 곧바로 제이크가 갑자기 무언가 생각이 난 듯 말을 꺼냈다.

"잠깐만…, 이상한 게 있어. 에디는 그 시기에 불면증 같은 건 없었어. 전화 걸어서 다시 한번 확인해 볼게. 아! 근데 지금 전화가…"

"총리님 서재의 책상 서랍 두 번째 칸에 보시면 비상용 위성전화가 있을 겁니다." 존이 당황하고 있는 제이크에게 말했다. 제이크가 아래층에 내려가서 책상 서랍을 열어 보니 존의 말대로 정말 전화기가 있었다. 제이크는 방으로 다시 돌아와서 서랍에서 꺼내 온 아버지의 비상 위성전화로 에디에게 화상전화를 걸었다.

📞 "제이크! 이 새끼! 너 괜찮아? 근데 왜 아버지 계정으로 전화를 한 거야?" 에디는 당장이라도 울 것 같은 표정을 보이며 친구를 진심으로 걱정하는 눈빛이었다.

"지금 아버지 실종 때문에 경찰이 집에 모든 전파를 차단시켜 버렸어. 그래서 아버지 비상 위성전화로 전화 건 거야."

📞 "그랬구나. 가족들은 다 무사해? 넌 괜찮냐?"

"가족들도 나도 괜찮아. 아버지는 무사히 돌아오실거야. 그것보다 에디! 너 요즘 잠은 잘 자고 있어?"

📞 "뭐? 그게 갑자기 무슨 이상한 소리야? … 이 자식! 내가 이럴 줄 알았어… 임마… 너 쇼크 먹어서 제정신 아닌 거지? 불쌍한 제이크… 오… 하나님…" 제이크를 바라보는 에디의 눈이 빨개지면서 얼굴이 일그러지기 시작했다. 둘의 대화를 듣고 있던 크리스틴과 존은 심각한 상황에서 자꾸만 새어 나오는 웃음을 참기가 힘들었다. 더 이상 대화를 두고 볼 수 없었던 스칼렛은 화면에 끼어들어서 그동안의 모든 상황을 설명하기 시작했다. 에디는 긴 설명을 듣고 난 후에 자신을 포함한 가족 모두 그런 증상은 없었고 주변 의학계 칸델라들한테도 전혀 그런 것을 느끼지 못

했다고 대답했다. 불면증 같은 건 연구 논문에서나 보는 증상일 뿐이라고 말이다.

"그렇다면… 불면증이 없는 유일한 곳이 AD-05라는 건. 병원시설과 연구소가 위치한 곳… 병원 시설만이 안전했다는 건…" 크리스틴이 말하자 모두들 한 목소리로 외쳤다.

"크리스 윌포드!!!" 크리스는 AD-05 최종 수장이었기에 자신의 지역을 보호하기 위해 그곳만을 제외시킨 채 이런 일을 벌인 것이 틀림없었기 때문이었다. 그렇다면 다른 칸델라들에게 인위적으로 불면증을 유발시킨 다음 크리스 원장이 Silva의 Bex Nox δ2를 공동 연구했다고 발표한 후 칸델라들에게 마치 그들의 불면증을 치료해 준 것이 크리스의 위업인 것처럼 포장해 총리선거에서 이긴 것이라는 결론이 가능해진 것이다. 스칼렛은 AD-05 지역의 칸델라를 제외한 모든 칸델라를 중독시키기 위한 정도의 양이 필요했다면 분명히 루모 병원과 제약회사와의 거래 흔적이 병원에 남아 있을 것이라고 추측했다. 스칼렛은 모니터에 계획표 일정을 적기 시작했다.

1. 내일 오전 7시 총리 권한 위임 전까지 모든 일을 완료할 것
2. 프랭크 총리님 컴퓨터에 로그인
3. 총리 권한 사용해서 루모 시티 종합 병원의 일급 비밀 데이터에 접근
4. 선거에 관련된 모든 데이터 복사
5. 언론 및 경찰에 제보

그녀의 메모를 본 존은 4번까지 완료된다고 해도 내일이면 이미 크리

스에게 총리의 권한이 주어진 이후일 텐데 언론 및 경찰에 제보하는 것이 실행이 가능할지 의문이라고 말했다. 그의 질문에 제이크는 만약 아버지가 무사히 돌아오신다면 다음 총리는 정상적인 인수인계 기한인 한 달을 기다려야 하기에 5번은 충분히 가능한 사안이라고 대답했다. 그것이 정말 가능하기만 하다면 크리스의 총리 당선 자체가 무효가 되는 것은 너무나 자명한 일이었다. 하지만 지금으로선 프랭크가 어디에 있는지 알 수 없었고 언제까지 돌아오리라는 기약도 없었기에 다른 방법을 생각해야 했다.

"루멘 회의에 직접 제보하는 게 어떨까요?" 존이 말했다.

"일단 데이터를 먼저 확보해서 노아 님에게 준 다음 대주교님을 통해서 루멘 회의로 보낸다면 충분히 가능한 일일 것 같습니다." 존의 제안에 모두가 동의하는 표정을 지으며 지금 당장 해야 할 일부터 정하기로 했다. 제이크는 클라우드 엔지니어이자 해킹 전문가로서 프랭크의 컴퓨터 로그인을 하기 위한 임무를 담당했고 AI 엔지니어인 크리스틴은 로그인 후 데이터 수집을, 스칼렛은 데이터의 중요 여부 판단 및 총지휘, 마지막으로 존은 노아에게 데이터 전달을 맡았다.

📞 "그럼 나는?" 에디의 목소리를 듣고 나서야 제이크는 그와의 화상 전화가 아직도 계속 연결되어 있다는 것을 깨달았다.

"음…, 혹시 루모 병원 서버에 접근할 때 내부에서 도와줄 일이 생길 수도 있으니까 일단 병원 연구실에 가 있어." 그가 말하자 에디는 알겠다며 바로 전화를 끊었다.

에디와의 전화를 마친 후 제이크와 스칼렛, 그리고 존과 크리스틴은 모두 2층 총리의 서재로 향했다. 그곳에는 아버지가 항상 집에서 밀린 업무와 개인적인 일을 하던 개인 컴퓨터가 있기 때문이었다. 제이크가 컴퓨터 앞 의자에 앉고, 크리스틴은 물잔이 든 쟁반을 테이블에 내려놓고 오른쪽 옆에 있는 의자에 앉았다. 그리고 스칼렛이 제이크의 왼쪽에 서서 함께 모니터를 보기 좋은 위치에 자리하자 존은 제이크의 뒤로 가서 서 있었다.

"일단 아버지 컴퓨터로 로그인을 먼저 해야 외부와의 접속이 가능한지 알아볼 수 있을 텐데…" 제이크가 말하자 크리스틴은 아빠의 컴퓨터 로그인은 얼굴 인식으로 가능한 건데 어떻게 풀 수 있겠냐고 물었고 그는 비상 상황을 위한 특수 비밀번호가 있을 거라고 말했다. 비상 상황이란 테러나 사고로 인한 긴급한 상황에서 안면 인식 기능을 사용할 수 없을 때를 위한 솔루션이었다. 대부분의 정부 시스템은 이러한 방식을 채택하고 있었고 해킹 전문가였던 제이크는 미술 정보를 해킹하다 우연히 알게 된 사실이었다.

150여 년 전에는 지문이나 홍채 정보를 비상 비밀번호로 저장해서 사용하였지만 현재는 주로 칸델라라면 거의 모두 왼쪽이나 오른쪽 손등의 계급을 나타내는 LK 테그를 비밀번호로 사용하는 것이 일반적이었다. LK 테그에는 칸델라 레벨뿐 아니라 개인정보가 모두 저장되어 있기 때문이었다. 하지만 지금은 프랭크가 없었기에 그러한 방식을 사용할 수 없을 뿐 아니라 총리는 칸델라 중에 최상위급 레벨이었으므로 일반적인 방식이 아닌 다른 방식의 비밀번호를 사용하고 있을 것이 틀림없었다.

"어디 보자…" 제이크는 컴퓨터의 정상적 로그인 방식이 아닌 해킹 프로그램을 사용해서 접근하고 있었다. 모니터 화면에는 암호화된 코드들이 끊임없이 올라가고 있었고 제이크는 그 코드 중에서 비상 상황으로 변환되는 암호의 코드를 찾아내어 실행시켰다.

잠시 후, 모니터의 화면이 모두 검은색으로 바뀌면서 [비상 비밀번호를 입력하세요.]라는 문구가 화면에 나타났다. 하지만 방에 있던 모든 사람은 비상 비밀번호가 무엇인지 알지 못했다. 크리스틴은 엄마는 혹시 알지도 모른다면서 엄마 방으로 뛰어갔다. 얼마 후에 안나가 크리스틴과 함께 방으로 들어왔다.

"비상 비밀번호라니… 지금 그게 대체 무슨 말이니?" 모니터에 떠 있는 글자를 본 안나는 자신의 LK 테그를 인식장치에 대어 봤지만 아무런 반응이 없었다. 제이크와 크리스틴도 모두 해 봤지만 역시 마찬가지였다. 첫 번째 단계에서부터 이렇게 막히다니 제이크는 마음이 초조해지기 시작했다.

"어머니도 아니고 우리 둘 다 아니라면 그럼 노아 형인 건가?"

"그건 아닐 거다. 너희 아버지는 한 사람에게만 특정한 임무를 맡길 사람이 아니야." 안나가 제이크에게 대답했다.

"노아도 아니라면…" 스칼렛이 말을 꺼내다가 무언가 생각난 듯 다시 말했다.

"아까 노아를 만났을 때 나에게 '애가를 기억하라.'라고 했었어요." 그녀가 말하자 방에 있는 모든 사람들은 애가가 무엇인지 전혀 몰랐고 제이크는 그것이 무엇을 의미하는지 그녀에게 다시 되물었다.

"애가는 예레미야의 구약 성경 중 5장으로 이루어진 성문서예요. 특히 애가는 예루살렘의 멸망에 대한 슬픔을 노래하는 부분이죠." 스칼렛이 방 안의 사람들에게 설명했다.

"노아 님은 왜 애가를 기억하라고 한 걸까요? 지금 이 상황이랑 무슨 연관이 있습니까?" 존이 물었다. 크리스틴은 방에 있던 성경책으로 애가의 내용을 찾아보기 시작했다.

"내 백성이 두 가지 악을 행하였도다. 곧 생수의 근원되는 나를 버린 것과 스스로 웅덩이를 판 것인데 그것은 물을 저축지 못할 터진 웅덩이니라?" 크리스틴이 말하자 듣고 있던 모두 깜짝 놀랐다. 그 구절은 마치 칸델라들의 식수에 약품을 넣어 불면증을 초래하고 마침내 선거에 승리한 크리스에 대한 말인 것 같았기 때문이었다. 그렇다면 이 나라가 결국 멸망을 한다는 것인가… 만일 그렇다면 오늘 반드시 모든 데이터를 복사해서 크리스를 총리에서 기필코 끌어내려야 한다는 예언일 것이다. 근데 지금은 당장 첫 번째 단계조차 넘지 못하고 있는 상황이었다.

이 모든 상황을 지켜보고 있던 스칼렛은 갑자기 무언가 알아낸 것 같은 표정으로 말했다.

"예레미야는 예언자였고 그를 눈물의 선지자라고 부릅니다."

"그렇다면 혹시?" 제이크가 그녀에게 물었다. 그녀는 고개를 끄덕이면서 대답했다.

"눈물이 비상 비밀번호일 거예요!" 스칼렛의 대답을 들은 제이크와 크리스틴 그리고 안나는 서로를 바라보면서 이해할 수 없다는 표정을 지었다. 지금까지 살면서 단 한 번도 아버지의 눈물을 본 적도 없었고 가족들이 우는 것조차도 본 적이 없었기 때문이었다. 어쨌든 제이크는 비밀번호 입력란에 [눈물]이라고 단어를 입력해 봤지만 맞지 않았다. 방안에 있던 사람들은 실망하는 탄식의 소리를 각자 내고 있었다. 하지만 이대로 아무것도 안 하고 있을 수도 없는 노릇이었다. 그때,

"설마… 진짜 눈물이 필요한 건가?" 제이크가 낮은 목소리로 혼잣말처럼 말을 하자 방에 있던 칸델라 가족들은 놀랐다. 왜냐하면 칸델라들에게는 유전적으로 감성이 배제되었기 때문에 음악과 미술 그리고 문학에도 선천적으로 모두 재능이 없었고 예술 작품을 보고 감동은 받을 수는 있었지만 그것 때문에 눈물을 흘린다는 것은 불가능한 일이었다.

"눈물에는 HSV-1이라는 DNA가 있어서 유전적으로 분석이 가능하니까 비밀번호로 충분히 쓰일 수가 있을 거예요." 스칼렛은 제이크의 가족들에게 다시 한번 말했다.

"그런데 우리는 태어나서 단 한 번도 울어 본 적이 없어요. 우리는 유전적으로 감정이 배제되었기 때문이기도 하고 살면서 울어야 할 일을 경험해 본 적도 없어요." 크리스틴이 그녀에게 대답했다.

"그럼 이를 어떻게 하지…" 제이크는 바닥을 내려다보며 한숨을 내쉬었다. 아버지는 여전히 실종 상태였고 시간은 없었기 때문에 무슨 수를 써서라도 해결책을 구해야 했다. 그런데 그때, 옆에서 가만히 있던 안나의 눈에 눈물이 고이기 시작했다. 방 안에 있던 모든 사람들은 일제히 숨죽여 그녀를 바라보았고, 그녀의 눈에서 진심으로 남편 프랭크를 걱정하는 마음이 느껴졌기에 그 누구도 말조차 꺼낼 수 없었다. 곧이어 그녀의 눈에서 눈물 방울이 맺혀 얼굴을 타고 흘러내렸다. 눈에서 뺨으로 그리고 턱으로… 한 방울씩 모인 눈물이 마침내 바닥으로 떨어지려는 순간… 제이크는 재빨리 크리스틴이 주었던 물컵을 뒤집어 자신이 마셨던 물과 섞이지 않게 안나의 눈물을 깔끔하게 받아냈다. 물컵은 바닥이 움푹 파인 형태였기 때문에 신기하게도 안나의 눈물이 잘 담겨졌다.

"제발……" 그는 매우 조심스럽게 나머지 한 손으로 중심을 잡고는 몸을 숙여서 인식 장치 위에 그대로 안나의 눈물을 떨어뜨렸다.

💻 [비상 아이디 접속 허가 승인]

드디어 로그인이 되었고 총리 컴퓨터의 파일들이 모니터에 나타났다. 모두들 기뻐하며 첫 번째 단계를 넘긴 것에 안도했지만 안나는 알 수 없는 표정으로 머리가 아프다면서 침실로 돌아갔다. 안나는 노아가 집을 떠나면서 그녀에게 했던 마지막 말을 속으로 되뇌고 있었다. '앞으로 어떤 일이 생긴다고 해도 그건 모두 이 세상에 필요한 과정일 뿐입니다.' 그렇다면 노아는 프랭크가 선거에서 질 것도 그리고 실종되는 것도 이미 다 알고 있었다는 말일까…. 그렇다면 대체 앞으로 어떤 일이 생기는 걸까…. 도무지 아무것도 알 수가 없었다.

제이크가 로그인 임무를 끝내자 데이터 분류 작업을 맡은 크리스틴은 먼저 외부와의 접속이 가능한지 알아보기 위해 비상 인터넷 접속망을 켰다. 평소에 쓰던 인터넷 채널과는 다른 방식으로 화면에 [비상 채널로 연결을 새로 하시겠습니까?]라는 창이 화면에 나타났다. 그녀가 [확인] 버튼을 누르자 연결이 되었다. 크리스틴은 계속해서 [루모 시티 종합 병원]을 입력해서 접속을 시도했다.

"들어왔어!" 크리스틴이 병원 서버의 접속 성공을 알렸다. 그녀는 다른 창을 열어서 원격으로 자신의 컴퓨터와 연결시켰고 AI 서치 프로그램을 실행시켜서 필요한 정보를 서칭하기 시작했다. 먼저 암페타민과 칸델라에 관련된 정보를 검색하기 시작하자 수십 개의 관련 데이터가 결과로 나타났다. 하지만 거의 모든 기록 위에는 [일급 비밀]이라는 표시와 함께 잠금이 되어 있었다. 크리스틴은 [일급 비밀] 데이터의 자물쇠를 터치하였다.

💻 [최고권위자 권한으로 실행하시겠습니까?]

💻 [(주의) 확인 이후에는 권한이 해당 업체에 한정됩니다.]

모니터의 내용을 보고 크리스틴은 스칼렛과 제이크에게 다시 한번 확인 의사를 물었다. 둘은 서로를 한 번 쳐다보았다. 제이크에게는 아버지를 위한 그리고 칸델라들을 위험에서 구할 수 있는 유일한 해결책이었고 스칼렛에게는 크리스가 총리가 되는 것을 막을 수 있는 강력한 증거였다. 두 사람 모두 고개를 끄덕이자 크리스틴은 [확인]을 눌렀다. 그러자 일급 비밀이라고 걸려 있던 모든 데이터들의 잠금이 한꺼번에 해제되었다.

"열렸다!" 제이크가 옆에서 소리쳤다. 스칼렛은 중요한 데이터를 복사하기 위해서 기록들을 훑어보기 시작했다. 수용성 암페타민이 인체에 끼치는 영향을 실험한 내용을 비롯해서 칸델라들에게 불면증을 유발하는 유전자 변형 방법 연구 등 현재 상황과 연관된 데이터를 위주로 일단 저장을 시작했다. 그러고 나서는 제약회사와의 거래 내역서에 있는 약품 목록을 살펴보고 있었는데 이상하게도 암페타민은 리스트에 없었다.

"이상하네…. 왜 약품 거래내역 기록에 암페타민이 없는 거지?" 스칼렛은 이해가 되지 않는 듯 고개를 갸우뚱거렸다.

"거래내역서에 있는 약품들은 뭔데요?" 크리스틴이 그녀에게 물었다.

"항바이러스제, 항생제, 주사제, 마취약…. 일반적인 것들뿐이에요." 스칼렛이 대답했다. 제이크는 분명히 어느 유통단계에서 의약품의 명칭이 바뀐 게 아닌지 의심이 들었고 무언가 생각이 난 듯 갑자기 전화를 걸었다.

"에디? 지금 어디야?"

"어디긴… 임마! 네가 병원 내부에 들어와 있으라 그래서 이 밤에 혼자 연구실에 들어와 있잖아!"

"너네 약품 거래할 때 승인 절차가 보통 어떻게 되는데?" 제이크가 그에게 물었다.

"견적서 받아서 물품 구매부에 넘기면 구매부에서 처리하지." 그의 대답에 제이크는 내부에서 구매부 신청기록 접근이 가능한지 에디에게 물었고 그는 직원이니 당연히 기록 열람이 가능할 것이라고 대답했다.

방 안에 있던 사람들은 모두 에디의 대답만을 숨죽여서 기다리고 있었다. 에디는 신청 내역 리스트를 보더니 무언갈 발견하고는 말했다.

"어? 여긴 처음 보는 업체인데…"

"거기가 어딘데? 약품 이름은 뭐야?" 제이크는 다급하게 그에게 질문했다.

"맥콘래드사의 D-세로토닌?"

"D-세로토닌은 기존에 거래해 왔던 약품일 텐데, 기존 업체가 아닌 거예요?" 스칼렛이 그에게 물었다. 에디는 한 번도 들어 본 적이 없는 제약 회사이고 저렇게 많은 양을 구매한 것도 전례가 없는 일이라고 대답했다. 스칼렛은 구매한 세로토닌이 어느 실험에 쓰인 것인지 찾아볼 수 있느냐고 에디에게 물었고 그는 잠시만 기다려 달라고 대답했다. 모두가 지켜보는 모니터에서 에디는 누군가에게 전화를 걸었다.

"여보세요? 토마스! 늦은 시간에 미안해. 지난달에 구매한 약품 리스트 때문에 말이야. 우리 부서 신입 직원이 숫자를 잘못 입력한 거 같다고 해서 지금 확인 중인데…" 에디가 동료에게 말했다.

📞 "그래서 문제가 있나요?"

"아니, 얘가 D-세로토닌 구매 숫자에 우리 약품 수를 잘못 입력한 게 아닌가 싶어서 말이지. 저렇게 많은 양이 구매되었을 리가 없는데 말이야."

📞 "아! 그건 아닙니다. D-세로토닌은 지난달에 원장님 지시로 구매한 거라서요."

"그래? 그 많은 양을 어디에 사용하신 거지?"

📞 "글쎄요. 저도 자세한 건 모르는데 아마 아드님이신 벤자민 월포드

연구소로 들어간 걸로 압니다.”

“혹시 정확한 날짜는 기억나?”

📞 “총리선거, 한 이 주일 전이요? 근데…, 이런 건 왜 물으시는 거예요?”

“어? 그게 말이야… 우리도 이제 새 프로젝트에 D-세로토닌이 다량 필요한데 구매 전에 테스트 좀 해 볼까 해서, 그럼 내일 벤자민 연구소로 직접 문의해 봐야겠네? 하하. 어쨌든 늦은 시간에 도와줘서 고마워. 토마스.” 에디는 급하게 전화를 마무리하며 끊었다.

에디의 통화를 듣고 난 후, 제이크는 곧바로 총리선거 이 주일 전 병원 내부 CCTV 기록을 검색했다. 그가 하나의 파일을 찾아 그것을 재생시키자 검은색 트럭 여러 대에 병원 직원들이 약품 상자를 계속해서 실어 나르고 있었다. 약품을 다 실은 후 검은색 트럭 3대는 병원을 출발해서 밖으로 나갔다. 그리고 그는 계속해서 추적하기 위해 차량 번호판을 확대해서 캡쳐를 한 후 핸드폰 카메라로 찍었다.

“병원 외부로 나간 후에는 더 이상 추적이 불가능해.” 제이크가 스칼렛에게 말했다. 시간이 없는데 그럼 어떻게 해야 하는 것인지 난감해하는 표정의 스칼렛과 존 그리고 크리스틴에게 그는 잠시만 기다리라고 말한 뒤 컴퓨터 네트워크망으로 들어가서 아버지의 비상 채널로 집안 전체의 네트워크 차단을 해제시켰다.

“제이크 오빠! 경찰 허락도 없이 이래도 되는 거야?” 크리스틴이 걱정스러운 눈빛으로 그에게 말했다.

“기다려 봐.” 그리고는 수색 팀장 한스 링컨에게 전화를 걸었다.

📞 “여보세요? 어? 총리님 아드님 아니십니까? 전파 차단이 벌써 해제가 되다니 혹시 총리님한테 연락이라도 온 건가요?” 한스는 화면으로 보

이는 제이크의 얼굴을 보면서 말했다.

"아니요. 아버지 비상 채널을 통해 네트워크 차단을 강제로 해제했습니다. 자세한 설명은 나중에 하겠습니다. 아버지에게 연락이 온 건 아니지만 총리선거 이 주일 전 14일 새벽 1시경에 동생이 수상한 차량을 목격했다고 합니다." 제이크의 말이 끝나자 크리스틴은 그를 보며 황당한 표정을 지었다. 크리스틴이 쳐다보는 것을 아랑곳하지 않은 채 그는 좀 전에 캡쳐했던 검은색 트럭 3대의 번호가 보이는 사진을 모두 한스에게 보낸 후 전화를 끊었다.

"대체 무슨 생각이신 겁니까? 제이크 님?" 존이 그의 계획을 묻자 그는 말없이 아버지 프랭크의 계정으로 위성을 연결해서 집 근처의 경찰차들의 실시간 감시를 시도했다. 곧이어 네 사람은 제이크가 모니터에 띄운 집 근처 경찰차들의 위성 촬영 모습을 함께 볼 수 있었다. 잠시 후, 경찰차 6대가 사이렌 소리를 내면서 움직이기 시작했고 집 안에서도 시끄럽게 차들이 출발하는 소리를 동시에 들을 수 있었다.

"어디로 가는 거지?" 스칼렛이 몸을 숙여 모니터를 보며 제이크에게 묻자 그는 프로그램을 열어서 그녀에게 목적지를 보여 주었다.

💻 [목적지-LMDW[37]]

"이건 또 어떻게 알아낸 거야!"

"아까 한스에게 사진을 전송할 때 바이러스를 함께 넣어서 보냈어. 한스가 내가 준 사진을 다른 동료들에게 보냈으니까 사진을 받은 동료 모두 감염되었고 최근 목적지가 결국 이렇게 나온 거지."

37) LUMO Department Water: 루모 시티 수도관리부.

"와! 진짜 대단해. 그 짧은 시간에 어떻게 그런 생각까지 한 거야?"

"시간이 없어. 스칼렛! 이제 1시간 뒤면 크리스가 총리 위임을 받게 될 거야. 아까 네가 복사한 자료는 내가 존에게 전해 줄 테니까 넌 빨리 LMDW로 가서 경찰이 누굴 만나는지 알아봐." 제이크의 말이 끝나자 그녀는 잠시 망설이는 듯하더니 말없이 크리스틴의 손을 잡아 주고 나서 존에게는 잘 부탁한다고 말했다. 마지막으로 제이크와는 발걸음이 떠나지 않는 무거운 눈빛으로 인사를 하며 방을 나섰다.

엘리후와 성경 안에는 없는

어느새 시간은 새벽 5시 22분을 지나고 있었다. 스칼렛이 탄 차는 계속해서 경찰들을 뒤쫓고 있었고 경찰차들은 마침내 LMDW 입구를 지나 주차장에 모두 도착했다. 차에서 내린 경찰들은 건물 안으로 들어가기 시작했다. 그중 한 경찰이 뒤따라오던 스칼렛을 보더니 다가왔다.

"누구십니까? 지금은 수사 중입니다만…" 경찰은 그녀가 따라오지 못하도록 제지하면서 말했다.

"크리스틴과 함께 수상한 차량을 목격했던 목격자입니다. 이름은 스칼렛 리브스이고 프랭크 총리님의 공동 연구자이기도 합니다." 그녀의 대답에 경찰은 다른 동료와 상의하더니 동행을 허락했다.

경비실에 근무하고 있던 직원에게 경찰들이 신분을 밝히자 경비실 직원은 누군가에게 급하게 무전을 전달했다. 잠시 뒤 책임자로 보이는 사람이 자다가 나온 듯 흐트러진 옷매무새를 가다듬더니 헝클어진 머리를 대충 쓰다듬으면서 뛰어나오는 모습이 보였다.

"늦어서 죄송합니다…. LMDW 비상 시스템 매니저 마이클 헌트입니다." 그는 경찰에게 사과하며 인사했다. 경찰도 자신들을 소개하며 14일 새벽 1시쯤에 약품 트럭 3대가 이쪽에 왔었던 사실을 확인하러 왔다고 말하자 그는 그들을 감시 카메라를 볼 수 있는 보안실로 안내했다. 헌트가 날짜와 시간을 입력하자 모니터에는 트럭 3대가 정확히 들어오는 모습이 보였고 잠시 후 트럭의 뒷문이 열리자 자동화 시스템으로 약품 상자가 건물 안으로 실려 들어가는 상황이 모두 찍혀 있었다.

"근데 지금 이 약품 트럭과 총리님 실종이 무슨 연관이 있는 겁니까?"

헌트가 묻자 경찰들은 서로를 쳐다보다가 자신들도 모르겠다는 듯 목격자인 스칼렛을 바라보았다.

"목격하신 트럭이 맞습니까?"

"네, 정확하게 맞습니다."

"총리님 집에서 목격하신 시간은 정확히 몇 시쯤이었습니까?"

"오전 12시 30분쯤입니다. 총리님 집에서 출발하는 걸 봤으니까요." 그녀의 대답을 들은 경찰은 보통 새벽 시간에도 약품 배송이 이루어지기도 하는지 물었고 헌트는 일반적이지는 않은 경우라며 잠시만 기다려 달라고 말했다. 그리고는 약품 집하 담당자의 이름을 찾기 시작했다.

"아! 이런…" 헌트가 깜짝 놀라면서 소리를 지르자 모두가 그를 쳐다보았다.

"브로디 코트너라는 친구인데 지난주에 죽었습니다." 헌트는 경찰들에게 한숨을 쉬면서 말했다.

"죽었다구요? 대체 왜요?" 경찰이 놀라서 그에게 물었다.

"하늘도 무심하시지. 그 친구 병든 어머니와 힘들게 살았던 걸로 알고 있는데 지난주 월요일날 급작스럽게 교통사고로 현장에서 즉사했다고 들었습니다."

"사고를 낸 상대방 차량은 뭐였는데요?" 의심스러운 상황임을 직감한 스칼렛이 헌트에게 물었다.

"글쎄요…, 그건 제가 아니라 경찰분들이 대답해 주셔야 할 것 같은데…?" 그가 경찰을 쳐다보자 경찰은 휴대용 수사 장비로 해당 사건은 상대방 운전자를 알 수 없는 뺑소니 사건임을 알아냈다.

"뺑소니 사고라… 일단 브로디 코트너라는 직원 관련 정보는 저희 측에 모두 넘겨주셔야겠습니다." 경찰은 매니저에게 요청을 했고 그는 알겠다고 대답했다.

❄

오전 6시 정각 크리스의 집에서는 이른 아침부터 긴급회의가 열리고 있었다. 정책비서관 제이콥과 정무수석 트레비스 그리고 아들 벤자민은 모두 크리스의 서재 안에 둘러앉아서 심각한 얼굴로 대화를 하고 있었다.

"프랭크 전 총리가 실종 상태임에도 불구하고 대체 어떤 경로로 우리 병원 비밀 데이터에 접근을 했다는 겁니까?" 벤자민이 트래비스에게 잔뜩 격양된 목소리로 물었다.

"아이피 추적 결과… 그게 아이러니하게도 프랭크 총리 집으로 확인되었습니다."

"뭐라고? 총리가 실종된 상태인데 집에서 컴퓨터를 썼다니? 그럼 지금 프랭크 클리프리드가 집에 숨어 있다는 말이야?" 크리스가 물었다.

"그건 아닐 겁니다. 경찰에게 들은 바로는 국립공원 근처에서 실종된 것이 이미 위치 추적으로 확인되었고 총리 집은 테러 위험으로 전파 차단까지 되어 있는 상황이라고 합니다." 제이콥이 그에게 대답하자 크리스는 만약 그것이 사실이라면 집 안에 있는 누군가가 총리의 계정을 써서 접근했다는 말인데 그게 누구이며 어떻게 일급 비밀까지 보안이 쉽게 뚫린 것인지 이해할 수가 없다고 말하면서 머리를 감싸 쥐었다. 그때 비서관 제이콥에게 전화가 걸려 왔다.

"뭐라고? 총리 집에 들어갔던 사람이 스칼렛과 경호원이라고? 그들은 지금 어디 있는데?" 제이콥이 큰 소리로 말하자 방 안에 모든 사람들은 일제히 그의 통화에 주목했다.

“스칼렛이 프랭크 집에 있었다고?” 크리스가 통화를 마친 제이콥에게 급하게 묻자 그는 고개를 끄덕이면서 사실이라고 대답했다. 그리고 지금 스칼렛은 경찰들과 함께 LMDW로 갔으며 경호원은 아직 나오지 않은 것으로 확인되었다고 말했다. 그의 대답을 들은 벤자민은 심각한 눈빛으로 아버지 크리스를 바라보았다.

“아버지, 더 이상 스칼렛을 이렇게 마음대로 할 수 있게 내버려 두시면 안 됩니다.”

“………”

“대체 언제까지 그 애가 우리를 망치려고 발악하는 걸 가만히 앉아서 보고 있어야 합니까!” 벤자민은 한층 더 화난 목소리로 소리쳤다. 그는 대답 없는 아버지가 답답한 듯 자기 분을 이기지 못해 벌게진 얼굴로 가쁜 숨을 내쉬고 있었다.

“이제 한 시간 정도만 지나면 총리 부재로 인한 모든 총권한을 위임받으실 겁니다. 설사 스칼렛과 프랭크 전 총리 측이 우리 증거를 모두 갖고 있다고 할지라도, 이미 그때는 경찰 수사권 자체가 우리 손안에 있을 테니 크게 걱정하실 필요는 없다고 생각됩니다.” 트래비스가 크리스에게 말했다.

“음…, 하지만 그 전에 무슨 일을 벌일지가 관건이야. 그 나머지 경호원의 움직임은?”

“철저하게 따라붙어서 감시하라고 지시했습니다.” 제이콥의 대답에 크리스는 고개를 가로저으며 말했다.

“총리 집에서 나오는 즉시 잡아서 데려와.” 그의 말에 제이콥과 트래비스 그리고 벤자민은 깜짝 놀랐다. 지금까지 크리스는 프랭크의 사람을 건드리는 일을 한 번도 직접 지시한 적이 없었기 때문이었다.

❄

스칼렛이 집을 떠난 후, 제이크는 크리스의 비밀 자료를 모두 담은 메모리 장치를 존에게 건네주었다. 비상 채널을 통해서 저장된 정보는 그 어떤 외부 장치로 복사하거나 전송하는 것이 불가능했기 때문에 물리적인 방법으로 직접 전달하는 것 말고는 다른 방법이 없었다.

“존, 너무 막중한 일을 혼자 하게 만들어서 죄송합니다.”

“아닙니다. 그런 말씀 마십시오. 총리님을 위해서 제가 할 수 있는 일이 있어서 다행입니다.” 제이크는 존의 대답을 듣고 그의 어깨에 손을 올리며 부디 무사히 형에게 잘 가져다주길 바란다고 말했고 그는 반드시 그렇게 하겠다고 약속했다. 제이크는 존에게 노아가 쓰던 차를 가지고 가라고 말했다. 오래전부터 노아와 함께 차를 탄 적이 있었던 존은 이미 차에 계정이 등록되어 있었기에 번거롭지 않게 갈 수가 있기 때문이었다.

잠시 후, 존은 현관문 밖으로 따라 나온 제이크가 자신이 떠나는 모습을 지켜보는 걸 뒤로 한 채 차를 타고 총리의 집을 떠났다. 그의 차는 경찰차들과 군 병력 차단 게이트를 지나 밖으로 나왔고 빠르게 고속도로 안으로 진입했다. 그런데 잠시 뒤 검은색의 크리스 측 감시 차량이 그를 몰래 따라붙었다. 존은 30분 안에 무조건 성당에 도착해야 했기에 자율 주행 속도로는 도저히 제 시간에 도착할 수 없을 것이라고 판단했다. 그래서 운전을 수동으로 전환하겠다고 AI 시스템에 명령하자 핸들이 앞에 나타났다. 핸들을 잡은 그는 갑자기 시속 200km 이상으로 질주하기 시작했고 뒤따르던 크리스의 부하들은 당황해서 따라가기가 힘들 정도였다.

“존입니다! 노아 님.” 존은 노아에게 전화를 급히 걸었고 그에게 스칼렛과 제이크 그리고 크리스틴과 함께 총리님의 계정으로 루모 병원의 비리를 찾아내서 저장한 메모리를 그에게 직접 전달하러 가는 길이라고 설명했다. 오전 7시가 되기 전에 도착하기 위해 수동 운전으로 최고 속도로 가고 있다고 하니 노아가 그에게 말했다.

📞 "지금부터 내가 하는 말 잘 들어, 존. 3km 앞에 공항으로 빠져나가는 EXIT가 있어. 일단 거기로 가. 지금 성당으로 오게 되면 오기 전에 크리스의 부하들에게 잡힐 거야." 존은 노아의 말에 뒤를 돌아 검은색의 차량이 자신을 뒤쫓고 있는 것을 보고는 그제야 알아차렸다.

📞 "나도 곧 공항에 도착할 거야. 2층 로비에 있는 Morpheus 보석 매장으로 들어가서 엘리후를 찾아. 그리고 '내가 곤고한 자다.'라고 말해." 그의 말이 끝나자 EXIT이 보였고 그는 운전대를 급하게 틀어 차선을 변경했다. 뒤따라오던 크리스의 부하들도 계속해서 따라 오는 것이 보였다. 그런데 존이 갑자기 핸들로 급 차선 변경을 하는 바람에 핸들과 부딪힌 핸드폰이 작동하지 않았다.

존을 뒤쫓던 차량은 존이 갑자기 방향을 틀어 질주하는 것을 보고는 자신들이 뒤쫓는 것을 그가 알아차렸다는 사실을 눈치챘다. 그리고는 더욱 위협적으로 바짝 다가오며 존이 탄 차의 뒤 범퍼를 들이박기 시작했다. 존은 뒤쫓는 차량이 자신을 앞서지 못하도록 차선을 이리저리 변경해 가면서 숨막히는 급박한 추격전을 계속 하고 있었다. 잠시 후 그의 시야에 드디어 공항의 모습이 보이기 시작했다. 그는 공항 입구에 도착하자마자 차에서 내려 노아가 말한 곳으로 급하게 뛰어갔다. 그의 뒤를 쫓던 의문의 검은색 차량도 뒤이어 도착했고 차에서 내린 남자들도 그를 따라 뛰기 시작했다.

공항 중앙 시계는 토요일 오전 6시 52분을 지나가고 있었다. 존은 주말을 맞아 여행을 가기 위해 공항에 모인 수많은 사람들 사이를 밀치면서 계속해서 앞으로 뛰어갔다.

'시간이 얼마 남지 않았어. 7시가 되기 전에 엘리후라는 사람을 만나서 반드시 칩을 넘겨야 해!' 그의 머릿속에는 오직 도착 장소와 시간 안에 도착해서 임무를 완수해야 한다는 생각뿐이었다. 존은 사람들이 멈춰 서서 올라가고 있는 에스컬레이터를 혼자 급하게 뛰어오르며 뒤쫓는 사람들을 피해서 빠르게 달려갔다. 그가 사람들을 밀치고 올라가자 균열이 생기기 시작했고 뒤따라 따라오던 남자들이 사람들을 더 마구 거칠게 밀치면서 올라가기 시작하자 에스컬레이터 위에 있던 사람들 중 지팡이를 짚고 간신히 서 있던 할머니가 균형을 잡지 못하고 뒤로 넘어지기 시작했다. 할머니는 공중에서 팔을 휘적대며 그대로 뒤로 넘어지고 있었고 뒤에 줄지어 서 있는 사람들까지 도미노처럼 쓰러지는 건 시간 문제였다. 바로 그때, 뒤에 있던 모자를 깊이 눌러쓴 한 남자가 넘어지는 할머니를 뒤에서 완벽하게 받쳐서 에스컬레이터 계단 위 2층에 무사히 올려놓았다.

"할머니, 괜찮으십니까?" 놀란 할머니가 그를 올려다보자 청년은 눈부신 파란 눈으로 살짝 웃었고 그녀가 고개를 끄덕이자 지팡이를 할머니의 손에 쥐여 주고는 어디론가 급하게 뛰어갔다.

존은 뛰어가면서 눈으로 재빨리 Morpheus 매장을 찾기 시작했고 오른쪽 코너 끝에 있는 매장으로 뛰어가 문을 열고 급히 안으로 들어갔다. 공항 입구에서부터 정신없이 계속 뛰어서 왔기에 머리에는 땀이 흐르고 숨을 거칠게 내쉬고 있었다. 입구에 들어서는 그를 직원이 반기며 말했다.

"어서 오십시오. 손님. 무엇을 도와드릴까요?"

"엘리후가 누구입니까?"

"네?" 직원은 영문을 모르겠다는 눈빛으로 다시 한번 그에게 반문했다.

"빨리!! 엘리후가 누구냐고!!" 그때 안쪽에 있던 체구가 큰 구리빛 피부의 갈색 눈을 가진 남자가 존과 눈이 마주쳤다.

"손님, 제가 엘리후입니다. 무슨 일입니까?" 그가 존을 바라보며 대답했다. 존은 드디어 그를 향해 소리쳤다.

"내가 곤고한 자다!"

존의 말이 끝나자마자 남자는 바닥으로 몸을 기울여 무언가를 꺼내는 것 같았는데 보석 유리 진열장을 통해 보이는 그의 모습은 소총을 겨눈 채 조준하며 다시 올라오고 있었다. 존은 그런 그를 보자마자 반사적으로 몸을 숙여 바닥에 엎드렸다. 그 남자는 한 치의 망설임 없이 바로 밖을 향해서 총을 연발하기 시작했다. 그의 목표는 총을 들고 존을 쫓아오던 크리스의 부하들이었다. 한 명이 쓰러지자 나머지 다섯 명이 뒤따라 들어왔고 부하들과 엘리후의 총격전으로 유리 진열장은 박살이 나서 그 파편들이 바닥의 붉은 레드 카펫 위로 떨어졌다. 공항에 있던 모든 사람들은 갑작스러운 총소리에 놀라 소리를 지르며 도망가기 시작했고 서로 먼저 빠져나가기 위해서 한데 뒤엉켜 대혼돈의 카오스로 빠지고 있었다.

총격전의 한가운데 있던 존은 바닥으로 몸을 최대한 숙여 기둥 뒤로 숨어 자신을 엄폐하며 안쪽으로 들어가고 있었고 크리스의 부하들은 총을 쏘면서 그가 있는 쪽으로 다가오고 있었다. 존은 부서진 진열장 유리 조각들을 발로 밟고 움직일 때마다 소리가 나는 바람에 자신의 위치가 노출되자 오히려 총소리가 날 때 재빨리 움직여야겠다고 생각했다. 이미 총격으로 인한 잔해로 온통 아수라장이 된 보석 매장은 전쟁터의 모습과 다름이 없었다.

어느새 총소리와 시민들의 비명 소리를 듣고 수십 명의 경찰 특공대 SWAT팀이 몰려오고 있었다. 존은 몸을 움직여 부하들의 쏟아지는 총알들을 겨우 피하며 마침내 엘리후에게 칩을 넘겨주었고 곧바로 SWAT팀이 도착하였다. 완전히 무장한 채 서브머신건을 겨누고 있는 경찰들이 소리를 지르며 제압하자 매장 안에 있던 모든 사람들은 경찰의 명령에 따라 두 손을 들고 일어나야 했다. 크리스의 부하들은 물론 존 그리고 매장 직원들과 손님들 모두는 경찰에게 잡혀서 매장 밖으로 한 명씩 끌려 나왔다. 마지막으로 경찰들에게 잡힌 채 매장을 나오던 존은 군중 속에서 그를 보고 있는 노아를 발견하고는 고개를 끄덕이면서 임무를 완수했다는 사인을 보냈다. 그런데 노아는 사람들에게 밀려서 손에 있던 묵주를 놓쳤고 경찰에 잡혀 나오던 엘리후의 앞에 떨어졌다. 엘리후는 묵주를 집어 들더니 노아에게 건네주면서 아무도 들을 수 없는 작은 소리로 말했다.

“מה שאתם מחפשים א'ינו בתנ ך: (당신이 찾는 것은 성경 안에 없습니다.)”

노아는 엘리후에게 고맙다는 인사를 하고 묵주를 돌려받아서 주머니에 넣은 후 매장 안으로 들어갔다. 바닥에는 충격으로 인한 진열장의 유리 조각들과 파편들로 걷기가 힘든 상황이었지만 존이 가져온 칩을 반드시 찾아야 했다. 반지와 목걸이 그리고 귀걸이와 같은 값비싼 보석들이 잔해와 섞여서 바닥에 흩어져 있었고 계속해서 안으로 들어가자 동물 모양의 보석들이 있었다. 노아는 파란색 나비 모양의 보석을 보고 그 앞에 멈추더니 마침내 나비 날개 뒤에 숨겨진 칩을 손으로 집어 들었다.

“나비, 성경 안에는 없는 그것….” 뒤에서 누군가가 빨리 나오라고 소리를 지르자 그는 나비 보석을 가지고 밖으로 나왔다.

“대체 뭐하시는 겁니까?” 검은 선글라스를 쓴 SWAT팀 경찰이 화난 목소리로 그에게 소리쳤다. 그러고 나서 노아의 로만 칼라 복장을 보더니 약간 놀라는 듯했다.

“범죄 사건 현장에 들어가시다니요. 아무리 신부님이라도 이러시면 안 됩니다." 그는 약간은 차분해진 말투였다.

노아는 경찰에게 손에 쥔 나비 보석을 보여 주면서 오늘 반드시 찾아야 하는 대주교님의 새 총리를 위한 성물이라고 말했다. 그러자 경찰은 무전으로 누군가에게 확인을 해 보더니 죄송하다고 하고는 노아를 보내주었다.

총리 취임식

오전 7시 무렵 총리 집무실에는 크리스와 제이콥, 트래비스 그리고 각 부 장관 및 고위 관료들이 새 총리 취임을 축하하기 위해서 모여 있었다. 곧이어 문이 열리고 루멘 위원장 K와 루멘 위원들 5명이 들어왔다. 기다리고 있던 모든 이들은 자리에서 일어나 루멘 위원들을 맞이했고 크리스와 일행들 역시 웃으면서 그들과 인사했다. K는 크리스에게 총리로서 모든 권한을 위임한다는 임명장을 수여한 뒤 그의 팔 위에 인식장치를 갖다 대자 그의 생체 정보를 읽은 장치는 [크리스 월포드를 새 총리로 임명하시겠습니까?]라는 홀로그램이 나타났고 K는 "확인"이라고 말했다. 그러자 크리스의 손등에 있던 표식 시그널이 'PM'[38]으로 바뀌었고 방 안에 있던 모든 이들은 박수를 치면서 그의 총리 취임을 축하했다. 잠시 후, 제이콥은 축하하는 각료들 사이에 있는 크리스에게 다가가서 귓속말을 했다.

"총리님, 첫 취임 연설을 위해 지금 가셔야 합니다." 크리스는 그가 건넨 연설문을 읽어 보며 프레스룸으로 향했다. 3층에 있는 프레스룸에는 짙은 블루색의 카펫이 깔려 있었고 방송을 위한 테이블과 카메라와 조명 등 전국으로 라이브 생방송을 하기 위한 모든 장비들이 설치되어 있었다. 8시부터 첫 대국민 취임 연설이 있었기에 그는 방송용 테이블 의자에 앉아 조명과 카메라 테스트를 받았다. 방송 연출 PD가 생방송 1분 전임을 알려 주자 크리스는 마지막으로 모니터를 보며 자신의 외모를 점검하고는 헛기침을 하면서 목소리를 가다듬었다.

"5, 4, 3, 2, 1…. 큐!" PD가 크리스에게 생방송이 시작되었음을 알려

38) Prime Minister: 총리.

주었다.

🎙"안녕하십니까? 존경하는 국민 여러분, 프랭크 클리프리드 전 총리의 실종으로 오늘 취임을 하게 된 크리스 윌포드입니다. 먼저, 현재 가장 상심이 크실 클리프리드 전 총리의 가족분들께 깊은 위로의 말씀을 드리는 바입니다. 저는 총리로서 가능한 모든 인력과 방법을 총동원하여 클리프리드 전 총리님을 빠른 시간 내에 찾을 수 있도록 최대한 협조할 것입니다."

🎙"저 크리스 윌포드는 UE의 제 6대 총리로서 지지해 주신 모든 유권자분들의 뜻에 따라 앞으로 모든 정책을 펼쳐 나갈 것입니다. 자유를 원하는 모든 분들의 염원에 의해 드디어 억압과 통제의 시대가 이제 막을 내렸습니다. 초대 헌법에서 명시된 인간의 가장 기본적인 권리가 무엇입니까? 여러분! 우리는 지금 자유민주주의 국가에 살고 있습니다. 그동안 우리 모두는 민주주의 정부로부터 당연히 보장받아야 할 가장 기본적인 인간으로서의 권리를 통제받고 살아왔습니다. 하지만 저 크리스 윌포드는 이제 여러분을 다시 민주주의 시민으로서 모든 권리를 찾으실 수 있게 해 드리겠습니다!"

🎙"따라서 저는 지금 이 시간부터 모든 BAN-17 정책의 해제를 선포합니다."

그의 말이 끝나자마자 프레스룸에 있던 사람들은 놀라서 웅성대기 시작했고 방송을 보고 있던 전국의 칸델라와 큐비들도 마찬가지였다. BAN-17 정책은 칸델라들 사이의 성적 접촉이나 개인 약품 거래 및 의약품 처방에 관한 법률로 성범죄와 약물 중독으로 인한 사회적 문제를 사전에 방지하기 위한 강력한 제제법으로 초대 총리 때부터 루멘 위원장의 명령으로 만들어진 법이었기 때문이다. 루멘 위원장 K도 크리스의 연설을 보고 놀라긴 했지만 전에 크래비티가 알려 준 대로 크리스가 새 총리가 되면 모든 것이 달라질 것을 알고 있었기에 대충 짐작은 하고 있었다.

"이만 돌아갑시다." K가 위원들에게 말했다.

"아니! 어떻게 이런 비상 상황에 저런 발표를 하는 겁니까?" 위원 Q가 화를 내면서 그에게 물었다.

"이제 프랭크 클리프리드의 임기는 끝났습니다. 유권자들이 크리스를 뽑은 건 새로운 세상을 원했기 때문이 아닙니까? 우리가 할 일은 그가 앞으로 어떤 세상을 만들어 나갈지 함께 지켜보는 겁니다." 위원장의 말에 루멘 위원들은 모두 말없이 밖으로 나갔다.

❄

크리스의 취임 연설을 뉴스로 지켜본 스칼렛은 이제 대혼란 시대의 막이 열린 것 같다는 생각에 불안해지기 시작했다. 칸델라들의 금지 조항 BAN-17이 더 이상 존재하지 않게 된다면 앞으로 큐비들에게 더 많은 착취와 고통이 주어질 것이 너무나 명백한 일이기 때문이었다. 하루라도 빨리 크리스를 총리의 자리에서 내려오게 하지 못한다면 칸델라들에게는 더 살기 좋은 세상이 될진 몰라도 적어도 큐비들에겐 지금보다 훨씬 더 힘든 지옥의 문이 열리게 될 것임은 불 보듯 뻔했다. 병원 연구실에서 이런저런 복잡한 생각에 잠긴 스칼렛은 문득 엄마도 뉴스를 본 건지 걱정이 되었고 엄마가 있는 VIP 병동으로 향했다. 그녀가 VIP 병동 입구에 도착해 문을 열고 복도로 들어가는데 전화가 울렸다.

📞 "실종 수색 팀장 한스 링컨입니다. 닥터 리브스."

"네, 말씀하세요. 브로디 코트너에 관해서 새롭게 발견된 사실이 있습니까?"

📞 "처음에 저희에게 수상한 차량을 프랭크 전 총리님 집 근처에서 목격하셨다고 하셨는데, 그날 차량 추적 조회결과 프랭크 전 총리님 자택 근처에는 간 적이 없는 것으로 나왔습니다. 거짓 진술을 한 이유가 무엇입니까?" 한스는 스칼렛에게 물었다.

"지금은 자세하게 말씀드릴 수 없습니다만 브로디 코트너와 프랭크 총리님의 실종에 분명히 연관 관계가 있습니다. 좀 더 알게 되면 사실대로 말씀드리려고 했습니다. 어쨌든 정말 죄송합니다."

📞 "…… 알겠습니다. 그런데 한 가지 더 말씀드리자면, 지금 이 시간부터 프랭크 전 총리님의 실종에 관련된 모든 수사가 중단되었습니다."

한스의 말에 스칼렛은 깜짝 놀라며 이유를 물었지만 그는 자신도 이유는 모른다면서 상부에서 내려온 지시대로 할 뿐이라고 대답했다. 전화를 끊고 난 스칼렛은 그 이유를 알 것 같았다. 자신의 아버지 크리스 윌포드가 직접 프랭크 총리의 실종 수사 중단을 지시했음이 틀림없었다. 방송에서는 모든 수단과 방법을 동원하여 찾겠다고 말했지만 역시 뒤로는 프랭크가 영원히 사라지길 바라는 단 한 사람이 있다면 그게 바로 크리스일 테니까… 겉과 속이 완전히 다른 인간… 그런 사람이 바로 크리스 윌포드였다. 언제나 그래 왔듯이…

그녀는 제이크에게 전화를 걸어서 한스에게 들은 사실을 전해 주었고 그는 괜찮다고 말하면서 우리 걱정은 말라고 대답했다. 그리고 제이크는 존이 노아에게 자료를 무사히 넘겼다는 사실을 알려 주었다. 스칼렛은 그

말을 듣고 나니 약간 안심이 되는 것 같은 기분이었다. 잠시 후, 그녀는 엄마의 병실 앞에 도착했다.

"엄마, 나 왔어." 그녀는 환하게 웃으면서 안으로 들어갔다. 엄마는 이제 몰라보게 살이 빠져서 침대에 걸터앉아 있다가 일어나서 그녀를 안아 주며 인사를 했다.

"스칼렛. 나 좀 봐 봐. 이제 일어나서 걸을 수도 있게 되었어." 엄마는 스칼렛 앞에서 짚었던 목발을 옆으로 치우고는 그녀 앞에서 한 바퀴 돌면서 웃었다. 스칼렛은 엄마의 회복된 모습이 너무 좋으면서도 마음 한편에 크리스가 총리가 되었으니 이제부터 앞으로 우리 모녀를 어떻게 할지 불안한 마음에 걱정스러운 눈으로 입으로만 겨우 웃고 있었다. 그런 스칼렛의 표정을 본 엄마는 그녀 옆으로 와 앉아서 가만히 손을 잡아 주었다.

"고마워. 내가 이렇게 회복될 수 있었던 건 끝까지 나를 포기하지 않고 돌봐 준 네 덕분이야."

"아니야. 내가 뭐 한 게 있다고…, 다 엄마가 열심히 노력해서 된 거야." 그녀는 오른쪽에 앉은 엄마를 쳐다보며 살짝 웃어 보였다. 스칼렛은 가난했던 어린 시절부터 아버지가 있는 다른 친구들이 너무나 부러웠지만 엄마에게는 단 한 번도 그런 내색을 한 적이 없었다. 엄마에게 상처만 주고 나와 엄마를 버리고 도망쳐 버린 아버지라는 존재는 그녀에게 앞으로 복수해야 할 존재 그 이상 그 이하도 아니었다. 스칼렛은 가만히 스스로 지나온 날들을 돌이켜 생각해 보았다.

'어쩌면 내가 이렇게까지 단 하나만의 목표로 앞만 보고 노력할 수 있었던 가장 강력한 모티브는… 아이러니하게도 내가 평생을 가장 증오하고 미워하는 아버지… 그가 있었기 때문이 아닐까….'

"무슨 생각해? 스칼렛?" 엄마는 그녀의 공허해진 눈빛을 보면서 말했다.

"엄마… 총리선거 말이야. 이번에…"

"알아. 말하지 않아도 돼. 아마도 우리에게 나쁜 짓을 하진 않을 거야. 그래도… 네 친아버지잖니."

"그렇지만…" 스칼렛은 크리스가 얼마나 이중적이고 나쁜 인간인지 엄마보다 이미 더 많이 알고 있었기에 걱정이라는 걸 말하고 싶었지만 그렇다고 엄마에게 차마 자기가 직접 본 것들을 얘기할 수도 없었다.

"스칼렛?"

"응, 엄마."

"난 언제나 네 선택을 믿어. 넌 언제나 항상 옳은 선택을 하는 아이였어. 그리고 네가 옳다고 믿는 것을 이루기 위해서 모든 노력을 다했고 지금까지 정말 잘해 왔어. 앞으로 만약 내가 없더라도 넌 지금처럼만 하면 돼."

"엄마는… 갑자기 왜 그래? 어디 멀리 혼자 여행이라도 가려고?" 스칼렛은 쑥스러운지 실없는 농담을 했다.

"가긴 내가 어딜 가? 이제 더 열심히 노력해서 너랑 썸머랑 같이 행복하게 살아야지." 엄마는 그녀를 보며 웃었다. 스칼렛은 썸머가 얼마나 많이 컸는지 모른다면서 엄마에게 핸드폰으로 찍은 썸머의 영상을 보여 주었다. 썸머가 장난감을 가지고 놀다가 장난치는 모습, 밥을 먹고 귀여운 자세로 자는 모습, 스칼렛에게 애교 피우는 모습, 그녀를 할퀴고 깨무는 영상을 보면서 둘은 함께 웃었다. 창문에 비추이는 따스한 햇살을 배경으로 서로 마주 보며 웃는 다정한 모녀의 모습이 너무나도 눈부신 아침이었다.

시작과 끝

크리스가 새 총리로 취임한 지 일주일이 지나갔다. 여전히 프랭크 총리의 실종은 미스터리였지만 언론들도 처음처럼 온종일 탑뉴스로 다루는 일은 현저히 줄었다. 큐비들은 각자 회사로 출근을 하고 가게 문을 열었으며 복잡한 거리를 다른 방향과 목적으로 바삐 움직이고 있었다. 프랭크 전 총리의 실종이 장기화되자 총리 사저에 주둔하던 군사 병력과 경찰들 그리고 바리케이드도 치워졌으며 모든 경계태세는 해제되었다. 마치 그동안 아무 일도 없었고 단지 전 총리가 사라졌다는 사실도 제이크 가족들만이 기억하고 있는 일인 듯 세상은 그들만을 외면한 채 무심하게 돌아가고 있었다.

노아는 존이 건네준 메모리 칩을 받자마자 대주교님께 직접 전달했다. 하지만 대주교님은 직접 확인을 하겠다 말하고는 일주일째 아무런 반응을 보이지 않았다. 그는 더 이상 기다릴 수가 없어 대주교의 방으로 찾아가 문을 두드렸다.

“베드로 대주교님. 어째서 저에게 아무런 말씀도 하지 않으시는 겁니까?”

“노아 신부님. 원칙적으로 우리는 정치에 관여해서는 안 됩니다. 잘 아시지 않습니까.”

“정치라구요? 어째서 이것이 정치입니까? 이는 명백한 인권에 대한 유린이자 소수의 부와 권력 집단에 의한 비윤리적 탄압 행위입니다!” 화를 거의 내는 일이 없는 노아가 소리를 지르자 베드로 대주교는 놀란 눈빛으로 그에게 대답했다.

"진정하세요. 노아 신부님. 우리는 이 문제를 해결하기 위해서 신중하고 매우 은밀하게 움직여야 합니다. 루멘 회의 위원들 중에도 분명히 크리스 총리 측 사람이 있을 것이고 우리와 생각이 같은 사람도 있을 겁니다. 나는 지금 그걸 알아내기 위해서 노력 중이고 피해자들에게는 안타까운 일이지만 시간이 걸릴 수밖에 없는 일입니다." 노아는 대주교님의 말을 듣고 나서 조금 전 그에게 화를 낸 선부른 자신의 행동을 사과했다. 예전부터 다른 이들의 행동이나 미래는 쉽게 보이는 노아였지만 대주교님과 관련된 건 보이지가 않았기에 시간이 지날수록 초조하고 불안해졌다. 게다가 노아로서는 무엇보다 가족이 연관된 일이었기 때문에 보다 이성적으로 행동하지 못한 것에 대한 후회가 들었다.

"베드로 대주교님…"

"네, 말씀하세요. 노아 신부님." 대주교는 자신의 잘못을 반성하고 있는 눈앞에 있는 젊은 신부를 따듯한 눈빛으로 바라보면서 말했다.

"제가 드린 것이 전부가 아닐 겁니다."

"이것 말고 다른 것이 더 있다는 말입니까?" 대주교가 노아에게 물었다.

"크리스가 만들려는 세상은 귀신의 처소와 각종 더러운 영이 모이는 곳, 그리고 각종 더럽고 가증한 새들이 모이는 성… 바벨론이 될 것입니다." 바벨론은 성경 요한계시록 18장에 나오는 멸망의 성이었다. 앞으로 이 세상이 멸망하게 될 것이라는 노아의 예언을 들은 베드로 대주교는 놀라움을 금치 못하고 그의 손을 잡고 기도하기 시작했다.

"오… 하느님…, 어리석은 인간들의 욕망으로 인한 파멸에서 부디 우리를 구원해 주시옵소서… 아멘."

대주교는 만약 루멘 위원들 중 우리 편에 설 사람에게 자료를 건네주게 되더라도 이 내용만으로 크리스를 총리에서 파면시키기에는 부족할 수도 있다고 말했다. 노아가 그 이유를 묻자 루멘들도 칸델라이기 때문에 큐비에 대한 인권 의식은 칸델라의 것만큼 귀하다고 생각하는 위원은 없다고 대답했다. 그리고 칸델라들에게 약품을 탄 식수를 공급해서 불면증을 유발해 부정 선거를 했다는 의혹도 정황 증거만 있을 뿐 직접 증거로는 부족하다고 말했다. 따라서 크리스를 파면하기 위해서는 칸델라들에게 심각한 문제를 야기시킬 수 있는 확실한 근거가 있어야 루멘 위원들도 크리스의 파면에 동조하게 될 것이라고 베드로 대주교가 말했다.

잠시 후, 대주교실 밖으로 나온 노아는 긴 복도를 지나 성당문을 열고 밖으로 나왔다. 그리고 스칼렛에게 전화를 걸었다.

"스칼렛, 노아입니다."

"노아, 기다리고 있었어요. 존에게 자료는 무사히 잘 받았다고 들었는데 어떻게 되고 있는 거죠?"

"………" 노아는 잠시 말이 없었다. 대주교님의 말대로 큐비들의 인권은 루멘 위원들에게는 대단한 문제가 되지 않는다고 말하는 것이 그녀에게 상처가 될 것을 알기에 그는 주저하고 있었다.

"노아? 왜 말이 없어요? … 노아?" 스칼렛은 화면에 비친 노아의 얼굴을 보면서 의아해하고 있었다.

"지금 이 일을 하려는 이유가 뭔가요?" 그의 갑작스러운 질문에 스칼렛은 머리를 한 대 맞은 것 같은 느낌이었다. 자신이 이 일을 하려는 이유가 크리스 때문에 고통받아 온 수십 아니 수백 명이 될지도 모르는 피실험자 큐비들을 위한 처단인 건지 아니면 그동안 나와 엄마를 고통 속에 살게 만든 아버지에 대한 복수심인지 그도 아니면 사랑하는 남자 제이크의 아버지를 찾기 위한 일인 것인지 그녀 스스로도 판단할 수가 없기 때문이었다.

"어째서 지금 나한테 이런 질문을 하는 거죠?"

"스칼렛 당신은 BD가 무엇이라고 생각합니까?" 노아가 다시 그녀에게 물었다.

"지금의 저를 묻는 거라면 칸델라도 아니고 큐비도 아닌 어디에도 속하지 않은 자가 BD겠죠."

"아니요. 틀렸습니다. BD는 시작점의 기준이자 끝을 의미합니다. 애초에 칸델라와 큐비는 하나였습니다. 스칼렛 당신은 이 모든 세상의 영점이 될 수도 있고 엔드 값이 될 수도 있습니다. 그리고 그 안에 모든 current[39]는 BD로 인해 결정됩니다."

"그게 무슨 말이죠? 노아?" 그녀는 노아에게 다시 물었다.

"당신은 앞으로 일어날 모든 일의 주도자이자 결정권자라는 의미입니다."

"내가 주도자라구요? 이 모든 건 실종된 프랭크 총리님을 찾기 위함이고, 동시에 부정한 방법으로 선거에서 이긴 크리스 윌포드의 실체를 모든 사람에게 알리기 위해서입니다." 스칼렛은 그에게 대답했다.

"그가 부정한 방법으로 이겼다는 걸 지금 증명할 수가 있습니까? 저에게 준 자료에는 병원 인체 실험에 동원되었던 큐비들의 기록과 약물 연구 기록만이 있을 뿐입니다." 노아가 그녀에게 말했다.

"그게 무슨 말이죠? 그 자료들만으로는 부족하다는 말씀인 건가요? 인간이 인간에게는 도저히 할 수 없는 만행을 저지른 명백한 증거들이 분명히 있는데, 대체 뭐가 더 필요하다는 겁니까!!" 자료를 찾으면서 본 고통스러워하던 큐비들의 얼굴과 비명소리가 떠오른 그녀는 끓어오르는 분노를 주체할 수가 없었다.

39) 전류(전하의 흐름), (물, 공기)의 흐름.

“그래요. 스칼렛. 지금의 그 감정을 잊어서는 안 됩니다. 당신이 앞으로 해야 할 일은 단지 개인의 복수가 아니라 박해받던 모든 이들을 위한 투쟁이자 정의로운 사회를 위한 구현이니까요. 그것이 곧 하나님의 뜻입니다. 그리스도는 다메섹[40]에서 사울을 바울로 바꾸셨고 바울은 세계를 바꾸었습니다. 다메섹은 영점이며 바울은 시작점임을 잊지 마세요.”

40) Damascus: 수리아(아람)왕국의 수도, 사도 바울이 기독교인을 박해하기 위해 다메섹을 방문하다 회심하게 됨(행 9:2).

Beo Nox와 사라지는 사람들

노아와의 통화를 마친 스칼렛은 외래 진료를 위해서 병원 진찰실로 돌아왔다. 오전 진료가 시작되어 환자를 기다리고 있는데 시간이 한참 지나도 환자가 오지 않았다. 그녀가 그 환자가 누구인지 예약 환자 리스트를 확인하니 4주차 치료를 받아야 할 거식증을 앓고 있던 십대 소녀 로렌 밀러였다. 그녀는 대기하고 있던 간호사 페드로를 불러서 왜 환자가 오지 않는지 물었다. 그러자 그는 전화로 확인해 보고 다시 알려 드리겠다면서 방문 밖으로 나갔다. 잠시 후, 노크 소리와 함께 페드로가 들어왔다.

"닥터 리브스, 로렌 밀러 양의 어머니가 오셨습니다."

"로렌 양과 함께 오신 건가요?"

"아니요. 혼자 오셨습니다." 간호사 페드로가 그녀에게 대답했다.

"…… 그래요. 일단 들어오시라고 하세요." 그녀는 환자가 아닌 보호자가 온 것이 이상하다고 생각했지만 사정이 있어서 보호자가 대신 온 걸로 짐작하며 대수롭지 않게 생각했다.

로렌의 어머니는 문을 열고 들어와서는 환자용 상담 의자에 앉았다. 그녀는 헝클어진 머리에 한숨도 못 자서 붉게 충혈된 눈으로 스칼렛을 바라보았다.

"선생님, 우리 로렌이 이틀 전에 집을 나갔어요. 경찰에게 실종 신고를 했는데도 아직 아무런 단서가 없습니다. 경찰 말로는 가정 불화로 인한 단순 가출인 것 같다고 그러는데…, 혹시 치료받을 때 이상한 점이 있었나요?" 그녀는 당장이라도 울 것 같은 간절한 표정으로 스칼렛에게 물었다.

"아니요. 치료는 잘되고 있었고 약물 반응도 좋아서 지난주부터는 일반 식사도 병행해 왔던 걸로 알고 있습니다. 그리고 저와 상담할 때 특별히 가정에 불만이 있었다거나 다른 이상한 점 역시 발견하지 못했습니다. 로렌 어머니." 스칼렛이 대답하자 그녀는 더욱 불안한 표정을 지으며 떨리는 손으로 쪽지 한 장을 그녀에게 내밀었다.

엄마, 난 우리 집이 너무 싫어요. 당분간 멀리 여행을 떠나 돌아오지 않을 예정이니 절 찾지 말아 주세요.

로렌이 써 놓고 간 쪽지를 본 스칼렛은 자필이 맞는지 어머니에게 물었고 그녀는 확실히 맞다고 대답했다. 지난주까지만 해도 치료를 마치고 빨리 학교로 돌아가서 친구들을 만날 생각에 들떠서 스칼렛에게 신나게 이야기하던 로렌이 갑자기 쪽지를 써 놓고 집을 나가다니 도저히 상식적으로 이해가 되지 않는 일이었다.

"혹시 로렌이 최근까지 Beo Nox를 쓰지 않았나요?" 스칼렛이 어머니에게 묻자 그녀는 맞다고 하면서 최근 들어 로렌의 Beo Nox 사용이 지나치게 많아서 자신과 자주 다투기 시작했는데 정작 Beo Nox는 집에 놔두고 나갔다고 대답했다. 스칼렛은 지금 로렌이 사용하던 Beo Nox를 가지고 왔는지 물었고 어머니는 경찰서에 실종 신고를 할 때 도움이 될 수 있을지 몰라서 가지고 갔었는데 필요 없다고 해서 지금 가방에 있다면서 그녀에게 로렌이 쓰던 Beo Nox를 건네주었다. 스칼렛은 건네받은 Beo Nox 키트 상자를 열어 보고는 로렌의 어머니에게 자신이 알아볼 것이 있으니 잠시 맡아 두어도 괜찮겠냐고 물었고 그녀는 알겠다면서 동의해 주었다.

로렌의 어머니가 나가고 난 뒤, 스칼렛은 노아가 주었던 왓쳐 글래스를 서랍에서 꺼내어 로렌의 Beo Nox와 연결시켰다. 최근 사용 기록을 살펴보니 꿈에 대한 장소와 내용, 시간이 전혀 보이지 않는 걸로 봐서 분명 Beo Nox의 숨겨진 기능인 시크릿 모드와 연관이 있는 것 같았다. 잠시 후, 페드로 간호사가 들어와서는 스칼렛에게 오늘 예약한 환자 중 절반 정도가 예약을 취소했다고 말했다. 스칼렛은 무슨 일이 있는 것인지 물었지만 그도 모르겠다고 대답할 뿐이었다. 환자가 오지 않아 오전 진료가 모두 끝난 스칼렛은 점심시간이 되기 전에 한 시간 일찍 병원 내 식당으로 향했다. 양송이 스프와 치킨 샐러드 그리고 Sprinkles 레드 벨벳 컵케이크를 골라 식판에 담은 뒤 자리에 앉아 식사를 하고 있었다.

"스칼렛! 너도 일찍 왔구나?" 켈리가 스칼렛을 보고는 테이블에 식판을 내려놓으며 그녀의 앞자리에 앉았다.

"켈리, 잘 지냈어? 오랜만이네."

"제이크는 어때? 괜찮아?"

"글쎄…, 어떻게 괜찮을 수가 있겠어. 아버지가 갑자기 실종되셨는데…" 그녀는 들고 있던 포크를 내려놓으며 어두워진 표정으로 켈리에게 대답했다.

"크리스 윌포드가 총리가 될 거라고 그 누가 상상이나 했을까? 게다가 프랭크 전 총리의 갑작스러운 실종이라니… 나도 믿을 수가 없는데 가족들의 심정은 오죽할까…"

"그런데 너 원래 이 시간에 진료 타임 아니었어?" 스칼렛이 켈리에게 물었다. 그러자 그녀는 지난주부터 예약이 계속해서 취소되는 바람에 요즘에는 거의 진료를 하루에 5건 이하로 보는 경우가 많아졌다고 대답했다. 스칼렛은 자신도 지난주부터 환자의 예약 취소가 계속 이어지고 있다면서 이상한 일이라고 고개를 갸웃거리며 말했다.

"스칼렛, 그러고 보니 한 가지 더 이상한 게 있는데?"

"그게 뭔데?"

"예약 취소된 환자들 나이대가 모두 10대와 20대야. 그것도 거의 여자 환자들만…" 켈리도 계속해서 취소 환자가 생기자 차트를 보면서 이상하게 생각했던 점을 그녀에게 말했고 마침내 스칼렛은 뭔가 잘못되어 가고 있다는 직감이 강하게 들었다. 스칼렛은 갑자기 자리에서 벌떡 일어나 그녀에게 급하게 인사하고는 밖으로 나가다가 입구에서 다시 발길을 돌려 켈리에게 돌아와서 말했다.

"혹시 너도 요즘 Beo Nox 계속 사용하고 있니?"

"어? Beo Nox?" 켈리는 당황하여 놀란 눈으로 그녀에게 이유를 물었지만 스칼렛은 오히려 그녀를 다그치면서 빨리 대답하라고 말했다. 켈리는 2주 전에 어떤 문제 때문인지 고장이 났는데 병원 업무로 너무 바빠서 도저히 고치러 갈 시간이 없어서 사용을 못 하고 있었다고 대답했다.

"정말 다행이야…" 스칼렛은 작게 한숨을 내쉬면서 켈리의 대답에 안심이라는 표정을 지었다.

"다행이라니? 그게 무슨 말이야? 스칼렛?"

"앞으로도 절대 Beo Nox를 사용하지 마. 지금 일어나는 모든 일들과 분명히 연관이 되어 있어. 절대 사용하면 안 돼! 약속해!" 스칼렛은 단호한 표정과 말투로 켈리에게 강권했고 켈리는 알겠다고 대답했다.

스칼렛은 지하의 식당을 나와서 바로 의료기록 보관소가 있는 5층으로 향했다. 문을 열고 들어가자 아직 점심시간 전이라 다행히 직원들이 근무하고 있었고 그녀는 자리에 앉아서 일하고 있던 짧은 머리를 한 기록 담당 부서 남자 직원에게 다가가서 말했다.

"안녕하세요? 저는 정신과 외래 진료 담당 전문의 스칼렛 리브스입니다. 지난주부터 현재까지 예약을 하고 취소한 환자들의 전체 명단이 필요합니다."

"무슨 일이시죠? 죄송하지만…" 모니터를 보고 있던 직원은 하던 일을 잠시 멈추었다. 그리고 그녀의 명찰에 적힌 이름을 보더니 고개를 들어 스칼렛의 얼굴을 보고는 깜짝 놀라며 자리에서 일어났다.

"아! 닥터 리브스! 몰라뵈어서 죄송합니다. 제가 진작에 찾아가서 인사를 드렸어야 했는데…"

"네? 그게 무슨 말씀이시죠?"

"지난번에 정신과 병동 입원 환자 앤드류 파커가 칼로 위협하고 난동을 부린 사건 말입니다. 닥터 리브스 님께서 잘 대처해 주신 덕분에 그때 인질로 잡혔었던 제 여자친구 케이시가 무사할 수 있었습니다. 정말로 감사드립니다." 그는 연신 감사하다며 그녀에게 허리를 숙여서 인사했다. 스칼렛은 그 상황에는 누구라도 당연히 그렇게 했을 것이라고 겸손하게 답했다.

"그런데 필요하신 게 지난주부터 예약을 취소한 환자 명단이라고 하셨나요?"

"네, 맞아요." 그녀가 말하자 갑자기 그는 그녀에게 가까이 오라고 손짓을 한 후 귀에 대고 작게 말했다.

"원래 환자 전체기록은 특별한 경우가 아닌 이상 원장님 허가가 있어야 열람 자체가 가능해요."

"아… 그래요?" 스칼렛은 순간 원장에게 찾아가야 하나 생각했다. 하지만 UMHC의 정신과 병동 환자들을 루모 병원 피실험자로 제공한 프로젝트가 원장의 묵인 없이 실행되었을 리가 없었다. 게다가 지금 원장에게 가서 요청을 하게 된다면 자신이 크리스의 비리를 쫓고 있다는 사실이 원장을 통해 상대방 측에 고스란히 노출될 수도 있기 때문에 망설여졌다.

그녀가 주저하고 있는 것처럼 보이자 그가 말했다.

"하지만…"

"네?" 스칼렛은 동그래진 눈으로 그를 쳐다보았다.

"케이시의 생명의 은인이신데, 제가 이 정도는 당연히 해 드려야죠~." 그는 한쪽 눈을 질끈 감아 스칼렛에게 윙크를 하면서 자리에서 기록을 찾아 그녀에게 건네주었다. 스칼렛은 고맙다고 인사를 했고 그는 언제라도 필요한 것이 있으면 찾아 달라고 밝게 인사했다. 그녀가 방을 나가려고 하는 그때,

"아… 참…, 잠시만요!" 그가 스칼렛을 불러 세웠다. 그리고는 그녀에게 다가와서 그때 소란을 피웠었던 앤드류 파커가 지난주에 갑자기 이유도 없이 사라졌다고 말하면서 명단에는 예약 환자가 아닌 입원 환자라서 없을 것이라고 귀띔했다. 스칼렛은 그에게 앤드류 파커의 개인 정보를 부탁했고 그는 개인 정보를 찾아서 그녀에게 넘겨주었다. 자신의 연구실로 돌아온 스칼렛은 기록을 살펴보기 시작했는데 지난주부터 예약을 하고 취소한 환자의 수는 총 398명이었고 여성 환자의 비율이 87%이고 나머지 13%는 남성 환자였다. 또한 켈리의 말처럼 나이는 모두 10대와 20대였다. 그리고 특이사항 기록란에 알파벳 [B]가 써져 있었다. 처음에는 혈액형 타입을 기록한 것일까 생각했지만, 전화로 다시 직원에게 확인한 결과 역시 모두 Beo Nox 사용 여부를 기록한 [B]였다.

❄

총리 집무실에서 크리스가 새 총리로서 업무를 보기 시작한 지 벌써

열흘이 넘어가고 있었다. 그는 취임하자마자 이전 총리 프랭크가 썼던 모든 목조 가구와 집기들을 치워 버리고 자신의 취향에 맞는 최고급 현대 기술로 만들어진 블랙 모던 스타일로 인테리어를 바꾸었다. 직선과 블랙 컬러, 유리 장식품들이 차가운 그의 성격을 대변하는 듯한 모습이었다. 총리가 있는 퀀텀 스페이스 빌딩은 지상 45층 규모로 제일 위층에 총리실이 위치했으며 국회의원들의 사무실과 비서실 각종 회의실과 프레스룸, 그리고 최고급 호텔 주방장이 요리하는 식당 및 운동 시설과 수영장까지 완비한 국가 제 1 보안 시설이었다. 크리스는 총리실에서 자신이 펼친 BAN-17 해제 정책으로 인한 결과들을 보고 받고 있었다.

"생각보다 빠르게 반응이 나타나고 있는 것 같습니다. 칸델라 간의 성적 신체 접촉이 허용된 이후 몇십 년 동안 면역 체계에 없던 바이러스의 침투로 각종 성병 및 질환 증상들이 계속 보고되고 있는 상황입니다." CIA 국장 제이미 콜린스가 크리스에게 말했다. 그리고 그는 최근 들어 급증한 칸델라 환자들로 문전성시를 이루고 있는 루모 병원과 AD-05 지역의 활성화된 현황을 실시간으로 보여 주었다.

"아주 좋아! 완전히 마음에 들어. 하하하!" 크리스는 자신의 병원과 AD-05 지역의 모습을 보면서 매우 기뻐하며 말했다.

"AI 치료 시스템인 CTR 캡슐에는 새로운 질병에 대한 데이터가 없으니 더 이상 자가 치료가 불가능해진 칸델라들이 계속해서 병원으로 몰려들고 있습니다. 원장님의 예상이 정확하게 맞아 들어갔습니다." 비서관 제이콥도 크리스가 기뻐하자 옆에서 신나게 아부를 떨어댔다. 그때, 문밖에서 경호처장 톰이 노크를 했다. 그는 수갑을 채운 존을 끌고 와서 총리에게 그를 체포해 왔다고 말했고 크리스는 안에 있던 모든 사람들에게 나가라고 명령했다.

"자리에 앉게." 크리스가 말하자 존은 열흘 동안 감금된 상태로 씻지도 제대로 먹지도 못해 헝클어진 머리카락과 야위어진 얼굴로 무표정하게 자리에 앉았다.

"왜 아직도 절 구금하고 있는 겁니까? 정당한 이유가 없지 않습니까?" 존이 말했다. 그의 말을 들은 크리스는 의자 왼쪽에 있던 담배 케이스에서 담배를 꺼내서 피우기 시작했다.

"십수 년간 프랭크의 집에서 그의 개로 살아왔으면서 알량한 충성심을 나한테 자랑이라도 하고 싶은 건가?" 그가 존을 자극하자 존은 수갑으로 묶인 두 손의 주먹을 꽉 쥐었다.

"네가 나에 대해서 뭘 알고 있던 그건 하나도 중요하지 않아. 왜냐면 난 너희들이 털끝만큼도 두렵지가 않거든. 특히 너희 큐비들 말이야." 크리스는 웃으면서 자리에서 일어나 모니터를 켰다. 화면에는 한 남자가 병실 안에 감금된 채 양손이 묶인 정신병 환자 구속복 차림으로 환각을 보는 것처럼 미친 듯이 방 안을 왔다 갔다 하고 있었다. 존은 처음에는 그 사람이 누구인지 알아볼 수가 없었지만 잠시 뒤 카메라에 잡힌 그의 얼굴을 보니 군인 시절 자신의 델타 포스 부대 부하였던 스미스였다. 스미스와 존은 아프리카 내전 참전 때 존이 제 3연대 중령으로 함께 작전에 참여했었다. 그때 스미스는 부대 소속 중위였고 존을 매우 존경하며 따르는 그의 부하였다. 작전 중 스미스의 실수로 17명의 부대원들이 포로로 잡혔으나 존이 홀로 침투해 처형 직전에 모두를 구해냈다. 하지만 정부의 정치적 이권 다툼으로 군법회의에 회부된 존은 부하들의 징계를 대신해 결국 보직을 내려놓고 프랭크의 경호원이 된 것이었다.

스미스의 얼굴을 알아본 존은 당장이라도 눈앞에 누군가를 죽일 것 같은 일급 병기였었던 예전의 눈빛으로 돌아가 서늘하게 크리스를 바라보았다.

“나에게 원하는 게 뭡니까?”

“보통의 다른 큐비들을 포섭할 때는 돈으로 회유하거나 가족을 협박하는 방법을 쓰지. 하지만 넌 달라. 오래전에 군복을 벗었다지만 네 안에는 군인의 피가 흐르니까… 군인이란 전우를 위해 목숨까지 기꺼이 바치는 영웅놀이 집단이지. 언제 죽을지도 모르는… 하하.” 크리스는 그를 보며 하찮다는 표정으로 비웃었다. 그리고 자신은 스미스뿐만 아니라 존의 모든 군대 동료들을 하나씩 합법적으로 모두 죽일 수 있다는 말도 아끼지 않았다.

“닥치고 나한테 원하는 게 뭔지나 말해!!” 존이 그를 당장이라도 죽일 듯한 얼굴로 소리치자 크리스는 존에게 앞으로 자신의 비밀 첩자가 되는 것이 조건이라고 말했다. 그가 스칼렛과 제이크 형제 그리고 프랭크 전 총리 지지자들의 모든 상황을 자신에게 보고하라고 말하자 전우들의 목숨을 보호하기 위해서 결국 존은 고개를 숙일 수밖에 없었다.

“알겠습니다…. 윌포드 총리님.” 존의 굳게 다문 입술에서 그의 단호한 결심이 묻어나왔다. 크리스는 제이콥을 불러 존을 풀어 주라고 명령했고 두 사람은 함께 문밖으로 나갔다.

❄

스칼렛은 이전에 자신을 위협했었고 지금은 실종된 환자 앤드류 파커를 찾기 위하여 그의 주소지를 향해 차로 이동하고 있었다. 그리고 제이크에게 전화를 걸어 병원에서 입수한 모든 정보에 대해 알려주었다. 그녀는 Beo Nox를 사용하고 있는 10대와 20대 큐비 환자들이 대량으로 실종되었다는 사실을 전하면서 그에게 말했다.

"그때 나를 위협했었던 앤드류 파커도 역시 실종되어서 그의 집에 가 보려는 중이야. 그런데 그의 개인 정보를 찾아보니까 가족은 없고 비상 연락처가 글쎄 한스 링컨 수색 팀장이었어."

제이크는 그녀와의 통화를 마치고 난 후, 아버지의 서재로 다시 향했다. 그곳에서 사무엘 비서관과 한스 실종 수색 팀장 그리고 제이크는 프랭크의 서재 테이블에 둘러앉아 대책을 논하고 있던 중이었다.

"상부에서 프랭크 전 총리님과 관련된 일체의 수사를 중단한 상황에서 공식적으로 제가 해 드릴 수 있는 일은 없습니다… 죄송합니다."

"말이 안 되지 않습니까! 어떻게 전 총리님이 실종되었는데 수사를 하지 않을 수가 있는 겁니까! 언론에는 그렇게 대대적으로 최선을 다해서 조사하겠다고 큰소리치지 않았냐구요!" 사무엘은 화가 나서 그에게 소리쳤다. 한스는 그에게 연신 죄송하다고 사과한 후, 옆에 앉아 있던 제이크를 보았다.

"………" 제이크는 말없이 가만히 앉아 양손의 손가락을 서로 엇갈리게 잡고는 엄지손가락을 천천히 마주 돌리며 생각에 잠긴 듯했다. 그는 자리에서 일어나더니 한스에게 말했다.

"혹시 형사님 가족 중에 Beo Nox를 쓰는 사람이 있습니까?"

"네? 갑자기 그건 왜 물으시는 겁니까?" 한스는 어리둥절한 표정으로 제이크에게 되물었다.

"제가 전에 형사님께 사진을 보내 드릴 때 바이러스를 심었습니다. 온라인 구매 내역에 Beo Nox가 있던데요? 수취인 이름은 앤드류 파커였구요."

"아니! 대체 무슨 생각으로 그런 짓을 한 겁니까! 지금 경찰한테 스스로 범죄 사실을 자백하고 있다는 걸 알고 하시는 말인가요?" 한스는 화난 표정으로 일어나 그에게 다가가서 소리쳤다.

"제가 형사님께 바이러스를 보낸 걸 처벌하시려면 얼마든지 그렇게 하세요. 하지만 제가 구금된다면 앤드류 파커 씨가 왜 실종되었는지는 영원히 모르실 겁니다."

"그게 무슨 소리죠? 앤드류가 실종되었다니요? 앤드류를 아는 겁니까? 지금 어디 있습니까?" 한스 형사는 제이크가 앤드류와 어떻게 아는 사이인 것인지 그리고 그가 실종되었다니 무슨 소리인 건지 도통 알 수가 없어 답답했다. 제이크는 앤드류 파커가 환자로 입원해 있었던 스칼렛의 병원에서 그녀를 흉기로 위협했었고 자신이 그녀를 구하다 대신해서 다쳤던 이야기를 그에게 해 주었다. 그리고 실종이 된 사실은 조금 전에 스칼렛의 연락으로 알게 되었고 또한 현재 Beo Nox를 사용하고 있던 10대와 20대 환자들이 대량으로 실종되었다는 사실을 그에게도 알려 주었다. 한스 팀장은 제이크의 말을 듣고 자리에 앉은 채 양손으로 머리카락을 움켜쥐며 한동안 말이 없었다.

"일주일 전부터 실종 신고가 많이 들어오고 있는 건 사실입니다. 하지만 큐비들은 기본적으로 칸델라에 비해 투입되는 인력과 AI 시스템의 비용적인 문제 때문에 상대적으로 사건 해결 가능성이 현저하게 낮습니다. 그래서 실종자 10명 중 1명을 찾기도 사실상 힘든 현실입니다…. 그리고 앤드류는…" 그는 앤드류가 고등학생일 때 이웃사촌 관계였으며 그가 갑작스럽게 교통사고로 부모님을 모두 잃게 된 후 방황할 때 부모를 대신해 그를 돌봐 주었다고 했다. 그러다 앤드류는 그에게 과한 의지를 하기 시작했고 심지어 그를 사랑한다고 고백을 했지만 받아 주지 않자 집착하기 시작했다고 말했다. 프랭크 총리 시절, 동성애는 BAN-17 금지 사항 중에 하나로 사회에서 절대로 있어서는 안 되는 불법 행위였기에 대부분의 동성애 성향을 가진 큐비들은 정신질환자로 여겨져 병원에 보내지는 현실이었다. 제이크는 한스가 앤드류에 대해서 말하는 말투와 눈빛에서 그를 진심으로 걱정하고 있음을 느낄 수가 있었다. 게다가 그는 어쩌면 앤드류가 그렇게 된 것은 자신의 책임도 있다면서 죄책감까지 갖고 있었다.

"앤드류가 어디 있는지 우리와 함께 찾아보지 않겠습니까? 그렇지 않아도 지금 스칼렛이 그의 집으로 가고 있는 중이라고 합니다." 제이크가 한스에게 말했다. 한스는 잠시 망설이는 듯했고 사무엘은 그런 그에게 잠시 밖에서 할 이야기가 있다면서 그를 데리고 나갔다.

"앤드류는 사실 한스 형사님 때문에 저희 작전을 수행한 겁니다." 사무엘이 그에게 진지하게 말했다.

"네? 대체 그게 무슨 말입니까?" 한스 형사는 놀란 눈으로 그에게 질문했다.

"그때 앤드류가 스칼렛을 위협한 건 실제가 아니라 연기였고 사정상 그렇게 해야 했습니다. 오히려 연기를 너무 과하게 잘한 탓에 제이크 님이 다치셔서 프랭크 총리님이 굉장히 노여워하셨었습니다." 한스는 그 불쌍하고 여린 아이에게 대체 무슨 짓을 시킨 것이냐면서 그에게 화를 내며 멱살을 잡았다. 사무엘은 죄송하다고 사과하면서 자신에게 스스로 찾아온 건 앤드류였다고 털어놓았다. 처음에는 돈으로 그를 포섭하려고 했지만 거절당했고 어느 날 자신을 찾아와서 단 한 가지 조건만 들어준다면 어떤 일이든지 시키는 대로 하겠다고 했다고 말했다. 한스는 그 한 가지 조건이 무엇이었는지 그에게 물었다.

"그 한 가지 조건은… 자신과의 루머로 인해서 수색과에서 매번 승진에서 누락당하는 한스 형사님의 팀장 승진이었습니다. 그리고 앤드류가 작전 수행을 완료했기 때문에 결국 총리님께서 직접 팀장님의 승진을 발령해 드린 겁니다."

"바보 같은 자식…" 한스는 그동안 앤드류가 자신의 주변에서 맴돌며 그의 승진 탈락에 대해 자책감을 가지고 그를 위해서 그 모든 일을 했다는 사실을 듣고 나니 그저 안타깝고 미안한 마음이었다. 그들이 다시 서재로 들어오자마자 제이크에게 스칼렛으로부터 전화가 왔다.

"스칼렛, 어디야?"

📞 "앤드류 집 앞인데 집 안에 누가 있는 것 같아." 스칼렛은 작은 목소리로 제이크에게 대답했다.

"그게 무슨 소리야? 앤드류는 가족이 없잖아. 게다가 실종 상태라며…"

📞 "잠시만…" 스칼렛은 화면을 돌려 앤드류의 집 안을 보여 주었다. 어두운 밤에 아무도 없어야 할 집임에도 불구하고 스칼렛의 말처럼 거실에는 조명이 켜져 있었고 안에서 누군가가 움직이는 실루엣이 커튼 사이로 보였다. 함께 그 화면을 지켜보고 있던 한스는 스칼렛에게 말했다.

"닥터 리브스, 일단 누구일지 모르니 섣불리 접근하지 마세요! 위험한 자일 수도 있습니다."

📞 "괜찮아요. 존한테 방금 전에 연락이 왔어요. 그가 지금 여기로 오고 있으니까 걱정하지 마세요."

"존이 드디어 풀려 난 거야? 그는 괜찮아?" 제이크는 존이 풀려났다는 소식에 반가워하면서 그녀에게 물었다. 스칼렛은 그는 다소 야위긴 했지만 화면상으로 보기에 다치거나 한 모습은 아니었고 그동안의 그가 구금된 이유는 항공 보안법 위반으로 인한 것이었다고 전해 들었다고 말했다. 제이크는 항공법을 위반했는데 어떻게 풀려 난 것인지 묻자 옆에 있던 사무엘은 자신이 도와준 것이라고 했다.

그때 갑자기 앤드류의 집에서 그 사람이 문을 열고 나오는 모습이 보였고 스칼렛은 재빨리 몸을 아래로 숨기고 팔만 뻗어서 그 사람을 촬영했다. 방에서 그 화면을 보고 있던 사람들은 어두워서 제대로 얼굴을 볼 수 없었는데 현관문 위에 달린 조명이 얼굴을 비추자 나타난 그의 얼굴은 모두를 놀라게 했다. 그는 바로 실종되었다던 앤드류 파커였기 때문이다. 검은 옷과 검은 모자 그리고 배낭을 둘러멘 그는 누군가에게 쫓기는 사람처럼 주위를 두리번거리면서 건물 뒤의 주차장으로 급히 걸어가고 있었다.

스칼렛은 놀라긴 했지만 침착하게 그의 뒤를 따라가고 있었다. 곧이어 그에게 다가가려는 순간 누군가가 그녀의 어깨를 잡았다. 깜짝 놀란 그녀가 어깨에 얹은 남자의 손을 본 후 고개를 들어 올라간 시선의 끝에는 존이 그녀를 내려다보고 있었다. 그는 그녀에게 고개를 한 번 가로저은 후 다시 끄덕이면서 자신에게 맡기라고 사인했다. 존은 어둠 속에서 소리 없이 사자가 먹잇감을 사냥하는 모습으로 다가가 그를 순식간에 덮쳐 버렸고 앤드류는 그에게 반항하면서 바지춤에 있던 총을 꺼내려고 했지만 존에게 제압당해서 총을 빼앗긴 후 팔이 뒤로 꺾인 채 꼼짝하지 못했다. 그런데 어디선가 그들을 지켜보고 있던 누군가가 앤드류를 향해 총을 쏘았고 짧은 비명과 함께 그는 힘없이 앞으로 고꾸라져 피를 흘리기 시작했다. 존은 피를 보고는 놀라서 바로 그를 풀어 주었지만 앤드류는 바닥에 엎어져서는 몸을 움직이지 못한 채 고통에 신음하고 있었다. 스칼렛은 무언가 이상함을 눈치채고 바로 그들에게 달려왔고 바닥에 흥건한 피를 보았다.

"이게 뭐예요? 그에게 총을 쐈어요?" 그녀의 물음에 존은 양 손바닥을 펼쳐 보이며 자신은 단지 몸으로 제압만 했고 그를 제압하자마자 숨어 있던 누군가가 저격을 한 것 같다고 말했다. 스칼렛은 바닥에 엎드려져 있던 앤드류의 몸을 앞으로 젖힌 후 출혈이 발생한 부위를 찾기 위해 그가 입고 있던 재킷을 벌렸고 그의 복부에서 총상을 발견했다.

"앤드류! 앤드류! 정신 차려요! 누가 총을 쏜 거죠?" 그녀는 다급하게 그에게 물었다.

"… 으…… 윽…… 빨리… 여기… 서… 나가야 돼요." 앤드류는 고통을 참고 겨우 말을 이어 가면서 복부에 통증이 너무 심한 듯 몸을 비틀어 댔다.

"빨리 병원으로 옮겨야 합니다. 출혈량이 심해지면 쇼크사할 확률이 높아집니다." 옆에 있던 존은 군 복무 시절 수많은 군인들이 총상으로 사망하는 것을 많이 지켜보았기 때문에 치료가 시급하다는 것을 누구보다 잘 알고 있었다. 존은 앤드류를 양팔로 가볍게 들어 올려서 스칼렛의 차에 실은 후 앞에 탔고 스칼렛은 앤드류의 옆에 앉아서 그의 상태를 살펴보고 있었다. 존은 급하게 차를 수동 운전으로 전환하여 최고 속도로 병원으로 향했다. 스칼렛은 차에 있던 구급상자에서 지혈 기구로 그의 출혈 부위를 지혈한 다음 밴드와 붕대 처치를 하면서 동시에 켈리에게 화상전화를 걸었다.

📞 "여보세요? 스칼렛? 너 지금 뭐하는 거야?" 켈리는 놀라서 그녀를 바라보며 외쳤다.

"켈리! 급한 복부 총상 환자야. 출혈량이 너무 심한데 지금 응급 처치만 해서 병원으로 가는 중이야. 도착하는 즉시 수술 준비…" 스칼렛이 말하는 도중 앤드류가 갑자기 그녀의 팔을 잡았다.

"병… 원… 은……… 안… 돼……" 그는 스칼렛이 병원에 자신을 데려가기를 원하지 않는다고 말하고 있었다. 스칼렛은 지금 상태가 너무 위급하기 때문에 수술을 받지 않으면 죽을 수도 있다고 말했지만 그는 절대로 병원에는 갈 수 없다고 버텼다. 그 모든 대화를 전화로 듣고 있던 켈리가 그들에게 말했다.

📞 "무슨 상황인지 자세하게는 모르겠지만 내가 수술 장비를 챙겨서 나갈 테니까 어디로 가면 될지 말해 줘. 스칼렛."

스칼렛은 적당한 장소를 찾기 위해 차 밖으로 시선을 돌렸고 건물들 사이로 비친 대형 십자가를 보고는 현재 도로에서 루모 대성당이 가까운 위치라는 걸 알 수 있었다.

"루모 대성당으로 와. 가서 기다리고 있을게." 그녀는 켈리에게 말한 후 전화를 끊고 존에게도 대성당으로 가자고 말했다. 그는 그녀의 명령을 받고 사거리에서 급히 핸들을 꺾어 좌회전을 해서 성당으로 향했다. 잠시 후 차는 성당 주차장에 도착했다. 그런데 어둠 속에서 남자 두 명이 그들을 향해 걸어오고 있었다.

"스칼렛, 기다리고 있었습니다. 어서 이쪽으로 환자분을 옮기시죠." 그들을 기다리고 있던 사람은 바로 노아와 다니엘 신부였다. 존은 노아에게 짧게 인사한 후 다니엘 신부와 함께 앤드류를 들어서 안으로 데리고 들어갔다. 스칼렛은 역시 이번에도 노아는 미리 모든 것을 다 알고 자신들을 기다리고 있었을 테니 과연 다음에 벌어질 일은 대체 무엇인지 물어보고 싶은 심정이었다.

"이젠 더 이상 놀랄 일도 아닌데 당신의 그 능력이 정말 부럽네요."

"당신에게 필요한 건 어떠한 능력이 아니라 단지 시간입니다. 지금 빨리 앤드류에게 가 보세요. 그에게는 남은 시간이 별로 없습니다." 노아의 말을 듣고 그녀는 바로 건물 안으로 들어갔다. 촛불이 켜진 곳을 따라 지하로 내려가니 복도가 길게 늘어서 있었다. 지하층 여러 개의 방문들 중 왼쪽 복도 세 번째 방문 앞에 있는 존을 보고 그녀도 그쪽으로 걸어갔다.

존은 그녀에게 들어가 보라고 손짓을 했고 열린 문 틈 사이를 열고 안으로 들어가니 미리 노아가 준비해 놓은 침대에 앤드류가 누워 있었다. 그때, 다니엘 신부가 그에게 정맥 주사를 놓으려고 그의 팔을 잡았다.

"잠시만요! 아직 그의 혈액형을 모르는데…" 그녀의 말에 잠시 그녀를 쳐다본 다니엘은 주저하지 않고 주사를 놓았다.

"B형입니다."

"그건 어떻게 알았죠? 앤드류가 알려 주었나요?" 그녀가 다니엘에게 묻자 그녀의 뒤에서 노아가 들어오면서 대답했다.

"제가 준비시킨 겁니다. 그리고 다니엘은 이곳 성당에서 응급치료를 담당하는 의사이기도 합니다." 스칼렛은 혈액형까지 미리 알고 준비한 노아가 이제는 어느새 익숙해져 버린 것 같은 느낌이었다.

"다니엘 신부님도 의사이신 건 몰랐네요. 그럼 바로 수술 들어가시죠." 스칼렛은 방 안의 세면대에서 손을 씻으며 말했다. 하지만 다니엘은 자신은 일반 내과의여서 외과적인 수술을 해 본 적이 없다고 대답했다.

"저도 정신과 전문의고 외과 의사는 아닙니다만 지금 우리가 할 수 있는 모든 걸 일단 해 봅시다. 지금 제 친구 켈리가 이리로 오고 있을 거예요. 그녀는 외과 전문의이니 그녀가 올 때까지 어떻게든 앤드류를 살려 놓는 게 우리가 해야 할 일인 것 같습니다. 닥터 존스." 그녀의 말에 다니엘은 앤드류는 현재 약물 중독 상태이므로 길항제인 naloxone[41]을 투여하겠다고 말한 뒤 주입을 시작했다. 다니엘이 약물을 투여하는 동안 스칼렛은 켈리가 도착하면 바로 수술을 할 수 있도록 그의 옷을 가위로 찢고 환부 주변 부분을 소독하고 있었다. 그런데 누워 있던 앤드류가 갑자기 그녀의 손을 잡았다.

41) 날록손: 응급 상황에서 정맥 주사로 사용되는 아편제 길항제.

"스…칼…렛… 할 말… 해야 할 말이… 있어요…" 그는 힘겹게 고통을 참아가면서 겨우 알아들을 수 있는 작은 목소리로 그녀에게 말했다. 그때 노아도 침대로 가까이 다가갔고 앤드류는 그동안에 있었던 일들을 말하기 시작했다.

+-+

앤드류는 UMHC 병원에 입원해 있다가 상태가 호전되어서 퇴원을 앞두고 있었다. 하지만 생계가 막막하던 찰나에 프랭크 총리 재직 당시 비서관 사무엘 측 사람을 만나 정해진 날짜에 스칼렛을 위협하면 보수를 주겠다는 제안을 받아서 수행했다.

그 뒤에 Beo Nox를 사용하다가 중독되었고 사용료가 계속해서 오르자 비용을 감당할 수가 없어서 빚을 지게 되었다. 그리하여 그는 해결 방법을 찾던 중, 얼마 전 Beo Nox 커뮤니티 사이트에서 알게 된 남자가 큰 돈을 벌게 해 준다는 말을 믿고 만나기로 한 CD-06 지역으로 갔다. 약속한 장소에 갑자기 큰 버스가 나타났고 그곳에는 자신 말고도 어린 10대 여자아이들과 20대 여자들이 대부분이었는데, 버스에서 내린 안내자의 말에 따라 버스에 오르니 차가 출발했다.

도착한 곳은 외부와는 철저하게 분리되어 엄청난 높이와 두께를 가진 강철 차단막이 사방으로 설치되어 있었다. 그곳은 마치 거대한 하나의 우주선 내부 같은 공간이었다. 안으로 들어가서 각자 신원을 확인한 후, 샤워실에서 샤워를 하고 미리 준비되어 있던 옷으로 환복을 했다.

여자들은 [nt]로 시작되는 넘버를 부여받았으며, 남자들은 [pt]로 시작되는 넘버를 받아 생체 장치에 인식시켰다. 관리하는 사람들은 모두 무장한 상태였기 때문에 겁을 먹은 사람들은 시키는 대로 할 수밖에 없었는데 남자들 중 한 사람이 용기를 내어 지금 우리가 해야 하는 일이 무엇인지를 관리자에게 물었다. 관리자는 지금 하는 것은 그저 임상 실험이라고 사람들을 안심시킬 뿐이었다.

여자들과 격리된 남자들은 침대가 있는 방으로 각자 배정받아서 자신의 번호가 있는 침대에 누웠고 곧바로 마스크를 쓴 간호사들이 도착해서 [exp-Eh]라는 약물을 주입하기 시작했다.

앤드류도 자신의 차례가 되자 간호사가 와서 약물을 주입했고 순식간에 정신을 잃었다. 그리고 잠시 후 깨어난 곳은 숲속이었으며 주변에 인기척이 없어 자신이 있는 곳이 어디인지 알 수가 없었다. 한참을 헤매다가 같이 버스를 타고 왔던 남자를 겨우 만나 여기가 어디냐고 물었지만 그도 모른다고 했다. 그들은 같이 주변을 탐색하다가 자신들과 같은 옷을 입고 있는 남자의 시체를 발견하고 깜짝 놀랐다.

잠시 후, 앤드류와 함께 있던 남자도 어디선가 날아온 총에 맞아 총상을 입게 되었고 잠시나마 이 세계가 혹시 Beo Nox와 같은 가상의 현실이 아닌지 의심하기도 했지만 숲속에서 나무에 상처를 입고 현실과 똑같은 아픔과 피를 흘리는 자신을 보면서 이것이 현실임을 자각하게 되었다.

앤드류가 숨어서 목격한 그들을 쫓고 있던 사람들은 바로 칸델라들이었고 [pt-트랩핑]이라는 이름으로 재미로 사람을 죽이고 있었다. 그들은 이러한 재미를 알게 해 준 크리스 새 총리에 대한 칭찬을 아끼지 않았다. 앤드류는 살아남기 위해서 사력을 다해 도망쳤고 깨끗한 물이 흐르는 개울가가 있는 터널에 도착하게 되었다. 그 안으로 들어가자 몸에서 극심한 고통과 정신이 혼미해지는 느낌이 들어서 바깥으로 다시 나오려고 했지만 정신을 잃고 말았고 한참 뒤에 정신을 차려보니 HM 외곽의 한 공원이었다고 말했다.

+-+

한편, 성당 밖으로 나온 존은 크리스 총리에게 전화로 현재 상황에 대해서 보고했다. 크리스는 그에게 앤드류가 더 이상의 정보를 말할 수 없도록 틈을 봐서 죽이라고 명령했다. 존은 잠시 말이 없었다.

📞 "존, 네가 만약 앤드류를 죽이지 않는다면 오늘 스미스를 죽인 뒤 존 킴, 네 이름을 달아 그의 가족 모두에게 부위별로 각각 5개의 박스에 담아서 보내 주겠어." 그의 말을 들은 존은 분노를 참을 수 없어 입술을 깨물고 주먹을 꽉 쥐었다. 앤드류를 죽이지 않으면 그의 부하 스미스가 죽게 될 것이라는 크리스의 협박에 굴복할 수밖에 없는 자신을 견딜 수가 없었다. 분노를 겨우 억누르며 크리스에게 알겠다고 말한 뒤 전화를 끊었는데 눈앞에 켈리가 멀리서 뛰어오고 있었다.

"존! 스칼렛은요? 환자는 어디 있어요?" 켈리는 수술 장비를 잔뜩 실은 큰 가방과 캐리어를 가지고 뛰어와 숨을 헐떡이면서 그에게 물었다. 존은 그녀에게 장비를 자신에게 달라고 한 후 모두 짊어지고는 켈리를 스칼렛이 있는 방으로 안내했다.

"스칼렛! 대체 어떻게 된 거야?" 켈리는 방으로 들어오면서 침대에 누워 있는 앤드류를 보고 다시 스칼렛을 보며 물었다.

"켈리! 이제 왔구나. 고마워. 보다시피 복부에 총상을 입은 환자인데 알 수 없는 약물 중독 증세를 보여서 일단 naloxone을 여기 다니엘 신부님께서 주입했더니 의식이 돌아왔어. 아…, 다니엘 존스 신부님도 의사셔." 스칼렛은 켈리에게 다니엘 신부를 가리키면서 말했고 다니엘 신부가 가볍게 목례하자 켈리 역시 그에게 인사를 했다.

"존, 가방을 여기 좀 내려놔 주시겠어요?" 켈리가 존에게 말하자 존은 가방을 침대 옆에 있던 테이블에 내려놓았고 그녀는 가방의 지퍼를 열어서 수술 장비들을 빠르게 세팅하기 시작했다. 그리고는 산소포화도 측정을 위한 pulse oximeter[42]를 설치한 후 앤드류의 손가락에 집게 장치를 끼우고 왼쪽 팔에 혈압 측정을 위한 밴드를 감고 측정하기 시작했다. 그리고 켈리가 의사인 스칼렛과 다니엘 신부를 제외한 노아와 존을 밖으로 나가 달라고 부탁하자 그들은 밖으로 나갔다.

"다니엘 신부님, 혈액 공급을 시작해 주시기 바랍니다." 켈리가 말하자 다니엘은 앤드류의 정맥 라인에 혈액을 연결했다. 옆에 있던 스칼렛은 산소 공급 장치를 켠 다음 산소마스크를 준비하고 있었는데 그때 침대에 누워 있던 앤드류가 그녀의 팔을 잡고 힘을 주었다.

"앤드류, 이제 곧 수술이 시작될 거예요. 마취가 시작되면 정신을 잃게 될 겁니다. 걱정하지 말아요. 켈리는 실력 있는 외과 전문의입니다." 스칼렛이 그를 안심시키고는 산소마스크를 씌우려고 하는데 그는 산소마스크가 그의 얼굴 가까이 다가오자 고개를 돌려 피했다. 앤드류는 무언가 입으로 말하려고 했고 스칼렛은 그의 말을 듣기 위해 그의 얼굴 가까이 다가갔다.

"스…칼…렛……, 오늘…제프…리… 파티…에…, 여자…애…들………" 앤드류는 말을 마치지 못하고 정신을 잃었고 켈리는 스칼렛이 들고 있던 마스크를 바로 그에게 씌운 후 정맥 주사 라인에 마취제를 투여했다. 앤드류는 정신을 잃은 듯했고 반사작용을 확인한 다니엘이 잠들었다고 켈리에

42) 펄스 옥시미터: 서로 다른 파장의 두 빛을 손끝에 대어서 혈액의 산소 포화도를 측정하는 기구.

게 말하자 켈리는 근이완제를 준비했다.

"vecuronium[43] 주입하겠습니다."

곧이어 앤드류의 자발 호흡이 정지되었고 켈리는 그의 고개를 들어 삽관을 시작했다. 옆에 있던 스칼렛은 인공호흡기 장치를 켜서 그녀에게 건네주고 연결을 도왔다.

"흡입 마취제 투여 시작하겠습니다." 다니엘은 인공호흡기에 연결된 마취 장치를 작동시킨 채 환자의 상태를 예의 주시했다. 스칼렛은 그의 동공 반응을 확인한 후 환자의 각막을 보호하기 위해 반창고로 눈을 덮었다. 켈리 그리고 스칼렛과 다니엘이 모두 힘을 합하여 앤드류의 수술을 시작했다.

43) 베크로니움: 아세틸콜린 수용체 결합을 차단하여 근육 이완을 유지시키는 약물.

시크릿 모드

노아는 존과 함께 밖으로 나와 제이크에게 전화를 걸었다. 그리고 그에게 지금까지의 상황을 전부 설명했다.

"앤드류의 말이 사실이라면 그런 반인륜적 행위를 크리스를 총리로 뽑은 칸델라들이 함께 즐기고 있다는 말인데, 그들이 곧 크리스의 강력한 지지층이라면 어떻게 총리에서 끌어내릴 수가 있겠어?" 제이크의 질문에 노아는 앤드류가 우리에게 오기 전에 총상을 입은 이유가 무엇이겠냐고 그에게 되물었다. 그러자 그 옆에 있던 사무엘 비서관이 노아에게 말했다.

"그들도 자신들의 하는 짓이 밖으로 드러나는 것을 원하지 않기 때문일 겁니다. 앤드류는 그들에게 살아 있는 증거일 테니 없애려고 하는 것이겠죠."

"현재 앤드류의 상태는 어떻습니까?" 제이크 옆에서 전화를 듣고 있던 한스 형사가 노아에게 물었다.

"지금 켈리 외과의가 도착해서 총알을 제거하는 응급 수술 중입니다. 그리고 스칼렛과 의사인 다니엘 신부님이 수술을 도와주고 계십니다. 수술이 끝나 봐야 알 수 있겠지만 좀 전까지의 상황으로 봐선 많이 위독한 상태입니다." 노아의 말에 귀 기울이며 초조한 듯 다리를 떨고 손가락을 구부려 입술을 만지작대던 한스는 앤드류가 위독하다는 대답을 듣고는 눈을 감아 버렸다. 제이크는 수술이 끝나면 다시 연락해 달라고 말한 뒤 전화를 끊었다.

"Beo Nox의 시크릿 모드에 대해서 알아봐야 할 것 같습니다." 제이크는 사무엘 비서관과 한스 형사에게 제안을 했다. 그리고 일단 자신이 회사로 가서 클라우드 데이터에 저장된 정보를 알아보겠다고 말했다. 그러자 한스는 Beo Nox를 지금 당장 중단시킬 방법은 없겠냐고 제이크에게 물었다.

"우리가 아는 정보만으로 그럴 수는 없을 겁니다. 게다가 앤드류가 살아남아서 증언을 한다고 해도 이미 약물 중독 상태인 그의 증언을 믿어줄 사람도 없을 뿐만 아니라 그것을 중단시키기에는 현재 우리가 가진 증거가 너무 부족합니다."

"그럼 대체 어떻게 해야 합니까? 빌어먹을!!!" 한스 형사는 앤드류를 위해 아무것도 해 줄 수 없는 현실이 괴로웠다. 그에게 앤드류는 언제나 해맑고 밝은 미소가 기억에 남을 정도로 착한 옆집 소년이었다. 한스는 동성애자라는 루머 때문에 승진에서 매번 탈락될 때마다 앤드류를 원망하기보다는 오히려 사람들 시선 때문에 그 아이를 끝까지 제대로 지켜 주지 못했다는 죄책감으로 마음 한편이 늘 무거웠다. 게다가 Beo Nox를 주문까지 해서 앤드류의 생일 선물이라고 보내 주었으니 자신의 잘못이 가장 큰 것만 같았다. 그런 그에게 사무엘 비서관은 앤드류는 곧 괜찮아질 것이라고 말하며 어깨에 손을 올려 위로했고 우리가 그를 위해서 그리고 프랭크 총리님을 위해서 할 일을 함께 찾아보자고 말했다. 제이크는 그 둘의 모습을 보다 무언가 생각난 듯 한스에게 물었다.

"혹시 사망한 LMDW 브로디 코트너의 뺑소니 사고 가해 운전자에 대한 정보는 파악된 게 있습니까?"

"프랭크 총리님 실종에 대한 공식 수사가 중단된 이후로 조사가 진행된 것은 없지만 마지막 수사 기록은 브로디 코트너의 사망사고에 쓰인 트럭에 대한 추적이었습니다. 사고 차량은 AI나 GPS시스템이 없는 불법 화물 트럭이라서 운전자 및 차량 추적조회가 애초에 불가능했기 때문에 일

일이 CCTV로 확인한 결과 용의자가 사고 당일 트럭을 버리고 편의점에서 담배를 산 후 종적이 사라졌습니다."

"물건을 샀다면 편의점에 기록이 남아 있지 않습니까? 그리고 얼굴 사진은요?" 사무엘이 한스에게 물었다.

"안타깝지만 HM 외곽 지역은 거의 전기 공급이 안 되는 지역이라서 도로 근처의 노후한 CCTV로는 사람의 형체와 사간 물건만이 겨우 확인되었습니다." 한스의 대답에 사무엘은 실망한 표정을 지었다.

"혹시 도로에서 찍힌 그의 사진을 좀 볼 수 있을까요?" 제이크가 한스에게 묻자 한스는 얼굴도 찍히지 않은 사진을 왜 달라고 하는 건지 의아했지만 일단 그에게 보여 주었다. 제이크는 사진을 자신의 핸드폰으로 보낸 뒤 서재의 컴퓨터 앞으로 가서 사진의 정밀도를 높이는 image processing[44] 작업을 했다. 높은 방향에서 수직으로 찍힌 사진은 얼굴을 알아볼 수는 없었지만 손에 쥐고 있었던 담배의 상표를 확인할 수는 있었다. 모든 작업이 끝나고 확인된 용의자가 사간 담배는 바로 'Marlboro red 100's'였다.

"Marlboro red 100's라…" 제이크는 고개를 갸웃거리며 생각에 잠긴 듯했고 사무엘은 담배 상표가 사건과 무슨 연관된 의미가 있겠냐고 제이크에게 물었다.

"의미가 있습니다. 100's는 일반 담배보다는 약간 더 긴 사이즈의 담배로 주로 이 담배를 피우는 사람들의 직업군이 바로 트럭 기사이기 때문이죠."

"뭐라구요? 그렇다면 뺑소니범의 진짜 직업이 트럭 기사라는 말입니

44) 이미지 프로세싱: 기존의 이미지에 대해 컴퓨터를 이용하여 새로운 이미지로 창작하거나 수정하는 일련의 작업 과정.

까? 그건 너무 섣부른 일반화인 것 같습니다만…" 한스는 제이크의 추측을 믿기 어렵다는 듯 그에게 말했다. 그러자 제이크는 그에게 다시 모니터를 보라고 요청했다.

"여기 그의 왼손과 오른손의 명백한 피부 컬러의 차이를 보세요. 왼손은 갈색에 가까운 브라운 톤인데 그에 반해서 오른쪽 손은 다른 인종인 것처럼 훨씬 밝은 컬러입니다. 운전석이 왼쪽이기 때문에 햇볕 속 자외선에 노출되어 어둡게 변색된 것입니다. 다른 직업군의 사람이라면 양쪽 손의 컬러가 이렇게까지 다른 이유를 찾는 것은 힘들지 않겠습니까?" 제이크의 추론과 완벽하게 일치하는 모니터의 사진을 보자 한스는 그의 말이 맞다고 인정할 수밖에 없었다. 사무엘은 제이크가 담배에 대한 지식을 어디서 얻은 건지 궁금해서 그에게 물었다.

"글쎄요…, 그저 생일 선물을 준비하다 알게 된 정보일 뿐입니다." 제이크는 스칼렛의 생일 선물을 고르기 전 켈리에게 전화해 그녀가 좋아하는 것이 무엇인지를 물어본 후, 스노우 플레이크 각인을 새긴 라이터를 주문하려고 스토어에 갔었다. 그녀가 평소에 피우던 100's의 담배 케이스도 함께 주문하기 위해서 알아보던 중 Marlboro red 100's가 일반 케이스에는 맞지 않는 긴 사이즈라는 것을 알게 되었다. 그가 케이스를 파는 직원에게 100's의 케이스가 없는 이유를 묻자 그 담배를 피우는 주 고객층이 트럭 기사들이기 때문에 케이스를 끼우는 일이 거의 없어 판매하지 않는다는 말을 들었었다.

"저는 경찰서로 돌아가서 사고 당일 근무하지 않은 트럭 기사들 중 흡연자 그리고 알리바이 여부를 확인해서 추후에 알려 드리도록 하겠습니다." 한스는 자리에서 일어나 제이크와 사무엘에게 인사를 한 뒤 급하게 자리를 떠났다. 그가 현관문을 나서서 나갈 때 크리스틴은 회사에서 퇴근해서 집으로 막 들어서는 중이었다. 크리스틴은 그를 알아보고 인사를 했지만 그는 누군가에게 온 전화를 받으며 급하게 뛰어나가느라 그녀를 보지 못하였다. 집 문을 열고 안으로 들어가니 안나가 그녀를 반갑게 맞이했다.

"크리스틴, 오늘도 퇴근이 너무 늦는구나. 요즘 회사에 일이 너무 많은 거 아니니?"

"괜찮아요. 최근에 부서가 바뀌어서 적응하느라 시간이 좀 걸리는 것뿐이에요. 걱정 마세요. 엄마." 크리스틴은 선거가 끝난 후 합당한 이유도 없이 Silva사와 협업하는 일에서 배제되었고 회사 직원들의 불성실한 근무 태만으로 인해 여전히 업무량은 많은 상태로 힘이 들었다. 하지만 그녀는 더 이상 총리의 딸이 아니었기에 당연히 감당해야 할 내 몫이라고 생각했다. 게다가 아버지의 부재로 인한 엄마의 상실감을 짐작하고 있었기 때문에 힘든 내색을 할 수도 없었다.

"괜찮긴! 며칠 사이에 얼굴이 많이 상했어. 이럴 때 아버지가 계셨으면 어떻게든 널 힘들지 않게 해 주셨을 텐데…" 안나는 프랭크가 자식들에게 엄하게 대하는 이유가 자신에게 기대지 않게 만들려 함이라고 말하면서도 항상 그의 마음은 자식들을 위해 그들이 최고의 조건에서 살 수 있도록 프랭크 자신까지 몰아붙였다는 것을 그녀는 알고 있었다. 하지만 자식들 중 그 누구도 프랭크의 마음을 진심으로 이해하는 사람은 없었고 그녀는 그런 그가 안타까웠다.

"제이크가 아버지 서재에서 사무엘 비서관과 한스 형사와 함께 회의를 한다고 하던데, 무슨 새로운 정보가 있는지 모르겠구나." 안나가 말하자 크리스틴이 방금 전에 한스 형사가 나가는 것을 봤다면서 자신이 올라가서 알아보겠다고 안나에게 말했다. 그녀가 서재 문 앞에서 노크를 하고 안으로 들어가니 제이크와 사무엘이 테이블에 마주 앉아 있었다.

"사무엘, 새로운 단서가 나온 게 있나요?" 그녀는 사무엘에게 다가가 옆자리에 앉으며 물었다.

"지금 노아 님이 계신 성당에서 크리스 측의 비리를 알고 있는 제보자가 총상을 입어서 수술 중에 있습니다. 그리고 LMDW 약품 담당 직원을 살해한 뺑소니 사건 용의자에 대하여 새롭게 알아낸 사실이 있어서 한스가 지금 알아보러 간 상태입니다." 사무엘은 그녀에게 대답했다.

"크리스의 비리라니 그게 무슨 말이죠?"

"크리스틴, 자세한 건 나중에 내가 직접 얘기해 줄게. 그런데 말이야. 너 혹시 지금도 회사에서 여전히 Silva사 Beo Nox와 관련된 업무를 담당하고 있는 거야?" 제이크가 사무엘과 그녀의 대화를 끊고 갑자기 그녀에게 질문했다.

"아니, 선거 이후에 갑자기 다른 부서로 발령이 났어. 내가 신청한 적도 없고 후임도 없는 상태에서 말이야."

"그렇다면 Beo Nox 운영 시스템 접근이 아예 불가능하다는 말인 거야?" 제이크는 그녀의 대답을 듣고 걱정스러운 얼굴로 물어보았다.

"응, 공식적으로는 그렇지."

"공식적이라니?"

"같이 일했었던 동료들이 있잖아. 그들 계정으로 들어가면 얼마든지 접근은 가능해." 크리스틴이 대답하자 사무엘과 제이크는 서로 시선을 잠시 마주쳤다. 제이크는 그녀에게 자신처럼 계정을 해킹할 생각이냐고 물었다. 하지만 그녀는 짧은 시간에 이미 알고 있는 데이터를 복사하는 건 해킹으로 가능할지 몰라도 이건 근본적으로 운영 시스템상에서 관리자 모드로 접근하여 cognitive dual process[45)]를 살펴봐야 할 것으로 생각된다고 말했다.

"cognitive dual process는 자극에 자동으로 반응하는 자율적 사고와 의도적이며 논리적으로 신중하게 반응하는 성찰적 사고가 있는데 아마도 둘 중에 한쪽을 인위적으로 조작한 증거를 잡아야 할 것 같아." 크리스틴이 신중하게 두 사람에게 말했다. 사무엘은 다른 직원의 계정을 사용하기 위해서 자신들이 도와줄 일이 있냐고 그녀에게 물었다. 그러자 그녀는 크리스 총리 측근에게 프랭크 쪽 사람 누군가가 오늘 Beo Nox를 해킹하려고 한다고 정보를 흘리라고 말했다. 만일 그런 정보를 듣게 된다면 분명히 회사 측에서 보안 대비를 위해서 직원들에게 특별 비상 근무를 지시하게 될 것이 분명하고, 특히 오늘은 Silva사의 정부 사업 선정 기념 파티가 열리는 날이므로 직원들 중 절반 이상은 반드시 참여해야 하기 때문에 보안에 결원이 생기게 될 것이라고 말했다.

그리고 파티가 열리기 전에 특별 비상 근무자인 동료에게 찾아가서 경계심을 풀게 한 다음, 계정에 로그인시킨 후 자신이 대신해 주겠다고 하면 될 것 같다고 대답했다. 게다가 오늘 자신이 다른 동료에게 전해 듣기로는 보안 담당 직원 빈센트가 컨디션이 매우 좋지 않다고 들었기 때문에 자신이 굳이 말하지 않아도 그렇게 해 달라고 자신에게 부탁할 것이라고 말했다. 크리스틴의 회사는 Silva사와 합병된 이후에 공식 행사에 불참석 시 받게 되는 징계가 매우 커서 자신이 알기로는 참석 요구를 받은 직원 중에 자의로 참석하지 않는 직원은 없다고 말했다. 제이크는 그녀의 말을 듣고 혹시라도 변수가 생기게 되면 위험한 방법인 것 같다면서 그녀를 걱정했다.

45) 이중 인지 처리 프로세스.

“모든 작전에는 변수가 존재하지. 과학적 사고에서 항상 고려해야 하는 것도 변수이고… 그래서 하나의 보험을 더 들까 해.” 크리스틴이 대답했다.

“보험? 그게 뭔데?” 제이크가 그녀에게 물었다.

“지금 나랑 같이 에디에게 가 보자.”

“에디? 에디는 갑자기 왜?”

“그 보험은 에디가 구해 줄 수 있을 거야.” 그녀는 해맑게 웃으면서 그에게 대답했다. 제이크는 동생이 어떤 생각인지 알 수는 없었지만 그녀의 안전을 위해서 에디가 해 줄 수 있는 것이 있다면 다행이라고 생각했다. 사무엘과 제이크 그리고 크리스틴은 함께 집 밖으로 나섰다.

메테오라

루모 대성당에서 앤드류의 응급 수술을 마친 켈리는 마스크와 수술 장갑을 벗으며 스칼렛과 다니엘에게 수고했다고 말했다. 그리고 다시 병원으로 가져갈 장비들을 정리하고 있었다. 그때 다니엘 신부가 나머지는 자신이 정리하겠다면서 잠시 쉬었다가 준비된 저녁을 먹고 가라고 그들에게 권했다. 켈리는 병원에 다시 들어가 봐야 한다고 대답했고 스칼렛도 자신 역시 가 봐야 할 곳이 있다고 말했다. 두 사람은 수술복을 벗고 본인들의 옷으로 갈아입은 후 밖으로 나왔고 다니엘은 켈리가 가져온 장비를 그녀의 차 앞으로 가져다주었다. 켈리는 다니엘 신부에게 병원에서 가져온 항생제들과 주사제들을 꺼내어 주며 처방전을 일러 주었다. 그리고 그는 약들을 건네받으며 알겠다고 대답했다. 그런 그들을 약간 떨어진 위치에서 지켜보던 스칼렛이 그녀를 배웅하기 위해 다가갔다.

"오늘 정말 고마워, 켈리. 수고 많이 했어."

"무슨 소리야? 스칼렛! 네가 내 도움이 필요하다면 어디든지 가야지. 우린 친구잖아…. 그런데 지금 이게 다 무슨 일인 거야?"

"프랭크 클리프리드의 실종과 총리선거 그리고 Beo Nox가 모두 연관이 되어 있는 것 같아. 그리고 지금까지 병원에 예약하고 취소한 환자들 모두가 Beo Nox 사용자였어. 게다가 켈리 네 말처럼 거의 모두가 10대, 20대 여자들이야."

"뭐라고? 그렇다면 크리스 윌포드가 Beo Nox를 이용해서 선거를 조작하고 어린 여자들을 사라지게 하고 있다는 거야? 대체 여자애들은 어디에 있는데?" 켈리는 놀란 표정으로 그녀에게 물었다.

"아직 자세한 건 몰라. 방금 수술한 앤드류가 Beo Nox에서 알게 된 어떤 남자를 따라갔다가 차단된 건물에 갇혔었고 약물을 주입당한 후에 정신을 잃었었데. 깨어나 보니 칸델라들에게 먹잇감으로 사냥을 당하고 있었고 겨우 탈출을 해서 집에 갔다가 쫓아온 킬러들에게 총상을 입은 거야."

"흠…, 역시 그랬구나. 그런데 우리가 아까 꺼낸 총알 말이야. 보통 경찰들이나 큐비 범죄자들이 쓰는 종류가 아니었어."

"그래? 그렇다면 그 총알은 어떤 타입인데?" 스칼렛이 묻자 켈리는 가방을 열어서 보관했던 총알을 꺼내 보여 주면서 말했다.

"탄피가 없어서 정확히 어떤 총인지는 알 수 없지만 총알은 308 BLK탄인 것 같아."

"308 BLK탄이 뭔데?"

"주로 소음기를 장착한 소총에 사용되는 무소음 탄으로 일반 군대나 경찰들이 쓰기에는 매우 비싼 총탄이기 때문에 주로 살상을 전문으로 하는 특수 부대 위주로 소량만 보급된다고 알고 있어."

"특수 부대라니…" 스칼렛은 켈리의 말을 듣고 나서 머리가 아픈 듯, 한 손은 허리에 얹은 채 오른손으로 이마를 만졌다. 켈리는 시계를 보면서 병원에 체크해야 될 환자가 있어서 가 봐야 한다고 말했고 스칼렛은 다시 한번 그녀에게 고맙다고 감사 인사를 했다. 켈리는 그녀에게 도움이 필요하면 언제든지 연락하라고 말한 뒤 포옹으로 인사를 한 후 차를 타고 성당을 떠났다.

스칼렛은 그녀가 떠나는 모습을 지켜보며 주머니에서 담배를 꺼내 라이터로 불을 붙인 후 담배를 피우며 생각했다.

'지금 일어나는 일들이 모두 한 사람 때문에 일어나고 있는 일인 걸까… 만일 정말 그렇다면 그는 대체 얼마나 악한 사람인 걸까… 과연 무엇을 위해서 이렇게까지 해야 하는 걸까…' 그녀는 머리가 복잡해지기 시작했다.

"켈리는 벌써 떠난 건가요?" 노아가 그녀에게 다가와서 물었다.

"네. 병원에 일이 있어서 먼저 떠났습니다."

"그렇군요… 많이 피곤해 보이는데 좀 쉬는 것이 좋을 것 같습니다. 스칼렛, 다니엘 신부님과 제가 앤드류를 잘 돌볼 테니까 걱정 말고 집으로 돌아가세요." 노아가 걱정스러운 얼굴로 그녀에게 말했다.

그의 대답을 들은 스칼렛은 고개를 숙인 채 얼굴에 미소를 띠었다. 그러자 노아가 웃음의 이유를 그녀에게 물었고 스칼렛은 피우던 담배의 끄트머리를 태우고 흩어지는 연기를 바라보며 허탈하게 작은 한숨을 내쉬었다.

"내가 집으로 가지 않을 거라는 걸… 당신은 이미 알고 있잖아요." 노아는 그녀의 대답을 듣고 다소 놀란 표정을 지으면서 얼굴을 약간 돌려 그녀의 시선을 피했다.

"왜요? 우리가 응급 수술을 할 것을 미리 알고 혈액형까지 맞추어서 준비한 당신이 내가 어디로 갈지 알고 있다는 건 지금까지 겪었던 일로 미루어 봤을 때 당연한 것 아닌가요? 더 이상 나한테 일부러 숨길 필요 없어요." 그녀의 지적에 노아는 그녀에게 미안하다고 사과했다. 하지만 그녀가 어디로 가는 건지가 중요한 게 아니라 다만 당신이 가서 알게 될 진실이 그녀 스스로를 위험에 처하게 만들 수 있다고 말했다. 그리고는 작은 나무 상자를 그녀에게 건네주었다. 그녀가 상자의 잠금쇠를 열어서 확인해 보니 블루 다이아몬드로 장식된 나비 모양의 목걸이였다.

"이걸 왜 나에게 주는 거죠?"

"지난번 공항 보석상에서 경찰에게 크리스 윌포드 총리한테 줄 성물이라고 말했던 모르페우스입니다. 이 목걸이를 가지고 가서 위험에 처하게 되었을 때 날개를 접으면 진실과 마주하게 될 것입니다."

"오늘 내가 죽을 수도 있나요?" 그녀는 나비 목걸이를 만지작거리며 노아에게 물었다.

"어째서 그런 말을 하는 겁니까? 스칼렛?"

"이 모든 악행의 근원이 정말 내 아버지라면 내 안에도 악마의 피가 흐르고 있는 거잖아요. 그런 더러운 피를 가진 사람은 세상에서 모두 사라져야 세상이 구원받는 것이 아닌가요?"

"당신은 모든 교만한 자를 발견하여 낮아지게 하며 악인을 그들의 처소에서 짓밟을 것입니다. 그리하면 네 오른손이 너를 구원할 수 있다고 내가 인정하리라고 말씀하셨습니다."

"제가 제 스스로 구원받기를 원한다고 생각하는 건가요?"

하늘에서 비추이는 달빛을 자신의 투명한 에메랄드빛 눈동자에 가둔 노아는 그녀를 바라보며 물었다.

"아니라는 말입니까?"

"저의 구원 따위는 바라지 않아요. 더 이상 악인에게 고통받는 사람이 없기를 바랄 뿐입니다."

"당신의 대답은 완전히 틀렸습니다." 노아는 투명하다 못해 신비한 파란빛이 나는 눈으로 그녀에게 말했다.

"틀렸다… 그렇겠네요. 어차피 고통받는 사람들은 당신들 칸델라가 아닌 우리 큐비들이니까… 당신들은 살면서 인생의 고통이라는 것을 느껴본 적도 없을 텐데, 당연히 구원을 바랄 필요가 없겠죠."

"그런 것이 아닙니다!!" 노아는 갑자기 큰 소리로 외치며 그녀에게 가까이 다가가서 말했다.

"정말 모르는 겁니까? 당신 스스로를 구하지 못하면 이 세상 그 누구도 구할 수가 없다는 것을…" 스칼렛은 그가 갑자기 큰 소리로 화를 내면서 팔을 잡고 말하자 놀란 눈빛으로 그런 그를 잠시 바라보았다. 그러고 나서 그녀는 노아가 준 상자에서 나비 목걸이를 꺼내어 직접 자신의 목에 걸고 말했다.

"오늘 내가 돌아오지 못한다고 해도 나를 위해 기도할 필요는 없습니다. 하지만 한 가지만 약속해 주세요, 노아 신부님. 우리 엄마를 끝까지 보살펴 주겠다고… 썸머도…, 그리고 제이크에게는…"

"오…, 스칼렛… 항상 기억하세요. 당신이 얼마나 중요한 사람인지를… 하나님께서 늘 당신과 함께하실 겁니다. 성부와 성자와 성령의 이름으로, 아멘." 그는 성호를 하며 그녀의 손을 잡고 손에 무언가를 쥐어 주었다. 그건 목걸이와 세트인 블루 다이아몬드로 장식된 블루 로즈 링이었다.

"이건…?" 스칼렛이 노아에게 물었다.

"반지는 절대 몸에서 떼어 놓아서는 안 됩니다. 나비는 결국 꽃을 찾아올 테니까요…" 그녀는 노아가 지금 무슨 말을 하는 건지 알 수가 없었다. 다만 블루 로즈의 꽃말은 기적이었기에 '진실을 알기 위해서 지금 필요한 것이 기적이라는 뜻인 걸까…'라고 생각하며 그와 작별 인사를 했다. 잠시 후, 스칼렛은 그녀의 차 앞에서 자신을 기다리고 있던 존의 에스코트를 받으며 차에 탔다. 스칼렛이 탄 차량이 보이지 않을 때까지 노아는 자리에서 그녀가 떠나는 모습을 바라보고 있었다.

"어디로 모시면 될까요?" 존이 그녀에게 물었다. 스칼렛은 Silva사 홈페이지에서 파티장에 대한 정보를 찾아보고 있었다. 요란한 색깔로 광고하고 있는 화면을 통해 루모 시티 최상급 호텔, 메테오라에서 정부 사업 선정 기념 파티가 열린다는 정보를 알 수 있었다.

"메테오라 호텔 연회장으로 가요………. 어…?"

"왜 그러십니까? 닥터 리브스?"

"메테오라로 갈려면 교통수단이 헬기로 가는 방법밖에 없다는데요?" 스칼렛이 당황한 표정으로 그에게 말했다.

메테오라 호텔은 루모 시티뿐 아니라 전 세계적으로 가장 유명한 럭셔리 호텔로 칸델라 중에서도 최고위 공직자와 글로벌 사업가 및 유명인들만이 심사를 거쳐 소수의 인원만 멤버십으로 이용할 수 있는 최고급 호텔이었다. '메테오라'라는 뜻은 그리스어로 '공중에 떠 있는'이라는 의미로 그리스에 있는 실제 수도원을 모티브로 바다 가운데 인공으로 섬을 만든 뒤 섬 한가운데 실제로 바위탑을 쌓아 절벽을 만들어 그 위에 지은 50층 규모의 하이엔드 프레스티지 호텔이었다. 유일한 교통 수단은 헬리콥터였기 때문에 칸델라라고 해도 헬기가 없는 칸델라는 가고 싶어도 갈 수가 없는 현실과 완전히 동떨어진 또 다른 환상의 세계와 같은 곳이었다.

"근처에 가면 헬기가 준비되어 있을 거라고 노아 님께서 이미 저에게 말씀하셨습니다. 닥터 리브스."

"아…, 역시 그랬군요…"

"그런데…, 파티 드레스 준비를 못 했네요. 구두와 핸드백도…" 스칼렛은 걱정스러운 표정을 지었다.

"걱정 마십시오. 제가 아까 노아 님께 직접 받아서 트렁크에 넣어 놨습니다."

"아…, 노아……" 스칼렛은 말없이 창밖으로 스쳐 지나가는 가로등 불빛을 바라보며 편안한 미소를 지었다. 그런 그녀의 미소에서 존은 전쟁터에서 군인들이 죽기를 각오하고 전투에 들어가기 직전의 허탈하게 웃던 모습을 떠올렸다.

얼마 후, 스칼렛의 눈앞에 사진에서 보았던 인공 섬 메테오라가 수평선 끝에 작게나마 어렴풋이 보이는 것 같았다. 차가 도시의 외곽 끝 지점인 개인 전용기 공항 입구에 도착하자 무장을 한 경비원들이 그들의 신분을 검사하기 시작했다. 존이 손등에 있는 표식으로 신분을 제시하자 검사 후에 통과된 듯 문을 열어 주었다. 그녀는 파티에 초대받은 사실이 없는데도 불구하고 전혀 제지당하지 않는 지금의 상황이 이해가 되지 않아 존에게 이유를 물었다.

"오늘 파티에 크리스 윌포드 총리가 직접 참석한다고 합니다. 그래서 베드로 대주교님께서 총리 당선 축하 성물을 스칼렛 님이 직접 전달하려고 한다는 의사를 미리 전하신 것으로 알고 있습니다. 그리고 저기 보이는 대기실에서 환복을 하시면 될 것 같습니다."

존은 트렁크에서 노아가 주었다는 가방을 꺼내 들고 앞서서 대기실로 안내했다. 스칼렛은 대기실로 들어가서 가방을 열고 준비된 파티복으로 갈아입기 시작했다. 그녀의 차가운 매력이 돋보이는 실버색 시퀸 드레스를 입고, 코발트 블루빛이 감도는 새틴 구두로 갈아 신었다. 마지막으로 노아가 준 목걸이를 다시 상자에 담아서 클러치 백에 넣고 블루 로즈 링은 손가락에 끼웠다. 밖으로 나오자 존이 그녀의 모습을 보고 감탄을 했다.

"닥터 리브스, 오늘 정말 아름다우십니다."

"고마워요. 그런데 왜 존은 옷이 그대로인 거죠?"

"저는 안타깝지만 같이 갈 수가 없습니다. 제가 끝까지 책임지고 에스코트해 드려야 하는데 정말 죄송합니다." 그는 그녀에게 고개를 숙이며 사과를 했다.

"네? 그럼 존은 같이 갈 수가 없는 거예요?" 스칼렛은 그에게 물었다.

"유감스럽게도 저는 헬기 타시는 것까지만 볼 수 있습니다. 저도 스칼렛 님의 보호를 위해서 같이 가고 싶었지만 제프리 번디 회장이 스칼렛 님만 출입 허가를 해 주었다고 합니다. 죄송합니다.” 그녀에게 미안해하며 걱정스러운 표정을 짓는 존에게 스칼렛은 괜찮다고 잘 다녀오겠다고 말해 주었다.

그들은 헬기로 향했고 존은 그녀가 갈아입은 옷들이 들어 있는 가방을 옆에 실어 주고는 인사했다. 곧이어 헬리콥터의 프로펠러가 천천히 돌기 시작했고 존은 주변에 일어나는 바람을 피해 뒤로 조금씩 물러나야만 했다. 점점 더 속도가 빨라지자 소음은 더 심해지기 시작했고 존은 왼쪽 팔로 얼굴을 가린 채 프로펠러 회전으로 인해서 잘 떠지지 않는 눈을 억지로 뜨면서 그녀가 탄 헬기가 이륙하는 모습을 지켜보았다. 스칼렛은 하늘에서 그가 자신이 잘 보이지 않을 것을 알면서도 그에게 미소를 띠어 보였다. 존이 먼지 바람 속에서도 그녀에게 손을 열심히 좌우로 흔들면서 무사히 돌아오라고 인사하는 모습을 보며 스칼렛은 그는 역시 참 좋은 사람이라는 생각을 했다.

거짓말

에디의 집에 도착한 크리스틴과 제이크는 현관문 앞에서 그를 기다리고 있었다. 잠시 후 에디가 문을 열고 나오더니 격하게 인사했다.

"제이크! 이 자식! 얼굴이 왜 이렇게 상한 거야? 불쌍한 새끼!" 그는 제이크의 얼굴을 보자마자 양손으로 만지고 와락 껴안으면서 호들갑을 떨었다. 제이크는 에디를 한동안 내버려 두었고 크리스틴은 제이크를 껴안고 안타까워하는 에디의 마음이 진심인 것을 알면서도 뭔가 어색해서 다른 곳을 쳐다보고 있었다.

"저… 이제… 그만…" 제이크는 에디를 떼어 놓으려고 그의 팔을 잡았고 그제서야 그는 제이크를 풀어 주었다. 그리고 그는 두 사람을 집으로 들어오라고 했다. 에디의 집에 들어선 크리스틴은 그에게 의약품에 관해서 부탁할 것이 있다고 말했다.

"어떤 의약품을 말하는 거야? 크리스틴? 지난번에 찾아봤었던 약품 구매 내역의 세로토닌과 연관된 일인 거야?" 에디가 그녀에게 질문했다.

"아주 연관이 없다고는 할 수 없지만, 지금 부탁하려는 건 혹시 칸델라가 복용하면 일시적으로 잠에 빠지게 되는 약 같은 게 있는지 물어보려고 왔어요." 옆에서 크리스틴의 대답을 들은 제이크는 깜짝 놀란 눈으로 설마 네 동료에게 약을 써서 계정을 강탈할 생각인 것이냐고 그녀에게 물었다.

"그래서 내가 보험이라고 말했잖아. Silva사의 Beo Nox 시크릿 모드를 관리자 계정으로 들어가서 인위적으로 인지 반응을 조작한 흔적이 있는지 알아보려면 시간이 필요해. 빈센트의 집에 들어가는 건 가능해도 그의 컴퓨터를 장시간 내가 이용한다는 건 그가 의식이 있는 상태에서는 불가능한 일이야.” 에디는 두 사람의 대화를 듣고 나서 크리스틴이 빈센트라는 사람의 계정으로 Beo Nox의 인위적 조작의 증거를 잡으려고 한다는 계획을 알게 되었다. 그는 크리스틴이 필요한 약물이 자신의 연구 분야는 아니라서 나에게는 없지만 최근 그의 어머니가 잠을 못 자서 힘들어 하는 칸델라 친구에게 약물을 약하게 처방해 주었다는 이야기를 들은 적이 있다고 대답했다. 그리고는 갑자기 제이크에게 물었다.

“야! 너 연기 좀 되냐?”

“뭐? 대체 그게 무슨 말이야?” 제이크는 어리둥절한 표정으로 그에게 되물었다.

“최대한 불쌍한 표정 짓고 따라와! 그리고… 잠깐만.” 에디는 제이크에게 다가와서 자신의 손으로 그의 머리를 마구 헝클었다. 그러고 나서는 옷매무새도 흩트리고 옆에 있던 화분에서 흙을 꺼내더니 그의 옷에 마구 비벼 댔다.

“야! 이게 뭐 하는 짓이야!!” 제이크는 그에게 화를 냈지만 에디는 아랑곳하지 않았다. 곧이어 그의 팔을 잡고 에디의 어머니가 계시는 2층으로 올라갔다. 1층에서 그 둘의 올라가는 모습을 보고 있던 크리스틴도 영문을 몰라 어리둥절하게 우두커니 서서 그들을 바라보고 있을 뿐이었다.

에디 어머니는 컴퓨터 앞에서 연구 논문을 보는 중이었고 두 사람의 인기척에 뒤를 돌아보았다.

“어머! 제이크!!! 대체 이게 무슨 일이니?” 에디 어머니는 그의 헝클어진 머리와 더러운 옷매무새를 보고 경악을 금치 못했다.

“엄마… 글쎄… 제이크가 일주일 동안 잠을 단 한 번도 못 잤대요… 불쌍한 녀석…” 에디는 당장이라도 울 것 같은 표정으로 그의 어머니에게 호소했고 영문을 모르고 끌려온 친구 제이크의 옆구리를 팔꿈치로 쿡 찔렀다. 그리곤 그에게 얼굴을 돌려 빨리 너도 엄마에게 불쌍한 척을 하라고 입 모양으로 사인을 했다.

"에디 어머니… 죄송합니다…. 전 도저히…, 아버지 없이는… 흐흑…" 제이크는 가짜 눈물을 흘리며 아버지가 너무나 그리워서 괴로워하는 아들의 연기를 능청스럽게 하고 있었다. 자신의 기대치보다 훨씬 더 연기를 능숙하게 잘하고 있는 제이크를 보고 에디는 깜짝 놀라 자기도 모르게 입이 벌어졌다. 그러한 제이크를 본 에디의 어머니는 다가와서 그의 손을 잡아 주며 말했다.

"제이크, 그동안 얼마나 힘들었던 거니? 세상에…, 대체 이 꼴이 다 뭐니? 걱정하지 마. 프랭크 총리님은 반드시 집으로 돌아오실 거야. 어머니께도 네가 힘이 되어 드려야지. 안 그래?" 그녀는 제이크를 진심으로 걱정하고 있었다.

"감사합니다. 어머니. 그래야죠…" 에디는 엄마에게 제이크에게 잠을 잘 수 있는 약을 처방해 줄 수 있는지를 물었고 그녀는 연구용 약은 외부인에게 함부로 제공할 수 없는 것이지만 이미 안전성이 입증된 약이고 자신의 친구에게도 최근 처방해 준 적이 있어서 마침 여유분이 있다고 대답했다. 그녀는 둘에게 잠시만 기다리라고 하고는 약품이 있는 방으로 들어갔다.

"야! 너, 이 미친 새끼! 아까 연기 죽이던데? 흐흐." 에디는 엄마가 사라지자 제이크에게 작은 목소리로 말하면서 그를 놀려 댔다. 그러자 제이크는 한쪽 눈썹을 추켜올리며 별거 아니라는 듯 윙크하고 소리 없이 웃었다. 곧 에디의 어머니는 작은 유리병 하나를 들고 나와서 둘에게 [Hypnus-02]라는 약을 보여 주었다. 단 2방울이면 아무리 심한 불면증이라도 3분 안에 깊은 잠에 빠지게 하는 약이라고 말하면서 무색무취하니 절대 과량 투여하면 안 된다고 신신당부를 하였다. 그리고는 어떤 약이든 장기간 섭취하면 중독이 되니 절대 3일 이상 연속 복용해서도 안 된다고 말했다. 제이크는 에디의 어머니에게 정말 감사하다고 인사를 하고 포옹을 한 뒤 에디와 함께 거실로 내려왔다. 크리스틴은 제이크와 에디에게 성공했냐고 물었고 제이크가 에디의 엄마에게서 받은 물약병을 보여주자 크리스틴은 고개를 끄덕이면서 미소를 지었다.

"에디, 도와줘서 정말 고마워요. 시간이 없어서 난 바로 빈센트의 집으로 가야겠어. 오빠." 크리스틴이 에디에게 인사를 하며 제이크에게 말했다.

"그럼 우리가 타고 온 차는 네가 가져가라. 크리스틴." 제이크가 그녀에게 대답했다.

"오빠는 어떻게 집에 가려고?"

"난 에디랑 갈 곳이 있어." 제이크는 에디를 보며 말했다.

"나랑? 우리가 어딜 가는데?" 에디는 영문을 모르겠다는 제스처를 하면서 그에게 질문했다.

"병원 영안실…"

"뭐? 영안실이라고? 너 방금 영안실이라고 말한 거냐?" 에디는 깜짝 놀라 버럭 소리를 질렀다.

"쉿! 조용히 해. 너희 어머니가 듣고 내려 오시겠어!" 제이크는 자신의 입에 검지손가락을 대며 그에게 조용히 하라고 말했다.

"제이크, 영안실이라니 대체 무슨 생각인 거야?" 크리스틴이 제이크에게 물었고 그는 자세한 것은 가서 직접 조사를 한 뒤 연락을 하겠다고 말했다. 그리고 Hypnus-02의 적정 복용량은 단 2방울이니 절대 조심하라고 그의 동생에게 당부를 하며 건네주었다. 그는 크리스틴과 타고 온 슈퍼카로 함께 가서 본인의 컴퓨터를 꺼낸 후에 그녀를 먼저 태워서 보냈다. 잠시 후 제이크는 에디와 함께 차에 타서는 목적지로 UMHC 병원을 명령했다.

“UMHC라면 HM 시티에 있는 병원이잖아? 지금 거기 영안실에 가겠다는 거야? 제이크?”

“크리스 윌포드는 식수에 약물을 타서 칸델라들의 불면증을 초래하고 Beo Nox가 기적의 불면증 치료제인 것처럼 광고까지 해서 모두를 속였어. 그 영향으로 결국 선거에서 승리까지 하게 된 것일 테고… 아니 어쩌면 Beo Nox에 어떤 장치가 칸델라들의 의식을 조종하고 있는 것일 수도 있어.”

“뭐라고? 이게 정말 모두 가능한 일이라고 생각하는 거야? 너?”

“아니.” 제이크는 그에게 대답했다.

“아니라니?” 에디는 어떤 의미로 대답한 것인지를 다시 되물었다.

“우리가 상상하는 것 그 이상일 수도 있다는 말이야. 지금 현재 벌어지고 있는 모든 일들이…”

제이크는 진지한 얼굴로 에디에게 크리스가 총리에 당선되고 나서 가장 처음에 한 일이 BAN-17 정책을 해제한 것임을 지적하며 그로 인해서 가장 이득을 본 집단이 누구일까라고 에디에게 물었다. 에디는 지난 수십 년간 성적 신체 접촉을 금지해 왔었던 정책으로 인해 칸델라들은 서로 세균에 대한 항체를 보유하지 못했을 것이라고 추측했다. 그런데, 갑자기 해제된 정책으로 무분별한 신체 접촉을 했을 것이며 그 결과로 크리스가 당선된 이후에 병원에 찾아오는 칸델라 환자 수가 급격하게 증가한 사실을 말했다. 당연하게도 거의 대부분의 칸델라 환자들의 질병이 염증 관련 질환이었다고 대답했다. 그리고 자신도 외래 환자들의 약 처방으로 이렇게 눈코 뜰 새 없이 바쁜 적은 생애 처음이었다고 말했다.

“네 말을 종합해 보면 결과적으로 BAN-17 해제 발표는 칸델라들의 자유 권리를 보장해 주는 것처럼 위장한 칸델라 의사 집단을 위한 정책이야.” 제이크가 에디에게 말했다.

“이런 결과를 미리 예측하고 크리스가 정책을 해제한 거란 말이야?”

“아니, 한 가지가 더 추가되었어.”

“그게 뭔데?”

“세로토닌 억제제. 그동안 우리는 세로토닌 억제제가 들어 있는 물을 마셔왔어. 인간의 기본적인 욕구를 억제하기 위해서 그리고 서로 간의 교차 세균 감염을 방지하기 위해서 말이야.”

“뭐라고? 오 마이 갓…” 에디는 믿을 수 없다는 듯 놀라서 손으로 자신의 미간을 짚으며 고개를 가로저었다. 에디는 그럼 그때 크리스가 대량으로 구매한 D-세로토닌의 행방은 어떻게 된 것이냐고 제이크에게 물었다.

“스칼렛의 추측으로는 그건 아마도 D-세로토닌 즉 세로토닌 억제제가 아니라 암페타민일 것이라고 했어. 그때 이후로 급격하게 칸델라들의 불면증이 갑자기 늘었으니까.”

“크리스가 총리선거에서 이기기 위해서 칸델라들을 조종하려고 마약 성분을 탄 물을 계획적으로 공급했다는 뜻이야?” 에디는 믿을 수 없다는 표정을 지으며 그에게 질문했다.

“맞아. 그런데 더 큰 문제는 크리스가 총리가 된 후 BAN-17을 해제시킴으로 인해서 그동안 아버지가 강제적으로 수십 년간 억압해 왔던 칸델라들의 모든 욕구가 지금 한꺼번에 전부 다 풀어진 상태라는 거야.”

“그러면 어떻게 되는 건데?”

“이제부터 알아봐야지. 지금 어떤 일이 벌어지고 있는 건지…”

선택과 욕망

공항에서 성당으로 다시 돌아온 존은 노아에게 스칼렛에 대한 보고를 한 후, 홀로 어두운 지하층으로 발걸음을 옮겼다. 오늘 저녁 크리스의 명령에 반해 앤드류 파커를 죽이지 않는다면 자신의 부하였던 스미스가 그에게 죽임을 당하게 될 것이므로 어떻게든 반드시 그를 죽여야 했다. 총을 쓴다면 그가 외부인에게 살해당한 것이 탄로날 것이고 칼도 마찬가지였다. 그가 호흡을 의지하고 있는 인공호흡기를 뗀다면 쉽게 죽일 수 있겠지만 환자 곁을 지키고 있는 다니엘 신부를 떼어내는 것이 급선무였다.

존은 지하 3층에 있는 전기실에 도착해서 차단기함을 열었다. 그가 지하 1층의 모든 전기를 공급하는 코드를 잘라 버리자 앤드류가 있는 방의 전등이 모두 꺼져 버렸고 옆에 앉아 있던 다니엘 신부는 어둠 속에서 당황하기 시작했다. 다니엘은 갑자기 무슨 일이 생긴 건지 알아보기 위해서 밖으로 나갔고 문밖에서 그가 나간 것을 확인 한 존이 몰래 방 안으로 들어왔다. 앤드류의 인공호흡기는 자체 발전 시스템으로 전원이 공급되고 있었기에 존이 직접 작동을 중단시켜야 했다. 그는 천천히 전원 버튼으로 손가락을 움직이고 있었다. 앤드류의 얼굴을 지나서 오른쪽 코너에 있는 전원 버튼을 향해 움직이는 그의 손등을 창가에서 새어 들어오는 달빛이 비추고 있었다. 전장에서 수십 아니 수백 명의 적군을 사살할 때도 단 한 번도 망설인 적이 없었던 존이었지만 지금 이 곳은 전쟁터도 아닐 뿐 아니라 또한 침대에 누워 있는 사람은 적군도 아니었기에 지금 이 행동이 명백한 살인이라는 것을 알고 있는 그는 전원 버튼 바로 앞에서 망설이고 있었다.

'해야만 한다. 지금 이 버튼을 누르지 않는다면 불쌍한 스미스가 죽게 된다. 오… 하느님… 절대로 저를 용서하지 마시옵소서…'

그는 마침내 전원 버튼을 눌러 그의 호흡을 중단시켰다. 어둠 속에서 앤드류가 침대에서 꿈틀대는 것을 느꼈지만 존은 그대로 방을 나왔다. 계단으로 촛불을 들고 내려오는 신부들의 모습이 보였고 그는 그들을 피해 복도 기둥 뒤로 몸을 숨겼다. 신부들이 지나가고 난 뒤 밖으로 나온 그는 크리스에게 전화를 걸었다.

"지시하신 대로 처리했습니다."

📞 "수고했네. 존."

존은 전화를 끊고 나서 허탈함에 툭하고 팔에 힘이 빠져 버렸다. 그런 그를 어둠 속에서 지켜보는 한 사람이 있었다.

❄

크리스틴은 빈센트의 집으로 가는 도중 공원에 내려 나무들을 헤치고 숲속으로 들어갔다. 그녀는 벌레가 많은 나무 사이로 깊숙이 들어가서 바지 자락을 들어 올리고는 벌레들이 자신의 다리로 기어 올라와서 무는 것을 지켜보고 있었다. 그리고는 태연하게 다시 차 안에 타서 빈센트에게 전화를 걸었다. 전화를 받은 빈센트는 원래는 Silva 주최 파티에 참석해야 했지만 해킹 위협으로 비상 근무에 동원되어 지금 전체 시스템 점검을 하느라 매우 바쁜 상황이라며 무슨 일로 연락한 것인지 그녀에게 물었다.

"요즘 과음을 좀 해서 그런가… 어제 새벽부터 갑자기 발목이 미친 듯이 가려워서 긁었더니 두드러기가 올라와서 말이야. 병원에 갔었는데 사람들이 너무 많아서 진료도 못 받았지 뭐야." 과음을 했다는 그녀의 말에 빈센트는 평소에는 술을 입에도 대지 않던 그녀가 아버지의 실종 때문에 괴로워서 술의 힘까지 빌렸을 거라는 생각에 갑자기 크리스틴이 안쓰러웠고 동료로서 무심했던 것에 죄책감이 들었다.

📞 "크리스틴…, 여전히 아버지에 관련된 아무 소식도 없는 거야?" 그는 걱정스러운 표정으로 그녀에게 물었다.

"나보다는 엄마가… 아!! 진짜!! 지금도 가려워서 미칠 것 같아. 여기 좀 봐 봐." 그녀는 다리를 화상화면으로 직접 그에게 보여 주었다. 그녀의 다리는 빨갛게 두드러기가 올라온 데다 많이 긁어서 피까지 나고 있었다.

📞 "크리스틴! 너무 심한 것 같은데? 괜찮아?"

"엄마 몰래 술을 사러 나왔다가 돌아가는 중인데 너무 가려워서 못 참겠어. 시간이 너무 늦어서 약을 살 수 있는 데도 없네. 그리고 이대로 들어가면 술 냄새 때문에 엄마한테 들킬 것 같은데… 어쩌지… 안 그래도 요즘 너무 힘들어하시는데…." 크리스틴은 화면상에 보이는 그의 표정을 살피면서 무언가 갈구하는 표정으로 말했다.

📞 "Corticoid[46] 성분 약이 아마 집에 있을 거야. 요즘 피부병들이 워낙 난리라서 집집마다 거의 구비해 놓고 있는데 너희 집은 아직 준비 못 한 모양이구나? 내가 직접 가져다주고 싶지만 지금 너도 알다시피 자리를 비울 수가 없어서 말이야." 그의 대답을 들은 크리스틴은 고개를 숙이고 그가 보이지 않게 미소를 지었다.

"내가 당연히 너희 집으로 가야지. 마침 너네 집 근처를 지나던 길이었어. 금방 갈게"

5분 뒤 그녀는 그의 집 앞에 도착했고 차에서 내려서 현관문 앞에 섰다. 그녀가 AI 시스템에 자신의 정보를 인식시키자 안에서 문이 열렸다.

46) 코르티코이드: 부신피질에서 분리한 스테로이드호르몬의 총칭.

"크리스틴, 어서 와." 빈센트가 그녀를 반갑게 반기면서 포옹했다. 인사를 나눈 두 사람은 거실로 향했다. 몇 주 전에 보았던 모습과는 다르게 살이 좀 찐 그는 그녀에게 소파에 앉으라고 한 뒤 욕실로 들어가서 처방 패치를 가져와 건네주었다.

"정말 고마워. 지금 붙이고 나머지는 바로 줄게." 그녀는 받자마자 다리를 걷어서 패치를 붙이고 돌려주려고 했다.

"아니야, 너 가져가도 돼. 심한 거 같은데 제발 다 가져가서 써." 그는 손사래를 치면서 그녀에게 가져가라고 오히려 부탁했다.

거실에는 방금 내린 커피 향이 나고 있었고 빈센트는 자신은 밤을 새야 할 것 같아 커피를 만들고 있었다면서 그녀에게 커피를 마시겠냐고 물었다. 크리스틴은 술도 깰 겸 자신도 커피를 마시겠다고 그에게 대답했다. 그리고는 주머니에 들은 약병을 손으로 만지작거렸다.

"아! 참! 해킹 감지는 어디서 된 거래? 감염된 외부 경로가 따로 있는 거야?" 크리스틴이 그에게 물었다.

"글쎄, 본부에서는 익명의 제보자로부터 첩보를 입수했다고 하는데 아직까지는 특별히 감염된 위치를 찾지 못했어."

"내가 좀 같이 봐 줄까?"

"진짜? 나야 고맙지. 크리스틴." 빈센트는 크게 반가워하면서 그녀를 데리고 그의 컴퓨터가 있는 방으로 갔다.

컴퓨터가 작동하고 있는 그의 방 안에는 투명한 홀로그램 모니터 창이 여러 개 열려 있었고 테이블에는 그가 메모해 놓은 쪽지들과 책들이 어지럽게 널려 있었다.

"바이러스나 악성코드로 해킹할 가능성은 높지 않아 보이고 Quantum

Channel[47]이나 Adversarial Attack[48]일 가능성이 더 클 것 같아서 말이야." 모니터를 보여 주며 빈센트가 크리스틴에게 말했다.

"흠… AI는 DNN[49]을 이용한 classifier[50]들에 적대적 교란을 적용했을 때 생기는 분류 알고리즘이 misclassification[51]을 발생하는 문제가 있으니 충분히 가능한 일이야. 클라우드와의 연계성은?"

"PPDM[52]에서 취약점이 있는 거 같긴 한데 우리 쪽에서는 더 접근하기는 어려운 상태야." 그의 말을 듣고 크리스틴은 제이크가 에디랑 무엇을 하려고 하는지 대충 알 것도 같았다. 그런데 그때 우연히 시선이 향한 테이블에 가득한 온갖 살찌는 음식들을 보고 나서야 오랜만에 본 빈센트가 살이 찐 이유를 알 수 있었다.

"그런데 빈센트, 요즘엔 파미드 안 먹었어? 왜 이렇게 정크푸드를 잔뜩 가져다 놓은 거야?"

"모르겠어. 몇 주 전부터 미친 듯이 배가 고파서 참을 수가 없어서… 이런 것들을 먹지 않으면 밤에 잠을 못 자." 그의 대답을 듣고 난 크리스틴은 크리스가 총리가 된 이후로 모든 칸델라들을 오직 욕망에만 충실한 존재들로 만들고 있다는 생각이 들기 시작했다. 사태가 더 악화되기 전에 반드시 빈센트를 비롯한 죄 없는 칸델라들을 빨리 위험에서 구해 주어야 했다. 그러기 위해서는 시간을 지체할 수 없었다.

47) 양자 채널: 고전적인 정보뿐만 아니라 양자 정보를 전송할 수 있는 통신 채널.
48) 적대적 공격: 적대적 예제를 생성해 머신러닝 기반 시스템의 성능을 의도적으로 떨어뜨려 보안 문제를 일으키는 것.
49) Deep Neural Network: 심층신경망.
50) 분류자.
51) 분류 오류.
52) Privacy Preservation Data Mining(프라이버시 보존형 데이터 마이닝): 데이터 소유자의 프라이버시를 침해하지 않으면서 데이터에 함축적으로 들어 있는 지식이나 패턴을 찾아내는 기술.

“빈센트, 나 저 초코바 하나 먹어 봐도 돼? 어? 근데 먹던 것밖에 없는데? 오늘 하루 종일 아무것도 안 먹고 술만 마셨더니 배가 너무 고픈데…” 그녀가 자신의 배를 만지며 불쌍한 표정으로 빈센트에게 말하자 그는 부엌 찬장에 있을 거라면서 다녀오겠다고 방을 나갔다. 그가 자리를 비우자 그녀는 주머니에서 약병을 꺼내서 그가 확실히 나갔는지 확인한 후 자리에 돌아와 그의 커피에 정확하게 2방울을 넣고 재빨리 섞은 뒤 다시 의자에 앉았다. 잠시 후 돌아온 그가 그녀에게 초코바를 건넸고 크리스틴은 그것을 받아서 한 입 먹고 난 뒤에 말했다.

“우와~. 이게 바로 천상계 맛이네! 왜 지금까지 이런 걸 안 먹고 살았던 거지?” 그녀의 감탄에 빈센트는 함박웃음을 지으며 책상에 즐비한 다른 과자들의 칭찬을 늘어놓느라 바빴다. 그런 그의 어깨에 크리스틴은 살며시 손을 얹었다.

“천천히 설명해도 돼. 자~, 목마르겠다. 일단 커피 한 잔 먼저 하고 우리 밤새 같이 해커를 잡아 보자. 건배!” 그녀가 건배를 권하자 빈센트는 건배를 한 후 커피를 마셨고 크리스틴은 커피를 마시는 시늉만 하며 그런 그의 모습을 긴장한 눈빛으로 바라보았다.

그들만의 파티

스칼렛이 타고 가는 헬기 밖으로 바다 수면에 반사되는 달빛만이 고요하게 반짝이고 있었다. 시끄러운 헬리콥터 로터 소리와 밖에서 보이는 정적인 바다의 수면은 다가오는 진실의 고요함을 대변하는 듯했다. 어두운 밤바다를 지나 곧 시야에 섬이 보이기 시작했고 절벽과 그 위에 위치한 메테오라가 보였다. 화려한 불빛들과 조금씩 보이기 시작하는 사람들의 실루엣들이 이미 그곳에 여러 사람들이 도착해서 파티를 즐기고 있음을 짐작할 수가 있었다. 가까이 다가갈수록 조명은 더욱 화려하게 빛났고 시끄러운 음악 소리도 들리는 듯했다. 잠시 후, 헬기는 조종사의 무전 소리를 뒤로 하고 곧 비행장으로 무사히 착륙했다. 헬리콥터의 로터 소리가 잦아들고 문이 열리자 스칼렛은 안에서 내리기 위해 드레스 자락을 들어올리고 천천히 바닥으로 걸어 내려왔다. 아직 멈추지 못한 헬기 프로펠러의 회전 속도와 차가운 밤공기가 그녀의 머리카락과 드레스 자락을 휘날리게 만들고 있었다.

스칼렛은 헬기에서 내린 후, 건물 쪽으로 향해서 걸어가고 있었는데 그녀 앞으로 직원인 듯한 수트를 차려입은 남자가 다가왔다.

“안녕하십니까? 스칼렛 리브스 님. 메테오라에 오신 것을 환영합니다. 저는 오늘 Silva 정부 사업 선정 기념 파티의 최고 책임자 알렉스 베인이라고 합니다. 이쪽으로 모시겠습니다.”

그녀는 그의 안내에 따라 대기하고 있던 차량의 열린 문으로 들어가기 위해 몸을 숙였고 알렉스는 직원들이 짐을 옮기고 그녀가 무사히 타는 것을 지켜본 후 다시 앞에 타서 차를 출발시켰다.

"현재 시각 8시 30분, 파티가 시작된 지 정확히 1시간이 지난 시점이기 때문에 로비에 도착하시면 간단하게 신분 확인 절차를 거치신 후, 바로 전담 직원을 만나게 되실 겁니다. 호텔과 관련된 모든 서비스는 VIP마다 1대1 담당 직원이 직접 해결해 드립니다."

"네? 사람이 직접 저를 케어해 준다는 말씀인 건가요?"

"네, 그렇습니다. 저희 메테오라는 최소한의 AI 방식을 추구합니다. 모든 VIP분들께 최고로 교육받은 가장 최상의 인적 서비스를 제공해 드리는 것이 저희 호텔의 자부심입니다." 그의 자신감 넘치는 대답에 스칼렛은 창밖으로 보이는 수많은 헬기들을 보면서 우리나라에 이렇게 많은 개인 헬기를 소유한 사람들이 있다는 사실이 놀라웠다. 잠시 후, 차가 건물 입구에 도착하자 문이 열렸고 차에서 내리자마자 시작되는 레드 카펫은 건물 입구까지 깔려 있었다. 그의 안내에 따라 입구에 있는 전신 스캐너에 들어가자 신분과 신체 사이즈 및 기본 개인 정보가 인식되었고 파란 불빛이 켜지면서 [PASS] 표시가 켜졌다. 앞서가서 그녀를 기다리고 있던 알렉스가 직원들 사진과 명단이 리스트업 되어 있는 모니터에 카드를 인식시키자 화면에 담당 직원의 사진과 이름이 나타났다.

💻 [스칼렛 리브스 담당 quencher: 칼슨 매버릭]

"칼슨 매버릭 직원이 앞으로 스칼렛 리브스 님을 전담할 것입니다. 이쪽으로 오시죠." 그는 그녀를 5층으로 데려가 다른 모니터로 안내했다.

"여기 보이시는 모니터에 직접 선호하시는 퀀쳐의 의상과 헤어, 피부색 등을 입력해 주시기 바랍니다."

"네? 직원의 의상과 헤어, 피부색을 제가 선택하라구요? 그게 어떻게 가능한 일입니까?” 스칼렛은 의상 지정까지는 그럴 수 있다고 해도 사람 본연의 헤어와 피부색을 선택한다고 해서 지금 바로 그걸 변경한다는 게 믿어지지가 않았다. 알렉스는 차분하고 품위 있는 말투로 VIP들의 취향에 따라 헤어 컬러와 피부색은 오토 메이크업 시스템으로 5분이면 충분히 가능한 일이라고 말하며 메테오라에서는 모든 것이 VIP의 취향에 따라 결정된다고 말했다. 그의 대답을 듣고 난 스칼렛은 여기 온 모든 VIP들이 이런 절차를 거쳤을 거라고 생각하니 그들의 선택에 따라 모습을 바꿔야 하는 퀸쳐들이 불쌍하게 느껴졌다.

“전… 바꾸고 싶지 않습니다.” 그녀의 대답에 알렉스는 살짝 놀라는 듯했고 돌아서서는 약간의 알 수 없는 미소를 띠면서 알겠다고 대답했다. 연회장 입구에 도착하니 좀 전에 사진에서 봤던 같은 모습의 직원이 그녀에게 허리 숙여 인사를 하면서 말했다.

“반갑습니다. 스칼렛 리브스 님. 리브스 님을 담당할 칼슨 메버릭이라고 합니다. 여기 저를 언제든지 호출할 수 있는 키입니다. 편한 곳에 부착하시고 언제든지 눌러만 주시면 제가 직접 찾아가서 안내해 드리겠습니다.” 그는 그녀에게 작은 접착 형태의 센서버튼을 주었고 스칼렛은 그걸 받아서 자신의 손목 안쪽에 붙였다.

“저… 칼슨, 제가 갈아입을 옷과 여행 용품을 챙겨 오지를 못 했는데 따로 구매할 곳이 혹시 있을까요?” 스칼렛은 성당에서 급하게 오느라 여행 짐을 챙기지 못했기 때문에 내일까지 있으려면 개인 용품이 필요했다. 그녀의 질문을 듣고 그는 그녀에게 선호하는 브랜드를 지정해 주면 모든 용품은 자신이 직접 방으로 준비해 놓겠다고 말했다. 그가 그녀에게 휴대용 전자기기로 선택할 수 있는 브랜드를 보여 주었고 그것들은 모두 최고 상류층만이 쓰는 최고급 브랜드들이었다. 스칼렛은 평소에 럭셔리 브랜드에 별로 관심이 없었기에 손으로 대충 아무 브랜드를 골라서 찍었다. 그런데 칼슨이 그녀에게 다가와 손을 가리고 귓속말로 말했다.

"리브스 님, 지금 선택하신 실내복 브랜드는 린넨 전문 브랜드로 11월에 입기에는 다소 무리인 것 같습니다." 그의 말을 듣고 난 스칼렛은 당황해서 살짝 상기된 얼굴로 입술을 살짝 깨물었다.

"좋아하시는 소재와 컬러만 말씀해 주시면 제가 알아서 준비해 놓겠습니다. 리브스 님." 그녀는 그가 자신이 무안해지지 않도록 작은 목소리로 센스 있게 배려해 주는 것이 고마웠다.

"실크 소재요, 컬러는 블랙과 버건디로 해 주세요. 고마워요. 칼슨."

"말씀하신 대로 바로 준비하겠습니다. 그리고 제가 메테오라 직원으로 일한 지 15년째입니다만 저의 피부색과 헤어 컬러를 그대로 선택해 주신 분은 리브스 님이 처음이십니다. 오늘 최선을 다해서 모시겠습니다. 리브스 님." 그는 그녀에게 정중하게 목례로 인사했고 그녀는 인사를 받고 연회장 안으로 들어갔다.

연회장은 최고급 명품 브랜드의 파티복을 입은 수많은 칸델라들과 술잔을 들고 분주히 움직이고 있는 웨이터들 그리고 간간히 Silva사 유니폼을 입은 직원인 듯한 사람들로 붐비고 있었다. 무대 앞에 설치된 대형 홀로그램 모니터에는 Silva사의 창립부터 지금까지의 연혁과 히트했던 상품 그리고 연구원들의 모습들이 연속적으로 플레이되고 있었다. 연회장의 바닥 카펫과 조명 그리고 모든 인테리어 들은 Silva사의 상징인 골드와 화이트 톤으로 장식되어 있었다.

스칼렛은 각종 고기류와 해산물로 만들어진 다양한 요리들과 베이커리 제품 그리고 음료들이 준비되어 있는 케이터링 테이블에서 의식적으로 요리할 때 물이 들어가지 않은 음식만을 골랐다. 신선한 과일과 칵테

일 새우를 먹은 후 포장되어 있는 젤리를 한 봉지 들고는 봉지를 뜯고 마시멜로가 가운데 들어간 동물 모양의 젤리를 입 속에 넣었다.

"이렇게도 천박한 입맛이라니… 역시 출신은 속일 수가 없는 법이지."

그녀는 뒤를 돌아보았다. 그곳에는 벤자민 윌포드가 스칼렛을 벌레라도 보듯이 경멸하는 눈빛으로 노려보고 있었다.

"누구시죠?"

"벤자민 윌포드, 크리스 윌포드 총리님의 아들." 그의 대답을 듣고 나서 스칼렛의 표정은 온몸의 피가 빠져나간 사람처럼 차갑게 식었다.

"그런 싸구려 음식은 호텔 직원용으로 준비되어 있는 건데… 네가 아무리 비싼 옷으로 꾸미고 칸델라인 척해 봤자 역시 넌 천한 큐비일 뿐이야." 그는 비열한 웃음을 지으며 그녀를 멸시했다.

"내가 천한 큐비 출신이라서 널 불편하게 만들었다면 사과할게. 아! 벤자민, 너에게 진짜 사과할 게 하나가 더 있는데 말이야. 네가 살인 청부까지 해서 나를 죽이려고 했는데도 아직 죽지 않고 살아 있어서 정말 미안해. 그 일로 아버지께 찾아가서 네가 날 죽이려고 했다고 말한 것도 미안하네? 그래서… 설마, 나 때문에 아버지한테 야단이라도 맞은 건 아니지? 훗… 불쌍한 벤자민, 네가 날 이길 수 있는 유일한 방법이 겨우 살인이라니… 열등한 건 내가 아닌 거 같은데?"

그녀의 완벽한 조롱에 울화가 치민 벤자민은 당장 눈앞에 있는 그녀의 목을 조르고 싶은 심정이었지만 간신히 참고 있었다. 그런 그의 모습을 본 스칼렛은 그에게 말했다.

"정신과 전문의로서 충고하는데 분노라는 감정은 일반적인 경우 세로토닌과 노르에피네프린과 같은 신경전달물질과 테스토스테론 같은 호르몬이 환경적 스트레스와 함께 발생하거든. 그런데 너처럼 유전적으로 결함이 있고 작은 스트레스에도 민감하게 반응하는 질환자들은 공격적인 행동으로 발현되지. 카바마제핀, 벤조디아제핀이 약물치료에 도움이 될 거야." 그녀의 말이 끝나자마자 벤자민은 그녀에게 바짝 다가가서 부들거리는 주먹을 꽉 쥐고는 그녀의 귀에 대고 말했다.

"지금을 실컷 즐겨. 이제 곧 너는 내 손에 죽게 될 테니까." 다시 한 발 뒤로 물러선 그는 고개를 오른쪽으로 살짝 숙인 후 시선은 그녀에게 고정한 채 미소를 지었다. 그리곤 코웃음으로 인사를 대신하더니 곧 자리를 떠났다. 잠시 후, 연회장 안의 사람들이 웅성거리면서 소란스러워지기 시작했다. 수백 명의 사람들이 박수를 치며 어딘가를 향해 환호하면서 일제히 쳐다보고 있었고 그쪽으로 시선을 옮기자 경호원들을 대동한 크리스 윌포드 총리가 등장하고 있었다. 그는 일렬로 늘어서서 그를 반기는 Silva사의 간부들과 악수를 한 뒤 연회장 앞에 준비되어 있는 연단 위로 올라서고 있었다.

🎙"Silva 정부 사업 선정 기념 파티를 축하하러 직접 와 주신 크리스 윌포드 총리님을 다 같이 박수로 환영 부탁드립니다."

사회자의 멘트에 연회장에 있던 사람들은 일제히 그를 쳐다보면서 박수로 화답했고 그는 웃으면서 목례로 인사했다.

🎙"감사합니다. 제 6대 총리 크리스 윌포드입니다. 오늘 Silva사의 정부 사업 선정 기념 축하 파티를 위해 이렇게 많은 귀빈분들께서 참석해 주셔서 저의 친구 제프리 번디를 대신해서 다시 한번 감사드립니다. 이번 정부 사업은 생활밀착형 시스

템으로서의 interactive 네트워크 발전을 위한 정부 대사업 입니다."

스칼렛은 크리스의 연설을 파티장에서 가만히 듣고 있는 자신이 칸델라인 건지 큐비인 건지 아니면 노아의 심부름꾼일 뿐인 건지 머리가 복잡해져서, 더 이상 그의 연설을 듣고 싶지가 않았기에 담배를 피우기 위해 연회장 밖 테라스로 나갔다. 문을 열고 나가자 차가운 밤바다의 바람이 그녀의 머리카락을 스쳐 지나갔다. 그녀는 손에 든 가방에서 담배와 라이터를 꺼내서 불을 붙이고 담배를 피우며 그 연기를 바라보고 있었다. 메테오라는 바위 위에 만들어진 호텔이었는데 바위의 모양에 따라 꺾어진 서쪽 방향의 건물에도 테라스가 있었다. 바람이 부는 방향 때문에 연기가 그쪽으로 향하자 불이 켜 있는 안쪽 건물의 테라스로 그녀의 시선이 향했다. 멀리 보이는 금발머리의 한 여자가 허리를 숙인 채 무언가를 들여다보고 있는 것 같았다. 스칼렛은 그녀의 뒷모습을 보고 있었기에 얼굴은 볼 수가 없었지만 무언가 익숙한 느낌을 받았다. 어두워 보이는 테라스 안에서 작은 무언가가 네 발로 그녀의 반대쪽으로 움직이는 것 같았고 그 여자도 반대로 얼굴을 돌려서 동물을 따라다녔다.

'이럴 수가! 로렌! 내 환자 로렌 밀러잖아! 그 아이가 대체 여기서 무얼 하고 있는 거지?' 스칼렛은 너무 놀라서 피우고 있던 담배를 바닥에 던져 버렸다. 황급히 밖으로 나간 그녀는 한 층 아래로 내려가서 서쪽 건물의 통로를 향해서 뛰어갔다. 하지만 통로 출구는 촘촘한 그물 모양의 쇠창살로 단단히 막혀 있었고 그녀가 그곳을 통과할 방법은 아무것도 없어 보였다. 창살을 잡고 흔들어 보고 어떤 다른 출입구가 있을지도 모른다는 생각에 계속 출구를 찾아봤지만 스칼렛이 있던 건물에서 서쪽 건물로 들어갈 수 있는 길은 없었다. 스칼렛은 더 이상 어쩔 수가 없었기에 다시 뛰어 왔던 길을 따라 되돌아가고 있었는데 누군가가 걸어 들어오는 인기척에 건물 벽으로 급히 몸을 숨겼다.

"지금부터 10분 내로 VIP를 제외한 모든 Silva 직원들은 수송 헬기로 메테오라 밖으로 내보냅니다. 확실히 인원 체크 철저하게 확인하십시오. 알립니다. 전 직원은 30분 뒤에 차질 없이 경매를 시작할 수 있도록 준비하기 바랍니다."

직원들에게 무전으로 지시를 하는 사람은 바로 스칼렛이 처음 도착했을 때 그녀를 마중 나왔었던 알렉스였다. 그녀는 벽 뒤에 숨은 채 그가 지나가길 숨죽여서 기다리고 있었다. 그리고 그가 지나간 뒤 아무 일도 없었다는 듯 다시 연회장 쪽으로 재빨리 걸어갔다. 연회장 입구에는 퀸쳐들이 VIP를 담당하기 위해서 대기 중이었다. 스칼렛은 칼슨이 주었던 손목의 버튼을 눌러 그를 호출하자 잠시 뒤 그는 계단을 급하게 내려오면서 아래층에 있던 그녀를 발견하고는 빠른 발걸음으로 다가와서 말했다.

"무엇이 필요하십니까? 스칼렛 리브스 님?" 그녀는 그를 데리고 연회장 뒤에 사람들이 없는 조용한 곳으로 갔다. 영문을 모르는 칼슨은 어리둥절한 표정으로 따라와서는 어디가 불편한 것이냐고 그녀를 걱정했다.

"저는 대주교님께서 보내 주신 축하 성물을 직접 크리스 윌포드 총리님께 전달해 드리려고 왔습니다. 언제 총리님을 만날 수 있나요?"

"Silva사의 직원들이 나간 후에 따로 시간을 전달해 주실 것으로 알고 있습니다."

"알겠습니다. 그런데…, 혹시 오늘 경매는 어떤 경매인지 아시나요? 제가 급하게 오느라고 사전에 행사에 대한 정보를 미리 받지를 못해서요."
그녀가 경매에 대해서 칼슨에게 묻자 그는 Silva사에서 주최하는 자선 경매로 매번 품목이 다른데 이번에는 보석 경매라고 말했다. 스칼렛은 자신도 보석에 관심이 많다면서 경매에 참여하고 싶다고 말했지만 칼슨은 고개를 가로저었다.

"죄송하지만 경매는 칸델라 VIP만이 참여하실 수 있습니다." 그의 대답을 들은 스칼렛은 크게 실망한 표정을 지었고 어떻게 해야 하는 건지 알 수 없어 미간이 찌푸려졌다. 그런 그녀의 표정을 본 칼슨은 그녀에게 다가와 귓속말로 말했다.

"경매에 참여하실 수는 없지만 사진을 구경할 수는 있습니다. 원래는 안 되는 건데 제가 특별히 알려 드리는 거니까 비밀로 해 주셔야 합니다. 여기 IP 주소로 들어가서 접속 코드 [discretization[53]]을 입력하시면 됩니다."

"고마워요. 칼슨." 스칼렛은 그에게 고맙다고 인사를 하며 그가 넘겨준 IP 32자리의 수를 저장했다. 그를 보내고 난 뒤 자신의 핸드폰을 이용해서 IP 주소에 연결해서 접속 코드를 입력하자 화면에는 수십 개의 보석들의 사진과 예상 낙찰 가격이 명시되어 있었다. 사이트의 이름은 'Treasure and Utility(TAU)'였으며 보석 사진을 클릭해서 들어가자 모델명이 알파벳과 숫자들로 나열되어 있었고 별다른 특이한 사항은 없었다. 다만 가격이 일반 보석의 5배 정도 되는 비싼 가격이었고 또 다른 특이한 점은 다이아몬드와 같은 투명한 보석은 전혀 없었고, 모두 색깔이 있는 유색의 보석들만 있다는 점이었다. 그녀는 밖으로 나가 사람들이 없는 곳으로 가서 제이크에게 전화를 걸었다.

53) 이산화.

📞 "스칼렛! 대체 어떻게 된 거야? 무슨 생각으로 너 혼자 메테오라에 간 거야? 너 지금 괜찮아?" 제이크는 전화를 받자마자 그녀의 안부가 걱정되어 한꺼번에 질문을 퍼붓고 있었다. 그녀가 메테오라로 가는 헬기를 타고 떠난 뒤, 존으로부터 보고를 받은 노아가 제이크에게 그 사실을 알려 주었고 그는 형 노아에게 불같이 화를 냈었다. 존의 보호도 없이 적의 소굴로 그녀를 혼자 보낸 노아가 도저히 이해되지 않았기 때문이었다. 하지만 노아는 그에게 모든 건 그녀의 선택이었다고 했고, 그 대답을 들은 제이크는 자신에게 말도 없이 그런 선택을 한 그녀가 원망스러우면서도 걱정되는 마음이 가장 컸다.

"지금 이럴 때가 아니야. 제이크. 진정하고 내 말 먼저 들어. 급한 일이야." 스칼렛은 제이크가 자신을 걱정하기 때문에 화를 내는 마음을 알고 있었지만 사건의 진상을 파악하기 위해서 위험을 감수하고 홀로 잠입한 것이었고 지금은 변명할 시간조차 아까웠다. 제이크가 조용해지고 난 뒤 그의 화면을 보니 집이 아닌 하얀색 바탕의 건물이었다.

"넌 지금 어디 있는 건데, 제이크?"

📞 "알아볼 게 있어서 에디와 함께 UMHC 병원에 와 있어. 영안실이야."

"뭐? 영안실이라고? 대체 거긴 왜 간 건데?"

📞 "최근 2주간 들어온 시체들 중에 Beo Nox 칩이 남아 있는 사람이 있는지 일일이 찾아보고 있었어. 칩이 있으면 서버와 연결해서 사용 영상 기록을 찾을 수 있을 것 같아서 말이야." 제이크가 그녀에게 말했다.

"그래서 찾은 거야?" 스칼렛이 묻자 그가 화면을 돌려서 비춰 주었다. 켈리는 아무렇지 않게 피로 범벅이 된 시체를 이리저리 만지다가 화면을 보더니 그녀를 알아보고 반갑게 손을 흔들었고, 반면 에디는 구석에서 시체를 뒤적거리다가 인상을 찌푸리며 헛구역질을 하는 모습이 보였다.

"방해해서 미안하지만 지금 이 일이 더 급해." 스칼렛이 다급한 목소리로 제이크에게 말했다.

📞 "그게 뭔데?" 제이크가 묻자 스칼렛은 그에게 IP 주소와 접속 코드를 보내 주면서 VIP 칸델라들이 파티가 끝난 후에 이 사이트에서 경매를 시작할 예정이라고 말했다. 제이크는 영안실 구석 테이블 위에 설치해 놓은 자신의 노트북 앞으로 가서 사이트를 살펴보았다. 화면상으로는 평범한 보석을 경매하는 사이트로 보였지만 보석의 가격이 많이 높은 점이 이상하다고 생각했다. 그리고 원석은 현장 경매로만 판매한다고 표시되어 있었고 예상가는 아예 명시되어 있지도 않았다.

📞 "이거 가격이 좀 터무니없는데? 아무리 경매라도 최저 입찰가가 너무 높은 거 같아."

"그래. 맞아. 나도 그렇게 생각해." 스칼렛이 제이크의 말에 동의했다. 그러자 제이크는 또 다른 의문점을 그녀에게 제시했다.

📞 "그리고 이 아이템 넘버 말인데… 에메랄드 링과 크리소베릴 브로치가 둘 다 [nt]로 시작하는데 좀 이상하지 않아? 보석도 다르고 품목도 다른데 왜 이런 식으로 분류를 한 거지?"

제이크의 말을 듣고 스칼렛은 소스라치게 놀랐다. [nt]는 앤드류가 수술 직전 자신이 직접 겪은 일을 말하면서 언급한 여자 임상시험 지원자들을 분류할 때의 명칭과 똑같았기 때문이었다.

"[nt]? 그건 바로 앤드류가 CD-06 지역에서 그들이 여자애들을 분류할 때 [nt]라고 불렀다고 했어! 세상에!"

📞 "뭐라고? 그게 사실이야?" 제이크도 놀라서 그녀에게 다시 되묻자 스칼렛은 고개를 끄덕였다.

"그리고 나 좀 전에 실종된 내 환자를 여기서 본 것 같아. 분명 로렌 밀러 그 아이였어."

📞 "그건 또 무슨 소리야? 파티장에서 사라진 환자를 봤다고?" 제이크가 그녀에게 물었다.

스칼렛은 파티장이 아닌 서쪽에 연결된 건물 테라스에 있는 걸 봤다고 말했다. 제이크는 일단 사이트를 좀 더 알아보기 위해서 그녀의 도움이 필요하다고 요청했다. 사이트에 있는 정보를 알아내기 위해서 직원의 계정을 해킹해야 하는데 그러기 위해서는 직원이 우리가 보낸 메일을 직접 읽거나 특정 사이트에 접속을 시켜야 한다고 말했다. 스칼렛은 입술을 살짝 깨물며 잠시 생각에 잠긴 듯했다.

"알았어. 내가 한번 해 볼게. 사이트 IP 주소 알려 줘." 제이크는 그녀에게 주소를 넘겼고 스칼렛은 5분 뒤에 자신이 연락을 해서 신호를 주면 해킹을 시작하라고 말하고는 전화를 끊었다. 그러고 나서 스칼렛은 자신의 귀걸이 한쪽을 클러치 백에 넣은 후 손목에 있는 센서버튼을 눌렀다. 잠시 후 칼슨이 그녀 앞에 뛰어왔고 그녀는 잔뜩 찌푸린 표정을 지으면서 그에게 말했다.

"칼슨, 큰일 났어요! 어떡하죠?" 그는 깜짝 놀란 얼굴로 무슨 일이냐고 그녀에게 물었다.

"귀걸이 한쪽이 없어졌어요. 파티를 위해서 대주교님께서 특별히 대여해 주신 것인 데다가 19세기 프랑스 수교 기념 선물이라서 절대로 없어지면 안 되는 건데…" 그녀는 당장이라도 울 것 같은 표정으로 말했다.

"언제 귀걸이가 없어진 걸 아신 겁니까? 제가 직접 찾아보겠습니다. 리브스 님. 너무 걱정하지 마십시오." 그의 말을 듣고 그녀는 머리가 아픈 듯 오른손으로 미간을 만지며 고민하는 척 연기를 했다.

“아! 맞아요. 이건 고대 유물이라 분실 방지 장치가 따로 있다고 대주교님께서 그러셨는데…”

“그렇습니까? 정말 잘되었네요. 어떤 방식입니까?” 칼슨은 환하게 웃으면서 그녀에게 물었다.

“잠시만요. 어떤 사이트에 접속해야 한다고 들었는데 전화로 알아볼게요.” 그녀는 태연하게 핸드폰을 귀에 대고 제이크에게 음성 전화를 걸었다. 칼슨은 음성 전화를 하는 게 다소 의아했지만 대주교님과 소통하는 그들만의 보안 방식인 것일지도 모른다고 생각했다.

“대주교님.”

📞 “스칼렛? 대주교님이라니? 대체 무슨 소리야?” 제이크는 영문을 몰라 되물었다.

“대여해 주신 귀걸이를 위한 분실 방지 장치로 추적 사이트가 따로 있다고 말씀하셨었는데 주소가 뭔지 지금 알려 주실 수 있습니까? 정말 죄송합니다. 제가 어디 떨어뜨린 것 같아서 바로 추적해 봐야 할 것 같습니다.”

📞 “아… 사이트 IP 주소는 알려 준 대로야. 2020.0202…”

스칼렛은 사이트 IP 주소를 입으로 말하면서 제스처로 빨리 자신이 말하는 것을 받아 적으라고 칼슨에게 사인했다. 그러자 그는 그의 휴대기기에 그녀가 불러 주는 주소를 입력하기 시작했다. 마지막 주소를 말하기 직전에 스칼렛은 칼슨에게 휴대 기기를 달라고 손가락으로 지시했고 그는 그녀에게 기기를 넘겨주었다.

“네… 마지막은 1225이군요. 알겠습니다.” 스칼렛은 자신의 말이 끝나기 전에 재빨리 주소를 입력하고 사이트에 접속시킨 뒤 마침 연회장 출입문 복도 끝 뒤편에서 쓰레기 봉투를 들고 나가는 청소부를 가리키며 칼슨에게 소리쳤다.

"저기에요!" 그녀의 말이 끝나기 무섭게 칼슨이 청소부에게 뛰어갔다. 그의 뒤를 따라가면서 스칼렛은 휴대폰에 대고 말했다.

"사이트 접속 완료. 그가 피해 보는 일 없도록 부탁해."

📞 "오케이. 걱정 마."

Trap

크리스틴이 몰래 수면제를 탄 커피를 마신 빈센트는 컴퓨터 모니터가 켜져 있는 책상 위에 완전히 엎드려서 정신을 잃은 채로 잠이 들어 버렸다. 그녀는 잠이 든 빈센트를 침대로 간신히 옮긴 후, 그의 책상에 앉아서 컴퓨터 프로그램 코드를 찾아 분석하기 시작했다.

Beo Nox의 User(사용자)가 칸델라인 경우와 큐비인 경우의 경로가 달라서 각각 따로 다 찾아봐야 했기에 시간이 다소 걸리는 일이었다. 그리고 시간이 소요될 수밖에 없는 이유는 최초 프로그램 작성자가 어떤 식으로 코드를 만든 건지 알아본다는 것 자체가 아무리 뛰어난 프로그래머라도 한눈에 분석하기는 매우 어려운 일이기 때문이었다. 게다가 이 모든 건 크리스 총리의 선거 비리를 폭로하기 위한 일이었기에 화면 녹화로 전부 증거로 남겨 두어야 했다. 잠시 후, 제이크로부터 전화가 걸려 왔다.

"제이크, 무슨 일이야? 나 지금 바빠." 크리스틴은 그에게 온 전화를 받긴 했으나 화면상의 얼굴을 볼 시간조차 없었다.

"Beo Nox 조사는 이미 들어간 거야? 동료는 지금 뭐 하는데? 에디 어머니가 준 약을 정말 썼어?" 옆으로 달려온 에디도 궁금한지 화면에 들어와 호기심 가득한 눈으로 그녀를 보고 있었다. 그녀는 그제서야 화면을 보며 에디에게 말했다.

"고마워요. 에디. 덕분에 지금 아주 편안하게 작업할 수 있게 되었네요." 그녀는 웃으면서 에디에게 윙크로 고마움을 표현했다. 그러자 에디는 별일 아니라며 쑥스러워했다. 그런 그의 반응에 제이크는 눈썹을 위로 추켜올리고 곁눈질로 그를 쳐다보며 생각했다. '이 녀석… 설마… 크리스

틴한테? 이 와중에? 아니겠지… 아닐 거야…'

"크리스틴, 흠…, 흠…, 어쨌든 지금 너 하는 일도 중요하지만, 현재 스칼렛 도움으로 파티장 내부 네트워크 침입에 성공했어. 그런데 내가 제대로 정보를 볼 수 있게 대신 시간 좀 끌어 줄 수 있어?" 제이크는 다급하게 크리스틴에게 말했다. 서버 내부로 침투할 경우 Silva사 정보 보안팀에 자동으로 알려지게 될 터이고 회사 차원에서 방어에 나서게 되면 정보를 찾아볼 시간이 없기 때문이었다.

"아, 진짜… 자기 할 일은 좀 자기가 알아서 하면 안 되냐? 나 바쁘다고!" 크리스틴은 오빠에게 짜증을 내긴 했지만 바로 모니터에 창을 열어 사이드 채널로 Silva사에 사이버 공격을 시작했다.

"오늘 해킹이 있을 거라고 미리 정보를 흘렸으니 어차피 공격을 하긴 해야 할 테니까, 알겠어…. 지금 사이버 공격 시작했으니 10분 정도 시간 끌 수 있을 거야. 그 안에 해결해. 더 이상은 추적당할 위험이 커."

"고맙다. 크리스틴." 그는 그녀의 대답을 듣고 나서 내부 시스템으로 접근해 코드를 분석하기 시작했다. 제이크는 [nt]가 여자 실종자를 지칭한다는 스칼렛의 말에 따라 그것을 추적하기 시작했지만 별다른 내용이나 이미지를 찾을 수가 없었다. 옆에서 그를 지켜보고 있던 에디와 켈리는 뭔가 제이크가 어려움에 처한 상태임을 알아차리고 서로 시선을 마주쳤다.

"벌써 2분 지났는데 별 소득이 없는 건가요?" 켈리가 제이크에게 물었다.

"[nt]라는 명칭이 여성 실종자를 의미한다고 하던데 연결된 다른 정보를 찾을 수가 없어요."

"[nt]? [nt]가 무슨 의미인데?" 에디가 제이크에게 물었다.

"글쎄… 나는 모르지. 여자는 [nt]이고 남자는 [pt]라고 그러는 거 같던데…" 제이크의 말이 끝나기도 전에 둘은 누가 먼저랄 것도 없이 "Trap!"이라고 크게 외쳤다.

"Trap! Trap[54]을 의미하는 거야! Electron trap[55]은 [nt]이고 Hole trap[56]은 [pt]이니까." 에디가 말했다.

"그렇다면 큐비들이 트랩이라면 외부 impurities[57]에 의한 trap이라고 봐야 할 것 같은데? Electron trap은 mobility[58]에 영향을 미치게 되니까 결국 VT[59]의 변화에 원인이 되는 소스라고 봐야 해." 제이크는 잠시 고민하더니 상위 라이브러리 LUMO에서 trap에서 자유로운 에너지 레벨 —3.7을 떠올리며 찾아보기 시작했다.

'—3.7이라… eV단위이니까 총 324레벨에서 위로 3번째니까 321레벨 그리고 그 안에 7번째 디렉토리!' 그는 마침내 경로를 타고 들어가기 시작했다. 에디와 켈리는 그가 하는 작업을 모니터로 신중하게 함께 지켜보고 있었다.

"찾았어! 이거야!" 제이크가 마침내 무언가를 찾아낸 듯 오른손으로 주먹을 쥐고는 소리쳤다.

"뭘 찾은 건데?" 에디가 그에게 물었고, 켈리도 호기심이 가득한 눈으

54) 트랩: 반도체에서, 금제대에 있어서의 이산적인 에너지 준위로, 단결정의 결함에 기인하여 생기는 것. 자유 전자 또는 정공은 여기에 포획되어 반도체 내를 운동할 수 없으며 재결합할 수도 없다.
55) 전자 트랩: 결정 중에서 어떤 원인으로 들뜬 전자(−)를 준안정 상태로 포착하는 결정 내부의 장.
56) 정공 트랩: 결정 중에서 어떤 원인으로 들뜬 정공(+)를 준안정 상태로 포착하는 결정 내부의 장.
57) 불순물: 결정을 구성하는 원소 이외의 다른 원자로, 반도체에 첨가시켜 전기적 성질을 제어.
58) 이동도: 전하를 가진 입자의 단위 전기장하에서의 이동 속도.
59) Threshold voltage(문턱전압): 어떤 장치 및 전자 부품이 동작을 시작하는 전압.

로 제이크에게 질문했다.

"그게 뭔데요?"

"보석 아이템에 감춰진 실제 이미지가 있는 비밀 사이트입니다. 잠시만요." 제이크가 명령어를 실행시키자 모니터에 아이템 번호와 함께 이미지가 나타나기 시작했다.

[nt]에는 한눈에도 어려 보이는 여자아이들의 사진들이 있었고 다른 창에 띄워 놓은 처음 사이트의 보석 이미지와 비교해 보니 둘 사이의 공통점을 발견할 수 있었다. 보석의 색깔은 아이들의 인종을 나타내는 것이었다. 에메랄드와 같은 푸른 보석류는 백인 아이들이었고, 크리소베릴과 같은 갈색 계열 보석은 아시안 아이들, 블랙사파이어와 같은 흑색 보석은 아프리칸 아이들이었다. [nt]의 뒤에 이어진 총 8자리 중 앞의 4자리 숫자 0008~0020은 나이를 나타내는 의미였고 마지막 4자리 중 앞의 3자리는 이전 이용자들의 평점이 매겨진 점수를 나타내고 있었는데 최저 10점에서 최고 580점까지였다.

"아…, 점수를 매기다니…" 제이크는 자신이 보고 있는 이 사이트의 진실을 눈으로 보면서도 믿을 수가 없었다. 에디와 켈리도 충격을 받은 건 마찬가지였다.

"그런데 이 마지막 끝의 숫자는 무얼 의미하는 걸까?" 에디가 그에게 물었지만 그도 마지막 한 자리는 무엇인지 알 수가 없었다. 그리고 남자아이들은 [pt]로 분류되어 있었고 10대와 20대가 다양하게 있었으며 앤드류 파커를 찾아보니 [사냥됨]이라는 단어와 함께 사진이 비활성화되어 있었다. 세 사람은 두 눈으로 이러한 사실을 보고도 도저히 믿어지지가 않았다.

크리스틴이 벌어 준 시간이 얼마 남지 않았기에 제이크는 이 모든 내용을 하드에 저장하기 시작했다. 잠시 후, 크리스틴에게서 전화가 걸려왔다.

“어떻게 되었어? 난 더 이상은 버티기 힘들어. 보안팀에서 추적하기 시작했단 말이야! 지금 채널을 닫아야 해!”

“잠시만…, 크리스틴. 조금만 더…” 제이크는 그녀의 재촉에 마음이 급했지만 아직 저장이 다 완료되지가 않은 상태였다. 크리스틴과 제이크, 뒤에서 지켜보고 있던 켈리는 모두 숨을 죽이고 상황을 지켜보고 있었다.

“크리스틴?” 갑자기 에디가 그녀를 불렀다. 그리고는 해킹에 사용한 주소를 자신의 IP로 바꾸라고 말했다. 크리스틴과 제이크 그리고 켈리는 모두 놀라 그를 쳐다보았고 에디는 담담한 어조로 말하기 시작했다.

“지금 우리가 다루는 일은 매우 심각한 사안이야. 아무 죄 없는 어린 큐비 아이들이 칸델라들에게 유린당하고 있어. 이건… 정말… 결코 있어서는 안 되는 일이야! 크리스틴과 너는 실종된 아버지도 찾아야 하고 게다가 전 총리님 자식들이니 분명 중범죄로 적용받겠지만 난 아버지도 어머니도 의학계에서 힘 있는 분들이니 크게 죄를 묻지는 않을 거야.”

“에디! 너 지금 대체 무슨 소리를 하고 있는 거야! 이 정신 나간 자식아!” 에디는 자신에게 화를 내는 제이크의 어깨에 손을 올리고는 미소를 지었다.

“드디어 오늘 숨겨온 내 해킹 실력을 만천하에 알리게 되어서 다행이야. 하하! 고등학교 때까지 내가 학교클럽에서 너보다 더 해킹 잘했던 건 사실이잖아. 임마!”

“에디! 아니야. 이건 도저히 안 돼! 어떻게 우리가 너한테!” 제이크는 자리에서 벌떡 일어나 그의 팔을 잡으면서 그를 말렸다. 에디는 그가 잡은 팔을 잡아서 천천히 풀었고 크리스틴에게 자신의 말대로 하라고 당부하고는 자신의 휴대폰으로 어딘가 전화를 걸었다.

"방금 전에 있었던 Silva사 해킹 자수하겠습니다. 이름은 에디 해리스, 루모 병원 수석 연구원입니다. 주소는…" 갑자기 제이크가 그의 휴대폰을 빼앗더니 집어 던져 버렸다.

"야!! 그만하지 못해!!" 제이크는 에디에게 불같이 화를 냈다. 옆에서 그 모습을 본 켈리는 에디의 핸드폰을 찾아 주기 위해서 시체 더미를 타넘고 휴대폰을 찾으러 갔다. 그런데 벽 모퉁이에 부딪히고 튕겨진 휴대전화가 떨어진 바닥에, 놀랍게도 Beo Nox 칩이 어떤 남자의 시체 베드 아래에 온전한 상태로 놓여 있었다.

"어? 이건? 여기요! 여기 좀 봐요! 우리가 찾던 Beo Nox 칩이 여기 있어요!" 켈리는 그들을 향해 칩을 들고 흔들면서 소리쳤다. 에디는 그녀에게 달려와서 칩을 넘겨받아서 제이크에게 주었고 그는 테이블에 있던 자신의 컴퓨터에 칩을 연결해서 정보가 온전하게 저장되어 있는지 확인하기 시작했다.

"연결됐어!" 제이크가 영상을 플레이하자 죽은 남자가 죽기 전 CD-06 지역 숲에서 총을 든 칸델라들에게 쫓기면서 뛰어가는 모습이 보였고 두 명의 칸달라들에게 쫓기던 남자는 다리에 총상을 입고 숨어서 기어가다가 쫓아온 칸델라들에게 붙잡힌 채 살려 달라고 애원하고 있었다. 그러자 한 명의 칸델라가 일행에게 어떻게 할 것이냐고 물었고 총을 겨눈 칸델라 남자는 "네 발로 기어 다니는 동물 사냥보다 두 발 동물 사냥이 이렇게 재미있을 줄이야! 이것들은 말도 하잖아!"라고 낄낄대면서 총성이 울렸고 영상은 끊어졌다.

"찾았어! 이 정도면 분명히 증거 자료로 쓰일 수 있을 거야!" 제이크는 크리스틴에게 에디가 말한 대로 IP 주소를 옮겼는지 물었고 크리스틴은 대답이 없었다. IP가 발각되기 직전까지 남은 시간은 불과 15초였다. 크리스틴은 실행키를 터치만 하면 되었지만 차마 손으로 누를 수가 없어서 망설이고 있었다.

"내 걱정은 하지 마. 어서 눌러." 에디는 크리스틴을 재촉했다.

"그렇지만… 이건…" 크리스틴은 화면으로 에디를 바라보며 미안함에 눈물이 맺혔다.

"나 때문에 울어 주다니… 영광이야. 얼음공주님." 에디는 그녀를 보며 환하게 웃었고 크리스틴은 그의 얼굴을 볼 수가 없어서 고개를 돌린 채 두 눈을 감고 마침내 키보드를 눌렀다. 전화는 곧 끊어졌다.

"반드시 성공해. 모두를 위해서…" 에디는 제이크에게 포옹으로 인사를 하며 말했다.

제이크는 포옹을 한 후 에디와 한 손을 위로 맞잡은 채 서로의 어깨를 부딪치며 대답했다.

"약속할게. 오래 걸리지 않을 거야." 에디는 그의 대답에 고개를 끄덕이고 웃으면서 밖으로 나갔다. 그리고 그가 밖으로 나간 병원 건물 입구로부터 에디의 신고 전화를 받고 추적해서 온 경찰차의 사이렌 소리가 들리기 시작했다. 제이크는 창문 블라인드 사이로 그가 수갑을 찬 채 끌려가는 모습을 안타깝게 바라보고 있었다. 경찰에게 끌려가던 에디는 하늘을 잠시 보더니 차에 타기 직전 뒤를 돌아보고는 제이크를 향해 자신은 괜찮다는 듯 웃으면서 윙크를 했다.

"미친 자식…" 제이크는 자신도 모르게 에디에게 혼잣말을 내뱉고는 복잡한 마음에 코끝이 시려 왔다.

은밀한 경매 그리고 모르페우스

늦은 밤으로 들어서자 메테오라 파티의 화려함은 사라지고 조용한 밤바다의 파도 소리와 함께 한층 어두워진 조명이 객실을 비추고 있었다. VIP 비밀 경매장 안에는 수십 명의 칸델라들이 의자에 앉아서 경매를 기다리고 있었다. 잠시 후, 경매 진행자가 입구로 들어왔고 앞에 전시된 유리 상자를 덮고 있던 검은 벨벳 천을 걷어 올리자 방 안에 있던 모든 사람들이 웅성대기 시작했다.

유리 상자 안에 있는 보석은 운석 중에서 가장 최고의 보석인 30캐럿짜리 Cathilonite 원석이었다. 실내에서는 회색빛을 띠는 그레이 다이아몬드처럼 보였으나 태양광에서는 무지개빛으로 색이 변하는 신비한 보석이었다. 칸델라 중에서도 특수 대형 다이아몬드를 선뜻 구매할 수 있는 재력을 갖춘 이는 극히 소수였는데 2073년 원석 광물이 거의 소진된 이후에는 다이아몬드의 가격이 수십 배로 폭등했기 때문이었다. 곧이어 경매 진행자가 그레이 다이아몬드에 대해 설명하기 시작했다.

🎙 "지금 보시는 Cathilonite 다이아몬드는 2072년 그리스 이오니안 섬에서 마지막으로 발견된 세계적으로 아주 희귀하고 특별한 운석입니다. 보시다시피 정말 보기 드문 클래러티와 명도와 채도를 가진 극도의 고급스러움이 특징입니다. 또한 원석의 특성상 가공부터 유지까지 모든 관리는 Silva-TAU 본사에서 지원해 드립니다. 자! 그럼 경매를 시작하겠습니다. 시작가는 1500만 룩스입니다."

1500만 룩스에서 시작한 경매는 초반부터 너무나 비싼 경매 가격으로 선불리 나서는 사람이 없었다. 하지만 곧이어 선글라스를 낀 남자와 누군가의 지시를 받는 듯한 초록색 드레스를 입은 여자 VIP 간의 경쟁으로 이어졌다. 초록색 드레스를 입은 여자는 제프리의 비서 케이트였다.

"회장님, 5000만 룩스입니다. 계속할까요?" 그녀는 무선 이어폰으로 제프리에게 물었다.

"대체 상대가 누구인 거야! 예상가보다 벌써 두 배가 넘었잖아! 케이트!" 제프리는 처음부터 매우 높았던 최초 입찰가로 인해 당연히 경쟁자 없이 자신에게 낙찰될 것이라고 안심하고 있었기 때문이었다.

"5500만!" 선글라스를 낀 남자가 자신의 번호를 들고 외치자 경매장 안에 있던 사람들은 일제히 그를 바라보며 엄청난 입찰가에 놀랐다. 케이트는 다급하게 제프리에게 상대방의 입찰가를 말했고 제프리는 고민 끝에 그녀에게 최종 입찰가를 말해 주었다.

"6000만!" 케이트가 외치자 장내는 다시 한번 소란해지며 사람들이 수군대기 시작했고 선글라스를 낀 남자는 잠시 고민하는 듯하더니 더 이상의 입찰을 포기했다. 결국 원석은 6000만 룩스에 제프리에게 낙찰되었다.

❄

메테오라 호텔 제일 위층인 50층 펜트하우스 스위트 룸에는 크리스 총리가 파티를 마치고 옷을 갈아입은 후 누군가를 기다리고 있었다. 그리고 스칼렛은 칼슨과 함께 엘리베이터를 타고 올라가는 중이었다.

"귀걸이가 쓰레기 봉투 안에서 나와서 천만다행입니다." 칼슨이 그녀에게 긴장을 풀어 주기 위해 말을 걸었다.

"제가 부주의해서 칼슨까지 고생시켰어요. 미안해요." 그녀의 말에 칼슨은 자신이 함께 도울 수 있어서 정말 다행이었다며 그녀가 크리스 총리를 만나고 돌아올 때 따듯한 목욕을 할 수 있도록 욕조의 물 온도를 미리 맞추어 놓겠다고 말했다. 칼슨은 그녀가 특별히 좋아하는 향이 있으면 욕조에 먼저 풀어 놓겠다고 물어보았고 스칼렛은 코코넛 밀크와 시트러스라고 대답했다. 잠시 후, 엘리베이터 문이 열리고 혼자 내린 스칼렛은 보안시스템을 통과해서 복도 끝으로 걸어갔다. 스위트 룸 앞에서 대기하고 있던 비서관 제이콥이 그녀를 알아보고 가볍게 목례를 했다. 제이콥은 그녀에게 잠시만 기다려 달라고 말하고 나서는 VVIP룸 안으로 들어갔다.

"총리님. 에드리안 베드로 대주교님께서 보내 주신 성물을 직접 전달하러 오신 스칼렛 리브스 씨입니다." 제이콥이 그녀를 소개하자 방문을 열고 스칼렛이 들어왔다. 펜트하우스 스위트 룸은 전면이 모두 대형 유리창으로 이루어져 있었고 블랙과 골드 컬러의 테마로 모던하고 고급스러운 인테리어였다. 그리고 방에서는 밤바다와 어울리는 머스크와 튜브 로즈의 향기가 은은하게 풍기고 있었다.

제이콥이 나가고 난 뒤 크리스는 스칼렛에게 소파에 앉으라고 권했다.

"네가 성물을 전하러 올 줄은 몰랐다."

"제가 오면 안 되는 곳이라는 말처럼 들리네요." 스칼렛은 차가운 말투로 대답했다.

"그렇게 입으니까 정말 예쁘구나. 스칼렛." 크리스가 그녀를 칭찬하자 스칼렛은 무표정한 얼굴로 그와 눈을 한 번 마주칠 뿐이었다. 그리고 클러치 백을 열어서 노아가 준 나비 모양의 목걸이가 든 상자를 꺼내 테이블에 놓은 뒤 그가 있는 쪽을 향해 손으로 밀어서 넘겨주었다.

"열어 보세요. 대주교님께서 보내 주신 성물 모르페우스입니다."

그는 상자를 열어서 아름다운 블루 다이아몬드로 장식이 된 파란색 나비 모양의 목걸이를 잠시 만져 보았다.

"모르페우스라… 아름답구나. 그는 꿈의 신이자 morphin[60] 이름의 기원이지."

"더 이상 당신이 이루어야 할 꿈은 이제 없지 않나요?"

"내 꿈? 뭐? 총리? 하하. 스칼렛, 그렇다면 네가 생각하기에 프랭크는 모든 꿈을 다 이룬 사람처럼 보였다는 말이야?"

"아니요." 스칼렛이 그에게 대답했다.

"아니라니?" 크리스는 궁금한 표정을 지으며 그녀에게 되물었다.

"적어도 프랭크 총리님은 총리의 자격이 있으셨던 분이시기에 총리직은 그에겐 단지 직함일 뿐 꿈일 수 없는 것이고, 당신은 그 반대죠." 그녀의 대답을 듣고 나서 그는 보석 상자를 열어 놓은 채 테이블 위에 내려놓았다.

"널 이렇게 만든 건 내가 아니라 바로 프랭크라는 걸 아직도 모르겠어? 대체 언제쯤이면 나에 대한 원망을 그칠 거냐? 스칼렛! 넌 프랭크한테 속고 있는 거야! 난 그 자식을 누구보다 잘 안다고!"

"설사 프랭크 총리가 날 속였다고 해도 그를 탓할 생각은 없어요. 우린 같은 목적을 가졌을 뿐이었으니까…"

"같은 목적이라니?"

크리스의 물음에 그녀는 대답 없이 고개를 약간 숙이고 왼손 검지손가락을 동그랗게 구부려 입술을 만지면서 미소를 띤 채 그를 경멸하는 눈빛으로 차갑게 쳐다보았다. 그때 갑자기 제이콥이 급하게 문을 열고 들어왔다. 그리고 크리스에게 귓속말로 어떤 말을 하자 크리스의 표정이 어둡게

60) 모르핀: 아편성 약제.

변하기 시작했다. 그 모습을 지켜보던 스칼렛은 무언가 그에게 좋지 않은 일이 생겼음을 짐작할 수 있었다.

"바쁘신 거 같은데 저는 이만 가 보겠습니다." 스칼렛은 자리에서 일어났다. 그녀가 일어나자 크리스와 제이콥은 나가려는 그녀의 모습을 보게 되었다. 그때 크리스가 제이콥에게 눈짓을 하자 제이콥이 그녀에게 다가와서 문까지 안내를 해 주었다. 그리고는 입고 있던 수트 안주머니에서 무언가를 꺼내 건네주면서 작은 목소리로 말했다.

"만일의 경우에 사용하십시오. 검색에 걸리지 않는 소음 권총입니다." 그녀는 놀란 눈빛으로 그를 쳐다봤으나 그는 말없이 문을 열어 주며 허리를 숙여 배웅했다. 밖으로 나와서 복도에 홀로 남은 그녀는 제이콥이 건네준 총을 다시 만져 보고는 복잡한 생각으로 심란해졌다. 잠시 후, 엘리베이터 도착 소리와 함께 칼슨이 내려 다가오자 스칼렛은 황급히 총을 가방 안에 감추었다.

"성물은 총리님께 무사히 잘 전달하셨습니까? 리브스 님?"

"네, 덕분에요." 그녀는 여전히 왜 제이콥이 나에게 몰래 총기를 준 건지 생각하고 있었고 그런 그녀의 표정을 바라보던 칼슨이 말했다.

"연회장 테라스 말고 흡연하시기 좋은 장소를 알고 있습니다."

"네? 아…, 고마워요."

"그리고 욕조에는 말씀하신 코코넛 오일과 시트러스 향을 준비하였고 테이블 위에는 피로에 좋은 SG 다이아몬드 차를 준비해 두었습니다. 자…, 그럼… 이쪽으로 모시겠습니다." 칼슨은 그녀를 데리고 45층의 호텔 야외 정원으로 안내했다. 그곳은 아름답고 희귀한 열대 나무들과 화려한 색들의 꽃들로 장식된 이국적이면서도 클래식한 정원이었다. 칼슨이 그녀에게 자신은 건물 안에서 기다리겠다고 하자 그녀는 피곤할 텐데 그만 숙소로 가서 쉬라고 말했다. 괜찮다면서 계속 기다리겠다는 그를 억지로 보내고 난 뒤, 스칼렛은 정원 끝에 세워진 울타리로 걸어가 절벽 아래에서 철썩 소리를 내며 부딪히고 있는 하얀 파도를 바라보면서 담배를 꺼내 불을 붙였다. 담배 연기가 검은색 바다를 배경으로 퍼져 나가는 모습이 오늘따라 하얀 깃털처럼 나약하게 느껴졌다.

작전

메테오라 호텔의 50층으로 올라가는 엘리베이터 안에 있던 Silva 회장 제프리는 우연히 야외 정원에서 담배를 피우고 있는 스칼렛을 목격했다. 그는 즉시 층수를 바꿔서 45층에 내렸다.

한편, 절벽 끝 울타리에 기대어 담배를 피우며 밤바다를 바라보고 있는 스칼렛을 몰래 지켜보던 스나이퍼는 그녀가 완벽한 저격 지점에 잡힐 때까지 조준경으로 주시하고 있었다.

"타겟 조준 완료. 추락사 가능한 위치. 발사 명령 대기."

그의 무전을 듣고 벤자민은 발사 명령을 내렸다.

"즉시 제거해!"

그의 명령에 스나이퍼가 방아쇠에 건 손가락을 당기려는 순간, 갑자기 스칼렛의 등 뒤로 다른 사람의 모습이 겹쳐졌다.

"긴급 상황 발생! 발사 불가능!"

"뭐야? 빨리 쏘라고!!!"

벤자민은 다급해진 목소리로 스나이퍼에게 명령했다.

"타겟에게 사람 접근. 작전 수행 불가."

스나이퍼가 대답하자 벤자민은 대체 그게 누구냐고 욕을 하면서 절호의 찬스를 놓친 것 때문에 분해서 발까지 구르며 화를 냈다.

"스칼렛? 여기서 뭐 하고 있습니까?" 제프리가 그녀에게 가까이 와서 묻자 뒤를 돌아본 그녀는 깜짝 놀랐다.

"제프리! 여긴 무슨 일이죠?"

"엘리베이터를 타고 올라가다가 정원에 있는 걸 보고 오는 길입니다."

"네…" 그녀는 말없이 담배만 피우고 있었다.

"총리님께 성물은 잘 전달해 드린 겁니까?" 그의 질문에 그녀는 그걸 어떻게 알고 있는지 물었고 그는 이 섬에 관련된 모든 일은 자신의 관리하에 일어나는 일이며 애초에 스칼렛의 허가를 내어 준 사람도 바로 자신이라고 대답했다.

"그렇다면 어째서 존은 오지 못하게 한 거죠?"

"천박한 큐비 따위가 이 아름다운 메테오라에 들어오게 할 순 없으니까요."

"말이 되지 않는군요. 그럼 여기 일하는 직원들은 큐비가 아니라는 말인가요? 그리고 저 역시 큐비인데…"

"직원들은 헬기가 아닌 직원용 배를 타고 들어옵니다. 그리고 스칼렛은 이미 큐비가 아니지 않습니까?" 그는 의미심장한 표정을 지으며 그녀에게 물었다.

"네? 그게 무슨 말이죠?" 그녀는 자신의 출생의 비밀을 제프리가 혹시 알고 있는 것이 아닌지 깜짝 놀라 다시 그에게 되물었다.

"하하. 이미 BD가 되셨는데 어째서 아직도 큐비라고 하시는지 모르겠네요. 그리고 스칼렛 님은 우리 칸델라들에게 아주 큰 선물을 해 주신 중요한 분이 아닙니까? 중금속 해독이야말로 우리가 원하는 가장 큰 선물이니까요."

"제가 아니라 프랭크 총리님께서 기여하신 부분이 더 큽니다. 당신들이 고마워해야 할 사람은 프랭크 총리님입니다." 그녀의 대답에 제프리는 재미있다는 표정을 지으며 그녀에게 말했다.

"당신은 참… 운이 좋은 사람이네요."

"뭐가 운이 좋다고 하시는 거죠?" 그녀의 질문에 제프리는 가까이 다가와 귀에 대고 속삭이듯 말했다.

"방금 당신이 죽을 뻔한 걸 내가 살려 주었으니까…" 그의 말이 끝나자마자 스칼렛은 깜짝 놀라 그를 쳐다보았다. 제프리는 웃으면서 내 말을 믿지 못하겠냐고 그녀에게 말했고 그녀는 그의 말이 무슨 의미인지를 물었다. 그러자 그는 메테오라에서 일어나는 모든 일 중에 자신이 모르는 일은 없다고 대답하면서 잠시만 기다리라고 말한 후 누군가에게 전화했다.

"케이트, 스칼렛한테 사진 전송시켜." 그가 통화를 끝내자 스칼렛에게 알림 소리와 함께 사진이 전송되었고 누군가가 저격총으로 자신을 조준하고 있는 야간모드로 촬영된 사진이었다.

"이젠 내가 당신을 구했다는 사실을 믿는 겁니까?" 제프리가 그녀에게 질문했다.

"절 구해 준 이유가 뭐죠?" 스칼렛은 싸늘한 표정으로 대답했다.

"하하. 역시 당신은 남들과는 달라. 보통은 구해 줘서 감사하다고 인사를 하거나 누가 자신을 죽이려고 한 것인지를 묻는 게 정상인데 말이야… 그렇지 않소?" 제프리는 스칼렛이 너무나 흥미롭다는 표정으로 되물었다.

"당신이라는 사람이 이유 없이 날 구해 줄 사람이 아니라는 건 알아. 당신은 철저한 이익추구형 인간이니까."

"그래? 그럼 지금 내가 VVIP룸으로 가서 크리스 총리에게 오늘 우리를 해킹한 게 바로 프랭크의 아들 제이크라고 말한다면 나에게 어떤 이익이 생기게 될까?" 그의 말을 듣고 스칼렛은 놀라서 심장이 빨리 뛰기 시작했지만 그에게 내색하지 않기 위해서 안간힘을 쓰고 있었다. 제프리는 스칼렛이 생각하는 것 이상으로 모든 상황을 통제하고 주변에 일어나는 모든 일들에 대해 뛰어난 통찰력을 가진 인물이었다. 그녀는 처음으로 제프리가 아주 무서운 사람이라는 생각이 들 정도였다.

"난 지금 당신이 무슨 말을 하고 있는지 전혀 모르겠네요."

"정신과 의사들은 사람의 심리를 잘 다루는 걸로 알고 있는데… 스칼렛 당신은 거짓말을 잘 못 하는 걸로 봐서 정치를 하긴 힘들겠군. 알다시피 크리스는 타고난 정치인인데 말이야. 하하하… 걱정하지 마. 난 제이크가 아닌 그의 친구 에디라고 보고할 거니까…"

"나한테 이러는 이유가 뭐야?" 스칼렛이 제프리에게 물었다.

"넌 아주 중요한 사람이거든… 나한테도 그리고 다른 사람들한테도… 넌 지금 나를 적이라고 생각하겠지만 그건 영원하진 않을 거야. 언젠가 넌 나에게 반드시 애원하게 될 테니까…" 그는 말을 마친 후 바로 뒤돌아서 건물 안으로 들어가 버렸다. 남겨진 스칼렛은 그가 한 말들이 가슴에 남아서 점점 불안해지기 시작했다.

❄

정원에서 호텔 안으로 다시 들어온 제프리는 엘리베이터를 타고 50층으로 올라갔다. 복도를 걸어서 펜트하우스 스위트 룸 앞에 도착한 그는 경호원들과 눈인사를 하고 신분 확인 절차 없이 바로 방으로 들어갔다. 방 안에는 크리스와 제이콥이 그를 기다리고 있었다.

"어떻게 된 건가?" 크리스가 그에게 질문했다.

"오늘 저녁 9시 무렵 Beo Nox를 해킹할 것이라는 익명의 제보를 받았습니다. 그래서 회사 직원들이 비상 체재로 대응하고 있었는데 9시 30분쯤에 실제로 채널을 통한 해킹이 있었습니다."

"그래서? 피해 상황은?"

"우선 Beo Nox 시크릿 모드는 안전합니다. 사이드 채널 공격으로 인한 일시적인 오류 현상이 발생했을 뿐입니다. 그런데, 이상한 점은 해커의 해킹 의도를 전혀 알 수가 없다는 게 가장 큰 의문입니다." 그의 대답을 듣고 난 크리스와 제이콥은 그제서야 안심하는 표정을 지었다.

"해킹 의도야 단순 호기심이나 돈이 목적이겠죠. 다행히 경찰로부터 해커를 바로 체포했다고 들었는데 그게 누구입니까?" 제이콥이 그에게 물었다.

"루모 병원 유전자 연구소 직원 에디 해리스입니다."

"뭐? 누구라고? 우리 병원 연구원 에디 해리스?" 크리스는 깜짝 놀라서 제프리에게 다시 되물었다. 에디 해리스는 의료계에서는 명성이 높은 신약 개발의 선구자이자 의학자인 멜빈 K. 해리스의 손자로 거대기업 멜빈제약사 회장 로버트 해리스의 유일한 자식이었다. 크리스에게는 함부로 건드리면 안 되는 제약계의 거물이었기에 고민이 클 수밖에 없었다. 그가 고민하고 있다는 사실을 눈치챈 제이콥이 그에게 말했다.

"총리님, 염려하시는 점 잘 압니다만 우리 측 정보가 얼마나 노출이 된 건지 파악하지 못한다면 대책을 세울 수가 없습니다. 아무리 해리스 집안 아들이라도 그냥 넘어가서는 안 되는 일입니다."

"그렇지만…, 로버트는 제약계의 거물인데 그쪽을 건드려서 우리에게 좋을 게 없어."

"걱정 마십시오. 멜빈제약을 한 방에 날려 버릴 수 있는 좋은 카드가 있습니다." 제이콥이 말을 꺼내자 크리스와 제프리는 궁금한 얼굴로 그에게 자세한 설명을 해 달라고 요청했다.

"요즘 멜빈사가 중점적으로 연구하는 분야는 불면증 신약 개발입니다. 제가 조사한 바로는 이미 시중에 그리스 신화의 잠의 신 [Hypnus]라는 이름으로 판매를 시작했습니다. 큐비들에게도 칸델라와 같은 방식으로 암페타민을 비밀리에 공급한 후…"

"큐비들에게도 불면증을 유발시켜서 멜빈사의 불면증 신약을 먹게 하자는 건가?" 크리스가 제이콥에게 물었다.

"이미 멜빈사 Hypnus는 출시하자마자 해당 분야 판매 1위 제품입니다만, 총리님께서 정부 인증 공식 약물로 인정받을 수 있도록 패스트트랙을 사용하신다면 멍청한 큐비들은 정부를 믿고 더 많이 구매하게 될 겁니다. 게다가 정부 지원으로 가격을 낮게 책정해서 '가장 효과가 좋은데 제일 저렴한 가격'이라고 홍보해서 판매하게 된다면, 그들에게 선택은 단 하나 뿐입니다. 그러고 나서…" 제이콥이 말을 이어서 하려는데 제프리가 끼어들어 말하기 시작했다.

"대부분의 큐비들이 Beo Nox를 사용하고 있으니 우리가 시크릿 모드로 변환시켜서 사용자를 전부 자살하게 만든 뒤에 모든 책임을 신약의 부작용으로 인한 제약사의 문제로 돌리면 되겠네요." 제프리가 말을 끝내자 제이콥은 깜짝 놀라면서 고개를 끄덕였다.

"잠깐만! 칸델라와 같은 방식으로 불면증을 유발시켜서 멜빈사의 신약을 먹게 만든 후, Beo Nox를 변환시켜서 큐비들을 제거시킨 다음, 모든 잘못은 신약의 부작용이라고 덮어 씌운다라… 아주 좋은 아이디어야! … 하지만, 명백한 증거가 없다면 멜빈사에서 순순히 그걸 받아들일 리가 없을 텐데?" 크리스는 제이콥의 허점을 지적했다.

"그렇다면 어떻게 해야 합니까?" 제프리가 크리스에게 묻자 그는 잠시 시선을 다른 곳으로 돌리며 생각에 잠긴 듯했다.

"제이콥! 멜빈사의 신약은 지금 가지고 왔나?"

"아! 그건… 미처… 한 시간 내로 준비해서 올리겠습니다!" 제이콥이 잔뜩 긴장한 목소리로 크리스에게 대답했다. 그러자 크리스는 갑자기 표정이 차갑게 변하더니 자리에서 일어섰다. 그리고는 스텐딩 바로 걸어가 찬장에서 위스키와 위스키 잔을 바 테이블에 하나씩 차례대로 내려놓았다. VVIP룸에는 크리스가 얼음을 위스키잔에 옮기고 위스키를 따르는 소리만이 들리는 가운데 정적만이 감돌고 있었다.

"지금 나한테 시간은 이전과 같지가 않아. 이 나라의 총리는 나 크리스 월포드이고 모든 칸델라들이 나를 찬양하고 추종하지. 하지만 말이야. 역사라는 건… 프랭크가 지금까지 쌓아 온 시간이고 노력의 결과물이지. 난 지금 그를 역사에서 지워 버리기 위해 지난 수십 년간의 그의 업적을 뛰어넘을 만한 업적!! 결과물!!을 보여 줘야 해! 내가 1시간을 기다린다는 건 10시간을 허비하는 것과 같다고!!! 젠장!!" 그는 갑자기 들고 있던 위스키 잔을 벽에 던졌고 벽에 부딪힌 잔은 '퍽' 소리와 함께 벽과 바닥에 산산이 조각나서 위스키와 함께 흘러내렸다. 제프리와 제이콥은 그의 눈치를 보며 서로 시선만 마주치고 있을 뿐이었다.

"진정하십시오. 총리님. 죄송합니다. 제가 미리 준비를 하고 말씀을 드렸어야 했는데…"

"앞으로 조심해. 제이콥. 신약이 준비되면 내가 직접 보고 어떻게 증거로 만들어야 할지 바로 지시할 테니까."

"네! 알겠습니다! 총리님!" 제이콥은 그제야 안심이 된 듯 경직된 어깨를 축 내렸다.

"아! 그리고 세계 기아 어린이 기금 마련을 위한 대주교 미사 생중계는 언제라고?" 크리스가 제이콥에게 물었다.

"내일입니다!"

"흠, 지금 바로 HM 모든 지역에 산소 공급 시스템으로 암페타민 주입 시작해. 칸델라 용량 두 배로."

“네? 그건… 남용했을 때 어떤 부작용이 생길지…” 제이콥이 망설이는 태도를 보이자 크리스가 그를 무섭게 노려보았다. 그러자 그는 겁에 질려 바로 지시하신 대로 하겠다고 말하고는 전화를 걸어서 크리스가 말한 대로 담당자에게 전달했다.

“그런데 총리님, 조금 전 경매로 낙찰받은 원석을 아직 보지 않으셨습니다만. 괜찮으시다면 지금 바로 준비해서 보여 드리겠습니다.” 제프리는 그의 기분을 풀어 주기 위해서 애써 노력하고 있었다.

크리스는 알겠다고 제프리에게 대답했다. 그러고 나서 그는 제이콥이 깨진 위스키 잔을 수습하려고 엉거주춤한 자세로 엉덩이를 빼고 치우는 모습을 보고는 큰 소리로 웃었다. 크리스의 웃음소리에 쭈그린 채 뒤돌아서 같이 웃어 주는 제이콥을 보면서 제프리는 그가 불쌍하다는 생각이 들었다. 잠시 후, 그는 누군가에게 연락해서 VVIP실로 낙찰받은 원석을 가져오라고 지시했다.

“마음에 드시기를 바랍니다. 총리님. 그럼…, 전…” 그가 제이콥에게도 함께 나가자고 사인을 했고 그들은 함께 방을 나갔다.

신비의 원석

밤이 깊은 루모 대성당 대주교실은 고요하고 어두운 방 안에 촛불 몇 개만이 어둠을 밝히고 있었다. 테이블 앞에는 루멘 위원장 K와 에드리안 베드로 대주교 그리고 노아가 함께 앉아 있었다.

"이제 곧 최후의 관문이 열리게 될 텐데, 큐비들의 대량 희생을 막을 대책이 없는 겁니까?" 대주교가 걱정스러운 얼굴로 루멘 위원장 K에게 물었다.

"지금 우리가 나서게 된다면 제프리와 손을 잡은 내부 세력이 누구인지 알 수 있는 방법이 없습니다. 그리고 Cathilonite는 크래비티 님께서 수십 년 전부터 예언해 오신 신비의 물질이자 반드시 찾아야 하는 원석입니다. 이를 위해서 우리가 오래전부터 함께 준비해 온 일이 아닙니까? 이제 와서 우리가 스스로 변수가 될 수는 없는 일입니다."

"행함이 없는 믿음은 그 자체가 죽은 것입니다." 노아가 답하자 K는 그에게 다른 해결책이 있는지를 물었다. 노아는 잠시 말없이 흔들리는 촛불을 담은 자신의 투명한 파란색 눈동자로 K의 눈을 바라보았다.

"이제 그만 저희 아버지를 풀어 주십시오." 노아가 K에게 말하는 순간 그는 깜짝 놀랐다. 총리가 실종되는 날 밤에 프랭크 총리의 차 앞을 가로막은 건 바로 위원장 K 자신의 차였고 그 사실을 알고 있는 사람은 자신과 프랭크 단 둘뿐이었기 때문이다. 크래비티에게 노아 신부가 예지력이 있다는 말을 들어왔던 K였지만 직접 그의 귀로 들어 본 적은 없었기에 순간 너무 놀라서 모든 시간이 멈춰 버리는 느낌이었다.

"대체 그 사실을 어떻게 알고 있는 건가? 노아 신부?"

“그건 중요하지 않습니다. 지금 우리가 해야 할 일은 진실을 알고 있는 이들을 보호하는 일입니다. 우리가 진실을 알리는 것보다 크리스가 더 빨리 행동한다면 이 나라는 돌이킬 수 없는 대재앙을 맞게 될 것입니다.”

“프랭크 클리프리드 전 총리가 살아 계신 건 참으로 다행입니다만 그가 이제 와서 무얼 할 수 있다는 말이죠?” 대주교가 노아에게 물었다.

“저와 아버지는 최후의 관문에 대비하기 위해서 오래전부터 많은 것을 준비해 왔습니다. 저와 같은 목적을 가지고 결과적으로 모든 것을 함께 준비해 온 것이라는 건 본인조차 모르고 계셨겠지만… 이제는 아버지께서 직접 움직여야 할 시간입니다. 위원장님께서 허락해 주신다면 말입니다.” 노아가 K를 쳐다보며 말하자 대주교 역시도 그를 바라보았다.

“흠…, 역시 노아 당신은 크래비티 님이 말씀하신 대로군.”

“크래비티 님이 저에 대해서 뭐라고 하셨습니까?”

“최후의 예언가이자 선한 것을 가르치는 자… 라고…” 그의 대답을 들은 노아는 고개를 숙인 채 가만히 있었고 옆에 함께 있던 대주교와 K는 시선을 마주치며 그의 행동을 주시했다. 노아는 자신이 가진 모든 힘을 다해서 울음을 참아 내고 있었다. 그는 손으로 자신의 얼굴을 한 번 쓸어내린 다음 시선을 다른 곳으로 피하면서 K에게 아버지는 어디에 있었던 건지를 물었다.

“프랭크는 크래비티 님의 지시에 따라 크리스로부터 신변 보호를 위해서 금성 천체 과학 연구소에 신분을 위장한 채, 의학 분야 자문의로 있었습니다.”

“금성이라구요? 맙소사!” 대주교는 깜짝 놀라서 K에게 말했다. K는 여기서는 AI 위치 추적 시스템으로 어디에 숨어 있어도 추적당하는 것을 피할 수가 없었기 때문에 불가피한 선택이었다고 대답했다. 그리고 지난주 크래비티 님은 금성에 있는 프랭크에게 지구로 돌아오라는 지시를 하셨다고 말했다. K는 노아가 자신이 프랭크를 피신시켰다는 사실을 알고 있다는 것도 놀라웠지만 크래비티 님과 완전히 같은 내용의 지시를 하는 그가 너무나 놀라워서 소름이 끼쳤다고 털어놓았다.

"그래서 아버지는 지금 어디 계십니까?" 노아가 그에게 물었다. K는 시계를 본 후 지금쯤이면 도착해서 크래비티 님을 만나고 있을 것이라고 대답했다.

"그렇다면 곧 아버지도 여기에서 일어난 모든 일에 대해서 알게 되시겠군요… 대주교님 그리고 위원장님, 지금부터 제가 하는 얘기를 잘 듣고, 따라 주셔야 합니다. 우리가 저들보다 한발이라도 늦게 될 때에는 대량 학살을 막을 수가 없게 됩니다." 노아는 진지하고 무거운 목소리로 그들에게 말했고 위원장과 대주교는 그의 이야기를 집중해서 듣기 시작했다.

❄

태어나서 처음으로 경찰서에 잡혀 온 에디는 TV 뉴스에서나 보던 장소에 자신이 와 있다는 사실이 신기하면서도 혹시라도 제이크와 크리스틴에게 장담한 것처럼 금방 풀려나지 못하면 어떻게 해야 하는 건지 두려운 마음이 들었다. 그렇지만 어린 시절부터 봐 왔던 꼬마 크리스틴을 이런 살벌한 곳에 오게 만들었다면 그런 자신을 도저히 용서할 수가 없을 것 같았다. 어쩌면 제이크가 스칼렛을 사랑하는 마음이란 걸 조금은 알 것도 같은 마음이었다. 그는 크리스틴이 밝게 웃는 모습을 보는 것이 언젠가부터 자신이 웃는 것보다 더 행복하다는 마음이 들었기 때문이었다.

유치장이란 곳은 사방이 하얀 벽으로 둘러싸인 조그마한 방 안에 입구는 쇠창살로 막혀 있었고 모든 잠금장치는 경찰 보안 AI 시스템인 [COPS]로 컨트롤되었다. 에디는 칸델라 신분이었기에 여러 명이 한 방에 수감되는 일반 유치실이 아닌 비교적 시설이 잘 갖춰진 독방에 있었다. 잠시 후, 그에게 경찰 한 명이 은밀하게 조용히 다가와서 작은 목소리로 말했다.

"에디 해리스 님, 저는 경관 케빈 리라고 합니다. 프랭크 총리님의 실종 담당이셨던 한스 링컨 팀장님의 부탁으로 왔습니다. 지금 해리스 님께서는 매우 위험하신 상황입니다."

"네? 그게 무슨 말씀이시죠?" 에디는 놀란 눈으로 그를 바라보며 말했다.

"칸델라니까 더 잘 아시겠지만 보통 이런 사건은 회사 측의 큰 피해가 없다면 합의 후에 보호 감찰 기간을 선고받고 훈방 조치되는 게 일반적입니다. 그런데 지금 해리스 님 같은 경우에는…" 케빈이 말을 하고 있는데 옆에서 인기척이 느껴지자 그는 재빨리 기둥 뒤로 숨어서 동료 경찰이 서류를 찾는 모습을 지켜보고 있다가 에디에게도 손가락으로 조용히 하라는 사인을 주고는 숨죽여서 가만히 있었다. 동료 경찰은 서류를 찾더니 나가려다가 뭔가 약간 이상한 듯 다시 돌아와서는 유치장에 사람들이 잘 있는지 슬쩍 둘러보더니 찾은 서류를 돌돌 말아 손으로 툭툭 치면서 다시 나갔다. 그가 나가자 확인을 위해 따라 나가서 주변을 살펴보고 들어온 케빈은 다시 에디에게 다가왔다.

"놀라셨죠? 죄송합니다. 제가 지금 한스 팀장님 부탁으로 기밀 사항을 전달해 드리는 상황이라서… 어쨌든! 짧게 말씀드리겠습니다. 해리스 님께서는 일반적인 경우로 처리되지 않을 것이고 상부에서 내려온 지시로는 FBI에 넘겨져서 반체제 인사 전문팀으로 넘겨진다고 합니다." 그는 다급하고 진지한 목소리로 에디에게 설명했다.

"뭐라구요? 제가 반정부 인사라는 말씀입니까?" 에디는 너무 기가 막혀서 헛웃음이 나왔다. 그가 상상했던 것 이상으로 상황이 좋지 않게 흘러가고 있다는 직감이 들었다.

"여기요. 제 핸드폰 드릴 테니까 지금 바로 가족분들에게 연락해서 도움을 청하세요. 시간 없습니다!" 그에게 핸드폰을 건네받은 에디는 아버지 로버트에게 전화를 걸었다.

📞 "에디! 이게 대체 어떻게 된 일이냐! 면회도 안 되고 크리스 총리에게 아무리 전화를 해도 연락이 닿지를 않아! 넌 괜찮은 거야? 엄마가 지금 네 걱정에 이 밤중에 변호사를 만나고 왔는데 아직 케이스가 오픈이 안 되어서 아무것도 알 수가 없다더라. 오… 하느님…" 에디의 아버지 로버트는 글로벌 대기업 제약회사 CEO임에도 불구하고 자신의 아들 걱정에 머리가 흐트러지고 잔뜩 충혈된 눈으로 어쩔 줄 몰라하고 있었다.

"아버지, 죄송합니다. 그리고 전 괜찮습니다. 걱정하지 마세요." 그는 어릴 때부터 작은 말썽들은 부려 왔었지만 이런 큰일은 자신도 처음이었다. 그리고 항상 반듯하고 엘리트의 전형인 아버지의 모습만을 봐 왔기에 처음으로 아버지의 흐트러진 모습을 보니 마음이 아려 왔다.

"자세한 얘기는 시간상 지금 다 말씀드릴 순 없지만 지금 상황이 안 좋게 흘러가고 있는 게 맞습니다. 하지만 아버지, 항상 우리는 모두 빛의 아들이라고 말씀하셨었죠?"

📞 "갑자기 성경 말씀은 왜 하는 거냐? 너답지 않게…, 에디! 너 정말 말 못 할 무슨 일이라도 있는 거야?" 로버트는 당장이라도 울 것 같은 걱정이 가득한 얼굴로 화면에 비친 그의 아들에게 물었다.

"아버지! 우리는 빛이니 어둠에 속하지 않습니다. 하지만 힘없고 죄 없는 어린아이들이 우리 칸델라들의 욕구 해소를 위하여 착취와 유린을 당하고 있습니다. 전 아동 질병 연구원으로서 이들의 만행을 두고 볼 수 없기에 기꺼이 이 일에 동참하였고 전혀 후회하지 않습니다…. 평생 아버지 곁에서…, 철없는 아들로 살고 싶었는데…, 죄송합니다… 건강하세요…”

📞 “에디! 에디!!! 너 지금 대체!!!” 로버트가 소리치면서 그를 부르고 있었지만 에디는 애써 웃음을 지어 보이며 일방적으로 전화를 끊었다.

에디는 곧이어 휴대폰을 찾으러 온 케빈에게 핸드폰을 돌려주면서 말했다.

“한스 팀장님에게 기회를 주셔서 감사하다고 말씀드려야 하는데… 지금 어디 계시죠?”

“팀장님은 현재 사건 현장에 계신 것으로 알고 있습니다.”

“그렇군요… 알겠습니다. 도와주셔서 감사드립니다. 케빈 리 경관님.”

“아닙니다. 그런데 가족분에게 도움은 잘 요청하신 겁니까?” 그의 질문에 에디는 대답 없이 어딘가 슬퍼 보이는 미소를 지어 보일 뿐이었다.

❄

전화가 끊어지자 로버트는 다시 전화를 걸어야 하는 건지 순간 고민했지만 에디의 핸드폰으로 온 전화가 아니었기에 함부로 전화를 했다가 아들을 곤란하게 만들 수도 있다는 생각에 다시 걸지는 않았다. 그는 사무실 안을 왔다 갔다 하면서 어떻게 해야 하는 것인지 알 수 없어 고민하고 있다가 일단 아내에게 전화를 걸었다.

📞 “여보! 어떻게 된 건지 알았어요?” 아내 가브리엘이 그에게 물었다.

“아니, 방금 에디에게 전화가 왔었어. 내 생각에는 무언가 큰 일에 연루가 된 것 같은데… 혹시 최근에 이상한 행동 같은 거 한 적이 있나? 에디가 말이야.” 남편의 질문에 가브리엘은 곰곰이 생각을 더듬어 보았다.

📞 “아! 어제 제이크와 크리스틴이 집으로 찾아왔었는데, 제이크가 아버지가 실종된 뒤에 잠을 전혀 못 잔다고 에디가 나에게 도와 달라고 했어요! 그래서 제이크에게 신약을 처방해 주었거든요.”

“그래?” 아내의 대답을 들은 로버트는 미간을 찌푸리면서 심각한 표정으로 일단 알겠다고 한 뒤에 전화를 끊었다. 잠시 자리에 앉은 그는 아들의 일과 제이크가 분명히 관련이 있다는 확신이 들었고 의자에서 일어나 외투를 챙겨 방문을 열고 나갔다. 황급하게 뛰어가는 그를 문밖에서 대기하고 있던 비서가 벌떡 일어나 따라가면서 불러 세웠다.

“회장님! 회장님! 잠시만요!!!”

“나중에!” 그는 뒤돌아볼 겨를조차 없었기에 앞만 보고 정신없이 뛰어가고 있었다. 로버트가 주차장에 도착해서 그의 차에 타려고 하는데 누군가가 그를 불렀다.

“로버트 해리스 회장님, 지금 어디 가시는 겁니까?”

누군가의 목소리를 듣고 돌아보니 어떤 키가 큰 남자가 그를 바라보고 있었다.

“이럴 수가! 프랭크!!!” 로버트는 깜짝 놀라서 휘둥그레진 눈으로 소리를 질렀고 멀리 있는 일반 주차장에서 차에 타려고 걸어가던 사람이 로버트가 지른 소리에 궁금한 듯 이쪽을 기웃거리고 있었다. 프랭크는 재빨리 고개를 돌려서 얼굴을 가린 후 로버트에게 말했다.

“어서 빨리 자리를 피해야 합니다. 일단 당신 차에 타서 얘기하시죠.” 로버트는 그의 얘기를 듣고 자신의 차에 ID를 인식시키자 자동으로 문이 열렸고 프랭크에게 먼저 타라고 말했다. 차에 탄 프랭크는 재빨리 차 윈

도우의 색을 내부가 보이지 않게 조작했다. 로버트가 뒤이어 차에 타자 그의 목적지를 묻는 AI 보이스가 질문을 반복하고 있었다.

"이게 대체 어떻게 된 일입니까? 지금 크리스 윌포드가 총리가 된 건 알고 계신 겁니까? 아니 그동안 대체 어디서 무얼 하신 겁니까? 걱정하고 있는 가족들 생각은 안 해 보셨어요?" 로버트는 매우 빠른 속도로 속사포처럼 그에게 질문을 쏟아부었다.

"로버트… 목적지를 말씀하셔야죠." 프랭크는 알 수 없는 미소를 지으면서 차분하게 대답했다.

"목적지는 제이크…" 그가 말을 하려고 하는데 프랭크가 옆에서 "목적지는 SCI[61)]."라고 말했다. 로버트가 의아한 표정으로 그를 쳐다보자 프랭크는 그에게 대답했다.

"지금부터 내가 하자고 하는 대로 해야만 에디를 꺼낼 수 있습니다."

"아니, 에디에 대한 건 또 어떻게 아신 겁니까?"

"시간이 없습니다! 우리가 지체하면 앞으로 어떤 비극적인 일이 생길지 알 수 없습니다. 빨리 출발시켜요!" 프랭크가 소리치자 로버트는 AI에게 목적지를 프랭크가 말한 SCI로 명령했다. 그들이 탄 차는 빠른 속도로 도심을 달리기 시작했다. 목적지까지 가는 동안에 프랭크는 그동안에 있었던 일들과 지금 에디가 잡혀간 이유에 대해서 로버트에게 설명했고 설명을 듣는 그의 표정은 점점 더 심각해지고 있었다.

"선택은 당신이 하는 겁니다. 이제 어떻게 하시겠습니까? 로버트?" 프랭크가 그에게 물었다. 그의 질문에 그는 눈을 잠시 감았다 뜨며 무언가 결심한 듯 결연한 눈빛으로 그에게 대답했다.

61) Science Citation Index: 과학기술논문 색인지수, 미국 과학정보연구소 Institute for Science Informations (ISI)사에서 출판하는 색인을 수록한 데이터베이스.

"내 자식을 함부로 건드린 대가를 반드시 치르게 할 겁니다. 그 외의 다른 어떤 이유도 필요 없습니다."

"당신은 반드시 그렇게 하게 될 겁니다." 프랭크가 그에게 대답하자 두 사람은 무언의 약속을 하는 듯 시선을 마주하며 고개를 살짝 아래로 끄덕였다.

중독

제이크는 에디로 인한 자책감 때문에 방문을 잠그고 힘들어하고 있는 크리스틴이 걱정이 되어 그녀의 방문을 계속해서 노크하고 있었다. 잠시 후, 크리스틴이 문을 열고 화난 표정으로 나와서는 제이크에게 소리쳤다.

“이게 대체 뭐야! 아빠는 살았는지 죽었는지도 알 수 없고!! 우리가 대체 뭘 위해서 이렇게까지 해야 하는 건데!!! 대체 왜!!! 대답해 보라고!!!” 울부짖는 크리스틴에게 제이크는 한동안 말없이 가만히 그녀의 화가 풀릴 때까지 들어 주었다. 하지만 그녀가 하는 한마디 한마디에 그 역시도 에디에 대한 죄책감으로 괴롭기는 마찬가지였다. 그는 에디가 경찰에 자수해서 잡혀간 이후 직접 한스 팀장에게 전화해서 해킹 사건이 어떻게 처리되고 있는지를 알아봐 달라고 부탁하였고, 그는 알아본 후 에디에게 직접 알려 주겠다고 대답했다. 몇 시간이 지난 후, 자신의 방에서 여러 번 한스 팀장에게 연락을 해 봤지만 응답을 하지 않고 있었기에 그 역시 에디가 너무나 걱정되고 답답한 마음이었다.

“크리스틴, 네가 죄책감 때문에 힘든 거 충분히 이해해. 나도 마찬가지니까… 하지만 우리가 지금 아무것도 하지 않는다면 그의 희생은 아무런 의미가 없어져. 그건 에디가 진짜 원하는 게 아닐 거야.”

“그럼, 이제부터 어떻게 해야 하는 건데?” 크리스틴은 침대에서 이불을 덮어쓰고 울고 있다가 이불을 확 걷어치우고는 그녀 특유의 강아지 같은 눈빛으로 제이크에게 말했다.

“우선, Silva사 Beo Nox의 인지 조작 흔적은 찾아낸 거야?” 그는 진지한 목소리로 물었다.

"Beo Nox는 처음 광고할 때는 사용자가 가장 원하는 것 예를 들자면 부자 또는 이상형의 사람 아니면 아픈 사람에게 건강한 몸을 선사해 주는 마법의 장치인 것처럼 모두를 현혹시켰어. 처음에 무료인 것처럼 속였다가 최근에 급격하게 오른 사용 요금을 보면 일반 큐비들이 감당할 수 있는 수준이 아니야. 보통 사람한테 그런 비싼 비용을 감수하고 계속 사용하도록 만들려면 현실을 내다 버릴 만큼의 강력한 그 무언가가 있어야 되는 거거든."

"그게 뭔데?" 제이크가 그녀에게 질문했다.

"그것을 쓰지 않고서는 도저히 견딜 수 없게 만드는 거지. 마약처럼 말이야. 바로 Beo Nox에 중독되게 만드는 거야." 그 일이 어떻게 가능한 것인지를 묻는 제이크에게 크리스틴은 대답했다.

"일반적으로 사람들이 중독이 되는 이유는 행복감을 느끼는 호르몬인 도파민 때문인데 도파민이 분비가 되었을 때 수용체를 감소시키면 더 많은 도파민이 분비되어도 이전과 같은 행복감을 느낄 수가 없게 돼. Beo Nox는 사용자의 이용 시간에 따라 정상적으로 체내에서 분비되는 수용체를 급격하게 감소시키는 AI 컨트롤러가 있어서 그들의 의지와 상관없이 사용하면 사용할수록 심각하게 중독되는 구조를 가지고 있어."

"그게 만약 사실이라면 사용자들을 거의 모두 중독자로 만들었다는 말인데, Silva사는 이미 전 세계 매출 순위 1위 기업이잖아. 흠…, 그리고 단지 돈을 위해서라고 하기에는 데이터를 장기간으로 늘려야 정상인데 우리 회사 클라우드를 단기간으로 계약한 걸로 봐선 그건 아닌 거 같고… 그들이 큐비들을 중독시켜서 최종적으로 얻고자 하는 것이 무엇인지 그걸 알아야 할 것 같은데?"

"그건… 글쎄…, 아직은 나도 모르겠어." 크리스틴이 그에게 고개를 살짝 돌리며 대답했다.

크리스틴은 제이크에게 병원에서 찾은 칸델라들의 큐비 사냥에 대한 증거는 잘 저장해 둔 것인지를 물었고 그는 켈리와 에디 덕분에 잘 찾아서 저장해 놓았다고 대답했다. 하지만 이를 어떻게 어떤 방식으로 세상에 알려야 하는 건지 알 수가 없었다. 기존의 모든 언론은 이미 크리스 총리의 통제하에 있었기 때문에 미디어를 통한 폭로가 가능할 것 같지는 않았다. 게다가 Silva사와 크리스와의 직접적인 연결 고리를 아직 찾지 못하였기에 지금 이 자료를 공개한다고 해서 그에게 직접적인 타격을 입힐 수도 없었다.

'대주교님께 존이 드렸던 외장 하드, 크리스가 병원에서 저질러 왔었던 정신병동 큐비들의 생체 실험에 대한 증거가 제대로 쓰이지 못하고 있는데 에디가 자신을 희생하면서까지 만들어 준 이 소중한 기회를 헛되게 할 수는 없어. 반드시 이걸 제대로 쓰이게 만들어야 해… 어떻게 하면 될까…'

그때 갑자기 소란스러운 소리와 함께 밖에서 여러 명의 발자국 소리가 들려왔고 잠시 후 문을 열고 들어온 건 존이었다. 그는 잔뜩 상기된 얼굴로 급하게 뛰어온 것처럼 숨을 헐떡이고 있었고 특수 부대 요원 전술복을 입은 채 완전 무장을 하고 있었다.

"존? 대체 무슨 일입니까?" 제이크는 놀라서 그에게 물었다.

"지금 가족분들 모두 저를 따라서 대피하셔야 합니다! 시간이 없습니다! 빨리요!" 그의 대답을 들은 크리스틴은 그에게 이유를 물었고 존은 제프리가 이미 크리스틴과 제이크가 해킹해서 빼낸 정보에 대해 알고 있으며 그것을 없애기 위해 전문 킬러들을 지금 이리로 보냈다고 말했다.

존은 며칠 전, 크리스 총리의 명령으로 앤드류 파커를 살해하라는 지시를 받고 동료였던 스미스를 구하고자 어떨 수 없는 선택으로 의식이 없는 그의 호흡을 멈추게 하고 밖으로 나갔고, 아무 죄도 없는 민간인을 처음으로 죽였다는 죄책감에 괴로워하고 있었다. 그런 그를 어둠에서 지켜보고 있던 이는 바로 한스 형사였다. 그는 노아의 부탁으로 앤드류를 사전에 미리 다른 방으로 옮겨 놓고 자신이 그를 대신해서 누워 있었던 것이었다. 그리고 한스 형사는 존에게 앤드류는 무사하다고 알려 주면서 크리스를 속이기 위해서는 어쩔 수 없는 일이었다고 말했다. 앤드류를 죽이려고 했던 존을 용서할 수는 없지만 동료를 구하기 위한 불가피한 선택이었음을 이해한다고 말한 한스는 존에게 경찰 내부 정보원을 통해 스미스가 갇혀 있는 병원의 정보를 알려 주었다. 그리고 존은 그와 뜻을 같이하는 전역 동료들에게 연락하여 스미스를 무사히 구출해 낸 뒤, 노아의 지시로 제이크의 집으로 그들을 구하기 위해 급하게 온 것이었다.

제이크는 칸델라들의 큐비 사냥놀이 영상과 Silva사의 비밀 경매에 대한 정보 그리고 크리스틴이 알아낸 Beo Nox의 조작 기록이 담긴 두 개의 외장 하드를 하나는 자신이 갖고 나머지는 크리스틴에게 건네주었다. 그들은 재빨리 어머니 방으로 가서 사실을 말한 뒤 보호용 무기와 소지품 등을 챙겨 존을 따라 1층 거실로 내려가고 있었다.

"탕! 탕! 탕!" 귀를 찢을 것 같은 총소리와 함께 밖에서 누군가 "습격이다!"라고 외치는 소리가 들렸다. 이어서 집안의 대형 유리창이 깨지면서 총알이 빗발치기 시작했다. 거실 안의 가구들은 쏟아지는 총격으로 거의 모두 박살이 나서 바닥에 거친 단면을 드러내고 흩어져 버렸다. 존이 재빨리 집 전원 시스템을 오프로 바꾸자 집 안의 모든 불빛이 일제히 꺼졌다.

그는 자신을 뒤따라오던 3명에게 최대한 몸을 낮추고 움직이지 말라고 지시한 후 야간 투시경을 작동시켰다. 외부에서 대기 중이던 아군 8명 중 2명이 습격을 당해서 바닥에 쓰러져 있었고 총 4명의 적군이 2명씩 흩어져서 집 입구에서 거실로 접근 중이었다. 그는 최대한 몸을 낮추어 적군의 야간 투시경에 포착되지 않는 기둥 사이로 몸을 재빨리 굴려서 움직였다. 총리의 집은 모든 기둥이 야간 투시경의 투과를 반사하는 특수 물질로 지어졌기에 가능한 일이었다. 애초에 모든 유리창도 방탄으로 지어졌음에도 이렇게 박살이 났다는 건 킬러들 역시 방탄 유리를 쉽게 통과하는 특수 총알을 쓰는 전문 킬러라는 반증이었다.

"델타 2, 여기는 S1. 타겟 2명 10시. 나머지 2명 2시 방향 접근 중. 엄호 바람."

"S1, 여기는 델타 2. 사상자 2명 발생! 2시 방향 엄호 개시!"

존은 북서쪽으로부터 접근하는 한 명을 향해 조준한 후 발사했다. "탕!" 한 명이 머리를 맞고 바닥으로 쓰러지자 따라오던 나머지 한 명이 재빨리 총으로 응수하며 다른 곳으로 숨었다.

"타겟 다운! 엄호 유지! 섬광 수류탄을 던져라. VIP들 대피 예상 시간 3분!"

"S1! 섬광 수류탄 투하 30초 전! 2분 안에 나가십시오! 오버!"

"Copy!(수신 완료)"

존은 제이크와 크리스틴 그리고 안나에게 섬광 수류탄이 터질 예정이니 '쾅!' 소리가 나면 재빨리 뒷문으로 나가라고 말했다. 존은 제이크에게 섬광의 빛을 가릴 수 있는 선글라스와 이어플러그를 건네주었다. 그는 그것을 안나에게 씌우고 귀에 이어플러그를 꽂아 준 다음 자신도 귀에 끼운 후 그녀의 손을 잡았다. 존의 옆에 있던 크리스틴도 모든 준비를 마치고 뒤에서 신호를 기다리고 있었다.

"섬광 수류탄 발사!"

"쾅!" 하는 소리와 함께 엄청난 빛과 귀를 찢어 버릴 것 같은 큰 폭발 소리 때문에 킬러들이 혼비백산하여 한동안 공격을 할 수 없게 되자, 그 사이 그들은 킬러들을 피해 재빨리 뒷문으로 모두 빠져나갔다.

Intrusion

스칼렛은 메테오라 호텔 객실의 문을 열고 안으로 들어갔다. 그녀는 블랙과 버건디 컬러로 장식된 침대 커버부터 가구의 소품들까지 모두 정성스럽게 바꾸어 놓은 칼슨의 센스에 감탄하지 않을 수 없었다. 욕실에는 코코넛 오일과 시트러스의 달콤하고 은은한 향기가 욕조에 흐르는 따듯한 물의 습기와 어우러져 긴장하고 피곤했던 하루를 위로해 주는 듯했다.

그녀는 침실에서 파티 드레스를 벗은 후, 칼슨이 침대에 걸쳐 놓은 버건디 실크 가운을 입고 머리를 위로 틀어 올리고는 샤워를 하기 위해 욕실로 들어갔다. 그리고 따듯한 물이 가득 찬 욕조에 들어가기 위해서 가운의 매듭을 풀려다가 문득 거실에 있는 가방의 총을 가져와야겠다는 생각에 다시 문을 열고 나갔다.

"꼼짝 마! 죽고 싶지 않으면." 누군가가 그녀의 뒤통수에 총구를 겨눈 채 말했다. 그녀는 두 손을 들고 가만히 있었다.

"알았어. 진정해." 그녀가 뒤로 몸을 돌리려고 하자 그는 다시 그녀의 머리에 총구를 들이대면서 더 이상 움직이면 발사하겠다고 말했다. 테이블에 놓인 그녀의 가방 안에는 제이콥이 준 총이 있었지만 지금으로선 그곳까지 갈 수 있는 방법이 없었다. 괴한은 얼굴을 모두 가린 마스크를 쓰고 뒤에서 그녀의 머리에 총구를 겨눈 채 크리스 윌포드 총리의 비리에 대해 조사한 자료를 모두 넘기라고 위협했다.

"당신을 보낸 사람이 누구지? 벤자민? 제프리? 아니면…, 크리스 총리 측인가?" 괴한은 대답이 없었고 그때 누군가 방문을 두드렸다. 괴한은 깜짝 놀라 그녀를 끌고 문 쪽으로 가게 했고 모니터로 문밖을 확인하자 칼슨이었다.

"VIP 전담 직원이야. 내가 방 안에 있는 걸 알고 있을 텐데 만약 지금 대답이 없으면 더 의심할 거야."

"알았어. 빨리 돌려보내." 괴한은 뒤에서 여전히 그녀에게 총구를 겨눈 채로 대답했다.

"칼슨! 무슨 일이죠? 제가 지금 샤워 중이라서 문을 열어 드리기가 곤란해요." 스칼렛은 안에서 한 사람만이 볼 수 있는 모니터로 그의 얼굴을 보면서 대답했고 그녀의 머리에는 여전히 총구가 겨눠져 있었다.

"아, 죄송합니다, 리브스 님. 욕조에 놓아 드린 로즈 오일 향이 마음에 드시는지 확인하러 왔습니다."

"네, 아주 마음에 들어요." 그녀의 대답을 들은 칼슨의 표정이 미묘하게 변했다. 그는 다시 한번 그녀에게 물었다.

"마음에 드신다고 하시니 기쁩니다. VIP용 기프트를 가져왔는데 문 앞에 놓아 드려도 될까요?" 그는 그녀에게 선물을 보여 주었는데 Intrusion[62]향수와 명품 C사의 팔찌 그리고 이어링이었다.

"그렇게 하세요. 제가 좋아하는 향수네요."

그녀의 말이 끝나자마자 갑자기 문이 "쾅!" 하고 열리더니 그녀는 누군가에 의해 엎드려지고 괴한에게도 어떤 남자가 들어와 덮치며 둘은 격투하기 시작했다. 스칼렛은 놀라서 그들이 이리저리 부딪히며 싸우는 모습을 칼슨과 함께 뒤에서 보고 있었다. 그들이 소파 뒤로 함께 넘어가서 싸우다가 안쪽 방으로 들어간 사이, 그녀는 자신과 칼슨을 보호하기 위해 재빠르게 테이블로 가서 권총을 꺼내 든 다음 안쪽 방으로 들어가려고 했다. 그런데 바로 그 순간 둔탁한 "탕!" 소리가 났다. 안으로 들어가 보니

62) 강요, 침입, 침범.

팔에 총상을 입은 남자가 쓰러져 있었고 괴한이 다시 그에게 총을 쏘려는 순간 스칼렛은 괴한을 향해 방아쇠를 당겼다. 스칼렛이 쏜 총에 어깨를 맞고 바닥에 피를 흘리면서 쓰러진 괴한은 결국 남자에게 잡혀 수갑이 채워진 채 일으켜졌고 곧이어 그 남자가 뒤를 돌아보는 순간 스칼렛은 깜짝 놀랐다.

"한스 팀장님! 어째서 여기에…"

한스는 제이크가 힌트를 주었던 LMDW 약품 담당 직원 사망사고의 뺑소니 차량 용의자, 트럭 기사 테드 맥스웰의 신분을 조사하다가 현재 사기 혐의로 감옥에 복역 중이라는 사실을 알아냈고 수감된 감옥으로 찾아갔는데 그가 제임스 브라이언이라는 동료와 한방을 쓰고 있었다고 그녀에게 말했다. 제임스는 켈리의 전 남자 친구였었고 스칼렛에 대한 살인미수로 복역하고 있다는 사실을 그제야 한스 팀장도 알게 되었다고 했다.

그런데 자신이 테드를 찾아가기 며칠 전에 누군가가 테드를 칼로 찔러 죽이려고 했지만, 동료 제임스가 그를 구해 주다가 팔이 크게 다쳐서 병원으로 실려 가는 일이 있었다고 했다. UMHC 병원으로 실려 간 제임스는 외과 팀장 켈리에게 봉합 수술을 받게 되었는데 이전에 켈리에게 자신이 큰 피해를 주었음에도 불구하고 뼈가 다 드러날 만큼 심각한 부상으로 도저히 성공하지 못할 것 같았던 수술을 무사히 완벽하게 해 준 켈리에게 큰 감명을 받아 비로소 자신의 잘못을 깨닫게 되었다고 했다. 테드는 제임스가 자신을 구해 주려다가 큰 상처를 입은 생명의 은인이기 때문에 마음을 열게 되었고 제임스 역시도 자신이 크리스 현 총리에게 이용당한 것을 알게 되었다고 말했다. 테드는 자신의 형제 브릭슨도 크리스 총리 밑에서 비슷한 일을 하고 있었기에 상황을 잘 알고 있었고 한스 팀장이 노아의 부탁으로 메테오라로 비밀리에 잠입하는 데 있어서 그들로부터 큰 도움을 받을 수 있었다고 말했다.

"칼슨, 근처에 구급함이 있나요?" 스칼렛은 한스의 다친 팔을 보면서 그에게 말했고 그는 자리에서 일어나 밖으로 나가더니 구급상자를 가져왔다. 스칼렛은 구급상자에서 소독약과 지혈제 그리고 붕대를 꺼내서 능숙하게 그의 팔을 소독하고 지혈한 뒤 붕대를 감았다.

"총알이 가볍게 스쳐 지나가서 천만다행입니다. 팀장님."

"감사합니다. 닥터 리브스. 그런데, 저놈은 어떻게 할까요?" 그가 침대 기둥에 묶어 놓은 괴한을 보면서 스칼렛에게 물었다.

"칼슨, 보통 이런 경우에는 어떻게 하면 되나요? 없던 일처럼 하려면 말이에요."

"공식적이라면 경비팀에 연락해서 넘기면 되겠지만, 비공식적이라면…, 오늘 밤 안에 외부로 내보내는 게 제일 깔끔합니다. 저한테 맡겨 주십시오. 술 취한 직원이 미처 나가지 못한 것으로 처리해서 밖으로 내보내겠습니다."

"고마워요, 부탁 좀 할게요."

"협조 감사드립니다. 칼슨 메버릭 씨." 한스도 그에게 고마움을 표하자 그는 가볍게 목례하며 웃었다.

"도와드릴 수 있어서 제가 영광이었습니다. 치매 때문에 잃어버릴 뻔한 할머니를 찾아 주신 은혜를 이렇게라도 갚아 드릴 수 있어서 다행입니다. 더 필요하신 것이 있으면 말씀해 주세요. 한스 링컨 팀장님."

"그렇다면 혹시… 칼슨이 저에게 배정된 것도 미리 팀장님께서?"

"하하…, 아닙니다. 저는 그저 내부 시스템 관리자를 알고 있는 테드에게 부탁한 거 말고는 한 것이 전혀 없습니다."

그는 이 모든 건 노아가 아버지의 비서관 사무엘로부터 한스의 메테오라 내부 침투 계획을 듣고, 혼자 메테오라로 가야 할 스칼렛의 안전을 위해 그녀를 도울 수 있는 방법을 찾아 칼슨과 한스가 그녀와 함께할 수 있도록 배려해 준 것이었다는 설명을 했다. 스칼렛은 그제서야 모든 상황이 이해가 되었다.

그들은 총에 맞은 괴한을 빨리 치워야 했기에, 일단 더 이상 피를 흘리지 않도록 그의 총상 부위를 대충 붕대로 감았다. 그리고 바깥 상황을 살핀 다음, 칼슨과 한스가 함께 빌딩 지하 세탁실로 숨겨 놓기 위해서 그를 데리고 방을 나갔다. 그런데 그들이 무사히 괴한을 세탁실의 보이지 않는 곳에 잘 숨기고 다시 올라오던 중, 칼슨에게 급한 내부 무전이 왔다. 무전의 내용을 함께 들은 한스 팀장은 칼슨이 급하게 그를 호출한 호텔 담당자에게 뛰어가자 함께 그의 뒤를 따라갔다.

진실과 최종 관문

혼자 호텔 객실에 남아 있던 스칼렛은 옷을 갈아입은 뒤 괴한이 흘리고 간 바닥의 피를 닦았다. 그리고 깨진 유리 조각들을 치우고 엎어진 가구들을 제자리에 놓았다. 그때였다. 샤워를 하려고 잠시 손에서 빼서 욕실 앞 화장대에 내려놓았던 그녀의 블루 로즈 반지에서 푸른빛이 깜빡이기 시작했다.

한편, 메테오라의 VVIP룸에서는 금발 머리를 한 마른 소녀가 테이블에 놓여 있던 스칼렛이 크리스에게 가져다준 성물 모르페우스를 만지고 있었다. 소녀는 블루 다이아몬드의 영롱함에 취해 만지작대다가 나비의 날개가 접힌 것도 모르고 있었다.

"당장 내려놓지 못해!!!" 샤워를 마치고 나온 크리스가 소녀에게 큰소리로 화를 내자 아이는 놀라서 보석 상자를 바닥에 떨어뜨렸다. 크리스가 호통치는 소리에 급하게 제이콥이 방으로 들어왔다. 곧 상황을 파악한 제이콥은 소녀가 떨어뜨린 상자를 주워서 벽 쪽에 있는 탁자 위에 조심히 잘 올려놓았다. 그리고 놀란 소녀에게 다가가 자리에 편히 앉으라고 하고는 크리스에게 Cathilonite는 가공 단계로 넘겼다고 보고했다.

반면, 자신의 호텔 방에서 반지의 푸른빛에 이끌려 그것을 다시 낀 스칼렛은 깜짝 놀라지 않을 수 없었다. 그녀가 다시 반지를 손가락에 끼우자 앞에 크리스의 모습이 보였기 때문이었다. 그녀는 모르페우스의 날개를 접은 이의 시선과 감정을 모두 느낄 수 있었으며 같은 공간에 있는 다른 사람의 속마음을 읽기까지 할 수가 있었다. 그녀가 본 크리스의 마음은 [화남, 불안함, 호기심]이었다.

"화를 내서 미안하구나, 이름이 뭐지?" 크리스가 물었다. 소녀가 고개를 들어 그를 바라보는데 크리스는 순간 너무나 깜짝 놀라서 숨이 멎는 것만 같았다. 스칼렛의 어머니인 헬렌 리브스의 젊은 시절 모습과 너무나도 똑같은 모습의 여자아이였기 때문이다.

"아니, 이럴 수가!!!"

"………" 소녀는 자신에게 처음부터 소리를 지르고 연이어 놀라는 그의 모습에 더욱 주눅이 들어 아무 말도 하지 못하고 있었다. 그 모습을 자신의 방에서 지켜보고 있던 스칼렛은 그가 왜 놀라는 건지 알 수가 없었는데 놀랍게도 그의 내면의 목소리가 들리기 시작했다.

'이럴 수가… 헬렌! 헬렌이잖아!' 그녀의 어머니 이름을 마음속으로 외치고 있는 그를 보면서 스칼렛은 지금 마치 다른 이의 꿈속에 들어와 있는 기분이었다.

"넌 대체 누구지? 이름이 뭐야? 어디서 온 거니?" 크리스는 갑자기 소녀에게 질문을 쏟아 내기 시작했다.

"로렌… 밀러…" 소녀의 대답에 스칼렛은 깜짝 놀랐다.

'로렌이 지금 크리스와 함께 있다니! 그리고 로렌이 엄마와 닮았다고?' 그녀는 어릴 때 엄마의 모습이 거의 기억이 나지 않았고 헬렌은 살이 급격하게 찐 후 본인의 사진을 모두 지우거나 태워 없애서 단 한 장의 사진도 자신의 딸에게 보여 준 적이 없었기에 스칼렛은 전혀 알 수가 없었다. 그때, 스칼렛은 그녀의 오른손으로 왼손에 낀 반지를 만지작거리면서 손에 턱을 괴고 한숨을 쉬었다.

"한숨을 쉬는 걸 보니 어디가 불편한 거니?" 크리스가 소녀에게 묻자 스칼렛은 깜짝 놀랐다. 자신이 움직이는 대로 소녀가 똑같이 행동하고 있다는 사실을 알게 되었기 때문이다.

'설마… 우리가 지금 같이 움직이고 있다고?' 그녀는 자기도 모르게 "말도 안 돼."라고 입으로 말했다.

"뭐가 말도 안 된다는 거지? 로렌?" 크리스가 놀랍게도 자신이 한 말에 대답을 하고 있었다. 바로 로렌의 입으로 스칼렛이 한 말이 그대로 전해진 것이었다. 크리스의 마음은 [흥분, 헬렌, 혼란스러움]이었다.

스칼렛은 반지를 당장 빼서 버리고 싶었다. 대체 이게 무엇인지 너무나 혼란스러웠기 때문이었다. 그녀는 오른손으로 반지를 빼려고 했지만 노아가 자신에게 모르페우스와 반지를 줄 때 한 말 '반지를 절대 몸에서 떼어 놓아서는 안 됩니다.'라는 말이 떠올라 다시 반지를 손가락에 끼워 넣었다. 그리고 생각했다. '지금 만약 내가 로렌을 포기한다면 그 아이에게 앞으로 어떤 일이 생길지 알 수 없어! 진실을 알아내야만 해!' 그녀는 다시 한번 마음을 다잡고 스스로를 향해 외쳤다. 그러고 나서 스칼렛은 반지에서 오른손을 떼고 헛기침을 해 보았다. 예상대로 오른손을 반지에서 뗀 상태에서는 아무런 움직임이 없는 듯한 로렌이었다. 그녀는 서둘러 엄마에게 전화를 걸었다. 늦은 시간이라서 전화를 받지 않자 그녀는 계속해서 다시 전화를 걸고 또 걸었다.

📞 "스칼렛, 무슨 일이니? 이 늦은 시간에?" 헬렌은 병원에서 마지막으로 봤던 때보다 훨씬 더 살이 빠진 모습이었다.

"엄마, 부탁이 있어."

📞 "무슨 일인데?"

"만약에 아빠를 만난다면 하고 싶은 말이 뭐야? 아니, 20대로 돌아간다면 뭐라고 말하고 싶어?"

📞 "갑자기 그게 무슨 소리니? 스칼렛?" 헬렌은 도무지 무슨 상황인지 알 수가 없어서 당황스러웠다.

스칼렛은 자세하게 설명할 시간이 없지만 지금 엄마가 대답을 해 주지 않으면 한 여자아이의 생명이 위태로울 수 있으니 제발 도와달라고 매달렸다. 그러자 잠시 망설이던 헬렌은 마침내 스칼렛에게 말했다.

📞 “그때 그 전화를 받지 말았어야 해.”

엄마의 대답을 듣고 난 후 스칼렛은 다시 반지를 만지며 로렌의 몸으로 크리스에게 똑같이 말했다. 로렌의 말을 듣고 크리스는 자리에서 벌떡 일어나 고개를 흔들면서 뒤로 점점 더 물러서더니 마치 눈앞에 유령이라도 본 것처럼 손까지 떨기 시작했다.

“그럴 리가…. 이건… 말도… 안 돼…. 넌…, 절대로…, 헬렌…일…리가… 없어.”

+-+

스칼렛이 태어나기 23년 전, 헬렌은 병원에서 간호사로 일하고 있었다. 어느 날 그녀는 심한 빈혈 증세로 의사를 찾아갔다가 혈액암 진단을 받게 되었다. 그 당시에는 큐비들은 혈액암을 완치할 방법이 없었고 치료를 위해서는 루모 병원에서 진행하는 혈액 연구에 어떠한 부작용을 감수하고서라도 자원 임상 실험을 받겠다는 합의서를 쓰고 입원을 하는 방법 말고는 다른 선택권이 없었다.

혈액암 치료를 위해서 헬렌은 결국 루모 병원으로 갈 수밖에 없었다. 루모 병원에서 처음 본 이가 바로 프랭크 클리프리드였다. 담당 의사 프랭크는 환자였던 그녀를 진심으로 돌보아 주었고 순수하고 아름다운 그녀의 모습에 자신도 모르게 점점 그녀에게 빠져들게 되었지만, 그는 이미 안나와 결혼을 한 어린 아들 노아가 있는 유부남 신분이었다.

그 당시 프랭크와 친한 친구였었던 크리스는 여자에게는 관심도 없던 자신의 친구 프랭크가 힘들어하는 모습에 호기심으로 헬렌을 지켜보았는데, 어느새 질투인지 사랑인지 모를 이상한 감정에 휩싸이게 되었다. 모든 면에서 자신보다 뛰어나고 여자들에게도 인기가 많은 프랭크가 어째서 저런 보잘것없는 큐비 여자에게 빠지게 된 것인지 처음에는 알 수가 없었지만, 점점 더 프랭크의 마음이 이해가 되었고 자신도 모르게 헬렌을 짝사랑하게 되었다. 어차피 프랭크는 유부남이었기 때문에 이루어질 수 없는 사랑이라고 생각한 크리스는 혈액암을 거의 완치한 헬렌에게 마음을 고백했지만 이미 프랭크를 마음에 둔 그녀에게 단칼에 거절당했다.

폭우가 엄청나게 쏟아지던 어느 늦은 밤, 퇴원해 버린 그녀가 너무 보고 싶어서 참을 수가 없었던 프랭크는 결국 그녀를 보기 위해 몰래 집에 찾아갔다가 우연히 만나게 되었다.

“헬렌…, 이렇게 갑자기 찾아와서 미안해요…” 헬렌은 자신을 찾아와 준 그가 진심으로 반갑고 좋았지만 자신의 마음을 차마 표현할 수가 없었다. 아니 그래서는 안 될 것만 같았다.

“이제 다시는 볼 일 없을 줄 알았어요. 무슨 일이죠?”

“모르겠어요. 아무리 당신 생각을 하지 않으려고 해 봐도 불가능한 일이었어요. 태어나서 이런 감정은 나도 처음이라서 어떻게 해야 하는건지… 하지만…, 난… 단지… 당신이… 너무나…… 보고 싶었습니다……. 미치도록…” 그녀의 앞에서 자신의 솔직한 마음을 용기 내어 이야기하며 눈물을 흘리는 프랭크의 모습에 헬렌은 그의 손을 가만히 잡고 그의 얼굴에 흐르는 눈물을 닦아 주었다. 두 사람은 마침내 서로의 마음을 확인하는 아름답고 부서질 것 같은 키스를 나누었다.

하지만 그녀의 집 앞에서 이 모든 장면을 지켜보고 있던 크리스는 질투에 불타올라 자신이 쏟아지는 장대비를 모두 맞고 있다는 사실조차도 잊어버릴 정도였다.

다음 날 프랭크는 비행기 사고를 당한 동료를 대신해서 미처 헬렌에게 연락도 하지 못한 채로 급하게 학회 참석을 위해서 프랑스로 떠났다. 그 날 밤, 모든 사실을 알고 있던 크리스는 헬렌에게 전화를 걸었다.

"헬렌! 큰일 났어요! 프랭크가!!! 비행기 사고를 당했어요!"

"뭐라구요!! 어떻게 이런 일이…. 오… 하느님…." 그녀는 울기 시작했고 크리스는 그녀를 달래면서 본인의 차로 금방 그녀를 프랭크가 입원한 병원에 데려다주겠다고 말했다. 잠시 후, 그녀의 집에 도착해서 그녀를 태운 크리스는 따듯한 차를 권했고 그것을 받아서 마신 헬렌은 곧 정신을 잃었다. 한참 시간이 지난 후 정신을 차리고 눈을 떠 보니, 크리스의 집 안 침대였다. 그는 약에 취한 그녀를 강간하고 영상으로 찍기까지 하였다.

"넌 이제 다시는 프랭크를 볼 수 없을 거야. 방금 네 영상을 그에게 보냈거든."

그녀는 머리가 깨질 듯이 아팠고 온몸이 물에 젖은 솜처럼 무거워서 제대로 움직일 수 없었지만 이제 다시는 프랭크를 볼 수 없다는 생각에 온몸의 혈관이 끊어지는 것 같은 아픔을 느꼈다.

몇 달 뒤, 헬렌은 아이를 가졌다는 사실을 알게 되었을 때 너무나 괴로웠고 아이를 도저히 낳을 자신이 없었다. 그런 그녀는 성당을 찾아가서 고해성사를 하였다.

"아그네스 자매님, 그 아이는 그 남자의 아이가 아닙니다. 그러니 괴로워하지 마세요. 2202년이 되면 그 아이가 잘못된 세상을 모두 하나님의 뜻으로 다시 만들게 될 겁니다."

신부님은 대신 아이의 생일을 절대 누구에게도 발설해서는 안 된다고 말했고 헬렌은 그에게 이유를 물었지만 그것을 비밀로 하지 않으면 아이가 살해될 것이라는 말에 알겠다고 대답했다. 그녀는 아이를 몰래 낳아서 키웠고 뒤늦게 사실을 안 크리스는 아이를 칸델라로 만들어 주겠다고 약속했지만 그 약속은 지켜지지 않았다. 헬렌이 그에게 원한 단 하나마저 지켜지지 않자 그녀는 그를 완전히 떠났다.

+-+

❄

스칼렛은 크리스가 떠올린 기억을 모두 보고 난 뒤, 다리에 힘이 풀려서 자리에 털썩 주저앉고 말았다.

'엄마와 프랭크 총리님이……. 크리스가…, 엄마한테…, 어떻게……. 내가…, 겨우 범죄의 결과물이었다니….' 그녀는 자신의 두 눈에서 눈물이 흐르고 있다는 사실조차 인식하지 못하고 있었다. 노아가 말한 진실이라는 게 이런 것이었다면 차라리 모르는 편이 나았을 것 같았다.

'도대체 엄마는 나를 어떤 마음으로 키운 것일까. 그토록 미워한 남자의 자식… 그게 나인데 볼 때마다 괴롭지 않았을까? 만일 엄마가 자신을 용서하지 못해서 음식으로 위안을 받은 거라면 결국 내 존재 때문에 엄마가 그렇게 된 거니까 엄마를 불행하게 만든 건 모두 내 탓이야…' 그녀는 지금 여기서 내가 무얼 하고 있는 건지 지금까지 힘들게 살아온 이유마저 우습게 느껴졌다. 더러운 범죄자의 씨앗인 자신이 더럽게 느껴졌고 세상에 살아 있다는 것조차 죄스럽게 생각되었다. 그때, 갑자기 문을 쾅 열고 들어온 한스 팀장이 숨을 거칠게 몰아 쉬면서 그녀에게 소리쳤다.

"닥터 리브스! 큰일 났습니다. 아이가! 아이가 위험합니다!"

"네? 아이라구요? 무슨 말이에요?"

"지금 Silva-TAU에서 아이가 죽어 가는 걸 방치하고 있단 말입니다! 급해요! 빨리 갑시다!" 그는 그녀에게 빨리 가야 한다고 재촉했고 스칼렛은 로렌과 연결되어 있는 상태를 종료시켜야만 했다. 하지만 지금 이 상태로 가 버린다면 로렌이 어떻게 될지도 알 수 없는 상황이었다. 그녀는 둘 중에 하나만을 선택해야 하는 일이라면 자신이 어떻게 해야 옳은 일인지 망설이고 있었다. 초조해진 그녀는 입술을 깨물고 손가락으로 입술을 만지는데 무언가 간지러운 느낌을 받았다.

'이게 뭐지?' 반지를 살펴보자 눈에는 잘 보이지 않는 작고 투명한 가시 같은 게 있었다. 그것을 잡아서 당기자 손가락에서 따끔한 느낌과 함께 피가 한 방울 흘러내렸고, 바로 그 순간 어두운 성당에서 눈을 감고 기도하고 있던 노아가 눈을 떴다.

"드디어 최종 관문이 열렸습니다. 대주교님." 그의 눈은 오늘따라 유난히 더욱 파랗게 빛나고 있었다.

"어서! 서두르게! 우리가 조금이라도 늦으면 돌이킬 수 없어질 테니!" 에드리안 베드로 대주교와 루멘 위원장 K는 그와 함께 서둘러서 성당 밖으로 나갔다. 그들을 태운 검은색의 성당 차량은 빠르게 도로 위를 달리기 시작했다.

한편, 스칼렛은 위급한 상황에 처한 아이와 로렌 사이에서 어느 쪽이 우선인지 결정하지 못하고 있을 때 반지에서 뽑아 낸 가시 때문에 피가 나서 바닥에 떨어지는 것을 보았다. 한스와 괴한이 몸싸움을 하면서 테이블에 올려놓았던 두통약이 바닥에 떨어져 있었고 약병 주의 사항이 쓰여 있는 글자 중 [CHILDREN]이라는 곳에 그녀의 피가 정확하게 떨어져 있었다. '아이! 다친 아이가 먼저야!' 그녀는 한스를 보면서 외쳤다.

"빨리 가요! 몇 층이에요? 상태는요?" 한스는 그녀의 응급상자를 들어주면서 함께 뛰어나갔다. 그는 아이가 너무나 처참한 상태라서 살 수 있을지 의문이라고 말했다. 그녀는 다른 의료팀은 어디에 있냐고 그에게 물었지만 칸델라를 위한 의료팀만 있을 뿐이라고 대답했다. 다친 아이는 칸델라가 아닌 큐비였고 그 아이에게는 치료받을 기회조차 주지 않은 것이다. 그녀는 지하 3층으로 내려가는 엘리베이터 안에서 자신이 도착할 때까지 제발 아이가 살아 있기만을 바라고 있었다. 그때, 초조해서 자기도 모르게 오른손으로 왼손에 낀 반지를 만졌고 크리스의 모습이 보였다.

로렌의 시선을 돌려보았지만 아까 있던 곳에 크리스가 없었고 다른 곳으로 시선을 옮기자 크리스는 VVIP룸 안에 있는 스탠딩 바에서 술을 꺼내 마시고 있었다. 그의 표정은 일그러져 있었고 혼자 욕을 하는 걸로 봐서는 누군가에게 매우 화가 난 것처럼 보였다. 그런데, 한 남자가 문을 열고 들어와서는 크리스에게 다급히 외쳤다.

"총리님! 큰일 났습니다!"

"무슨 일이야? 이 밤에?" 크리스는 매우 짜증이 난 목소리로 제이콥에게 대답했다.

"SCI 유럽지구에서 총리님의 2178년도 논문이 프랭크 클리프리드의 논문을 표절한 것으로 발표했다고 합니다!" 제이콥의 말을 들은 그는 놀라서 눈이 크게 떠졌고 극도로 화가 난 그의 얼굴은 모든 근육에 경련이 일어나서 각자 따로 움직이는 것처럼 보였다. 그가 술잔을 든 손을 "쾅!" 하고 내려놓자 술잔이 바닥에 부딪히면서 완전히 박살이 났다. 술잔이 깨지는 소리에 로렌이 깜짝 놀라서 몸을 움츠리는 것을 스칼렛도 느낄 수가 있었다.

“뭐라고? SCI 유럽지구? 이것들이 어디서 개수작질이야!!! 당장 전화 연결해!” 제이콥은 그의 눈치를 살피다가 로렌에게 다가와 문 쪽으로 가 있으라고 말했다.

“총리님, 게다가 좀 전에 사고가 있어서 crack이 망가졌다고 합니다.”

“Crack이 망가져? 무슨 소리야?” 그가 소리치자 제이콥은 로렌이 듣지 못하게 그의 귀에 대고 작게 속삭였다. 그의 말을 듣고 나서 크리스는 잔뜩 짜증이 난 표정으로 대답했다.

“알아서 처리하면 되잖아! 바다에 던져 버리던가! 제이콥! 내가 지금 그딴 것까지 신경 써야 돼?”

“아… 알겠습니다…. 총리님… 죄송합니다만…, 로렌은 어떻게 할까요?” 제이콥은 그가 자길 향해 무엇을 던질까 무서워 당장이라도 손으로 막을 준비를 하면서 그에게 물었다.

“제프리… 이 건방진 새끼…. 일단 연구실로 데려가.”

“그럼, ground[63]는 어떻게 하실…” 그가 조심스럽게 묻는데 크리스가 더 이상 질문을 하면 그를 죽일 것 같은 눈빛으로 쏘아보자 제이콥은 무서움에 말끝을 흐리면서 밖에 있던 경호원에게 아이를 빨리 데려가라고 지시했다.

경호원이 로렌을 데리고 나간 후, 제이콥은 SCI 유럽지구 회장 레이몬드 윈스턴에게 전화를 연결했다. 전화를 받은 그는 표절에 대한 명백한 증거를 제보받았기 때문에 그 어떤 이유로도 발표를 번복하는 일은 없을 것이라고 단호하게 말했다. 크리스 총리는 이는 분명한 정치적 모함이라

63) ground connection(접지): 전기 회로를 동선(銅線) 따위의 도체로 땅과 연결함. 또는 그런 장치.

고 화를 내면서 그에게 자신의 논문이 표절이라고 한 제보자와 증거에 대해서 물었다.

📞 "증거는 크리스 윌포드 총리님께서 직접 자백하신 영상, 그리고 윌포드 님의 논문 발표 이전에 닥터 프랭크 클리프리드 님께서 직접 날짜와 함께 출력해서 사인해 놓으신 원본입니다."

"영상이라니? 그게 뭡니까?"

📞 "프랭크 클리프리드 씨와 직접 대화를 나누신 영상입니다. 크리스 윌포드 님께서 논문을 훔쳤다고 자백하시는 영상과 육성이 담겨 있습니다."

"말도 안 돼. 그곳은 전자기기는 쓸 수 없는 32구역이었다고!"

"총리님!!" 제이콥은 흥분하여 논문을 표절했다는 것을 인정해 버리는 발언을 하는 크리스를 말리려고 애썼다. 그런데, 갑자기 홀로그램 화면에 창이 하나가 더 생기더니 다른 이의 실루엣이 보이면서 크리스에게 말했다.

📞 "이럴 수가! 크리스 방정식이 아니라 프랭크 방정식이었던 겁니까? 정말로 놀랍군요!"

그는 바로 멜빈사 회장 로버트 해리스였다. 그는 언제나처럼 흐트러짐 없이 말끔한 모습으로 화면을 보고 웃고 있었다.

"로버트!! 당신이 어떻게!!" 크리스는 그의 모습을 보고는 자리에서 벌떡 일어나 주먹을 쥐며 분노로 가득 차서 온몸에 잔뜩 힘을 주고 있었다.

📞 "지금 당장 내 아들 에디를 풀어 주지 않는다면, 내일 아침 모든 TV와 광고판 그리고 온라인으로 네 표절 사실을 전 UE 국민이 볼 수 있게 만들어 주겠어. 크리스, 칸델라들이 제일 혐오하는 부류가 너 같은 지적 재산권 도둑인 건 말하지 않아도 네가 더 잘 알지 않나?"

"대체 어디서 이런 말도 안 되는 정보를 받은 거야? 말해!" 크리스는 여전히 그에게 소리치고 있었다.

📞 "자, 자. 표절에 대한 진술서 의견은 일주일 내로 직접 심의위원회에서 소명하시거나 서류로 제출할 수 있고 그 전에는 공식적으로 피의자가 소속된 나라에 발표하는 일은 없습니다. 원고인이 직접 요청하기 전까지는 말입니다."

두 사람의 대화를 듣고 있던 SCI 회장 레이몬드가 끼어들어 말했다.

"원고인이라면… 누굴 말씀하시는 겁니까?" 크리스가 SCI 회장에게 물었다.

📞 "그야, 당연히…" 레이몬드 회장이 말을 하는 도중 갑자기 연결이 끊어져 버렸다. 그리고 메테오라의 창밖으로 번개가 치는 모습이 보였다.

"뭐야? 이거 왜 이래?" 크리스는 잔뜩 화난 표정으로 제이콥을 쏘아보았다. 제이콥은 즉시 보안실로 연락을 했고 담당자로부터 전기시설이 번개를 맞아 손상을 입어 일부 통신이 불안정하다는 대답을 들었다. 크리스는 지금 이 상황이야말로 날벼락을 맞은 것 같다고 생각했다.

로버트가 SCI 유럽지구에 넘긴 정보는 프랭크가 그에게 직접 넘겨준 자료였고, 그는 자신이 돌아온 것을 절대 크리스에게 말해서는 안 된다고 신신당부하였다. 그리고 모든 정보는 익명의 제보자에게 받았다고 해 달라고 부탁했다.

그러자 로버트는 증거를 어떻게 구한 건지 물었고, 프랭크는 32구역은 원래는 모든 전자기기가 작동이 불가능하지만 자신은 총리였기 때문에 위성을 이용해서 충분히 영상 녹화가 가능했다고 말했다.

그리고 인쇄된 논문 원본은 당시에는 분실된 줄 알았었는데 최근에 돌려받았다고 말했다. 그는 DS-HL 혈액 세포의 제공자였던 스칼렛의 어머니 헬렌에게 연구에 참여하기 전에 설명을 위해서 논문을 보여 주었다가 급하게 학회를 떠나게 된 후 그녀와 연락이 끊어져서 찾을 수 없게 되었고 그 사실에 대해서도 잊어버리고 살았었다. 그런데, 노아가 스칼렛의 어머니 헬렌을 찾아가서 자신의 아버지 프랭크를 대신해서 그녀에게 사과를 전하고 나서 얼마 후, 헬렌이 노아에게 직접 연락해서 아버지의 논문에 대해서 말해 주며 보관해 놓았던 프랭크의 논문을 찾아 주었던 것이다.

대혼란 속으로

위기에 직면한 크리스는 본능적으로 이 모든 일의 뒤에는 분명히 프랭크가 있을 것이라고 생각했다. 하지만 아직 그의 생사 여부도 알 수가 없었고, 지금은 그를 찾는 것보다 일단 터진 일부터 수습하는 게 우선이었다. 이대로 놔둔다면 분명 멜빈사 로버트 해리스 회장이 표절에 대한 사실을 모든 수단을 동원하여 대대적으로 알릴 것이고, 만일 그렇게 된다면 칸델라들의 모든 지지 세력을 한 번에 잃을 수도 있는 심각하고 중대한 문제였다.

"제이콥, 지금 당장 로버트 해리스 아들 에디를 석방시켜."

"네? 지금 당장이요?"

"빨리!" 그가 화를 내면서 말하자 제이콥은 즉시 담당 경찰서장에게 전화해 에디를 지금 바로 석방하라고 지시했다. 전화를 끊고 나서 크리스 총리에게 대책을 논의해야 하지 않겠냐고 물으려는데 그가 자리에서 갑자기 일어났다. 크리스는 전면이 유리벽으로 이루어진 창가로 다가가 어두운 밤바다를 내려다보며 한 손을 바지 주머니에 넣고는 오른손으로 전화를 걸었다.

"제프리, 날세. Beo Nox 시크릿 모드를 지금 전부 변환시켜."

📞 "계획대로라면 내일 밤 아니었습니까? 무슨 급한 일이라도 생기신 겁니까, 총리님?" 제프리가 그에게 물었다.

"자세한 얘기할 시간 없어! 내가 하라고 하면 입 닥치고 그냥 해!" 크리스의 말투는 차갑고 단호했다.

📞 "알겠습니다. 총리님."

“그리고…, 한 가지 더.” 크리스가 제프리에게 말했다.

📞 “………” 제프리는 아무 말 없이 지시를 기다리고 있었다.

“스칼렛이 내 딸이라고 해서 달라지는 건 아무것도 없어. 앞으로 다시 한번 내 심기를 건드린다면… 그땐 제프리 너…, 그리고 Silva…, 전부 이 나라에서 흔적도 없이 날려 버릴 테니까.” 총리가 하는 말을 옆에서 듣고 있던 제이콥은 깜짝 놀랐다. 제프리가 스칼렛이 크리스 총리의 딸이라는 사실을 알고 있었다니 믿을 수가 없었기 때문이다. 잠시 후, 총리의 엄포에 놀란 제프리가 숨이 차 헉헉 대면서 VVIP룸 안으로 들어왔다.

“오해이십니다. 총리님. 전…” 제프리가 변명을 하려고 하는데 크리스는 그의 말을 가로막았다.

“닥쳐! 넌 내가 시키는 대로만 해! 제프리!! 두 번 말하게 하지 마! 절대로!!!” 크리스는 간신히 분노를 참느라 꽉 쥔 주먹이 떨리고 있었고 그 모습을 뒤에서 보고 있던 제이콥은 그가 두려워서 안절부절못하고 있었다.

“알겠습니다. 지금 바로 시크릿 모드를 변환시키겠습니다. 총리님!”

“그리고, 로렌 밀러. 그 아이 손끝 하나 건드리지 마. 알아 들었어?”

“하지만 크래비티에게 대적하기 위해서는 어쩔 수 없는…”

“제프리!!!!!!”

크리스는 자리에서 일어나 그의 멱살을 잡고는 눈을 똑바로 보면서 당장이라도 죽일 것 같은 눈빛으로 그를 제압했다.

“죄송합니다. 말씀하신 대로 하겠습니다. 용서해 주십시오.”

제프리는 총리에게 겁이 나서 잔뜩 수그린 자세로 인사를 하고 밖으로 나왔다. 그런데 문을 닫고 나오는 그의 표정이 갑자기 180도로 변하더니 웃기 시작했다.

“미친! 이거 너무 재밌게 굴러가는데? 멍청한 놈.”

❄

집을 간신히 빠져나온 제이크와 크리스틴 그리고 안나는 존이 준비한 군용차를 타고 어두운 밤 도로를 질주하고 있었다. 그리고 그들 뒤에는 존의 군 동료들이 탄 차들이 뒤따르고 있었다.

“지금 어디로 가는 겁니까? 존?” 제이크가 그에게 물었다.

“노아 님께서 성당으로 모두 모셔 오라고 말씀하셨습니다. 그곳은 사설 병력은 물론 어떠한 공권력도 침범할 수 없는 유일한 공간이니까요.”

그들의 대화를 듣고 있던 크리스틴은 차창 밖을 내다보고 있었고, 밤 12시가 넘은 새벽임에도 불구하고 교차로에 유난히 차들이 많이 정차되어 있는 모습을 보면서 오늘 무슨 일이라도 있는 것인지 이상하다는 생각을 하고 있었다. 허드슨 강 위에 지어진 HM 시티로 이어지는 페르미 다리 위에는 가로등들이 일정한 간격으로 도로를 비추고 있었는데, 수많은 차들이 정차되어 있었고 다리의 난간에는 사람의 형체로 보이는 무언가가 있었다.

“어? 저기 사람 아니야?” 크리스틴이 창가를 바라보며 말을 하자 차 안에 있던 모든 사람들은 일제히 크리스틴이 말한 다리 위를 쳐다보았다. 다리 위에서 도로가 정체가 되어 잠시 차에서 내린 것처럼 보이는 여러 사람들 중 한 사람이 갑자기 다리 난간에서 몸을 던져 그대로 강으로 뛰어들었다. ‘풍덩’ 하는 소리와 함께 그는 깊은 강물로 빨려 들어갔다.

“아니!”

“오 마이 갓!”

“세상에!”

차 안에 있던 모든 이들은 이 상황이 믿기지 않아 놀라움에 차를 갑자기 세웠고 뒤를 따라오던 존의 동료들의 차량 역시 차례로 따라서 멈추었다. 그들은 누가 먼저랄 것도 없이 차에서 내려서 교차로 쪽으로 가서 강물을 내려다보았다. 하지만 뛰어내린 사람의 흔적을 찾을 수는 없었다. 제이크가 즉시 긴급통화로 911 구조 요청 신고를 하려고 하는데 갑자기 크리스틴이 지르는 비명 소리에 깜짝 놀라 뒤를 돌아보았다.

페르미 다리 위에 수백 명의 사람들이 하나둘씩 모두 강물로 뛰어들고 있었고, 멀리서 그들을 보고 있으니 마치 사람들이 비처럼 강물로 흘러내리는 것 같은 착각이 들 정도였다. 그들이 강물에 계속해서 뛰어들 때마다 들리는 풍덩 소리는 전쟁터 한가운데에서 연달아서 들리는 총성과도 같았다. 존의 동료들도 자신들의 눈앞에 펼쳐진 처참한 광경을 보고 모두 경악을 금치 못했다.

한편, HM 시티 안에서는 도로를 달리고 있는 차들 앞으로 연속해서 뛰어드는 사람들 때문에 곳곳에서 쉴 새 없이 경적이 울려 댔으며 사람들이 계속해서 비명을 지르기 시작했다. 뛰어드는 사람을 피하기 위해 차들이 서로 부딪히고 박살이 나서 한데 뒤엉켰고 그대로 정면으로 차에 뛰어들어 부딪혀 버리는 사람들도 많았다. Beo Nox 시크릿 모드가 변환된 지 10분 만에 HM 시티는 급격히 대혼란 속으로 빠져들고 있었다.

"제길… 응급 전화가 완전히 먹통이야." 제이크가 말하자 다른 사람들도 전화를 걸어 봤지만 연결이 되지 않았다.

"대체 어떻게 해야 하는 겁니까? 중령님?" 존의 뒤에서 그의 부하들 중 한 명이 그에게 물었다. 존은 심각한 얼굴로 다리에서 뛰어내리는 사람들을 보면서 누군가에게 전화를 걸었다.

"존입니다. 보십시오. 지금 페르미 다리 위에서 수많은 큐비들이 강으로 뛰어내리고 있습니다. 노아 님." 화면으로 모든 광경을 지켜본 노아도 처참한 모습에 할 말을 잃었다.

"이것이 노아 님께서 말씀하셨던 마지막 관문이라는 것입니까? 설명을 해 주십시오!" 존이 소리를 치자 제이크 일행과 존의 부하들도 모두 일제히 숨죽인 채 노아의 대답을 기다렸다. 어째서 이런 일이 생긴 것인지 이 불행을 막을 방법은 과연 무엇인지 모두들 너무나 간절하게 알고 싶었기 때문이었다.

"존, 이건…, 단지 시작일 뿐이야." 노아의 대답에 존을 비롯한 모든 사람들은 충격에 빠졌다. 이 모든 상황이 단지 시작일 뿐이라니 이것보다 더한 상황이 대체 무엇이란 말일까… 존은 그가 지금 지구의 종말이라도 온다고 하는 것인지 혼란스러웠다.

"노아! 이 모든 일이 무엇 때문에 일어나고 있는 것인지, 막을 수 있는 방법이란 게 있긴 한 거야? 아니, 혹시 Beo Nox 때문이야?" 제이크가 갑자기 끼어들어서 노아에게 물었다.

그때였다. 노아와 대주교가 함께 탄 차 앞으로 한 여인이 뛰어드는 바람에 차가 급정지했고 그 충격으로 그들의 전화가 끊어져 버렸다. 노아와 에드리안 대주교 그리고 루멘 위원장 K는 모두 놀라서 차에서 내린 다음, 뛰어든 여인이 괜찮은지 확인하기 위해 차 앞으로 갔다. 다행히 여자는 다치지 않았고 자신도 놀라서 바닥에 주저 앉은 채 온몸을 떨고 있었다. 도로에는 그녀가 흘린 Beo Nox 칩이 떨어져 있었다. 노아는 몸을 숙여 바닥에 무릎을 꿇고 그녀를 부축하여 일으켜 주었다.

"괜찮으십니까? 어디 다친 데는 없으신 가요?"

"여기가 어디죠? 제가 왜 여기 있나요?" 그때 노아에게 존으로부터 끊어졌던 전화가 다시 걸려왔다. 노아가 전화를 받으니 존이 화면을 보고 깜짝 놀라서 소리치기 시작했다.

"아일라! 아일라! 당신이 거기 지금 왜 있는 거야?" 그 여인은 바로 존의 부인 아일라였다.

"존? 당신이야? 당신이 왜? 나도 모르겠어… 난 단지 자고 있었을 뿐인데… 에밀리가… 에밀리가…, 또 차로 뛰어들어서… 그걸 말리려고 했는데…" 아일라는 머리가 아픈 듯 손으로 자신의 이마를 만졌다.

"아… 약 때문인가… 어지러워……"

"약이라니 무슨 말이야?" 존이 그녀에게 물었다.

"오늘 잠이 너무 안 와서 Hypnus를 먹은 다음에 평소처럼 Beo Nox를 사용했는데…" 아일라는 다시 힘이 없는 듯 다리에 힘이 풀려서 휘청거렸다.

"아일라! 정신 차려!! 그건 현실이 아니야! 당신 다친 데는 없어? 괜찮은 거야?" 존이 계속해서 소리를 지르며 안절부절못하자 옆에서 모든 것을 지켜보던 안나가 그의 팔을 잡고 말했다.

"존, 아일라는 괜찮을 거예요. 그렇지 노아?"

"어머니… 그녀는 괜찮습니다. 걱정하지 않으셔도 됩니다." 노아가 다시 그녀를 일으켜 세우자 옆에 있던 대주교와 위원장이 사고가 난 줄 알고 도착한 앰뷸런스에 그녀를 옮겨서 태웠다.

"오… 하느님… 정말 감사합니다…" 존은 하늘을 바라보면서 두 손을 모아서 감사함을 전했다.

"다행이야, 존. 하지만 우리 예상보다 빠르게 크리스 총리가 Drift and Diffusion을 시작했어. Beo Nox와 불면증… 그리고 Hypnus…" 노아는 심각한 표정으로 존에게 말하고 있었다.

"Drift and Diffusion이라니? 지금 무슨 소리를 하고있는 거야?" 제이크는 답답한 듯 그에게 반문했다.

"그들은 큐비와 칸델라는 공존할 수 없다고 생각해. 그래서 threshold[64] 될 때까지 멈추지 않을 거다. 이것이 최후의 관문이자 대재앙의 시작이니 반드시 멈추어야 해. 제이크! 제이…" 노아가 무언가 더 말하려고 하는데 전화가 다시 끊어졌다.

존과 함께 있던 동료들은 노아의 말을 듣고 나니 갑자기 집에서 Beo Nox를 사용하고 있는 자신들의 가족이 걱정되기 시작했다. 그들은 모두 가족들에게 전화를 걸어 보았지만 늦은 밤인데다가 지금 HM 시티 전체가 패닉 상태라서 전화 연결이 전혀 되지가 않았다.

"제이크! 노아한테 전화 다시 걸어 봐." 크리스틴이 다가와서 제이크에게 말했다. 제이크는 다시 통화를 시도해 봤지만 다른 이들과 마찬가지로 연결되지 않았다.

"제이크 님, 이제 어떻게 하실 겁니까?" 존이 제이크에게 물었다. 제이크는 강물 위로 떠다니는 시체들과 소리지르는 사람들 그리고 전쟁터를 방불케 하는 다리 위에 뒤엉킨 차들을 멀리서 잠시 지켜보다가 괴로운 표정을 지으며 눈을 감았다.

"방법은 단 하나뿐입니다. 더 이상의 희생자를 막기 위해서는 큐비들이 Beo Nox를 사용할 수 없게 해야 합니다! 당장 Unitec의 해당 서버를 다운시켜야 합니다!!"

"제이크! 지금 어떻게 Unitec 서버를 다운시키겠다는 거야? 그럴 수 있는 장비도 인력도 없잖아!" 크리스틴이 그에게 소리쳤다.

"우리가 직접 Unitec 본사로 간다." 제이크는 단호한 표정으로 말했다.

"!!!!!"

64) 문턱전압: 전자장치가 동작을 시작하는 전압.

크리스틴과 존, 존의 부하들 그리고 안나는 놀라서 일제히 그를 바라보았다.

"존, 나와 함께 지금 Unitec으로 침투한 다음, 내가 서버를 다운시키는 동안 경찰들이 접근할 수 없도록 시간을 벌어 주실 수 있겠습니까?" 그가 존에게 부탁하자 그는 고개를 살짝 들고 한쪽 눈썹을 추켜올리며 대답했다.

"그건… 지금 말씀드릴 수가 없습니다……. 전우들의 동의 없이는 말입니다!" 그가 부하들을 돌아보자 그들은 웃으면서 차에 올라타더니 일제히 손으로 문짝을 두드리며 빨리 출발하자고 소리를 질렀다. 제이크도 살짝 미소 지으며 고개를 끄덕였고 존은 우선 동료들과 함께 침투 작전을 계획하고 있겠다고 말했다.

"크리스틴, 그리고 어머니. 조금만 더 가면 루모 대성당에 갈 수 있으니 도착하면 내려 드리겠습니다."

"제이크!!!" 안나는 그의 이름을 크게 부르더니 걱정스러운 눈길로 그를 바라보았고, 둘은 눈이 마주쳤다. 안나는 제이크에게서 집을 떠나면서 자신을 바라보던 노아의 눈빛을 보았다. 그리고 그녀는 알았다. 자신이 지금 말린다고 해서 아들을 멈추게 하지 못할 것이라는 것을…. 그녀는 그저 가만히 말없이 그의 손을 잡아 주었다. 제이크 역시도 안나의 따듯한 체온을 느끼며 그녀가 자신을 얼마나 사랑하고 소중하게 생각하는지를 마음으로 알 수가 있었다. 둘은 포옹을 하며 어쩌면 이것이 마지막이 될지도 모르는 안타까운 마음을 나누었다. 잠시 후, 제이크가 안나를 데리고 차로 안내하자 뒤에서 크리스틴이 소리쳤다.

"장난해?!!!" 그녀의 외침에 제이크가 안나와 함께 뒤를 돌아보았다.

"우리나라 최고의 AI 분석가이신 이 크리스틴 님을 안 데려가겠다고?

이 바보 멍청아!"

"크리스틴…" 제이크는 아직도 자신의 눈에는 꼬맹이 소녀인 크리스틴이 낸 용기가 자랑스럽고 대견하면서도 어떤 위험한 상황이 생길지 알 수가 없었기에 그녀를 차마 데려갈 수는 없다고 생각하고 있었다.

"서버 공격을 설마 한 가지 방법으로 할 건 아니지 않아?"

"그거야… 그렇지만…, 그렇다고 해도 이건…"

제이크는 여동생이 너무 걱정이 된 나머지 어떻게 해서라도 그녀를 말리기 위해 다가가려는데 뒤에서 누군가 그의 어깨를 잡았다.

"걱정 마십시오. 막내 공주님은 제가 반드시 지키겠습니다." 존이 그에게 말했다. 그의 대답을 듣고 제이크는 안나를 바라보았는데 그녀는 눈을 천천히 감으며 두 손을 모아 기도를 하고 있었다.

'오, 하느님… 최후의 관문 뒤에는 대체 어떤 일이 벌어지는 겁니까… 구원은 여호와께 있사오니 주의 복을 주의 백성에게 내리소서….'

존과 제이크 그리고 크리스틴은 안나를 대성당에 내려준 뒤, 존의 동료들과 함께 Unitec이 있는 AD-02 지역으로 출발했다.

코드 오렌지

메테오라 지하 3층 B305호 세탁실 옆 청소부 휴게실에는 한스 형사와 직원 칼슨 그리고 스칼렛이 침대 앞에 망연자실한 표정으로 서 있었다. 스칼렛은 어린 환자를 보자마자 처음 한스에게 소아 응급 환자가 있다고 들었을 때, 크리스와 함께 있던 로렌 그리고 환자인 아이 둘 중 누가 더 중요한 건지 갈등하면서 결정 못 하고 있었던 자신을 원망했다. 지금 자신의 눈 앞에 있는 작고 어린 여자아이는 이미 의식이 없었고, 두 눈은 멍이 심하게 들고 부어올라 마치 판다 곰 같았으며, 다리 사이로 심한 출혈을 하고 있었다.

그녀는 재빨리 침대 위로 올라가서 아이에게 심폐 소생술을 시행했다. 그런데 CPR을 하면서 발견한 한 가지 더 이상한 점은 아이는 선천적으로 하반신 장애를 가졌다는 것이었다. 그 방에는 스칼렛을 죽이려고 침입했다가 총상을 입고 한스에게 제압당한 괴한도 바닥에 묶여 있었는데, 그는 고개를 쭉 올려서 아이를 보더니 웃음소리를 내면서 말했다.

“이미 늦은 거 같은데? 칸델라 놈들이 경매로 큐비 애들을 사서 돌려가며 성 노리개로 쓴다던데 쟤는 이제 못 쓰겠네? 차라리 죽는 게 나으려나… 후훗…” 그가 말을 마치기도 전에 한스 형사가 바닥으로 몸을 숙여 한쪽 무릎을 꿇은 채 그의 멱살을 세게 잡아 쥐었다.

“뭐라고? 이 새끼가! 다시 한번 말해 봐!! 뭐 경매로 애들을 사서 뭘 한다고?” 괴한은 그에게 멱살을 잡힌 채 몸이 흔들리면서도 미소를 띠고 있었다.

“오늘 벤자민이 보석 중에 크랙이 처음 들어오는 날이라 경매가 치열

할 거라고 하더니, 그게 아마 재인가 보네? 저 정도로 만든 거 보면 사용자가 한두 명이 아닌가 봐. 아깝다…, 12살이라 앞으로 더 비싸게 팔릴…" 그의 말이 끝나기도 전에 한스는 그의 얼굴에 주먹을 날렸고 괴한은 그에게 맞고 나서 바닥에 쓰러져 정신을 잃은 듯했다.

"아이 호흡이 돌아왔어요!"

스칼렛은 아이의 치마를 들추어서 출혈 원인이 질 내 출혈임을 확인하고 칼슨에게 청소 물품 중에 증거품을 보관할 만한 기구가 있는지 물었다. 칼슨은 서랍을 뒤져 상자를 찾아 그녀에게 주었고 그녀는 청소도구 세트에 있던 면봉 그리고 종이 수건 등을 꺼내서 아이의 속옷과 몸에 남아 있는 이물질을 찾아내서 닦은 다음 하나씩 지퍼백에 담은 후 상자에 넣었다.

"질 내 사정의 경우 18시간까지는 100% 정액 검출이 가능하고 옷에 묻은 정액은 1년까지도 확인 가능합니다. 지금 환아가 쇼크 상태이므로 지혈과 보온이 중요합니다. 거기 깨끗한 천을 좀 찢어 주시고 담요도 접어서 다리 밑에 깔아 주세요." 칼슨은 천을 찢었고 한스는 담요를 접어서 아이 다리 아래에 놓았다. 스칼렛은 아이의 다리를 담요 위에 올려 심장으로의 혈액 흐름을 증가시켜 주는 거양을 했고 깨끗한 천으로 피를 닦아냈다.

"빨리 외부 병원으로 옮겨야 합니다. 일반적인 질 출혈만으로 이 정도 출혈량이 발생할 수는 없어요. 내부 장기가 손상되었을 가능성이 큽니다." 그녀의 말을 듣고 칼슨과 한스 형사는 서로 눈이 마주쳤다.

"여기서 나갈 수 있는 방법은 헬기뿐인데 저는 운전을 못 하는데, 혹시 형사님? ……"

"……" 한스 형사도 몹시 죄스러운 표정을 지으며 말이 없었다. 그때,

닫혀 있던 문이 쾅 소리를 내며 열어젖혀졌다. Cathilonite 원석 경매에 참여했던 선글라스 낀 남자가 선글라스를 벗으며 그들에게 말했다.

"한참 찾았습니다. 지금 빨리 나가셔야 합니다. 스칼렛 님!" 그는 프랭크의 비서관 사무엘이었다. 그가 칸델라 VIP로 위장해서 경매에 참여했었고 지금은 그녀를 도와주러 온 것이었다. 그의 말에 의하면 모든 것을 지시한 사람은 놀랍게도 프랭크 클리프리드였다. 프랭크가 살아 있다는 사실이 매우 반가웠지만 지금은 그걸 물어볼 시간조차 없었다. 칼슨이 다친 아이를 양팔로 들어 올리자, 한스는 괴한을 끌고 함께 밖으로 나갈 준비를 했고 스칼렛은 증거품들을 챙겼다.

"그런데 사무엘, 헬기 운전은 할 줄 알아요?" 스칼렛이 그에게 묻자 모두 사무엘을 쳐다보았다.

"프랭크 총리님 헬기 운전만 10년 넘게 했습니다." 그의 대답에 스칼렛은 미소로 화답했고 나머지 사람들도 안도의 한숨을 내쉬며 헬기 비행장으로 가기 위해 호텔 밖으로 나가서 차로 향했다. 사무엘이 차에 타라고 하자 괴한을 안에 대충 욱여넣고 한스 형사가 제일 먼저 차에 올랐다. 뒤이어 아이를 안은 칼슨이 먼저 탄 한스 형사의 도움으로 차 안에 아이를 반듯이 눕혔다. 그리고 그는 스칼렛이 가져온 증거품 상자를 받아서 차 안에 놓고는 다시 밖으로 나왔다.

"칼슨! 왜 다시 나오는 거예요?" 스칼렛이 차 밖으로 나온 그가 의아해서 물었다.

"저는 다시 메테오라로 돌아가야 합니다."

"네? 그게 무슨 말이죠?" 그녀의 물음에 칼슨은 아이의 처리를 지시한 사람이 최고 책임자 알렉스인데 이후 상황을 보고하지 않고 자신이 여기서 사라진다면 분명히 상부에 알려질 것이고 그렇게 된다면 아이뿐만 아니라 여기 있는 모든 사람들까지 위험에 처할 수 있다고 대답했다. 스칼렛은 설사 그렇다고 해도 칼슨이 여기 남는 것은 그에게 너무 위험한 일이라며 안 된다고 말렸다.

"아이가 위급한 상태가 된 것은 저의 잘못도 있습니다. 지금까지 메테오라에서 일해 오면서 VIP를 모신다는 책임하에 긍지를 갖고 일해 왔습니다. 하지만 경매라는 연극으로 어린 큐비 미성년 아이들을 성노예로 삼아 몹쓸 짓을 해 온 일에 자의는 아니었지만… 결국 저도 가담한 것입니다."

"그렇지 않아요! 칼슨! 당신이 아이를 우리에게 데려오지 않았다면 벌써 아이는 사망했을지도 몰라요!"

"어서 출발하십시오. 모셔서 영광이었습니다. 스칼렛 리브스 님." 그는 그녀를 서둘러 차에 태우고 허리 숙여 인사한 다음, 그를 바라보는 그녀의 시선을 외면한 채 사무엘에게 빨리 출발하라는 사인을 주었다. 그러자 사무엘은 가볍게 목 인사를 하면서 그와 시선이 마주쳤다. 그들은 서로 무사하기를 바라는 마음만을 남긴 채 점점 멀어져 갔다.

잠시 후, 헬기 앞에 도착한 그들은 아이를 조심스럽게 먼저 태우고, 괴한은 뒷자리에 그리고 한스 형사가 탔으며 조종석에는 사무엘이 그 옆자리에는 스칼렛이 탔다. 사무엘이 헬기를 이륙하기 위해 운전을 시작하자 시끄러운 로터 소리와 함께 프로펠러 날개가 점점 빠르게 돌아갔다. 그리고 날개의 회전으로 인해 주변에 먼지바람이 일어나면서 시야가 흐려졌다. 마침내 헬기가 이륙하자 스칼렛은 남겨 두고 온 로렌이 걱정되기 시작했다.

'로렌은 괜찮을까… 연구실로 가서 ground를 시킨다고 했는데… 그건 무슨 의미이지? 혹시 로렌과 함께 경매로 올라갔던 원석 Cathilonite라는 것과 연관이 있는 걸지도 몰라.' 그녀는 핸드폰으로 도서관에 접속해서 검색을 시작했고 Cathilonite가 기록된 고대 문서를 찾아냈다. 하지만 그녀는 BD의 신분으로 해당 문서 내용을 볼 수 있는 권한이 없었다. 스칼렛은 제이크에게 전화를 걸어 봤지만 연결이 되지 않았다. 그녀는 어쩔 수 없이 제이크에게 문자 메시지를 남겼다.

> [크리스가 루모 병원 연구실에서 로렌 밀러라는 여자아이를 ground할 예정. 그 여자아이와 함께 경매된 원석이 Cathilonite인데 도서관 관련 자료를 내 신분으로는 열람이 불가능. 대신 내용 확인 부탁. 현재 한스 형사와 사무엘과 함께 헬기로 위급한 큐비 여아 환자를 병원으로 이송 중.]

메시지를 보낸 후에 그녀는 응급 상황일 때 의료진들끼리 쓰는 ER 응급 채널로 켈리에게 전화를 걸었다. 그런데 켈리의 전화 화면을 통해 보이는 응급실 주변의 상황들이 그야말로 카오스 그 자체였다. 마치 전쟁이라도 일어난 야전 병원의 모습처럼 목숨이 위태로운 환자들이 넘쳐나서 감당할 수 없는 지경 같았다.

"켈리!!! 지금 대체 무슨 일이 벌어지고 있는 거야?" 스칼렛이 켈리에게 물었다.

"모르겠어. 지금 Code Orange[65] 상태야. 거의 대부분이 교통사고나 추락사고 환자들이고 나이와 성별, 인종들도 다양해. 그런데 지금 우리 병원에서 감당할 수 있는 응급 환자 수는 5천 정도인데 다른 병원으로 보낸 환자들이 이미 그 숫자를 초월했어."

"Beo Nox 사용 여부는?" 스칼렛이 켈리에게 묻자 그녀가 급하게 컴퓨

65) Code Orange(오렌지경보): 재해 또는 대량 사상자.

터를 조작해서 오늘 들어온 응급 환자들의 차트를 확인했다.

📞 "오 하느님…, 응급 환자들 모두 Beo Nox 사용자들이야! 넌 지금 무슨 일이 일어나고 있는지 아는 거야?" 켈리가 그녀에게 질문했다.

"예전에 네가 악몽을 꾸었던 Beo Nox 시크릿 모드처럼 프로그램을 이용해서 사용자들을 조종하고 있는 게 틀림없어."

📞 "그럼 우리가 어떻게 해야 하는 건데?"

"내가 더 알아볼게. 켈리, 그리고 지금 헬기를 타고 병원으로 코드블루 12세 여아 이송 중이야. 성폭행으로 인한 장기 파열로 쇼크 상태이고 호흡 맥박 모두 불안정해. Paraplegia[66] 환자야. peri-orbital hematoma[67]인 걸로 봐서 심각한 수준의 성고문이 의심돼."

📞 "뭐라고? 12세 여아, 게다가 심지어 Paraplegia인데 peri-orbital hematoma라니? 지금 성폭행으로 인한 코드블루 상태라고? 네가 지금 나한테 말한 걸 믿으라고?" 켈리가 도저히 믿을 수가 없다는 표정을 짓자 스칼렛은 핸드폰으로 뒤에 누워 있는 두 눈이 시퍼렇게 멍들어 부어오르고 의식이 없는 여자아이를 찍어 보여 주었다. 켈리는 자신의 두 눈으로 보고도 참혹한 현실을 마주할 자신이 없어 잔뜩 놀란 눈으로 "세상에… 세상에…"라는 말만 반복하고 있었다. 병원 응급실 안에서 현장을 취재하고 있던 UBC 긴급 뉴스 보도 기자 제이슨 스튜어트는 응급 상황에서 핸드폰을 보며 무언가 중얼거리는 의사 켈리를 보고 카메라맨과 함께 다가오고 있었는데 켈리는 전혀 알아채지 못했다. 다가와 뒤에서 켈리가 보고 있던 장면을 같이 보게 된 제이슨은 깜짝 놀라 소리를 질렀다.

"아니!!! 대체 이게 뭡니까!!!" 그가 소리를 지르자 켈리는 놀라서 전화

66) 하반신 마비.
67) 안와 주변의 혈종.

를 끊고 그를 돌아보았다. 기자 뒤에 있던 카메라맨은 이미 모든 상황을 녹화해 놓은 듯 뿌듯한 미소를 지으며 카메라를 아래로 향하게 하고는 아무 일도 없었다는 듯 한 발 뒤로 물러났다.

"누구시죠?"

"긴급 뉴스 진행을 맡고 있는 UBC 기자 제이슨 스튜어트입니다. 방금 제가 본 것에 대해 설명을 반드시 들어야겠습니다." 켈리는 스칼렛이 말한 대로 전해 주었고, 제이슨의 표정은 썩어 버린 생선 냄새라도 맡은 것처럼 점점 일그러져 갔다. 그리고 그녀가 peri-orbital hematoma는 속칭『팬더 아이: panda eyes』라고 불리우며 이는 소아 성애자들에게 불리는 은어로 아이가 심각한 성적인 폭행을 당했을 때 극도의 스트레스와 함께 나타나는 트라우마로 인한 신체 거부 반응 증상이라고 설명해 주자 기자는 구역질이 날 것 같은 기분이었다.

잠시 후, 스칼렛이 탄 헬기가 병원 옥상에 도착하였다. 곧바로 여아 환자는 stretcher car[68]에 실려 기다리고 있던 의료진에게 인계되었으며 카메라맨과 기자는 열심히 카메라로 현장 상황을 찍고 있었다. 스칼렛은 켈리에게 성폭행 증거 채취 상자를 넘겨주면서 말했다.

"검사 결과 나오면 나한테 제일 먼저 보내 줘. 부탁해. 켈리."

"그래, 알았어."

"근데 저 카메라는 뭐야?" 스칼렛은 모든 상황을 찍고 있는 카메라를 보면서 켈리에게 물었다.

"아까 우리가 통화할 때 UBC 기자가 보고 있었어. 지금 사태를 언론에 알리는 게 맞다고 생각해."

"가해자는 메테오라 파티에 있던 칸델라들이야. 그것만 알려 줘. 진짜

68) 환자 운반용 바퀴 달린 침대.

정보는 다 알려선 안 돼. 알았지?" 스칼렛이 그녀에게 말하자 켈리는 고개를 끄덕였다.

❄

연방 최고위원회 빌딩에 도착한 노아와 루멘 위원장 K 그리고 에드리안 대주교는 건물 안으로 서둘러 들어갔다. 위원장 K는 자신의 ID를 입구에서 인증하고 전신 스캐너를 통과한 뒤, 일행을 모두 자신의 권한으로 통과시켰다. 그들은 엘리베이터를 함께 타고 LUMINESCENCE 층으로 향했다. 도착해서 내린 다음 복잡한 회로 선들이 얽혀 있는 투명한 벽들로 이어진 복도를 지나 크래비티가 있는 블랙 룸 앞에 드디어 도착했다. 위원장 K는 블랙 룸의 문을 열기 위해 인식 장치에 손등을 대려고 하다가 갑자기 뒤를 돌아서 노아에게 말했다.

"노아, 괜찮겠나? 자네가 기억하는 그녀의 모습은 이제 더 이상 존재하지 않는다네." 노아는 말없이 흔들리는 눈동자로 잠시 망설였지만 이내 눈을 천천히 감으며 그에게 대답했다.

"괜찮습니다…. 들어가시죠." 옆에 있던 에드리안 대주교는 그의 어깨에 손을 올려 그를 위로해 주었다. 안으로 들어선 그곳은 사방이 모두 칠흑처럼 검은 벽으로 둘러싸여 있어서 마치 바닥과 벽이 존재하지 않는 우주 한가운데의 깊은 블랙홀 같은 느낌이었다. 그리고 정면에 위치한 모니터에서는 파란색의 웨이브 파형만이 보이고 있었다.

"노아……" 크래비티가 그에게 말했다. 그녀는 사람도 아니고 기계도 아니고 그 무엇도 아니었다.

노아는 모니터를 바라보면서 하염없이 흐르는 눈물을 주체할 수 없었다. 그가 살면서 자신의 목숨보다 아끼고 사랑했었던 단 한 사람, UPL 사제학교에서 만나 서로 의지하며 함께 공부했던 그의 연인 셀라였다. 셀라는 큐비 출신인 데다 휠체어를 타야 하는 척추 장애가 있었지만 학교가 생긴 이래로 가장 뛰어난 예지력을 가진 학생이었다. 노아 역시도 예지력이 좋은 편이었지만 그녀를 뛰어넘을 수는 없었다. 예비 사제들 사이에는 어떠한 신체적 접촉도 금지되어 있었기에 그들은 서로 만질 수도 가까이 다가갈 수도 없었다.

그러던 어느 날 예비 사제들끼리 외부 선교 활동을 다녀오던 중 그들이 탄 차를 트럭이 덮쳐서 전복이 되는 대형 교통사고가 발생했다. 그때 다른 세 명의 사제들은 무사히 차를 빠져나왔지만 앞자리, 게다가 하반신을 쓸 수 없는 셀라는 차 안에 갇혀서 꼼짝할 수조차 없었다. 옆자리에 있던 노아는 자신도 이미 크게 다쳤음에도 불구하고 학칙 때문에 아무도 도우려 하지 않던 셀라에게 다가가 그녀의 몸을 끌어내어 차가 폭발하기 직전에 간신히 그녀를 구해 냈다. 그러고 나서 두려움에 떨면서 우는 그녀를 두 팔로 감싸 안아 주었다. 그 일로 두 사람은 징계 위원회에 회부되어 학교에서 퇴학을 당하게 되었다.

한 달쯤 지난 어느 날, 에드리안 베드로 대주교가 그들을 불렀고, 처음엔 학칙으로 인한 징계인 줄만 알았던 그들의 퇴학이 사실은 처음부터 계획된 사제의 가장 중요한 자질인 '자기희생'에 관한 마지막 테스트였다는 말을 듣게 되었다. 결국, 테스트를 통과해서 사제의 자격을 갖게 된 건 노아와 크래비티가 된 셀라였었던 것이다.

"ואל תשתתפו עם מעשי החשך אשר לא יעשו פרי כי אם הוכח תוכיחו אותם: (너희는 열매 없는 어둠의 일에 참여하지 말고 도리어 책망하라.)" 크래비티가 울고 있는 노아에게 말했다.

“כי מה שהם עשים בסתר חרפה היא אך לספר: (그들이 은밀히 행하는 것들은 말하기도 부끄러운 것들이라.), 악인들의 어둠의 일이 폭로되기를 원하십니까?” 노아가 크래비티에게 물었다.

“אבל כל זאת יגלה כשיוכח על ידי האור כי כל הנגלה אור הוא: (그러나 책망을 받는 모든 것은 빛으로 말미암아 드러나나니 드러나는 것마다 빛이니라.)” 크래비티의 대답에 노아는 고개를 숙였다가 들어 올리면서 마지막 한 방울의 눈물을 흘리고 있었다.

“LIGHT(빛)… 결국 그것 때문에……” 노아는 말을 잇지 못하고 입술을 깨물었다. 옆에 있던 에드리안 대주교는 그의 어깨에 손을 올리고 성호를 그리며 둘을 위한 기도를 해 주었다.

“Drift & Diffusion은 어떻게 막아야 합니까? 크래비티 님.” 위원장 K가 크래비티에게 물었다.

“Beo Nox를 중단시키거나 크리스의 비리를 폭로한다면 일시적으로 막을 수는 있을 것입니다. 하지만…” 크래비티의 말에 세 사람 모두 집중하면서 모니터를 바라보았다.

“나를 대체할 또 다른 Cathode[69]가 생기면 그들이 모든 빛을 가지게 될 것입니다. 같은 극성인 나는 더 이상 그 존재를 막을 수 없게 됩니다.”

크래비티의 대답을 들은 세 사람은 밖으로 나와서 누군가에게 전화를 걸었다.

❄

Unitec 본사에 도착한 제이크와 크리스틴 그리고 존과 그 일행은 입구

69) 음극.

로 들어가고 있었다. 입구를 통과하려면 경비원 5명을 처리해야 했고, 존과 동료들은 미리 준비해 간 마취 총으로 손쉽게 경비들을 쓰러뜨렸다. 경비실 안에 들어가 출입 보안 시스템을 해제시킨 후, 존은 동료 세 명에게 입구를 감시하라고 지시했고 본사 건물 3층에 올라가서 제이크가 ID 인증을 하자 내부로 통하는 문이 열렸다. 일행은 2명까지만 통과 가능했기에 존과 크리스틴을 제외한 나머지 동료는 3층 입구에 남았다. 존은 총구를 들어 사주 경계를 하며 클라우드 서버실로 향하는 제이크와 크리스틴을 보호했다.

무사히 서버실에 도착한 후, 핸드폰을 확인한 제이크는 스칼렛으로부터 받은 메시지를 그제서야 보았다. 그리고 그녀가 부탁한 Cathilonite에 대한 검색을 시작했다. Cathilonite는 300년마다 지구 대기권 밖에서 지구로 떨어지는 운석 중에 가장 희귀한 광물로 완벽한 음극의 성질을 지녔으며 고대 이집트에서부터 전해 내려오는 설에 의하면 Cathilonite와 순수한 영혼이 일체가 되었을 때 하늘의 힘을 가지게 된다는 설명이 있었다. 그는 스칼렛에게 전화를 걸어 검색한 사실에 대해서 알려 주었다.

"순수한 영혼… 설마…, 그게 로렌이라는 말일까? 그렇다면 그 아이에게 Cathilonite를 일체화시키도록 만든다는 건…" 제이크는 생각에 잠긴 듯한 표정으로 잠시 말이 없어졌다.

📞 "그들은 또 다른 크래비티를 만들고자 하는 거야!!!" 스칼렛이 그에게 말했다.

"크래비티가 사람이 인위적으로 만든 존재였어?" 제이크가 놀란 눈으로 그녀에게 물었다.

📞 "너희 아버지 프랭크 총리님께 직접 물어봐."

"아니, 그건 또 무슨 소리야?"

📞 “나와 한스 형사 그리고 여아 피해자를 구해 주러 온 건 프랭크 총리님께서 메테오라로 잠입시킨 바로 사무엘 비서관이었다고! 직접 헬기로 우리를 여기 병원까지 데려다줬어.”

“아버지가 지금 살아 있다는 말이야? 어디에?” 제이크가 놀라서 자리에서 벌떡 일어나 소리치자 크리스틴과 존도 소식을 듣고 함께 놀란 표정을 지었다.

📞 “그건 나도 자세하게는 몰라. 그런데 30분 전 즘에 크리스 방정식이 너희 아버지 프랭크의 논문을 표절한 거라는 SCI 유럽지구의 발표가 나왔다고 들었어. 크리스가 그걸 보고받고 미친 듯이 화내는 걸 내가 직접 봤거든. 아마 프랭크 총리님께서 직접 제보하신 게 아닐까? 논문 내용에 대해서 저자보다 잘 아는 사람은 없잖아.”

“알았어. 내가 아버지께 연락해 볼게. 알려 줘서 고마워. 스칼렛.” 제이크가 스칼렛에게 대답했다. 그런데 그녀는 지금 중요한 건 크리스가 로렌을 희생양으로 삼아서 또 다른 크래비티를 만들 수 없도록 무슨 일이 있어도 막아야만 하는 것이라며 자신이 직접 크리스의 비서가 로렌을 데려간다고 했던 루모 병원 연구실로 가겠다고 말했다.

제이크는 위험한 곳으로 또다시 그녀가 혼자 가는 것은 막아야 한다고 생각하던 그때, 스칼렛의 전화 화면 뒤에서 긴급 뉴스 속보가 병원 로비 대형 모니터에서 나오고 있었다. 바로 스칼렛이 메테오라에서 데리고 온 충격적인 여자아이의 모습과 함께 가해자는 Silva사가 메테오라에서 주최한 파티에 참석했던 칸델라로 추정되고 있다는 앵커의 보도가 이어졌다. 밀려드는 대량 사상자들 때문에 복잡한 병원 로비에 몰려 있던 큐비들은 모니터에서 나오는 참혹한 여자아이의 상태에 모두들 경악을 금치 못했고 이어지는 보도에서 검사 결과 3명 이상의 정액이 검출되었다는 말에 사람들은 분노와 격분을 쏟아 내기 시작했다.

❄

메테오라로부터 서둘러서 다시 집으로 돌아온 크리스와 제이콥은 SCI 유럽지구에 논문 표절을 제보한 사람을 알아내기 위해서 분주하게 움직이고 있었다. 그런데 갑자기 뉴스에서 보도된 긴급 속보를 보고 둘은 깜짝 놀라 눈이 마주쳤다.

"이건 또 뭐야!!!" 크리스가 테이블에 있던 재떨이를 집어 던지자 TV 모니터로 날아가 부딪히더니 박살이 나 버렸다. 그리고 화면은 깨지고 일그러져 노이즈 현상이 발생하고 있었다.

"아니! 이게 대체 어떻게 된 일이지?"

"제이콥!!! 지금 나한테 묻고 있는 거야!!"

"아니요, 아닙니다!" 제이콥은 급하게 어디론가 전화를 했고 상대방에게 뉴스를 보았냐고 묻더니 crack 낙찰자가 누군지를 물었다. 그런데 대답을 들은 것 같은 제이콥의 얼굴이 하얗게 질려 버렸다.

"월포드 총리님… 지금 논문이 문제가 아닌 것 같습니다." 심각한 제이콥의 얼굴을 보고 크리스도 무언가 중대한 일이 생긴 것임을 직감했다.

"낙찰자가 누군가? 설마…" 크리스가 차마 말을 잇지 못하고 망설이고 있는데 제이콥이 대답했다.

"아드님 벤자민 월포드 님입니다." 그의 대답을 들은 크리스는 온몸에 힘이 빠진 듯 소파에 몸이 축 늘어져서 털썩 기대어 앉았다. 그리고 눈을 감고 가만히 아무 말도 없이 죽은 사람처럼 있을 뿐이었다. 제이콥은 차라리 화를 내던지 물건을 집어 던지는 것이 나을 것 같다는 생각을 할 정도로 극한의 공포감을 느끼고 있었다. 그때, 제이콥에게 전화가 걸려 왔고 그는 알겠다고 대답하고는 전화를 끊었다.

"총… 총리… 님? 저기……" 그의 말소리에 크리스 총리가 잠시 눈을 떴다.

"다름이 아니라… 여자아이를 병원으로 빼돌린 사람이… 바로 스칼렛 리브스라고 합니다." 그의 대답을 들은 크리스 총리는 다시 두 눈을 질끈 감으며 한숨을 깊게 내뱉었다. 그리고 그는 제이콥이 여태껏 지금까지 단 한 번도 들어본 적이 없는 가장 낮고 무서운 목소리로 말했다.

"지금… 당장… 벤자민 데려와. 여기 내 눈앞에."

제이콥은 그의 말이 떨어지기가 무섭게 그를 찾으러 아래층으로 뛰쳐나갔다. 잠시 후, 그는 잠이 덜 깬 채 술 냄새가 풍기는 벤자민을 데리고 총리의 방으로 들어왔다. 그러고 나서 제이콥은 방에 있기가 너무 무서운 나머지 벤자민만을 남겨둔 채 재빨리 서재를 빠져나왔다. 무슨 일인지 영문도 모른 채로 아버지 앞에 서 있는 벤자민을 향해 크리스가 의자에서 일어나 천천히 다가왔다.

"어제 crack 낙찰자가 너라고 하던데, 사실이냐?"

"Crack이요? 아! 그렇긴 한데… 갑자기 그건 왜 물으시는…" 그의 말이 끝나기도 전에 크리스의 손이 날아와 벤자민의 뺨을 후려쳤다. 방어할 새도 없이 급작스럽게 너무 세게 맞아 버린 벤자민은 왼쪽으로 얼굴이 완전히 젖혀져 버렸고 돌아간 그의 뺨은 맞은 손자국 모양 그대로 빨갛게 달아오르고 있었다.

"네 놈이 감히!!! 내가 여기까지 어떻게!!! 올라왔는데!!! 네가 내 아들이라고 내가 무조건 다 봐줄 거라고 생각한 거야?" 크리스는 분노와 수치심에 역겨워서 참을 수 없다는 표정을 지으며 잔뜩 일그러진 얼굴로 당장이라도 아들을 죽여 버릴 것 같은 마음을 간신히 억누르며 벤자민의 멱살을 강하게 잡았다. 벤자민은 눈에 핏발까지 선 아버지의 격노한 모습에 두려움으로 온몸이 떨리고 있었다.

"아버지! 정말 제가 그런 게 아니에요. 믿어 주세요…. 전 그냥 호기심에 구경만 한 거라고요!"

"지금 당장 전세기를 타고 Vacuum level[70]로 가 있어. 내가 너에게 해줄 수 있는 건 이제 이게 마지막이니까…. 그리고 그 전에 분명히 알고 가라, 내가 널 도와주는 이유는 내 총리로서의 명성을 더럽힐 수 없기 때문임과 동시에 너희 엄마의 아들이기 때문이야. 지금 이 순간부터 너와 난 아무 사이도 아니다."

"아버…"

"당장 나가!!! 내 눈앞에서 그 멍청하고 역겨운 얼굴 치우라고!!!" 크리스의 고함 소리에 놀라서 들어온 제이콥은 벤자민을 밖으로 데리고 나와서 그에게 여권 ID를 건네주었고, 대기하고 있던 직원에게 그를 개인 비행장으로 데리고 가라고 말했다. 다시 서재로 들어간 제이콥은 크리스 총리에게 벤자민을 전세기로 보냈다고 보고했다.

"UMHC 병원장 마커스 샌더슨 당장 연결해!" 제이콥은 그의 말이 끝나자마자 바로 마커스 원장에게 전화를 걸었다.

"마커스, 날세."

📞 "윌포드 총리님! 큐비들 집단 자살 사태 때문에 연락 주신 거로군요! 이렇게까지 신경 써 주시고 정말 감사합니다."

"그렇고 말고, 총리로서 위기에 직면한 국민들을 당연히 도와야 마땅하지. 지금 현재 상황은 어떤가?"

70) 진공 에너지 준위: 물질이 존재하지 않는 곳.

📞 "네, 계속해서 응급 환자들이 밀려들고 있어서 감당하기 힘든 수준입니다. 하지만 타 지역 병원과의 연계로 최대한의 병상을 확보하려고 노력 중입니다."

"내가 할 수 있는 모든 수단을 동원해서 돕겠네. 마커스…, 그런데 말이야." 마커스 원장은 감사하다고 연신 굽신대다가 그가 꺼내려는 말이 있음을 알고 다음 말을 기다리고 있었다.

"그 헬기로 실려 온 여자아이, peri-orbital hematoma[71] 말이야."

📞 "아! 네, 네! 정말 끔찍한 일이 아닐 수 없습니다. 아직 정확한 DNA 검사 결과가 나오지는 않았지만 모든 언론에서 주목하고 있는 상황인 만큼 최대한 빨리 발표하도록 노력하겠습니다!"

"아니… 그게 아니라…, 그 검사 결과가 나와서는 안 될 것 같은데…"

📞 "네? 그게 무슨 말씀이십니까?" 마커스 원장은 그의 말이 이해가 안 된다는 표정을 지으며 그에게 물었다.

크리스는 가뜩이나 혼란한 국가 비상 상황인 지금 자극적인 뉴스가 우리 사회의 안정에 도움이 되지 않는 것은 물론이고, 자신의 큐비 아동 교육 지원 사업 진행에 혹시라도 방해가 될 것이 우려된다고 말했다.

"마커스? 지난주에 의회에서 루모 지역과 HM 지역 병원과의 의학 연구 교류 사업 안건이 통과된 건 알고 있지? 근데 이게 말이야… 난 처음부터 UMHC를 생각하고 있었는데… 루멘 위원들이 지역 평준화를 위해서 PMLC로 해야 한다고 말이 나와서 말이야. 이거 참…" 크리스가 넌지시 그에게 미끼를 던지고 있음을 눈치챈 마커스는 슬며시 웃음을 지으면서 그에게 대답했다.

📞 "걱정 마십시오. 어차피 성폭행 증거 채취용 공식 키트를 사용해서

71) 안와 주변의 혈종.

채취한 샘플도 아니었으니, 손상되었다고 해도 의심할 사람은 아무도 없을 겁니다!"

"하하하…, 자네는 역시 reasonable[72]하단 말이야. 아…, 그리고 하나 더 제보할 게 있는데…"

📞 "네! 말씀만 하십시오. 윌포드 총리님!"

❄

경찰서 유치장에서 풀려난 에디는 경찰차를 타고 집으로 돌아가던 중이었다. 에디는 경찰들과 함께 새벽 5시 반이 넘어가는 시간임에도 불구하고 도로에 차들이 아수라장으로 엉켜 있고, 도로를 비롯한 길거리에는 수많은 큐비들의 시체와 사상자들이 쌓여 넘쳐나는 상황을 보게 되었다. 그는 즉시 자신은 알아서 갈 수 있으니 경찰에게 다친 시민을 구하라고 말하고 차에서 내렸다. 그리고 에디는 걱정하고 있을 아버지에게 먼저 전화를 걸었다. 로버트는 그가 무사히 풀려난 모습에 안도했으나 지금 상황이 너무 혼란스러운 만큼 아들이 빨리 안전한 집으로 돌아오기만을 바랄 뿐이었다.

📞 "에디, 프랭크 총리님께서 네가 풀려날 수 있게 도와주셨다."

"네?? 정말입니까?? 그동안 대체 어디 계셨던 거죠? 이 기쁜 소식을 당장 제이크한테 알려 줘야겠어요!"

📞 "노아에게 전해 듣기로는 제이크는 지금 크리스틴과 존과 함께 Unitec 본사에 Beo Nox 서버를 중단시키기 위해서 갔다고 알고 있다. 너… 설마 거기로 또 갈려는 건 아니지?"

72) 타당한, 합리적인.

"아버지! 이 정권은 반드시 무너져야 하는 정권입니다. 이미 아버지께서도 알고 계시지 않습니까? 우리가 지금 눈감는다면 불쌍한 아이들과 큐비들의 대량 희생이 결코 멈추지 않을 겁니다."

📞 "프랭크 총리님과 노아 그리고 제이크가 알아서 할 거야. 왜 자꾸 너까지 위험에 뛰어들려고 하는 거냐? 나와 어머니 생각은 하지 않는 거니?"

로버트는 그의 아들을 설득해 보려고 애쓰고 있었다. 그런데 그때 갑자기 에디의 핸드폰으로 긴급 알람이 울렸다. 병원 연구소 실험 약품 담당자인 에디에게 30분 뒤에 있을 긴급 수술로 인해 연구소 약품실에 있는 마취약을 쓰겠다는 통보 알람이 온 것이었다.

'우리 병원 연구실에 수술실이 있긴 하지만 실제 사용하는 일은 거의 없는데? 제이크가 봤다는 큐비들의 생체 실험 연구도 모두 벤자민 연구소 비밀 수술실에서 일어난 것이고… 어째서 갑자기 우리 병원에서 수술이 이뤄지는 거지? 그것도 지금 이 혼란한 상황인 새벽 5시 50분에…?'

에디는 병원에서 급한 연락이 왔다고 아버지인 로버트에게 말한 뒤 전화를 끊었다. 그리고 길거리에 세워진 공용 오토바이를 타고 병원으로 급하게 출발하면서 다시 누군가에게 전화를 걸었다.

📞 "에디!!! 너 맞아? 이 자식아!! 어떻게 된 거야?" 제이크가 기뻐하며 그를 반겼다.

"제이크! 너희 아버지가 무사히 살아 계신다는데, 알고 있었어?"

📞 "어, 스칼렛이 알려 줘서 조금 전에 알았어. 너 진짜 괜찮아? 다친 데는 없어? 그런데 너 지금 어디 가고 있는 거야?"

"길게 설명할 시간 없어. Beo Nox 서버 해킹은 현재 어디까지 진행되고 있어?" 크리스틴은 옆자리에 앉아 있다가 에디의 목소리를 듣고는 벌떡 일어나 제이크 자리로 와서 무사한 에디를 보고는 두 손을 모아 입으로 가져가서는 "하나님, 감사합니다."라고 자기도 모르게 말하고 있었다. 그런 크리스틴을 보고 에디는 왼쪽 눈으로 윙크를 하며 자신의 건재함을 그녀에게 알렸다. 에디의 능청스러운 모습에 제이크는 어이가 없다는 듯 미소를 지으며 고개를 가로저었다.

📞 "Beo Nox에 연결된 마스터 서버에서 관리 인프라 내의 취약점을 찾고 있는 중이야. E-솔트스택[73]이나 CVE-2202-745202를 이용해 보려고 하는 데 시간이 좀 걸리고 있어."

"서버를 중단시키려면 요청 서버 포트에 연결하는 게 우선이잖아." 에디가 의견을 제시했다.

📞 "맞아. 로그 키를 통해 모든 인증 및 허가 통제 수단을 가지게 되면 원하는 모든 명령이 가능해질 거야. SCT[74] 서명에 사용되는 CT[75] 로그의 취약점을 찾고 있어."

"그래, 시간이 없으니 빨리 해결하도록 해. 그런데 스칼렛은 지금 어디에 있어? 아까 내가 뉴스에서 잠깐 본 것 같아서 말이야." 그는 경찰서에 있을 때 TV 속보를 통해 헬기에서 심각한 상태의 아이를 인계하는 스칼렛의 모습을 보았던 것이다. 제이크는 에디에게 지금 스칼렛은 루모 병원으로 로렌이라는 아이를 구하기 위해서 갔고 곧 크리스 측 사람들이 Cathilonite라는 신비의 운석을 이용하여 그 아이를 또 다른 크래비티로 만들려 한다고 알려주었다.

"이런, 제기랄!! 마취제가 그래서 필요한 거였다니!!" 에디가 그제서야 모든 것을 알겠다는 듯 욕을 내뱉었다. 에디는 제이크에게 자신이 받은 병원 알람에 대해서 설명하면서 자기도 지금 루모 병원으로 가고 있는 중

73) SaltStack: 대규모 인프라를 관리하기 위한 자동화 관리 시스템.
74) Signed Certificate Timestamp: 서명된 인증서 타임스탬프.
75) Certificate Transparency: 인증서 투명성.

이라고 대답했다.

❄

루모 병원에 도착한 스칼렛은 입구에서 불이 켜져 있는 3층을 바라보면서 어떻게 해야 병원 안으로 들어갈 수 있을지 고민하고 있었다. 그런데 먼 거리에서부터 주차장으로 무언가 들어오는 소리가 들려왔고 그녀는 재빨리 차 뒤로 몸을 숨겼다. 도착한 것은 오토바이였고 내린 사람은 놀랍게도 에디 해리스였다.

"에디!!!" 스칼렛은 벌떡 일어나서 그의 이름을 불렀다. 에디도 그녀를 보고는 환하게 웃으면서 반가워해 주었다. 그는 프랭크 총리의 도움으로 풀려날 수 있었고 오는 길에 제이크에게 로렌에 대해 전해 들었다고 말했다. 스칼렛은 지금 병원 안으로 들어갈 방법이 있겠냐고 그에게 물었고, 에디는 연구원들만 알고 있는 비밀 비상 통로가 있는데 연구원 동반 1인은 들어갈 수 있긴 하지만 아쉽게도 칸델라만이 들어갈 수 있다고 그녀에게 대답했다. 그러자 그녀는 그럼 자신은 바깥에 있을 테니 안으로 들어가서 상황을 알려 달라고 그에게 말했다. 그는 잠시 망설이더니 스칼렛에게 칸델라의 피가 섞인 헤테로는 한 번도 인증을 한 적이 없을 테니 한번 시도를 해 보는 것이 어떻겠냐고 그녀에게 제안했다. 스칼렛은 잠시 주저하는 듯했다.

"…… 알겠어요, 함께 들어가 봐요." 그녀의 대답에 에디는 미소를 지으며 건물 뒤 옆문으로 향하는 통로로 그녀를 데려갔다. 비상문 앞에서 그가 유전자 인식 시스템에 그의 팔을 갖다 대자 곧 [Edward Harris]라는 이름과 함께 자동으로 문이 열렸다. 그는 비상 출입 모니터에 추가 동반인 1명을 터치했고 그녀를 쳐다보며 인식 장치에 팔을 가져가라는 사인을 주었다. 스칼렛이 인식 장치에 팔을 가져다 대니 즉시 DNA 추출 후 바로 유전자 분석 시스템이 가동되었다. 예상보다 시간이 오래 걸리자 먼저 들어가서 기다리고 있던 에디는 초조해지기 시작했고, 스칼렛도 점점 더 긴장되어 입술이 바짝 마르는 기분이 들었다.

잠시 후, [판독 불능]이라는 단어와 함께 [다시 시도를 하시겠습니까?]라는 문장이 나타났다. 스칼렛은 한 치의 망설임도 없이 재인증을 선택했다. 이번에는 반드시 성공해야 했다. 재인증 시간은 첫 번째보다 시간이 훨씬 더 걸리는 것만 같았다. 앞에서 그녀를 기다리던 에디는 발까지 동동 구를 지경이었다. 얼마의 시간이 흘러간 뒤, 결국 [PASS]라는 문구와 함께 그녀에게도 마침내 문이 열렸다.

"예스! 예스!! 내가 이럴 줄 알았다니까요. 어서! 빨리 가요!" 에디는 기쁜 표정으로 그녀를 반기면서 3층 수술실로 안내했다. 같은 시간, 크래비티는 위원장 K에게 방금 전 스칼렛이 루모 병원 입구를 통과했다고 말했고 위원장은 크래비티에게 그것이 어떻게 가능한 일인지를 물었다.

"UE의 모든 네트워크 시스템은 내가 컨트롤합니다. 하지만 Cathilonite는 제 통제 밖의 일입니다." 크래비티는 온라인으로 연결되는 모든 시스템을 지배할 수 있는 최종 권한자이기 때문에 가능한 일이었다. 또한, UE에서 일어날 모든 일들에 대해서 크래비티의 예언을 벗어나서 일어나는 일은 있을 수 없었기에 그녀는 모든 권력의 핵심이었다. 하지만 그러한 막강한 힘 때문에 그에 반하는 불만 세력이 생겨날 수밖에 없었다. 반대 세력은 그녀와 같은 극성을 지닌 전설의 운석을 이용하여 새로운 나라를 만들려고 하는 것이었다.

3층 수술실 앞에 도착한 스칼렛과 에디는 서로 조용히 한 걸음 한 걸음

조심스럽게 불이 켜진 곳으로 몸을 최대한 숙여서 접근했다. 안에는 집도의로 보이는 의사 한 명과 어시스턴트 한 명, 그리고 뒤돌아 있는 남자 두 명이 있었는데 창문이 작아서 제대로 얼굴을 볼 수가 없었다. 그들은 창문을 살짝 열고 안에서 하는 대화를 엿들으면서 영상으로 찍기 시작했다.

"로렌 밀러, 만 17세, 여성, 혈액형 A형, 키 167cm, 몸무게 47kg, 현재 시각 새벽 6시 15분 정각 프로포폴 120mg 투여 시작합니다. 5분 뒤 기도 삽관 및 전신 마취하에 안구 적출 시작하겠습니다. 지금부터 Cathilonite 안구 이식 수술 시작합니다." 의사의 멘트 이후 어시스턴트가 마취제로 보이는 튜브를 열었고 로렌은 의식을 잃어 가고 있었다.

"좋아, 아주 좋아. 이제 크래비티의 세상은 끝이로구만. 하하하. 그렇지 않아? 제프리?" 옆에 있던 제프리를 돌아보는 사람은 바로 루멘 회의 위원 I였다. 루멘 위원 5명 중에서 다른 위원들과 가장 의견 충돌이 없고 조용한 성격의 사람이었기에 그가 크래비티를 배신할 거라고 생각한 사람은 아무도 없었다. 스칼렛과 에디는 그의 얼굴을 확인하고는 너무나 깜짝 놀라 서로를 쳐다보면서 소리를 지를 뻔했다. 그들은 영상 녹화를 중단하고 수술실 옆 코너로 돌아와서 대책을 논하기 시작했다.

"시간이 없어요. 수술을 빨리 중단시키지 않으면 돌이킬 수 없어요!" 스칼렛이 에디에게 말했다.

"………"

"건물 전체 전원을 차단시키는 건 어때요? 아님 화재를 일으키거나…"

"비상 전력 시스템이 있어서 전원 차단은 의미가 없을 거예요. 화재도 자체 방화 시스템이 있기 때문에 잠시 중단하는 건 가능하겠지만 허위인 것이 감지되면 바로 멈춥니다." 에디가 대답했다.

"허위가 아니면 되겠네요."

"네? 그건… 설마…, 진짜 화재를 일으키자는 말입니까?" 에디가 놀란 눈으로 그녀에게 물었다.

그녀는 주머니에서 라이터를 꺼내 보여주며 그에게 대답했다.

"흡연자라는 게 정말 다행이군요. 적어도 이 순간만큼은…"

에디는 그녀를 보고 감탄하며 웃었다. 그리고는 제이크가 왜 스칼렛을 사랑하게 된 건지 조금은 알 것도 같았다.

'이토록 당돌하고 정의로운 사람이라니…'

그들은 2층의 약품실로 가서 nitroglycerin[76] 여러 병을 찾아 들고나왔다. 그리고 5층 약제실험실 안으로 들어가 천장에 설치되어 있는 화재 센서 아래로 약병들을 모두 쌓아놓았다. 5층 약제실험실은 빈번한 화학 약품 실험 때문에 오작동으로 인한 화재 알람이 잦았던 관계로 연구원들이 직접 수동으로 소화 시스템을 차단할 수가 있는 유일한 곳이었다. 에디는 먼저 소화 시스템을 관리자 권한으로 오프시킨 후, 스칼렛에게 고개를 끄덕이면서 신호를 주었다. 그녀는 실험실에 있던 로프를 알코올에 적신 후 nitroglycerin과 연결해서 실험실 안에 놓인 긴 테이블을 따라 출입문까지 한 줄로 길게 내려놓으면서 뒤로 움직였다. 마침내 스칼렛은 실험실 입구에서 먼저 기다리고 있던 에디에게 도착해 말했다.

"준비되었죠?" 그녀가 묻자 에디는 긴장된 표정으로 고개를 끄덕였다.

"For Lauren." 스칼렛이 라이터에 불을 켜 로프에 갖다 대자 로프는 빠른 속도로 타들어 가기 시작했다. 그들은 재빠르게 실험실을 떠나 수술실을 향해 뛰어갔다. 그리고 로프는 계속해서 붉은 불빛을 내면서 줄을 따라 타더니 드디어 목적지인 nitroglycerin에 닿았다.

76) 니트로 글리세린: 혈관 확장제로 쓰이는 약, 강력한 폭발성을 지닌 위험한 물질, 다이너마이트의 원료.

"펑!!!!!!!!" 엄청나게 큰 폭발 소리와 함께 사람 키보다 더 큰 불길이 타오르기 시작했다. 커다란 화염이 실험실 안에 있던 각종 약품들까지 완전히 삼키면서 화재는 점점 더 커져 갔다. 곧이어 화재를 감지한 시스템은 시끄러운 사이렌 소리를 울리기 시작했다.

"제기랄!! 뭐야!!! 이 소리는!!!" 수술실 안에 있던 의사는 로렌의 눈에 메스를 가져가 적출을 하기 직전, 울린 사이렌 소리에 깜짝 놀라 칼을 떨어트릴 뻔했다. 옆에 함께 있던 제프리와 위원 I 그리고 어시스턴트도 놀라 두리번대고 있었다. 잠시 후, 병원에 자동 긴급 대피 명령이 시작되었다.

🎙"화재 발생! 화재 발생! 병원 내 모든 인원은 즉시 대피하시기 바랍니다. 다시 한번 알립니다. 긴급 경보! 화재 발생!"

"큰일 났습니다. 화재가 발생한 것 같습니다. 어서 대피하시죠." 어시스턴트가 의사에게 말했다. 의사는 썼던 마스크를 아래로 내리고 욕설을 내뱉은 뒤 메스를 내려놓았다.

"아이는 데리고 나가야 되나?" 위원 I가 제프리에게 물었다.

"마취 상태라서 무겁고 걸리적거릴 텐데… 자네가 데리고 나오게." 제프리는 테이블에 놓여 있던 Cathilonite를 보관함에 넣어 챙긴 후 아이가 귀찮다는 말투로 어시스턴트에게 명령했다. 의사와 제프리 그리고 위원 I는 재빠르게 먼저 수술실을 빠져나갔고, 어시스턴트는 수술 때문에 아이에게 연결되었던 수액 튜브와 인공호흡기 등을 제거하고 있었다. 그때, 튜브를 빼기 위해 숙였던 그의 머리 위로 무언가 사람 형태의 그림자가 나타난 느낌이 들어서 고개를 들었다.

"당장 그 더러운 손 로렌한테서 떼!!" 스칼렛은 메테오라에서 제이콥이 건네주었던 총을 꺼내 그를 겨누었다. 어시스턴트는 깜짝 놀라 양손을 위로 올린 후 자신은 아무것도 하지 않았다는 말만 반복하면서 제발 빨리 나가게만 해 달라고 그녀에게 잘못을 빌고 있었다. 에디가 그에게 꺼지라고 말하자 그는 수술복과 장갑도 벗지 않은 채 뒤도 돌아보지 않고 줄행랑을 쳤다. 스칼렛은 재빨리 누워 있는 로렌에게 가서 상태를 확인하기 시작했다. 스칼렛은 로렌의 팔에 꽂혀 있던 수액 주사를 뽑아서 지혈을 시킨 후, 옆에 있던 담요를 가져와서 차가운 수술대에 얇은 수술복만 입고 누워 있는 로렌에게 덮어 주었다.

"다행히 아직 근육이완제를 투여하지 않은 상태에요. 안아서 빨리 차로 데려가요!" 그녀의 말을 들은 에디는 수면 마취 때문에 몸이 축 늘어진 로렌을 양팔로 안고 스칼렛과 함께 서둘러 밖으로 빠져나갔다.

❄

같은 시간, UBC 방송사의 라이벌이자 친정부 언론 미디어인 NCS에서는 긴급 뉴스가 방송되고 있었다.

📺 "NCS 뉴스 속보입니다. 어제 밤부터 시작된 큐비들의 대규모 집단 자살 사태의 원인이 불면증 치료제인 멜빈사 Hypnus의 부작용인 것으로 밝혀졌습니다."

📺 "현재까지 발생된 피해 사상자 숫자가 파악된 것만 약 250만 명 이상인 것으로 추정되고 있습니다. 이는 UE의 큐비 총 인구의 약 45%에 이르는 숫자임과 동시에 제5차 세계 대전 이후 가장 많은 사상자 수입니다."

“가장 심각한 점은 아직도 그 피해자 수가 계속해서 늘고 있다는 것입니다. 지금까지의 피해 상황과 대처 방안에 대하여 보건 복지부 장관 케일럽 몰슨 씨를 바로 연결해서 들어 보도록 하겠습니다.”

총리 사저를 떠나 집무실로 향하는 차에서 TV를 보고 있던 크리스 총리는 뉴스의 내용에 만족스러운 표정을 지으며 옆에 있던 제이콥에게 벤자민을 태운 로켓이 출발했는지 물었다. 제이콥은 로켓을 출발시키기 위한 필수 스텝인 엔지니어가 어젯밤 사태로 사망해서 급하게 다른 이를 알아보느라 시간이 걸리고 있다고 대답했다. 자신의 대답을 듣고 만면의 미소를 띠고 있던 크리스의 표정이 순식간에 차갑게 변하는 것을 본 제이콥은 등줄기에 식은땀이 흐르기 시작했고, 자동 반사적으로 최대한 서둘러서 1시간 안에 반드시 출발시키겠다는 말을 자신도 모르게 해 버렸다. 그러고 나서 총리의 기분을 전환시키기 위해 다른 주제를 급하게 꺼냈다.

“총리님께서 지시하신 대로 NCS 방송사에 Hypnus의 JR-CK 성분이 아질산 나트륨[77]과의 결합 시에 전두엽 조절 기능을 마비시켜 자살 충동을 조절할 수 없게 된다는 실험 결과를 보냈습니다. 잠시 후에 뉴스 보도로 나갈 겁니다.”

“수고했어. 제이콥. 큐비 사망자가 VT가 될 때까지 앞으로 얼마나 남은 거지?”

“약 3만 5천 명 정도로 지금 같은 상승세라면 30분 안으로 채울 수 있을 것 같습니다!”

“좋아! 이제 드디어 크래비티와 루멘 위원들을 모두 제거할 수 있겠군.

77) 식용 화학 방부제 성분.

하하."

"윌포드 총리님, 루멘 위원들이야 그렇다 쳐도, 크래비티를 대체하려면 Catilonite 이식 수술을 마쳐야만…" 제이콥이 크리스에게 로렌의 안구 이식 수술에 대해 언급하자 그는 무서운 눈빛으로 제이콥을 노려보았고 이내 그는 말끝을 흐렸다.

"어쨌든 그 아이는 안 돼."

"하지만, 국가 운영 체제 유지를 위해서는 하루빨리…" 제이콥이 다시 한번 그에게 제안했다.

"두 번 말하게 하지 말라고 했을 텐데…" 차갑고 냉정한 그의 표정과 말투에 제이콥은 더 이상 대꾸할 수 없었다.

논문의 저자

화재 발생 때문에 루모 병원 밖으로 빠져나와 있던 제프리와 루멘 위원 I 그리고 집도의는 시끄러운 사이렌 소리를 들으며 5층 창밖으로 퍼져나가고 있는 화재의 연기를 바라보고 있었다.

"하필 이 시간에 화재라니…." 위원 I가 짜증이 난 목소리로 말했다.

"그런데, 이 자식은 왜 이렇게 안 나와?" 집도의는 자신의 어시스턴트가 시간이 지나도 나오지 않자 이상하게 생각하고 있었다. 제프리도 초조한 마음으로 자신이 챙긴 Catilonite가 잘 있는지 다시 한번 확인해 보았다. 잠시 후, 어시스턴트가 파랗게 질린 얼굴로 그들에게 뛰어왔다.

"어떻게 된 거야? 애는?" 집도의는 그에게 소리쳤다. 그러자 어시스턴트는 화재가 발생하자마자 어떤 키 큰 금발 머리 여자와 칸델라로 보이는 남자가 들어와서는 총으로 위협하면서 아이를 데려갔다고 대답했다.

"뭐라고!!!!!!!!!!" 제프리와 위원 I는 불같이 화를 내면서 그에게 다가가 멱살을 잡고 똑바로 말하라면서 욕을 하고 책망했지만 어시스턴트는 계속해서 죄송하다는 말만 반복할 뿐이었다.

제프리에게 멱살이 잡힌 그는 세게 바닥으로 내동댕이쳐졌고, 그때, 일출이 시작되어 해가 떠오르면서 보이기 시작한 넓은 주차장 지평선 위로 한 대의 차가 빠르게 지나가는 것이 보였다.

"저 차야!!! 어서!!!" 위원 I가 제프리에게 소리치자 그는 병원 앞에 세워 놓았던 차로 위원과 급히 탄 후에 곧바로 스칼렛이 탄 차량을 뒤쫓기 시작했다. 집도의도 자신의 차에 탄 후에 그들의 뒤를 따라 출발했다. 계속해서 뒤를 쫓던 중, 집도의는 차 앞 유리를 통해 우연히 건물 외벽의 대형 전광판을 보았다. 그런데 평소와 같다면 멜빈사의 신약 광고가 나오고 있어야 할 곳에서 [특종 보도]라는 문구와 함께 [단독! 크리스 방정식 논문의 실제 저자 출연!!!]이라고 반복해서 나오고 있었다. 멜빈사는 세계 최대 제약 기업이었기에 이미 자체 방송사를 보유하고 있었는데, 주로 자사의 약품을 홍보하거나 학술 대회를 중계하는 의학, 화학 채널이었다.

잠시 후, 화면에 등장한 사람은 놀랍게도 전 총리였던 프랭크 클리프리드였다. 그가 방송에 나타나자 도로와 상공에 있던 차들은 모두 '끼익' 소리를 내면서 급정거하기 시작했다. 도로는 순식간에 급정거한 차들로 가득 차 있었는데, 지상과 상공에 가득한 수백 대의 차들은 흡사 큐비들의 출퇴근 때나 볼 수 있는 러시아워 때 같았고, 정차된 수많은 차들로 도로가 가득한 모습은 마치 콘서트장에서 공연을 기다리는 콘서트 관중들처럼 보였다. 스칼렛이 탄 차는 대로를 벗어나 HM으로 통하는 I-02 도로를 타기 직전이었지만, 에디는 앞뒤에서 차들이 급정거하는 모습을 보고는 사고 방지를 위해서 일단 차를 정지시켰다.

"무슨 일이죠?" 뒷좌석에 로렌을 눕힌 채로 함께 타고 있던 스칼렛이 에디에게 물었다.

"글쎄요…, 잠시만요…" 그는 주변을 돌아보며 두리번거리다가 바로 뒤에 있던 운전자가 바라보고 있는 시선을 따라 함께 쳐다보았다.

"오 마이 갓…. 프랭크 총리님이라니! 게다가 크리스 방정식 논문의 원래 저자였다고? 세상에…" 에디의 말을 듣고 스칼렛도 그제서야 그가 바라보고 있던 오른쪽 창으로 시선을 돌렸다.

대형 전광판에는 프랭크 전 총리가 크리스 현 총리의 논문 실제 저자가 본인이며 이미 SCI 본부로부터 모든 사실을 인정받았다고 밝혔다. 그는 지금 이 사실을 공표하는 이유는 논문 표절은 칸델라로서 기본 자질인

학자의 기본 도덕을 위반하는 극악한 비양심적 범법 행위로 크리스 윌포드는 총리의 기본 자격을 갖추지 못했다고 말했다. 게다가 지난 총리선거는 명백한 부정선거로서 Silva사의 부정 개입이 있었다고 폭로했다. 모든 건물의 타 방송사 전광판들까지도 하나둘씩 멜빈사의 프랭크 발표 영상을 동시에 송출하기 시작했고 LM 지역을 포함한 전국의 모든 방송사들은 서둘러 긴급 뉴스를 전하기 바빴다. 현직 총리의 대형 스캔들이었기에 그만큼 대중에게 주는 충격이 매우 컸기 때문이었다.

"이런 제기랄!!! 엿 같은 일이!!!" 고속 도로 위에서 뉴스를 보던 제프리는 욕지거리를 하며 크게 화를 냈다.

"아니! 프랭크가 살아 있었다니!" 위원 I도 놀라긴 마찬가지였다. 그때, 제프리에게 알람이 도착했고, 제프리는 알람 내용을 보더니, 갑자기 타고 있던 차를 수동 운전으로 변환시킨 뒤에 상대적으로 정지된 차량이 없는 반대편 차선으로 급히 유턴하여 최고 속도로 되돌아가기 시작했다. 영문을 모르는 위원 I는 지금 대체 어디를 가는 것인지 그에게 물었다.

"Beo Nox 시크릿 모드가 중단되었습니다! 서버에 무슨 일이 생긴 겁니다!" 제프리가 수동으로 운전하는 차의 속도가 너무 빠른데다가 다른 차를 미친 듯이 추월하면서 가고 있었기에 옆에 있던 루멘 위원 I는 속이 울렁거리기 시작했지만 급박한 상황인 만큼 참을 수밖에 없었다. 제프리는 경찰에 전화를 걸어 자신의 신분을 밝히며 Unitec 본사에 해커가 침입해 Silva사 Beo Nox의 서버를 해킹하고 있다고 신고했다. 경찰은 최대한 빨리 출동하겠다고 그에게 답변했음에도 불구하고 제프리는 단호하게 Silva사는 정부 사업 지정 기관이므로 명백한 테러 행위라며 특수 부대의 출동을 요청했다. 경찰은 크리스 윌포드 총리에게 직접 확인을 한 후에 제프리의 요청을 수락하겠노라고 대답했다.

집무실에 도착해서 이러한 모든 사태를 지켜보고 있던 크리스는 취임 이후 최대의 위기에 처한 자신의 상황에 극도로 화가 났다. 하지만 모든 뉴스의 타이틀이 자신의 이름으로 도배된 것, 모든 이들의 관심사가 바로 내가 되었다는 것, 이는 아주 오래전부터 꿈꿔 온 일로 '드디어 이제 내가 이 세상의 중심이다.'라는 생각에 알 수 없는 이상하고 묘한 정복감이 들었다. 생각해 보면 논문 문제는 프랭크의 일방적 주장으로 매도하여 소송으로 시간만 끌면 대중의 관심에서 금방 잊혀질 것이고, Silva사의 선거 부정 개입 또한 당장 알려진 내용이 없는 걸로 봐서 프랭크에게 관련 증거가 없는 것이 확실했기 때문이었다. 그때, 문이 열리고 제이콥이 급하게 들어왔다.

"총리님! 큰일 났습니다!"

"또 뭐야? 이 난리통에 더 이상 무슨 일이 또 생길 수가 있냐고!"

"Beo Nox 서버가 해킹되어서 현재 모든 시크릿 모드가 중지되었다고 합니다! VT가 될 때까지 아직 큐비 사망자 수가 많이 부족합니다."

"뭐!!!!! 대체 어떤 개자식이 감히 그런 짓을 해?"

"그건 아직 정확히 모르겠습니다만, 제프리 번디 회장이 총리님께 해커를 잡기 위한 특수 부대의 출동을 긴급 요청한 상태입니다. 어떻게 하시겠습니까?"

"당장 출동시켜!!! 관련자는 모두 사살하되 주동자는 반드시 생포하라고 해! 알았나? 건방진 새끼…"

"네!!! 알겠습니다. 총리님!" 제이콥은 즉시 국방부 장관 숀 검멜에게 비상 채널로 연락하여 크리스 총리의 명령을 그대로 전달했다. 국방부 장관은 바로 특수 부대 MTX에게 Unitec 본사의 테러 진압 작전을 명령했다. 장관의 명령이 떨어지기가 무섭게 부대에서 대기하고 있던 수십 명의 엘리먼트 부대원들은 무기와 장비를 빠르게 갖춘 후 이송 차량으로 탑승하기 시작했다. 곧이어 그들을 태운 검은색의 블랙 호크 헬기들이 프로펠러를 움직이자 주변의 흙먼지들이 어지럽게 흩어지며 바람을 일으켰고 상공으로 떠오르기 시작한 블랙 호크들은 차례로 Unitec으로 출발했다.

Beo Nox의 감추어진 비밀

Beo Nox 서버 해킹에 성공한 제이크와 크리스틴은 경찰 무전을 도청한 존의 부하들로부터 곧 경찰들이 들이닥칠 것이라는 첩보를 듣고 난 뒤, 서버실을 떠날 준비를 하고 있었다. 크리스틴은 곧장 정리를 하고 일어나려고 하는데 옆 컴퓨터에서 전혀 움직일 생각을 하지 않고 있는 제이크를 보더니 다가가 재촉했다.

"제이크! 뭐 하고 있는 거야? 시간 없어!"

"잠시만…"

제이크의 컴퓨터 화면을 본 크리스틴은 깜짝 놀라지 않을 수 없었다. 그는 Silva사가 정부 사업 기관으로 지정됨에 따라 공공정보를 개개인 모두에게 전달할 수 있는 네트워크를 할당 받은 것을 알고 바로 그 네트워크 채널을 통해서 지금까지 알아낸 크리스의 비밀 자료들, 루모 병원에서 큐비들을 실험 쥐로 이용했던 인체 실험 및 Silva사의 비밀 경매에 대한 정보 그리고 칸델라들에게 암페타민이라는 약물을 식수에 타서 불면증을 유발시켜 Beo Nox를 사용하도록 조작했던 사실과 그들의 무의식까지 침투하여 부정 선거를 저지르는 등, 그의 비리 증거를 모두 담은 데이터를 모든 국민에게 직접 전송하고 있었던 것이다.

그리고 마지막으로 크리스틴이 Silva사의 관리자 모드에서 알아낸 Beo Nox의 인위적 컨트롤로 인한 중독과 집단 자살 사태의 관련 증거 데이터를 전송하기 위해 그녀의 가방에서 외장 하드를 꺼내려고 하는 순간, 건물 밖에서 시끄러운 사이렌 소리와 붉은색의 경고등 불빛과 함께 경찰들이 도착하는 소리가 들려왔다.

“어서 빨리 피하셔야 합니다. 제이크 님!” 옆에서 총으로 사격 자세를 취하며 존이 말했다.

“시간 없어! 그냥 가!” 크리스틴도 제이크를 재촉하기 시작했다.

“지금 도망가면 그들은 다시 서버를 복구해서 시크릿 모드를 또 작동시킬 거야. 시크릿 모드를 영원히 멈출 수 있는 방법은 모두에게 진실을 알리는 것뿐이야!!”

“다른 방법이 있을 거야. 아빠도 돌아오셨잖아! 빨리 가자니까!” 크리스틴이 앉아 있던 그의 옷자락을 잡아 끌어올리며 그에게 소리를 질렀다. 제이크는 존에게 크리스틴을 데리고 먼저 빨리 피하라고 부탁한 뒤 자신은 아직 여기 할 일이 남아 있다고 말했다. 존은 제이크를 남겨 두고 가지 않겠다고 버티는 크리스틴을 강제로 데리고 밖으로 나갔다.

제이크는 예전에 프랭크의 총리실로 찾아가서 Silva사 Beo Nox의 서버 임대 기간이 단기간인 것에 대해 의문점을 제기했을 때, 아버지가 왜 그렇게 냉담했던 건지 이제 알 것 같았다. 결국 아버지 역시 그들과 같은 생각이었다는 것을…

잠시 후, 수십 발의 총성이 들리고 건물이 부서지는 소리와 함께 화약 냄새가 나더니 멀리서 투항하라는 명령이 들렸다. 특수 부대원들은 건물 밖에서 대치하고 있던 존의 동료들을 제압한 후, 순식간에 건물 안까지 침투해서 서버실 안에 앉아 있던 제이크를 조준하면서 다가오기 시작했다. 하지만 마지막 파일의 전송 완료까지는 아직 2분 30여 초가 남아 있는 상태였다.

“꼼짝 마!! 손들어!!!” 제이크의 머리에 총구를 겨눈 특수 부대원이 큰 소리로 명령했다. 제이크는 두 손을 머리 위로 들어 올렸다. 곧이어 들어온 제프리가 재빨리 컴퓨터 앞으로 달려와 전송 완료가 되기 10초 전에 가까스로 전송을 취소시켰다. 그는 안도의 한숨을 내쉬더니 곧바로 제이크의 얼굴에 주먹을 날렸다. 그에게 얼굴을 맞은 제이크는 입술이 찢어져서 피가 흘러내렸다. 그는 멈추지 않고 한 대 더 칠 것처럼 그에게 다가오더니, 갑자기 휴대폰으로 누군가에게 전화를 걸었다. 전화를 받은 사람은 스칼렛이었다. 그녀는 다친 제이크의 얼굴과 그 옆에서 환하게 웃고 있는 제프리를 보고 깜짝 놀랐다.

"스칼렛! 내가 전에 말했던 거 기억나나? 넌 언젠가 나에게 반드시 애원하게 될 거라고 했었지?" 그는 제이크의 머리채를 잡고 나머지 한 손으로는 그의 머리에 총을 겨누며 비열하게 웃고 있었다.

📞 "그만해!!! 제이크에게서 당장 손 떼!" 스칼렛은 그에게 소리지르며 경고했다.

"지 애비랑 똑같은 건방진 년!!!" 제프리가 화를 참지 못하고 총구의 방아쇠를 당기려는 순간, 어디선가 날아온 총알이 제프리의 오른손을 그대로 관통했다.

"악!!" 그는 오른손을 부여잡으며 그대로 자리에 주저앉았다. 옆에 서 있던 특수 부대원들은 깜짝 놀라서 모두 몸을 숙인 채 총알이 날아온 방향으로 일제히 총구를 겨누었다. 잠시 후, 기둥 뒤에서 양손을 들고 서서히 다가오는 한 남자가 있었다. 그는 한스 링컨 수색 팀장이었다.

"네놈이 앤드류에게 한 짓을 생각하면 죽여도 시원치 않아! 개새끼!!" 그는 자신의 총을 맞고 피를 흘리며 쓰러져 있는 제프리를 보면서 말했다. 특수 부대원들은 한스를 제압하기 위하여 그의 손목을 꺾어서 등 뒤로 한 다음 양손을 묶으려고 했다. 그런데, 한 부대원이 무언가를 발견하고 소리쳤다.

"어? 대런 중위님! 이걸 좀 보셔야 할 것 같습니다!" 그는 한스의 손에 들려 있던 작은 스위치가 달린 장비를 중위에게 건네주었는데 그것은 초소형 TV 중계 장치였다. 부대원은 재빨리 TV를 연결했다. TV에서는 Silva사 Beo Nox의 시크릿 모드가 이번 큐비 집단 자살 사태의 직접적 원인이었다는 사실과 이를 중단하기 위해서 서버를 해킹해서 막았던 사람이 바로 제이크이고, 회장인 제프리 번디가 그를 직접 죽이려고 했다가 한스 형사에게 총까지 맞은 지금까지의 상황이 고스란히 중계되고 있었다. 멀찌감치 떨어져서 이 모든 상황을 지켜보고 있던 루멘 위원 I는 몰래 밖으로 나가 도망쳐 버렸다.

"아니야! 그럴 리가 없어!! 내가 분명히 파일 전송을 중단시켰다고!!!" 제프리는 다시 제이크의 컴퓨터 모니터 앞으로 와서 전송 중지된 창을 보며 분명히 중단된 것을 다시 한번 확인하였다.

"당신이 중단시킨 건 페이크야! 멍청한…" 제이크는 그를 조롱하듯 웃으며 말했다. 그리고는 모니터에 다른 창을 띄워 그에게 보여 주었다. 이미 모든 파일이 전송 완료된 창이었고, 그가 중단시켰던 건 적들이 쳐들어올 때를 대비해서 제이크가 만들어 놓은 페이크 창이었던 것이다.

"이럴 수가!!! 나를 속이다니!!! 제이크 이 개자식!!!" 제프리는 그를 당장이라도 죽일 듯이 덤벼 들었지만 곧바로 특수 부대원들에게 잡혀서 질질 끌려 나갔다.

"이렇게 되면 현 정권 유지가 불투명한 것이 아닙니까? 중위님?" 부하 부대원이 대런 중위에게 물었다. 부하에게 질문을 받고 잠시 고민하던 중위는 경계 자세를 해제한 뒤 제이크에게 말했다.

"제이크 님? 정말 감사합니다. 덕분에 수많은 큐비 국민들의 생명을 구할 수 있었습니다. 하지만, 우리는 당신에 대한 긴급 체포 명령을 받았기에 군인으로서 반드시 이행해야 할 의무가 있습니다."

"중위님!!!" 부하들이 그를 말리기 시작했다. 제이크도 포기한 듯 자리에서 일어나 그에게 양손을 내밀었다. 지켜보고 있던 한스 형사와 부하들은 중위를 이해할 수 없다는 듯 한탄하고 있었다. 제이크는 특수 부대원들이 군인으로서의 임무를 다하지 못했을 때 그들에게 갈 피해를 생각하면 자신이 체포되는 건 피할 수 없는 일이라고 생각했다.

"하지만…" 중위가 다시 꺼내는 말에 제이크는 중위를 바라보았고, 대런 중위는 비상용으로 가지고 있던 권총을 꺼내어 제이크가 권총 자루를 잡을 수 있도록 방향을 뒤집어서 그의 손에 쥐여 주었다. 제이크는 깜짝 놀랐다.

"아니! 이건 왜?"

"제이크 님께서 스스로 저항하다가 도망간 것이라면 우리는 우리의 의무를 다한 것입니다." 그는 얼떨결에 총을 받아 들고 어찌할 줄 모르고 있는 제이크에게 다가가 그가 들고 있는 총구를 직접 손으로 잡아 자신에게 겨누며 말했다.

"자, 쏘세요."

"네? 뭐라구요?" 제이크는 너무 놀라서 총을 떨어트릴 뻔했다. 옆에 있던 부하들과 한스 형사도 놀라긴 마찬가지였다.

"시간 없습니다! 좀 있으면 경찰들과 다른 부대원들이 도착할 겁니다. 어서요!!" 대런 중위는 다시 한번 제이크를 재촉했다.

"못 합니다!" 제이크가 총을 내려놓음과 동시에 갑자기 뒤에서 총성이 울렸고 모두가 깜짝 놀라서 그쪽을 돌아보니 바로 존이었다. 존이 쏜 총알은 대런 중위의 견갑골 부위를 깨끗하게 관통해서 지나갔다. 존은 크리스틴을 밖으로 대피시켜서 그녀를 먼저 동료와 함께 안나가 있는 대성당으로 보낸 후, 혼자 남아 있을 제이크가 걱정이 되어 다시 그에게 돌아온 것이었다.

"존 킴 중령님?" 어깨에 총을 맞은 대런 중위는 맞은 부위를 손으로 감싸 쥐고 웃으며 그에게 말했다.

"하하. 역시 중령님의 사격 솜씨는 여전하군요." 대런은 예전 존의 직속 부하였고 존이 먼저 불명예 제대를 한 이후, 군에 남아 있던 대런은 중위로 진급하여 MTX 특수 부대를 이끌어 왔었다.

"고맙네. 대런 중위."

"제가 도움이 될 수 있어 영광입니다. 어서 가십시오!!" 대런은 존의 희생으로 부대에 남을 수 있었던 그의 수많은 부하들 중에 한 명이었고, 다른 특수 부대원들도 존의 전우를 위한 희생정신을 오래전부터 존경해 마지않았다. 자신의 눈앞에 전설의 존 킴 중령이 있다는 게 믿어지지 않을 정도였다. 그들은 모두 한마음으로 존과 제이크가 무사히 빠져나갈 때까지 경계 자세로 끝까지 엄호했고 두 사람이 무사하길 바라는 마음이었다.

❄

켈리는 UMHC 병원장 마커스 샌더슨의 호출로 원장실 앞에 도착했다. 그리고 ID 인증을 한 다음 문이 열리자 안으로 들어갔다. NCS 방송사 인터뷰를 앞두고 거울 앞에서 옷매무새를 다듬고 있던 마커스 원장은 켈리에게 손을 내밀면서 말했다.

"성폭행 증거 DNA 검사 결과 이리 줘."

켈리가 그에게 검사 결과지를 넘겨주었다. 하지만 그는 결과지를 받자마자 확인도 하지 않은 채 태연한 표정으로 테이블에 던져 버렸다.

"지금 뭐 하시는 겁니까!" 켈리는 깜짝 놀라 그에게 소리를 질렀다.

“어차피 공식 응급 키트로 채취한 샘플도 아니잖아. 오염되었을 확률이 90% 이상이야!”

“지금 12세 하반신 장애를 가진 여자아이가 집단 성폭행으로 생명이 위급한 상태입니다. 검출된 정액 반응 결과만 최소 3인 이상입니다!! 그것도 모두 칸델라라구요!!!”

“켈리 맥도웰 선생!!! 다시 한번 말하는데 이 샘플은 오염되었고, 따라서 결과는 믿을 수 없다는 게 UMHC 병원의 공식 입장이야.”

“절대로 동의할 수 없습니다! 어떻게 원장님이 이러실 수가 있습니까!!!” 그녀가 소리치자 마커스 원장은 파일을 집어 그대로 분쇄기에 넣고 갈아 버렸다.

“그리고 원본이 파기된 이상 어디서도 더 이상 증거로 쓰일 수 없어. 지금 내가 말하는 게 명백한 진실이야. 설사 그 아이가 죽는다 해도 앞으로 달라지는 건 아무것도 없어! 당장 나가!!!” 마커스 원장의 호통 소리에 켈리는 풀이 죽은 채 고개를 숙이고 인사하고는 그의 방을 나와 복도를 천천히 힘없이 걸어갔다. 복도 끝에서 코너를 돌아선 그녀는 갑자기 뒤를 돌아 복도에 자신을 따라오는 사람이 있는지를 확인해 보았다. 다행히 아무도 그녀를 쫓아오는 이는 없었다.

“여보세요? 스칼렛? 나야, 켈리”

📞 “검사 결과는 어떻게 되었어?” 스칼렛은 켈리에게 물었다.

“그게… 갑자기 원장이 호출해서 결과지를 가져오라고 하더니 파쇄시켜 버렸어.”

📞 “뭐라고?”

“그런데…”

📞 “그런데 뭐?” 스칼렛은 초조한 표정으로 그녀에게 다시 물었다.

"원본은 원본인데… 네가 준 샘플로 한 성폭행 검사 결과지가 아니라 혈액 샘플 결과지였거든~." 켈리는 웃으면서 스칼렛에게 말했다. 원장이 받은 것은 원본 파일이긴 했지만 전혀 다른 샘플의 결과였다. 그리고 켈리는 원장이 파일을 제대로 확인할 수 없도록 그를 더 자극해서 스스로 재빨리 결과지를 파기하게 만들었다. 켈리는 스칼렛이 준 증거 키트에서 추출한 DNA로 이미 칸델라 유전자 분석까지 의뢰하였고 그 결과를 모두 스칼렛에게 방금 보냈다고 대답했다.

📞 "알았어. 고마워. 켈리." 스칼렛은 전화를 끊었다.

그녀는 마취에서 아직 깨지 않은 로렌과 차의 뒷자리에 함께 있었다. 그리고 앞자리에서는 에디가 차 전면의 모니터로 제이크가 정부 채널을 해킹해서 모든 국민들에게 보낸 크리스의 비리 정보를 보면서 환호하고 있었다.

"됐어요! 됐어!! 이 새끼가 기어코 해냈어요!!" 에디가 기뻐하며 뒤를 돌아보았을 때 스칼렛은 켈리가 보내 준 검사 결과 파일을 확인하고 있었다. 그런데 그녀의 표정이 점점 더 심각하게 변해 갔다.

"스… 칼… 렛…?" 에디는 무언가 심상치 않은 일이 생긴 것임을 그녀의 얼굴을 보고 직감할 수 있었다.

"아직 끝나지 않았어요." 그녀가 말했다.

"네? 그게 대체…" 에디가 스칼렛에게 무슨 일인지를 물어보려고 하는 순간, 모니터에서 크리스 총리의 대국민 담화가 시작되었다.

🎙 "안녕하십니까? 제 6대 UE 총리 크리스 윌포드입니다. 어제 밤 11시 35분부터 시작된 큐비들의 집단 자살 사태로 인하여 국민 여러분들께 혼란을 야기시켜 드린 점에 대해 정부의 수

장으로서 모든 국민 여러분들께 깊은 사죄의 말씀을 드립니다. 또한 유가족 여러분들에게도 깊은 애도의 마음을 전하는 바입니다."

🎙"정부 채널을 통해 급속도로 퍼지고 있는 저에 관한 비리 의혹은 모두 조작된 정보입니다. 이것은 모두 전 총리 프랭크 클리프리드의 주도로 이루어진 일입니다. 애초에 약물로 인한 부정선거는 있을 수도 없는 일이고, 이러한 모든 조작질은 선거 결과를 받아들이지 못하고 정권에 대한 야욕만 남은 전 총리의 추악한 선동질에 불과합니다. 따라서 국민 여러분들께서는 가짜 뉴스에 절대 속지 마시고 제가 전하는 진실만을 믿으시기 바랍니다."

🎙"저는 여러분께 전 총리 프랭크 클리프리드의 진실에 대해 말씀드리고자 합니다. 지금 이 비극적인 큐비들의 집단 자살 사태는 제 5대 정권 프랭크 클리프리드가 루멘 위원장 K와 함께 수십 년 전부터 준비해 온 대형 말살 정책의 결과입니다. 저는 정권을 이양받은 후, 그동안 최고위원회 위원장에게 거짓 정보만을 제공받다가 비로소 어제 이 사실에 대해 알게 되었습니다. 그리고 제가 할 수 있는 모든 방법을 동원해서 이 대규모 말살 정책을 즉시 중단시켰습니다!"

🎙"국민 여러분들께 알려 드립니다! 방금 전 Beo Nox 모회사 Silva사의 제프리 번디를 체포했다는 기쁜 소식을 국민 여러분들께 전해 드리는 바입니다. 이제서야 비로소 프랭크 클리프리드와 루멘 위원장 K의 악행을 막을 수 있게 되었습니다. 하지만…, 이미 너무나 많은 희생자가 생겨 버린… 총리로

서…, 책임을 지고…….”

크리스는 눈물을 흘리면서 다음 말을 이어 나가지 못하고 있었다. 뉴스를 보던 에디와 스칼렛은 황당함에 무슨 말을 해야 할지 몰랐다. 그의 뛰어난 연기력에 여론은 제이크가 폭로한 비리 내용을 의심하기 시작했고 전 총리 프랭크에 대한 비난을 하는 사람들이 점점 더 늘어나기 시작했다. 하지만, 여론의 행방은 예측할 수 없을 만큼 팽팽하게 프랭크 vs 크리스로 갈라지기 시작했다. 방송사들은 누구를 지지하는지 여론 조사를 하기 시작했고, 크리스 현 총리의 발표 이후 그의 지지도가 급 상승하여 각 지역마다 지지하는 총리가 달라졌다. 거리에는 프랭크 전 총리를 처벌해야 한다는 크리스 윌포드의 지지자들과 큐비들을 생체 실험하고 부정선거를 저지른 크리스 윌포드의 총리 자격을 박탈시켜야 한다는 프랭크 전 총리 지지자들이 몰려나와서 서로 싸우고 차를 부수고 불을 질렀다. 큐비들의 집단 자살 사태가 겨우 진정되자마자 또다시 길거리는 전쟁터로 변하고 있었다.

❄

특수 부대 차량 안에 갇혀 있던 제프리는 총리의 대국민 연설을 보고 모든 죄를 자신에게 덮어씌운 크리스에 대한 배신감에 허탈한 웃음이 나왔다. 이어서 그는 홀로 나지막이 중얼거리기 시작했다.

“크리스 총리님, 난 절대로 손해 보는 장사는 하지 않아요. 이래서 담보가 필요한 거랍니다.”

제프리의 혼잣말을 듣고 앞자리에 있던 군인 두 명은 그가 대체 무슨 소리를 지껄이는 것인지 알 수가 없어 서로 눈을 마주치고 어깨를 으쓱거렸다. 하지만 그들과는 상관없이 제프리는 침착한 표정으로 비서 케이트에게 전화를 걸었다.

"케이트, 나야. 이제 진짜 주인이 누군지 알려 줄 시간이야."

📞 "알겠습니다. 회장님."

케이트의 대답을 듣고 전화를 끊은 제프리는 미묘한 웃음을 지었다. 잠시 후, 거리의 모든 신호등이 전면 소등되어 일제히 꺼져버렸고 차들은 서로 부딪히지 않기 위하여 급하게 정지해야만 했다. 그렇지만 결국, 전국의 모든 도로 위의 자율 주행 차들은 신호가 갑자기 사라지자 방향을 잃고 서로 충돌하여 부서지거나 사고가 난 차량들과 함께 뒤엉켜 도로는 급속도로 초토화되기 시작하였다.

제프리가 국가 전력 공급 체계를 컨트롤하는 AI 시스템을 다운시켜서 전국의 모든 전기 공급을 중단시켜 버린 것이었다. 그는 프랭크 총리 집권 때부터 자진해서 정부 전력 관리 시스템 사업을 보조해 왔는데, 언제 정부 권력으로부터 버림받을지 모른다는 불안감 때문에 자신을 위한 보호책으로 비밀리에 내부 컨트롤 시스템까지 정부의 눈을 피해 완전히 장악해 버리고 말았던 것이다.

큐비들은 물론이고 칸델라들이 살고 있던 지역까지 모두 전력 공급이 중단되어 버리자 모든 국민들은 패닉 상태에 빠져 버렸고, 길거리에서 프랭크와 크리스를 지지하며 싸우던 큐비들도 전력 시스템이 모두 중단되자 잠시 싸우는 것도 잊은 채 혼란스러워하고 있었다. 하지만 전력 시스템 중단으로 모든 백화점과 상점의 문이 열려 버렸고 시민들은 누가 먼저랄 것도 없이 미친 듯이 상점을 털기 시작했다. 잠시 후, 칸델라들이 사는 지역인 루모 시티에만 비상 전력 시스템이 가동되어 모든 전기가 다시 들어왔지만 남겨진 시간은 단지 3시간 정도에 불과했다.

크리스 총리는 집무실에서 국방부 장관, 에너지부 장관과 함께 대책을 논의하고 있었다. 큐비들의 대참사 상황은 어차피 사망자 수가 부족한 마당에 사상자가 늘수록 이득이므로 경찰이나 군부대를 개입시키지 않는 것으로 결론을 내렸다. 전력 중단 사태에 대해서 에너지부 장관인 샤페터 페리는 현재 가동 중인 비상 전력 시스템은 단시간만 버틸 수 있기 때문에 원래 전력 시스템을 복구시키는 것이 최선이지만 현재 사용되고 있는 전력 컨트롤 AI 시스템 최고 권한자가 제프리 번디이므로 오직 그만이 다시 복구를 시킬 수 있다고 대답했다. 하지만 크리스는 방송에서 그에게 이미 모든 죄를 덮어씌워 버렸기 때문에 그를 설득하기란 사실상 불가능한 일이었다.

"총리님!!!" 비서관 제이콥이 문을 열고 들어와서 잔뜩 놀란 표정으로 그를 불렀다.

"무슨 일이야! 지금 비상 대책 회의 중인 거 몰라?!" 크리스는 화가 나서 그에게 소리를 질렀다.

"죄송합니다. 방금 루멘 위원 T 님께서 도착하셨습니다." 제이콥 뒤에 있던 루멘 위원 T가 걸어 나오자 자리에 앉아 있던 국방부 장관과 에너지부 장관은 벌떡 일어나서 그를 맞이했다. 그들은 크리스 총리의 눈치를 보더니 자신들이 자리에 있으면 안 되는 것을 눈치채고 제이콥과 함께 집무실 밖으로 나갔다. T는 자연스럽게 회의 테이블 가장 상석인 가운데 자리에 앉았고 오른쪽 의자에 크리스 총리가 옮겨 앉았다.

"크리스 자네, 나와 상의도 없이 일을 이렇게 마음대로 처리하면 어쩌자는 건가?"

"여론을 돌리기 위해서는 어쩔 수 없는 최선의 방책이었습니다. T 님."

크리스는 머리를 조아리며 죄송하다고 사과를 했다. 하지만 T는 그의 얼굴을 쳐다보지도 않은 채 자신의 손가락을 구부렸다 폈다 하면서 무심한 말투로 그에게 질문했다.

"제프리는 아주 교활한 자야. 절대로 자신이 손해 보는 일 따위는 처음부터 하지 않는 인간이지. 근데 그보다 더 최악이 어떤 인간인 줄 아나, 크리스?"

"………"

"바로 너 같은 인간!!! 자신의 개인 감정으로 계획된 일을 그르치는 멍청한 놈!!!" T는 자리에서 일어나서 크리스의 얼굴을 주먹으로 세게 쳤다. 크리스는 바닥에 엎어졌다가 재빨리 무릎을 꿇으며 T에게 계속해서 용서를 빌었다.

"계획대로라면 크래비티는 벌써 소멸되었어야 하는 건데! 제기랄!! … 여론에서 밀리기 전에 제프리를 만나 무슨 수를 써서라도 설득해서 전력 시스템을 빨리 복구시켜!!"

"알겠습니다!" 크리스는 제이콥을 불러서 당장 제프리를 데리고 오라고 명령했다. 그의 명령을 들은 제이콥은 바로 제프리를 수송하고 있던 부대로 연락을 했다. 하지만 이상하게도 연락이 닿지 않았다. 계속해서 연락을 해도 받지를 않자 MTX 특수 부대의 지원 부대인 LU 부대로 연락을 했다. 결국 LU 부대장이 연결되긴 하였으나 제프리가 차에서 내려서 수감소로 이동을 하던 중 뉴스를 보고 그의 얼굴을 알아본 큐비들에 의해 집단 폭행을 당해 과다 출혈로 병원으로 급히 이송되었다고 대답했다. 그의 대답을 들은 루멘 위원 T는 머리를 감싸 쥐며 한탄했고 크리스도 어찌해야 할지 몰라 T의 눈치만 살피고 있었다.

"병원장 연결해! 당장!" 크리스는 제이콥에게 제프리가 실려간 NPB 병원 원장한테 연락을 지시했다.

📞 "윌포드 총리님! NPB 병원장 캐서린 베넷입니다. 제프리 번디는 현재 TBI[78]로 인한 의식 불명 상태입니다."

"3시간 안에 회복할 가능성은?"

📞 "10% 미만입니다. 손상 정도가 심각해서 추후 뇌사상태로 빠질 가능성도 배제할 수 없습니다."

"…… 알겠네."

"이런 망할!! 그럼 Cathilonite는?" T가 크리스에게 잔뜩 격앙된 목소리로 묻자 제프리가 체포될 때 특수 부대원이 그로부터 압수하여 총리실로 가져오고 있는 중이라고 옆에 있던 제이콥이 대신 대답했다.

크리스가 전화를 끊고 난 후 집무실에는 숨막히는 고요한 적막만이 감돌고 있었다. 그때, 루멘 위원 T가 적막을 깨고 크리스에게 심각한 얼굴로 말했다.

"빨리 로렌 밀러를 찾아서 Cathilonite 이식 수술 진행해. 이렇게 된 이상 전력 시스템 복구를 위해서는 그 방법밖에 없어!"

"하지만, 지금 그 아이는 멜빈사 CEO 로버트의 아들 에디 해리스가 병원에 화재를 일으켜 빼돌려 버려서 행방을 모르는 상태입니다. T 위원님." 크리스가 T에게 대답했다.

"에디 해리스라고?" T는 한쪽 눈썹을 추켜 올리며 다시 한번 크리스에게 물었다.

"로렌은 빼돌린 건 에디가 아니라 네 딸 스칼렛 리브스잖아!!!" T가 그에게 호통을 치자 크리스 총리는 그가 스칼렛이 자신의 딸이라는 사실을 이미 알고 있다는 것에 크게 놀랐다.

78) Traumatic Brain Injury: 외상성 뇌 손상.

"내가 어떻게 알았을 것 같아? 제프리…, 그놈은 철저한 놈이거든. 그런 자식은 절대로 적으로 만들어서는 안 되는 건데… 네가 제프리에게 섣불리 덮어씌우는 바람에 일이 이렇게 복잡해져 버렸잖아!!! 멍청한 새끼!!"

"죄송합니다."

"찾을 수 없다면 스스로 찾아올 수밖에 없게 하면 될 거 아닌가." 해결 방법이 있다는 T의 말에 크리스 총리와 제이콥은 그 어느 때보다 진지한 얼굴로 그의 말에 집중하고 있었다.

"설마…" 크리스는 망설이는 말투로 T에게 말했다. 그때 곁에 있던 제이콥에게 메일이 도착했고 그것을 본 그의 얼굴은 공포에 질려 점점 하얗게 변해 가고 있었다.

❄

Unitec 본사에서 서버 해킹을 하다 특수 부대에게 체포를 당할 뻔했지만 한스 형사와 존의 군부대 동료들의 도움으로 겨우 도망을 나올 수 있었던 제이크와 존은 스칼렛으로부터 연락을 받았다. 그녀의 어머니와 집에 있는 썸머를 찾아 안전한 곳으로 옮겨 줄 것과 크리스의 아들 벤자민의 행방을 찾아 도망가지 못하게 반드시 잡아 두어야 한다는 말이었다. 그들은 우선 거리상 제일 가까웠던 스칼렛의 집으로 향했다.

잠시 후, 제이크는 스칼렛의 집 안으로 들어가서 해맑게 자신을 반기는 검은색 고양이를 소파에 있던 부드러운 담요로 덮어서 안아 들었다. 그런데 썸머의 코 주변에 얼룩진 무언가를 보고 손가락으로 만지니 수염 하나가 빠져 있었고 그 자리에서 피가 난 것처럼 보였다. 고양이가 아팠을 걸 생각하니 마음이 아픈 제이크가 썸머의 머리를 쓰다듬자 갸르릉 소리를 내며 그의 손을 핥아 주었고 목에 걸린 파란 방울 목걸이에서는 방울 소리가 울렸다. 그는 썸머를 안전한 케이지 안에 넣고 차 뒷자리에 실은 뒤, 스칼렛의 어머니가 입원해 있는 UMHC 병원으로 가기 위해 차에 올랐다.

TV에서는 대규모 정전 사태로 인한 큐비들의 폭동에 대하여 계속해서 보도하고 있었다. 현재 비상 전력 시스템으로 돌아가고 있는 칸델라들의 LM 지역 전력을 단지 10분 정도의 양이라도 큐비들에게 전달하면 HM 지역에서 10시간 이상을 쓸 수 있을 정도로 에너지가 충분한데도 칸델라 중 어느 하나도 큐비들을 위해 전력을 나누어 주자고 말하는 이는 단 한 명도 없었다. 그때, 긴급 뉴스로 루모 대성당의 에드리안 베드로 대주교가 성당 비상 에너지를 HM 시티에 공급하기로 했다고 발표하면서 30분 뒤에 현 사태에 대한 시국미사가 있을 예정이라고 선언했다.

“시국미사라니…, 대주교님께서 뭔가 해결책이라도 발표하려는 것일까요?” 존이 제이크에게 물었다.

“글쎄요, 어쨌든 HM 시티에 지금이라도 전력이 공급되어서 다행입니다. 안 그래도 병원까지 무사히 갈 수 있을지 걱정이었는데…”

HM 거리에 진입하자 여전히 도로 위에는 부서진 차들과 곳곳에 폭탄을 맞은 듯 전쟁터와 같은 모습이었지만, 수십 대의 소방차와 경찰차들이 거리를 통제하고 사상자들을 수습하고 있었다. Beo Nox의 시크릿 모드가 중단된 이후 더 이상의 자살 시도자들이 없어지자 아주 조금씩이라도 통제가 되어 가는 중이었다. 거리의 상점을 약탈하던 일부 시민들도 전기가 들어오자 자신의 얼굴이 범죄자로 카메라에 찍히게 될 것이 두려워 약탈을 멈추고 모두 돌아가기 시작했다.

UMHC 병원에 도착한 두 사람은 서둘러 VIP 병실이 있는 22층으로 엘리베이터를 타고 올라갔다. 제이크는 급한 마음에 복도를 뛰어가서 [헬렌 리브스] 이름이 쓰여 있는 방에 도착하여 문을 열었다.

"이럴 수가…" 제이크는 방문을 열어 놓은 채 텅 빈 병실 안을 우두커니 서 있었고, 뒤따라 들어온 존이 들어와서 보니 병실 안에는 간호사 두 명이 총격을 당해 피를 흘린 채 죽어 있었다. 그리고 스칼렛의 어머니 헬렌은 흔적도 없이 사라져 버렸다. 존 역시도 너무 놀라서 이 사태를 어떻게 해결해야 할지 알 수가 없었다. 존은 다급히 노아에게 전화를 걸었다.

📞 "존? 무슨 일입니까?" 노아가 존에게 물었다.

"큰일 났습니다. 노아 님! 스칼렛 님의 부탁으로 어머니가 계신 UMHC 병원 VIP실에 왔는데 아무래도 헬렌 님이 납치를 당하신 것 같습니다!"

📞 "결국… 그렇게 되다니…. 오… 하느님…." 대답하는 노아의 목소리는 차분했다. 하지만 제이크는 화가 났다.

"노아!!! 이제 어떻게 해야 하는 거야? 형은 알 거 아니야? 대답을 좀 해 줘!!! 빌어먹을!!" 제이크는 답답해서 참을 수가 없었다. 스칼렛에게 이 사실을 어떻게 말해야 할지도 모르겠고 자신이 너무 늦게 도착했기 때문에 스칼렛의 어머니가 납치된 것만 같은 죄책감까지 들어 미칠 것만 같았다.

📞 "제이크, 헬렌을 데려간 건 크리스 윌포드 총리야. 그는 헬렌을 인질로 스칼렛과 만나려고 하는 거야. 그건 피할 수 없는 일이면서 동시에 반드시 일어나야만 하는 일이다. 다만…"

"다만…이라니!" 제이크는 노아에게 소리를 질렀다.

📞 "지금 빨리 Vacuum level로 가. 나도 바로 출발할 테니…. 그들이 원하는 것은 시국미사에서 정의 구현을 할 스칼렛을 저지하려는 거야!"

"Vacuum Level이라니!" 제이크는 놀라지 않을 수 없었다. 그곳은 UE 우주 기지 공항이 있는 곳으로 항공 우주국 NASA가 위치한 세계 최대의 우주 공항이었다. 하지만 제일 끝 경계면은 모든 에너지가 계측되는 기준 지점인 Zero-EV 지역이라고 불렸으며 공기도 물도 아무것도 존재하지 않는 곳이었다. 칸델라들은 최고위원회에 따르면 유전적으로 살인을 할 수 없었기 때문에, Zero-EV 지역으로 사형수를 가둔 컨테이너를 옮긴 다음 문을 열어 강제로 외부 환경에 노출시켜서 자연사시키는 방법으로 직접적 살인을 대신해 왔다.

제이크는 그런 곳에 스칼렛의 어머니가 납치되어 있다는 건 그녀의 목숨이 위태롭다는 의미임을 알 수 있었다. 노아의 말대로 존과 제이크는 차를 타고 Vacuum Level로 긴급히 출발했다. 차 뒷자리에 놓인 케이지 속 검은 고양이 썸머는 동그란 눈을 반짝이면서 몸을 네모난 빵 모양으로 움츠린 채 창밖을 내다보고 있었다.

기도

스칼렛은 시국미사에 참여하기 위해서 성당으로 향하고 있었다. 켈리에게 받은 검사 결과를 살펴보니 샘플에서 총 4명의 칸델라 정액이 검출되었고, 유전자 분석 결과 놀랍게도 크리스 윌포드 총리의 아들인 벤자민 윌포드와 다른 칸델라 3명의 이름이 나와 있었다. 그녀는 이 파일이야말로 크리스 윌포드 총리를 자리에서 끌어내릴 수 있는 최후의 무기라는 것을 벤자민의 이름을 본 순간 바로 알 수가 있었다.

일단 차를 세운 스칼렛은 미사에 참석하기 위해 로렌의 옷을 갈아입힌 다음 에디와 자리를 바꾸었다. 그들이 탄 차는 다시 도로 위에서 자율주행을 시작하였고 얼마 후 알람 소리와 함께 스칼렛에게 한 장의 사진이 전송되었다. 그리고 그 알람 소리 때문에 마취에서 깬 로렌이 눈을 깜빡이며 일어났다. 에디는 스칼렛에게 로렌이 정신을 차린 것 같다고 알려주기 위해 고개를 돌렸다. 그런데 그가 본 스칼렛의 얼굴은 시선이 핸드폰 사진에 고정된 채 핏기 없이 점점 하얗게 변해 가고 있었다.

“스칼렛? 괜찮아요? 안색이…” 에디는 그녀가 보고 있던 휴대폰 사진을 보기 위해 고개를 아래로 숙여 사진을 보았다. 스칼렛의 어머니 헬렌이 입에 테이프가 봉해진 채 의자에 결박되어 있는 사진이었다. 잠시 후, 스칼렛에게 음성 전화가 걸려 왔다.

📞 “스칼렛, 네가 가지고 있는 파일 그리고 로렌을 데리고 Zero-EV 지역으로 와라.”

“엄마는?” 스칼렛은 에디가 옆에서 듣기에 이상하다고 생각할 만큼 차분한 목소리로 말했다.

📞 “내가 시키는 대로 하지 않으면 헬렌을 두 번 다시 볼 수 없을 거다.”

“당신이 지키려고 하는 게 이 정도의 가치가 있는 일이야?”

📞 “이렇게 만든 건 바로 너야!!! 스칼렛! 애초에 너 같은 건 만들지 말았어야 했는데!!”

크리스는 그녀에게 소리를 질렀다. 스칼렛은 그의 대답을 듣더니 갑자기 웃기 시작했다. 입으로는 웃음소리를 내면서 웃고 있었지만 그녀의 공허한 두 눈에는 점점 눈물이 차오르기 시작했다. 그녀가 흘린 눈물은 차 유리를 통해 비추는 햇빛에 반사되어 빛나고 있었다. 옆에서 그 모습을 보고 있던 에디는 그녀의 모습이 너무나 안타까웠지만 어찌할 도리가 없었다. 그녀는 전화를 끊고 차의 운전모드를 수동으로 전환시킨 후 최고속도로 미친 듯이 질주하기 시작했다. 스칼렛은 운전을 하며 속으로 끊임없이 엄마에게 반복해서 말했다.

‘엄마… 미안해…. 정말 미안해…. 조금만… 조금만…. 기다려 줘…. 제발…’

그녀는 무슨 정신으로 운전을 한 것인지 지금 여기가 Zero-EV 지역은 맞는 건지 귀에서는 ‘삐-’ 하는 소리가 들리는 것 같았고 머리가 아파왔다. 지금까지 살아왔던 현실과 자신이 만든 결과의 혼돈 속에서 앞으로 어떻게 해야 하는 건지 알고 싶었지만 아무것도 알 수가 없었다. 정오로 예정되어 있었던 루모 대성당에서의 시국미사는 스칼렛이 도착하지 않으면 벤자민 월포드의 성폭행 증거 검사 결과를 폭로할 수가 없어서 이루어질 수가 없었는데, 예정 시간이 겨우 10여 분 남짓 남은 상태였다.

에디는 기다리고 있을 노아와 에드리안 베드로 대주교님 그리고 성당 관계자들에게 지금 상황을 알려야겠다고 생각해서 전화를 하려고 했다.

그런데 갑자기 차창 밖으로 보이는 하늘이 어두워지기 시작했다. 하늘에는 먹구름이 불현듯 밀려들기 시작하더니 점점 어두워져 순식간에 한밤처럼 어두컴컴해져 버렸다. 마치 대낮에 개기 일식 현상이 일어날 때처럼 해가 사라져 버리고 갑작스레 밤이 온 것만 같았다. 뒤이어 같은 곳으로 차를 타고 가고 있던 노아와 에드리안 베드로 대주교, 루멘 위원장 K도 어두워진 하늘을 함께 보게 되었다.

"베드로 대주교님! 하늘을 좀 보십시오. 대낮에 이게 무슨 일입니까?" 위원장 K가 그에게 물었다.

"이럴 수가… 설마…, 스칼렛이!!!" 에드리안 베드로 대주교는 소스라치게 놀란 눈빛으로 노아를 바라보며 소리쳤다. 노아는 밤처럼 어두워진 하늘을 쳐다보면서 11월 7일생인 스칼렛의 운명을 안타까워했다. 2179년 11월 7일에 태어나는 여자아이가 세상을 어둠으로 변하게 만들 것이라는 초대 선지자 루이스 R. 요한의 예언 때문에 정부는 그날 태어난 아이는 무조건 비밀리에 납치해서 모두 죽임으로서 그 원인을 제거했다. 하지만, 생일을 숨긴 채 살아남은 단 한 명의 여자아이 그 사람이 바로 스칼렛 리브스였던 것이다.

"이제 세상의 빛이 모두 사라져 버렸습니다. 예언과 같이…" 노아가 베드로 대주교에게 말했다.

"정말 스칼렛 리브스가 11월 7일생이었다는 말인가? 그럼 이제 어떻게 되는 건가?" K가 그에게 다급히 물었다.

"선택은 오직 그녀 스스로만이 할 수 있습니다." 노아가 K에게 대답하자 베드로 대주교는 탄식을 하며 혼잣말을 중얼거렸다.

"그 아이가 어둠이 될지, 구원의 빛이 될지… 오…, 하느님…" 그는 눈을 감고 기도하기 시작했다.

❄

Zero-EV 지역에 도착한 스칼렛은 차를 세우고 혼자 먼저 내렸다. 그리고 뒷자리에 있던 로렌의 손을 잡고 내리게 한 뒤 에디에게는 차에 남아 있으라고 말했다. 그들은 정오의 시간에 갑자기 어두워져 버린 우주공항 대지를 가로등 불빛에 의지하며 앞으로 조금씩 걸어갔다. 12월의 매서운 찬바람이 불어오자 로렌이 춥고 긴장되는 듯 그녀의 손을 꽉 잡았고 스칼렛은 자신이 입고 있던 외투를 벗어 로렌의 어깨에 감싸 주었다. 곧이어 빗방울이 한두 방울 후두둑 소리를 내며 떨어지기 시작하더니 어두운 하늘에서 갑자기 비가 내리기 시작했다. 우주선 발사장에는 이륙을 위해 대기실에서 크리스의 아들 벤자민 윌포드와 엔지니어가 갑작스러운 기상이변에 관제탑으로부터 이륙 허가를 받지 못한 채 초조한 모습으로 날씨가 좋아지기만을 기다리고 있었다.

얼마 후에 도착한 제이크와 존은 주차장에 차를 세우고 나가기 위해 차문을 열었다. 그런데 바로 그때, 썸머가 케이지 문이 열렸었는지 갑자기 차에서 뛰어내려서 밖으로 달아나 버렸다.

"어? 썸머!!!" 제이크는 깜짝 놀라서 썸머를 잡기 위해서 달아난 쪽으로 뒤쫓아 달려갔다. 존은 그를 따라가려다 이상하게 불이 켜져 있는 수상해 보이는 건물을 보고는 그쪽으로 걸어가기 시작했다.

스칼렛은 로렌과 함께 Zero-EV 지역 제일 끝 경계선인 cross section[79]에 도착했다. 그곳은 말 그대로 공기도 물도 없는 깊은 낭떠러지와 맞닿아 있는 지평선 끝단이었다. 그곳에 점점 다가갈수록 어둠을 뚫고 낮익은 사

79) 핵물리학에서 입자가 흐름이 되어 표적에 충돌할 때, 표적이 입사한 입자와 충돌에 의해 일으키는 변화의 확률을 나타내는 양 또는 물체가 잘린 면.

람의 실루엣이 보이는 듯했다. 앞으로 더 걸어가서 보니 크리스 월포드가 앞에 사람을 세운 채 뒤에 서서 그녀가 오는 쪽을 바라보고 있었다. 그들은 뒤로 한 발짝만 내디디면 끝이 안 보이는 곳으로 떨어지는 낭떠러지 바로 앞에 위태롭게 서 있었다.

"엄마!!! 엄마 괜찮아?" 스칼렛은 크리스에게 잡힌 채 비를 맞고 서 있는 엄마에게 물었다. 스칼렛의 엄마 헬렌은 입에 호흡기를 끼우고 있었기 때문에 그녀에게 대답을 하지는 못한 채 고개만 끄덕이고 있었다.

"어떻게 된 거야! 엄마한테 무슨 짓을 한 거야! 이 미친 개자식아!!" 스칼렛은 당장 엄마에게 달려가서 왜 호흡기를 끼우고 있는 건지 묻고 싶었지만 뒤에 있는 크리스가 무슨 짓을 할지 알 수 없어 거리를 둔 채 말했다.

"그래도 아버지한테 미친 개자식이라니, 네가 나한테 그러면 안 돼지." 크리스는 차가운 목소리로 그녀에게 대답했다. 그는 헬렌은 자신이 손에 들고 있는 호흡기 조절 장치 없이는 3분 이상 버틸 수 없고 연결된 튜브로 가스를 주입하면 10초 안에 바로 즉사한다고 말했다. 그 말을 들은 스칼렛은 온몸에 있는 혈관의 피가 거꾸로 솟는 것 같았고 모든 살점들이 찢겨지는 듯 고통스러웠다. 크리스가 호흡기 장치를 조작하자 앞에 있던 엄마는 숨이 막혀서 온몸을 비틀며 괴로워하기 시작했다.

"그만!!! 제발 그만해!!! 엄마…. 흐흑… 제발……, 엄마를 죽이지 말아줘… 부탁이야…." 그녀는 울면서 크리스 앞에 무릎을 꿇었다. 그녀가 울면서 무릎을 꿇자 옆에 있던 로렌도 따라 울기 시작했다.

"병원에서 받은 원본 파일을 로렌한테 줘. 그리고 그 애를 이쪽으로 보내. 당장!" 크리스가 스칼렛에게 소리쳤다. 그녀는 자신의 어머니를 살리기 위해서 로렌을 크리스에게 보내야 하는 것이 옳은 길인지 아니면 이대로 엄마가 내 눈앞에서 죽는 것을 보는 것이 맞는 길인지 알 수가 없었다.

그녀는 그저 엄마를 바라보며 하염없이 눈물만 흘리고 있었다. 그때, 로렌이 스칼렛에게 손을 내밀었다.

"저한테 주세요. 선생님…, 제가 갈게요. 전 괜찮아요. 이미 저를 살려주셨잖아요. 두 번씩이나…" 로렌은 스칼렛에게 말하면서 웃고 있었다. 망설이던 스칼렛은 떨리는 손으로 원본 파일을 받은 그녀의 핸드폰을 로렌의 손에 천천히 놓았다. 그때, 갑자기 크리스가 "뭐하는 짓이야!"라고 지르는 소리에 스칼렛은 고개를 들어 그쪽을 보았다. 헬렌이 호흡기를 손으로 뗀 채 쏟아지는 비바람을 홀로 온몸으로 맞으며 위태로운 모습으로 겨우 낭떠러지 끝에 서 있었다.

"엄마!!!!!!!!!!!!!!!" 스칼렛은 찢어질 듯한 비명소리를 질렀다. 헬렌은 숨이 막히는 것처럼 보였고 자신의 딸 스칼렛을 바라보며 눈물을 흘리고 있었다. '사랑하는 내 딸, 스칼렛… 엄마가 미안해.'

"스칼렛, 끝까지 네가 해야 할 일을 해야 해. 나 때문에 모든 것을 망치지 마. 고마워. 내 딸로 태어나 줘서… 사랑한다. 내 딸…" 헬렌은 사랑하는 자신의 딸 스칼렛을 바라보며 손을 내밀었지만 더 이상 자신이 방해가 되지 않기 위한 마지막 단 하나의 방법으로 한 걸음 더 뒤로 발을 옮겼고 그대로 낭떠러지로 떨어졌다.

"안 돼!!!!!!!!!!" 스칼렛은 자신의 온 힘을 다해 전속력으로 엄마가 있던 곳으로 달려가 그녀를 잡으려고 했다. 그리고 힘껏 뻗은 본인의 손이 엄마가 뻗은 손과 마치 닿을 것처럼 가깝게 느껴졌다…. 하지만…. 엄마는 결국 닿지 않았다.

크리스는 헬렌이 낭떠러지에서 떨어진 것을 보고 놀란 것도 잠시, 바닥에 정신을 잃고 쓰러진 스칼렛의 옆에서 울고 있는 로렌을 보더니, 로렌에게 다가가 강제로 데려가려고 하고 있었다. 그런데 갑자기 어디선가 나타난 검은 고양이가 자신을 향해 힘껏 뛰어 날아오더니 날카로운 이빨로 로렌을 잡은 손을 꽉 깨물었다. 크리스는 너무 아프고 깜짝 놀라서 '악!' 소리를 내며 로렌을 잡은 손을 떼 버렸고, 썸머를 따라온 제이크가 쓰러진 스칼렛과 로렌 그리고 크리스를 보았다.

"스칼렛!!!" 제이크는 바닥에 쓰러진 스칼렛을 안고 미친 듯이 소리를 질렀다. 곧이어 현장에 도착한 에디가 다시 로렌을 데리고 도망가려는 크리스에게 다가가서 말했다.

"당장 그 손 놔!"

"로버트 해리스의 아들놈, 네 아비가 한 배신은 반드시 나중에 되갚아 주마. 비켜!" 크리스는 총을 꺼내 그를 겨누면서 소리쳤다. 하지만 에디는 비키기는커녕 그의 앞에 당당하게 섰다. 그리고는 홀로그램을 띄워서 크리스에게 보여 주었다. 그 내용은 켈리가 보내 준 성폭행 검사 결과의 원본 파일이었고, 이미 5분 전에 그 결과를 모든 미디어에 제보해서 뉴스에는 온통 벤자민 윌포드의 아동 성폭행 그리고 살인 미수로 도배되고 있었다.

에디가 가지고 있던 핸드폰은 스칼렛의 핸드폰이었고 차에서 내리기 전 노아에게 문자를 받은 에디가 스칼렛이 로렌에게 신경 쓰는 사이 서로의 핸드폰을 바꾸어 버렸기 때문이었다. 애초부터 스칼렛은 자신도 모르게 본인의 휴대폰이 아니라 에디의 것을 가지고 왔던 것이었다.

"이제 벤자민 그리고 크리스 당신! 다 끝났어. 그러니까 이제 그만 포기해!"

“내 아들은 이미 떠났다. 내가 좀 전에 우주선 이륙 허가를 내렸거든. 하하.” 크리스는 웃으면서 대답했다. 그가 발사장 쪽을 바라보자 우주 로켓선이 발사 장치로부터 엄청난 화염 소리와 함께 점화하기 시작하더니 하늘로 올라가고 있었다. 제이크는 비가 내리는 차가운 바닥에 쓰러진 채 정신을 잃은 스칼렛을 위해 자신의 옷을 벗어서 그녀를 덮어 주었다.

++

스칼렛은 주변이 온통 하얗고 아무것도 존재하지 않는 이상한 공간에 들어와 있었다. 방금 전까지만 해도 Zero-EV 지역에 있었는데 대체 어떻게 된 일인지 전혀 알 수가 없었다. 그런데, 그녀 앞에 엄마가 나타났다.

“엄마!!!!!” 그녀는 한걸음에 달려가 엄마에게 안기어 울면서 계속 말했다.

“엄마, 하나님 감사합니다. 정말 다행이야. 난 엄마가 잘못된 줄 알고… 엄마…, 용서해 줘…” 헬렌은 그녀가 진정될 때까지 한참 동안 그녀를 안아 주었다. 수십 년 동안 맡아 왔던 엄마의 냄새 엄마의 따듯한 품 모든 게 엄마였고 다시는 엄마와 떨어지고 싶지 않았다. 잠시 후, 그녀를 품에서 떼어낸 헬렌은 그녀의 얼굴을 가만히 바라보았다.

“스칼렛, 이곳은 현실이 아닙니다. 그리고 나는 당신의 어머니 헬렌도 아니죠.”

“엄…마…?” 스칼렛은 울다가 놀라 다시 한번 헬렌을 바라보았다. 아무리 봐도 엄마인데 왜 엄마가 아니라고 하는 건지 너무 혼란스러웠다.

“난 크래비티입니다. UE의 운영체제이고 모든 시스템의 최고 상위 권한자입니다.”

“엄마, 엄마는 어딨어요? 여긴 어딘데요!” 스칼렛이 크래비티에게 소리치며 물었다. 그러자 엄마의 모습이었던 크래비티는 순식간에 스칼렛의 모습으로 똑같이 변해 버렸다. 스칼렛은 자신의 눈앞에 나와 완전히 똑같은 모습의 사람을 보고 깜짝 놀라지 않을 수 없었다.

"지금 뭐하는 거예요? 여긴 어디냐구요!"

"2179년 11월 7일생, 스칼렛 리브스. 당신은 이 세상에 어둠을 내리는 저주받은 아이라는 예언 때문에 평생을 숨어서 살 수밖에 없었죠. 크리스 윌포드와 헬렌 리브스 사이에서 태어난 아이가 바로 당신인가요?"

"이미 다 알고 있으면서 왜 묻는 거죠?" 스칼렛이 크래비티에게 물었다.

"당신은 헬렌의 딸이 아닙니다."

"뭐라구요? 대체 무슨 소리를 하고 있는 겁니까?"

"당신은 2202년의 어둠의 저주를 막기 위해 유전자 연구소에서 가장 뛰어난 칸델라와 큐비의 특성을 선별하여 유전자 결합 기술로 만든 실험체입니다. 이전 크래비티의 지시로 루멘 위원회 위원장 K와 에드리안 베드로 대주교가 한 일이죠. 23년 전 헬렌이 약에 취해서 정신을 잃은 사이에 크리스가 그녀를 범한 건 모두 사실이 아닙니다. 전부 기억을 조작한 것에 불과해요. 하지만 그들이 헬렌이 정신을 잃었을 때 당신을 그녀의 자궁에 이식하였기 때문에 당연히 헬렌은 당신을 딸이라고 생각한 겁니다. 따라서 당신의 아버지 역시 크리스 윌포드가 아닙니다."

"거짓말! 그럴 리가 없어!" 스칼렛은 크래비티에게 소리를 질렀다.

"정말 이 모든 게 거짓말일까요? 그렇다면 어째서 스칼렛 당신은 미술, 문학, 종교, 의학 아니 거의 모든 분야에 대해 뛰어난 재능을 가지고 있는 거죠? 당신이 가진 재능은 태어날 때부터 이미 주어진 가장 최고 유전자들의 조합으로 생긴 결과물이지 노력의 결과로 얻어질 수 있는 수준이 아닙니다."

"당신의 말이 사실이라면… 나한테 원하는 게 무엇입니까? 나를 만들어 낸 이유…" 스칼렛이 크래비티에게 물었다.

"노아와 나는 UPL 사제학교의 동기였고 서로 사랑하는 사이였습니다. 우리는 각자 다른 재능을 가지고 있었죠. 나는 먼 미래의 큰 사건을 미리 알 수 있었고, 노아는 가까운 미래를 볼 수 있는 예지력이 있었습니다. 우리는 누구보다 서로를 잘 이해했고 믿고 의지했습니다. 난 안타깝게도 선천적으로 다리를 쓸 수 없었고 봉사 활동을 다녀오다가 교통사고가 나서 차가 폭발하기 직전 위기 상황에, 노아가 사제 간의 신체적 접촉을 엄격히 금하는 법칙을 어기고 저를 구해 주었습니다. 하지만 그건 타인을 위한 희생을 테스트하는 사제로서의 마지막 관문이었죠. 사제가 된 후 어느 날, 나는 2202년에 세상이 어둠으로 변할 것이라는 걸 알게 되었고, 그 사실을 대주교님께 말씀드렸습니다."

"그래서 어떻게 된 거죠? 왜 당신은 지금 인간의 모습이 아니라 시스템 운영체제가 되어 버린 겁니까?"

"…… 난 큐비였을 뿐만 아니라 유전적인 결함으로 오래 살 수 없었습니다. 그래서 영원히 시스템으로 사는 선택을 할 수밖에 없게 된 겁니다. 하지만… 이 선택을 한 것을 후회합니다."

"어째서죠?"

"에드리안 베드로 대주교님께서 내 생전의 모습으로 당신을 만들어서 또 다른 나를 만들 줄은 몰랐습니다."

"뭐라구요?" 스칼렛은 놀라서 크래비티에게 소리를 쳤다. 그녀는 그제야 왜 그렇게 노아가 자신을 바라볼 때의 눈빛이 그렇게도 슬퍼 보였던 것인지 비로소 알 것 같았다. 어느새 다시 스칼렛의 엄마 헬렌으로 모습을 바꾼 크래비티는 천천히 그녀에게 다가왔다.

"이제 돌아가. 스칼렛. 넌 하늘이 선택한 빛이란다…" 헬렌은 스칼렛의 얼굴을 만져 주면서 말했다. 스칼렛은 진짜 엄마가 아니라는 것을 알면서도 엄마라고 믿고 싶었다. 이제 깨어나면 다시는 볼 수 없는 엄마의 얼굴을 계속 영원히 보고 싶었다. 꿈이라면 깨고 싶지 않았다. 점점 희미해져만 가는 엄마의 모습에 미친 듯이 울면서 엄마를 불러봤지만 달라지는 건 아무것도 없었다. 그녀의 눈에서는 하염없이 눈물만이 흘러내렸다. 점점 환했던 주변이 어두워지고 이상하도록 차갑고 추운 느낌이 들었다.

"스칼렛…, 스칼렛?" 어디선가 희미하게 자신을 부르는 소리가 들리는 것 같았다. 눈을 떠 보니 눈앞에 제이크가 걱정스러운 눈빛으로 그녀를 내려다보고 있었다. 그녀가 제이크의 부축을 받고 반쯤 일어났는데 크리스가 에디로부터 로렌을 빼앗아 가기 위해 총으로 위협을 하고 있었다. 그 모습을 본 스칼렛이 갑자기 벌떡 일어나더니 크리스에게 다가갔다.

마치 어둠에서 온 사자처럼 그녀의 몸 주위에는 파랗고 어두운 신비스러운 빛이 나타나더니 타오르기 시작했고 그 빛은 점점 더 강하게 주변으로 번져 갔다. 주변에 있던 모든 사람들은 그런 그녀의 비현실적인 모습에 너무 놀라 그저 바라만 보고 있을 뿐이었다. 그때, 비가 내리는 어둠 속에서 스칼렛을 향해 멀리서 뛰어 오는 한 사람이 있었다.

"안 돼!!! 스칼렛!!!!" 노아는 크리스를 향해 푸른빛을 발하며 점점 다가가는 스칼렛을 멈추기 위해 필사적으로 달려가고 있었다.

크리스 윌포드는 눈과 몸에서 푸른빛을 내면서 다가오는 악마 같은 스칼렛의 모습에 너무 무서운 나머지 에디에게 향했던 총을 그녀에게 겨누었다. 그에게 계속해서 다가가는 그녀는 사람의 형체였으나 사람이 아니었다. 제이크는 크리스가 총을 쏠 것 같은 직감에 다급히 달려오고 있었고 겁에 질린 크리스는 더 이상 다가오지 말라고 그녀를 겨눈 채 소리쳤다. 하지만 그녀는 전혀 들리지 않는 듯했다.

"탕!!!" 모두가 손쓸 사이도 없이 총소리가 들렸다. 크리스가 겨눈 총에서는 총이 발사되었는데 이상하게도 스칼렛은 쓰러지지도 피를 흘리고 있지도 않았다. 그녀는 림몬[80]의 힘으로 천둥, 비, 번개, 구름을 관장하는 어둠으로 변해 가고 있었다. 스칼렛이 그 앞에서 오른 손바닥을 들어 움직이자 크리스는 손에서 총을 떨어뜨린 채 온몸을 꼼짝도 할 수 없었고, 몸이 공중으로 붕 떠올랐다. 그는 놀라서 발을 움직여 봤지만 발 밑에 닿는 것은 아무것도 없었다. 그리고 그의 몸은 그녀가 조종하는 대로 계속 움직여져 천 길 낭떠러지 바로 끝에서 버둥거리고 있었다.

뒤늦게 도착한 정책 비서관 제이콥과 총리의 보디가드들이 총을 쏘며 달려왔지만 그녀가 왼 손바닥을 들어 올리자 총알은 모두 허공에 멈추어 버렸고 그녀가 다시 주먹을 쥐어 밖으로 던지니 그들은 모두 힘없이 나가 떨어져 바닥에 뒹굴었다. 이미 그녀는 사람의 힘으로는 대적할 수 없는 어둠 호쉐크[81]로 변해 버린 것이다. 크리스는 낭떠러지 끝에 발가락 끝만 겨우 걸친 채 허우적대고 있었고, 그런 그의 앞에서 손짓만으로 그의 목을 조르고 있는 이는 호쉐크로 변한 스칼렛이었다.

그런데 그때, 갑자기 그녀의 앞에 달려와 나타난 사람이 있었다. 그는 사제복을 입은 노아였다.

"스칼렛!! 제발!!! 빛을 잃어서는 안 됩니다!!" 노아가 그녀의 앞을 가

80) Rimmon: 아카드어로는 '사납게 외친다'는 뜻. 우레와 태풍을 주관하는 앗수르의 우상으로, 태풍의 신(神) '하닷'의 별칭이기도 하다.

81) 히브리어로 어둠을 의미.

로막았다.

"אני באתי לאשר אל העולם למען כל אור יאמין בי לא ישב בחשך: (나는 어둠으로 세상에 왔나니 무릇 나를 믿는 자로 빛에 거하지 않게 하려 함이로라.)" 스칼렛이 노아에게 말했다.

"כי העצבת שהיא כרצון אלהים תפעל תשובה לישועה אשר איש לא יתחרט עליה אבל עצבת העולם פעלת את המות: (하나님의 뜻대로 하는 근심은 후회할 것이 없는 구원에 이르게 하는 회개를 이루는 것이요 세상 근심은 사망을 이루는 것이니라.)" 노아가 그녀에게 대답했다.

노아의 말을 듣고 스칼렛은 더욱 분노한 듯 온몸에서 더 강한 푸른빛이 타올랐으며 어두운 하늘에서는 천둥과 번개가 치고 비바람이 더욱 심하게 몰아쳤다.

"크리스 월포드. 나의 모든 것이었던 어머니를 죽게 만들고 죄 없는 큐비들을 수없이 희생시켰으며 끝까지 자신의 욕망을 위해 추악한 진실을 외면한 채 순수한 영혼을 파괴하려 하는 자, 죽음으로 너의 죄를 갚게 될지어다!!"

그녀는 그의 목을 잡고 있던 손을 놓아 낭떠러지 밑으로 떨어뜨리기 위해 모았던 손가락을 벌리려고 하고 있었다.

일촉즉발의 바로 그 순간, 그녀의 왼손에 따듯한 온기가 전해져 왔다. 그녀는 자신의 왼손을 바라보았다. 그녀의 손을 잡은 건 로렌이었고, 그 아이는 비바람을 맞으면서 스칼렛의 왼손을 꼭 잡고 한 손에는 썸머를 안고 있었다. 썸머는 스칼렛이 자신을 바라보자 야옹 소리를 내며 눈을 감고 자신의 머리로 그녀의 손등을 비비기 시작했다.

'썸머……' 따듯하고 부드러운 썸머의 검은색 털이 그녀의 손에 닿자 스칼렛은 썸머와 함께 엄마와의 행복했었던 시간들을 떠올리기 시작했다.

그러자 그녀를 감싼 채로 불타오르던 푸른빛이 서서히 가라앉기 시작했고 쏟아지던 폭우도 점점 그치기 시작했다. 그리고 어둠으로 가득했던 하늘도 서서히 구름이 걷히면서 햇빛이 드리워지기 시작했다. 스칼렛이 크리스의 목을 조르고 있던 손을 내리자 그는 앞으로 풀썩하고 넘어져 버렸다. 크리스는 자신의 목을 감싸면서 숨을 고르다가 비가 그치고 날이 맑아지자 자신이 떨어뜨린 총을 발견하고는 잽싸게 집어 들었다. 곧 다시 한번 "탕!" 총소리가 들렸다. 총을 들고 있었던 건 크리스였는데, 총에 맞은 이는 스칼렛이 아니었다. 그녀의 뒤를 막아 선 사람은 바로 제이크였다.

"제이크!!" 스칼렛은 자신을 대신해서 어깨에 총을 맞은 채 피를 흘리고 있는 제이크에게 다가가 그를 부축했다. 크리스는 스칼렛을 맞추지 못한 것이 분한지 또다시 총을 겨누고 쏘려고 했다. 하지만 그 순간, 갑자기 그의 뒤에서 나타난 사람이 크리스의 뒤통수에 총구를 대고 말했다.

"총 내려! 당장!"

"누구야! 감히 이 나라의 총리한테 총을 겨누는 미친놈이!!" 그는 뒤를 돌아보려고 했지만 총구를 들이민 손의 주인은 꼼짝하지 않았다. 대신, 그의 뒤에서 힘없는 목소리로 그를 나지막이 부르는 한 사람이 있었다.

"아버지… 이제 다 끝났어요…." 그는 크리스 월포드의 아들 벤자민이었고 존에게 발각되어서 양손이 묶인 채 여기까지 끌려온 것이었다. 크리스는 아들이 이미 우주선을 타고 떠났을 거라고 생각했으나 그것은 존이 엔지니어에게 시킨 위장 작전이었다.

현장에서 실시간으로 모든 상황을 지켜본 루멘 위원장 K는 '국가 비상사태 긴급 명령 2조'를 선포해서 현 총리의 모든 권한을 박탈시켜 버렸다. 죄목은 살인이었다. 헬렌을 죽게 만들었으며, 스칼렛을 두 번이나 죽이려고 한 것을 이미 위원장 K가 직접 목격했기 때문에 그 어떤 변명의 여지도 필요 없었다. 곧이어 도착한 특수 부대원들에게 붙잡힌 크리스 윌포드는 스칼렛에게 소리쳤다.

"네가 이겼다고 생각해? 프랭크 클리프리드는 나와 다른 사람인 줄 알아? 큐비들은 언젠가 반드시 멸종하게 되어 있어! 내 덕에 뛰어난 유전자를 물려받았으면서 네가 어떻게 나한테 이럴 수가 있어!! 은혜도 모르고 감히…" 스칼렛은 그의 말을 듣고는 천천히 그에게 가까이 다가갔다. 그리고 그의 귀에 대고 속삭였다.

"난 너와 같은 사람이 아니야. 나는 널 충분히 죽일 수 있었는 데도 죽이지 않았어. 내 어머니 헬렌은 내가 너 같은 인간이 되는 걸 원하지 않을 테니까… 그리고 한 가지 더 기쁜 소식 알려 줄게. 넌 내 아버지가 아니야. 처음부터 그리고 앞으로도 영원히."

"뭐라고?" 크리스가 그녀에게 물었다. 하지만 그녀는 더 이상 그에게 대답하지 않았고, 고함을 지르며 몸부림치는 크리스와 그의 아들 벤자민은 군인들에게 체포되어 끌려나갔다.

스칼렛은 총상을 입은 제이크에게 다시 급히 돌아왔다. 그녀는 무릎을 꿇은 채 제이크의 총상 부위에 자신의 손을 대고 눈을 감았다. 그러자 썸머가 그녀의 옆에 다가와 앉았고 잠시 후 기적처럼 제이크의 출혈이 멈추어지면서 상처도 저절로 아물기 시작했다. 옆에서 그 모습을 지켜보고 있던 노아와 에디, 로렌 그리고 에드리안 베드로 대주교는 깜짝 놀라 그저 지켜볼 뿐이었다.

"여호와여, 그들을 지키사 이 세대로부터 영원까지 보존하시리이다." 노아가 그들을 위해 기도하자 하늘에서 하얗고 큰 함박눈이 쏟아져 내리기 시작했다. 스칼렛과 제이크는 자리에서 일어나 하늘에서 내리는 눈을 함께 바라보았다.

스칼렛은 자신의 손바닥을 펴서 손에 닿는 눈송이의 얼음 결정체를 하나하나 소중하게 바라보며 말했다.

"엄마… 언제나 눈송이로 나에게 찾아와 줘. My snowflake…"

에필로그

작품은 현대의 빈부격차로 인한
계층 간의 갈등 문제를 미래 사회에 투영시킨다.
미래에 특정 권력층만이 과학 문명의 특권을 독점할 때,
집단 이기주의를 넘어 피지배계층을 착취 및 말살할 수 있음을
우려하고 경계해야 한다는 메시지를 전하는 것이
작품의 기획 의도이다.

지금은 신의 영역인 인류의 수명을
미래에 인간이 유전자 조작으로 그 경계선을 넘게 된다면,
일부 부유층에게만
영생이라는 특권이 주어질 것은 명백한 사실이다.

만일 미래에 이러한 일들이 생긴다면
계층 간의 갈등은 더욱 극심해질 것이며
이러한 갈등 해결의 시발점은
특권층 안에 있는 사람들의 선한 의지와
피지배계층 사람들의 정의를 위한 투쟁과 합심할 때
이루어질 수 있음을 결론으로 전한다.
결국, 인간은 신이 아니며 계층을 넘어 서로를 존중하고
사랑으로 대할 때 진정한 평화를 이룰 수 있을 것이다.

– 작가 이 설

베오녹스
Beo Nox

초판 1쇄 발행 2023년 8월 8일

지은이 이설
펴낸이 이기봉
편집 좋은땅 편집팀
펴낸곳 도서출판 좋은땅
주소 서울특별시 마포구 양화로12길 26 지월드빌딩 (서교동 395-7)
전화 02)374-8616~7
팩스 02)374-8614
이메일 gworldbook@naver.com
홈페이지 www.g-world.co.kr

ISBN 979-11-388-2140-7 (03810)

• 가격은 뒤표지에 있습니다.

• 파본은 구입하신 서점에서 교환해 드립니다.